Michael Conrad

Die Tänzerin

Roman

Marion von Schröder

Der Marion von Schröder Verlag ist ein Unternehmen
der Econ & List Verlagsgruppe

ISBN 3-547-71910-0

Gesetzt aus der Sabon
bei Franzis print & media GmbH, München
Druck und Bindearbeiten: Graphischer Großbetrieb Pößneck

I

Es begann zu schneien. Zuerst waren es nur vereinzelte Flocken, die wie grazile Ballettmädchen durch die eiskalte Luft wirbelten, dann kam es dichter und dichter; ein in diesem Ausmaß seit Jahren nicht gekannter Schneesturm ging über Paris nieder. Die Autofahrer auf der belebten Rue du Faubourg St. Honoré schalteten ihre Lichter ein und fuhren vorsichtiger, weil sich der Asphalt innerhalb weniger Augenblicke in eine kilometerlange Eisbahn verwandelte. Wie für Pariser Verhältnisse üblich, waren die wenigsten mit Winterreifen ausgerüstet. Es kam zu Auffahrunfällen und kleineren Blechschäden.

Thierry Delattre lief mit schützendem Hut und hochgestelltem Mantelkragen an den festlich geschmückten Schaufenstern vorbei. Es war der Samstag vor Weihnachten, kurz nach elf. Die Passanten um ihn herum verkrochen sich unter ihren großen Schirmen oder rannten blindlings durch das Schneegestöber, um in eine der vielen Nobelboutiquen ringsum zu flüchten und dort abzuwarten, daß das Unwetter verzog.

Übermorgen war Heiligabend, und wie jedes Jahr würde sich die Familie auf dem kleinen Landsitz nahe Ussé an der Loire zusammenfinden, um die Feiertage bei gemütlichen Kaminabenden und langen Waldspaziergängen zu verbringen. Delattre freute sich darauf. Seit die vier Söhne erwachsen waren und sich um ihre eigenen Familien kümmern mußten, kam man während des Jahres nicht eben häufig zusammen. Da sich Monique im

November überraschend dazu durchgerungen hatte, diesen sommersprossigen Anwalt aus Lyon zu heiraten, der sich in den letzten Monaten zu ihrem hartnäckigen Begleiter und Freund für alle Lebenslagen entwickelt hatte, war es in den großen Zimmern des Hauses in Vincennes vollends einsam geworden.

Selbst jetzt, sechs Wochen, nachdem Monique ausgezogen war, krampfte sich noch etwas in seinem Brustkorb zusammen, wenn er an diesen Tag zurückdachte. Er stieß eine dicke Atemwolke aus. Es war gut, daß der Weihnachtstrubel vor der Tür stand und er zwei Wochen lang keine Zeit finden würde, um länger über die Aspekte des Älterwerdens nachzudenken.

Durch einen vorbeieilenden Passanten angerempelt, geriet Delattre plötzlich ins Stolpern und konnte nur durch den geistesgegenwärtigen Griff nach einem nahen Laternenmast verhindern, daß er in voller Länge zu Boden ging. Er klopfte sich fluchend den Schnee vom Mantel und stellte fest, daß er erbärmlich fror.

Delattre war es nicht gewohnt, allein durch die Stadt zu bummeln und ein Geschäft nach dem anderen aufzusuchen, um nach passenden Geschenken Ausschau zu halten. Ohne das bevorstehende Weihnachtsfest würde er zweifellos auch an diesem Tag hinter seinem Schreibtisch am Quai d'Orsay sitzen, um Akten zu studieren oder langatmige Memoranden für den Außenminister und den Präsidenten zu formulieren. Thierry Delattre leitete die Afrika-Abteilung im französischen Außenministerium und war in dieser Funktion seit über zwölf Jahren für die Beziehungen zu den ehemaligen Kolonien auf dem schwarzen Kontinent verantwortlich. Er liebte seine Arbeit, obgleich die angespannten Beziehungen zu Algerien derzeit den Hauptteil seiner Aufmerksamkeit absorbierten und alles andere ärgerlicherweise in den Hintergrund drängten. In seinen Augen war es nicht gut, daß die französische Afrikapolitik in der Praxis lediglich als eine Art Anhängsel zur Algerienpolitik behandelt wurde. Aus diesem Grunde war er bereits verschiedentlich mit dem Außenminister aneinandergeraten und hatte ernsthaft mit dem Rücktritt gedroht, wenn seiner Abteilung nicht mehr Personal zur Verfügung gestellt würde. Regis Boudin hatte daraufhin versprochen, etwas für ihn zu tun. Trotzdem würde sich selbstverständlich nichts ändern, das wußten beide Seiten, denn es gab einfach kein Geld. Die Beamten mußten lernen, sich mit wohlmeinenden Absichtserklärungen zufriedenzugeben und durften statt dessen darauf hoffen, zum Ausgleich für ihre Geduld bei der nächsten Runde des Personalkarussells eine bevorzugte Position im Ausland zu erhalten.

Das Besorgen der Weihnachtsgeschenke gehörte zu den Dingen, die ihm normalerweise Spaß machten. Wie jedes Jahr hatte er bei Sabbia Rosa in der Rue Saints Pères vorbeigesehen, wo man die schönsten Dessous der ganzen Stadt bekam. Anne besaß mit ihren einundfünfzig Jahren noch immer eine tadellose Figur und liebte derartige Kleinigkeiten heiß und innig. Natürlich durfte er ihr dieses spezielle Paket nicht unter den Weihnachtsbaum legen, wenn er nicht riskieren wollte, daß sie vor den Kindern und Enkeln schamrot im Parkett versank. Wie immer würde sie es später bekommen, wenn alle im Bett waren; dann, wenn niemand mehr stören konnte …

Aus alter Gewohnheit unternahm er ebenfalls wieder einen Abstecher zu Cartier. Diesmal waren die Ohrringe mit den winzigen schwarzen Pazifik-Perlen an der Reihe, die zu der Kette vom vorigen Jahr paßten. Das zigarettenschachtelgroße Etui entsprach etwa dem Gegenwert eines kleineren Personenwagens. Im Gegensatz zu vielen anderen Ehemännern stieg der Wert seiner Geschenke mit dem Älterwerden und dem Anwachsen seines Kontostandes. Für was sollte er sein Geld sonst ausgeben, wenn nicht für Anne?

Zu Jean-Paul Gaultier ging er nur sehr ungern. Doch nachdem es ihm in all den Jahren nicht gelungen war, Monique auch nur einen einzigen ihrer extravaganten Wünsche abzuschlagen, war jetzt nicht der geeignete Zeitpunkt, um damit anzufangen. Mit der ersehnten Kleiderkreation würde sie zwar aussehen wie eine Lumpensammlerprinzessin, aber das sollte ihn nicht weiter stören. Das war von nun an Sache ihres Mannes.

Er bog beschwingt in die Avenue Franklin D. Roosevelt ein. Nachdem es zu Annes vornehmsten Aufgaben zählte, in den Wochen vor Weihnachten die vielen gewichtigen und weniger gewichtigen Dinge zusammenzutragen, mit denen man eine Großfamilie beglücken konnte, brauchte er keine weiteren Präsente mehr zu besorgen. Er bewunderte seine Frau, die trotz der Hektik dieser Tage stets ruhig und gelassen wirkte. Für sie bedeuteten die Tage in Ussé weniger eine Entspannung als vielmehr die unschätzbare Möglichkeit, sich noch intensiver um alle kümmern zu können.

Der Schneesturm hatte inzwischen etwas nachgelassen, und es tanzten nur noch vereinzelte dicke Flocken auf seinen Mantel herab. Der knöchelhohe Matsch auf dem Pflaster ließ Delattre jedoch auf einen schnellen Kaffee in das Bistro am Rond Point des Champs Elysées flüchten, um kurz nach zwölf die Treppen zur Métro-Station Clemenceau hinunterzulaufen. Seit einem Jahr war er nicht mehr mit den rumpelnden Zügen gefahren, denn der Verzicht auf Wagen samt Chauffeur blieb traditionsgemäß nur diesem einen Tag vorbehalten. Heute war er normaler Pariser Bürger wie Millionen andere auch, die 364 übrigen Tage des Jahres gehörte er zur französischen Regierungsmacht und brauchte sich um leidige Alltagssorgen wie verstopfte Métro-Züge oder die überhandnehmende Straßenkriminalität nicht zu kümmern.

Durch das schlechte Wetter war die aufgeräumte Weihnachtsstimmung früherer Jahre heute ausgeblieben. Delattre erschien alles trist und hektisch, er sehnte sich danach, daß ihn die Métro der Linie 1 wieder hinaus nach Vincennes brachte, wo er diesem Tag einen vernünftigen Höhepunkt geben konnte: in seiner warmen Bibliothek, mit einem Cognacglas in der Hand. Vielleicht war es an der Zeit, seine Gewohnheiten zu ändern? Nächstes Jahr wollte er den Chauffeur zum Einkaufen schicken.

Er hastete die Stufen hinunter, eingekeilt zwischen unzähligen anderen Passanten, an bibbernden Schmuck- und Zeitungsverkäufern aus allen möglichen warmen Ecken Afrikas vorbei, um auf einer lärmenden Rolltreppe zum Bahnsteig hinunterzufahren.

Fast wäre er auf halbem Weg wieder umgekehrt, denn die vielen mit schweren Tüten und Paketen bepackten Menschen, die sich hier unten schubsten und schoben, flößten ihm Unbehagen ein. Ohne sich dagegen wehren zu können, wurde Delattre ein ganzes Stück den Bahnsteig entlanggeschoben, bis er schließlich eine winzige Lücke zwischen den Wartenden an der Bahnsteigkante ausfindig machte. Wenn der Zug günstig hielt, würde er einer der Ersten sein, die hineinkamen, und möglicherweise sogar einen der wenigen Sitzplätze ergattern. Bis nach Vincennes war es weit, und ihm wurde übel bei dem Gedanken, die ganze Fahrt Auge in Auge mit einem übelriechenden Clochard verbringen zu müssen.

Thierry Delattre wollte schleunigst nach Hause, seiner Frau einen Kuß geben, die nassen Schuhe ausziehen und sich von den Anstrengungen des Tages bei einem Cognac erholen.

Es dauerte keine zwei Minuten, da kam gleichzeitig mit dem Gegenzug auf der anderen Seite der nächste der verbeulten Triebköpfe rumpelnd aus der engen Röhre gerast. Das ohrenbetäubende Kreischen von Bremsen ertönte, und Delattre hielt seinen Hut fest, damit er durch den plötzlich aufgetretenen Luftstoß nicht vom Kopf gerissen wurde. Um ihn herum drängelten Dutzende von Menschen, und er spürte eckige Pakete und spitze Ellbogen, die sich unangenehm in seine Seiten bohrten. Der Triebkopf des Zuges, der von einem Sprayer unerlaubt in ein buntes Gesamtkunstwerk verwandelt worden war, kam rasend schnell näher.

Kurz bevor er die Stelle erreichte, an der Delattre stand, fühlte dieser plötzlich einen kräftigen Stoß in seinem Rücken. Kein zufälliger Rempler, sondern vorsätzlich und mit gehöriger Kraft ausgeführt. Darauf nicht gefaßt, verlor er augenblicklich das Gleichgewicht und taumelte nach vorn. Während sein lauter Schreckensruf in dem schrillen Kreischen der Bremsen unterging, flog die Tüte mit dem Kleid von Jean-Paul Gaultier in hohem Bogen auf die Schienen.

Die Umherstehenden waren von dem unerwarteten Geschehen so überrascht, daß ihn keine rettende Hand vor dem herbeirasenden Zug zurückreißen konnte. Wie gelähmt sahen sie zu, wie der vornehm wirkende Mann im anthrazitfarbenen Mantel über die Kante stürzte und ihnen im Fallen noch sein angstverzerrtes Gesicht zudrehte. Obgleich der Fahrer hinter der Scheibe wußte, daß es keine Rettung mehr gab, setzte er trotzdem zur Vollbremsung an.

Thierry Delattre landete eine Zehntelsekunde vor dem heranrasenden Zug auf den Gleisen und starb einen Wimpernschlag später.

Der Winter war lang und schneereich gewesen. Antoine Puget konnte sich noch schwach daran erinnern, daß einer der letzten Kriegswinter ähnlich kalt gewesen sein mußte. Doch er wußte beim besten Willen nicht mehr, ob es 1944 oder das darauffolgende Jahr gewesen war. Vielleicht aber auch erst '46. Er war damals Grundschüler in Vaulx-en-Velin gewesen, einem heute ziemlich heruntergekommenen Vorort von Lyon. Den Vater hatte er nie kennengelernt, er war seiner Mutter zufolge entweder im Krieg gefallen oder von den Nazis ermordet worden. Als Antoine älter wurde, glaubte er nicht mehr an diese fromme Lüge, sondern vermutete vielmehr, daß sein Erzeuger einer neuen, jüngeren Frau in irgendeiner anderen französischen Stadt weitere Kinder gemacht hatte und nun dort lebte. Das Schicksal dieses Mannes war ihm allerdings gleichgültig, denn er mochte keine Menschen, die vor ihrer Verantwortung davonliefen.

Seine Mutter hatte nicht wieder geheiratet, sondern sich voll und ganz der Erziehung ihres einzigen Sohnes gewidmet, dessen geistige Fähigkeiten in krassem Gegensatz zu seinem schwächlichen Körper standen. Mit den schmalen Erträgen ihres kleinen Käsegeschäftes hatte sie ihm den Besuch exklusiver Schulen und Universitäten ermöglicht und damit das Fundament für den Besuch einer der Grandes Ecoles gelegt, und zwar den jener berühmten französischen Elitehochschule ENA, der viele der wichtigsten Männer des Landes entstammten. Puget war 1966 mit dem Zeugnis des Jahrgangsbesten abgegangen, und seine Mutter lebte seither in der Hoffnung, einen zukünftigen Minister aufgezogen zu haben.

In den sechziger Jahren besaß das Feld der Diplomatie in Frankreich noch einen guten Ruf, und so war es nicht außergewöhnlich, daß der junge Antoine von allen Ämtern und Ministerien, die ihm mit seinem Abschluß offenstanden, ausgerechnet das Außenministerium wählte. Die späteren Top-Absolventen sollten eher die Finanzverwaltung oder die Industrie bevorzugen. Sein Traum jedoch war die große weite Welt, in die er französischen Geist und französische Kultur bringen wollte.

Seine Karrierekurve ging von Anfang an steil nach oben. Über die verschiedensten Funktionen in Bukarest, Lomé, Nairobi, Peking und Washington diente er sich bereits mit neunundreißig Jahren zu einem der jüngsten Botschafter Frankreichs hoch. Nach vier Jahren in Sofia erfolgte die Versetzung nach Kopenhagen, wo er knappe fünf Jahre verblieb, um schließlich als Leiter verschiedener Planungsgruppen an den Quai d'Orsay zurückzukehren. Anfang vorigen Jahres hatte ihn der Außenminister schließlich mit der Führung der Osteuropa-Abteilung beauftragt. Obgleich er Puget damit eine der wichtigsten Aufgaben im ganzen Ministerium übertrug, gab sich der weltgewandte Mann verstimmt. Er wollte so schnell wie möglich zurück in eine Botschaft, ein entsprechender Antrag lag Boudin bereits seit Monaten vor. Puget träumte von Südamerika. Zur Not auch von Fernost. Doch er haßte Paris.

Nach allem, was man sich auf den Gängen des Quai d'Orsay im Vorübergehen erzählte, schien sein Traum demnächst in Erfüllung zu gehen. Ersten Andeutungen des Ministers zufolge kam er für die Botschaften in Auckland oder Bangkok in Frage.

Antoine Puget sah dem, was ihn erwartete, zuversichtlich entgegen. Seine Tage in Paris waren gezählt, und während seine Frau den bevorstehenden Umzug in die Wege leitete, konnte er die ersten warmen Sonnenstrahlen dieses Jahres genießen.

Er kam von einem Empfang für den Vorsitzenden der russischen Duma im Palais du Luxembourg, dem Sitz des Senats. Eine Veranstaltung, so langweilig wie die Rede des Russen. Puget hatte von seinem Platz aus beobachten können, wie um die Mittagszeit herum die letzten Wolken am Horizont verschwanden und der Frühling in Paris einzog. Es war ihm deshalb ein Bedürfnis, nach der Verabschiedung im Park vor dem Palais etwas frische Luft zu schnappen und den ersten schönen Tag dieses Jahres zu genießen. Sein Fahrer hatte den Wagen am Haupttor geparkt, um dort auf seine Rückkehr zu warten.

Mit langen tiefen Atemzügen spazierte er gemächlich durch die Anlagen. Noch fehlte den Bäumen und Büschen das Laub, doch wenn es weiterhin so warm blieb, würde das erste Grün nicht mehr lange auf sich warten lassen. Puget war ein bekennender Frischluftfanatiker, der so oft wie möglich den Weg in die Natur suchte.

Während des Schlenderns schwirrten ihm eine Menge Dinge durch den Kopf: Die Entwicklungen in Rußland – hoffentlich ernannte ihn Boudin nicht ausgerechnet zum Moskauer Botschafter! –, der bevorstehende Umzug, das unvergleichliche Gefühl, wieder in einem anderen Land leben zu dürfen, Frankreich zu repräsentieren, inmitten von Kollegen aus aller Herren Länder Anekdoten von sich geben zu können – er fand das Leben einfach wundervoll.

Nach einer Weile ließ er sich auf eine der Parkbänke fallen und schloß die Augen. Die Sonne brannte mit sommerlicher Hitze auf die wenigen verbliebenen Haare seines Kopfes herab, und eine Horde von Spatzen tobte nur wenige Zentimeter von seinen Füßen entfernt lärmend im Kies.

Nachdem er bereits zum zweiten Mal eingenickt war, sah er auf die Uhr. Halb drei. Zeit, um zum Wagen zurückzugehen. Puget erhob sich, strich den langen Mantel glatt und bummelte langsam in Richtung Tor. Der Park war menschenleer. Trotz des schönen Wetters trieb es heute seltsamerweise niemanden in die Natur hinaus. Lag es daran, daß die Veränderung nach dem wolkenverhangenen Vormittag so überraschend gekommen war? Er nahm diesen Umstand jedenfalls dankbar hin, denn er haßte nichts mehr als das Geplärr kleiner Kinder.

In dem großen Bassin zog ein einsames Entenpaar seine Kreise. Er blieb stehen und sah ihnen einige Augenblicke lang zu. Puget mochte Enten, allerdings weniger in der Natur, sondern mehr noch auf dem Teller. Von der Vorstellung eines knusprigen Geflügelbratens gebannt, hörte er die leisen Schritte nicht, die sich in diesem Moment seinem Rücken näherten.

Erst als die Enten die andere Seite des Bassins erreicht hatten und Puget weitergehen wollte, nahm er den Unbekannten hinter sich wahr. Doch da war es bereits zu spät. Der Top-Diplomat des

Außenministeriums, der es nur auf knappe einhundertfünfundsechzig Zentimeter Körpergröße und sechzig Kilogramm Gesamtgewicht brachte und daher von jedem normal entwickelten Sechzehnjährigen mit einem einzigen Hieb niedergestreckt werden konnte, zappelte unter dem Griff einer riesigen Faust.

Er ging in die Knie und schnappte erschrocken nach Luft. Die Faust war so unbarmherzig wie ein Schraubstock, und es gelang ihm nicht, auch nur einen einzigen Ton aus seiner Kehle herauszupressen. Auch sein Angreifer sprach kein Wort. Wer war er und was wollte er? Ein Drogensüchtiger, der auf Brieftaschen spezialisiert war, um an seinen nächsten Schuß zu kommen?

Wie die meisten Pariser führte Puget selten viel Bargeld mit sich, er hatte daher keine Angst um seine Brieftasche. Aber da war noch etwas. Er spürte instinktiv, daß es dem Unbekannten nicht um einige lumpige Francs ging, er verfolgte andere, weit unangenehmere Absichten.

Puget wurde in diesem Augenblick wie eine Puppe über die steinerne Brüstung des Bassins gehoben und mit dem Kopf voran so weit abgesenkt, daß nur noch wenige Zentimeter bis zur Wasseroberfläche fehlten. Neben seinem eigenen verzerrten Spiegelbild sah er das Gesicht eines Fremden im Wasser. Züge, die so unbarmherzig und kalt waren wie der vergangene Winter. Dieser Mann wollte kein Geld, er war gekommen, um ihn zu töten.

Als sich aus seiner Kehle endlich ein langer Entsetzensschrei lösen konnte, befand sich sein Kopf schon unter Wasser. Während Puget voller Todesangst nach Luft gurgelte und dabei mit den Armen und Beinen wild um sich schlug, hielt ihn sein Mörder unbarmherzig fest. Erst als das Gurgeln erstarb und der schmächtige Körper schlaff über der Brüstung lag, warf er ihn ganz in das Bassin. Dann sah er sich noch einmal um und ging fort. Es gab keine Zeugen für diesen brutalen Mord.

Die Leiche des hohen Beamten aus dem Außenministerium wurde eine halbe Stunde später von einer jungen Frau entdeckt, die einen Zwillingskinderwagen an dem Bassin vorbeischob und ihrem Nachwuchs gerade die Enten zeigen wollte.

2

Zwei Monate später, an einem warmen Frühsommertag Mitte Juni in den Tuilerien-Gärten, jener berühmten Parkanlage im Herzen von Paris, die die Verlängerung des Louvre über die Place de la Concorde zu den Champs Elysées hin bildet.

Nicole Aubert lag, mit dem Gesicht in Richtung Sonne, auf einem der Metallrohrstühle, die Füße weit von sich gestreckt, und genoß das schöne Wetter. Sie hatte vorhin zwei Zwieback und einen Apfel gegessen und eine Dose Mineralwasser getrunken. Damit kam sie bequem über den Tag. Erst heute abend, nach der letzten Vorführung, war eine weitere Kleinigkeit gestattet. Nicole besaß eine eiserne Disziplin, wenn es um ihr Gewicht ging, und sie konnte es sich daher ohne weiteres leisten, an einem warmen Tag wie diesem im knappen Schnürbustier und superkurzen Rock herumzulaufen und den Männern den Kopf zu verdrehen.

Sie war gerade dabei, die freien Tage der nächsten Wochen zu planen, als sie plötzlich einen stechenden Schmerz an der rechten Schulter spürte und ihr Arm gewaltsam hochgerissen wurde. Als sie mit einem Schmerzensschrei aufsprang, sah sie nur noch, wie ein dunkelhäutiger, halbwüchsiger Junge in schmuddeliger langer Hose und dickem Wollpullover in Richtung Carrousel davonrannte. Zusammen mit ihrem kleinen schwarzen Lederrucksack, den sie für gewöhnlich anstelle einer Handtasche über der Schulter trug. Ein Taschendieb.

Mit ihren hochhackigen Slingpumps besaß Nicole nicht die geringste Chance, den flinken Burschen einzuholen, daher unternahm sie auch gar nicht erst den Versuch. Statt dessen rieb sie sich die schmerzende Schulter und stampfte wütend mit dem Fuß auf. »Stehenbleiben, du Mistkerl!« rief sie ihm hinterher. »Gib mir sofort die Tasche zurück! Hörst du nicht? Gib mir die Tasche zurück, oder du kannst etwas erleben!«

Die wenigen Umsitzenden blickten betroffen zwischen dem davonlaufenden Dieb und der jungen Frau hin und her, rührten sich aber nicht. Bald war der Bursche weit genug entfernt, um keine Angst mehr vor einer Verfolgung haben zu müssen, so daß er sich jetzt grinsend umsah und das Tempo reduzierte.

Nicole stemmte daraufhin ihre geballten Fäuste in die Hüften und warf ihm einige Schimpfwörter hinterher. Was sollte sie jetzt tun? Eigentlich verspürte sie keine große Lust, zur Polizei zu gehen, doch in dem Rucksack befand sich, neben vielen anderen Dingen, auch ihr Ausweis, und ohne ein Polizeiprotokoll würde sie keinen neuen erhalten.

Mit ärgerlich verzogenem Mund sah sie zu, wie der Bursche an einigen alten Männern vorüberlief, die den Vorgang auf ihren im Halbkreis arrangierten Stühlen interessiert verfolgt hatten. Als er sich erneut nach ihr umdrehte, warf ihm einer der alten Männer plötzlich seine Krücke zwischen die Beine, um ihn damit bäuchlings zu Boden gehen zu lassen. Ehe sich die Alten ächzend von ihren Stühlen erheben konnten, war der Bursche jedoch längst wieder auf den Beinen und Hals über Kopf davongerannt. Der kleine Rucksack, der ihm bei dem Sturz aus den Händen gefallen war, blieb allerdings zurück.

Der Alte, der die Krücke geworfen hatte, beugte sich zu Boden und hob seine Gehhilfe umständlich wieder auf, während ihm die anderen mit anerkennenden Schlägen auf die Schulter zu seiner Geistesgegenwart gratulierten. Er war klein, weißhaarig und trug einen schlechtsitzenden graubraunen Anzug und eine der dicken Hornbrillen, die in den Sechzigern modern waren. Sichtlich geschmeichelt wehrte er die Glückwünsche ab und bückte sich nach dem kleinen Rucksack, um ihn aufzuheben und sorgfältig den Staub abzuwischen.

Während die Freunde des Mannes, versorgt mit Gesprächsstoff für den Rest des Tages, zurück zu ihren Stühlen schlurften, konnte Nicole ihr Glück kaum fassen. Sie lief dem Alten, der sich mit seiner Krücke mühsam in Bewegung setzte, freudestrahlend entgegen. Er lächelte stumm, als er ihr die Tasche überreichte.

»Ich weiß gar nicht, wie ich Ihnen danken soll, Monsieur«, stieß sie erleichtert hervor und strich dabei einige Haarsträhnen aus ihrem erhitzten Gesicht. »Mein Ausweis, mein Geld, meine Schlüssel, alles wäre fort gewesen.«

Der Vorfall bereitete dem Alten sichtliches Vergnügen. Zuerst sein Erfolg gegenüber dem jungen Burschen, dann die verlegenen Dankesworte des Mädchens, das ihm auf Anhieb sympathisch war. Dichte blonde Haare, die sie als Wuschelbob ohrlang und leicht gestuft trug, große blaue Augen, ein schmales Gesicht mit hohen Wangenknochen, dezent geschminkt. Unter dem kurzen Rock ragten wohlgeformte Beine heraus, die kein Ende zu nehmen schienen. Auch in seinem Alter fand man noch Gefallen an diesen Dingen.

»Oh, bitte! Keine Ursache.« Seine Musterung war abgeschlossen, und er zwinkerte ihr zu. »Ich hoffe nur, daß dieser Knabe den heutigen Tag nicht so schnell vergißt.« Dabei lächelte er so spitzbübisch wie nach einem gelungenen Streich.

Nicole wußte nicht recht, wie sie sich weiter verhalten sollte. War es in Ordnung, wenn sie sich verabschiedete und einfach ging? Oder erwartete ihr freundlicher Helfer einige Minuten Konversation? In überraschenden Situationen fühlte sie sich häufig wie ein Schulmädchen, das in einem Moment der Unaufmerksamkeit erwischt wurde. Sicher auftreten konnte sie nur auf der Bühne, das war ihre Welt, wo sie alle ihre Stärken ausspielen konnte. Ihr Kapital lag in ihrem Körper, ihren Beinen und ihrer Geschmeidigkeit, nicht in ihrem Kopf. Das zwanglose Gespräch unter Fremden versuchte sie nach Möglichkeit zu vermeiden.

Um ihre Unsicherheit zu verbergen, öffnete Nicole den Rucksack und sah kurz hinein. Eine völlig unnötige Handlung, da der jugendliche Taschendieb in der kurzen Zeit nicht die geringste Chance besessen hatte, etwas herauszunehmen. »Es ist noch alles da!« atmete sie erleichtert auf.

»Sie haben Glück gehabt, Mademoiselle«, nickte der Alte und spielte mit seiner Krücke. »Wenn Sie nichts dagegen haben, setzen wir uns doch für einige Minuten. Mir fällt es in letzter Zeit zunehmend schwerer, längere Zeit zu stehen.«

»Gerne!« stimmte Nicole zu. Himmel! Warum konnte er sich nicht mit ihrem ›Dankeschön‹ begnügen und zurück zu den anderen alten Männern gehen? Sie sah sich notgedrungen nach einer Sitzgelegenheit um. »Wie wäre es hier?« Sie deutete auf eine Gruppe von vier Stühlen in unmittelbarer Nähe. Sie waren frei, da sie im Schatten standen.

»Gern.« Die Krücke des Alten strich durch den Kies. Trotz seines demonstrativ gebrauchten Hilfsmittels wirkte er nicht eben schwach und gebrechlich; Nicole fragte sich, wie oft er seine Gehhilfe wohl schon zur Waffe umfunktioniert haben mochte.

Sie nahmen Platz, und der Alte sah aufatmend zum Wasserbecken hinüber, hinter dem der Obelisk von der Place de la Concorde aufragte und weiter hinten, im Abgasdunst unzähliger Autos, schemenhaft der Arc de Triomphe.

»Tut Ihnen die Schulter immer noch weh?«

»Wie bitte?«

»Ihre Schulter.« Er sah sie dabei nicht an. »Es muß doch weh getan haben, als der Kerl die Tasche an sich riß?«

»Oh! Ja, natürlich!« Nicole begann unwillkürlich, die schmerzende Stelle zu massieren. »Aber es hält sich glücklicherweise in Grenzen. Schlimmer ist der Schreck, der mir noch immer in den Gliedern sitzt.«

»Nun, der wird bald vergehen. Die Hauptsache ist, daß Sie nicht verletzt worden sind. Wenn man heute die Zeitungen aufschlägt, springen einem die Messerstecher und Métro-Mörder ja förmlich entgegen, und das beinahe täglich. Was ist nur aus unserem alten Paris geworden? Eine Stadt, in der sogar hübsche junge Damen bestohlen werden. Kein Wunder, wenn immer mehr Touristen wegbleiben.«

»Meinen Sie?« Nicole gab sich skeptisch. »Ich finde, es werden eher mehr als weniger.«

»Paris hat schon bessere Zeiten erlebt«, beharrte der Alte eigensinnig. »Fragen Sie Ihre Eltern.«

»Das geht nicht.« Ein kurzes Zucken durchlief ihr Gesicht. »Mein Vater lebt nicht mehr, und meine Mutter habe ich seit Jahren nicht gesehen.«

»Das tut mir leid.« Der Alte verlor für eine Sekunde den Faden. »Sie sind aber doch Pariserin?«

»Hinter dem Ostbahnhof geboren und aufgewachsen.« Sie zog ihre Nase kraus. »Und mit Ausnahme zweier kleiner Urlaube noch nicht von hier weggekommen.«

»Das klingt ja beinahe, als ob es Ihnen hier nicht gefällt?« Der Alte fuhr fort, ohne eine Antwort abzuwarten: »Als ich jünger war, hatte ich mich ebenfalls danach gesehnt, von hier fortzugehen. Damals waren es allerdings nicht die japanischen Touristen, die mich störten, sondern die deutschen Soldaten. Jemand wie ich, der es gewohnt ist, frei zu denken und zu lehren, kann eben in einem besetzten Land nicht leben. Er fühlt sich dort wie in einem überhitzten Zimmer, in dem man keine klaren Gedanken mehr fassen kann, und läuft hinaus an die frische Luft.« Sein Gesicht versteinerte sich. »Hinzu kam, daß meine Frau Jüdin war.«

Er kratzte sich nachdenklich an der Wange. »Ja, und als dann in England und später in den USA ein Monat nach dem anderen verging, ohne daß auch nur die vage Aussicht bestand, jemals wieder zurückkehren zu können, lernte ich diese Stadt erst so richtig lieben. Ich fühlte mich wie Platon in Syrakus, um einen historischen Vergleich zu bemühen, wenngleich meine bescheidene Tätigkeit in den USA lange nicht an seinen Plan zur Vereinigung der sizilianischen Griechen vor der karthagischen Gefahr heranreichte. In meiner Position besaß ich leider nicht den Hauch einer Möglichkeit, für den Erfolg des Krieges zu arbeiten.« Er kratzte sich abermals. »Ich durfte erst fünf Jahre später wieder meine Füße auf das Pariser Pflaster setzen, Mademoiselle, fünf Jahre später. Sie können sich mein Hochgefühl vermutlich kaum vorstellen, es war wie Platons Rückkehr nach Athen. Ich schwor mir damals, der Stadt für mein ganzes restliches Leben die Treue zu halten.«

»Wahrscheinlich ist es unhöflich, wenn ich Sie nach Ihrem Alter frage«, vermutete Nicole neugierig. »Sind Sie mir böse, wenn ich es trotzdem tue?«

Wieder dieses Lachen und das Kratzen an der Wange. »Raten Sie, Mademoiselle. Raten Sie.«

Nicole betrachtete nachdenklich sein Profil. Die hohe Stirn mit den sauber gescheitelten dichten Haaren, die mächtige Nase, die buschigen Augenbrauen. Der obere Teil seines Gesichtes wirkte militärisch streng, der untere Teil hingegen geradezu musisch weich, insbesondere die fein geschwungenen Linien des Mundes und das runde Kinn. Nicole schätzte ihn auf achtundsiebzig, er hätte ihr Großvater sein können. Aber sie war höflich und wollte ihn nicht verärgern, deshalb sagte sie: »Fünfundsiebzig.«

Der Kopf des Alten schoß ruckartig herum. »Wie bitte?« Offenkundige Verblüffung lag in seinen Zügen.

Gott! Er war jünger! Nicole wurde rot und sah zu Boden. »Entschuldigen Sie bitte, aber ich war nie gut im Schätzen«, lächelte sie verlegen. »Siebzig?« Er mußte bereits als Kind geheiratet haben.

»*Siebzig?*« Der Alte verschluckte sich und hustete. »Sie sind eine entsetzliche Schmeichlerin, Mademoiselle. Was soll ich dazu sagen?« Er hustete erneut. »Der alte Kierkegaard behauptet zwar, daß nur die Subjektivität der Anschauung der Wahrheit entspricht, doch ich stehe Hegel näher, und im Sinne seiner objektiven Auffassung muß ich leider zugeben, daß ich wesentlich älter bin. Ich habe kürzlich meinen dreiundneunzigsten Geburtstag gefeiert, Mademoiselle.«

»*Dreiundneunzig?*« staunte Nicole und starrte zweifelnd auf die freundlichen Züge, die beherrscht waren von tiefen Altersfalten und den wasserhellen Augen, die listig hin- und herhuschten. »Es fällt mir wirklich schwer, Ihnen das zu glauben«, bekannte sie schließlich.

Um die Mundwinkel des Alten spielte ein feines Lächeln, und er drückte unbewußt seinen Rücken durch, um noch ein wenig aufrechter zu sitzen als ohnehin schon. Im Vergleich zu ihm war jeder Ladestock eine krumme Gerte. »Und doch ist es so«, bekräftigte er noch einmal. »Soll ich Ihnen meinen Ausweis zeigen?« Er fuhr sich über das Kinn. »So, und nachdem Sie mich gefragt haben, darf ich mich jetzt sicher auch nach Ihrem Alter erkundigen?« wollte er listig wissen.

»Zweiundzwanzig«, antwortete Nicole und lächelte zurück.

»Da wir jetzt so viel voneinander wissen, sollten wir uns auch vorstellen«, meinte der Alte daraufhin. »Ich heiße Rosbigalle. Professor Eugène Rosbigalle.«

»Und ich heiße Nicole. Nicole Aubert«, antwortete sie. Und nach einer winzigen Pause: »Eine Frage bitte: Für was sind Sie denn Professor? Ich meine, was ist Ihr Fachgebiet?«

»Wirtschaftswissenschaften«, antwortete er. »Genauer gesagt: Internationales Finanzmanagement und die Entwicklung supranationaler Anlagestrategien.«

»Und was ist das?« Für Nicole lag dieser Wissensbereich weiter entfernt als die Rückseite des Mondes.

Rosbigalle zeichnete mit dem unteren Ende seiner Krücke einen Kreis in den Kies. »Ich will versuchen, es möglichst einfach darzustellen. Sehen Sie, im Regelfall verdient ein Unternehmen sein Geld damit, daß es entweder irgendwelche Produkte herstellt und verkauft oder Dienstleistungen anbietet. Die meisten dieser Firmen stehen untereinander im Wettbewerb und versuchen jeweils, Strategien zu entwickeln, um am Markt bestehen zu können. Da aber gleichzeitig die Märkte in allen Ländern dieser Erde immer schneller zusammenwachsen, verschärft sich der Wettbewerb zwischen den Unternehmen in einem bislang nicht gekannten Ausmaß. Auch die größten unter ihnen werden durch eine Vielzahl von Konkurrenten gezwungen, immer billiger, qualitätsbewußter und innovativer zu produzieren. Was dabei häufig auf der Strecke bleibt, ist der Gewinn.«

»Und was soll daran schlecht sein?« warf Nicole aus ihrer Sicht als Kundin ein.

»Ein Unternehmen, das keine Gewinne macht, wird nicht sehr lange bestehen.« Rosbigalle zog einen waagrechten Strich durch den Kreis. »Damit reduziert sich der Kreis der Anbieter auf einige wenige Unternehmen, die dann den Markt unter sich aufteilen und die Preise nach eigenem Belieben festsetzen. Auf

Dauer gesehen ist es für den Verbraucher daher immer vorteilhaft, unter einer ganzen Reihe von Anbietern auswählen zu können.« Die Krücke verharrte kurz. »Für die nationale Wirtschaft ist es von lebenswichtiger Bedeutung, daß sich möglichst viele Firmen auf internationaler Ebene betätigen und in den wesentlichen Märkten auftreten. Und genau hier setzt meine Theorie an. Die Einnahmen der Unternehmen erfolgen in den unterschiedlichsten Währungen, sie müssen daher zu passablen Wechselkursen umgetauscht und sinnvoll angelegt werden. Früher tauschten französische Firmen alles, was sie verdienten, sofort in Francs ein und speisten es auf unterschiedliche Art und Weise in den nationalen Geldkreislauf ein, anstatt es gleich in den Ländern zu investieren, wo sie das Geld verdienten.«

»Sind dafür nicht die Banken zuständig?« erkundigte sich Nicole naiv.

Rosbigalle zog einen waagrechten Strich durch den Kreis. »Natürlich ist es sinnvoll, sich in Gelddingen von Banken beraten zu lassen. Allerdings gibt es eine ganze Reihe von Großkonzernen, die finanziell wesentlich leistungsfähiger sind als die meisten Banken. Sie unterliegen völlig anderen Marktgesetzen und besitzen laut meinen Theorien eine ganze Reihe von Möglichkeiten, die die Banken nicht haben.«

»Hört sich ziemlich kompliziert an«, gab Nicole beeindruckt zu.

»Das muß es auch, sonst wäre es keine Wissenschaft«, antwortete Rosbigalle ernsthaft.

»Wie sind Sie darauf gekommen, sich ausgerechnet mit diesem Thema zu beschäftigen?«

»Weil ich der Ansicht war, daß die Wirtschaft in dieser Frage entsprechende Impulse braucht.« Rosbigalle zog einen zweiten Kreis um sein Gebilde. »Die Flucht aus Frankreich und meine Jahre in England und den USA haben in mir die Überzeugung wachsen lassen, daß das betriebliche Finanzmanagement nicht an Ländergrenzen enden darf, sondern nur der weltweite Maßstab Sicherheit vor Kriegen und Inflationen bietet. Ich ging aus von der Feststellung des guten alten Adam Smith, die Geschicklichkeit der Hände und die geistige Findigkeit der Menschen gliederten den Produktionsprozeß dergestalt, daß sich mehrere die Arbeit teilen und so die Produktivität vertausendfachen. Dann habe ich mir einen speziellen, bislang vernachlässigten Bereich innerhalb der Unternehmen herausgegriffen und in mehreren Büchern dargelegt, wie einige wenige Fachleute den finanziellen Erfolg ihres Unternehmens leicht verdoppeln können. Daraus ergeben sich wiederum eine Reihe von Folgewirkungen, die von allgemeinem volkswirtschaftlichem Interesse sind. So gewährleisten beispielsweise nur gesteigerte Gewinne den Spielraum für weitere Lohnerhöhungen, die wiederum Grundlage für Wohlstandsverbesserung sind. Für diese sogenannte theoretische Grundlage der Wohlstandsökonomik hat man mir 1936 den Professorentitel an der Sorbonne verliehen und damit gleichzeitig das Recht, meine Theorien auch an junge Menschen weiterzugeben.«

»Waren Sie damit erfolgreich?«

Ein dritter Kreis folgte. »Es kommt darauf an, von welcher Seite aus man die Sache sieht. Grundsätzlich hat sich meine Theorie durchgesetzt, und mein Name findet sich heute in beinahe jedem Buch über Nationalökonomie und betriebliche Finanzwirtschaft wieder. Im engeren Sinne betrachtet, ist mein Erfolg allerdings weit geringer, da sich die moderne Ökonomie nach dem Kriege beinahe ausschließlich nach einem Denkansatz entwickelt hat, der auf einer naturwissenschaftlichen Manier basiert. Die geschichtlichen und statistischen Hilfsmittel, die ich ebenso wie bereits Smith für unerläßlich halte, sind dabei weitgehend in den Hintergrund getreten. Weil ich irgendwann nicht mehr dagegen anschwimmen konnte, habe ich mich schließlich, nach vierzig Jahren Lehr- und Forschungstätigkeit und zweiundzwanzig veröffentlichten Büchern, Mitte der siebziger Jahre zurückgezogen, um mich seither ausschließlich meinem zweiten Steckenpferd, der Philosophie, widmen zu können.«

»Klingt ebenfalls nicht sonderlich aufregend«, bekannte Nicole offen.

Rosbigalle sah jetzt überrascht auf. »Finden Sie?« Er überlegte kurz und schüttelte dann den Kopf. »Ich muß Ihnen widersprechen, Mademoiselle. Es gibt nichts Aufregenderes, als die Alleingültigkeit des rationalen Denkens zu überwinden. Schließlich befinden wir uns alle in einer Art Systemzwang des Dreidimensionalen, wo alles fixiert ist und wo wir jede Ecke kennen. Diesen Zwang zu überwinden und neue Dimensionen auszuloten, halte ich für das Sinnvollste, was ein Mensch mit seiner Zeit überhaupt anfangen kann.«

»Schreiben Sie darüber auch Bücher?«

Er wandte sich wieder seiner Krücke zu und zeichnete weiter im Kies. »Von mir stammen einige Standardwerke über die Ethik des wissenschaftlichen Arbeitens, über die verantwortbaren Möglichkeiten der Naturwissenschaften und über die Wechselbeziehung zwischen Wissenschaft und Mensch.« Er blinzelte ihr mit schräggelegtem Kopf zu. »Aber ich will Sie damit nicht weiter langweilen, sprechen wir lieber von Ihnen, Nicole. Was machen Sie? Studieren Sie?«

Der jungen Frau war dieser plötzliche Themawechsel ganz und gar nicht recht, denn sie erzählte Fremden nur ungern, womit sie ihr Geld verdiente. Wie immer in derartigen Situationen versuchte sie daher, ihre Arbeit ungeschickt zu umschreiben. »Ich bin im weitesten Sinne künstlerisch tätig«, kam die zögernde Antwort.

Der Professor beugte sich interessiert nach vorn. »Darf ich fragen, auf welche Weise Sie der Kunst dienen, Nicole? Malen Sie etwa? Oder singen Sie?«

»Weder noch.« Sie schüttelte den Kopf und vermied es, seinen Blick erwidern zu müssen. »Ich tanze.« Jetzt war es heraus.

»Oh, Ballett!« Rosbigalle machte große Augen und musterte sie bewundernd von oben bis unten. Sein Blick blieb an ihren langen schlanken Beinen hängen. »Nun, die richtige Figur dazu haben Sie zweifellos. Bedauerlich, daß ich so selten ins Palais Garnier gehe und Sie dort noch nie erleben konnte. Was wird zur Zeit gegeben?«

»Schwanensee«, antwortete sie aufs Geratewohl.

»Tatsächlich? Ich glaube, meinen letzten Schwanensee habe ich 1954 gesehen, nein, warten Sie, es war 1956. Vielleicht sollte ich wieder einmal hingehen, was meinen Sie? Eigentlich habe ich Tschaikowsky immer gemocht. In gewisser Weise fühle ich mich ihm sogar ein wenig anverwandt. Wußten Sie, daß er durch Freitod aus dem Leben geschieden ist? 1893 in Sankt Petersburg. Eine Menge Geschichten ranken sich um dieses tragische Ereignis.« Seine Krücke zerstörte die Zeichnung im Kies. »Treten Sie heute abend auf?«

Nicole hielt es nicht für angebracht, seinen Irrtum zu korrigieren, deshalb nickte sie zögernd.

Da Rosbigalle für sein Alter noch außergewöhnlich gute Augen besaß, entging ihm nicht, daß seiner Gesprächspartnerin das Thema unangenehm war. Taktvoll lenkte er deshalb die Unterhaltung in eine andere Richtung. »Ich habe Sie schon häufiger hier in den Tuilerien gesehen. Wohnen Sie in der Nähe?«

Dankbar über den erneuten Themenwechsel schüttelte Nicole lachend den Kopf. »Das könnte ich mir nie leisten. Nein, ich habe ein Zimmer in St-Mandé Tourelle in der Nähe von Vincennes. Hierher gehe ich nur, wenn es sehr heiß ist und ich in Ruhe die Sonne und das Plätschern des Wassers genießen will.«

»Dann kommen Sie aus dem gleichen Grunde hierher wie ich. Seit über zwanzig Jahren habe ich es mir zur Gewohnheit gemacht, bei Sonnenschein täglich ein oder zwei Stunden in frischer Luft zu verbringen. Das tut meiner Gesundheit gut, und zu ein wenig Unterhaltung komme ich auch, weil sich hier immer ein paar Gleichgesinnte finden. Mit einigen von ihnen habe ich mich im Laufe der Jahre regelrecht angefreundet.« Er deutete zu den übrigen Alten hinüber, die auf ihren Stühlen wild gestikulierend miteinander diskutierten. »Sie sorgen dafür, daß ich mich nicht ausschließlich mit philosophischen Fragen beschäftige, sondern auch hin und wieder politisiere und stets auf dem neuesten Stand bleibe, was Sportveranstaltungen betrifft.« Er stand auf und nahm die Krücke wieder unter den rechten Arm. »Es war nett, daß Sie sich ein wenig mit mir unterhalten haben, Mademoiselle. Doch jetzt will ich Sie nicht länger belästigen. Hoffentlich ergibt sich irgendwann eine Fortsetzung unseres Gespräches.« Er reichte Nicole die Hand, drehte sich um und schlurfte langsam zu seinen Freunden zurück.

3

»Wir müssen heute endlich eine Entscheidung treffen, Regis«, ärgerte sich der Präsident. »Der Fürst hat mich bereits dreimal angerufen und in dieser Sache bedrängt. Ich komme mir langsam wie ein Idiot vor, weil ich ihm noch immer keinen Namen nennen konnte.«

Regis Boudin, enger Freund des Präsidenten und französischer Außenminister, nickte nur. Er wußte selbst, daß er die notwendige Entscheidung viel zu lange hinausgezögert hatte und der Präsident nun zu Recht ungeduldig war. »Der Quai d'Orsay durchlebt ein schwarzes Jahr«, seufzte er und blätterte nervös in seinen Papieren, um Zeit zum Nachdenken zu gewinnen.

Die beiden kannten sich seit der gemeinsamen Studienzeit auf der Universität von Montpellier und dem anschließenden Besuch der Ecole des Sciences Politiques, doch nirgendwo anders zeigte sich die unsichtbare Wand zwischen Staatsoberhaupt und Minister so deutlich wie hier, im präsidialen Arbeitszimmer im Elysée-Palast. Boudin fühlte sich in der pompösen Atmosphäre nicht wohl.

»Es begann mit diesem furchtbaren Unfall von Delattre in der Métro-Station Clemenceau.« Bei der Erinnerung an die Bilder des zermalmten Körpers schüttelte er betroffen den Kopf. »Mit ihm haben wir unseren fähigsten Kopf verloren, einen Mann, der trotz der angespannten Beziehungen zu Algerien loyal bis zur Selbstverleugnung geblieben war. Ich kann mich an keine einzige Situation erinnern, in der er seiner Rolle als mein wichtigster Mitarbeiter nicht in vollem Umfang gerecht geworden wäre. Niemand hätte ein größeres Anrecht auf die Position in Monaco gehabt als Delattre, mein Wort darauf.«

»Nun, leider weilt er nicht mehr unter uns«, erinnerte ihn der Präsident ungnädig. Er mußte den Monolog seines Freundes abkürzen, um pünktlich zu dem bevorstehenden Interview mit *France 2* in das Fernsehstudio des Palastes zu kommen. Die Probleme innerhalb der Ministerien interessierten ihn nicht, unterm Strich zählte nur, welches Bild die Medien davon zeichneten. Nichts anderes.

»Leider Gottes«, nickte Boudin. Seine großen traurigen Augen erinnerten an einen kleinen Seehund, kurz bevor ihn ein hartherziger Robbenschlächter erschlug. »Meine konkurrenzlose Nummer zwei auf der Liste war Antoine Puget gewesen, der im April auf so unglückliche Weise im Park des Palais Luxembourg ertrunken ist. Mit ihm verlor das Außenministerium innerhalb weniger Monate den zweiten führenden Kopf. Außerordentlich tragisch. Puget hatte sich bereits so halb und halb auf einen neuen Posten eingestellt und wohl mit der Botschaft in Auckland geliebäugelt. Nach Monaco wäre er mit Sicherheit auch zu Fuß marschiert, wenn ich es von ihm verlangt hätte. Er war jemand, der sich unter Prominente mischen konnte und dabei immer eine gute Figur machte.«

»So lange ich zurückdenken kann, haben wir niemals irgendwelche Probleme gehabt, den Posten in Monaco vernünftig zu besetzen«, grollte der Präsident. »Er ist höchst lukrativ und bietet eine Menge Glanz und Glamour. Warum jetzt dieser Sezewe? Wo bleiben die Namen, Regis? Waren Delattre und Puget deine einzigen fähigen Beamten? Es muß doch Alternativen geben!«

»Die gibt es natürlich«, antwortete Boudin zögernd. Es gefiel ihm gar nicht, derart unter Druck gesetzt zu werden. »Doch sie liegen nicht so offenkundig auf der Hand wie noch vor einigen Monaten. Da wäre beispielsweise der Leiter meines Planungsstabes, Eric Laborde.«

Das präsidiale Wedeln der rechten Hand verriet Ungeduld. »Sagt mir im Augenblick nichts. Nähere Details bitte.«

Boudin ratterte den Lebenslauf in Stichpunkten herunter: »Eric Raymond Laborde de Chalier ist knappe Sechsundfünfzig und stammt aus einer alten Adelsfamilie mit kleineren Besitzungen in Belgien. Der Vater war zusammen mit de Gaulle in London, die Mutter eine bekannte Sopranistin aus Holland. Ein älterer Bruder hat als Offizier bei den Fallschirmjägern gedient, ist aber vor mehr als zwanzig Jahren im Dienst tödlich verunglückt. Seine Schulzeit verbrachte Laborde in einem Internat in der Nähe von Metz, er war dort Schulsprecher und Kapitän verschiedener Sportmannschaften. Dann kam ein juristisches Studium an der Sorbonne, das er mit Auszeichnung absolvierte, anschließend der Besuch der Sciences Politiques und natürlich der ENA, die er 1968 als Jahrgangsdritter verließ. Sein Eintritt ins Außenministerium, der noch im gleichen Jahr erfolgte, eröffnete ihm eine lupenreine Botschaftskarriere, vorwiegend in Asien und den USA. Leiter meines Planungsstabes ist er seit fast drei Jahren.«

»Hat er irgendwelche schwarzen Flecken auf seiner Weste?«

»Schwarze Flecken?« Boudin hustete. »Nun ja. Er ist ein wenig leichtlebig und mußte sich in früheren Jahren wiederholt mit Krediten über Wasser halten. Nie soviel, daß es beanstandenswert gewesen wäre, doch ausreichend, um Gerüchte entstehen zu lassen.« Er lächelte gequält. »Glücklicherweise gehören diese Eskapaden inzwischen der Vergangenheit an, denn noch vor seiner Versetzung in den Planungsstab starb eine seiner belgischen Tanten und hinterließ ihm ein ansehnliches Vermögen. Seitdem ist er finanziell unabhängig.«

»Sonst nichts?« Der Präsident verspürte wenig Lust, die wirklich unangenehmen Details über den Kandidaten erst zu einem späteren Zeitpunkt über die Medien zu erfahren.

»Nichts, was ihn für die in Frage kommende Position diskreditieren könnte ...« Boudin dehnte die letzten drei Worte länger als notwendig, so daß augenblicklich eine tiefe Falte auf der Stirn des Präsidenten entstand. »Dir gegenüber muß ich es jedoch erwähnen.« Er holte tief Luft. »Laborde ist seit dreißig

Jahren mit Christine Fosse verheiratet, einer weitläufigen Verwandten von mir. Obwohl ihre Ehe eigentlich als recht glücklich gilt, gehen beide Partner regelmäßig fremd. – Allerdings verhalten sie sich dabei äußerst diskret«, fügte er eilig hinzu.

»Also ein echter Diplomat, wie?« Die Sorgenfalte verschwand, und der Präsident lachte. In seinen Augen war dieses Verhalten völlig normal. Zugegeben, ein treuer Ehemann bot wesentlich weniger Angriffspunkte als ein Don Juan, doch wenn die übrigen Voraussetzungen stimmten, lehnte er ihn deswegen nicht ab. Zuvor aber wollte er ihn sehen und sich einen eigenen Eindruck verschaffen. Boudin würde bis morgen die üblichen Unterlagen vorlegen, damit er eine rasche Entscheidung treffen konnte. Der Präsident durfte den Fürsten nicht noch länger hinhalten.

Boudin nickte nur. Was jetzt folgte, waren reine Formalien. Der Präsident akzeptierte Eric Laborde, daran bestanden keinerlei Zweifel. Es gab im Augenblick einfach keine bessere Wahl. Trotzdem war Boudin nicht wohl bei diesem Gedanken.

Wie ein Märchenschloß erhob sich der cremefarbene Fürstenpalast mit seinen 220 Zimmern auf dem Plateau des Felsens, der achthundert Meter in das Blau des Mittelmeers hineinreichte. Millionen Besucher hatten von hier oben schon den malerischen Hafen in der Unterstadt La Condamine bewundert, ebenso das gegenüberliegende Monte Carlo mit seinen Luxushotels und dem Casino. Die vielstöckigen Wolkenkratzer auf den steilen Hängen bildeten einen fließenden Übergang ins französische Roquebrune auf der einen Seite und ins ebenfalls französische Beausoleil auf der anderen. Die Landesgrenzen lagen irgendwo im Gewühl der Häuser, von Fremden nur daran zu erkennen, daß die Farbe der Briefkästen von gelb nach weiß wechselte. Monaco war nicht mehr als eine Briefmarke auf der politischen Landkarte Europas, kaum anderthalb Quadratkilometer groß, doch mit einer Millionärsdichte gesegnet, die ihresgleichen suchte. Hier war jeder Quadratmeter Gold wert, und bei den Wohnungspreisen wurde der Einfachheit halber erst ab der sechsten Stelle vor dem Komma gehandelt. Ein prunkvoller Logensitz an der Bühne des Mittelmeeres hatte eben seinen Preis.

Punkt 11.50 Uhr ertönte das Geräusch rasselnder Trommeln, zwei Trompeten fielen ein. Vier Carabiniers in schneeweißen Uniformen und mit an Tropenhelme erinnernden Kopfbedeckungen tauchten auf und kündigten die Wachablösung auf der Place du Palais an. Im Gleichschritt schob sich eine lange Reihe junger Männer mit schweren Lederschuhen und weißen Gamaschen hinterher. Unter den bellenden Befehlen eines Offiziers vollzogen sie auf dem roten Asphalt das alltägliche Paradezeremoniell. Wie zur Begleitung klickten von dem durch schwere Ketten abgetrennten Teil des Platzes unzählige Fotoapparate herüber.

Seit der zweiten Hälfte des vorigen Jahrhunderts bildeten die aus Veteranen der vatikanischen Schweizer Garde rekrutierten Carabiniers die persönliche Ehrengarde des jeweils regierenden Fürsten. Sie riegelten sämtliche Palasteingänge ab, kontrollierten den Zugang und übten Leibwächterfunktionen aus. Nicht der einzige Schutz des Fürsten, wenngleich der sichtbarste.

Viele der Besucher auf dem Platz, die sehnsuchtsvoll an der Fassade des 1612 erbauten Palastes zu seinen großen Fenstern hinaufsahen, wünschten sich, wenigstens einen einzigen Tag mit dem Herrscher dieses glitzernden Operettenreiches tauschen zu dürfen. Das Leben hier mußte einer lebenslangen Party mit unendlich vielen Höhepunkten gleichkommen, so dachten sie.

Natürlich konnte niemand von ihnen wissen, welche Gefahren dem kleinen Land täglich drohten, wie viele Versuche immer wieder unternommen wurden, die mühsam über die Jahrhunderte bewahrte Unabhängigkeit um ein weiteres Stück zu beschneiden. Dieses Land zu regieren und zu repräsentieren, erforderte ebensoviel Geschick und Weitsicht wie Starrköpfigkeit und List. Bisher hatte sich der amtierende Fürst bei seinem Tanz auf der sich im Wasser drehenden Kugel stets oben gehalten, doch niemand konnte ihm garantieren, daß dies auch in Zukunft so blieb. Irgendwann kam immer der Punkt, an dem man einen Fehler beging. Und genau vor diesem Tag fürchtete er sich.

Während vor dem Palast der Wechsel der Wache ablief, saß

der Fürst nachdenklich brütend an seinem Schreibtisch. Sein Arbeitszimmer lag im Südflügel des Palastes, in jenem Teil, der während der Französischen Revolution zerstört und erst vor einigen Jahrzehnten wieder aufgebaut worden war. Einer der Fensterflügel stand weit offen, und aus weiter Entfernung drangen die Befehle des kommandierenden Offiziers zu ihm herauf. Doch der Fürst beachtete die Rufe nicht, er beschäftigte sich mit einem Problem, das die Grundfesten seines kleinen Staates nachhaltig zu beschädigen drohte.

Seit 1814 gehörte Monaco durch einen Staatsvertrag untrennbar zu Frankreich, und seit dieser Zeit hatten es alle Fürsten als ihre wichtigste Aufgabe angesehen, mit den jeweils in Paris Regierenden auf gutem Fuß zu stehen. Nominell war das Fürstentum unabhängig – nach dem Vatikan der zweitkleinste Staat Europas und damit selbst Träger eigenstaatlicher Interessen – de facto aber erlangten viele Entscheidungen erst dann Gültigkeit, wenn sie mit Paris abgestimmt worden waren. In der Praxis nahmen sich die meisten dieser Konsultationen für beide Seiten zwar meist als lästige Pflichtübungen aus, doch hin und wieder kam es auch zu erbitterten Auseinandersetzungen. In diesen Situationen hing dann alles ganz allein vom Fingerspitzengefühl des Fürsten ab, der durch seine langjährige Erfahrung ein geradezu traumwandlerisches Geschick in Verhandlungsdingen besaß.

Der Fürst respektierte die verbrieften Interessen des großen Nachbarn, und er hatte die ersten Jahre seiner Regierungszeit damit verbracht, eine gleiche Haltung auch von Paris einzufordern. Nach manchen Reibereien war man schließlich zu einer tragfähigen Übereinstimmung gelangt, die trotz wechselnder Präsidenten zuverlässig hielt.

Die schützende Hand aus Paris hatte Monaco zu politischer Windstille verholfen, in der sich seit Ende des vorigen Jahrhunderts jene legendäre Oase des Luxus entwickeln konnte, die zum europäischen Treffpunkt der illustren Gesellschaft schlechthin wurde. Hier jagte ein Ereignis das andere: Bälle, Formel-Eins-Rennen, Kongresse, Modenschauen, Opernspektakel – kaum eine Woche, in der die europäische Regenbogenpresse nichts über Monaco zu berichten wußte. Viele der hier ansässigen Prominenten fanden sich in schöner Regelmäßigkeit als Hauptfigur eines Skandals oder Skandälchens in den internationalen Klatschzeitungen wieder, um stellvertretend für Millionen von Lesern in bunten Bildern die aufregende Welt der Schönen und Reichen zu repräsentieren. Manchem zum Ärger, manchem zum Vergnügen.

Die Steuergesetzgebung des kleinen Fürstentums animierte über zwanzigtausend schwerreiche Wahlbürger aus aller Herren Länder dazu, sich neben einigen tausend Monegassen in sündhaft teure Appartements zu zwängen und anderswo auf große Villen mit riesigen Parks leichten Herzens zu verzichten. Die Einkommenssteuerflüchtlinge verdienten ihr Geld praktisch allein dadurch, daß sie mindestens eine Hälfte des Jahres in Monaco wohnten. Ganz egal wie. Ob schlafend, feiernd oder am Telefon. Sie mußten sich nur räumlich getrennt von den Orten aufhalten, an denen sich ihr Vermögen befand, um jeden Tag mehr zu sparen, als der europäische Durchschnittsbürger während des ganzen Jahres durch saure Arbeit verdiente. Industrielle, Künstler, Sportler: darunter viele illustre Namen. Durch ihre Anwesenheit war Monaco zum Inbegriff des Jet-sets geworden, zu einem Ort, wo Geld und Erfolg in einer einzigartigen Konzentration zu finden waren und wo die Tausendfrancs-Scheine so locker saßen wie bei Pariser Politessen die Strafzettel.

Wenn es um die Frage ging, wie die Verantwortlichen des Zwergenstaates die perfekte Organisation ihres Gemeinwesens finanzierten, verwies die herrschende Meinung meist auf das weltberühmte Spielcasino mit seinen fabelhaften Erträgen. Tatsächlich aber deckte der Überschuß der Spieltische und Roulettekugeln nur einen Bruchteil des Staatshaushalts. Den weitaus überwiegenden Teil der Einnahmen erbrachten Mehrwertsteuer, Gebühren und ausgedehnte Immobiliengeschäfte. Alles zusammen allerdings in ausreichender Größenordnung, um die unbeschränkte Steuerfreiheit auf alle Einnahmen der Monegassen zu garantieren – eine einzigartige Werbekampagne für den Stadtstaat.

Der Aufstieg Monacos stellte sich als eine Erfolgsgeschichte ohne Beispiel dar, vom kleinen Fischerdorf mit der windschiefen Festung zu einem Paradies, konkurrenzlos in ganz Europa. Die Häuser wurden immer prachtvoller, die Reichen immer mehr, das Geld rollte förmlich die steilen Straßen hinab. An sich sprach nichts für ein Ende der einzigartigen Erfolgssträhne seines Landes, doch wenn der Fürst an die Ereignisse zurückdachte, die sich an einem bitterkalten Januartag vor drei Jahren abgespielt hatten, beschlich ihn ein ungutes Gefühl. Damals hatte ihm ein Revolverschütze aufgelauert, gerade, als er seinen Wagen verlassen und eine Opernaufführung besuchen wollte, um drei Schüsse auf ihn abzufeuern. Er war glücklicherweise nicht getroffen worden, dafür aber Lucien Barot, der monegassische Polizeichef. Der Fürst hatte hilflos mit ansehen müssen, wie sein alter Freund noch auf der Straße an einem Kopfschuß starb. Alain Jourdan, oberster Jurist der Polizei und einer von Barots Stellvertretern, schaltete den Attentäter damals reaktionsschnell durch einen Schuß aus seiner Dienstwaffe mitten ins Herz aus, ansonsten hätte der Fürst diesen Abend vermutlich ebenfalls nicht überlebt.

Alain, den er als Dank für seine Geistesgegenwart zum Nachfolger des verstorbenen Barot berufen hatte, konnte ihm einige Wochen später anhand eindeutiger Beweise aufzeigen, daß die russische Mafia nach vielen halbherzigen Versuchen nun mit aller Macht ihre dunkle Hand nach seinem Lebenswerk ausstreckte. Das Attentat gegen ihn war nur der Auftakt gewesen, die Ankündigung dafür, sich von nun an nicht mehr auf eine Politik der Nadelstiche zu beschränken. Trotzdem blieb es vorerst bei dieser einen Gewalttat. Die Gegenseite ging behutsam vor. Es gab keine weiteren Verbrechen, gegen die sich einschreiten ließ, keine offenen Drohungen, die geahndet werden konnten. Die Feinde Monacos kauften nur. Immobilien, Immobilien und immer wieder Immobilien. Alles was zu haben war. Ganz gleich, zu welchem Preis. Und leider Gottes gab es viele illustre Einwohner, die über weniger Vermögen verfügten, als die Illustrierten schrieben, und demzufolge nur zu gerne Kasse machten.

Doch jeder von ihnen, der aus Monaco fortzog, hinterließ eine Lücke. Er nahm einen Splitter des alten Glanzes mit, unwiderbringlich, und in dieser Häufung war das mehr, als es das Fürstentum auf Dauer verkraften konnte. Hinzu kam, daß die neuen Inhaber der Wohnungen zu jenem Typus Mensch gehörten, der dem europäischen Durchschnitt entsprach. Nicht exzentrisch, sondern unauffällig und zurückgezogen lebend. Sie gingen abends nicht fort, und sie gaben nur wenig Geld aus. Sie fuhren keine großen Autos und besaßen keine Yachten, sie gaben keine Partys, und sie besuchten keine. Mittelmaß eben.

Aus der Sicht des Fürsten standen seiner Regierung im Augenblick nur zwei Alternativen offen: Entweder, man begann endlich, die vermutlich schwerste Bedrohung in der Geschichte des Landes ernst zu nehmen, oder sie ließen sich überrollen und gaben der Mafia das Territorium kampflos preis. Einem Mann vom Format des Fürsten fiel die Entscheidung nicht schwer. Er hatte zu kämpfen gelernt, und er war alt. Was sollte er noch verlieren?

Trotzdem brauchte er Unterstützung. Der Gesundheitszustand seines Regierungschefs verschlechterte sich von Tag zu Tag. Die Ärzte hatten längst jede Hoffnung aufgegeben und rechneten täglich mit seinem Tod. Lungenkrebs. Der unerschütterliche, kraftvolle Hervé Sourzart hatte die Diagnose erst im November vorigen Jahres erfahren und war bereits wenige Wochen danach als vormals wichtigste Stütze bei der Führung der Staatsgeschäfte ausgefallen. Es galt daher, zuallererst für seinen Nachfolger zu sorgen, Paris war mit seinem Vorschlag bereits sträflich lange im Verzug. Gemäß den Vereinbarungen mit dem großen Nachbarn durfte der Fürst seinen Regierungschef nämlich nicht nach eigenem Gutdünken ernennen, sondern mußte in dieser Frage auf die Weisheit des Quai d'Orsay vertrauen und den nachdrücklichen Vorschlag des Elysée-Palastes widerspruchslos hinnehmen; unabhängig von seiner persönlichen Meinung über die Person des Kandidaten.

Zwar konnte er sich in all den Jahren seiner Regentschaft nie über die fachlichen wie menschlichen Qualitäten der bislang ausgesuchten Bewerber beklagen und mit jedem von ihnen hervorragend zusammenarbeiten, doch die fehlende Souveränität in dieser wichtigen Frage setzte ihm trotzdem schwer zu. Und dann kam noch die Trägheit des Pariser Apparates. Er brauchte den Namen des neuen Mannes, um sich so schnell wie möglich mit ihm zusammensetzen zu können und eine Strategie gegen die zunehmende Bedrohung Monacos auszuarbeiten, ehe ihnen die Zeit endgültig davonlief.

Er griff wütend zum Telefon und ließ sich erneut mit dem Elysée-Palast verbinden. Der Fürst war bekannt dafür, seine Wünsche sehr energisch zu vertreten, und französische Präsidenten gehörten nicht unbedingt zu jenem kleinen Personenkreis, dem er hohe Achtung entgegenbrachte. Zehn Minuten später wußte er den Namen seines neuen Regierungschefs: Eric Laborde.

Um den Fürsten ruhigzustellen, hatte der Präsident ihm diesen Namen mitgeteilt, ohne den Kandidaten vorher selbst kennengelernt und sich eine Meinung über ihn gebildet zu haben. Übereilt und folgenschwer, wie sich später erweisen sollte.

Im Augenblick aber atmete der Fürst auf, endlich verfügte er über einen Mitstreiter, der mit ihm gemeinsam gegen die verhängnisvolle Entwicklung vorgehen konnte. Die dunklen Wolken am Horizont begannen sich zu lichten.

Obgleich ihm der Arzt strikt verboten hatte, auch nur eine einzige Zigarette anzurühren, rauchte Gitan wie ein lothringischer Fabrikschlot des ausgehenden neunzehnten Jahrhunderts. Allen Warnungen zum Trotz fanden seit vielen Jahrzehnten täglich die verbrannten Ingredienzien von rund sechs Packungen Marlboro den Weg durch seine Lungenflügel, und er lebte immer noch. Als wandelnder Beweis für die Unverwüstlichkeit südfranzösischer Kettenraucher und als ständiges Objekt des Staunens für sämtliche Herz- und Lungenspezialisten zwischen Avignon und Nizza. Wer durch das Studium der Medizin dazu ausgebildet war, den menschlichen Körper nur als Maschine zu sehen, lernte während einer Untersuchung dieses Mannes, an Wunder zu glauben. Der herrschenden Lehrmeinung zufolge konnte eine derart malträtierte Lunge nämlich gar nicht mehr funktionieren. Ebenso das Herz, das im Laufe der letzten vier

Jahre bereits fünf Infarkte und im vorigen Herbst eine fünfstündige Bypass-Operation überstanden hatte. Gitan galt in bestimmten Kreisen längst als lebender Gegenbeweis dafür, daß es der Medizin im ausgehenden zwanzigsten Jahrhundert endlich gelungen sei, sämtliche Rätsel des menschlichen Körpers zu lösen.

Irgendwann würde Gitan mit dem Rauchen aufhören, da war er sich ganz sicher – doch nicht jetzt. Später. Nächstes Jahr vielleicht. Er brauchte seine Zigaretten zur Beruhigung. Denn schlimmer als das Nikotin war für ihn die zerstörerische Aufregung, in die er immer dann geriet, wenn etwas nicht nach seinem Willen verlief. Dann blieb ihm nur der Griff zur Zigarette, und er regte sich durch ärgerliche Rauchwolken wieder ab. Jeder, der ihn näher kannte, wußte anhand dieser Signale zu deuten, in welcher Gemütsverfassung er sich befand, und konnte entsprechend reagieren. Und das war gut so. Gitan gehörte nämlich nicht zu den Menschen, die man gefahrlos verärgern durfte. Hager wie der Tod, mit kaum hundertzwanzig Pfund Gewicht bei einer Größe von knapp einssiebzig, wirkte er respekteinflößender, als es seinem schmalen Körper eigentlich zukam. Ursache dafür waren seine eindrucksvollen dunkelbraunen Gesichtszüge, die an einen abgehangenen Räucherschinken erinnerten, und die flinken braunen Augen, die Gerüchten zufolge seinem Gegenüber direkt ins Gehirn sehen konnten. Trotz seiner achtundfünfzig Lebensjahre verfügte Gitan noch über pechschwarze dichte Haare und eine geradezu legendäre Lendenkraft. Bei deren Einsatz hatte ihn sein schwaches Herz bislang glücklicherweise noch nicht im Stich gelassen, was er auf jahrzehntelange tägliche Übungen mit unzähligen Partnerinnen zurückführte.

›Gitan, der Zigeuner‹ wurde er genannt, seitdem er vor vielen Jahrzehnten sein erstes namhaftes Kunstwerk erstanden hatte. Einen frühen Picasso. Die Seitenansicht eines ihm beeindruckend ähnlichen Zigeuners auf hellblauem Untergrund. Seine damaligen Freunde hatten ihm daraufhin kurzerhand diesen spöttischen Spitznamen verpaßt, nicht ahnend, damit eine Person der französischen Zeitgeschichte getauft zu haben. Gitan fand nämlich Gefallen an dieser Benennung und verwandte sie von nun an selbst. Kurze Zeit später kannte ihn kaum noch jemand unter seinem richtigen Namen.

Nach Ansicht der amerikanischen Steuerfahndungsbehörde FinCEN sowie einiger europäischer Kriminalämter war Gitan die westeuropäische Nummer eins der russischen Mafia – der Pate, der in den letzten Jahren mindestens die Hälfte der dreißig Milliarden Dollar, die aus den Ländern der ehemaligen UdSSR geflossen waren, gewaschen und unauffällig angelegt hatte. Er verwaltete die gigantische Kasse des organisierten Verbrechens, deren Inhalt sich aus den Erträgen unzähliger Straftaten und dem Profit aus legalen Wirtschaftsgeschäften zusammensetzte, nach den Maßstäben eines Wall-Street-Profis. Da neben Hunderten von Spitzeln und einer ganzen Heerschar Angehöriger, deren Familienoberhäupter irgendwo in Europa hinter Gittern saßen, viele kleinere Mafiabosse von Gitan allmonatlich ihre vereinbarten Zuwendungen erwarteten und darüber hinaus eine riesige Organisation zu finanzieren und zu erhalten war, reichte die Verwaltung der enormen Summen durchaus an die Tätigkeit einer mittleren Großbank heran.

Gitans Reichtum war legendär. Allein zwischen Marseille und Ventimiglia standen rund elftausend Leute auf den Gehaltslisten seiner diversen Unternehmen, die sich neben dem obligatorischen Immobilienhandel auch im Mineralölgeschäft und im Import von Konsumprodukten engagierten. Wenn man den geheimen Berichten der Ermittlungsbehörden glauben wollte, erzielte Gitan mit diesen legalen Geschäften allerdings nicht ein Zehntel dessen, was er mit der Verwaltung der russischen Mafiagelder verdiente. Die sprunghaft anwachsenden Zahlen, von denen man sprach, sprengten jede Dimension und brachten selbst altgediente Wirtschaftskriminalisten zur Verzweiflung.

Die Vertreter der Polizeipräfekten von sieben Départements trafen sich in regelmäßigen Abständen, um ihre Unterlagen bezüglich der mafia-ähnlichen Strukturen in Südfrankreich, in die Gitan vor rund sieben Jahren auch Elemente der russischen Mafia eingefügt hatte, ständig auf den neuesten Stand zu bringen. Den Ermittlungen zufolge hatten Gitans Leute in den Bereichen

Korruption, Waffenhandel, Prostitution, Erpressung und kapitale Betrügereien in den meisten südfranzösischen Großstädten seit Jahren eine Art Monopol errichtet, das nur noch selten in Frage gestellt wurde. Sein Spitzelsystem war derart perfekt, daß ganze Gendamerie-Dienststellen als unzuverlässig galten und aus dem Informationsfluß ausgeschlossen wurden.

Die Ermittlungsberichte bezeichneten Gitan als eine unnachsichtige Führungspersönlichkeit, die einfachen Mitarbeitern nur einen einzigen Fehler zugestand, besonderen Lieblingen höchstens zwei, in Ausnahmefällen drei. Dann jedoch mußten sie bezahlen. Siebenundvierzig seiner Leute waren in den letzten zehn Jahren durch einen Sturz von den Klippen des Cap Canaille ums Leben gekommen, dem bevorzugten Exekutionsplatz der Marseiller Mafia aus den Tagen der French Connection und der Union Corse. Sie alle hatten die Chance nicht genutzt, die ihnen nach dem ersten Fehler eingeräumt worden war. Obgleich die Berichte Gitan übereinstimmend als nicht übermäßig grausam bezeichneten, schien er viel von dieser Praxis zu halten, die ihm außergewöhnliche Disziplin in den eigenen Reihen sicherte.

Trotz der Unmengen von Blut, das an seinen Fingern klebte, wirkte Gitan nach außen wie ein jovialer älterer Mann, der für jeden stets ein freundliches Wort übrig hatte. Jener eisige Wind, den Mafiabosse in Filmen gewöhnlich verbreiten, umwehte ihn definitiv nicht. Er war ein geachtetes Mitglied der Gesellschaft, und nur die wenigsten der Gäste auf den unzähligen Empfängen und Partys in den Villen der Küste störten sich an seiner Anwesenheit. Gitan galt als höchst gesellig und äußerst großzügig, und seine zahlreichen Freunde aus Politik, Kultur und Wirtschaft rissen sich förmlich danach, zusammen mit ihm auf den Titelseiten der Klatschmagazine zu stehen, um damit im Gespräch zu bleiben. Gitan erfüllte diese und andere Freundschaftsdienste meist bereitwillig, um sich dadurch ein Guthaben zu schaffen, auf das er zurückgreifen konnte, wann immer es seine Geschäfte erforderten.

Sein Bild in der Öffentlichkeit war das eines harten, doch umgänglichen Geschäftsmannes, der jedoch nicht immer mit dem Gesetzbuch unter dem Arm herumlief. Durch seine Kontakte zu den führenden Vertretern der Region kam jedoch nie ein grundsätzlicher Zweifel an seiner Reputation auf. Ohne übertreiben zu wollen, durfte man ihn wohl als den einflußreichsten Mann Südfrankreichs bezeichnen.

Er war außerdem jemand mit Visionen, jemand, der wußte, was Leute hören wollten, und der sämtliche Mittel kannte, die man einsetzen mußte, um sie zu motivieren. Die Ideen, die sein Gehirn unaufhörlich produzierte, ließen sich in der Regel ohne größere Abstriche umsetzen. Fehlschläge waren in der Vergangenheit zwar hin und wieder vorgekommen, doch nicht im größeren Ausmaß. Gitan spielte auf Sicherheit; kein Detail, das nicht hundertfach durchdacht wurde. Für ihn gab es viel zu verlieren, Fehler konnte er sich nicht leisten.

Das augenblickliche Vorhaben sollte ein neuer Meilenstein in der Geschichte der russischen Mafia werden und alles bis dahin Geschaffene in den Schatten stellen. Zusammen mit seinem engsten Führungskreis ging er jedes noch so kleine Detail viele Male durch, verglich die Orts- und Zeitangaben und prüfte sämtliche Notfallpläne für alle Eventualitäten selbst.

Mittlerweile liefen die Vorbereitungen seit über drei Jahren und hatten viele Millionen Francs verschlungen, es wurde Zeit, daß sie langsam in die heiße Phase kamen. Seine Ungeduld ließ sich kaum mehr zähmen.

Das Gespräch auf der ausladenden Terrasse seiner herrlichen Villa fand vor dem Hintergrund von Labordes bevorstehender Ernennung zum monegassischen Staatsminister statt. Die sechs Männer saßen auf schweren, gepolsterten Gartenstühlen um einen großen Tisch und tranken Perrier, belgisches Bier und leichten Rotwein aus dem Rhônetal. Gitan rauchte eine Marlboro nach der anderen und strahlte vor Zufriedenheit. Jacques Tourballe, sein Brigadier, der für die reibungslose Durchführung der gigantischen Aktion zuständig war, hatte im Elysée-Palast in Erfahrung bringen können, daß die Entscheidung bereits in ihrem Sinne getroffen worden war.

Nun ging es darum, die Aufgaben für die nächsten zwölf Monate zu verteilen. Laborde brauchte etwa ein Jahr, um den monegassischen Verwaltungsapparat in ihrem Sinne umzubauen und die notwendigen Bedingungen für die alles verändernde Aktion zu schaffen. Sie legten deshalb den ersten Juli des kommenden Jahres als den Beginn der letzten und wichtigsten Phase fest. An diesem Tag würde der Fürst nach Lausanne fliegen, um dort niemals anzukommen.

4

Der Außenminister informierte Laborde gleich nach seiner Rückkehr in den Quai d'Orsay über sein Vorhaben, ihn als monegassischen Regierungschef vorzuschlagen. Sein Planungschef zeigte sich, wie erwartet, höchst erfreut über die hohe Ehre und war ohne Zögern bereit, sich dieser Aufgabe zu stellen. Boudin klärte ihn anschließend über das nun folgende Procedere auf und drückte, wie in derartigen Fällen üblich, sein Bedauern darüber aus, einen herausragenden Mitarbeiter verlieren zu müssen. In Wahrheit hatte er sich bereits seit langem nach einem umgänglicheren und weniger arroganten Planungschef gesehnt und bereits jemanden als Nachfolger im Auge.

Am Nachmittag des folgenden Tages fuhren sie gemeinsam in den Elysée-Palast.

»Ich nehme an, Sie wurden bereits darüber in Kenntnis gesetzt, daß ich Ihre Ernennung gebilligt habe?« wollte der Präsident wissen. Er hatte Boudin telefonisch mitgeteilt, daß der Name Laborde dem Fürsten bereits gestern genannt worden war.

Der künftige Staatsminister nickte. Er war eine große, elegante Erscheinung mit gepflegtem Vollbart und forschenden braunen Augen. Obwohl ihn nicht mehr allzu viele Jahre von seinem sechzigsten Geburtstag trennten, besaß er noch dichtes, ungefärbtes Haupthaar, in dem nur wenige graue Haare zu erkennen waren. Er hatte während seiner Schulzeit mit dem täglichen Konditionstraining begonnen und streifte auch heute noch regelmäßig die Laufschuhe über, was sich auf seine Figur äußerst positiv auswirkte. Er galt nicht unbedingt als großer Redner, sondern überzeugte eher durch sachlich-nüchterne Analysen.

»Gut, dann wissen Sie also auch, welche Erwartungen wir mit Ihrer Ernennung verbinden.« Der schnelle Sprechstil des Präsidenten nahm seinem Gegenüber jede Gelegenheit, etwas einzuwerfen. »Wie Sie zweifellos wissen, besteht Monaco aus nicht viel mehr als einer Handvoll Häuser auf einer Fläche, die kaum größer ist als ein paar aneinandergereihte Fußballfelder. Trotzdem hat dieser Landstrich eine immense wirtschaftliche wie auch kulturelle Bedeutung für die gesamte französische Mittelmeerküste. Wir legen seit jeher Wert auf gute Beziehungen zum regierenden Fürstenhaus, und die von uns vorgeschlagenen Regierungschefs haben die beiderseitigen Erwartungen bislang auch stets voll erfüllt. Nach allem, was mir über Ihren Lebenslauf mitgeteilt wurde, fügen Sie sich zumindest in dieser Hinsicht nahtlos in die Reihe Ihrer Vorgänger ein, so daß mir nichts anderes übrigbleibt, als Ihnen eine glückliche Hand bei der Ausübung Ihrer Pflichten zu wünschen.« Er sah nervös auf die Uhr. Seine Kosmetikerin wartete bereits seit zehn Minuten, um ihn für einen Interviewtermin zu schminken. Wie immer lief ihm auch heute wieder die Zeit davon.

»Ich nehme an, meine Ernennung hängt noch von der Zustimmung des Fürsten ab?« erkundigte sich Laborde vorsichtig.

»Die ist nur eine Formsache«, antwortete der Präsident kurz und machte gleichzeitig eine wegwerfende Handbewegung. »Ich habe gestern mit ihm telefoniert und ihm meine Entscheidung mitgeteilt. Er erwartet Sie, sobald es Ihre Verpflichtungen erlauben.« Mit diesen Worten erhob er sich und reichte Laborde die Hand. »Viel Erfolg bei Ihrer neuen Aufgabe, mein Bester. Wir werden voneinander hören.«

Damit war die Unterredung beendet.

Als Nicole ihren Platz in den Tuilerien-Gärten einnahm, war von dem alten Professor noch nichts zu sehen. Trotzdem zweifelte sie nicht an seinem Kommen. Das Wetter war schön, also würde er auch heute wieder die Sonne suchen. Warum sie den alten Mann unbedingt wiedersehen wollte, konnte sie sich nicht recht erklären. Immerhin mußte sie seit dem gestrigen Zusammentreffen häufig an ihn denken. Ein Professor und Philosoph, beinahe so alt wie dieses Jahrhundert. Er hatte einen bleibenden Eindruck bei ihr hinterlassen.

Möglicherweise war es ihre Sehnsucht nach einem Menschen, dem sie vertrauen konnte und der Verständnis für ihre Wünsche und Hoffnungen aufbrachte, die sie auf einen näheren Kontakt mit ihm hoffen ließ. Nicole besaß keine Familie, die ihr Wärme geben konnte, keinen Ort mit freundlichen Menschen, an den sie immer wieder zurückkehren durfte, um sich vor der feindlichen Welt zu verkriechen. Seitdem sie sich, kaum fünfzehnjährig, mit Maurice eingelassen hatte, einem Schrottplatzgehilfen, zu dessen Leidenschaften es gehörte, jungen Mädchen auf den weichen Autositzen seines alten Renault die Freuden körperlicher Liebe zu zeigen, wußte sie, daß das Leben neben das grenzenlose Glück stets auch tiefste Niedergeschlagenheit stellte. Sie hatte damals, allein mit ihrer Mutter, in der heruntergekommenen kleinen Dachwohnung eines Abbruchhauses hinter dem Gare de l'Est gewohnt, in der sie auch auf die Welt gekommen war. Maurice war fünfundzwanzig, ihre Mutter fünfundreißig. Als die beiden ihr mitteilten, daß sie heiraten wollten, hatte Nicole dies zum Anlaß genommen, um daheim auszureißen und sich von nun an allein durchs Leben zu schlagen.

Die nächsten drei Jahre lebte sie zusammen mit Valentin, einem Kunststudenten der Beaux Arts, der sie sowohl als billiges Modell für sich und seine Freunde wie auch als Verantwortliche für seine dreckige Wäsche und die übrigen Haushaltsdinge betrachtete. Über ihn lernte sie Hortense Marmoux kennen, die Leiterin einer privaten Ballett- und Tanzschule in der Rue Beauregard. Hortense wurde nach der Trennung von Valentin ihre einzige echte Freundin. Sie hatte festgestellt, daß Nicole für ihr Leben gerne tanzte, und ihr daraufhin spontan angeboten, doch mal kurz im Studio vorbeizusehen. Dieser Tag war zum Wendepunkt ihres Lebens geworden.

Dem Urteil der erfahrenen Ballettlehrerin zufolge fiel Nicole ebenso durch ihre außergewöhnlich elegante Haltung auf als auch durch ihre graziösen Bewegungen und die völlige Hingabe an die Musik. Hortense hatte ihr daher kurzentschlossen angeboten, sie in alle Finessen des klassischen Balletts einzuweihen, und Nicole konnte gar nicht anders, als begeistert zuzustimmen.

Die mütterliche Hortense empfand Mitleid mit dem herumgestoßenen Mädchen, das so meisterlich über den Tanzboden zu schweben verstand, und nahm ihr deshalb in den folgenden anderthalb Jahren nicht einen einzigen Franc für die vielen Stunden in ihrem Studio ab. Sie betrachtete die Ausbildung vielmehr als ihren ganz persönlichen Beitrag zur Weiterentwicklung der französischen Ballettkunst und freute sich an den Fortschritten, die ihr Schützling machte.

Natürlich war von Anfang an klar gewesen, daß Nicole kein Ballett-Star am Palais Garnier mehr werden würde, dafür war sie bereits zu alt. Das Zeug für eine außergewöhnliche Tänzerin besaß sie jedoch allemal, und somit würden ihr viele andere Türen offenstehen. In der Zwischenzeit schlug sie sich als Modell für billige Kaufhausmoden durch, um auf diese Weise ihren Lebensunterhalt und die Miete der kleinen Altbauwohnung in Bérault zu finanzieren. Mit knappen achtzehn stand sie bereits auf eigenen Füßen und hatte allen Grund, hoffnungsvoll in die Zukunft zu blicken.

Es war ebenfalls Hortense, die über gute Kontakte zur Direktion des Moulin Rouge verfügte, jenem weltberühmten Tempel des Nachtlebens am Boulevard de Clichy, und ihr dort einen Vorstellungstermin verschaffen konnte. Der Andrang der Konkurrentinnen war groß gewesen – auf fünf freie Stellen kamen zweihundert Bewerbungen –, doch Nicole überwand die Hürde mit spielerischer Leichtigkeit. Denn was zählte, war das harmonische Zusammenspiel aller Glieder, die Leichtigkeit der Bewegungen, die wohlproportionierte Figur. Es machte ihr vom ersten Augenblick an Spaß, in gerüschtem Unterrock und Wolken von Pfauenfedern auf dem Kopf einen French Cancan zu tanzen oder als diamantenbehängte Maharani effektvoll auf der Bühne zu posieren. Sie liebte die glitzernde Welt des Moulin

Rouge, die täglichen Vorstellungen und vor allem den Beifall der Zuschauer. Sie konnte sich an keinen einzigen Tag erinnern, an dem sie ihre Entscheidung bereut hätte.

Mittlerweile gehörte sie seit über zwei Jahren zum Ensemble, davon die letzten vier Monate als Solotänzerin. Hortense war es leider nicht vergönnt gewesen, den Aufstieg ihres Schützlings mitzuerleben, eine tückische Virusinfektion hatte sie kurz nach Nicoles Eintritt ins Moulin Rouge dahingerafft. Damit besaß Nicole niemanden mehr, bei dem sie ihren Ärger loswerden oder mit dem sie ihre Erfolge teilen konnte.

Während der ersten Wochen nach dem Tod ihrer alten Freundin fühlte sie sich deshalb so einsam wie nie zuvor in ihrem Leben. Sie sehnte sich nach einem Menschen, der diese Lücke schloß, wollte nach den Erfahrungen mit Valentin aber vermeiden, abermals von einem Mann abhängig zu werden. Sie hatte es unter vielen Mühen geschafft, einen eigenständigen Weg zu finden, und sie war in ihrem Beruf erfolgreich; diese beiden Errungenschaften wollte sie unter keinen Umständen aufgeben.

Eric hatte angeboten, ihr monatlich eine ausreichende Summe zu überweisen, damit sie das Moulin Rouge verlassen konnte und nur noch für ihn da war. Sie wies sein Ansinnen selbstverständlich entrüstet zurück, ließ sich gleichzeitig aber überreden, das feuchte Loch in Bérault zu verlassen und in ein hübsches Zimmer in St-Mandé Tourelle zu ziehen. Für die Stunden ihres Beisammenseins war Eric jedoch auch diese Bleibe nicht gut genug, und er reservierte dafür meist ein Zimmer im eleganten Ritz an der Place Vendôme. Im Laufe ihrer Bekanntschaft, die sich inzwischen über gut sechs Wochen erstreckte, hatte Eric auf diese Weise bereits ein halbes Vermögen für die gemeinsamen Nächte mit ihr bezahlt.

Nicole hatte genug Lebenserfahrung, um nicht auf den Tag zu hoffen, an dem sich Eric von seiner Frau trennen und offen zu seiner Liebe bekennen würde. Als hoher Beamter im Außenministerium konnte er sich einen derartigen Schritt kaum leisten, ohne einen Skandal heraufzubeschwören, das wußte sie. Auch war er nicht der Mann, der jedes Versprechen hielt, das er im Laufe einer stürmischen Nacht gab. Er würde immer eine Ausrede finden, falls sie den Fehler begehen und ihn am nächsten Morgen darauf ansprechen sollte. Nicole schwieg also und genoß seine Großzügigkeit aus vollem Herzen. Irgendwann kam das Lebewohl, und sie war wieder allein. Sie hatte es mit sechzehn aufgegeben, von einer Märchenhochzeit in Weiß zu träumen, und seither zweifelte sie auch daran, irgendwann einmal Kinder zu bekommen und ein ganz normales Familienleben zu führen. Dazu war sie vermutlich nicht geboren.

Eric hatte sie beim Tanzen gesehen. Sein Tisch stand unmittelbar an der Bühne, und sein Blick hatte sie während des gesamten Auftritts nicht losgelassen. Auch Eric war ihr sofort aufgefallen, seine aristokratische Erscheinung, die dunklen Augen, das offene Lachen. Für einen Mann wie ihn war es ein leichtes gewesen, anschließend hinter die Bühne zu kommen, um einige Worte mit ihr zu wechseln. An diesem Abend hatte sie sich noch kühl und abweisend verhalten. Am nächsten Tag schickte er Blumen. Obgleich sie dies als altmodisch und aufdringlich empfand, nahm sie den hübschen Strauß mit nach Hause. Einen Tag später folgte ein noch größerer. Der Umfang der Sträuße nahm mit jedem Tag zu, die Kolleginnen kicherten wie verrückt, und der Florist verdiente sich eine goldene Nase. Am Ende der zweiten Woche lag eine Karte bei. Geschmeichelt von seiner Hartnäckigkeit, nahm sie seine Einladung an und landete schließlich irgendwann im Laufe der frühen Morgenstunden mit ihm in einer der cremefarbenen Suiten des Ritz. Von da an war ihr Widerstand gebrochen. Eric wurde der dritte Mann in ihrem Leben.

Er war amüsant und großzügig, in den Augen Nicoles zwei Voraussetzungen, um die Liebe zu einer heiteren Angelegenheit werden zu lassen. Trotzdem durfte er nicht beliebig über sie verfügen. Es gab eindeutige Spielregeln, und Eric hielt sich folgsam daran.

»Guten Tag, Mademoiselle.« Rosbigalle stand plötzlich vor ihr und spielte mit seiner Krücke.

Nicole zuckte überrascht zusammen. »Ich habe Sie gar nicht kommen sehen, Professor.«

Rosbigalle nahm auf dem benachbarten Stuhl Platz. »Von

meinen Bekannten ist noch niemand da, erlauben Sie mir deshalb, daß ich mich inzwischen ein wenig zu Ihnen setze?« Seine Krücke lehnte er gegen die Armlehne. »Haben Sie den gestrigen Schrecken gut überstanden?«

»Ich lasse meine Tasche keine einzige Sekunde mehr aus den Augen«, antwortete sie und hob ihre Rechte, die einen der beiden Schulterriemen des kleinen Rucksacks umklammert hielt.

Rosbigalle nickte. »Giselle«, sagte er dann.

»Wie bitte?« Nicole verstand nicht recht.

»Giselle«, wiederholte er. »Im Palais Garnier wird im Augenblick Giselle gespielt. Nicht Schwanensee von Tschaikowsky. Ich war gestern dort. Und unter den Mädchen des Balletts habe ich Sie trotz Opernglas nicht erkannt.« Jetzt lächelte er. Gleichzeitig stand ein großes Fragezeichen in seinem Gesicht.

Nicole bekam einen knallroten Kopf. O Gott! Warum hatte sie ihn gestern in seiner falschen Annahme auch noch bestärkt? Natürlich hielt er sie jetzt für eine üble Aufschneiderin, die sich nur wichtig machen wollte. Eine kleine Sekretärin möglicherweise, die von nichts anderem als der Bühne träumte und ihre Phantasien nicht von der Realität unterscheiden konnte. Was sollte sie jetzt sagen? Eigentlich war es völlig egal, er würde es ohnehin für eine weitere Lüge halten.

»Ich tanze nicht im Palais Garnier«, bekannte sie schließlich leise. »Ich habe mich gestern absichtlich etwas unklar ausgedrückt, weil ich Ihnen nicht die Wahrheit sagen wollte.«

»Was ist an ihr denn so schlimm?« Rosbigalle hielt seinen Kopf etwas schräg, um sie besser verstehen zu können.

»Ich bin Tänzerin im Moulin Rouge.«

»Tatsächlich?« Er sah sie einige Augenblicke lang zweifelnd an. War das wieder eine Ausflucht? Nein. Er glaubte ihrem verlegenen Gesicht. »Ich kenne das Moulin Rouge gut«, bekannte er schließlich freimütig. »Ich war einige Jahre lang regelmäßiger Gast dort, doch irgendwann habe ich die Besuche eingestellt. An den Grund kann ich mich nicht mehr erinnern. Vermutlich weil mich meine Pflichten derart in Anspruch nahmen, daß ich keine Zeit mehr für solche Vergnügungen fand.«

»Die meisten Menschen rümpfen die Nase, wenn ich ihnen

erzähle, wo ich auftrete«, gestand Nicole, ermutigt durch das offene Bekenntnis des alten Mannes. »›Stripperin‹ ist noch der vornehmste Ausdruck, mit dem sie Frauen wie mich bezeichnen.«

»Daran sollten Sie sich nicht stören. Folgen nicht alle unsere Bestrebungen der Notwendigkeit unserer Natur und den gegebenen Umständen und erklären sich durch sie? Sie sind eine erwachsene junge Dame, Nicole, die ihren Lebensunterhalt selbst verdienen muß. Ich kann mir vorstellen, daß Sie nicht viele Wahlmöglichkeiten hatten.«

»Wenn ich ehrlich bin, macht mir meine Arbeit im Moulin Rouge großen Spaß. Ich fühle mich nicht zu ihr gezwungen.« Sie schob diesen schnellen Satz ein, weil sie das Gefühl hatte, daß er ihre Beweggründe mißverstand.

Rosbigalle lächelte. »Deswegen sprach ich ja die Notwendigkeiten unserer Natur an, die zusammen mit den gegebenen Umständen unser Tun erklären. Man darf diese beiden Dinge niemals getrennt voneinander betrachten und aus nur einem der Aspekte ein vorschnelles Urteil ableiten.« Er räusperte sich. »Das ist allerdings nicht von mir, sondern von Pascal.«

»Ist das ein Bekannter von Ihnen?« erkundigte sich Nicole.

Rosbigalle traten vor Lachen die Tränen in die Augen. »Pascal? Ein Bekannter? Ja, so könnte man sagen. Ich kenne jede Zeile, die er je geschrieben hat. Leider ist er schon lange tot.«

»Das tut mir leid.«

»Mir auch.« Er zog ein großes weißes Taschentuch aus seiner Hosentasche und wischte sich damit über die Augen. »Aber bleiben wir bei unserem Ausgangsthema: dem Tanzen. Es macht Ihnen also Spaß?«

»Sehr!« nickte sie. »Ich mag die Atmosphäre auf der Bühne, die vielen Menschen, ihre Begeisterung, ihren Applaus.«

»Ich war gestern vergeblich im Palais Garnier, um Sie zu sehen. Hätten Sie etwas dagegen, wenn ich in den nächsten Tagen ins Moulin Rouge komme?«

Nicole glaubte, ihren Ohren nicht trauen zu können. »Warum nicht?« stotterte sie trotzdem. »Ich würde mich freuen.«

»Abgemacht«, nickte er und freute sich ebenfalls. »Ich denke, den Weg dorthin kenne ich noch von früher, ich werde mich wohl kaum verlaufen.«

»Sagen Sie mir, wann Sie kommen wollen, dann lasse ich Ihnen vorn einen Platz reservieren.«

»Versprochen.«

Die Unterhaltung riß jetzt für einige Zeit ab. Die junge Frau und der siebzig Jahre ältere Mann genossen die warmen Sonnenstrahlen.

»Leben Sie eigentlich allein, Professor?« unterbrach Nicole schließlich die Stille.

Rosbigalle nickte. »Meine Frau starb 1944. In Chicago. Während der Zeit unseres Exils. Wir waren beinahe acht Jahre miteinander verheiratet. Danach verspürte ich keine Lust mehr, mein Dasein noch einmal an einen anderen Menschen zu binden.« Er sprach emotionslos – so, als ginge ihn das alles nichts mehr an.

»Sie klingen, als sei Ihre Ehe nicht sehr glücklich gewesen?« Nicole besaß ein feines Gespür.

»Wenigstens was die letzten Jahre betrifft, haben Sie mit dieser Vermutung leider recht«, nickte Rosbigalle und sah auf einen Punkt in weiter Ferne. »Ich habe nach Gold gesucht und nur viel Erde umgegraben, würde Heraklit sagen. Vielleicht war aber auch nur der Krieg schuld an unserer zunehmenden Entfremdung. Thérèse wollte Paris trotz der Besetzung nicht verlassen, sondern unsere hübsche Wohnung halten. Sie hing an ihren Freundinnen, an ihrer gewohnten Umgebung und war allem Neuen gegenüber mißtrauisch. Als Jüdin durfte sie jedoch spätestens nach dem Judengesetz vom Oktober 1940 nicht länger bleiben, ich konnte es nicht verantworten, sie noch weiter der Gefahr auszusetzen. Außerdem fiel es mir von Tag zu Tag schwerer, dem geistigen Druck zu widerstehen, der auf unserem Land und den Menschen hier lastete. Ich brauchte frische Luft. In England hat man uns zwar auch nicht gerade mit offenen Armen aufgenommen, doch nach einigem Suchen fanden sich hilfsbereite Kollegen, die uns eine heizbare Baracke in Richborough, in der Grafschaft Kent, beschafften und uns die erste Zeit über versorgten. Ich kam für einige

Monate in einem kleinen Institut unter, das zum Finanzministerium gehörte und fast alle seiner Wissenschaftler an die Royal Air Force abgeben mußte. Schließlich erhielt ich dann den Lehrauftrag aus Chicago. Trotz des abermaligen Protestes meiner Frau sagte ich natürlich sofort zu, und wir sind daraufhin in die USA übergesiedelt. Leider ist sie dort kurze Zeit später erkrankt und im August 1944 schließlich gestorben. Als ich nach Kriegsende wieder nach Paris zurück konnte, trug ich die Urne mit ihrer Asche im Koffer. Wir sind also, wenn Sie so wollen, gemeinsam zurückgekehrt.«

Er hielt inne, um einige Augenblicke zu überlegen. »Doch es lag nicht allein am Krieg, ich muß ehrlich sein. Wir waren einfach zu verschieden. Thérèse ging ihre zweite Ehe ein – ihr erster Mann war ein junger Offizier, der sieben Monate nach der Hochzeit bei einem Motorradunfall im Bois de Boulogne ums Leben gekommen ist –, und ich stellte nur so etwas wie einen halbwegs passablen Ersatz für den Verunglückten dar. Zum Leidwesen von Thérèse konnte ich allerdings weder Motorrad fahren, noch war ich ein brillanter Sportler; außerdem bestand nicht die geringste Chance, daß ich irgendwann einmal General werden würde. Statt dessen entwickelte ich mich im Laufe der Zeit zu einem immer langweiligeren Wissenschaftler, der von seiner Arbeit so besessen war, daß er sein Leben praktisch zwischen Lehrsaal und Schreibtisch verbrachte. Ein egoistischer Mensch, der es regelmäßig ablehnte, mit ihr in die Oper zu gehen oder eine Kunstausstellung zu besuchen. Im Gegensatz zu mir hatte Thérèse für diese Dinge nämlich sehr viel übrig.«

»Ich glaube nicht, daß Sie egoistisch sind«, protestierte Nicole.

»Tatsächlich?« Sein Gesichtsausdruck zeigte, daß ihm ihr Einwand gefiel. »Nun, vielleicht trifft es eher den Kern, wenn ich mich als rücksichtslos neugierig bezeichne. Schauen Sie, Nicole, wenn sich alles in gleicher Weise bewegt, bewegt sich scheinbar nichts – wie auf einem Schiff. Es muß aber Menschen geben, die stehenbleiben und einen festen Punkt bilden, damit sie die ungestüme Bewegung des Ganzen für die anderen wahrnehmbar machen. Der große Ärger von Thérèse bestand nun darin, daß ausgerechnet ich mich dazu berufen gefühlt habe, einen dieser Punkte darzustellen.«

»Aber man kann doch nicht ein ganzes Leben lang nur für Bücher leben?« Nicole las bestenfalls Zeitschriften, hin und wieder einen billigen Liebesroman. Keine Thriller. Wissenschaftliche Arbeit stellte sie sich daher fürchterlich vor.

»Ich bin der lebende Gegenbeweis für Ihre Behauptung«, antwortete Rosbigalle. »Ich habe in meinem Leben einige zehntausend Bücher gelesen und durchgearbeitet. In französisch, englisch, deutsch, spanisch, portugiesisch und italienisch.«

»Sie sprechen alle diese Sprachen?« staunte sie.

»Es war nicht schwer, sie zu lernen«, wehrte Rosbigalle ab. »Sie dürfen nicht den Fehler machen, einen Menschen allein nach seinen Anstrengungen zu beurteilen, Nicole. Sie müssen sich vielmehr an seinem gewöhnlichen Verhalten orientieren. Und in diesem Punkt war ich stets eine Enttäuschung.« Er verzog unwillig das Gesicht. »Ich bin immer vor der Welt davongelaufen und habe alle Außenkontakte nach Möglichkeit vermieden, weil ich Angst davor hatte, daß die Realitäten nicht mit meinen Theorien übereinstimmen. Ich wollte nicht enttäuscht werden. All das, was in meinen Büchern so wundervoll ineinandergreift, funktioniert nämlich in der Praxis nicht immer. Meine Angst bestand darin, eines Tages mit meinen Fehlern konfrontiert zu werden und meinen Weg dann nicht mehr konsequent zu Ende gehen zu können.«

»Und als sich die befürchtete Konfrontation dann schließlich nicht mehr vermeiden ließ, haben Sie alles hingeworfen und sich nur noch mit der Philosophie beschäftigt?« Nicole erinnerte sich an seine gestrigen Worte.

Rosbigalle schob die Brille bis zur Nasenwurzel hinauf und verzog kurzzeitig den Mund. »Sie haben mir gut zugehört. Ja, nachdem meine schlimmsten Befürchtungen eingetreten waren, beschloß ich, mich einem anderen Feld der Wissenschaft zuzuwenden.« Er wischte sich über die Stirn. »Ehrlich gesagt, rede ich nur ungern über mein Versagen. Macht es Ihnen etwas aus, wenn wir uns erfreulicheren Dinge zuwenden, Nicole? Ich würde gern etwas über Ihre Lieblingsschriftsteller erfahren, über die Musik, die Sie hören, und über Ihre bevorzugten Maler.«

Nachdem Nicole erst am Abend wieder im Moulin Rouge erwartet wurde, besaß sie alle Zeit der Welt. Sie lehnte sich also zurück und begann zu erzählen. Endlich hatte sie wieder jemanden gefunden, der ihr ein wirklicher Freund sein wollte.

Nicole blieb bis zum späten Nachmittag in den Tuilerien, um sich mit dem alten Professor zu unterhalten. Als die Schatten länger wurden und er sich verabschiedete, schlenderte sie zur Place Vendôme, um dort in einem Café die restliche Zeit zur verbringen, bis die Zwanzig-Uhr-Vorstellung begann.

Wie so häufig lud Eric sie nach der Mitternachtsshow in das L'Espadon im Ritz ein, wo er zu ihrer Überraschung Champagner bestellte. Es gab etwas zu feiern, doch er wollte ihr den Grund dafür erst auf dem Zimmer mitteilen. Sie stießen miteinander an und küßten sich. Nicole aß nur wenig von den exquisit angerichteten Tellern, die von eleganten Ober unter dem Schutz silberner Cloches an den Tisch gebracht wurden. Ein paar Spargelspitzen, etwas Fisch, einige Gabeln voll Reis, dazu Perrier, mehr brauchte sie nicht.

Eric machte ihr Komplimente zu dem neuen schulterfreien schwarzen Abendkleid, das durch seinen engen Schnitt ihren perfekten Körper ausgezeichnet zur Geltung brachte und fast bis zu den Knöcheln ging. Die dazu passenden schwarzen Pumps aus Lackleder mit Metallabsätzen stammten von Gucci, das zarte Parfum von Hermès. Er betete diese Frau an und konnte es kaum erwarten, endlich mit ihr nach oben gehen zu dürfen.

Nicole brauchte im Bad nur zehn Minuten. Ausreichend Zeit für eine kurze Dusche und einen Hauch Parfüm. Sie tupfte es hinter die Ohren, an den Hals, auf die Brust und in die Kniekehlen. Die Nägel hatte sie bereits am Morgen manikürt, ihre Hände waren frei von unebenen Stellen und rauhen Hautpartien. Der wichtige Teil des Abends konnte beginnen. Sie schlüpfte wieder in ihr Kleid und kehrte ins Schlafzimmer zurück.

Hier hatte Eric bereits das Licht bis auf zwei kleine Wandleuchter gelöscht und sein Sakko einschließlich der Krawatte achtlos über einen Stuhl geworfen. Wie immer war die Szenerie perfekt arrangiert. Die vertrauten leisen Violinenklänge einer Chopin-Melodie schwebten in der Luft, eine Flasche Dom Pérignon stand zusammen mit zwei Champagnerkelchen auf einem der beiden Nachttische bereit, und in der Mitte des riesigen Bettes lag eine winzige Schmuckschatulle.

Nicole blieb in der Tür stehen und setzte ein möglichst ernstes Gesicht auf. »Eric, ich sterbe vor Neugier, wenn ich nicht gleich den Grund für deine Ausgelassenheit erfahre. Was ist passiert? Hat man dich zum Außenminister ernannt?«

Eric öffnete die Flasche, füllte die beiden Champagnerkelche und kam ihr damit in Strümpfen entgegen. »Erst laß uns auf unsere Zukunft anstoßen, Liebling!« bat er. »Auf daß wir solche Feste noch viele Male feiern können.«

Zögernd nahm Nicole eines der beiden Gläser entgegen, und sie stießen zum zweiten Mal in dieser Nacht miteinander an. »Eric!« weinte sie dann geradezu flehentlich. »Wie lange willst du mich noch auf die Folter spannen?«

»Du mußt zuerst dein Glas austrinken!« befahl er ihr. »In einem Zug.«

Nicole tat gehorsam, was er von ihr verlangte, und als sie das Glas geleert hatte, nahm er es ihr ab und stellte es zurück auf den Nachttisch. Dann schlang er seine Arme um sie, und ihre Zungenspitzen begannen, den Mund des jeweils anderen minutenlang intensiv zu bearbeiten.

Als Eric jedoch den Versuch unternahm, ihr Kleid zu öffnen, hielt ihm Nicole die Hand fest. Zuerst sollte er reden. Sie warf den Kopf zurück und zog einen Schmollmund. »Eric, bitte!«

Daraufhin blieb ihm keine andere Wahl. »Ich war heute beim Präsidenten, Liebling«, gestand er schließlich und wartete gespannt auf ihre Reaktion.

»Beim Präsidenten?« Nicole umfaßte seine Schultern. »Sie haben dich für irgend etwas ausgewählt, habe ich recht?« Sie wurde ganz aufgeregt. »Was ist es? Eine Botschaft?«

Eric schüttelte lächelnd den Kopf. »Du schläfst heute nacht mit dem neuen Staatsminister von Monaco«, verkündete er selbstbewußt. »Ich werde der Regierungschef des Fürsten.«

Nicole staunte. »Monaco? Du wirst dafür bezahlt, daß du ans Mittelmeer ziehst und die ewige Sonne genießt?« Sie freute sich beinahe ebenso wie er und drückte ihm schnell einen Kuß auf den Mund. »Du Glückskind.«

Eric störte sich ein wenig daran, daß Nicole diese Auszeichnung ausschließlich unter touristischen Aspekten sah, und fügte deshalb hinzu: »Ich habe den begehrtesten Posten bekommen, der vom Außenministerium überhaupt zu vergeben ist. Eine höhere Auszeichnung für ein erfolgreiches Berufsleben in den Diensten der französischen Diplomatie gibt es nicht.«

»Gratuliere!« sagte Nicole daraufhin nur und legte ihren Kopf an seine Brust. Natürlich freute sie sich mit ihm über diesen Aufstieg, auch wenn er das Ende ihrer gemeinsame Zeit einleitete. Eric konnte sich in einer so exponierten Position wohl kaum von Christine trennen, während es für sie selbst derzeit keine Alternative zum Moulin Rouge gab. Ihre Lebenswege würden also nun getrennt verlaufen.

Obgleich ihr plötzlich zum Heulen zumute war, streichelte sie ihm zärtlich über das Hemd. »Du hast diese Auszeichnung verdient, Eric, wirklich. Weiß es Christine schon?«

Er schüttelte den Kopf. »Nein. Du bist die erste, die davon erfährt. Christine bekommt es noch früh genug mit. Monaco, ah, es ist zum Verrücktwerden schön. Ich werde dich natürlich so bald wie möglich nachholen. Zuerst suche ich dir eine hübsche kleine Wohnung, und dann werde ich dafür sorgen, daß du im Monte Carlo Ballett unterkommst. Wenn die Gerüchte über mein zukünftiges Gehalt stimmen, wirst du leben wie eine Königin.«

Nicole vermied es, darauf eine Antwort zu geben, um ihm nicht die Freude dieses Augenblicks zu zerstören. Es hatte sie viel gekostet, auf eigenen Füßen zu stehen, deshalb würde sie es sich sorgfältig überlegen, ehe sie ihm nach Monaco folgte.

Eric war am Nachmittag bei Van Cleef & Arpels gewesen und hatte ihr eine sündhaft teure kleine Armbanduhr gekauft, damit sich Nicole täglich an diesen denkwürdigen Augenblick erinnerte. Als sie sich jetzt über das Bett beugte, um nach dem kleinen Etui zu greifen, wehrte sie sich nicht mehr dagegen, daß er ihr das Kleid öffnete.

5

Eric Laborde rannte wie ein wütendes Raubtier durch sein Büro und suchte nach etwas, an dem er seine Wut auslassen konnte. Knappe zwölf Monate war er jetzt bereits monegassischer Staatsminister, und der größte Teil des Beamtenapparates stand längst bedingungslos hinter ihm, nur dieser verdammte Alain Jourdan nicht. Er haßte diesen jungen Mann, der sich in seiner Funktion als Polizeichef einer maßlosen Selbstüberschätzung hingab und jede seiner Anweisungen hinter vorgehaltener Hand kritisierte. Erst vor wenigen Minuten waren sie hier in seinem Büro wieder aneinandergeraten und hatten sich zum wiederholten Male mehr oder weniger offen bestätigt, den jeweils anderen nicht ausstehen zu können. Wenn Laborde freie Hand besessen hätte, würde Jourdan sein Amt längst nicht mehr ausüben, das wußten beide. Nachdem der Fürst aber so unverbrüchlich hinter seinem obersten Sicherheitsmann stand und jeden Angriff auf ihn höchstpersönlich abwehrte, bestanden keine großen Aussichten, dieses Ärgernis in absehbarer Zeit aus dem Weg zu schaffen. Laborde mußte, bis auf weiteres, mit ihm leben.

In jeder anderen Angelegenheit befolgte der Fürst die Ratschläge seines Regierungschefs überaus willig. Nachdem sich Laborde frühzeitig den Befürchtungen angeschlossen hatte, daß die Mafia eine schleichende Machtübernahme plante, waren sie Partner geworden in ihrem einsamen Kampf gegen das gesichtslose Böse. Der Fürst war ein alter Fuchs, der eine drohende Gefahr beinahe riechen konnte, in der Beurteilung von Menschen hingegen war sein Gespür weniger ausgeprägt. Sonst hätte er kaum den heimlichen Vertreter der Mafia in seinem Fürstentum damit beauftragt, ein Umstrukturierungsprogramm in die Wege zu leiten, das praktisch die gesamte Verwaltungs- und Führungsstruktur Monacos austauschte. Er ermöglichte es Laborde auf diese Weise, unzählige Sicherheitsbestimmungen zu verändern, die einst aus guten Gründen eingeführt worden waren, und eine weitreichende Reform des Finanzwesens anzustoßen. Labordes Eifer rief nirgendwo Mißtrauen hervor, schließlich geschah alles auf Wunsch des Fürsten.

Laborde hatte sein Programm als notwendige Modernisierung einer schwerfälligen Administration bezeichnet und überraschenderweise mehr Zustimmung als Kritik dafür geerntet. Man sah in ihm jemanden, der das angestaubte Image Monacos wieder aufpolieren wollte, um damit die Zukunft des Fürstentums zu sichern. Der Fürst selbst, dem in den vergangenen zwölf Monaten mancher Schritt zu weit gegangen war, hielt sich mit seiner Kritik zurück. Er wollte nicht, daß die möglicherweise eingeschränkte Sichtweise eines alten Mannes den Schwung der Reformen lähmte. Wenn er Fehlentwicklungen feststellte, konnte er später immer noch auf eine Korrektur drängen – so hoffte er wenigstens. Jedenfalls durfte er den Elan seines neuen Staatsministers nicht durch kleinkariertes Herumnörgeln untergraben.

Der einzige Gegner innerhalb des Fürstentums, der Laborde ernsthaft gefährlich werden konnte, war Jourdan. Aus irgendeinem Grunde zeigte ihm dieser Mann ganz offen ein erhebliches Maß an Mißtrauen und kritisierte speziell jene Aspekte, die das zentrale Nervensystem der Reformen bildeten. Noch blieb er der einsame Rufer im Wald, doch Laborde konnte sich nicht darauf verlassen, daß der Fürst die unaufhörlichen Diskreditierungsversuche gegen ihn auf Dauer lächelnd beiseite wischte. Wenn es Jourdan gelang, mit Hilfe des Fürsten auch nur Teile seines Programms zu verhindern, war ihr gesamter großangelegter Plan in Gefahr.

Er mußte sich Jourdan deshalb unter allen Umständen vom Hals schaffen. Laborde beobachtete seit Monaten jede seiner Bewegungen aufmerksam, immer in der Hoffnung, ihn bei einem Fehler zu erwischen, den der Fürst nicht so einfach übergehen konnte. Leider war damit nicht unbedingt zu rechnen, denn Jourdan arbeitete effektiv und nahezu perfekt, einzig sein angeborenes übergroßes Selbstbewußtsein konnte ihm möglicherweise eines Tages zum Verhängnis werden. Doch wann dies war, wußten die Götter. Sicherlich nicht in absehbarer Zeit.

Laborde ging wieder zu seinem Sessel. Wie lange lag Paris nun schon zurück? Er konnte sich nur noch schwach an die Zeit am Quai d'Orsay erinnern. Während den letzten Monate hatte sich so vieles ereignet. Er war nun nicht mehr subalterner Zuträger eines Ministers, sondern Staatschef, Lenker einer kleinen, doch dafür um so feineren Verwaltung. Sein Verhältnis zum Fürsten könnte besser nicht sein. Trotz ihrer unterschiedlichen Charaktere mochten sie einander. Der Fürst war ruhig und handelte stets erst nach einer längeren Periode der Überlegung, während er selbst einen Hang zur Spontanität aufwies. So gesehen, ergänzten sie sich optimal.

Seine Beziehungen zu Paris und zum Präsidenten konnten ebenfalls als sehr gut bezeichnet werden. Er hatte mit seiner Ernennung zum Regierungschef die Ebene der hohen Beamten verlassen und war dem Präsidenten in gewisser Hinsicht ebenbürtig geworden. Doch er war gelernter Diplomat und drängte sich ihm nicht auf. Die Verkörperung Monacos im In- und Ausland war der Fürst, alles andere stand in seinem Schatten. Laborde beherzigte diesen Grundsatz vom ersten Tage an und lebte gut damit.

Mittlerweile kannte er die monegassische Administration bis ins kleinste Detail. Nachdem der komplette Regierungsapparat weitaus schmaler war als die Verwaltung einer durchschnittlichen französischen Stadt, landete jeder wichtige Vorgang automatisch auf seinem Schreibtisch, und er gewann damit ein unverfälschtes Bild von sämtlichen Bereichen der Administration. Er arbeitete gut, Gitan signalisierte in regelmäßigen Abständen seine äußerste Zufriedenheit. Wenn in letzter Minute nichts dazwischenkam, würde die Mafia in wenigen Tagen die Macht im Fürstentum übernehmen. Verdeckt zwar, doch mit allen Konsequenzen.

Laborde griff zu einer Unterschriftenmappe und öffnete sie. Dann setzte er seine Lesebrille auf und machte sich daran, einen weiteren Stapel mit Dokumenten durchzuarbeiten. Bis zum 1. Juli war noch eine Menge zu erledigen.

Alain konnte den Fürsten aufsuchen, wann immer er es für notwendig hielt. Seit jenem blutigen Januarabend vor der Oper bestand zwischen ihnen ein Band, das unverbrüchlich hielt, allen Anfeindungen der letzten Monate zum Trotz. Alain wußte sehr wohl, wie wichtig diese hohe Protektion für ihn war, angesichts der unzähligen Beschwerden, die Laborde gegen ihn vorbrachte. In dessen Augen war er zu jung, zu leichtsinnig und vor allem: dem Fürsten gegenüber zu loyal. Deswegen die üble Hetzkampagne.

Der Fürst hatte Alain aufgrund seiner Rolle bei dem Attentat im Alter von erst fünfunddreißig Jahren zum Polizeichef ernannt. Die Dankbarkeit des Regenten verschaffte ihm außerdem eine große Wohnung im zweiten Stock eines traumhaft gelegenen Hauses am Quai des Sanbarbani im Stadtteil Fontvieille und seine lebenslange Zuneigung. Alain wußte aber auch, daß er seine Position eher einem Zufall als langjähriger harter Arbeit verdankte, und er setzte deshalb alles daran, das Vertrauen seines Gönners adäquat zu rechtfertigen.

Mit Hilfe französischer Kollegen konnte er bereits wenige Tage nach dem Attentat nachweisen, daß der Tote als Profikiller für das Marseiller Mafiamilieu arbeitete. Der Anschlag eines Verrückten oder krankhaft Geltungssüchtigen, der sich durch die Tat in die Schlagzeilen der Weltpresse katapultieren wollte, wurde damit zum gescheiterten Versuch des organisierten Verbrechens, Einfluß im Fürstentum zu nehmen. Für diese Leute war der Tod des Fürsten offensichtlich so wichtig, daß sie sogar das gewaltige internationale Aufsehen in Kauf nahmen, das dieser kaltblütige Anschlag erzeugte.

Alain war seither davon überzeugt, daß es die Mafia nicht

bei diesem einen Fehlversuch belassen würde, die tödliche Gefahr schwebte also weiterhin drohend über dem Fürsten und dem Land. Zu seinem Leidwesen mußte er allerdings die Sondergruppe, die speziell zur Aufklärung dieses Anschlags gegründet worden war, einige Monate später mangels konkreter Ergebnisse auf nur mehr zwei Ermittler reduzieren, so daß nicht viel Aussicht darauf bestand, irgendwann einmal fündig zu werden.

Natürlich verdächtigte er den Staatsminister nicht, im Auftrag der Mafia zu handeln; die Idee war zu absurd, als daß sie ihm ernsthaft in den Sinn gekommen wäre. Er warf ihm vielmehr vor, durch den übereilten Umbau des Fürstentums die Voraussetzungen für um sich greifende Korruption und den Einzug unerwünschter Personenkreise zu schaffen. Er hielt ihn für übereifrig und leichtsinnig. Laborde mochte ein guter Diplomat gewesen sein, daran zweifelte er keine Sekunde, doch er war definitiv kein administratives Naturtalent.

Der Hofmarschall des Fürsten begrüßte Alain freundlich, und sie wechselten ein paar Sätze über den beschämenden Ausgang der gestrigen Begegnung ›A. S. Monaco gegen Montpellier‹, ehe er in das Zimmer des Privatsekretärs treten konnte. Charles d'Alba, mit dem ihn eine langjährige Freundschaft verband, erhob sich von seinem Schreibtisch und schüttelte ihm herzlich die Hand. Nach dem kurzen Austausch verschiedener Neuigkeiten erkundigte sich d'Alba nach dem Grund für Alains Besuch. Bei der Erwähnung von Labordes Namen nickte er nur. Er gehörte zu den wenigen Leuten im Palast, die den Staatsminister ebenfalls nicht leiden konnten.

Zwei Minuten später saß Alain dem Fürsten in dessen Arbeitszimmer gegenüber.

»Ihrem Gesichtsausdruck entnehme ich, daß Sie ziemlich aufgebracht sind, mein lieber Alain. Schießen Sie los! Womit kann ich Ihnen heute die Arbeit erleichtern?« Der Fürst lächelte seinem jungen Polizeichef aufmunternd zu. Ihm gefiel dieses ernste Gesicht mit der ausgreifenden provençalischen Nase und der prägnanten Kopfform, die durch das extrem kurzgeschnittene Haar noch betont wurde. Bei seiner Ernennung war Alain noch glatt rasiert gewesen; ein schmales Gesicht mit ausdrucksstarken Augen und kräftigem Kinnbogen. Der Drei-Tage-Bart wurde erst vor etwa zwei Jahren zu seiner Gewohnheit, kurz nachdem ihn Danielle, bis dahin seine Frau, gegen einen breitschultrigen Fitneß-Trainer mit Ferrari und eigenem Studio ausgetauscht hatte. Seither wirkte er auch ein wenig fülliger und deutlich älter als neununddreißig.

Alain trug keine Uniform, sondern den maßgeschneiderten dunkelgrauen Anzug eines italienischen Herrenausstatters, dazu eine gelbgemusterte Hermès-Krawatte. »Ich komme gerade aus einer Unterredung mit Monsieur Laborde«, begann er vorsichtig. Er mußte aufpassen, daß er in seinem Ärger nicht Dinge sagte, die er anschließend bereute. Schließlich war bekannt, daß sich der Fürst und sein Staatsminister gut miteinander verstanden. »Bitte, Durchlaucht, ich will nicht hinter seinem Rücken gegen ihn konspirieren, verstehen Sie mich nicht falsch. Aber ich fürchte, er verkennt die beunruhigende Entwicklung der Sicherheitslage, die sich durch seine Aktivitäten eher verschlechtert als verbessert.«

Der Fürst zog trotz der harten Anklage nur die Augenbrauen hoch und blieb ansonsten stumm. Auf die notwendige Erklärung für diese Worte mußte er sicherlich nicht lange warten.

Alain fuhr fort: »Sie wissen, Durchlaucht, daß sich seit Jahren immer mehr Leute bei uns niederlassen, die ganz und gar nicht dem Personenkreis angehören, aus dem sich üblicherweise die Gruppe unserer Dauergäste zusammensetzt. Ich habe deswegen auch Laborde wiederholt gewarnt, was leider ungehört blieb. Es sind Leute mit Geld, zweifellos, doch sie halten sich von dem üblichen Getümmel fern und treten kaum in Erscheinung. Natürlich haben wir bei einigen versucht, herauszubekommen woher sie stammen, auf welche Art und Weise sie ihr Vemögen erworben haben und ob sie schon einmal mit dem Gesetz in Konflikt geraten sind, aber wir kamen bislang in keinem einzigen Fall recht voran. Einige von ihnen bezeichnen sich als Geschäftsleute, doch ist es unmöglich, Näheres über ihre Geschäfte herauszubekommen. Wir wissen nicht, in welchen Branchen sie tätig sind und ob sie ihre Einnahmen hauptsächlich in

Frankreich erzielen oder im übrigen Europa oder sonstwo. Wir wissen noch nicht einmal, ob diese Geschäfte legal oder illegal sind. Natürlich halten wir engen Kontakt zu den Finanzbehörden, doch dank der ständigen Personalveränderungen dort kommen wir keinen Schritt weiter. Laborde ernennt überall neue Leute, die mit der Materie noch nicht vertraut sind und sich hüten, Auskünfte zu erteilen.«

»Alain, bitte, was liegt konkret an?« Der Fürst wollte die weitschweifige Einleitung von Jourdans Ausführungen abkürzen, denn er kannte dieses Thema zur Genüge. Allerdings war ihm nicht wohl dabei, die Befürchtungen seines Schützlings immer wieder abwiegeln zu müssen, denn schließlich teilten er und Alain diese Bedenken zumindest bis zu einem gewissen Grad. Die vielen unbekannten Gesichter unter den Bewohnern der Stadt machten ihm Angst. Wo war das Monaco, das er kannte und mitgeschaffen hatte? Die Veränderungen nahmen ein derart rasantes Tempo an, daß er sich außerstande sah, ihnen Einhalt zu gebieten. Machmal fragte er sich, ob möglicherweise alles mit dem Älterwerden zusammenhing. Begann ihm die Verantwortung für das Land über den Kopf zu wachsen? Er sehnte sich nach Ruhe, nach einem Liegestuhl am Strand. Doch er fühlte auch, daß er verpflichtet war, für die wenigen Quadratmeter unterhalb des Palastes mit jeder Faser seines Lebens zu kämpfen. Gemeinsam mit seinen Beratern, mit Laborde, mit Alain. Er zog eine Grimasse.

»Ich bitte um Nachsicht, Durchlaucht.« Alain schluckte die übrigen Worte, die ihm noch auf der Zunge lagen, und den bitteren Geschmack in seinem Mund hinunter. Er war schon zu weit gegangen. Seine Augen suchten zu ergründen, in welcher Gemütslage sich der Fürst im Augenblick befand. Er las keinen Ärger, also konnte er noch einen weiteren Satz riskieren. »Es macht keinen Sinn, bewährte Leute zu entlassen, denn die Feinde Monacos sitzen nicht in den Amtsstuben, sondern in den eleganten Palästen rund um Antibes und Cannes, wo sie zusehen, wie wir selbst an unserem eigenen Untergang basteln. Lassen Sie mich endlich konkrete Schritte gegen die drohende Gefahr unternehmen, Durchlaucht. Die Mafia hat uns ins Visier genommen, und nach allem, was wir wissen, verwendet sie diesmal härtere Bandagen als bei früheren Versuchen.«

»Verfügen Sie über neue Erkenntnisse?« Behauptungen wie diese waren ihm nicht neu, der Fürst vermißte allerdings noch konkrete Anhaltspunkte.

Alain schüttelte den Kopf. »Nur Bestätigungen unserer bisherigen Annahmen. Das Wirtschaftsgeschehen im Fürstentum hat sich in den letzten vier Jahren drastisch verändert. Eine stetig ansteigende Welle von Geld mit unbekannter Herkunft schwappt über unseren Banken zusammen. Geldhäuser in Rußland, Lateinamerika und dem Nahen Osten tätigen jeden Tag enorme Überweisungen, und das ohne einen ersichtlichen Grund. Der Umsatz aller hier ansässigen Institute verdoppelt sich praktisch von Jahr zu Jahr. Es werden Geldgeschäfte abgeschlossen, die kaum Gewinne einbringen, sondern statt dessen Abhängigkeiten zementieren. Ich bin kein Finanzfachmann, Durchlaucht, doch in meinen Augen deutet alles darauf hin, daß wir längst erpreßbar geworden sind.«

»Was vermuten Sie als Ziel dieser Leute?« Der Fürst wirkte äußerlich unbewegt. Nur das Zucken eines Muskels unter dem rechten Auge verriet seine Anspannung.

»Darüber bin ich mir im Augenblick noch nicht völlig im klaren«, antwortete Alain und zupfte sich nachdenklich an der Nase. »Der Finanzplatz Monaco birgt für diese Leute offensichtlich eine Anziehungskraft, die immer mehr zunimmt. Alle Anzeichen sprechen dafür, daß es ihnen diesmal allerdings weniger darum geht, die hier angehäuften Vermögenswerte an sich zu reißen, sondern vielmehr darum, eine Art von gigantischer Geldwaschanlage einzurichten. Vergessen wir in diesem Zusammenhang nicht, daß unser Freund Gitan mehr Geld anzulegen hat, als sonst jemand auf dieser Welt. Ich könnte mir vorstellen, daß ihm London, Paris oder Frankfurt zu heiß geworden sind und er nach einem Ort sucht, wo er selbst die Spielregeln bestimmt. In Monaco wird offiziell nicht ›das große Geld‹ bewegt, doch die unzähligen Gespräche und Meetings in den Hotels und Konferenzräumen der Stadt drehen sich bekanntermaßen um nichts anderes. Wir bieten Finanzleuten und

Unternehmern seit Jahrzehnten das adäquate Ambiente, sich entspannt über wirtschaftliche Themen zu unterhalten. Von hier aus kümmern sich täglich einige zehntausend Reiche und Superreiche darum, wie sie ihr Geld noch weiter vermehren können, unterstützt durch eine ganze Heerschar erstklassiger Fachleute und alle nur denkbare Elektronik. Was kann sich Gitan darüber hinaus noch wünschen? Er hat deshalb seine Männer mobilisiert, um alle verfügbaren Immobilien aufzukaufen, danach kommen die Hotels und Unternehmen an die Reihe, schließlich die Spielbank.«

»Die gehört ihnen erst dann, wenn ich sie ihnen verkaufe«, brummte der Fürst. »Und daran ist nicht zu denken. Eher würde ich den Palast hier zu Geld machen.«

»Wer weiß, in welchen Zeitbegriffen Gitan denkt? Sie sind kein junger Mann, Durchlaucht, und Sie werden keine Ewigkeit mehr regieren. Das weiß auch Gitan.«

»Wenn ich einmal von dieser Welt abtrete, werde ich meinem Sohn geordnete Verhältnisse hinterlassen«, antwortete der Fürst zuversichtlich.

»Was ist, wenn es der Mafia durch irgendeinen nebulösen Trick gelingen sollte, die Kontrolle über die Spielbank an sich zu reißen?« beharrte Alain eigensinnig. »Dann gehört ihr das Fürstentum, und sie verfügt über einen eigenen Finanzplatz, mit dessen Hilfe sie auf dem internationalen Geldmarkt mitspielen kann.«

Diese harten Worte ließen den Fürsten erschrocken zusammenzucken. »Alain, bitte!« Sein Gesicht nahm einen todernsten Ausdruck an. »Ihre Schlußfolgerungen scheinen mir im Augenblick sehr weit hergeholt.« Dabei irrten seine Augen unstet durch den Raum. Was war, wenn Alains Vermutungen doch zutrafen? Sein Gedankengang klang logisch und baute auf einer Vielzahl von Fakten auf. Außerdem kannte er den jungen Mann lange genug, um zu wissen, daß er jedes seiner Worte genau überdachte.

Alain sah den Schock, den er ausgelöst hatte, und zweifelte plötzlich, ob es richtig war, derart offen mit dem Fürsten zu reden. Immerhin war seine Gesundheit seit Jahren nicht gerade die stabilste. Auf der anderen Seite war er aber der einzige im Lande, der diese Entwicklung aufhalten konnte. Nur er konnte Laborde die Richtung vorgeben, in der die Verteidigungslinien aufgestellt werden mußten.

»Ich habe Angst um Sie, Durchlaucht!« sagte er deshalb anstelle einer Antwort.

»Das ehrt Sie, Alain«, brummte der Fürst halbwegs versöhnt. »Doch selbst, wenn mir etwas passieren sollte, würde Gitan in Monaco niemals einen Fuß auf den Boden bekommen. Mein Sohn denkt in dieser Beziehung nicht anders als ich.«

»Den guten Willen streite ich ihm auch keinesfalls ab«, antwortete Alain. Er schätzte den Erbprinzen, auch wenn er sich von seinem Vater in vielerlei Hinsicht unterschied. »Doch er ist wesentlich jünger und verfügt nicht über Ihre Erfahrung. Mit der Übernahme des Amtes beginnt für ihn eine lange Periode des Lernens. Man muß ihm zugestehen, Fehler zu begehen, Fehler, die uns in dieser Situation das Genick brechen können. Wem soll er vertrauen, auf welche Ratgeber hören? Es wird eine Phase der Unsicherheit in der Führung Monacos geben, die unseren Feinden die Möglichkeit einräumt, Positionen zu besetzen, die sie nie mehr räumen werden.«

»Alain, bitte, hören Sie endlich auf damit!« bat der Fürst, jetzt eher nervös als ärgerlich.

»Ich teile Ihnen nur meine Befürchtungen mit.«

»Sie malen alles zu schwarz.« Der Fürst faltete die Hände ineinander und überlegte. »Das Attentat liegt über vier Jahre zurück. Wenn Gitan wirklich etwas an meinem Ende liegen sollte, hätte er zwischenzeitlich doch sicherlich einen weiteren Anschlag inszeniert, meinen Sie nicht auch, Alain?«

Der Gefragte zuckte mit den Schultern. »Ich kann Ihnen diese Frage leider nicht beantworten, Durchlaucht. Niemand kennt seine Strategie. Ich für meinen Teil betrachte Ihre Person jedenfalls weiterhin als höchst gefährdet.«

»Es wäre mir offengestanden lieber, Sie würden Ihre rigorosen Sicherheitsmaßnahmen nicht so übertreiben«, bekannte der Fürst und kam damit auf einen Punkt zu sprechen, der während der letzten vier Jahre immer wieder zu Auseinandersetzungen zwischen den beiden Männern geführt hatte. Bislang hatte der Fürst noch jedesmal nachgegeben, doch Alain zweifelte, daß dies ein Dauerzustand blieb. Er gehörte ganz einfach nicht zu den Menschen, denen es Spaß machte, sich auf Schritt und Tritt von Leibwächtern begleiten zu lassen.

»Es geht um Ihr Leben, Durchlaucht«, erinnerte er ihn ernst.

»Was ist das für ein Leben?« kam die murrende Antwort. »Eingesperrt wie ein Krimineller und ständig von Ihren Leuten umgeben. Es fehlte nur noch, daß sie mich mit Handschellen an sich fesseln und in einem gepanzerten Gefangenentransporter herumfahren. Ich danke für diese Art von Sicherheit.«

Alain hielt es für besser, das Thema nicht weiter zu diskutieren, hier konnte er nur verlieren. Er kam deshalb zum eigentlichen Grund seines heutigen Besuches. »Ich habe dem Staatsminister gerade eben vorgeschlagen, das Video-Überwachungssystem zu verbessern und wesentlich zu erweitern. Derzeit sind nur an den größeren Plätzen, den Tunneleinfahrten und den öffentlichen Gebäuden Kameras installiert. Ich möchte zusätzlich noch sämtliche wichtigen Ein- und Ausfallstraßen und alle Kreuzungen überwachen lassen, das Hafengelände und auch die Aussichtspunkte. Mir erscheint diese Maßnahme vor allem deshalb wichtig, weil wir einerseits feststellen müssen, wer sich alles in Monaco herumtreibt, um uns dann darauf einzustellen, und weil wir andererseits Gitan damit ganz offen demonstrieren können, daß wir auf der Hut vor ihm sind.«

»Und wie hat Laborde reagiert?« Das noch immer ernste Gesicht des Fürsten begann sich langsam zu entspannen. Er kannte das ambivalente Verhältnis seines Staatsministers zu Sicherheitsmaßnahmen aller Art. Für sich selbst lehnte er nicht umsonst jeglichen Schutz ab. Er hatte weder eine gepanzerte Limousine noch einen Bodyguard mit einer Waffe im Schulterholster. Der Fürst beneidete ihn darum.

»Er war dagegen.« Eine vornehme Umschreibung der heftigen Auseinandersetzung, in der ihm Laborde vorgeworfen hatte, er wollte eine Art Polizeistaat errichten.

»Ich werde mit ihm reden«, versprach der Fürst versöhnlich. Er hatte schon mehr als einmal zwischen den festgefahrenen

Fronten der leicht erregbaren Feinde vermittelt. »Lassen Sie die Kameras inzwischen installieren, Alain. Wenn wir unsere Gegner dadurch ein wenig erschrecken können, ist das Geld gut angelegt.« Er wollte ihm die Arbeit nicht unnötig erschweren. Auch wenn der Fürst die Gefahr als nicht ganz so bedrohlich empfand, so irritierte ihn doch, wie überzeugt sein junger Polizeichef argumentierte.

6

Nicole saß auch an diesem Freitagnachmittag Ende Juni in den Tuilerien und wartete auf den Professor. Nachdem sie sich vor knapp acht Wochen einen Kreuzbandabriß im rechten Knie zugezogen hatte, war sie von der Direktion des Moulin Rouge bis zum Oktober beurlaubt worden. Nun besaß sie alle Zeit der Welt, um den Sommer in dieser Oase der Stille oder auf einem der unzähligen Caféhaus-Stühle in der näheren Umgebung zu verbringen. Wie bei Unfällen dieser Art obligatorisch, mußte sie ihre Beinmuskeln zunächst einem harten Training sowohl auf dem Trampolin als auch auf der Wippe unterziehen, krankengymnastische Übungen machen, die die Beweglichkeit des Gelenks fördern und stabilisieren sollten, und unzählige Salben aufschmieren. Nachdem in der vergangenen Woche ihr Verband gegen ein elastisches Gummiband ausgetauscht werden konnte, stand nun bis zum Oktober viel Bewegung auf dem Programm. Außerdem flache Mokassins anstatt hoher Absätze.

Der Unfall war im Moulin Rouge passiert, beim Verlassen der Bühne in einer hektischen Samstagnacht. Sie war über die lange Schleppe ihres Ballkleids gestolpert und mit dem rechten Fuß zwischen die Seitenkante der Treppe und die unterste Stange des Eisengeländers geraten. Der Arzt in der Notaufnahme des Hospitals St. Jean de Dieu hatte noch ein bedenkliches Gesicht gezogen und jede Aussage über mögliche Langzeitschäden verweigert, doch die anschließende gründliche Untersuchung machte ihr Hoffnung auf einen vermutlich komplikationslosen Heilungsprozeß. Sie mußte wohl keine dauernde Funktionsstörung des Gelenks befürchten. Tatsächlich konnte sie seit beinahe anderthalb Wochen wieder schmerzfrei auftreten.

Die Wünsche der Direktion zu einer baldigen Genesung beinhalteten keinerlei falsche Zwischentöne, trotzdem wußte Nicole nur zu gut, daß sie sich eine längere Unterbrechung nicht erlauben durfte, wenn sie ihren Platz im Kreis der anderen Mädchen behalten wollte. Das Showgeschäft war schnellebig, und hübsche Mädchen, die bereit waren, topless zu tanzen, gab es wie Sand am Meer. Sie hatte sich deshalb in die Obhut einer hervorragenden alten Krankengymnastin begeben, die in der Rue Richer, unmittelbar neben den Folies-Bergère, ausschließlich Tänzerinnen behandelte. Die Zeit zwischen den Besuchen bei ihr verbrachte sie mit einer erweiterten Form des Müßiggangs.

Ihre Bekanntschaft zu dem alten Professor, die sie nun seit rund einem Jahr pflegte, hatte sich während dieser Zeit intensiviert. Sie sahen sich bei schönem Wetter beinahe jeden Tag und sprachen über Gott und die Welt. Ein etwas weltfremder alter Mann, der eine junge Frau ohne große Schulbildung mit den Grundzügen der Wissenschaften bekannt machte und im Gegenzug dafür Einblick in die Denkweise der jungen Generation erhielt. Natürlich hatte Rosbigalle sein Versprechen wahrgemacht und war während des vergangenen Sommers zu einer der Vorstellungen ins Moulin Rouge gekommen, um – nur wenige Meter von der Bühne entfernt – Nicoles Auftritte in der getanzten indischen Liebesgeschichte, beim Wiener Opernball und schließlich beim French Cancan begeistert mitzuerleben. Er fand nichts auszusetzen an dieser Form des Geldverdienens, ganz im Gegenteil.

Auch heute führte ihn sein erster Weg zu Nicole. Er kam von der Terrasse des Feuillants und lächelte der jungen Frau bereits von weitem zu. »Sie bekommen jeden Tag mehr Farbe, Nicole«, begrüßte er sie und zog einen freien Stuhl neben den ihren.

»Nachdem ich mich von früh bis spät an der frischen Luft

aufhalte, auch kein Wunder.« Sie blinzelte ihn durch ihre Sonnenbrille an und zeigte ihre strahlend weißen Zähne. Um das Gummiband am Knie zu verdecken, trug sie ein knöchellanges Kleid.

»Passen Sie auf, daß Sie keinen Sonnenbrand bekommen!« mahnte Rosbigalle und musterte sie kritisch. »Wie geht es dem Knie? Weiterhin schmerzfrei?«

»Ich bin wieder fit«, nickte Nicole nachdrücklich. »Am liebsten würde ich schon morgen an den Proben teilnehmen.«

»Das werden Sie hübsch bleibenlassen«, kritisierte Rosbigalle mit scherzhaft erhobenem Zeigefinger. »Sie sind nicht ohne Grund bis Oktober krankgeschrieben. Warten Sie es ab, Nicole, Sie können früh genug wieder auf die Bühne des Moulin Rouge zurückkehren.«

Das Gesicht Nicoles wurde plötzlich ernst. »Möglicherweise nicht, denn ich überlege, ob ich dort kündigen soll«, teilte sie ihm mit unsicherer Stimme mit. »Vielleicht können Sie mir einen Rat geben, Professor?«

Rosbigalle zog überrascht die Augenbrauen in die Höhe. »Sie wollen mit dem Tanzen aufhören?«

»Nicht mit dem Tanzen.« Nicole schüttelte den Kopf. »Aber vielleicht habe ich die Chance auf eine Anstellung beim Monte Carlo Ballett. Eric will, daß ich ihm endlich nach Monaco folge.« Sie hatte dem Professor in den vergangenen zwölf Monaten viel über ihre noch immer andauernde Beziehung zu dem Regierungschef des Fürstentums erzählt. »Er meint, daß sich seine Position dort unten mittlerweile genug gefestigt hat und er sich gefahrlos mit mir treffen kann. Außerdem erträgt er es nicht länger, mich nur alle vier Wochen für ein oder zwei Nächte zu sehen.« Sie holte tief Luft. »Deshalb hat er mir gestern abend vorgeschlagen, daß ich mich von Paris verabschieden und in Monaco ein neues Leben beginnen soll.«

Nachdem Rosbigalle wußte, daß er Nicoles Erwägungen mit seinem Ratschlag entscheidend beeinflussen konnte, überlegte er zunächst einige Zeit, ehe er seine Antwort formulierte: »Sie geben dadurch natürlich einen großen Teil jener Unabhängigkeit auf, die Sie sich so mühevoll erworben haben, Nicole. Diese Konsequenz ist Ihnen doch sicherlich bewußt, oder?« Er sah sie fragend an.

»Sie raten mir also, nicht zu gehen?« wollte sie daraufhin ängstlich wissen.

»O nein!« Rosbigalle schüttelte den Kopf. »Ich rate Ihnen gar nichts, meine Liebe. Es wäre nicht gut, wenn ich Ihnen die Entscheidung und die damit zusammenhängende Verantwortung abnehmen würde. Es ist Ihr Leben, um das es hier geht, Nicole, nicht meines.« Er spielte nachdenklich mit seiner Krücke. »Ich darf Ihnen lediglich im Sinne von Thomas Hobbes dabei helfen, das Problem zu erkennen, damit Sie wissen, wie man damit umgehen kann. Reicht Ihnen das?«

Er erhielt ein zögerndes Nicken als Antwort.

»Nun gut. Dann erlauben Sie, daß ich einen Punkt herausgreife, den ich als den Kern Ihres Problems ansehe. Denkt Eric an eine Scheidung? Hat er den Mut, sich von seiner Frau zu trennen, um eine Nachtclub-Schönheit zu heiraten?« Wenn es notwendig war, argumentierte er mit geradezu verletzender Offenheit.

Nicole zuckte zusammen. »Im Augenblick nicht«, räumte sie mit belegter Stimme ein. »Er kann sich in seiner jetzigen Situation einen derartigen Schritt nicht leisten, deshalb will er ihn noch so lange hinausschieben, bis er für den Fürsten und das Land unverzichtbar geworden ist.«

»Das heißt also, er bietet Ihnen keine konkrete Zukunftsperspektive?«

Nicole nickte.

Rosbigalle verzog schmerzlich das Gesicht. »Ich kenne Sie nun schon seit über zwölf Monaten, meine Liebe, ein ganzes Jahr, und ich darf wohl sagen, daß ich mit den meisten Ihrer Wünsche und Sorgen vertraut bin. Im Grunde Ihres Herzens wollen Sie das Moulin Rouge doch nur dann aufgeben, wenn Sie im Tausch etwas Besseres dafür erhalten, habe ich recht?«

Sie nickte zögernd.

»Dann klären Sie zuerst, was das für eine Anstellung im Monte Carlo Ballett sein wird. Ob Sie sich Ihre Unabhängigkeit bewahren können oder ob Sie Eric auf Gedeih und Verderb ausgeliefert sein werden. Besuchen Sie ihn in Monaco, sehen Sie sich um, entscheiden Sie, ob Sie die Möglichkeit haben, dort unten glücklich zu sein, und vor allem: Reden Sie mit Eric über eine gemeinsame Zukunft.« Dem alten Mann war anzusehen, daß ihm diese Worte nicht leichtfielen. Er verlor Nicole nur ungern.

»Sie raten mir also, die endgültige Entscheidung noch aufzuschieben?«

»Ihnen steht der gesamte Sommer zur Verfügung«, nickte Rosbigalle. »Andernfalls kehren Sie eben im Herbst wieder nach Paris zurück. Das Engagement im Moulin Rouge bleibt Ihnen damit erhalten.«

»Und Sie glauben nicht, daß all der Luxus, den Eric aufbieten wird, mich in meiner Urteilskraft beeinträchtigt?«

Ein freundliches Zwinkern umspielte seine Augen. »Nein, Nicole, das glaube ich nicht. Sie sind eine Frau, die durch das Leben auf der Bühne gelernt hat, hinter Fassaden zu blicken. Vertrauen Sie auf Ihre Urteilsfähigkeit, sie wird Sie nicht im Stich lassen.« Sein Blinzeln verstärkte sich. »Außerdem soll das Klima an der Côte d'Azur wirklich sehr förderlich für die Gesundheit sein. Ich weiß das von einem meiner ehemaligen Assistenten, der dort unten wohnt und mir regelmäßig schreibt.« Er nahm die Brille ab und wischte sich über die Augen. »Genießen Sie in vollen Zügen, was Eric Ihnen bietet, Nicole, und suchen Sie sich dort unten jemanden, der sich um Ihr Knie kümmert. Für die endgültige Entscheidung lassen Sie sich aber Zeit. Es hängt zuviel für Sie davon ab, als daß Sie ihm bereits jetzt eine endgültige Antwort geben sollten.«

Die vier Männer auf der Terrasse machten trotz des traumhaften Panoramas ernste Gesichter. Jacques Tourballe hatte sie eben darüber informiert, daß Laborde seiner Geliebten in einer Suite des Pariser Ritz verschiedene Dinge erzählt hatte, deren weitere Verbreitung ihnen eine Menge Unannehmlichkeiten bereiten konnte. Es war also doch eine gute Idee gewesen, ihm nicht bedingungslos zu vertrauen und seine regelmäßigen Treffen mit der Tänzerin durch ein verstecktes Mikrophon über dem Bett überwachen zu lassen. Warum um Himmels willen wurden viele sonst ganz vernünftige und schweigsame Männer im Bett zu wahren Quasselstrippen? Labordes Freunde waren fassungslos angesichts dieser Dummheit. Eine Tänzerin vom Moulin Rouge, ein ordinäres kleines Flittchen, das nicht einmal einen ordentlichen Schulabschluß besaß, war seit gestern nacht Mitwisserin ihrer geheimen Pläne zur Veränderung des Finanzsystems in ganz Europa.

Tourballe ließ die Cassette zurücklaufen und drückte anschließend noch einmal auf den Wiedergabeknopf des japanischen Bandgeräts, das vor ihnen auf dem Tisch stand. Seine Leute hatten die vierstündige heiße Liebesnacht auf etwas mehr als zehn Minuten zusammengeschnitten, denen die Männer jetzt mit angehaltenem Atem ein weiteres Mal folgten:

»Ich habe alles in die Wege geleitet, damit du der künftige Star des Monte Carlo Ballett werden kannst, mein Liebling«, ertönte die unverwechselbare Stimme Labordes klar aus dem Lautsprecher, als sitze der Staatsminister direkt neben ihnen. »Du bekommst das geradezu fürstliche Jahresgehalt von dreihunderttausend Francs, außerdem eine kleine Wohnung und einen Wagen. Das ist mehr, als jede andere Tänzerin in Monaco je erhalten hat.« Die vier Lauscher konnten hören, wie sein Atem immer heftiger wurde.

»Ich behaupte ja auch nicht, daß mich dein Angebot kaltläßt«, kam die leise, verteidigende Gegenrede der jungen Frau. »Aber ich will mir erst alles ansehen, ehe ich sämtliche Brücken hinter mir abbreche. Eric...«, bettelte sie, »... du mußt Verständnis dafür haben, bitte. Ich bin einfach nicht der Typ, der kopfüber in unbekanntes Wasser springt. Was ich brauche, um eine endgültige Wahl treffen zu können, ist ein Gefühl der Sicherheit. Ich will die Welt, in der ich künftig leben soll, erst ein wenig kennenlernen, damit ich weiß, ob sie mir auch gefällt.«

»Damit verschwendest du nur Zeit«, maulte Laborde. »Aber bitte, es ist deine Entscheidung.« Geräusche eines langen Kusses folgten.

»Ich fahre am nächsten Montag«, flüsterte die Frauenstimme nach einer ganzen Weile. »Mit dem TGV, über Avignon, nach Nizza. Ich habe mir heute nachmittag einen Platz reservieren lassen.«

»Du wirst das Leben einer Prinzessin führen«, versprach Laborde erregt. »Wir werden mehr Geld zur Verfügung haben, als wir je in unserem Leben verbrauchen können. Wenn du willst, kannst du jeden Tag in Champagner baden und dabei zusehen, wie die Perlen vom Grund der Wanne nach oben steigen, wo sie auf deiner Haut zerplatzen.«

»So wie deine Versprechungen? Eric, du weichst mir aus.«

»Du wirst in einem Bett aus Rosenblüten schlafen und wöchentlich zum Friseur nach New York fliegen«, beharrte Laborde ungerührt. »Wenn du zu mir kommst, Nicole, werde ich dir die Welt zu Füßen legen.«

»Warum kannst du nicht ausnahmsweise ernst sein, Eric«, beschwerte sich seine Gespielin. »Ich mag es nicht, wenn man meine Sorgen ins Lächerliche zieht.«

»Ich bin weit davon entfernt, mich über dich lustig zu machen«, antwortete Laborde zärtlich. »Aber ich werde tatsächlich in naher Zukunft einer der reichsten Männer dieser Welt sein. Das schwöre ich bei allen Heiligen des Himmels.«

»Noch eine Erbtante, mit deren baldigem Tod du rechnest?« fragte sie zweifelnd.

Laborde lachte auf. »Ich habe nicht einen einzigen Verwandten, der mir im Falle seines Ablebens mehr als hunderttausend Francs hinterlassen könnte. Die Laborde de Chaliers sind eine arme Familie, Nicole.« Seine Stimme wurde jetzt verschwörerisch. »Aber ich habe mächtige Freunde, mein Liebling. Männer, die die gesamte Finanzwelt aus den Angeln heben werden.« Sein plötzliches Nuscheln hing wohl damit zusammen, daß seine Lippen über die Haut der jungen Frau wanderten. Jedenfalls waren nun auch ihre schnellen Atemzüge zu hören. »Ich bin in Monaco eine Art Statthalter dieser Leute und dafür verantwortlich, daß in wenigen Wochen die größte Geldmaschine zu arbeiten beginnt, die die Welt je gesehen hat.«

Das zweifache Keuchen nahm noch einige Augenblicke an Intensität zu, ehe es plötzlich abbrach. Die Tontechniker Tourballes hatten hier ein Stück herausgeschnitten, und als der Ton wieder einsetzte, war der Höhepunkt der beiden bereits vorüber. Die vier hörten das Band schließlich nicht zu ihrem Vergnügen an.

»Monaco wird zu unserem ganz privaten kleinen Fürstentum«, flüsterte Laborde, jetzt hörbar erschöpft. »Nicole, mein süßer Käfer, bitte, du mußt mir glauben. Wenn du zu mir kommst, werde ich dir jeden deiner Wünsche erfüllen.« Einige schwere Atemzüge folgten. »Ich brauche dich! Ich brauche dich wirklich!«

Eine Antwort erhielt er darauf nicht. Die vier Männer, die angespannt lauschten, vernahmen nur den langsam flacher werdenden Atem der jungen Frau. Sie schien unsicher.

Als Tourballe das Band abschaltete, griff Gitan zu seinen Zigaretten. Er hatte seine Entscheidung bereits getroffen. »Ich will, daß die kleine Nutte umgelegt wird! Habt ihr mich verstanden?« Wenn er Befehle gab, war sein Ton meistens leise und gefährlich, und es empfahl sich in der Regel nicht, ihm dabei zu widersprechen.

»Hast du irgendwelche zeitlichen Vorstellungen?« wollte Tourballe wissen und lehnte sich in seinem Sessel zurück. Nachdem er durch das Tonband die notwendige Konsequenz allen nahegebracht hatte, mußten jetzt nur noch die technischen Details der anstehenden Liquidierung geklärt werden.

»Die beiden dürfen sich natürlich nicht mehr wiedersehen«, schnaubte Gitan und blickte auf den Mann neben Tourballe, einen kleinen Korsen mit abstehenden Ohren und grauen Borstenhaaren. »Es tut mir leid für Eric, aber wenn der TGV am Montag abend in Nizza einfährt, wird sein süßer Käfer nicht mehr am Leben sein. Du bist mir persönlich dafür verantwortlich, Marcello!«

Marcello Viatte war Gitan seit beinahe zwei Jahrzehnte eng verbunden. Als Chefkiller der Mafia gehörte er zum engeren Führungskreis, obgleich er persönlich seit über zwei Jahren nicht mehr zur Waffe griff. Eine böse Schnittwunde, zugezogen frühmorgens beim Rasieren, einige Tage nach seinem fünfzigsten Geburtstag, hatte ihn davon überzeugt, daß er nicht mehr die notwendige Ruhe besaß, die für den Einsatz in vorderster

Reihe notwendig war. Seither war von ihm persönlich niemand mehr ins Jenseits verabschiedet worden. Marcello hatte den blutigen Teil seines Handwerks einem halben Dutzend junger Mitarbeiter übertragen, vorwiegend Algerier und Marokkaner, blieb aber der führende Kopf, der jeden Mord persönlich bis ins Detail plante, Informationen beschaffte und sich um Fluchtwagen und Waffen kümmerte.

In den langen Jahren seines Wirkens war es ihm mit einer einzigen Ausnahme stets gelungen, Gitans vielfältige Wünsche zu dessen Zufriedenheit zu erfüllen. Diese eine Ausnahme, das fehlgeschlagene Attentat auf den Fürsten von Monaco vor vier Jahren, schmerzte Marcello dafür doppelt. Als Konsequenz seines damaligen Fehlschlags mußten sie all ihre Pläne abändern und den zweiten Versuch um einige Jahre verschieben.

»Habe ich freie Hand?« erkundigte er sich mit unbewegter Miene und fuhr dabei mit der rechten Hand nachdenklich durch die Stoppeln auf seinem Kopf. Eine junge Frau zu ermorden, gehörte nicht zu seinen alltäglichen Aufgaben, er würde sich etwas Außergewöhnliches für sie ausdenken.

»Absolut freie Hand«, nickte Gitan und fingerte nach der nächsten Marlboro.

»Was ist mit Eric?« meldete sich Bruno Calvet zu Wort. »Sollten wir ihn nicht wissen lassen, daß einzig und allein seine Geschwätzigkeit für den Tod des Mädchens verantwortlich ist? Ich meine, vielleicht hält ihn das von weiteren Fehlern dieser Art ab?«

An einem anderen Ort, bei einem anderen Gesprächsthema, könnte er durchaus als junger erfolgreicher Anwalt oder Ministerialbeamter durchgehen. Der knapp dreißigjährige junge Mann, der von der Natur mit angenehmen Gesichtszügen, beeindruckendem Auftreten und exquisitem Geschmack ausgestattet worden war, hatte so gar nichts vom landläufigen Bild eines Mafioso an sich. Er trat grundsätzlich zurückhaltend und freundlich auf, trug feinstes Tuch aus der Londoner Savile Row und war nach Herkunft und Ausbildung ganz Sohn aus großbürgerlichem Hause. Calvet hatte vor drei Jahren die Ecole des Hautes Études Commerciales (HEC), eine der renommiertesten französischen Hochschulen, als Jahrgangsbester absolviert und war innerhalb kürzester Zeit zu Gitans rechter Hand geworden. Er entsprach genau der Vorstellung seines Förderers von einem möglichen Nachfolger. Das organisierte Verbrechen wurde längst nicht mehr durch zwielichtige Gestalten ohne Schulbildung beherrscht, die sich im Marseiller Hafendialekt unterhielten und Weine nicht einmal dann unterscheiden konnten, wenn sie die Etiketten lasen. Mittlerweile nahmen immer mehr Leute die Führungspositionen der Mafia ein, die über erstklassige Diplome renommierter Universitäten oder der Grandes Ecoles verfügten, sich in illustren Kreisen problemlos zu benehmen wußten und schon von Haus aus über exzellente Beziehungen, vorzugsweise in die Politik oder die Wirtschaft, verfügten. Bruno Calvet erfüllte jede dieser Voraussetzungen perfekt. Seiner Familie gehörten verschiedene Aktienpakete führender französischer Unternehmen, er besaß mehrere ältere Brüder in einflußreichen Positionen, und er war mit dem Nachwuchs der obersten Gesellschaftsschicht aufgewachsen und in die Schule gegangen. Gerüchten zufolge war er darüber hinaus ein Schürzenjäger der Extraklasse, der unzählige Informationen allein deshalb erhielt, weil er sich gezielt an die Frauen einflußreicher Persönlichkeiten heranmachte.

Gitan fand seinen Vorschlag wie erwartet gut. »Wenn er erfährt, daß damit nun auch an seinen Fingern Blut klebt, wird er sein überhebliches Getue hoffentlich ein für allemal einstellen«, brummte er und klopfte etwas Asche ab, die auf sein Hemd gefallen war. »Eric sollte von jetzt an verdammt aufpassen. Wir sind mächtig, doch nicht so mächtig, daß wir uns in unbegrenztem Maß Dummheiten leisten können. Wer Fehler macht, muß irgendwann dafür bezahlen. Das gilt für jeden ohne Rücksicht darauf, was der Betreffende für uns geleistet hat.«

Obgleich sich die drei Männer um ihn für ziemlich abgebrüht hielten, lief ihnen bei diesen Worten doch eine leichte Gänsehaut über den Rücken.

7

Die kleinen Kunststoffrollen am Boden des Koffers, den Nicole langsam hinter sich herzog, quietschten entsetzlich über das Pflaster der Gare de Lyon. Ihr blieben noch gute zehn Minuten bis zur Abfahrt des TGV 845 nach Avignon, es gab also keinen Grund, sich zu beeilen.

Sie hatte extra für diese Reise bei Marks & Spencer am Boulevard Haussmann ein flottes dunkelblaues Kostüm gekauft, dessen wadenlanger enger Rock den Stützverband am Knie knapp bedeckte. Auch die passenden blauen Slipper waren neu, ebenso die champagnerfarbene ärmellose Bluse von Au Printemps. Die Haare trug sie hochgesteckt, nur sparsames Make-up.

Nachdem es ihr einige Anstrengungen bereitet hatte, den schweren Koffer in das Abteil zu bugsieren, war sie dem hilfsbereiten Herrn auf dem Nachbarsitz dankbar, als er das sperrige Gepäckstück mit einem einzigen kraftvollen Griff über ihrem Sitz verstaute. Sie machten sich bekannt, und Nicole erfuhr, daß sie die Fahrt zusammen mit Bertrand Jolivet, dem Küchenchef des Hôtel de la Demie-Lune in Grasse, antrat. Während Nicole kaum ein Omelett zubereiten konnte, lernte sie in ihm einen Gesprächspartner kennen, der sich des leiblichen Wohl jenes speziellen Teils der Menschheit annahm, der einen Koch bezahlen konnte, dessen Künste im Michelin mit drei Sternen und im Gault Millau mit achtzehn von zwanzig möglichen Punkten honoriert wurden. Trotz dieses Gegensatzes waren sie jedoch rasch in eine angeregte Unterhaltung vertieft.

Bertrand Jolivet bildete die fünfte Generation einer angesehenen, in der alten südfranzösischen Parfümstadt ansässigen Hoteliersfamilie. Er hatte die Ecole Hotelière de Lausanne, die berühmteste Hotelfachschule der Welt, absolviert und danach die renommierte Kochschule Ferrandi in Paris. Nach zwei Jahren im New Yorker Restaurant Daniel war es ihm dann innerhalb von fünf Jahren gelungen, aus der gutbürgerlichen Küche seiner Eltern einen europaweit bekannten Wallfahrtsort für Gaumen und Magen zu machen. Er hatte daneben zwei Kochbücher veröffentlicht – Bestseller – und moderierte seit einigen Monaten regelmäßig eine eigene Fernsehsendung. Er gestand allerdings, gestern abend seine letzte Sendung aufgezeichnet zu haben, da er es sich nicht länger leisten konnte, für Live-Auftritte den heimischen Herd so häufig im Stich zu lassen. Die Kunden waren anspruchsvoll, und angesichts der horrenden Preise forderten sie mit einigem Recht, daß der Küchenchef höchstpersönlich hinter dem Herd stand. Hinzu kam, daß er wegen seiner Flugangst auf die Bahn als einziges komfortables Transportmittel angewiesen war und so pro Sendung zwei Tage länger ausfiel, als eigentlich notwendig.

Um zu vermeiden, etwas über sich zu erzählen, stellte Nicole eine Menge Fragen, die der junge Küchenchef bereitwillig beantwortete. Ja, er war gern in die Fußstapfen seiner Vorfahren getreten. Die Familientradition bestand darin, das Hotelgeschäft in der Küche zu beginnen, diese Stätte nach der Übernahme der Verantwortung für das Haus jedoch schleunigst wieder zu verlassen und vorzugsweise einen Küchenchef einzustellen, der die kleine Heerschar von Angestellten hinter dem Herd virtuos zu dirigieren vermochte. Bertrand war allerdings drauf und dran, mit dieser alten Tradition zu brechen, denn er liebte die Küche und hatte nicht vor, sie je mit dem Schreibtisch in der Direktion zu vertauschen.

Er hatte ein offenes Wesen, ohne geschwätzig zu wirken; außerdem eine lange, schlanke, durch seine Größe etwas vornübergebeugte Gestalt mit sandfarbenen Haaren und gepflegten, schlanken Händen, die, entgegen dem Klischee des Südfranzosen, nicht bei jedem Satz wild durch die Gegend fuchtelten. Auch seine hellblauen Augen, das gleichmäßig geschnittene, glattrasierte Gesicht und das schüchterne Lächeln wirkten wenig französisch. Er erinnerte Nicole an den Typus junger Londoner Börsencracks, die gruppenweise ins Moulin Rouge kamen und dort mit Trinkgeldern nur so um sich warfen.

Als könne er ihre Gedanken lesen, erzählte er einen Augenblick später von seiner Mutter, einer Engländerin aus dem Seebad Brighton, die sich vor zweiundvierzig Jahren bei einem Urlaub im Demie-Lune in seinen Vater verliebt hatte. Seit den Tagen Königin Victorias, die während ihrer Aufenthalte in Südfrankreich mehrfach Gast der Jolivets gewesen war, stammten seltsamerweise alle eingeheirateten Frauen der Familie von der Insel. Nicole erfuhr auf diese Weise beiläufig, daß ihr Gesprächspartner noch ledig war und – so meinte er scherzhaft – damit rechnete, eines Tages zwischen einer jungen Belgierin und einer Deutschen wählen zu müssen, deren Nationen heute das größte Kontingent an Gästen stellten.

Der Zug war etwa siebzig Minuten unterwegs, die letzten Vororte von Paris lagen längst hinter ihnen, und bis Lyon würde es noch rund eine halbe Stunde dauern, als Nicole plötzlich ein dringendes Bedürfnis verpürte. Sie erhob sich mit einem entschuldigenden Lächeln und bat ihren Sitznachbarn, doch für einen Moment ihren Koffer im Auge zu behalten. Dann trat sie auf den Gang. Sie bemerkte nicht, daß sich zur gleichen Zeit, eine Sitzreihe weiter, ein breitschultriger Mann, erkennbar Nordafrikaner, ebenfalls erhob und ihr langsam folgte.

Die Toilette am Ende des Wagens erwies sich als besetzt. Nicole zögerte einen Moment und machte sich dann auf den Weg, um den nächsten, völlig leeren Wagen zu durchqueren, an dessen Ende sich eine weitere befand. Sämtliche Sitze, an denen sie vorüberkam, waren von Lyon bis Avignon reserviert.

Ihre Hand lag bereits auf der Klinke, da vernahm Nicole hinter sich ein Geräusch. Als sie sich daraufhin neugierig umdrehte, sah sie direkt in einen gezückten Revolver.

»Kein Wort!« zischte ihr Boualem Kelkal entgegen. Er gehörte zu Marcellos Leuten und hatte den Auftrag, dafür zu sorgen, daß Nicole nicht lebend an ihr Ziel kam. Da es sich seinem Selbstverständnis nach nicht gehörte, eine Frau zu erschießen, hatte er bei Marcello darauf gedrungen, sie nicht durch den routinemäßigen Schuß in die Schläfe, sondern durch einen kleinen Stoß aus der Zugtür töten zu dürfen.

Nicole stieß trotz der Ermahnung unwillkürlich einen leisen Schrei aus und hielt sich, nur einen Augenblick später, entsetzt die rechte Hand vor den Mund. Was wollte der Kerl? Sie vergewaltigen? Geld?

Boualem schob die Hand mit dem Revolver in die Seitentasche seiner leichten Windjacke. Nicole sah, wie sich die Mündung der Waffe durch den dünnen Stoff abzeichnete. »Mein Finger liegt noch immer am Abzug«, warnte er sie leise und sah sich kurz um. »Bleiben Sie ganz ruhig.« Aus dem leeren Wagen drohte keine Gefahr, er überblickte ihn in seiner ganzen Länge, doch durch die Tür zum nächsten Abteil, die sich unmittelbar neben ihnen befand, konnte jeden Augenblick ein Fahrgast auf der Suche nach der Toilette auftauchen.

Boualem blieb nicht viel Zeit, es mußte schnell gehen.

»Was wollen Sie von mir?« wollte Nicole mit erstickter Stimme wissen. Ihre Knie zitterten so sehr, daß sie sich an der Toilettentür festhalten mußte, um nicht zu stürzen. Warum kam denn niemand, der ihr half? Sie überlegte, ob sie dem Unbekannten ihre kleine Handtasche geben sollte, um ihn damit zufriedenzustellen. In ihr befanden sich etwa zweitausend Francs, außerdem ihr Ausweis, der Führerschein und die Kreditkarten. Kurz entschlossen zog sie das dünne Lederband von der Schulter und hielt ihm die Tasche mit der linken Hand entgegen.

Boualem schenkte dieser Geste jedoch keine Beachtung. Ihm ging es nicht um Geld. Jedenfalls nicht um ihr Geld. »Gehen Sie dort hinüber! Schnell!« forderte er sie statt dessen mit drängender Stimme auf und sah sich abermals nervös um. Mit dem linken Zeigefinger deutete er auf die Einstiegstür des Wagens.

Obgleich ihr der Verstand sagte, diesem Befehl unter keinen Umständen Folge zu leisten, tat Nicole aus lauter Angst, was er von ihr verlangte. Mit den Händen an der Wand tastete sie sich drei Schritte weiter.

Die Türen aller TGV-Wagen sind elektronisch dagegen gesichert, während der Fahrt versehentlich geöffnet zu werden. Und wenn der Öffner noch so oft betätigt wird, dieser Mechanismus verhindert zuverlässig, daß sich die Tür aufschiebt und jemand in Lebensgefahr gerät.

Boualem hatte sich für seine Aufgabe bestens vorbereitet, deshalb wußte er auch, wo sich der versteckte Notfallhebel befand, der die Türverriegelung für sechzig Sekunden aufhob. Ohne sein Opfer aus den Augen zu lassen, griff er mit der Linken zu der unauffälligen Klappe in Kopfhöhe, hinter der sich der Riegel verbarg, um ihn umzulegen. Das Zischen des pneumatischen Druckabfalls ertönte.

Nicole sah ihm verständnislos dabei zu. Sie stand seitlich neben der etwa zwei Schritte von ihr entfernten Tür, und zitterte am ganzen Körper.

»Hören Sie«, begann sie verzweifelt. »Ich habe etwas Geld in meiner Handtasche …«

»Still!« fuhr Boualem sie wütend an. Vom anderen Ende des Wagens kam jemand den Gang entlang. Der Killer schätzte die Entfernung auf etwa zwanzig Meter oder fünfundzwanzig Schritte. Ihm blieb damit noch weniger Zeit für sein Vorhaben, als ursprünglich angenommen.

Er betätigte entschlossen den Öffner und stemmte sich gegen die Tür, um sie langsam zur Seite zu schieben. Sofort überdeckte das Brüllen des Fahrtwindes alle übrigen Geräusche. Eine unsichtbare Gewalt zwang Nicole in die Knie, weg von der Tür. Sie wollte nicht sterben.

Der Zug fuhr maximales Tempo, zweihundertsiebzig Stundenkilometer. Niemand, der bei dieser Geschwindigkeit hinausgestoßen wurde, besaß eine realistische Chance, mit dem Leben davonzukommen. Die Tür würde sich in knapp sechzig Sekunden wieder schließen. Boualem ließ nun die Waffe fallen, um mit der Rechten nach seinem Opfer greifen zu können, das auf allen vieren davonkriechen wollte.

Nicole konnte sich nichts Grausigeres vorstellen, als neben dem rasenden Zug auf den Schienen zu zerschmettern. Bitte, Gott, hilf mir! Sie betete und schluchzte, während sie sich verzweifelt gegen den brutalen Griff um ihr Handgelenk wehrte.

Dominic Tratin, der als Zugführer für die Sicherheit in diesem TGV verantwortlich war, hielt das verbotene Öffnen der Tür im ersten Augenblick für eine Mutprobe. Welcher Verrückte kam denn bloß auf eine derart lebensgefährliche Idee, nur um seiner Kleinen zu imponieren? Er erkannte die blonden Haare einer Frau und das dunkle Profil eines Mannes. War der Kerl nicht ein wenig zu alt für diese Art von Dummejungenstreich? Tratin war in diesem Zug leider einiges gewohnt. Vorige Woche erst hatte ein Zwölfjähriger mit seinem Taschenmesser vierunddreißig Sitzpolster aufgeschlitzt, und zwei Wochen zuvor war ein schmieriger kleiner Taschendieb dabei erwischt worden, wie er neun geleerte Geldbörsen die Toilette hinunterspülen wollte. Doch bei voller Fahrt die Tür geöffnet, das hatte bis heute noch keiner. Tratin, ein schmächtiger kleiner Mann Anfang Fünfzig, rannte los.

Er hatte den Wagen noch nicht zur Hälfte durchquert, als er mit ansehen mußte, wie sich die Frau verzweifelt gegen die brutale Gewalt des Mannes zur Wehr setzte. Tratin sah, wie zarte Hände und dicht behaarte Unterarme miteinander rangen. Der Verrückte versuchte doch nicht allen Ernstes, die Kleine aus dem Zug zu werfen? Während Tratins kurze Beine auf den Boden trommelten, pfiffen seine Lungenflügel vor Schmerzen. Er war zu langsam. In hilfloser Wut brüllte er deshalb, wie er noch nie zuvor in seinem Leben gebrüllt hatte, doch der hereindrückende Fahrtwind verwehte jeden Laut.

Christine Laborde sah wie immer außergewöhnlich gut aus. Sie trug ein langes schulterfreies Kleid aus der Kollektion von Hervé Leger, das sowohl ihre schlanken Arme wie auch ihr reizvolles Dekolleté dekorativ zur Schau stellte. Für eine Frau mit fünfundfünfzig konnte sie auf eine bemerkenswert straffe Haut und eine tadellose Figur stolz sein. Christine Laborde verbrachte täglich mindestens zwei Stunden mit gymnastischen Übungen und Körperpflege und weitere zwei Stunden, um sich durch Meditation besser kennenzulernen.

Es war kein Liebesverhältnis der üblichen Art, das sie mit Eric verband. Bereits wenige Jahre nach der Hochzeit, die von ihrer Seite aus Standesgründen nicht weniger pragmatisch angegangen worden war als auf seiten Erics, bei dem noch politische Erwägungen hinzukamen, hatten sie sich darauf geeinigt, gute Kameraden zu sein. Ansonsten ließen sie sich den notwendigen Spielraum für anderweitige Interessen. Dazu beherzigten beide als oberste Grundregel die absolute Verschwiegenheit nach außen, erzählten sich untereinander aber ganz offen von ihren Seitensprüngen. Christine war, im Gegensatz zu ihrem Mann, wählerisch bei ihren wechselnden Partnern. Während sie kultivierten Umgang und niveauvolle Gespräche bevorzugte, suchte Eric lediglich schöne Frauen, die möglichst keine Fragen stellten. Christine fand daran nichts auszusetzen, blieb sie auf diese Weise doch von seinen Zudringlichkeiten verschont.

Sie saßen im eleganten Salle Empire, dem fürstlichsten unter den führenden Gourmettempeln Monacos, der sich unter dem Dach des Hôtel de Paris befand, und genossen den legendären Hummersalat. Laborde hatte an der Seite des Fürsten im Casino einen Empfang für den Verband der europäischen Spielbanken gegeben. Nach der Eröffnung des Buffets zog er sich aber rasch zurück, um mit Christine einige ungestörte Worte reden zu können. Natürlich waren sämtliche Tische des Restaurants an der Place du Casino längst besetzt oder reserviert, was das Personal zunächst in nicht geringe Verlegenheit brachte. Aber wie so oft fand sich eine annehmbare Lösung innerhalb von wenigen Augenblicken, und so saßen sie nun an einem der runden Tische unmittelbar neben den großen Fenstern. Während sie aßen und sich unterhielten, beobachteten sie, wie vor dem Hauptportal des Casinos eine Luxuslimousine nach der anderen hielt.

Eric erzählte seiner Frau von Gitans Anruf heute morgen in seinem Büro, denn als seine engste Ratgeberin beriet sie ihn praktisch bei jeder wichtigen Entscheidung. Wie immer hörte

Christine seinen Ausführungen aufmerksam zu, während sie mit der Gabel ohne Appetit in ihrer Vierhundert-Francs-Vorspeise herumstocherte. Die Tischgespräche der übrigen Gäste um sie herum bildeten eine willkommene Geräuschkulisse, die jedem Passanten ein zufälliges Mithören unmöglich machte.

Nachdem Eric seinen Bericht beendet hatte und aufatmend zum Weinglas griff, legte sie die Gabel weg und tupfte sich mit ihrer Serviette umständlich die Mundwinkel ab. Eine ihrer typischen Angewohnheiten, mit deren Hilfe sie Zeit zum Nachdenken gewann. »Habe ich dir eigentlich schon einmal gesagt, was für ein fürchterlicher Idiot du bist, Eric?« erkundigte sie sich schließlich und verzog ihre kirschrot geschminkten Lippen zu einem koketten Lächeln. Gleichzeitig senkten sich ihre langen braunen Wimpern halb über die großen hellblauen Augen, so daß niemand, der in diesem Augenblick zusah, einen wohlkalkulierten Seitenhieb vermutete. »Wie um alles in der Welt hat es das kleine Biest fertiggebracht, daß du eine derartige Dummheit begehst, kannst du mir das verraten?«

Eric verzog unangenehm berührt das Gesicht. Es gefiel ihm gar nicht, von Christine als Schwächling betrachtet zu werden. »Ich wollte sie nur bewegen, ihren Job im Moulin Rouge aufzugeben, damit sie zu mir nach Monaco kommt«, protestierte er schwach. »Du bezeichnest es vermutlich als albernes Imponiergehabe, aber mir fielen in dieser Nacht einfach keine überzeugenderen Argumente ein.«

»›Albernes Imponiergehabe‹ ist noch der mildeste Ausdruck, der mir dafür einfällt!« nickte Christine und legte nachdenklich ihren sorgfältig frisierten Kopf zur Seite. Kein graues Haar kringelte sich zwischen den kastanienfarbenen Locken, deren allwöchentliche Auffrischung etwa den Gegenwert eines Air-France-Rückflugtickets nach Paris hatte. »Du bist bereits am Freitag, also vor drei Tagen, in Paris gewesen, warum hat Gitan erst heute angerufen und dich mit seinen Erkenntnissen konfrontiert?« wollte sie wissen. »Seine Leute haben doch sicher nicht das ganze Wochenende gebraucht, nur um einige Tonbänder auszuwerten?«

Der monegassische Staatsminister konzentrierte sich auf den

Wein in seinem Glas, um seiner Frau nicht in die Augen sehen zu müssen. »Natürlich nicht!« gab er zu. »Gitan wollte damit nur sicherstellen, daß ich keine Gelegenheit mehr habe, um ihren Tod zu verhindern. Einer seiner Leute sorgt in diesen Minuten nämlich dafür, daß sie demnächst als Leiche neben den Bahngleisen zwischen Paris und Nizza aufgefunden wird.«

Christine gab sich ungerührt. »Er vertraut dir also nicht mehr!« Sie hätte ihm am liebsten mit der Hand ins Gesicht geschlagen. »Du hast viel Porzellan zerschlagen mit dieser dummen Affäre, ist dir das eigentlich bewußt? Was soll nun werden?«

Während er seine Augenbrauen zusammenzog, bildeten sich eine ganze Reihe von Falten auf seiner Stirn. »Gitan kann in der augenblicklichen Situation nicht auf mich verzichten«, antwortete er trotzig. »Er wird deshalb nichts gegen meine Person unternehmen, ganz gleich wie ärgerlich er über diese Geschichte auch ist.«

»Hast du keine Angst davor, daß er dich eines Tages als überflüssigen und gefährlichen Mitwisser betrachtet?«

Es war eine lupenreine Provokation, was sie da von sich gab, und Eric reagierte dementsprechend gereizt. »Christine, bitte!« Er zwang sich zu einem kurzen Lächeln. »Du weißt so gut wie ich, daß es ganz allein in unserer Hand liegt, ob wir auf ewige Zeiten entscheidende Figuren auf Gitans Schachbrett bleiben. Wenn wir es zulassen, daß er uns austauschen kann, ohne seinen Plan zu gefährden, haben wir kein besseres Los verdient.«

Nachdem Erics Zuversicht durchaus begründet klang, wollte sich Christine nicht länger mit ihm streiten. »Hat er gesagt, wie du dich in dieser Angelegenheit weiter verhalten sollst?« erkundigte sie sich statt dessen.

»Er will, daß ich heute abend wie vereinbart auf dem Bahnhof in Nizza das Eintreffen des TGV erwarte. Er selbst kümmert sich darum, daß der Name Nicoles, auf den ich hier im Hôtel de Paris ein Zimmer reserviert habe, aus den Unterlagen verschwindet und statt dessen im Negresco in Nizza auftaucht.«

»Wozu das?« fragte Christine.

Er trank einen Schluck Wein. »Von der toten Nicole darf

natürlich keine Spur nach Monaco führen.« Er schnippte achtlos mit den Fingern seiner linken Hand. »Und falls im Zug wider Erwarten etwas schiefgehen sollte, werde ich sie eben hocherfreut begrüßen und mit einer kleinen Ausrede ins Negresco verfrachten, damit Gitans Leute dort ihre Arbeit in aller Ruhe vollenden können.«

»Die moralische Verantwortung für den Tod dieses Mädchens trägst damit allein du!« stellte Christine mit anklagender Stimme fest. »Ich hoffe, du reißt dich künftig etwas mehr zusammen, wenn du mit anderen Frauen ins Bett gehst!« Ihr mißfiel der Gedanke an einen Mord, doch sie war realistisch genug, sich damit ohne jeden Protest abzufinden. Gitan war nicht der Mann, dessen Pläne man behinderte.

Laborde hob abwehrend die Hände. »Christine, bitte, was mir im Augenblick noch fehlt, sind Worte der Kritik auch von deiner Seite. Ich gebe zu, es war ein Fehler, schön, aber glücklicherweise will ihn Gitan wieder korrigieren. Damit ist er aus der Welt geschafft. Warum also sollten wir uns weiter darüber streiten?« Er griff zu seinem Weinglas.

»Dann laß uns am besten darauf anstoßen, daß deine kleine Nicole diesen Tag nicht überlebt«, stimmte sie einen makabren Trinkspruch an und hob ebenfalls ihr Glas.

Während das Kristall leicht aneinanderschlug, traten zwei Kellner im Frack heran, um die gegrillte Seezunge anzurichten.

Die Faust des Killers lag wie eine eisenharte Klammer um ihr Handgelenk und zog sie unerbittlich an die tödliche Öffnung heran, um ihr dort den letzten Stoß versetzen zu können. Das Brüllen des Fahrtwindes verschluckte jeden ihrer gellenden Angstrufe. Nicole krallte sich an allem fest, was irgendwie Halt versprach, doch der Kraft des Unbekannten war sie nicht gewachsen.

Dominic Tratin war mit seinen neunundsechzig Kilogramm Körpergewicht kein sonderlich stattlicher Mann, und er hätte in einer offenen Auseinandersetzung mit Boualem sicherlich innerhalb von Sekunden den kürzeren gezogen, doch in diesem Augenblick dachte er nur an die junge Frau, die ohne seine Hilfe dem Tode geweiht war. Sie hatte den unteren Teil eines Haltegriffs erwischt, an dem sie sich nun verzweifelt mit einer Hand festklammerte, und benutzte ihre Füße zur Abwehr gegen den Verrückten, der an ihrem anderen Handgelenk zerrte. Ihr beharrlicher Widerstand machte Boualem wütend, und er bückte sich plötzlich, um Nicoles Hand von der Stange loszureißen. Dabei vernachlässigte er allerdings eine Sekunde lang den herannahenden Tratin, der sich mit der ganzen Wucht seines mageren Körpers auf den stämmigen Killer warf.

Überrascht ließ dieser augenblicklich von seinem Opfer ab, um zur Seite auszuweichen und dann beide Gegner gleichzeitig auszuschalten. Der Mörder der beiden Spitzendiplomaten Thierry Delattre und Antoine Puget bewegte sich dabei jedoch ausgerechnet in Richtung der offenen Tür. Er rutschte mit einem Fuß über die Schwelle des Einstiegs, verlor das Gleichgewicht und stürzte aus dem Zug. Im gleichen Augenblick endeten die sechzig Sekunden, und die Tür schloß sich automatisch hinter ihm.

8

Laborde fuhr am späten Nachmittag in seinem privaten BMW nach Nizza. Es fiel ihm nicht leicht, Gitans Entschluß zu akzeptieren, denn Nicole bedeutete ihm wirklich viel, und er fand, daß sie einen derart grausamen Tod, gleichsam als Dank für die vielen schönen Stunden mit ihm, nicht verdient hatte. Auf der anderen Seite aber half es nichts, wenn er ihr auch nur eine Träne hinterherweinte. Laborde war sicherlich kein Mensch ohne Gewissen, doch er hatte gelernt, daß es für das eigene Fortkommen manchmal besser war, keine allzu großen Rücksichten auf andere zu nehmen.

Er schlängelte sich erstaunlich schnell durch den zähflüssigen Nachmittagsverkehr, so daß er den Bahnhof eine Viertelstunde zu früh erreichte und noch Zeit für einen schnellen Kaffee in dem billigen Bistro auf der anderen Seite des Bahnhofsplatzes fand. Zu einem hellen Leinensakko trug er eine blaue Baseballmütze, dazu Sonnenbrille und Nike-Sportschuhe, unauffälliges Touristen-Outfit. Darin würde ihn niemand erkennen.

Der TGV aus Avignon fuhr mit etwas Verspätung in den Bahnhof ein, und Laborde hielt, inmitten einer Handvoll wartender Menschen, ohne sonderlich große Erwartungen Ausschau nach dem wohlbekannten Gesicht. Die Türen gingen auf. Etwa hundert Fahrgäste stiegen aus und trabten in Richtung Bahnhofshalle. Es waren nur wenige Frauen darunter, blonde überhaupt nicht.

Er wartete noch einige Zeit ab, bis sich der Bahnsteig vollständig geleert hatte, um dann erleichtert in Richtung Ausgang zu schlendern. Nicole war nicht in dem Zug gewesen. Das hieß, sie war tot. Während seine Schritte weiter ausgriffen, fluchte er leise über Gitan, den Zerstörer seines privaten Glücks.

»Monsieur Laborde?«

Erstaunt hielt der Staatsminister inne und drehte sich um. Wer kannte ihn hier? Er hatte das Gesicht des jungen Mannes mit den sandfarbenen Haaren, der ihm im eleganten Anzug und mit kleinem Reisegepäck gegenüberstand, nie zuvor gesehen. Trotzdem nickte er nach kurzem Zögern. Was, zum Teufel, wollte dieser Bursche von ihm?

»Ich darf Ihnen einen Gruß von Nicole Aubert ausrichten«, teilte ihm Bertrand Jolivet ebenso kühl wie höflich mit und sah dabei auf die Uhr. Er wurde abgeholt und mußte sich beeilen.

»Was haben Sie mit Nicole zu tun?« erwiderte Laborde mit geradezu verletzender Schärfe. Der Schreck über die unerwartete Begegnung mit einem Fremden, der den Grund seiner Anwesenheit kannte, war ihm tief in die Knochen gefahren.

Auf Bertrands Stirn erschienen einige Falten. Er verspürte nicht die geringste Lust, sich länger mit diesem unsympathischen Menschen zu unterhalten. Außerdem wartete im Hotel eine Menge Arbeit auf ihn. »Wir saßen bis kurz vor Lyon nebeneinander«, antwortete er, ebenso kurz angebunden wie Laborde. »Leider war ich nicht anwesend, als ein Wahnsinniger sie auf dem Weg zur Toilette aus dem Zug stoßen wollte ...«

Sein Gegenüber zuckte zusammen und brachte einen halbwegs schockierten Gesichtsausdruck zustande. »Jemand wollte Nicole aus dem Zug stoßen?« unterbrach ihn Laborde und schaffte es dabei sogar, sein Unbehagen als entsetzlichen Schreck darzustellen. Es war offensichtlich etwas schiefgelaufen. Lebte Nicole am Ende etwa noch? »Sie ist doch nicht etwa ...?« Er vollendete den Satz nicht.

Bertrand sah nur seine Betroffenheit und schüttelte den Kopf. »Jemand vom Zugpersonal trat im letzten Moment noch dazwischen«, entgegnete er etwas versöhnlicher. »Bei der Rauferei fiel der Bursche, der sich an ihr vergreifen wollte, allerdings selbst aus dem Zug, so daß die Polizei vermutlich kaum je in Erfahrung bringt, warum er auf diesen verrückten Gedanken kam.«

»Und Nicole? Wie geht es ihr?« Labordes Entsetzen wirkte sehr überzeugend.

»Da der gesamte Zug nach der sofort ausgelösten Notbremsung einige Zeit auf die Polizei warten mußte, konnte ich noch einmal kurz mit ihr sprechen. Es geht ihr gut, abgesehen von einigen blauen Flecken und einem gehörigen Schrecken. Da sie zur Aufnahme ihrer Zeugenaussage mit nach Lyon auf die Polizeipräfektur kommen mußte, wird sie erst mit dem Zug morgen vormittag hier eintreffen. Sie hat mir deshalb Ihre Person beschrieben und mich gebeten, Sie zu informieren, damit Sie sich keine weiteren Sorgen machen.« Die Hand in seiner Hosentasche fühlte nach der Visitenkarte, die sie ihm im Tausch gegen seine eigene gegeben hatte. Ob sie sich in den nächsten Tagen wie versprochen bei ihm meldete? Er machte sich keine großen Hoffnungen, denn seine Erfahrungen mit Frauen waren diesbezüglich nicht gerade ermutigend.

Nachdem sich Laborde weiterhin in fassungslosem Erstaunen übte, verabschiedete sich der Küchenchef des Demie-Lune mit einem kurzen Kopfnicken und ging in Richtung Ausgang.

Marcello hatte zwei Stunden zuvor die unangenehme Aufgabe hinter sich gebracht, Gitan und die übrigen Mitglieder des engeren Kreises von dem fehlgeschlagenen Mordversuch zu unterrichten.

Er trat mit zerknirschter Miene durch eine der großen Glastüren auf die Terrasse hinaus, wo ihn ernste Gesichter empfingen. Tourballe hatte bereits alle über den Stand der Dinge informiert. Die Luft war zum Schneiden dick.

Gitan selbst kam einige Minuten später in einem weißen Frotteebademantel, da ihm anschließend seine tägliche Massage bevorstand. Obgleich er den Mantel erst seit einigen Minuten trug, hing am Revers bereits Zigarettenasche. Sein Husten war zum Gotterbarmen.

Er warf sich auf einen Stuhl, zog den Aschenbecher näher heran und zündete eine neue Marlboro an. Beim Inhalieren des ersten Zuges streckte er die Beine weit von sich und richtete seine Augen auf Marcello. »Es hat also ein Mißgeschick gegeben?« Wie ein sirrender Pfeil schoß seine Frage durch die Luft und unterbrach die beklommene Stille, die seit seinem Erscheinen herrschte.

Marcello zuckte zusammen, als hätte ihn eine Stahlspitze in die Brust getroffen. Seine ohnehin schon graue Gesichtsfarbe wurde noch um einige Grade fahler, und er fing zu blinzeln an. »Unglücklicherweise, ja!« krächzte er mit belegter Stimme. »Boualem wollte sie kurz vor Lyon aus dem TGV stoßen und ist bei dem Versuch selbst ums Leben gekommen.«

»Geschieht diesem Tölpel recht«, knurrte Gitan giftig. »Wer nicht einmal mit einer Frau fertig wird, ist auf meiner Gehaltsliste überflüssig.« Er kniff das rechte Auge zu. »Welche Konsequenzen ziehst du aus dieser Panne, Marcello? Du wußtest doch, wie wichtig der Tod der Kleinen für uns ist?«

Sein Chefkiller nickte widerstrebend. Leider fiel ihm die vorbereitete Antwort nicht mehr ein. Wie viele andere vor ihm, mußte auch er beunruhigt feststellen, daß es nur wenige Verteidigungsmanöver gab, die Gitans kalter Wut standhielten.

»Dann kannst du dir hoffentlich vorstellen, wie ärgerlich ich jetzt auf dich bin?« wurde ihm ein Grollen entgegengeschleudert, das an einen Vulkan kurz vor der Erruption erinnerte.

Marcello mußte sich mehrmals räuspern, ehe er ein simples »Ja« über die Lippen brachte. Noch bestand keine Lebensgefahr für ihn, das wußte er, trotzdem würde Gitan aus Gründen der allgemeinen Disziplin nicht darauf verzichten, einen harten Kurs einzuschlagen. Zwanzig Jahre enger Freundschaft waren in ihrem Gewerbe kein ausreichender Grund, um bei eklatanten Fehlern Milde walten zu lassen.

»Wo ist sie jetzt?«

Marcello vermied es, in die Gesichter der anderen zu sehen. Er wußte ohnehin, was er dort erblicken würde. Ablehnung und eisige Kälte. Sie hatten ihn nie gemocht. Einerseits er, der primitive Emporkömmling, der unzählige Menschen eigenhändig vom Leben in den Tod befördert hatte, und ihm gegenüber sie, die sich als wertvoller Teil der Gesellschaft verstanden und Morde lediglich auf dem Papier durchführten. Selbst wenn er einen Freund unter ihnen besessen hätte, wäre dieser sicher nicht so unbesonnen gewesen, sich ausgerechnet jetzt offen auf seine Seite zu schlagen und damit einen großen Teil des allgemeinen Zorns auf sich umzulenken. Marcello mußte dieses Tribunal allein durchstehen und auf eine weitere Chance hoffen.

»Die Polizei hat sie zur Vernehmung auf die Präfektur nach Lyon mitgenommen. Da sie keinerlei Ahnung über die Hintergründe des Anschlags hat, besteht für uns jedoch nicht die geringste Gefahr«, stellte er mit fester Stimme klar.

»Sie werden herausbekommen, daß Boualem zu unseren Leuten gehört.« Gitan klopfte mit dieser Frage auf den Busch.

Marcello durchschaute den Trick sofort und schüttelte den Kopf. Hier befand er sich auf sicherem Terrain, denn bei der Vorbereitung des Anschlags, für ihn eine Routineaufgabe, waren keine Fehler gemacht worden. »Boualem hat keinen einzigen Tag im Gefängnis verbracht und ist polizeilich noch nie aufgefallen. Für die Behörden ist er ein unbeschriebenes Blatt.« Mehr brauchte er nicht zu erklären, denn jeder in dieser Runde wußte, daß seine Männer Profis waren, die bei ihren Aufträgen niemals etwas bei sich trugen, das ihre Identifizierung erleichtern konnte. Das Risiko, daß die Sicherheitsbehörden über Boualem auf die Mafia stießen, war so gut wie ausgeschlossen.

Gitan wußte selbst, daß Marcellos Plan nur an einem dummen Zufall gescheitert war, deshalb entschied er sich dafür, seine Wut etwas zu kanalisieren und seinem Chefkiller die übliche Gelegenheit für einen neuen Anlauf zu geben. Er legte sein Gesicht in tiefe Falten und blickte auf das Meer hinaus. »Marcello, mein Freund, wie lange kennen wir uns jetzt?« Seine eben noch aufgebrachte Stimme hatte ihre normale Tonlage wiedererlangt. Trotzdem rutschten die Umsitzenden nervös auf ihren Stühlen hin und her, denn immer wenn Gitan Gemeinsamkeiten aus der Vergangenheit heraufbeschwor, wurde es gefährlich.

Das wußte auch Marcello. »Es dürften wohl bald zwei Jahrzehnte sein, wenn ich richtig gerechnet habe«, antwortete er deshalb vorsichtig.

»Zwei Jahrzehnte schon? Unglaublich, wie schnell doch die Zeit vergeht!« Er lächelte Marcello an. Ein wölfisches Lächeln, berechnend und lauernd. »Nach zwanzig Jahren solltest du mich eigentlich sehr genau kennen, meinst du nicht?«

Marcello drückte sein Rückgrat so hart durch, daß er kerzengerade auf dem Stuhl saß. »Du hast schon oft betont, daß dich kaum jemand so gut kennt wie ich«, bestätigte er mißtrauisch und hoffte darauf, daß diese Worte noch der Wahrheit entsprachen.

Gitan nickte zustimmend. Sein Lächeln war inzwischen zur Maske erstarrt. »Wenn dem so ist, Marcello, weißt du vermutlich, wie ich auf einen so dummen Patzer reagiere, selbst wenn er einem meiner ältesten Freunde passiert, oder etwa nicht?«

Marcello schob seinen Unterkiefer vor. »Du wäscht demjenigen zuerst kräftig den Kopf und gibst ihm dann die Gelegenheit, seinen Fehler wieder auszubügeln.« Bis auf die steife Haltung seines Oberkörpers zeigte er keinerlei Anzeichen von Nervosität. Er kannte das Endergebnis dieser Maßregelung vor versammelter Front: Man bekam immer eine zweite Chance. Selten eine dritte, doch immerhin eine zweite. Das war beruhigend.

Gitan schwieg für kurze Zeit und inhalierte einige Züge. Dazwischen atmete er schwer. Schließlich drückte er die Zigarette aus und nickte. »Du kennst mich tatsächlich gut, Marcello. Ich bin beeindruckt.« Er griff nach einer neuen Zigarette. »Einverstanden! Wenn du deinen Patzer innerhalb der nächsten zwei Tage wieder ausbügelst, reden wir nicht mehr darüber. Andernfalls wäre ich wirklich tief betrübt über den Verlust eines alten Freundes.«

Marcello neigte seinen Kopf um einen halben Zentimeter nach vorn und erhob sich. Noch immer vermied er Seitenblicke auf die anderen. Gitan zu versprechen, daß das Mädchen schon so gut wie tot war, erschien ihm nicht angebracht. Das verstand sich von selbst. Er ging, ohne sich zu verabschieden.

Die fünf Männer sahen ihm nach, wie er durch die Terrassentür im Haus verschwand. Während Gitan genußvoll an seiner nächsten Zigarette sog und blaue Qualmwolken ausstieß, räusperten sich die anderen verhalten, um die angesammelte Spannung zu überwinden. Obwohl sie sich im Freien befanden, brauchten sie bei ihren Gesprächen keine Angst vor den modernen Abhörgeräten haben, die von den Ermittlungsbehörden in letzter Zeit verstärkt eingesetzt wurden, da Tourballe das gesamte Gelände mit einer aufwendigen Abschirmung versehen hatte, was jede Art von Richtmikrophon unwirksam machte.

Gitan blickte sich um und zeigte grimmig seine gelben Zähne. »Jedenfalls ist er jetzt motiviert!« knurrte er und schlang den Bademantel fester um den mageren Brustkorb, dabei streckte er seine Beine noch ein wenig weiter von sich weg.

»Mir gefallen diese vermeidbaren Brutalitäten nicht!«

Yves Botterreau fand, es war an der Zeit, ein deutliches Wort der Kritik zu äußern. Ebenso wie die übrigen Anwesenden zeigte er gegenüber Gitan keinerlei Angst und hielt nur selten mit der eigenen Meinung hinterm Berg. Er konnte den immensen Nutzen, den die Mafia aus seiner Mitarbeit zog, recht gut einschätzen und achtete peinlich darauf, daß sich dies auch in einer entsprechenden Sonderbehandlung niederschlug.

Der mittelgroße Endfünfziger mit hoher Stirn und hinter einer dünnen goldgeränderten Brille ständig zwinkernden Augen war Direktor von Francecode, einem einflußreichen Pariser Institut für Wirtschaftsforschung, das von den Gewerkschaften und verschiedenen linken Zeitungen nicht zu Unrecht als arbeitgebernah eingestuft wurde. Zusätzlich zu dieser Aufgabe war Botterreau Generalsekretär der vom Präsidenten der Republik initiierten Organisation Invest in France Network, und bemühte sich weltweit um Investitionen in die französische Wirtschaft. Zusätzlich saß er in einem guten Dutzend verschiedener Wirtschafts-Arbeitskreise und war Berater für einige Banken und staatseigene Großunternehmen.

Botterreau verstand es wie kein zweiter um den Präsidenten, jeden seiner Kontakte zu Geld zu machen und Geschäfte in aller Herren Länder anzubahnen. Er kannte sämtliche wesentlichen finanz- und wirtschaftspolitischen Interna Frankreichs und der Europäischen Union, und war daher geradezu prädestiniert für alle Finanztransaktionen der Mafia. Wer Gitan als das Herz des internationalen Geldwäscheapparates bezeichnete, der mußte Botterreau als dessen Hirn ansehen. Nur beide zusammen hielten die gigantische Maschinerie der Mafiamilliarden am Laufen, stets voneinander lernend, jeweils unersetzlich.

Botterreau war kein Mann, den man mit scharfen Worten abfertigen durfte, er besaß ein langes Gedächtnis und konnte im Bedarfsfall außergewöhnlich niederträchtig sein. Gitan erinnerte sich noch gut an das aufgeblasene Gehabe eines kolumbianischen Narco-Milliardärs, der die seltsame Auffassung vertreten hatte, daß jeder, der Geschäfte mit ihm tätigte, damit auch die Verpflichtung einging, ihm als menschlicher Fußabstreifer zu dienen. Botterreau hatte ihm seine bösen Worte nicht verziehen und eines Tages dafür gesorgt, daß geheime Unterlagen über die weltweiten Depots seines riesigen Vermögens in die Hände der Organized Crime Task Force des Staates New York fielen. Der über Nacht bettelarm gewordene Kolumbianer hatte daraufhin keinen weiteren Sinn mehr in seinem Leben gesehen und verzweifelt zur Pistole gegriffen. Kritik aus dem Munde Botterreaus wurde seither ernster genommen als bisher, selbst von Gitan.

Folglich widersprach er ihm auch heute nicht, sondern sah nur interessiert auf. »Und was hätte ich deiner Meinung nach anders machen sollen, Yves?«

»Es wäre besser gewesen, Eric hätte das Mädchen in Monaco mit Schmuck und Kleidern überschüttet und sie weiterhin wie seine Geliebte behandelt.« Er hielt Gitans aggressivem Blick mühelos stand. »Diese Sorte Frau tut alles für ein Leben im Luxus.«

»Und wenn sie sich am falschen Ort verplappert hätte?«

Botterreau schüttelte den Kopf. »Meiner Erfahrung nach sind die meisten Frauen berechnender als wir Männer. Ich war viermal verheiratet und weiß also, wovon ich rede. Nachdem die Grundlage ihres Lebens, ihr Wohlstand, an Eric hängt, hätte sie ihre Worte sorgfältiger gewählt als unser verehrter Staatsminister selbst, davon kannst du ausgehen. Wir haben durch unser plumpes Vorgehen nur erreicht, daß Eric jetzt von seiner Überwachung weiß und sich darauf einstellen kann und die Kleine der Polizei in diesen Minuten vielleicht ein paar interessante Neuigkeiten erzählt.«

»Und warum hast du uns deine Befürchtungen nicht schon vorher mitgeteilt?« ärgerte sich Gitan. »Du weißt, daß ich Kritik im nachhinein nicht leiden kann.«

»Ganz einfach. Weil ich nicht dabei war, als ihr diese hirnverbrannte Dummheit beschlossen habt«, rechtfertigte sich Botterreau ungerührt.

Gitan ärgerte sich über die massive Kritik vor versammelter Runde. Zu einem offenen Streit über seine getroffene Entscheidung wollte er es jedoch nicht kommen lassen, deshalb bemühte er sich um eine versöhnlichere Tonart. »Wir können jetzt nicht mehr zurück«, brummte er. »Nicht nachdem Marcello diesen Fehler begangen hat. Denn wie du vorhin selbst festgestellt hast, besteht nun die Gefahr, daß das Mädchen jetzt aus Angst zu reden beginnt. Sie ist gefährlicher als eine tickende Zeitbombe.«

Diese Gefahr sah auch Botterreau, deshalb lenkte er ebenfalls ein: »Wir sollten es trotzdem vermeiden, unsere Kraft auf Nebensächlichkeiten zu verschwenden. Es stehen größere Dinge an, bei deren Vorbereitung jeder Mann gebraucht wird.«

Gitan nickte, dankbar über diese Hintertür, die ihm sein alter Freund unerwartet geöffnet hatte. »Wir liegen exakt im Zeitplan. Bis jetzt gab es keinerlei Unstimmigkeiten, Eric hat die Lage in Monaco absolut im Griff.«

»Ich finde es höchst beeindruckend, wie er innerhalb weniger Monate den früher überall präsenten Fürsten derartig in den Hintergrund drängen konnte«, warf Tourballe an dieser Stelle ein. Er wirkte sichtlich befriedigt, denn trotz ihrer gigantischen Ausmaße lief die von ihm gesteuerte Operation noch immer reibungslos. Über dreihundert Personen arbeiteten in den verschiedensten Funktionen an der Umsetzung des Vorhabens, dreihundert winzige Räder, die eine unsichtbare Maschinerie antrieben. Ihren Einsatz zu koordinieren und mögliche Überschneidungen zu verhindern, grenzte an eine strategische Meisterleistung, die nur jemand bewältigen konnte, der generalstabsmäßiges Vorgehen von der Pike auf gelernt hatte.

Tourballe war für diese Aufgabe genau der richtige Mann. Immerhin hatte er sich einst vom Marseiller Straßenjungen zum Polizeipräfekten von Avignon hochgearbeitet. Doch dann wurde er wegen eines läppischen Spesenskandals zuerst mit einer ekelhaften Schmutzkampagne überzogen und erhielt schließlich durch einen ängstlichen Innenminister seine Entlassungspapiere. Um den Schatz seiner gewonnenen Erfahrungen weiter nutzen zu können und darüber hinaus subtil Rache an den kleinlichen und rückgratlosen Politikern zu nehmen, die ihn um seine bürgerliche Existenz gebracht hatten, stellte er seine Dienste daraufhin Gitan zur Verfügung. Mittlerweile gehörte seine geheime Observierungsakte in Marseille zu den dicksten in ganz Frankreich und füllte einige Schränke. Bislang war jedoch nichts davon aussagekräftig genug, um ihn vor Gericht zu bringen. Tourballe war aalglatt, ein Mann ohne Fehler, und nicht ohne Grund der Schatten hinter Gitan.

»Wenn es eine Möglichkeit gibt, den bevorstehenden Tod des Fürsten zu vermeiden, sollten wir sie heute ansprechen«, brummte Gitan und sah Botterreau dabei scharf an. Er hatte nicht die geringste Lust, in ein paar Tagen erneut eine Auseinandersetzung mit ihm zu führen. Wenn jemand kalte Füße bekam, sollte er es besser gleich sagen.

Doch diesmal lächelte Botterreau nur und schüttelte den Kopf. Er bezog mit seinem Einwand vorhin lediglich Stellung gegen vermeidbare Brutalitäten, lehnte aber nicht grundsätzlich den Mord als Mittel ab.

Tourballe, der zum jetzigen Zeitpunkt keine Diskussion mehr aufkommen lassen wollte, fuhr trotzdem mürrisch dazwischen: »Wir können von Glück reden, daß sich der Fürst bisher nicht intensiver mit den Einzelheiten von Erics Umstrukturierungsmaßnahmen befaßt hat. Es erscheint mir äußerst unwahrscheinlich, daß er nicht über kurz oder lang hinter den Vertrauensbruch kommt. Und was uns dann droht, kann sich vermutlich jeder vorstellen.« Er hob mahnend den Zeigefinger. »Außerdem dürfen wir nicht vergessen, daß Eric für die letzte

Stufe des Umbaus verschiedene Unterschriften benötigt, die ihm der Alte keinesfalls geben wird. Er muß deshalb ganz einfach sterben.«

»Meine Meinung zu diesem Thema ist allgemein bekannt. Sie hat sich nicht geändert, ich habe immer noch Bedenken!« Die Anmerkung von Armand Poule erfolgte beinahe ebenso feierlich wie der Zwölfuhrschlag einer Westminsteruhr. Er hatte nie ein Geheimnis daraus gemacht, daß er speziell diesen Punkt in ihrer weiteren Vorgehensweise für fatal hielt.

Obwohl Poules zurückhaltende, sachliche Kommentare Gitan manchmal bis an die Grenze der Belastbarkeit reizten, war er ihm doch dankbar für diese Ratschläge und änderte deswegen häufig seine Entscheidungen. In dieser Frage waren sie sich allerdings von Anfang an uneinig gewesen, und es sprach für den Charakter Poules, daß er seinen Standpunkt weiterhin hartnäckig vertrat. »Ein spektakulärer Tod des Fürsten schadet der Attraktivität Monacos mehr, als wir es uns im Augenblick vorstellen können. Die Weltöffentlichkeit wird sich für Wochen auf das Fürstentum konzentrieren, und Hunderte von Journalisten recherchieren jedes Detail über den Fürsten und sein kleines Reich nach.« Seine faltigen Gesichtszügen wirkten so ernst, als ob er damit rechnete, daß sich in diesen Minuten bereits ganze Hundertschaften aus dem internationalen Pressecorps darauf vorbereiteten, in das kleine Fürstentum einzufallen.

Armand Poule war Gitans Verantwortlicher für die internationalen Beziehungen und in Pressefragen ein alter Fuchs. Immerhin entstammte er einer alten französischen Zeitungsdynastie mit Blättern in vierzehn Départements. Das längst zu einer Publikumsgesellschaft umgewandelte Unternehmen hielt Beteiligungen an mehreren privaten Radio- und Fernsehsendern in sieben Ländern Europas und gehörte zu den zwanzig größten Umsatzträgern Frankreichs. Poule war ebenso wie Botterreau regelmäßiger Gast im Elysée und galt überdies als enger Freund des derzeitigen Premierministers.

»Es wird kein Attentat auf den Fürsten geben«, seufzte Gitan und wiederholte damit nur, was alle bereits wußten. »Er wird am nächsten Samstag einem tragischen Unfall zum Opfer fallen.«

»Ob Mord oder spektakulärer Unfall, die Auswirkungen sind die gleichen«, beharrte Poule, der schon das Attentat vor vier Jahren abgelehnt hatte. In seinen Augen waren sie damals nur um Haaresbreite an einer Katastrophe vorbeigeschrammt, und er war froh über den Tod des Killers. »Eric sollte das Problem besser auf eine andere Weise lösen«, brummte er ungehalten. »Ein spektakulärer Tod des Fürsten schadet eher, als daß er uns hilft.«

»Ich glaube, wir haben das bereits vor langer Zeit geklärt, Armand«, widersprach ihm Gitan jetzt ziemlich kühl. Seine Geduld kannte Grenzen. »Die Entscheidung ist längst gefallen, wir können nicht mehr zurück. Der Fürst wird in einer Woche durch den Erbprinzen ersetzt, so daß wir ...« Ein Hustenanfall beendete seine Ausführungen, und er griff hastig zu dem Glas Mineralwasser, das Calvet ihm reichte.

Der Präsident hatte eine Viertelstunde zuvor das Beglaubigungsschreiben von Viktor Karassimow, dem neuen russischen Botschafter in Paris, erhalten. In Anwesenheit des Außenministers begrüßte er den Russen freundlich an der Seine und legte ihm insbesondere die vielen kulturellen Höhepunkte ans Herz, die die Stadt während des ganzen Jahres bot. Aus dem wie üblich vom Quai d'Orsay zusammengestellten Dossier ging hervor, daß Karassimow ein großer Musikfreund war und daß er zusammen mit seiner Frau sehr gern Ballettaufführungen besuchte. Die Männer plauderten einige Minuten über die Moskauer Ballett-Saison, und der Präsident gewann einen positiven Eindruck von dem musischen Vertreter Rußlands. Trotz seiner noch aus alten sowjetischen Zeiten stammenden, allen russischen Diplomaten anerzogenen harten Verhandlungsführung würde er mit ihm sicherlich leichter zusammenarbeiten als mit seinem alkoholkranken Vorgänger.

Nachdem Karassimow gegangen war, unterhielten sich der Präsident und Boudin kurz über die Arbeit des monegassischen Staatsministers.

»Ich weiß nicht, was dich stört? Laborde scheint sich in Monaco doch ganz gut eingearbeitet zu haben«, antwortete der

Präsident auf eine kritische Bemerkung Boudins. »Oder tut es dir inzwischen leid, ihn für dieses Amt vorgeschlagen zu haben?«

Der Außenminister schüttelte nachdrücklich den Kopf. »Ich muß noch einmal klarstellen, daß zum damaligen Zeitpunkt kein anderer Kandidat ernsthaft in Frage kam. Ich meine aber, wir sollten seine Tätigkeit in Monaco auf insgesamt zwei Jahre begrenzen und demnächst einen geeigneten Nachfolger ins Spiel bringen. Mittlerweile könnte ich dir nämlich gleich drei gute Namen nennen.«

»Regis, du scheinst die Besetzung hochrangiger Ämter als eine Art Spiel zu verstehen.« Die präsidialen Augenbrauen waren mißbilligend hochgezogen. »Muß ich dich extra darauf hinweisen, daß wir uns nicht in einer Schachpartie befinden, wo die Figuren nach Lust und Laune herumgeschoben werden können, sondern in der Politik? Was sollen die Presse oder der Fürst von mir denken, wenn ich bereits zwölf Monate nach Labordes Ernennung einen Nachfolger vorschlage? Von beiden Seiten würden mit Recht unangenehme Fragen über diese seltsame Personalpolitik auf mich einprasseln, und es gäbe unnötige Mißdeutungen. Ich finde deinen Vorschlag wirklich indiskutabel.«

Boudin ärgerte sich, das heikle Thema überhaupt angesprochen zu haben, denn er hatte die harsche Reaktion des Präsidenten vorausgesehen. »Es war nur ein Vorschlag«, ging er deshalb in die Verteidigung. »Damit einige meiner Leute eine vernünftige Perspektive bekommen.«

»Geschenkt!« Der Präsident winkte ab. »Wir werden es bei Laborde belassen. Der Fürst beklagt sich nicht, es gibt keine negativen Pressemeldungen, und die Zusammenarbeit mit ihm funktioniert reibungslos – warum also sollten wir ohne Not schlafende Hunde wecken?«

Der Außenminister hustete verlegen. »Es freut mich, wenn sich meine damalige, nicht ganz unfreiwillige Empfehlung für ihn im Rückblick nicht als völliger Fehlgriff erweist. Möglicherweise tue ich dem guten Laborde ja auch unrecht, doch für meinen Geschmack übertreibt er es ein wenig mit den Reformen dort unten. So verkrustet waren die Strukturen in Monaco nicht, daß es plötzlich so fundamentaler Änderungen bedurft hätte.«

»Laß das doch die Sorge des Fürsten sein!« Der Präsident klopfte ihm jovial auf die Schulter. »Ich habe erst vergangene Woche wieder mit ihm telefoniert und nur gute Worte über Laborde gehört. Er bringt uns eine Menge Ehre ein, Regis, glaub mir! – Übrigens: willst du mich nicht zu dem Interview mit den Leuten von *Chaine III* begleiten? Sie erwarten mich seit ein paar Minuten, und mir wäre deine Anwesenheit äußerst lieb. Du weißt, Algerien ist zur Zeit mein wunder Punkt.«

Boudin nickte nur. Mit diesem Gefallen konnte er seinen unwillkommenen Vorschlag von vorhin wieder aus der Welt schaffen und dem Präsidenten seine Unentbehrlichkeit beweisen. In einer Welt, die vom Geben und Nehmen lebte, eine notwendige Voraussetzung zum Überleben.

9

Am nächsten Tag stand Laborde erneut am Bahnsteig von Nizza und wartete auf Nicoles verspätetes Eintreffen. Gitan hatte am Vorabend noch angerufen und ihm dringend empfohlen, den völlig aufgelösten Geliebten zu spielen, der sich nach Stunden quälenden Wartens danach sehnte, sein Mädchen schützend in die Arme nehmen zu dürfen. Frauen erwarteten eine derartige Reaktion, so lautete sein Rat, außerdem erstickte er auf diese Weise jedes mögliche Mißtrauen. Laborde sollte Entsetzen zeigen, gleichzeitig Erleichterung und Freude, um Nicole über seine wahre Rolle in diesem Drama zu täuschen. Anschließend sollte er sie im Negresco unterbringen, Gitans Leute würden sich noch am selben Tag um sie kümmern.

Während er darüber nachdachte, ob er ihr bei der Begrüßung wohl unbefangen ins Gesicht blicken konnte, sah er sie bereits aus der vorderen Tür des zweiten Wagens aussteigen. Trotz der vielen Menschen erkannte sie ihn sofort und blieb abwartend stehen, den schweren Koffer neben sich. Sie war ungewöhnlich bleich, und unter ihren blauen Augen, mit denen sie sich ängstlich in alle Richtungen umschaute, lagen dunkle Schatten. Auch ihre Haare waren vom Schlaf in den Zugsitzen leicht mitgenommen.

Laborde eilte mit besorgtem Gesicht auf sie zu und umarmte sie. »Liebling!« flüsterte er leise. »Ich habe mir ja solche Sorgen um dich gemacht.« Er fühlte das Zittern, das ihren zarten Körper durchlief. »Warum hast du nicht angerufen?« Er küßte sie rechts und links auf die Wangen und hoffte, daß sie nichts von dem Unbehagen spürte, das er einfach nicht unterdrücken konnte. Er war eben doch nicht so abgebrüht, wie er immer gedacht hatte. Nicole bedeutete ihm viel, trotzdem sollte er dazu beitragen, daß ihr Körper in wenigen Stunden kalt und steif wurde. Am liebsten hätte er vor sich selbst ausgespuckt.

»Deine Reisebekanntschaft, dieser junge Mann, hat mich über den entsetzlichen Zwischenfall informiert«, fuhr er mit unverändert leiser Stimme fort. »Weiß man inzwischen mehr über das Motiv dieses Verrückten?«

»Die Polizei ist nicht der Ansicht, daß es sich um einen Verrückten gehandelt hat«, antwortete Nicole ernst. Sie hatte die Umarmung und die Wangenküsse widerstandslos hingenommen, ihm aber keinerlei Wiedersehensfreude gezeigt. Das Gespräch in der Polizeipräfektur und die lange Zugfahrt hatten ihr ausreichend Gelegenheit gegeben, sich Gedanken über die möglichen Hintergründe dieses Zwischenfalls zu machen. Die Schlußfolgerungen, zu denen sie dabei gekommen war, ließen Eric in keinem besonders guten Licht erscheinen. »Ich bin jemandem im Weg, Eric! Hörst du? Jemandem, der geplant hat, mich zu töten, noch ehe ich in Paris in den Zug gestiegen bin!« Ihre Brust hob und senkte sich unter schnellen Atemzügen. »Es ist der pure Zufall, daß ich noch am Leben bin.«

In Labordes Gesicht begannen einige Muskeln unkontrolliert zu zucken. »Welche Beweise hat man dir für diese Behauptung präsentiert? Ich habe gehört, daß der Killer aus dem Zug gefallen ist. Folglich konnte er wohl kaum mehr selbst befragt werden.«

Nicole biß sich auf die zitternden Lippen. »Sie haben irgendwie herausgefunden, daß er aus Marseille stammt und eine Art Auftragskiller der Mafia ist.« Dann brach es wie ein Sturzbach aus ihr heraus: »Kannst du mir vielleicht verraten, Eric, warum ein Mafiakiller ausgerechnet *mich* umbringen will?« Sie begann zu weinen. »Hat er am Ende für die Leute gearbeitet, von denen du mir erzählt hast? Mit denen du in Monaco unter einer Decke steckst? Hast du ihnen von mir berichtet? Wollen sie nicht, daß du zusammen mit einer Stripperin gesehen wirst?« Ihre Augen versanken jetzt vollständig in Wasser. »Ach, Eric, warum hast du mich nur unter diesen Umständen aus Paris fortgeholt?«

Einige der vorübereilenden Passanten hielten kurz inne und verfolgten mißtrauisch, wie sich die junge Frau schluchzend aus der Umarmung des älteren Mannes löste. Sie wirkte in diesem Moment so zerbrechlich und schutzbedürftig, daß ein einziges Wort von ihr eine Woge der Hilfsbereitschaft ausgelöst hätte, die sicherlich nicht ohne eine ordentliche Tracht Prügel über Laborde zusammengeschlagen wäre.

Er erkannte die drohende Gefahr, griff deshalb mit der rechten Hand eilig nach dem Koffer und umfaßte mit der Linken ihre Taille, um sie mit sanfter Gewalt weiterzuziehen. Die Situation war mehr als peinlich: Sie war im höchsten Maße gefährlich. »Bitte, Liebling, laß uns woanders in Ruhe darüber reden«, bat er sie und warf den Umstehenden böse Blicke zu.

Nicole lief gehorsam neben ihm zum Ausgang. »Welchen anderen Grund sollte es geben, eine kleine Tänzerin vom Moulin Rouge umzubringen?«, erkundigte sie sich gereizt. »Der Mann aus dem Zug hat weder mein Geld gewollt noch versucht, mich zu vergewaltigen. Er wollte mich töten! Hast du verstanden, Eric? Töten, weil ich jemandem nicht ins Konzept passe!«

Laborde gab ihr darauf keine Antwort. Was sollte er auch sagen? Es war nicht zu erwarten, daß Nicole Verständnis für seine schwierige Situation aufbrachte. Er geleitete sie fürsorglich aus dem Bahnhof zu seinem BMW, der im absoluten Halteverbot vor einigen hupenden Taxis stand, wo sie sich wie eine Gelenkpuppe in den Sitz fallen ließ. Müde und seelisch völlig ausgebrannt.

Während sie losfuhren, entschuldigte sich Laborde dafür, daß er wegen eines großen Kongresses in Monaco keine passende Suite mehr für sie finden konnte, und daß sie statt dessen einige Tage lang im feudalen Negresco hier in Nizza wohnen sollte. Nicole registrierte seine Worte, gab aber keinen Kommentar dazu ab. In ihrer augenblicklichen Stimmung wäre ihr selbst ein Liegestuhl am Strand recht gewesen.

Über den Boulevard Gambetta bogen sie in die Promenade des Anglais ein, die Prachtstraße der Stadt, an der auch das Negresco lag. Der wie in einem mittelalterlichen Kostümfilm livrierte Page sprang dem bremsenden Wagen entgegen, um eilig die Türen zu öffnen. Nicole ließ sich wenig beeindruckt über die drei weißen Marmorstufen in die prachtvolle Halle führen, in der sich der größte Teppich der Welt unter einem glitzernden Kronleuchter ausbreitete. Eric bat sie, auf einem der roten Samtsofas Platz zu nehmen, während er selbst an der gegenüberliegenden Rezeption die Formalitäten regelte und den Zimmerschlüssel besorgte.

Die atemberaubend schöne Suite befand sich im dritten Stock, und durch ihre großen Fenster gewährte sie einen Blick über die Promenade und den breiten Strand auf das Meer hinaus. Das mit aufwendigen Schnitzereien verzierte riesige Bett wurde von einem graublauen Baldachin beschirmt, der aus der gleichen Seide gefertigt war wie die kostbare Wandbespannung. Auf dem Eichenparkett lagen dicke Teppiche, ansonsten zierten ausgesuchte Antiquitäten und frische Blumengestecke die Räume. Bei einer anderen Gelegenheit wäre Nicole vor Begeisterung zweifellos die Luft weggeblieben.

Nun aber verschwand sie wortlos in dem angrenzenden Badezimmer aus weißem Marmor und riesigen Glasspiegeln, um ausgiebig zu duschen, während Laborde dem Hotelboy, der sich des Koffers angenommen hatte, ein großzügiges Trinkgeld gab und die Tür hinter ihm schloß. Es dauerte über eine halbe Stunde, bis Nicole in einem weißen Frotteebademantel und Badeschuhen mit dem Hotelwappen wieder erschien und in ihrem Koffer nach frischer Kleidung wühlte. Sie wählte ein zweiteiliges enggeschnittenes Seidenkleid und flache Nappalederschuhe. Für ihr leichtes Make-up und etwas Parfüm brauchte sie weitere zehn Minuten.

Erst als sie sich mit der Bürste durch die feuchten Haare fuhr, wanderte ihr Blick neugierig durch den Raum. »Das muß dich ja ein Vermögen kosten«, vermutete sie nicht zu Unrecht, und ihrem Gesicht war anzusehen, daß das kalte Wasser wahre Wunder gewirkt hatte. Die Ringe unter ihren Augen waren fast verschwunden, und ihre Gesichtsfarbe schien sich ebenfalls wieder normalisiert zu haben.

Laborde erhob sich impulsiv und trat seitlich an sie heran, um ihr einen Kuß auf den Hals zu geben. »Für mich ist nur wichtig, daß du dich hier wohl fühlst«, lächelte er dann.

Sie entwand sich rasch seinen Händen. »Entschuldige bitte, Eric, aber ich kann es im Augenblick nicht ertragen, von einem Mann berührt zu werden. Das mußt du verstehen!« Sie trat an das halbgeöffnete Fenster, um auf das Meer hinauszusehen. »Ich werde vermutlich einige Zeit brauchen, um darüber hinwegzukommen«, entschuldigte sie sich.

Laborde kehrte zu seinem Stuhl zurück. »Ich möchte nur mit dir reden, Liebling, nichts weiter! Es ist verrückt, aber ich könnte gleichzeitig lachen vor Freude und heulen vor Wut. Erst der Schock gestern nachmittag, als der junge Mann mir von dem Zwischenfall berichtete, dann, daß du heute wohlbehalten hier eintriffst. Wenn ich ein gläubiger Mensch wäre, würde ich vermutlich irgendeiner Kirche einen ganzen Zentner Kerzen stiften und ein Dankgebet sprechen.«

»Wenn ich nur wüßte, ob diese Worte ehrlich gemeint sind – oder ob du der ekelhafteste Heuchler bist, dem ich jemals begegnet bin«, rätselte Nicole mit bitterer Stimme, ohne sich dabei umzudrehen.

»Nicole, bitte, ich schwöre dir …!« Laborde war nahe daran, die Nerven zu verlieren. Eine längere Diskussion über dieses Thema würde er nicht durchstehen, das wußte er.

»Ich habe nur eine einzige Frage an dich, Eric.« Sie drehte sich um, und Laborde sah an den krampfhaft zusammengepreßten Lippen, daß sie erneut die Tränen unterdrücken mußte. »Hast du etwas mit dem Mordanschlag auf mich zu tun? Ich brauche eine ehrliche Antwort, Eric, ansonsten weiß ich einfach nicht mehr weiter.«

»Hat dir die Polizei etwa die gleiche Frage gestellt?« Eine gewisse Anspannung lag in seiner Stimme, nur leicht zwar, doch unüberhörbar. Gitan hatte ihm befohlen, exakt diese Frage zu stellen. Ihr gesamter Plan hing von der Antwort ab.

Sie schüttelte den Kopf und zupfte nervös an einer Falte ihres Rocks. »Ich habe ihnen nichts von unserer Bekanntschaft erzählt.«

»Warum nicht?« Trotz seiner Frage stand ihm die Erleichterung ins Gesicht geschrieben. Gitans Befürchtungen hatten sich glücklicherweise nicht erfüllt.

»Weil ich dich nicht in Schwierigkeiten bringen wollte und außerdem erst auf der Fahrt von Lyon hierher Zeit gefunden habe, länger über diesen Punkt nachzudenken.« Sie brauchte einige Augenblicke, um die aufsteigenden Tränen zurückzudrängen. »Ich habe keine Drogen geschmuggelt, Eric, ich bin auch keine reiche Erbin, und Feinde habe ich meines Wissens ebenfalls nicht. Das einzige Ungewöhnliche an mir ist meine Bekanntschaft mit einem hohen Politiker, der sich mit irgendwelchen dubiosen Freunden eingelassen hat. Welchen anderen Grund also sollte es geben, mich umbringen zu lassen? Es war dein Geständnis im Ritz, das mir all diesen Ärger eingebracht hat, gib es doch zu!«

»Rede bitte keinen Unsinn, Nicole!« Laborde holte tief Luft und griff sich an die linke Schläfe. Er bekam Kopfschmerzen. »Du verletzt mich!«

Nach diesen gegenseitigen Anschuldigungen traten einige Augenblicke der Stille ein. Die Augen des einen musterten das Gesicht des jeweils anderen, hoffend, etwas darin zu lesen, was an die große Liebe der vergangenen Monate erinnerte. Beide fanden jedoch nicht den kleinsten Hinweis. In diesem Augenblick bestimmten nur Angst und Bitterkeit ihre Gefühle.

Nicole wandte sich daraufhin wieder dem Fenster zu, durch das der Straßenlärm vom Boulevard heraufdrang, vorüberfahrende Autos, Hupen, Stimmengewirr. Außerdem roch es nach Salzluft. Ganz fein nur, doch unverkennbar. Sie schloß für eine Sekunde die Augen und atmete tief durch. Was hatte sie sich von dieser Reise nicht alles erwartet? Den Beginn eines neuen Lebens inmitten von Erics Glitzerwelt. Viel Sonne, ausgedehnte Einkäufe und unzählige Gelegenheiten, einander wieder näherzukommen. Sie hatte viele Geschichten über die Reichen und Schönen Südfrankreichs gelesen; im Moulin Rouge gingen die Illustrierten zwischen den Mädchen herum wie ein Erkältungsvirus in einem Kindergarten, und sie hatte sich darauf gefreut, selbst ein Teil dieser Welt zu werden. Durch den Zwischenfall im Zug brutal ernüchtert, war ihr inzwischen jedoch klargeworden, daß sie nicht hierher gehörte. Sie überlegte, ob sie umgehend ihren Koffer schnappen und wieder zurückreisen sollte. Sie sehnte sich nach ihrer kleinen Wohnung, nach den Kolleginnen vom Moulin Rouge, auch nach dem Professor und ihren langen Gesprächen in den Tuilerien. »Außer dir wußte niemand davon, daß ich mit diesem Zug kommen wollte, Eric. Kannst du mir also verraten, auf welche andere Weise der Killer davon erfahren haben soll?«

Sie musterte Eric bei dieser Frage schärfer als sonst und mußte dabei enttäuscht feststellen, daß er in den letzten zwölf Monaten ungeheuer alt geworden war. Die Falten, die sich mittlerweile tief in seine Gesichtszüge gegraben hatten, waren damals kaum zu sehen gewesen, und die ehedem vereinzelten silbrigen Fäden in seinem Haar vermehrten sich nun erschreckend. Auch vermißte sie sein souveränes Auftreten, die Eleganz jeder seiner Bewegungen. Wie er in diesem Moment vor ihr saß, müde und mit vornübergebeugtem Oberkörper, glich er einem alten Mann, ohne jede innere Spannung, ein Fremder.

»Nicole, *bitte*!« Laborde benahm sich unwillkürlich wie jemand, der bei irgendwas erwischt worden war – hochfahrend und ein wenig schuldbewußt. Er konnte es nicht verhindern. Zum Schauspieler war er eben nicht geboren, da halfen auch die vielen Jahre im diplomatischen Dienst nichts. Nicole wußte über ihn Bescheid, sie spazierte in seinen Gedanken umher, als ob sie sich auf einem öffentlichen Gehweg befand, er konnte es nicht verhindern. Er hatte schließlich nicht nur in jener fatalen Nacht im Ritz unbedacht über sich geplaudert, sondern auch bei verschiedenen anderen Gelegenheiten. So kannte Nicole die wahren Hintergründe der angeblich riesigen Erbschaft in Belgien, die er landauf, landab als die solide Basis seiner finanziellen Unabhängigkeit dargestellt hatte. Es waren weniger als zwei Millionen in belgischen Francs gewesen, kaum genug, um auch nur die drängendsten Schulden zu tilgen, die er in Erwartung horrenden Reichtums aufgehäuft hatte. Der Testamentsvollstrecker, ein renommierter Anwalt aus der belgischen Metropole, hatte ihm freundlicherweise die Nummer eines einflußreichen Pariser Finanzmannes zugesteckt, der ein stetiges Interesse an höheren Regierungsbeamten in Notlagen besaß.

Über diesen Kanal war der Kontakt zu Yves Botterreau hergestellt worden, der dann den Rest in die Wege geleitet hatte. Nach einer Phase des vorsichtigen Kennenlernens verstand man sich mehr und mehr, und Botterreau wurde rasch klar, daß er in Laborde den richtigen Mann für das geplante Vorhaben gefunden hatte. Mehrere Reisen an die Côte d'Azur brachten ihn in den folgenden Monaten mit Gitan zusammen, in dessen inneren Kreis er bald aufsteigen sollte und der ihn in beinahe alle Pläne einweihte. Seither waren sie auf Gedeih und Verderb miteinander verbunden.

»Ich weiß nicht, was dich zu dieser ungeheuerlichen Anklage bringt!« ging er deshalb wütend hoch. »Jedenfalls brauche ich mir derartige Frechheiten nicht länger bieten zu lassen.« Er durchmaß den Raum mit langen Schritten. »Ich schwöre dir bei allem, was mir heilig ist, daß ich nichts über das gestrige Geschehen weiß bis auf das, was mir der jungen Mann gesagt hat. In meinen Augen kann es sich nur um die Tat eines Verrückten handeln, der sich das perverse Hobby zugelegt hat, junge Frauen zu ermorden. Wie die Polizei jetzt darauf kommt, daß der Tote für die Mafia gearbeitet haben soll, ist mir ein Rätsel. Ich bitte dich, Nicole, du mußt mir glauben!« Er blieb zwei Schritte von ihr entfernt stehen, die Hände in den Hosentaschen, nur noch mühsam die Fassung bewahrend.

Nicole zog es vor, die Diskussion nicht weiterzuführen. Sie hatte ihr Vertrauen in ihn längst verloren und wollte nicht noch mehr Lügen hören. Sie rannte deshalb schluchzend zum Bett, um sich auf die schwere Tagesdecke zu werfen und das Gesicht in ihrer rechten Armbeuge zu vergraben.

Laborde betrachtete nachdenklich die weinende junge Frau, die er viele Monate lang fast bis zur Besinnungslosigkeit geliebt hatte. Dann blickte er auf seine Uhr. Es standen noch einige wichtige Termine an, die er unter keinen Umständen versäumen durfte. »Ich muß jetzt leider gehen«, entschuldigte er sich mit leiser Stimme und trat an das Bett. »Du mußt dir ein wenig Ruhe gönnen, Liebes, um dich von dem Schrecken zu erholen. Schlaf ein paar Stunden, leg dich an den Strand oder unternimm einen Einkaufsbummel. Hauptsache, du lenkst dich ab und kommst auf andere Gedanken.« Er ließ sich auf der Bettkante nieder und legte beide Hände auf ihre Schultern, um sie sanft zu massieren. Unter dem dünnen Stoff war das nervöse Zucken ihrer Muskeln zu spüren. Laborde räusperte sich. »Selbstverständlich zahle ich für alles, du brauchst also nicht zu sparen.« Eine weitere Pause. »Ich werde dich anrufen, sobald es mir möglich ist. Vielleicht können wir etwas für morgen abend vereinbaren, was meinst du? Heute geht es leider nicht mehr, ich habe wichtige Termine.«

Nicole sah nicht auf. »Es tut mir leid, Eric. Aber ich werde morgen früh zurückfahren und wünsche, daß du dich um keinen weiteren Kontakt mehr bemühst. Es gibt nichts, was uns noch verbindet.«

Sie dachte an das Bild, das der Killer im Zug bei sich getragen hatte. Die Polizei hatte es ihr gezeigt, um zu erfahren, ob sie es möglicherweise kannte. Sie hatte nur bedauernd den Kopf geschüttelt und behauptet, daß es der Schnappschuß eines Unbekannten sei. Tatsächlich aber konnte sie sich noch sehr genau an den Abend erinnern, an dem Eric das Foto selbst aufgenommen hatte. Damit war klar, daß er in jedes Detail der Mordpläne eingeweiht war, ja, sie sogar förderte.

Keine Liebe der Welt hielt eine derartige Entdeckung aus.

Laborde zog seine Hände von ihr zurück. »Ich teile deine Ansicht nicht, Liebling, uns verbindet sogar sehr viel«, widersprach er ihr emotionslos. »Aber nach allem, was du durchgemacht hast, darf ich dir diese Worte vermutlich nicht übelnehmen. Ich schlage deshalb vor, wir reden in ein paar Tagen noch einmal über uns und unsere gemeinsame Zukunft.« Er erhob sich und schloß den mittleren Knopf seines Sakkos. »Bitte, faß bis dahin keine übereilten Entschlüsse, Nicole, sondern warte meinen Anruf ab. Du wirst sehen, morgen sieht die Welt bereits ganz anders aus.« Mit diesen Worten verließ er das Zimmer und zog die Tür leise hinter sich zu.

10

Nicole blieb einige Zeit auf dem Bett liegen, bis sich ihre aufgebrachten Nerven wieder etwas beruhigt hatten. Das war also das unwiderrufliche Ende ihrer Beziehung zu Eric gewesen! Wenn sie bei ihrem Eintreffen in Nizza noch die Spur eines Zweifels an seiner Schuld gehabt hätte, so war dieser durch sein Verhalten endgültig beseitigt worden. Der Anschlag auf sie war vielleicht nicht mit seiner Billigung unternommen worden, gleichwohl aber mit seinem Wissen. Es war kein Haß, den sie ihm gegenüber empfand, sondern Verachtung. Das ging viel tiefer.

Als Nicole plötzlich keine Luft mehr bekam, sprang sie auf, um alle Fenster ihrer Suite weit aufzureißen. Es half nichts. Sie mußte hinaus, irgendwohin, wo es Unmengen von Menschen gab und wo viel Lärm und Trubel herrschten. Kurz entschlossen fuhr sie deshalb mit dem Aufzug hinunter, durchschritt die riesige Hotelhalle und trat auf die Straße hinaus. Der Page lächelte ihr zu und tippte mit zwei Fingern seiner rechten Hand grüßend an seinen Zylinder.

Sie benutzte die Fußgängerampel, um die breite Straße zu überqueren und auf den breiten Boulevard zu gelangen. Dort erst setzte sie ihre Sonnenbrille auf und genoß den leichten Wind, der sich unter ihrem dünnen Kleid fing. In Paris war es längst nicht so warm gewesen. Sie blieb an dem kniehohen Metallgeländer stehen, das die Promenade von dem drei Meter tiefer liegenden Strand abgrenzte, und sah über die blauen Sonnenschirme und die Liegen für die Hotelgäste hinweg auf das türkisblaue Wasser hinaus. Der Strand bestand aus Kieselsteinen, manche so groß wie Hühnereier, manche von der Größe einer Faust. Die Anzahl der Sonnenhungrigen hielt sich noch in Grenzen, der Ansturm würde erst um die Mittagszeit herum kommen.

Nicole beschloß, am Nachmittag zurückzukehren, wenn sie etwas von Nizza gesehen und eine Kleinigkeit gegessen hatte. Wenn sie morgen wieder in den Zug stieg, wollte sie wenigstens einen kleinen Eindruck von der Stadt mitnehmen. Sie bummelte langsam die Promenade in östlicher Richtung hinunter zum Babazouk, wie der volkstümliche Ausdruck für die Altstadt um die Place Garibaldi bis zum Cours Saleya hin lautete. Sie fand es wundervoll, durch die engen kühlen Straßen zu schlendern, deren hohe, modrig riechende Mauern die Sonne während des größten Teils des Tages fernhielten. Schmale gelb- oder ockerfarbene Häuser mit vier bis sechs Stockwerken, wie zu ihrem Schutz dicht aneinandergerückt. Hinter grünen Holzjalousien lagen enge, lichtarme Räume, die seit Jahrzehnten auf eine Renovierung warteten. 1807 hatte Giuseppe Garibaldi in einem dieser Häuser das Licht der Welt erblickt, der legendäre Wegbereiter der italienischen Einigung. Vieles sah aus, als hätte es sich seither nicht verändert.

Ihr Weg führte sie die Rue de la Préfecture entlang, die vor dem Präfekturgebäude in ein buntes Markttreiben überging. Von dicken Frauen mit gutmütigen Gesichtern wurden hier Blumen und kandierte Früchte verkauft, Bauern aus der Provençe handelten mit allen erdenklichen Gewürzen, Oliven, kiloweise Knoblauch und Lavendelsträußen, zwei Italiener boten Fisch an. Es herrschte emsige Geschäftigkeit, und die Luft war mit einem unbeschreiblichen Duft erfüllt.

Nicole kaufte bei einem jungen Eismann zwei Kugeln italienisches Gelato und drang tiefer in die engen Gassen der Altstadt ein. Sie kam an der Kathedrale Sainte-Reparate vorbei und landete schließlich auf der versteckten Place Saint-François, wo gerade die Überreste des allmorgendlichen Fischmarkts weggeräumt wurden. Zwei Männer in hellblauen Overalls mit der Aufschrift ›Ville de Nice‹ spritzten die nach Fisch stinkenden Steinplatten ab und rauchten dabei Gauloise-Zigaretten. Ein Stadtpolizist in blauen Hosen, hellblauem Hemd und Schiffchen beaufsichtigte sie dabei, von Zeit zu Zeit gelangweilt in ein Handfunkgerät nuschelnd.

In einem der Läden, die im Erdgeschoß der umliegenden vierstöckigen Häuser untergebracht waren, erstand sie ein riesiges Brot mit Nizza-Salat. Sie setzte sich auf den Rand eines kleinen Brunnens, der aus drei ineinander verwickelten wasserspeienden Sandsteinfischen bestand, und knabberte ein wenig an ihrem Baguette herum. Den Rest verfütterte sie an zwei streunende Hunde.

In einem kleinen Straßencafé zwei Ecken weiter trank sie anschließend eine Tasse Kaffee und lauschte dem Gespräch eines alten Schlossers, der ein aufgebrochenes Türschloß auszuwechseln hatte, und der über die zunehmende Kriminalität empörten Frau des Wirts. Der Mann arbeitete langsam und gründlich und antwortete ihr nur knapp. Warum sollte er sich auch gegen die vielen Kleinkriminellen und Drogensüchtigen aussprechen? Sie sorgten doch dafür, daß er gleichmäßig zu tun bekam! Eine struppige Katze strich kurz vorbei und sah hoffnungsvoll in Richtung Theke, ehe sie enttäuscht durch einen efeubewachsenen Torbogen wieder davonzog.

Als Nicole auf ihre Uhr sah, war es kurz nach zwei. Sie kaufte in einem Touristenbasar in der Rue Pairoliere eine Flasche Baby-Sonnencreme mit besonders hohem Lichtschutzfaktor und bummelte zurück zur Promenade des Anglais.

Am Hotelstrand des Negresco ließ sie sich von einem der Angestellten ein Handtuch geben und eine der Liegen mit den blauweißen Polstern zuweisen. Vom Wasser klang das Lachen der Badenden herauf. Im Vergleich zum Vormittag bevölkerten nun gut dreimal so viele Menschen den Strand. Auf einer kleinen sandigen Fläche in der Nähe der Treppe, die zum Boulevard hochführte, spielte eine Gruppe junger Leute Beach-Volleyball. Braungebrannte Haut, muskulöse Körper.

Nicole schlüpfte aus ihren Schuhen und schob sie unter die

Liege. Dann breitete sie das Handtuch auf dem Polster aus und streifte ihr Oberteil ab. Nachdem nackte Haut hier niemanden störte, mußte sie nicht extra ins Hotel zurücklaufen und sich ihren Bikini holen. Sie verrieb einen guten Teil der vorhin erworbenen Sonnencreme auf ihrem Oberkörper, den Armen und dem Gesicht. Anschließend zog sie ihren Rock weit über die Knie hinauf, um auch die Beine eincremen zu können. Nun flog die Flasche neben die Liege, und sie lehnte sich behaglich zurück. Sie wollte sich etwa zwanzig Minuten bräunen, das reichte für den ersten Tag. Die Szene mit Eric kam ihr wieder in den Sinn, und sie bekam trotz der Hitze eine Gänsehaut. Sie mußte Nizza verlassen. Gleich morgen früh. Ihren Abschied hatten sie bereits hinter sich gebracht, sonst blieb nichts zu erledigen.

Sie würde die Sonne und das Meer nur einen einzigen kurzen Tag genießen. Einzig und allein aus diesem Grunde bedauerte sie, wieder in die Asphalt- und Betonwüste der Großstadt zurückzukehren. Andererseits aber bedeutete Paris die Nähe zum Professor, zum Moulin Rouge, die eigenen vier Wände. Da fiel ihr die Heimreise leicht.

»Hey, hast du Lust, bei uns mitzumachen?«

Die freundliche Männerstimme befand sich direkt über ihr, und Nicole öffnete erstaunt die Augen. Einer aus der Gruppe, der sie vorhin beim Beach-Volleyball zugesehen hatte, ein unglaublich muskulöser strohblonder Kerl, war neben ihr in die Knie gegangen und grinste sie an.

Sie stützte sich auf einem Ellbogen ab und schob ihre Sonnenbrille in die Haare. »Ich soll bei eurem Spiel mitmachen?« erkundigte sie sich neugierig. Dann schüttelte sie bedauernd den Kopf. »Tut mir leid, wirklich, ich würde furchtbar gern, aber es geht nicht.«

»Warum denn nicht?« Der Blonde blieb beharrlich. Er setzte sich neben sie auf die Kante der Liege und strich sich mit einer schnellen Handbewegung die Haare aus der Stirn. »Wir sind nur zu siebt und brauchen noch einen Mitspieler, sonst geht es nicht auf.« Er griff nach ihrer linken Hand und zog sie sanft zu sich heran. »Komm schon, es macht eine Menge Spaß.«

Nicole entzog ihm lachend die Hand und deutete stumm auf

das Gummiband an ihrem Knie. »Gilt das als Entschuldigung?« erkundigte sie sich.

»Oje, etwa Bänderriß?« Er verzog für eine Sekunde mitfühlend das Gesicht. Dann lächelte er wieder. »Aber du sollst schließlich kein Turnier bestreiten, nur ein kleines langsames Spiel, okay?« Er mochte nicht unverrichteter Dinge zurück zu seinen Freunden, das war offensichtlich, immerhin hatte er einen Ruf zu verlieren.

Seine Hartnäckigkeit amüsierte Nicole. Und da sie eigentlich nichts dagegen hatte, für einige Minuten ihren trüben Gedanken entrissen zu werden, stimmte sie nach kurzer Überlegung zu.

Er hielt ihr die Hand hin. »Ich heiße Roger. Und du?«

»Nicole.« Sie griff nach ihrem Oberteil und schlüpfte hinein, worauf Roger ein enttäuschtes Gesicht zog. Nun würde es nur noch halb soviel Spaß machen, ihr beim Spielen zuzusehen.

Während sie zu den anderen hinübergingen, erzählte Roger, daß er und seine drei Freunde zur französischen Radsport-Nationalmannschaft gehörten und daß sie zusammen mit ihren Freundinnen hier einige Erholungstage genossen. Ein Sponsor zahlte dafür, weil sie vor zwei Monaten so hervorragend auf der Buckelpiste von Paris nach Roubaix abgeschnitten hatten. Bei diesem Radsportklassiker, der als das schwerste Rennen der Welt galt und laut Roger im Jargon der Fahrer als die ›Hölle des Nordens‹ bezeichnet wurde, auch nur unter die ersten zehn zu kommen, war gleichbedeutend mit einem grandiosen Erfolg.

Ursprünglich war auch Roger in Begleitung seiner Freundin angereist, doch nach einer heftigen Auseinandersetzung vorgestern abend blieb er am Morgen darauf unversehens allein zurück. Angesichts der vielen hübschen Mädchen, die hier die Strände bevölkerten, quälte ihn dieser Umstand jedoch nicht sonderlich, es würde sich schon ein entsprechender Ersatz finden.

Nicole fand seine Offenheit viel zu liebenswert, als daß sie sich über die halbstarken Sprüche geärgert hätte. An einem Ort wie diesem war kein Platz für die übliche Pariser Zurückhaltung, hier ging man direkt und ehrlich miteinander um. Also lachte sie nur. Roger gefiel ihr. Sein breitschultriger, kräftiger Körperbau, die wuscheligen Naturlocken, sein braungebranntes schmales Gesicht, das verschmitzten Spott ebenso ausstrahlte wie zähes Durchhaltevermögen. Er besaß genau das richtige Maß an Ruhe und Stärke, das auch einer modernen Frau nur allzugut gefiel. Roger war sicherlich nicht der Prototyp des Mannes, der ein Leben lang treu blieb, eine Familie gründete und zwanzig Jahre lang die Hypotheken seines Hauses abbezahlte, aber jemand, mit dem man Pferde stehlen konnte.

Die übrigen Mitglieder der Gruppe nahmen sie sofort freundschaftlich in ihrer Mitte auf und hatten nichts dagegen, das Spiel nun auf eine langsamere Gangart umzustellen. So flog der Ball auch einige Zeit geruhsam zwischen den beiden Mannschaften hin und her, bis sich die Geschwindigkeit ungewollt wieder steigerte. Nicole genoß den Spaß, wechselte ihren Standort aber möglichst selten, um ihr Knie so wenig wie nötig zu belasten.

Es passierte, als Roger schon abgewinkt hatte und alle zu einem Eis einladen wollte: Nicole streckte sich übermütig dem letzten Ball entgegen, und in dem gleichen Moment, in dem sie ihn berührte, knackste sie um. Sie ließ sich mit einem kurzen Aufschrei in den Sand fallen, registrierte dabei aber erleichtert, daß der Schmerz nicht von dem lädierten Knie, sondern vom Fußgelenk kam. Es war also nicht so schlimm, wie im ersten Augenblick befürchtet.

Trotzdem beugte sich Roger sofort erschrocken über sie und legte ihr seinen rechten Arm um die Schultern. »Das Negresco hat einen Arzt, es ist wohl besser, ich bringe dich gleich zu ihm«, entschied er, griff um ihre Taille und zog sie vorsichtig hoch. Die anderen hatten inzwischen einen Halbkreis um sie herum gebildet und blickten mit besorgten Gesichtern herab.

Nicole protestierte: »Es ist wirklich nichts Ernstes!« Sie schwenkte demonstrativ ihren Fuß. »Es war mehr der Schreck als der Schmerz, bitte macht euch keine Sorgen um mich!«

»Trotzdem solltest du das Bein einige Zeit ruhigstellen und ausreichend kühlen«, beharrte Roger. »Ich trage dich ins Hotel zurück. Du wohnst doch im Negresco?«

Nicole nickte. Die Belle-Epoche-Fassade mit der blauen Schrift des Negresco befand sich schräg gegenüber. Sie dachte mit Schaudern daran, wie die Bediensteten des Hotels wohl ihre Augen aufreißen würden, wenn Roger sie auf seinen Armen durch die Halle trug. Nein, lieber wäre sie auf allen vieren hineingekrochen. »Roger, bitte! Es geht schon. Wirklich!«

»Dann stütz dich wenigstens auf mich!« drängte Roger. Er sah nicht ein, warum seine Samariterdienste völlig überflüssig sein sollten. Schließlich stellte der Zwischenfall für ihn eine Art Wink des Schicksals dar, die Bekanntschaft mit dem Mädchen noch stärker zu intensivieren. Die Begleitung in ihr Hotelzimmer war der erste Schritt auf dem Weg zu einem heißen Urlaubsflirt, davon war er überzeugt.

»Also gut.« Nicole gab ihren Widerstand auf. Sie hatte oft genug erfahren, daß es im Grunde keine höflichen Worte gab, die einen hartnäckigen Mann dazu bewegen konnten, seine Hilfsbereitschaft aufzugeben. Und Roger war weiß Gott keiner von den Männern, bei denen sie eines der weniger höflichen Worte gebrauchen wollte.

Auf der breiten Promenade bummelten nun wesentlich mehr Menschen als mittags. Es war halb vier, und wie an jedem Küstenort rund um das Mittelmeer begann der eigentliche Tag erst jetzt. Nur wenige aus dem bunten Volk der Passanten beachteten den breitschultrigen jungen Mann in seinen knallbunten Shorts und dem weißen T-Shirt, der sich Arm in Arm mit einem blonden Mädchen durch den Trubel kämpfte. Allerdings gehörten zu diesen wenigen auch zwei Männer, die seit der Mittagszeit nach Nicole Ausschau gehalten hatten. Ihr Foto, das vor ihnen am Armaturenbrett des Wagens hing, ließ keinerlei Verwechslung zu. Sie war es.

Der weiße Renault Safrane stand auf dem Haltestreifen vor dem Park des Museums Masséna, das vom Negresco nur durch eine schmale Seitenstraße getrennt war, und die beiden Insassen konnten deshalb jede Bewegung des jungen Paares beobachten, das vor der roten Fußgängerampel auf der anderen Straßenseite wartete. In wenigen Augenblicken würden sie die Fahrbahn überqueren und damit schon fast im Eingang des Hotels verschwinden. Während einer der beiden Marcello mit dem Handy über das Auftauchen des Mädchens informierte, ließ der andere bereits den Wagen an.

Die Anweisungen an die beiden Mafiakiller waren eindeutig, denn einen weiteren Fehler konnte sich Marcello nicht mehr leisten. Das Funktelefon verschwand wieder im Handschuhfach, der endgültige Befehl war erteilt. Mahfoud, der ältere der beiden Brüder, der noch in Algier geboren worden war, nickte Malek aufmunternd zu, während er das Auto auf die Fahrbahn lenkte.

Die Promenade des Anglais bestand vor dem Negresco aus drei Autospuren und einer für den Bus, die in West-Ost-Richtung verliefen, dann einem breiten, gras- und palmenbewachsenen Mittelstreifen und schließlich aus drei Fahrspuren in Ost-West-Richtung, zu denen noch ein Parkstreifen hinzukam. Zahlreiche Fußgängerampeln ermöglichten es, trotz des meist recht dichten Verkehrs die Fahrbahn ohne Probleme zu überqueren.

Roger und Nicole hatten die Grünphase der Fußgängerampel abgewartet und gingen zusammen mit einem halben Dutzend weiterer Passanten über die Straße. Da sie in ein angeregtes Gespräch vertieft waren, wurden sie von allen anderen überholt und bildeten schließlich die Nachhut. So kam es, daß die Ampel auf Rot umsprang, als sie erst auf dem Mittelstreifen angelangt waren. Hier mußten sie warten, bis das grüne Zeichen erneut aufleuchtete.

Sie hatten gerade erst einige Schritte gemacht, als das Aufheulen eines anfahrenden Wagens ihre Unterhaltung unterbrach. Beide blieben augenblicklich stehen und blickten erschrocken auf den weißen Renault, der mit hoher Geschwindigkeit auf sie zugeschossen kam. Zwei Männer waren hinter der reflektierenden Scheibe zu erkennen, zwei Männer mit entschlossenen Gesichtern, die ihren Tod wollten.

Nicole schrie. Sie hatte es geahnt, Erics Freunde gaben nicht auf. Und diesmal würde ihr niemand in letzter Sekunde noch zu Hilfe kommen.

Marcello hatte für die Planungen nicht viel Zeit gehabt. Innerhalb von wenigen Stunden einen Mord zu organisieren, der wie ein Unfall aussah, glich dem Versuch, eine Schwangerschaft in der Hälfte der Zeit durchzuziehen. Es war schlicht und einfach unmöglich. Er mußte Kompromisse eingehen und auf bewährte Methoden notgedrungen verzichten. Die von Gitan geforderte Eile entsprach nur bedingt seiner Vorstellung von idealen Rahmenbedingungen. Leider befand er sich augenblicklich nicht in der Position, um sich darüber beschweren zu können. Es galt schließlich eine Scharte auszuwetzen.

Der Tod der Tänzerin sollte mit Hilfe eines Fahrzeugs bewerkstelligt werden, dies hatten seine Leute bereits verschiedentlich praktiziert, sie besaßen also einige Erfahrung darin. Von allen möglichen Varianten eines Anschlags nahm das die geringste Vorbereitungszeit in Anspruch und war an einem Ort mit so vielen pubertierenden Reicheleutekindern in 300-PS-Schlitten zudem nicht sonderlich spektakulär. Allerdings drohten stets Unwägbarkeiten, von denen der Tod Unbeteiligter in seinen Augen noch das geringste Problem war. Doch wie gesagt, er besaß nicht die Zeit, um den perfekten Mordanschlag vorzubereiten.

Marcello hatte mit der Ausführung der Tat seine beiden besten Leute beauftragt, Mahfoud und Malek Dib, zwei Brüder aus einer einflußreichen Unterfamilie der Marseiller Mafia. Sie waren ebenso wie er nicht sonderlich erbaut über die Eile und hatten kritisiert, daß die Tage des Ausspähens, des Organisierens und des Taktierens fehlten, letztendlich aber zugestimmt. Sie waren beide Profis in ihrem Geschäft und verfügten über Nerven wie Kabeldraht. Selbst wenn etwas schiefging, sie fanden immer einen Ausweg. Beide hatten für Marcello bereits mehr Menschen getötet, als sie zusammen Finger an ihren Händen besaßen. Die Brüder mit dieser Aufgabe zu betrauen, war eigentlich gleichbedeutend damit, sich sorglos zurückzulehnen.

Als Marcello den Anruf von Malik erhielt, befand er sich gerade auf der Fahrt zu Gitan. Wenn alles glücklich verlief, konnte er ihm in weniger als einer halben Stunde die gute Nachricht mitteilen. Erst wenn das Bild von dem zerschmetterten Körper des Mädchens in der Zeitung war, würde ihm Gitan den Patzer im TGV nicht mehr übelnehmen. Marcello zwang sich zu einer aufgesetzten Fröhlichkeit und pfiff laut vor sich hin, während er das Gaspedal noch weiter durchtrat.

Roger war Sportler bis in die Haarspitzen. Auch wenn er bislang auf spektakuläre Siege und internationale Medaillen noch verzichten mußte, zählte er doch zur Elite der französischen Spitzensportler. Um seine jahrelangen Trainingsbemühungen endlich krönen zu können, fehlte ihm nichts weiter als jenes berühmte Quentchen Glück, das zu jedem großen Erfolg gehörte. Trainiert hatte er genug, Kondition und den nötigen Ehrgeiz besaß er im Übermaß. Internationale Wettkämpfe waren jedoch längst in Bereiche vorgedrungen, wo winzige Zufälligkeiten zählten, die nicht immer die tatsächlichen Möglichkeiten des einzelnen widerspiegelten. Roger wußte dies und arbeitete deshalb hart an sich selbst, um ebendiese Unwägbarkeiten in den Griff zu bekommen.

Wie in beinahe allen Sportarten kam es auch beim Radfahren auf die ausgeprägte Reaktionsschnelligkeit des Sportlers an, also auf die Fähigkeit, auf unvorhersehbare Ereignisse nach einem bestimmten Verhaltensmuster zu reagieren. Roger war in dieser Beziehung ein Naturtalent, in Krisensituationen konnte er handeln, ohne auch nur eine einzige Schrecksekunde zu verlieren. Das sollte ihm und Nicole heute das Leben retten.

Der heulende Motor und die entschlossenen Gesichter der beiden Männer hinter der Windschutzscheibe signalisierten seinem Unterbewußtsein, daß der zu erwartende Zusammenprall kein Unfall sein würde. Obgleich er sich nicht vorstellen konnte, warum sie mitten in Nizza so einfach über den Haufen gefahren werden sollten, verschwendete er keine Zehntelsekunde kostbarer Zeit auf sein Erstaunen. Wenn sie auswichen, würde der Wagen eben seine Fahrtrichtung ändern und weiter unbeirrt auf ihn und Nicole zuhalten; Roger hielt daher einen überraschenden Ausfallschritt für sinnvoller.

Also riß er Nicole, die vor Schreck wie gelähmt in seinem Arm hing, mit einem kräftigen Ruck fest an sich heran und unternahm einen schnellen Satz nach vorn.

Als der Wagen nun auf eine Kollision ziemlich in der Fahrbahnmitte hinsteuerte, warf er sich zusammen mit Nicole nach hinten.

Bei dem Sturz konnte er sich wegen des Mädchens in seinem Arm nicht abfangen und kam deshalb mit dem linken Schulterblatt hart auf dem Asphalt auf. Ein stechender Schmerz durchzuckte daraufhin seinen Körper. Roger biß die Zähne zusammen und rollte sich und Nicole weiter zur Seite, um endgültig aus der Gefahrenzone zu kommen. Dort erst blieb er stöhnend liegen, während sich der rote Fleck auf seinem weißen T-Shirt schnell vergrößerte.

Das letzte Manöver erwies sich allerdings als überflüssig, denn die Todesfahrer konnten schon auf seinen geistesgegenwärtigen Sprung nach hinten nicht mehr reagieren und waren an ihnen vorübergerast. Im Nu versammelte sich jetzt eine dichte Traube von Neugierigen um sie. Während einige dem davonbrausenden Wagen empört hinterherschimpften und die Nummer notierten, bückten sich andere entsetzt zu dem verletzten Roger hinunter, der in kurzen japsenden Zügen Luft holte.

Nicole fühlte sich wie in einem bösen Traum. Sie hatte einen zweiten Anschlag auf ihr Leben überstanden, wieder mit Hilfe eines Fremden. Sie beugte sich über Roger, der sie mit schmerzverzerrtem Gesicht schief anlächelte, und gab ihm in einer plötzlichen Gefühlsaufwallung einen Kuß auf den Mund. Sie wollte ihm helfen, wußte jedoch nicht wie. Sein T-Shirt war getränkt von Blut, selbst auf dem Asphalt hatte sich eine kleine Pfütze gebildet. Ob einer der vielen Leute um sie herum wenigstens einen Arzt gerufen hatte? Ein Verbandskasten tauchte auf, Mullbinden, helfende Hände. Nicole fühlte, wie vorsichtige Finger auch ihren Körper abtasteten. Jemand wollte, daß sie sich wieder hinlegte und ruhig blieb. Eine aufgeregte Stimme teilte mit, daß die Ambulanz gleich kommen würde und daß sie sich keine Sorgen zu machen brauchte. Eine andere Stimme rief nach einer Decke. Nicole hätte am liebsten aufgelacht. Wozu brauchte jemand mitten im Sommer eine Decke? Doch dann fror sie plötzlich. Ihre Zähne begannen zu klappern, und auf der Stirn bildete sich kalter Schweiß.

Das letzte, woran sie sich dann noch erinnern konnte, war der Umstand, daß Roger weiterhin ihre Hand hielt.

II

Nicole begleitete Roger in einem Wagen des privaten Notarztdienstes ›S.O.S. Médecins‹ zur Notaufnahme des Pasteur-Krankenhauses im Stadtteil Cimiez, wo bei der Untersuchung ein glatter Bruch des linken Oberarmknochens und außerdem eine offene Splitterfraktur der linken Schulter festgestellt wurden. Rogers Urlaub war damit zu Ende, er mußte die nächsten Wochen in der Klinik verbringen, damit ihn keine bleibenden Folgen ein Leben lang an den heutigen Tag erinnerten.

Auch Nicole mußte eine gründliche Untersuchung über sich ergehen lassen, die bis auf einige kleinere Prellungen an den Armen und der Hüfte allerdings nichts Gravierendes ergab. Auch um ihr Knie mußte sie sich nicht sorgen, der plötzliche Schmerz beim Beach-Volleyball resultierte aus einem folgenlosen Umknicken ihres Fußgelenks. Der Unfallarzt drückte ihr eine Sportsalbe in die Hand, empfahl eine ausreichende Kühlung des Gelenks und unterschrieb den Bericht für die Polizei.

Bei der anschließenden Befragung durch zwei Vertreter der Verkehrspolizei erzählte Nicole, wie bereits am Tag zuvor in Lyon, nicht die Wahrheit. Sie hielt es für höchst unwahrscheinlich, daß man ihr eine derart schwere Anschuldigung gegen den monegassischen Staatsminister glauben würde, die sie überdies nicht einmal beweisen konnte. Hinzu kam, daß sie keine Polizisten mochte. Hinter dem Pariser Gare de l'Est waren Gendarmen seit jeher nicht gern gesehen, und so gut wie jeder ihrer früheren Freunde hatte auf die ein oder andere Weise unangenehme Bekanntschaft mit den Hütern des Gesetzes gemacht. Sie beschränkte sich deshalb darauf, nur den Wagen und die Gesichter der beiden Insassen zu beschreiben. Vermutlich Halbstarke, die sich einen brutalen Spaß erlaubt hatten. So etwas kam vor. Da Roger unabhängig von ihr das gleiche aussagte, nickten die beiden Polizisten nur und schlossen sich dieser Vermutung an. Aus ihren Unterlagen ging hervor, daß der weiße Renault auf einen jungen Mann aus Chartres zugelassen war, der einige Urlaubswochen auf einem Zeltplatz in der Nähe von Cannes verbringen wollte und den Wagen gegen Mittag auf der Gendarmeriestation in Cannes als gestohlen gemeldet hatte. Es würde einige Ermittlungen geben, doch mit einem Resultat war vermutlich nicht zu rechnen.

Nicole entfernte sich für den Rest des Nachmittages keine Armeslänge von Rogers Bett. Sie wußte, daß ein paar Dankesworte nicht ausgleichen konnten, was sie ihm schuldig war. Ohne sein reaktionsschnelles Handeln wäre sie nicht mehr am Leben. Sie hielt seine Hand und wischte ihm in regelmäßigen Abständen mit einem feuchten Tuch den Schweiß von der Stirn.

Nachdem der radsportbegeisterte Unfallarzt Roger bereits bei der Einlieferung als Mitglied des französischen Nationalkaders erkannt hatte, verbreitete sich die Neuigkeit über den berühmten Patienten wie ein Lauffeuer im ganzen Haus, und sein Zimmer entwickelte sich während des frühen Abends zu einem Wallfahrtsort für Fans. Ein vom eilends informierten französischen Radsportverband beauftragter Pariser Knochenspezialist hatte telefonisch angekündigt, noch in der Nacht anzureisen und die weitere Behandlung zu übernehmen, damit die volle Einsatzfähigkeit des nationalen Hoffnungsträgers innerhalb kürzester Zeit wiederhergestellt werden konnte. Als sich Nicole gegen sieben mit einem Kuß und dem Versprechen, morgen wiederzukommen, von ihm verabschiedete, sah Roger seiner Zukunft bereits wieder äußerst hoffnungsvoll entgegen. Während seine Verletzungen heilten, würde die reizendste Krankenpflegerin der Welt an seinem Bett sitzen und ihm die Hand halten. Er war nahe daran, sich als Glückspilz zu betrachten.

Da Nicole keine rechte Lust verspürte, den Abend in Gesellschaft zu verbringen, hatte sie bereits am Nachmittag die Einladung von Rogers Freunden dankend abgelehnt. Was sie jetzt brauchte, waren eine Kleinigkeit zu essen und einige Stunden Bettruhe. Sie ließ sich von einem Taxi zum Bahnhof bringen, wo sie sich für Mittwoch eine Fahrkarte und eine Reservierung nach Paris besorgte. Roger zuliebe wollte sie noch einen Tag bleiben, doch dann mußte sie zurück. Nicole wollte nicht sterben.

Zum Essen ging sie in das nahe Bahnhofsviertel, wo unzählige kleine Lokale mit billigen Preisen lockten. In der Rue d'Angleterre blieb sie vor einigen Tischen mit rotweißkarierten Wachsdecken stehen. Ein schmales Holzgestänge mit mehreren Blumenkästen, aus denen zerrupfte und durch unzählige Regengüsse ihrer Leuchtkraft beraubte Plastikblumen heraushingen, grenzte die Eßgelegenheiten von der Straße ab. Die Tür, über der in Leuchtschrift der Name MIDI LIBRE stand, sowie sämtliche Fenster waren weit aufgerissen und gaben den Blick auf ein Dutzend weiterer Tische im Innern des engen, im Stil der Fünfziger möblierten Lokals frei. Außer einer Handvoll älterer Männer, die am ersten Tisch bei einem Glaskrug voll Wein saßen, waren keine Gäste da. Es störte also niemanden, wie der krummgewachsene Kellner, dessen Gesicht auffallend an den legendären Fernandel erinnerte, neben der Tür gelangweilt in der Nase bohrte und von einem Fuß auf den anderen trat.

Nicole nahm an einem der Tische im Freien Platz und bestellte sich ein Glas Rotwein, den sie zusammen mit einem in kleine Teile zerschnittenen Stück Crêpe erhielt. Der kurze Blick in die schmale Speisekarte versprach keine lukullischen Höhepunkte, so daß sie sich für einen einfachen Salatteller entschied, der ihr kaum zehn Minuten später zusammen mit einem Körbchen Weißbrot serviert wurde.

Während sie lustlos in den Blättern herumstocherte, überdachte Nicole kritisch ihre augenblickliche Situation. Sie ärgerte sich maßlos darüber, daß sie der Einladung Erics so blauäugig gefolgt war, empfand aber gleichzeitig Dankbarkeit gegenüber dem Professor für seinen klugen Rat, die Brücken vorläufig noch nicht hinter sich abzubrechen. So wußte sie wenigstens, wohin sie gehörte und wohin sie sich wenden konnte. Mit leisem Schaudern dachte sie daran, was sie wohl andernfalls getan hätte.

Würde es einen dritten Anschlag auf ihr Leben geben? Um das Unbehagen in ihrem Bauch zu besänftigen, griff Nicole nach dem Weinglas und trank es in einem Zug leer. Es war unwahrscheinlich, daß die dunklen Freunde Erics gleich zweimal die Gefahren und Anstrengungen eines Mordversuchs in aller Öffentlichkeit auf sich nahmen, um dann so ohne weiteres aufzugeben. Sie schwebte folglich weiter in höchster Lebensgefahr.

Nicole schob den kaum angerührten Salat zur Seite. Der Appetit war ihr nun vollends vergangen. Sie durfte nicht mehr ins Negresco zurück. Es gab nur dann eine realistische Überlebenschance, wenn sie ihre Habseligkeiten dort zurückließ und mit unbekanntem Ziel verschwand.

Marcello wußte, daß es keinen Sinn machte, lang und breit herumzureden. Die Vorbereitungszeit war viel zu kurz gewesen, so daß der Fehlschlag ein einzukalkulierendes Risiko war. Natürlich würde Gitan dies anders sehen, und von seinem Standpunkt aus sogar mit einer gewissen Berechtigung. Schließlich zahlte er seinen Leuten eine Menge Geld dafür, daß sie seine Anweisungen schnell und mit absoluter Genauigkeit erledigten. Mord war kein Gewerbe, in dem man Fehler machen durfte. Sonst wußte das Opfer Bescheid und konnte sich gegen weitere Versuche schützen. Wenn das Mädchen die Polizei jetzt nicht über alles informierte, war ihr wirklich nicht mehr zu helfen.

Gitan hatte sich an die Spitze der russischen Mafia in Europa hochkatapultiert, weil er erstklassige Arbeit leistete und gleiches auch von seinen Leuten verlangte. Um ihn herum gab es nur absolute Profis, die jeweils Besten ihres Fachs. Zwei Fehlschläge unmittelbar hintereinander waren da einfach nicht drin.

Das Gespräch auf seiner Terrasse dauerte demzufolge auch keine zehn Minuten. Die Umstände legten die Verteilung der Rollen fest, den Stil der Inszenierung ebenso. Die Handlung entsprach dem unausweichlichen Schluß einer antiken Tragödie, an deren Text sie alle zusammen in langen Jahren mitgeschrieben hatten.

Marcello schilderte den Ablauf der Ereignisse, wie er sie von Malek über das Handy erfahren hatte, und schwieg ansonsten. Gitan zeigte sich gefährlich ruhig und vermied jedes harte Wort.

Marcello kam es selbst in dieser entscheidenden Stunde nicht in den Sinn, um etwas zu bitten. Er blieb nach außen hin gelassen, weil er wußte, daß er nicht die geringste Chance besaß. Warum also sollte er vor den anderen das Gesicht verlieren?

Bruno Calvet und die Brüder Mahfoud und Malek fuhren mit ihm in den frühen Abendstunden nach Marseille. Von den vieren würden nur drei wieder zurückkehren. Für die beiden Brüder war die saubere Ausführung dieses Auftrags gleichbedeutend damit, den verpatzten Anschlag vom Nachmittag wieder auszubügeln. Wie gesagt, jeder bekam eine zweite Chance.

Zeugenaussagen zufolge, protokolliert in den frühen Morgenstunden auf einer verschlafenen Gendarmeriestation in unmittelbarer Nähe von Cap Canaille, waren kurz nach Mitternacht vier Männer auf den 360 Meter hohen Klippen gesehen worden, die sich leise und eindringlich miteinander unterhielten. Sie waren auf dem Weg zu der berühmten Absturzstelle, an der sich die Mafia üblicherweise ihrer ungetreuen Mitarbeiter entledigte. Ein langgezogener Schrei bekundete, daß es auf den höchsten Klippen Frankreichs ein weiteres Opfer gegeben hatte. Nach den Zeugenberichten waren lediglich drei der Männer zu ihrem Auto zurückgekehrt und in Richtung Corniche des Crêtes davongefahren.

Da sich derartiges an dieser berüchtigten Stelle häufiger abspielte, fand das Ereignis keine weitere Verbreitung und war lediglich Anlaß für einen neuen Eintrag in der Datei über Mafiamorde. Wenn Tage oder Wochen später irgendwo eine unbekannte Leiche angespült würde, hatten die Behörden dadurch einen Anhaltspunkt für ihre Zuordnung.

Nicole zählte in Gedanken ihre verbliebene Habe auf. An Bekleidung besaß sie lediglich den dünnen und zerknitterten Zweiteiler und die leichten Schuhe, die sie trug. Keinen Pullover und keinerlei Toilettenartikel. Ansonsten nur ihre Handtasche mit den Papieren, den Kreditkarten und einigen unnützen Kleinigkeiten. Außerdem eine angebrochene Flasche Babysonnencreme.

Sie mußte sich ein neues Hotelzimmer nehmen. Nach Möglichkeit keines in den paar großen Häusern, die man in einer einzigen Nacht abklappern konnte. Und morgen mußte sie sich einige neue Kleidungsstücke besorgen.

Ihr fiel die Leuchtreklame an der Hausfront schräg gegenüber auf: HOTEL MELODY. Es war eines von den einfachen Etagenhotels der Stadt, die nur Teile eines Hauses belegten und im Regelfall ziemlich preiswert waren. Warum nicht? Hier würde sicher niemand nach ihr suchen.

Sie winkte den Kellner heran und bezahlte. Die Straße war rechts und links von den unzähligen Autos der Anwohner gesäumt, teilweise fand keine Hand zwischen den Stoßstangen mehr Platz. Da man die Fahrbahn zwischen ihnen unmöglich betreten konnte, mußte sie bis an die Kreuzung vorlaufen. Der Hoteleingang lag einige Meter weiter hinten und führte in ein düsteres fensterloses Treppenhaus.

Nicole stieg im Halbdunkel die abgetretenen Stufen in den ersten Stock hinauf. Dort führten zwei offenstehende Türen nach rechts und links in je einen langen, mit Linoleum ausgelegten Gang. Im rechten befand sich eine einfache Rezeption aus resopalbeschichteten Holzplatten. Dahinter saß ein kaum dreißigjähriger Farbiger in buntem Hawaiihemd auf einem wackligen Klappstuhl und las Zeitung.

Als Nicole näher trat, sah er auf und verzog seinen breiten Mund. »Wenn du noch ein Bett suchst, Schwester, und keine hohen Ansprüche stellst, bist du hier genau richtig«, begrüßte er sie. »Es sind zwar schon alle Zimmer belegt, doch ich könnte dich irgendwo dazulegen. Wie findest du das?«

Das war zwar nicht exakt das, was sich Nicole ursprünglich vorgestellt hatte, doch warum nicht? Sie verspürte keine große Lust, den halben Abend mit Zimmersuche zu verbringen. Außerdem war sie überall dort sicher, wo sich viele Menschen befanden. Deshalb nickte sie.

Claude Babangui, wie ein Schild auf dem Tresen verriet, beugte sich über die vor ihm liegende zerfledderte Kladde und fuhr mit dem Zeigefinger einige Spalten entlang. »Okay, in der Zwölf stehen drei Betten, von denen im Augenblick nur eines belegt ist. Dort quartiere ich dich ein, Schwester. Schließ mich dafür in dein Nachtgebet ein, in Ordnung?«

»Eine Frau?« hakte Nicole vorsichtshalber nach.

»Versteht sich«, grinste Babangui über das ganze Gesicht. »Oder was glaubst du, was für ein Schuppen das hier ist, eh?« Er schob ihr die Kladde zu und suchte nach einem Bleistift. »So, jetzt trägst du zuerst deinen süßen Namen hier ein, schiebst mir gefühlvoll achtzig Francs für die erste Nacht in die Hosentasche und bekommst dann den Schlüssel. Ist das ein Angebot?«

Nicole trug sich unter der angegebenen Zimmernummer ein. ›Danielle Jourdan‹ stand bereits dort. Der Name ihrer Zimmergenossin. »Mit WC und Dusche?«

»Dusche ja, WC den Gang entlang. Dafür hast du aber auch die Auswahl zwischen drei Schüsseln. Keine Stehtoiletten. Für unsere Gäste ist uns kein Aufwand zu hoch, siehst du?« Jeder seiner Sätze schloß mit einer Gegenfrage.

Nicole gab ihm keine Antwort. Ihr Blick war auf die Zeitung gefallen, die Babangui bei ihrem Eintritt auf den Tresen gelegt hatte. MAFIA-KILLER AUS DEM TGV IN DEN TOD GESTÜRZT! lautete die Schlagzeile von *nice-matin*.

Er sah ihre Neugier und klopfte mit grimmiger Miene auf das Papier. »Wegen mir könnte jeden Tag einer von diesen Kerlen aus dem Zug fallen. Ich verstehe nicht, warum man soviel Aufhebens darum macht. Immerhin hat jemand der Polizei dadurch eine Menge Arbeit erspart, oder etwa nicht?«

»Ich war zufälligerweise in dem Zug«, bekannte Nicole tonlos und versuchte mit schräggelegtem Kopf, den Bericht zu lesen.

»Tatsächlich?« Babangui gab sich schwer beeindruckt. »Na, dann nimm am besten die Zeitung mit, Schwester, und lies selbst, was los war. Ich bin ohnehin fast durch.« Er schob sie ihr zu. »Hast du ihn gesehen?«

»Wen?«

»Na, den Killer. Wen sonst?« Babangui war an einer Antwort allerdings nicht sonderlich interessiert, denn er durchwühlte gerade verzweifelt verschiedene Schubladen nach dem passenden Schlüssel für ihr Zimmer. »Er soll aus Marseille stammen, schreiben sie. Gitan wird sich also einen neuen Mann suchen müssen. Des einen Freud, des anderen Leid, ist es nicht immer so?«

»Gitan?« Nicole verstand nicht ganz. »Wer ist das?«

Babangui hatte den Schlüssel gefunden und legte ihn auf den Tresen. »Du bist wirklich nicht aus der Gegend, was Süße? Gitan ist so ziemlich der mächtigste Mann in dieser Ecke. Der Kopf des organisierten Verbrechens. Herr der Mafiamilliarden. Warum er sich diesen verrückten Spitznamen zugelegt hat, weiß kein Mensch. Aber jeder nennt ihn so. Es heißt, daß ihm jedes zweite Haus hier an der Küste gehört, von der italienischen Grenze bis hinunter nach Marseille und noch weiter – Hotels, Firmen, Einkaufscenter. Er schmiert alle wichtigen Abgeordneten, Départementsräte und Bürgermeister Südfrankreichs, angeblich sogar einige Minister. Auf den Partys in Nizza, in Cannes oder in St. Tropez ist Gitan mindestens so bekannt wie Jean-Paul Belmondo, Michel Piccoli oder der Präsident. Du brauchst nur die Zeitung aufzuschlagen, mindestens ein Foto von ihm findest du immer.« Er griff nach dem *nice-matin*, den er Nicole vorhin zugeschoben hatte, und blätterte darin. »Hier. Siehst du? Das ist Gitan.« Er schlug eine Seite um und legte die Zeitung erneut auf den Tresen.

Nicole erblickte einen erschreckend mageren Mann in einem weißen Seidenanzug und schwarzem Hemd, wie er die Marmor-Stufen des Carlton-Hotels in Cannes hinaufstieg. Eine übergewichtige kleine Frau im blauen Pailettenkleid hatte sich bei ihm eingehakt, hinter beiden drängte sich ein halbes Dutzend Männer in dunklen Anzügen. Obgleich sie weder durch finstere Gesichtszüge noch durch ausgebeulte Jackets auffielen, waren sie doch eindeutig Leibwächter. Trotz des grobkörnigen Fotos erkannte man in Gitan eindeutig einen kranken Mann, dessen Körper eigentlich nur noch aus Knochen und Sehnen bestand. Dies war also ihr Feind, der zweimal vergeblich versucht hatte, sie ermorden zu lassen. Nicole hätte am liebsten auf das Bild gespuckt.

Ein halbwüchsiges Pärchen, das auf der Suche nach einem Zimmer geräuschvoll die Treppe heraufkam, nahm in diesem Augenblick Babanguis Aufmerksamkeit derart in Anspruch, daß sich Nicole ohne ein weiteres Wort auf die Suche nach ihrem Zimmer machen konnte.

Sie fand es leer, Danielle Jourdan war unterwegs. Nachdem alle drei Betten mit Wäschestücken belegt waren, lebte diese Frau allem Anschein nach in der irrigen Ansicht, mit achtzig Francs nicht nur ein Bett, sondern gleich das ganze Zimmer gemietet zu haben. Auch auf dem Boden lag Kleidung herum, erkennbar getragen, dazu wild verstreut einige Schuhe.

Nicole wählte das Bett unter dem Fenster, da die Liegestatt neben der Tür benutzt aussah und das Pendant auf der gegenüberliegenden Seite ziemlich wacklig wirkte. Sie räumte einige T-Shirts und Unterwäsche zur Seite und schlug das dünne Laken zurück, um damit unzweideutigen Besitzanspruch zu signalisieren. Falls Babangui also noch jemanden zu ihnen hereinlegte, war die Verteilung damit bereits festgelegt.

Sie zog ihre Schuhe aus und warf sich auf die Matratze, um den Zeitungsbericht über den Zwischenfall im TGV zu lesen. Das Bild des zerschmetterten Leichnams, das den Artikel illustrierte, bereitete ihr einen Kälteschauer. Ebenso hätte *sie* dort liegen können, und es wäre zweifelhaft, ob die Medien ihrem Tod auch nur halb soviel Aufmerksamkeit schenken würden.

Die meisten Fakten wußte sie bereits aus der Lyoner Polizeipräfektur, nur einige Details waren ihr neu. So hatte die Polizei bei dem Toten zwar weder Fahrkarte noch sonstige Gegenstände gefunden, die einen Hinweis auf seine Identität gaben, doch durch die Wahlwiederholungstaste auf seinem Mobiltelefon war zumindest sein letzter Gesprächspartner festgestellt worden: Es handelte sich um eine Nummer in Marseille, die früheren Erkenntnissen nach der Mafia zuzuordnen war. Die Polizei ging deshalb von einem absoluten Profi aus, der sein Vorhaben sorgfältig geplant hatte, bei der Durchführung allerdings zu einem für ihn unglücklichen Zeitpunkt gestört worden war. Dominic Tratin, der mutige Zugbegleiter, wurde als Held des Tages gefeiert, sein kleines Porträtfoto war neben der Großaufnahme der Leiche abgebildet. Über das Motiv des Anschlags konnte beim derzeitigen Stand der Ermittlungen nur spekuliert werden, erste Hinweise sprachen nach Ansicht der Polizei für eine simple Verwechslung, der eine erwiesenermaßen unbescholtene junge Frau um ein Haar zum Opfer gefallen wäre. Wie die Polizei nun die Identität des Killers herausfinden wollte, erklärte der Bericht nur vage. Angeblich war das Zentralbüro zur Unterdrückung der Bandenkriminalität OCRB eingeschaltet worden – eine Pariser Polizeidienststelle, die speziell zur Bekämpfung der Mafia eingerichtet worden war –, und einige OCRB-Mitarbeiter gehörten bereits dem Lyoner Ermittlungsteam an.

Nicole warf die Zeitung auf den Boden und schlug die Hände vor ihr Gesicht. Was sollte sie tun? Wohin sollte sie sich wenden? Sie konnte doch nicht ein Leben lang vor der Gefahr davonlaufen? Irgendwann wurde sie müde und brauchte Geld. Konnte sie je wieder im Moulin Rouge auf der Bühne stehen und tanzen? Sie gab sich einige Minuten lang ganz ihrem Schmerz hin.

Da das Fenster nicht ganz geschlossen war, drang der Lärm der Straße ungehindert ins Zimmer. Das Geräusch anfahrender Autos, quietschender Bremsen und zuschlagender Fahrzeugtüren vermischte sich mit der Lärmkulisse der Stadt. Nicole empfand all das nicht als störend, sondern, ganz im Gegenteil, als äußerst beruhigend. In diesem Augenblick hätte absolute Stille in ihr nur das Gefühl völliger Verlassenheit hervorgerufen.

Sobald sie sich wieder etwas besser fühlte, wischte sie ihre nassen Wangen am Bettlaken ab und stand auf. Sie brauchte unbedingt eine kalte Dusche. Der Seidenzweiteiler flog achtlos zu Boden, und sie trat in die enge Kabine, die nachträglich in das Zimmer eingebaut worden zu sein schien. Erst als das eiskalte Wasser über ihren Rücken lief und sie sich mehr und mehr entspannte, fiel ihr ein, weder Duschgel noch Handtuch zu haben. Nachdem sich ihre Zimmergenossin jedoch das Recht herausgenommen hatte, ihre Kleider auf fremden Betten zu deponieren, fand Nicole nichts allzu Verwerfliches dabei, sich im Gegenzug bei ihren Toilettenartikeln zu bedienen.

Sie spülte sich gerade den letzten Schaum von der Haut und drehte die Brause ab, als die Eigentümerin des unerlaubt verwendeten Duschgels in das Zimmer trat. Danielle Jourdan war mittelgroß, sehr hübsch und braun gebrannt. Sie trug ihre Haare, deren Farbe an einen alten schweren Rotwein erinnerten, im frechen Garçon-Stil mit freien Ohren und langen Ponyfransen. Ihr ausdrucksstarkes schmales Gesicht, das große braune Augen und nach oben geschwungene Lider beherrschten, konnte kaum besser zur Geltung gebracht werden. Passend zu ihrem Typ steckte der jungenhaft schlanke Körper in enganliegenden Jeans und einer dünnen roten Bluse, unter der sie erkennbar keinen BH trug.

»Der süße Claude hat mich bereits schonend darauf vorbereitet, daß ich diese Nacht nicht ungestört verbringen werde«, lächelte sie, nachdem sie einen Blick auf das von Nicole beschlagnahmte Bett geworfen hatte. Sie sprach mit der dunklen, ein wenig rauchigen Stimme einer Nachtclubsängerin. »Und offen gestanden habe ich ihn fast auf Knien angebettelt, meine ungebetene Zimmergefährtin postwendend wieder an die frische Luft zu setzen. Doch der Kerl hat rundweg abgelehnt. Kannst du dir das vorstellen? Claude, der süße Claude, schlägt *mir* etwas ab? Also konnte es sich nur um ein ausgesprochen hübsches Mädchen handeln. Jede andere hätte er erbarmungslos wieder weggeschickt, nur um mir einen Gefallen zu tun, das schwöre ich dir.« Sie gluckste vor Vergnügen. »Und wie ich sehe, habe ich mit meiner Vermutung recht.«

Nicole trat tropfend aus dem Duschbecken. »Zehnmal lieber als jedes Kompliment wäre mir im Augenblick ein Handtuch«, lächelte sie verlegen. »Ich bin nämlich nach einem Streit mit meinem Freund ohne jedes Gepäck auf und davon.« Nicht die ganze Wahrheit, aber immerhin glaubwürdig. »Übrigens, ich heiße Nicole.« Sie streckte ihr die Hand entgegen.

Danielle griff danach, um sie kurz zu schütteln, dann fischte sie ein frisches Handtuch von dem Stapel auf ihrem Bett und reichte es ihr. »Du kannst dich gerne bei meinen Sachen bedienen, wenn du möchtest, nur mit Geld kann ich leider nicht aushelfen.« Sie beobachtete interessiert, wie sich Nicole vor ihren

Augen abtrocknete. »Ich heiße Danielle, aber das hat dir der süße Claude natürlich längst verraten.«

Sie warf sich bäuchlings auf ihr Bett und wippte mit den nach oben abgewinkelten Unterschenkeln hin und her. »Ich bin übrigens auch wegen so einem Mistkerl hier. Allerdings nicht, weil ich vor ihm davonlaufe, sondern, weil ich ihn dazu bringen will, daß er mir endlich vernünftigen Unterhalt zahlt.«

»Verklag ihn doch!« riet Nicole.

Danielle schüttelte bedauernd den Kopf. »Aussichtslos. Bei unserer Scheidung vor zwei Jahren habe ich dummerweise unterschrieben, keinerlei Ansprüche gegen ihn zu erheben. Ich hatte damals gehofft, das ganze Verfahren dadurch zu beschleunigen, und nicht daran gedacht, was für ein gerissener Jurist Alain ist.« Sie wußte den ungläubigen Blick ihrer Gesprächspartnerin durchaus zu deuten, schließlich war ihr seither häufig genug bestätigt worden, daß sie damit nicht unbedingt einen Geniestreich begangen hatte. Sie trommelte ärgerlich auf die Matratze. »Ich weiß, ich weiß, wer einen derartigen Unsinn unterschreibt, gehört ganz einfach bestraft. Aber was sollte ich machen? Mit Alain war es einfach nicht länger auszuhalten, und Yann war ganz verrückt nach mir. Ich wollte klare Verhältnisse. Außerdem hat mir niemand gesagt, daß sein Fitneßstudio total überschuldet ist und der Ferrari ihm gar nicht mehr gehört.«

»Und nun hoffst du, daß sich dein Ehemaliger nachträglich erweichen läßt?«

Ein tiefer Seufzer. »Alain ist meine einzige Hoffnung. Nachdem Yann im April praktisch über Nacht verschwand, mußte ich das Studio auflösen und alles verkaufen, um die fälligen Schulden zu bezahlen. Was ich jetzt noch besitze, sind exakt eintausendachthundertundzwanzig Francs, außerdem die Wäsche, die du hier liegen siehst, und ein klappriger Renault 4 unten auf der Straße.« Sie drehte sich auf den Rücken und knöpfte langsam ihre Bluse auf. »Vorhin bin ich die Promenade des Anglais vom Boulevard Gambetta aus zweimal hoch und runtergefahren, um mich dort umzusehen und mit einigen der Mädchen zu reden, die dort stehen. Der östliche Teil besteht aus streng abgegrenzten Revieren, wer sich dort dazustellt, muß damit rechnen, daß ihm die Beschützer der Mädchen eine Rasierklinge über das Gesicht ziehen. Stadtauswärts, wo alle stehen, die entweder zu alt oder zu jung für dieses Geschäft sind, vertreibt einen niemand. Allerdings wird dort nicht einmal ein Drittel dessen bezahlt, was die Mädchen vorn kassieren, und du hast es ausschließlich mit Pennern oder Perversen zu tun.« Das Kleidungsstück flog achtlos durch die Luft, sie hantierte jetzt mit ihrer Jeans. »Doch es ist immerhin besser, als zu verhungen.«

Nicole kroch unter ihr Bettlaken. »Und wer oder was ist dieser Alain, daß du so hohe Erwartungen an seine Großzügigkeit stellst? Ein Millionär mit einer Villa hoch über dem Meer und Geld wie Heu?«

Danielle warf ihre Hose zu Boden und sprang auf die Füße, um nun gleichfalls unter der Dusche zu verschwinden. »Leider nichts dergleichen«, bedauerte sie lebhaft. »Sonst würde er mich vermutlich nicht mit allen Mitteln um ein paar lausige Francs kämpfen lassen. Alain ist der schlechtbezahlte Polizeichef von Monaco und unter anderem dafür verantwortlich, daß die Spielbank nicht in die Hände der Mafia fällt.« Der aufgedrehte Duschhahn machte jede weitere Verständigung unmöglich.

12

Laborde fand in dieser Nacht nur sehr schwer Schlaf.

Gitan hatte ihn in den frühen Abendstunden über den erneut mißglückten Anschlag informiert, der lodernde Ärger in seiner Stimme war unüberhörbar. Seine verzweifelten Bemühungen, Nicole daraufhin in ihrem Zimmer im Negresco zu erreichen, schlugen leider fehl. Sie war noch nicht zurückgekehrt, und er konnte Gitans Anweisung, das Mädchen nach Möglichkeit zu beruhigen und es von übereilten Handlungen abzuhalten, vorläufig nicht befolgen. Er sollte sie überreden, innerhalb der nächsten vierundzwanzig Stunden nicht zur Polizei zu gehen. Soviel Zeit benötigten Gitans Männer, um einen dritten Anschlag vorzubreiten.

Auch der Anschlag auf den Fürsten machte ihm Sorge. Seine Beseitigung war unvermeidlich, da er ihren Plänen selbst unter dem Einfluß von Drogen nicht zustimmen würde. Er sah Monaco als sein Lebenswerk, den ganzen Inhalt seines Daseins, die völlige Veränderung dieses Landes würde er erbittert bekämpfen. Laborde hatte ihm deshalb auch niemals die komplette Konzeption seiner Pläne vorgestellt. Er hatte sie vielmehr in kleine Einzelschritte aufgelöst, die scheinbar in keinem Verhältnis zueinander standen und sich doch auf geheimnisvolle Weise ergänzten, und sie so gut es ging im politischen Tagesgeschäft untergebracht. Zum einen mußte er dadurch die fürstliche Zustimmung nicht einholen, die vor jeder Entscheidung von Gewicht zwingend notwendig war. Und zum anderen vermied er auf diese Weise jegliches Aufsehen und erhielt sich die ungeschmälerte Gunst des Regenten. Nachdem die Vorarbeiten abgeschlossen waren und die einschneidenderen Veränderungen näher rückten, mußte jedoch zum äußersten Mittel gegriffen werden. Dem Fürstentum standen schwere Stunden bevor.

An sich war der Plan ganz einfach. Das Geld, das die unzähligen Reichen und Schönen dieser Welt alljährlich nach Monaco brachten, war insgesamt gesehen zwar ein stattlicher Betrag, doch im Vergleich zu den Summen, die in den internationalen Finanzzentren gehandelt wurden, nur Vogelfutter. Monaco sollte ein Geldhandelszentrum werden, das ›off shore‹ lag, also außerhalb Europas. Ähnlich wie auf den britischen Kanalinseln würden hier in einigen Monaten unzählige Fonds aufgelegt werden, in die Privatleute und Unternehmen aus ganz Europa zweistellige Milliardensummen zur aktiven Verwaltung von Pensionsrückstellungen einbringen sollten. Die Steuerfrage war ein wesentliches Argument für Monaco, ein weiteres die Unabhängigkeit gegenüber den Mitgliedsländern der Europäischen Union. Wer hier investierte, konnte die trotz der Währungsunion entstehenden Renditeunterschiede zwischen den einzelnen Ländern ausnutzen, ohne den Gesetzen dieses Marktes ausgeliefert zu sein. Die enge Anbindung der monegassischen an die französische Währung blieb selbstverständlich auch nach der Einführung des Euro und schloß damit jedes Wechselkursrisiko aus.

Außerdem sollte eine Börse eingerichtet werden, keine Präsenzbörse natürlich, die Zeiten waren vorbei, sondern die modernste computerunterstützte Börse Europas. Der Handel in französischen Aktien würde davon erheblich profitieren. Ein weiterer Punkt war der Zuzug von Firmensitzen. Allerdings brauchte er speziell in diesem Punkt die tatkräftige Unterstützung des Pariser Regierungsapparates, denn nach dem augenblicklichen Recht zahlten Unternehmen, die mehr als 35 Prozent ihrer Produktion aus dem Fürstentum exportierten, Steuern nach französischem Recht und mußten überdies ein tatsächliches Büro vor Ort nachweisen. Nach Labordes Vorstellungen sollte die Steuergesetzgebung wieder wie Anfang der sechziger Jahre aussehen, bevor Präsident de Gaulle – sehr zum Unwillen des Fürsten – dieses Schlupfloch gestopft hatte.

Laborde strebte die massenhafte Einrichtung von Briefkastenfirmen an, um Geschäftsleute aus aller Welt dazu zu bringen, einen Großteil ihrer Geldströme an das Mittelmeer umzuleiten. In den Augen Labordes war die Politik des Fürsten in den vergangenen Jahren viel zu zögerlich und phantasielos gewesen, und er zweifelte nachhaltig daran, ob sich das wirtschaftliche Auskommen des Fürstentums auf diese Weise langfristig sichern ließ. Dieser Zustand sollte schleunigst beendet werden.

Um nicht allein auf Schwarzgeld angewiesen zu sein, waren in den letzten Monaten die Vertreter von über hundert kleinen Banken aus den GUS-Staaten, Lateinamerika, Afrika und Fernost nach Monaco geholt worden. Mit ihrer Hilfe hoffte Laborde einen Schutzschild zu bilden, hinter dem sich die internationalen Finanzaktivitäten der Mafia verbergen ließen. Über diese Partner waren unzählige Wohnungen erworben worden, Geschäftshäuser, Firmen, alles was es nur irgendwie zu kaufen gab. Es waren irrsinnige Summen dabei geflossen.

Nach derzeitigen Schätzungen des Internationalen Währungsfonds wusch das organisierte Verbrechen jährlich weltweit über fünfhundert Milliarden Dollar. Diese Marktmacht hatte bislang stets die bereits vorhandenen Kanäle gestärkt und ausgebaut. Nach dem Willen Gitans und seiner über die ganze Welt verstreuten Partner sollte sich an dieser Geschäftspolitik künftig etwas ändern. Das schwarze Kapital des Erdballs würde aktiv in den Wirtschafts- und Finanzkreislauf Europas eingreifen und damit eigene Zeichen setzen. Verständlicherweise stand bei einer derartigen Investition nicht das Profitstreben an oberster Stelle, sondern der Wunsch nach einer möglichst einfachen und sicheren Form der Geldwäsche.

Wenn das Vorhaben erst einmal angelaufen war, konnte es keine Macht der Welt mehr zu Scheitern bringen, dafür war die normative Kraft des Faktischen einfach zu groß. Die Gefahr bestand lediglich in der Phase des Aufbaus.

Laborde wußte, daß ein Großteil der gesamten Verantwortung auf seinen Schultern ruhte, er nahm die vielleicht wichtigste Rolle in dem weitreichenden Unternehmen ein und war für Gitan damit so unverzichtbar geworden wie die tägliche Ration Zigaretten. Unter der Fassade des achtbaren Politikers und Diplomaten deckte er die verzweigten Zusammenhänge und schützte dadurch den großangelegten Plan. Gleichzeitig sorgte er für die notwendigen politischen Rahmenbedingungen. Es ging um Geld, um mehr Geld als bislang je ein Mensch verdient hatte. Und nicht zu vergessen – um sein Leben.

Auch in Paris wälzte sich in dieser Nacht ein Mann schlaflos in seinem Bett herum. Marc Vandelin, Staatssekretär im Finanzministerium, sah sich Gitan auf Gedeih und Verderb ausgeliefert, ein einziges Wort von ihm, und seine Freiheit war ebenso beim Teufel wie seine Ehre.

Begonnen hatte alles an einem Septembertag vor zwei Jahren, als sein alter Freund und Kommilitone zu einem Besuch vorbeigekommen war. Natürlich kannte Vandelin den Ruf dieses berüchtigten Mannes, daher fand das Treffen nicht im Finanzministerium, sondern in einer verschwiegenen kleinen Kneipe im Marais-Viertel statt. Sie hatten sich während der vergangenen Jahre nicht eben häufig gesehen, deshalb war Vandelin ziemlich verwundert, als sein alter Freund plötzlich so nachhaltig auf einer Zusammenkunft bestand. Der Abend hatte mit einer Flasche siebzehnjährigem Single-Malt-Whisky und Wehmut über die alten Zeiten begonnen und mit einem Schock geendet. Sie hatten zuerst viel gelacht und eine Anekdote nach der anderen ausgetauscht, ehe Gitan den wahren Grund des Treffens ansprach.

Es ging um Monaco und die vielfältigen Interessen Gitans, die sich zu Vandelins Erstaunen offensichtlich im Fürstentum bündelten. Die Ausführungen seines Freundes waren für ihn anfangs keine Neuigkeit. Monaco verfügte über keine Währungshoheit und war durch den Franc fest an das Finanzgefüge des großen Nachbarn gekettet, das wußte selbst die Putzfrau in seinem Büro. Daß Monaco jede größere Veränderung in der Finanzplanung zuerst mit Paris abstimmen mußte, gehörte jedoch bereits zu den Insiderinformationen. Gitan zeigte sich informiert, überaus gut informiert sogar, und um Vandelin zu seinem mächtigen Unterstützer zu machen, war er bereit, einige wichtige Punkte seines großen Plans preiszugeben.

Die Flasche war längst geleert, als Vandelin immer noch mit offenem Mund zuhörte. Er wußte nicht, wie er auf diese Eröffnungen reagieren sollte, die seinen alten Freund ohne weiteres für mindestens zwanzig Jahre hinter Gitter bringen konnten. Ein Mann wie er erzählte derart brisante Dinge nicht ohne Grund, er verfügte also über ein probates Mittel, um ihn zu absoluter Vertraulichkeit zu zwingen. Vandelin zerbrach sich im Alkoholnebel vergeblich den Kopf darüber, worin dieses Mittel bestehen konnte.

Seine erste Antwort klang demzufolge entsprechend vorsichtig: »Mir bleibt die Spucke weg, wenn ich das so frei sagen darf«, gestand er, die Hände noch immer krampfhaft um das leere Whiskyglas verschränkt. »Aber nachdem ich an der Ernsthaftigkeit deiner Worte keine Sekunde zweifle, überlege ich, wie du dir die notwendige Unterstützung dafür sichern willst.« Er versuchte ein schiefes Lächeln. »Du brauchst viele gute Argumente und eine ganze Menge Überredungskunst, das kann ich dir jetzt schon versichern.« Er glaubte nie und nimmer, daß auch nur vage Aussichten auf die Verwirklichung dieses Unternehmens bestanden. Gitan gehörte ins Irrenhaus.

Trotzdem präzisierte er seine Bedenken: »Du glaubst doch nicht im Ernst, daß sich gestandene Broker und Wertpapierhändler vormittags an der Börse um Zehntelprozentpunkte prügeln und nachmittags am Strand sonnen wollen? Verstehe mich bitte nicht falsch, alter Freund, aber ich bin ziemlich skeptisch, was deinen Vorschlag zur Lösung unserer augenblicklichen Probleme angeht. Einen Finanzplatz schafft man nicht dadurch, daß man Bankern einige Grundstücke zur Verfügung stellt und gleichzeitig ein geräumiges Haus zur Börse erklärt. Der Handel mit Geld und geldwerten Papieren beruht in erster Linie auf dem Vertrauen der Leute in eine bestimmte Währung. Hinzu kommen die Leistungsfähigkeit eines Wirtschaftsraumes und politische Stabilität. Auf unserem Kontinent gründen drei Viertel aller Entscheidungen in historisch gewachsenen Strukturen, eine

Finanzmetropole aus der Retorte ist deshalb ein totgeborenes Kind.« Trotz des Whiskys kamen die Worte relativ flüssig über seine Lippen, er wunderte sich selbst. »Ich will dir ja nicht zu nahe treten, doch bei aller Freundschaft meine ich, daß du dir diese Idee schleunigst aus dem Kopf schlagen solltest, ehe irgendein Unheil daraus entsteht.« Das war die einzige vernünftige Antwort auf den Vorstoß seines Freundes.

Gitan nahm die Reaktion auf seine Vorschläge gelassen auf. Er hatte mit einer Ablehnung durch das offizielle Paris gerechnet. Seine Art, widerstrebende Gesprächspartner zu überzeugen, galt indes nicht umsonst als unnachahmlich und höchst wirkungsvoll. Eine freundliche, aber sachliche Darlegung der Argumente war nur die Einleitung. Als zweite Stufe betonte er dann, wie wichtig ihm die Umsetzung seiner Idee war und daß er mit der Unterstützung des Angesprochenen rechnete. Wer an diesem Punkt immer noch widersprach, hatte entweder gute Nerven oder nichts zu verlieren. Trotzdem war sich Gitan fast sicher, daß Vandelin weiterhin den Kopf schütteln würde. Seine Einstellung änderte sich zweifellos erst bei der dritten Stufe.

»Ich will kein zweites Hongkong errichten«, versuchte er in seiner Antwort deshalb lächelnd klarzustellen, »sondern den Finanzplatz Monaco aufwerten, um damit letztendlich ganz Frankreich einen Gefallen zu erweisen. Wir brauchen hier neue Impulse, wenn wir neben den Briten und Deutschen in Europa nicht völlig vom Tisch gefegt werden wollen, und ich sehe es ganz einfach als deine Aufgabe an, Marc, mich dabei zu unterstützen. Als alter Freund und als verantwortungsvoller Verwalter der französischen Interessen solltest du dir deine endgültige Antwort sehr genau überlegen. Ich bin heute in der sicheren Erwartung hergekommen, von dir nichts anderes als eine feste Zusage zu hören und ich wäre sehr enttäuscht, wenn du vorschnell ablehnst.«

Vandelin fiel es zwar schwer, doch er konnte vernünftigerweise nichts anderes sagen: »Ich kann mir beim besten Willen nicht vorstellen, daß der Präsident ein besonderes Interesse an der Verwirklichung deiner Pläne hat.« Er seufzte und dachte an das befremdende Kopfschütteln, das dieser seltsame Vorschlag zwangsläufig auslösen mußte »Abgesehen davon, daß wir im Augenblick noch nicht einmal den Standpunkt des Fürsten kennen, der für den Präsidenten maßgeblich wäre, gibt es einen weiteren wichtigen Umstand, der gegen dieses Projekt spricht.« Er holte tief Luft. »Ich meine, daß wir kein Interesse daran haben *können*, daß auf sozusagen exterritorialem und noch dazu steuerbegünstigtem Gebiet riesige Umsätze in Franc getätigt werden. Unsere Haushaltslage ist, wie du sicher weißt, derzeit so desolat, daß wir gezwungen sind, jedem einzelnen Franc hinterherzujagen. Hinzu kommt, daß es ziemlich problematisch ist, in einem politisch unabhängigen Land Verhaltensregeln für das Währungsgeschehen durchzusetzen. Verstehst du, um was es hier geht? Es handelt sich um den Franc, um *unsere* Währung! Wir können einfach nicht zulassen, daß es bis zur endgültigen Einführung des Euro einen für uns unkontrollierbaren Finanzplatz gibt, an dem er die Leitwährung darstellt. Nein, mein Freund, um noch mehr Geld zu verdienen, solltest du dir ein anderes Ziel suchen. Von mir aus mit einem Unterwasserfilmstudio oder einem Disneyland im Meer, aber laß bitte die Finger von dieser Börsen-Idee.« Er schüttelte mißbilligend den Kopf und löste seine Finger von dem Glas. Seine Nervosität hatte sich während des Redens gelegt, und er fühlte sich wieder als Herr der Lage. Jetzt konnte er einen weiteren Schluck gebrauchen.

Gitan ging daraufhin zu seiner dritten Stufe über, während Vandelin für einen Moment glaubte, daß sein Freund die kategorische Ablehnung akzeptiert hatte. Er lächelte nämlich urplötzlich und wechselte das Thema. Es ging um die Beratungsfirma ›Coloumbe‹, die Vandelin vor vier Jahren gegründet hatte, um Geld für die Partei zu beschaffen, der er seit ebenjener Zeit als Schatzmeister diente. Die verschiedenen Coloumbe-Büros in der Hauptstadt und der Provinz waren dem Namen nach seriöse Instrumente zur Erforschung der Stimmungslage der Bevölkerung, in erster Linie aber dienten sie Vandelin, um aus öffentlichen Aufträgen einige Prozente zum Nutzen der Partei einzustreichen. Als ihm Gitan einige Namen und die exakte Höhe der eingezahlten Summen nannte, erblaßte der ehrenwerte

Staatssekretär im Ministerium der Finanzen. Wenn diese Umstände bekannt wurden, mußte er sowohl seinen Posten als auch sein Abgeordnetenmandat und den Vorsitz im Regionalrat von Aquitanien abgeben. Wenn es zu einem Urteil gegen ihn kam, blieb ihm außerdem vier Jahre lang jede Wiederwahl verwehrt. Eine harte Strafe für einen Berufspolitiker, der seit Jahrzehnten nichts anderes getan hatte, als sich um das Wohl seiner Wähler, seiner Partei und seiner selbst zu kümmern. Vandelin griff sich verzweifelt in die grauen, exakt gescheitelten Haare, die er hinten einen Zentimeter länger trug, als es bei Männern seines Alters allgemein üblich war, so daß sie beim Sitzen an den Hemdkragen stießen. Seine blaugrünen Augen waren plötzlich müde geworden, und die Falte, die sich zwischen seiner hohen Stirn und der leicht nach vorn geknickten Nase befand, wirkte messerscharf.

»Was willst du von mir?« Die Frage, die er mehr stammelte als formulierte, zeigte, daß er längst verstanden hatte, um was es hier ging. Gitan wollte seine Kapitulation. Sie waren wieder am Ausgangspunkt ihres Gesprächs angelangt.

Sein alter Freund beugte sich langsam vor. Von der zweiten Zigarette seines dritten Päckchens fiel Asche auf den Tisch. »Ich will, Marc, daß du meinen Plan, den ich dir vorhin in Grundzügen dargelegt habe, wie deinen eigenen ansiehst und vertrittst. Ohne einen hochrangigen Vertrauten am Kabinettstisch läßt sich mein Vorhaben nicht realisieren, verstehst du? Ich weiß, daß ich zu dir und deiner Skrupellosigkeit absolutes Vertrauen haben kann, wenn du erst entsprechend motiviert bist. Und, mal ganz ehrlich, was sollte dich besser in Stimmung halten als die Aussicht, weiterhin ungestört in Richtung Präsidentschaft hinarbeiten zu können?«

»Und du glaubst also tatsächlich, daß ich mich korrumpieren lasse, nur um meine Karriere nicht zu gefährden?« erkundigte sich Vandelin bitter.

»Ja, Marc, das glaube ich, denn es wird niemand etwas von der wahren Rolle der Coloumbe-Büros erfahren, wenn du vernünftig bist. Du kannst dich auf mein Wort verlassen.«

»Wer weiß noch davon?« ächzte Vandelin. »Was nützt mir

dein Wort, wenn sich übermorgen Leute aus deiner nächsten Umgebung melden und mich ihrerseits erpressen wollen?«

»Außer mir kennt niemand deine Geheimnisse, sei also unbesorgt. Wenn mich eines Tages das Nikotin umbringt, hast du nichts mehr zu befürchten.«

Vandelin sah stumpf vor sich hin. Sein Mund war trocken, die Lippen rissig. Er brauchte unbedingt einen Drink. In einer Geste der Verzweiflung schlug er die Hände vor das Gesicht. Sollte tatsächlich alles umsonst gewesen sein? Die Anstrengungen der vielen Jahre, all die Sorgen und Nöte? Er stand kurz davor, den Ministersessel zu übernehmen, und wurde von vielen bereits als der künftige Parteivorsitzende gehandelt. Seine Ausgangsposition für den übernächsten Präsidentschaftswahlkampf in gut sieben Jahren konnte damit besser nicht sein. Vorbei. Wenn Gitan seine Drohung wahr machte, zerfiel alles in Scherben.

Ein schwacher Funke der Hoffnung glomm in seinem Herzen auf. Was war eigentlich so schlimm daran, auf den Vorschlag einzugehen? Gitan wollte nur, daß er seine Interessen vertrat, er konnte verständlicherweise keine Garantie dafür verlangen, daß seine Bemühungen auch erfolgreich sein würden. Wenn der Präsident zuletzt anders entschied, konnte ihm Gitan daraus keinen Vorwurf machen. Vandelin erschien dieser Weg auf schwankendem Grund plötzlich gangbar. Der Silberstreif am Horizont, sein Ziel, war die Gewißheit, daß Gitan nicht ewig leben konnte.

Als Gitan seine nächste Zigarette anzündete, tat er das in dem Bewußtsein, der Sieger zu sein. Er hatte einen Freund geopfert und dafür einen Verbündeten gewonnen. Vandelin würde von heute an tun, was er von ihm verlangte. Dann begann er, das Gespräch über den geplanten Finanzstandort Monaco dort fortzusetzen, wo er vorhin aufgehört hatte.

Als Vandelin in dieser Nacht endlich Ruhe fand, war es lange nach drei Uhr. Einfach ins Bett zu steigen und sofort einzuschlafen wie sonst, konnte er ab dem folgenreichen Tag mit Gitan nicht mehr. Doch in seinen Augen hatte alles im Leben seinen Preis, und für die ungestörte Fortsetzung seiner Karriere war er nur zu gerne bereit, Kleinigkeiten wie einen unruhigen Schlaf als Gegenleistung zu erbringen.

13

Als Nicole erwachte, schien die Vormittagssonne bereits durch die breiten Ritzen der hölzernen Fensterläden und zeichnete helle Lichtstreifen auf den abgewetzten Parkettboden. Dem rauschenden Wasser nach stand Danielle erneut unter der Dusche. Sie richtete sich gähnend auf, zog die Füße an ihren Körper und umschlang mit beiden Armen ihre Knie. Sie hatte schlecht geschlafen und von unzähligen Fahrzeugen geträumt, die sie überfahren wollten. Und von Roger, wie er blutend auf dem Asphalt lag. Sie mußte ihn heute unbedingt besuchen. Auch Gitan war in ihren Träumen vorgekommen, der Mann, der aller Wahrscheinlichkeit nach den Befehl zu ihrer Ermordung gegeben hatte. Sie beugte sich zu der Zeitung herab, die vor ihrem Bett auf dem Boden lag, und suchte sein Bild, um es herauszureißen. Warum? Vielleicht aus dem gleichen Grund, warum ein Pilzsammler Bücher über Giftpilze mit in den Wald nahm. Sie wollte für den Notfall gewappnet sein.

Währenddessen trat Danielle aus der Dusche und frottierte sich die Haare. »Guten Morgen.« Das Wasser lief an ihr herunter und hinterließ kleine Pfützen auf dem Parkett. »Ich komme jeden Tag später aus dem Bett«, klagte sie. »Irgendwie scheint mir alles so sinnlos. Anstatt mich tagelang mit Alains Sekretärin herumzustreiten und dabei meine letzten Francs zu verbrauchen, sollte ich mir lieber eine Arbeit suchen und diesen Kerl endgültig vergessen.«

»Scheint mir eine gute Idee zu sein«, stimmte Nicole zu.

»Darf ich fragen, womit *du* eigentlich dein Geld verdienst?« erkundigte sich Danielle neugierig.

»Ich bin Tänzerin.«

»Tatsächlich?« Sie stellte beeindruckt das Frottieren ein. »Und wo?«

»In Paris.« Nicole erzählte von ihrem Engagement im Moulin Rouge und dem Unfall.

»Und was ist das für ein Kerl, vor dem du gestern ausgerückt bist?« Nach den Haaren trocknete Danielle jetzt den übrigen Körper ab.

»Der übelste menschliche Dreckhaufen, der mir je begegnet ist.« Mehr wollte sie über Eric im Augenblick nicht sagen.

»Ich verstehe.« Danielle wühlte in einem Stapel von Kleidungsstücken und zog ein kurzes Kleid aus Knitterstoff hervor. Sie schlüpfte hinein und zog unter Ächzen den Reißverschluß an der Seite zu. »Ohne mein tägliches Training muß ich mir demnächst wohl einige neue Sachen kaufen.« Sie griff nach einer transparenten weißen Bluse, die sie über das Kleid zog und vorne lediglich zusammenknotete.

»Was machst du heute?« wollte Nicole wissen.

»Wahrscheinlich dasselbe wie die Tage zuvor.« Danielle war die Verärgerung über ihre fruchtlosen Anstrengungen deutlich anzusehen. »Ungezählte Telefonate mit Eliane führen, Alains dämlicher Sekretärin, die mich nicht ausstehen kann und alles abwimmelt, was ihrem großen Chef nicht behagt. Dabei treibe ich mich wie immer in der Nähe des Hauptkommissariats von Monaco herum und warte auf den unglaublichen Zufall, daß er mir direkt in die Arme läuft.«

Sie suchte nach ihren Riemchensandalen und fand sie auf dem Fensterbrett. »Ich habe mir sogar schon überlegt, die nächstbeste Schaufensterscheibe zu zertrümmern und mich verhaften zu lassen. Wenn ich dann in meiner Zelle randaliere, läßt er sich vielleicht endlich herab, mich dort zu besuchen.« Sie überlegte, ob der angerissene dünne Lederriemen wohl den Tag überstand. »Du siehst, zu was für verzweifelten Handlungen ich im Augenblick fähig bin. Wenn ich mir vorstelle, daß ich irgendwann einmal in dieses Stinktier verliebt gewesen sein soll?« Sie schüttelte verständnislos den Kopf.

»Es ist also nichts davon übriggeblieben?«

Danielle lachte auf. »Ich bringe Alain momentan etwa soviel Sympathie entgegen wie einem Pickel auf meinem Hintern. Reicht das zur näheren Erläuterung?«

»Hat er wieder geheiratet?«

»Jemand, der achtzehn Stunden täglich für seinen Beruf aufbringt, sollte überhaupt nicht heiraten«, kam die grollende Antwort. »Wahrscheinlich hat er endlich erkannt, daß er auf eine Frau ganz gut verzichten kann und schläft jetzt sogar in seinem Büro. Ich habe nämlich in den letzten Tagen viele Stunden vor seiner Wohnung gewartet, ohne daß auch nur eine Haarspitze von ihm aufgetaucht wäre.« Sie hob eine ihrer überall herumliegenden Bürsten vom Fußboden auf und fuhr sich damit flink durch die Haare. »Jedenfalls scheint er mich ebenso zu mögen wie ich ihn, denn er verschanzt sich rund um die Uhr hinter seinem Schreibtisch, seiner Sekretärin und seiner geheimen Telefonnummer, nur um mich nicht sehen zu müssen.«

»Die meisten Männer denken positiver an eine Beziehung zurück als Frauen«, wußte Nicole als aufmerksame Leserin der Ratgeberseiten zahlreicher Frauenmagazine.

»Alains Gefühle sind mir scheißegal«, kommentierte Danielle und warf ihre Bürste achtlos weg. »Er hat sich um meine auch nie gekümmert.«

So schnell wollte Nicole den einmal aufgenommenen Faden nicht wieder fallenlassen. »Die meisten Männer haben Angst, von einer Frau verletzt zu werden«, fuhr sie deshalb unbeirrt fort. »Es liegt vermutlich an ihrer Erziehung. Sie haben gelernt, daß man eine Frau nicht schlagen darf und fürchten nun ständig, in eine Situation zu kommen, wo sie ganz automatisch handgreiflich werden. Gegenüber einem Mann dürfen sie in letzter Konsequenz Gewalt anwenden, gegenüber einer Frau können sie es nicht. Ich vermute, daß da ihr Konflikt liegt. Nur deshalb weichen sie unangenehmen Unterredungen mit Frauen lieber aus.«

Danielle zog eine Grimasse. »Prügel von ihm hätten mir damals zu meinem Glück noch gefehlt. Schätzungsweise wäre ich dann mit dem Küchenmesser auf ihn losgegangen.« Sie trat in das kleine Bad, um am Waschbecken ihr Make-up aufzutragen. »Wenn Alain auch nur einen Funken Anstand besitzen würde, hätte er längst nachgegeben. Immerhin gehört ihm jetzt alles, was wir uns in den sechs Jahren unserer Ehe gemeinsam angeschafft haben.«

»Du hast freiwillig darauf verzichtet«, wurde sie von Nicole erinnert.

»Damals war ich unzurechnungsfähig, geistig umnachtet. Man kann doch einen Menschen nicht ein ganzes Leben lang dafür büßen lassen, daß er eine Minute lang nicht nachgedacht hat.«

Nicole war inzwischen aufgestanden und an das Fenster getreten, um die Läden zurückzuklappen. Die hochstehende Sonne fiel ihr direkt ins Gesicht, so daß sie die Augen zu kleinen Schlitzen zusammenkniff. Auf der Straße herrschte reges Treiben. Lieferwagen parkten in zweiter Reihe und stauten den Durchgangsverkehr, so daß alle Augenblicke ein wildes Hupkonzert ertönte. Am Haus gegenüber wurde gerade ein Gerüst aufgebaut, und einer der Arbeiter auf dem obersten Laufgang bekam große Augen und pfiff anerkennend.

Sie winkte zurück und drehte sich um. »Und wenn er sich weiterhin weigert, das Geld herauszurücken, was dann? Willst du wirklich zum Anschaffen auf die Straße gehen?«

Danielle stellte ihren Lippenstift zurück auf das Porzellanbrett über dem Waschbecken und rollte die Lippen mehrmals aufeinander, dabei überprüfte sie ihr Gesicht kritisch im Spiegel. »Warum nicht? Es bringt Geld ein, das ist die Hauptsache.« Sie drehte sich um und kam heraus. »Ich bin leider weder sonderlich talentiert noch überdurchschnittlich clever, das engt meinen Handlungsspielraum ziemlich ein.«

Nicole trat an ihr vorbei in die Duschwanne. »Jedenfalls wünsche ich dir viel Glück.«

»Bist du heute abend noch da, oder muß ich mich von dir verabschieden?« wollte Danielle wissen, während sie schon zur Tür ging.

»Du wirst mich noch eine Nacht ertragen müssen«, stichelte Nicole, auf die gestrigen Bemerkungen Danielles anspielend.

»Ich werde es überleben!« Danielle hatte sich mit ihrer Gegenwart inzwischen abgefunden. »Versuch den Mistkerl zu vergessen, und nimm dir von meinen Sachen, was du willst.« Sie warf ihr eine Kußhand zu und war schon zur Tür hinaus.

Danielles Kleidergröße war um eine Nummer kleiner. Nicole konnte daher lediglich zwischen einem kurzen Chiffonkleid und einem Stretch-Top und dem passenden geblümten Rock wählen. Da das Kleid das Gummiband an ihrem Knie nicht verdeckte, entschied sie sich für den Rock.

Das Telefon an der Rezeption schellte ununterbrochen, doch Babangui war nirgendwo zu sehen. Nach einigen Minuten vergeblichen Wartens griff Nicole daher nach der Kladde mit den Zimmerbelegungen und trug ihren Namen unter der gleichen Zimmernummer für den zweiten Tag ein. Danielle hatte sich ebenfalls eintragen lassen, auch sie buchte ihr Bett nur tageweise.

Auf der Treppe schob eine ältere Frau im Schutze des Dämmerlichts mit einem Putzlappen den Dreck von einer Seite auf die andere. Sie sah nicht einmal auf, als sich Nicole an ihr vorüberzwängte. Die Rue d'Angleterre lag in hellem Sonnenschein, durch einen parkenden Lieferwagen, von dessen Ladefläche Kunststoffkisten voll mit Eis und totem Meeresgetier in ein benachbartes Restaurant getragen wurden, stank es entsetzlich nach Fisch. Nicole hielt die Luft an und schob ihre Sonnenbrille auf die Nase, um sich eilig zu entfernen.

Ihr Weg führte sie die Straße hinunter, weg vom Bahnhof und tiefer in die verwinkelte Innenstadt. In einem Café zwei Ecken weiter trank sie einen Milchkaffee und aß dazu ein labbriges Sandwich. Gleichzeitig las sie in der neuesten Ausgabe des *nice-matin*, die sie kurz zuvor an einem Straßenkiosk erworben hatte.

Auf der Titelseite stand kein weiterer Bericht über den Zwischenfall im TGV. Erst auf Seite 14, unter den nationalen Meldungen, fand sie einige kurze Zeilen, denen zufolge nun eine

OCRB-Sondergruppe auf Anweisung des Innenministeriums in Lyon offiziell ihre Arbeit aufgenommen hatte. Ein Sprecher der Eisenbahngesellschaft SNCF erklärte, daß für die Reisenden trotz des Anschlags kein Grund zur Beunruhigung bestünde. Der glückliche Ausgang des Vorfalls sei ein schlagender Beweis dafür, daß das Bahnpersonal sogar ungewöhnlichen Situationen gewachsen sei. Es gab keine andere Art zu reisen, so der Sprecher, die einen vergleichbaren Grad an Sicherheit bot wie die Züge der französischen Eisenbahn.

Nicole blätterte weiter. Im Sportteil auf Seite 23 entdeckte sie den zweiten Bericht, der sie betraf. Rogers Unfall wurde hier in einem kleinen Zweispalter als die Tat eines rücksichtslosen Autofahrers dargestellt. Die Sportredaktion bedauerte sehr, daß einer der Stars des Rennens Paris–Nizza vom vergangenen Jahr die nächsten Wochen in der Klink verbringen mußte und damit auf absehbare Zeit für Medaillenhoffnungen ausfiel.

Als sie die Zeitung wieder zusammenfalten wollte, blieb ihr Blick an einem der farbigen Bilder der Titelseite hängen. Es zeigte den französischen Innenminister, der seinen Wahlkreis in Nizza hatte, wie er soeben die Teilnehmer einer ›Tour für den Frieden‹ verabschiedete. Fünfzehn Jugendliche wollten mit dem Rad von der Côte d'Azur quer durch Europa bis nach Sarajewo fahren. Es hatte eine Riesenabschiedsparty gegeben, und einer der Sponsoren stand neben dem Politiker, um ebenfalls Hände zu schütteln: Gitan. Nicoles Hände zitterten plötzlich, und sie mußte die Zeitung zur Seite legen.

Professor Rosbigalle hatte den Vormittag, wie so oft, in der monumentalen Lesehalle der Bibliothèque Saint-Geneviève im Quartier Latin verbracht, um an einem der vielen langen Tische in den Werken Auguste Comtes zu lesen. Der Positivismus dieses – wie er glaubte – häufig verkannten Denkers erschien ihm höchst schlüssig, sah er sich doch darin in seiner eigenen Auffassung bestätigt, daß sich der Sinn des Seins in der Wissenschaft finden ließ.

Er hatte nicht vor, in seinem Alter noch einmal ein weiteres Buch zu beginnen. Er las nur mehr zu seinem Vergnügen und sammelte nebenbei Material für kleinere Abhandlungen, die er hin und wieder für verschiedene wissenschaftliche Zeitschriften schrieb, die wegen ihres elitären Charakters leider so zahlreich verbreitet waren wie Hundertfrancnoten im Obdachlosenasyl.

In erster Linie veröffentlichte er dort Buchkritiken über Werke von Kollegen, die zwei Generationen jünger waren als er und jeden ihrer Leser noch beim Namen kannten. Obgleich er sich als einen Wissenschaftler von höchster Objektivität betrachtete, wurde ihm in den meisten Redaktionen insgeheim Intoleranz gegenüber neuen Denkansätzen vorgeworfen; manche gingen sogar so weit, einige seiner Analysen als ernste Anzeichen von Altersstarrsinn anzusehen. Um den alten Mann nicht zu verärgern, brachen sie den Kontakt zu ihm jedoch nicht ab, sondern ließen statt dessen zwischen den einzelnen Aufträgen immer längere Pausen.

Rosbigalle störte sich nicht daran, denn durch seine umfangreichen Studien und den brieflichen Kontakt zu etwa zwei Dutzend alten Freunden, ehemaligen Studenten und wißbegierigen Kollegen, verging seine Zeit auch so. Er nahm Bekanntschaften sehr ernst und versuchte, sie nach Möglichkeit zu pflegen, denn nachdem er im Lauf der Jahrzehnte den Tod aller miterleben mußte, die ihm wirklich etwas bedeutet hatten, wollte er nicht völlig vereinsamen. Er hatte keine engeren Familienmitglieder mehr, keine Weggefährten aus der Jugend, keine Kollegen oder Freunde der ersten Stunde. Sie hatten einem Kreis von jüngeren Leuten Platz gemacht, deren Sichtweisen er zum Teil nicht mehr verstand.

Seit seinem neunzigsten Geburtstag hatte er es aufgegeben, betroffen darüber zu sein, daß es kaum noch jemanden gab, der sein komplettes Gedankengebäude mit all seinen Etagen, Türmchen, Säulen und Erkern kannte. Wahrscheinlich war er einfach zu produktiv dafür gewesen, daß man sich heute mit einem einigermaßen vertretbaren Aufwand in seine Theorien einarbeiten konnte.

Rosbigalle fragte sich seither häufig, ob es wohl besser gewesen wäre, bereits vor über zwanzig Jahren zu sterben, also unmittelbar vor dem freiwilligen Ende seiner Professorenlaufbahn. Damals war sein Werk noch aktuell, und man hätte seinen Tod als großen Verlust für die Wissenschaft bezeichnet. Heute gingen die Studenten, die zufällig eines seiner Bücher lasen, wie selbstverständlich davon aus, daß der Verfasser längst nicht mehr lebte. Seine Wirtschaftstheorien waren unmodern geworden, und seine philosophischen Erkenntnisse hatten sich nie richtig durchgesetzt. Wenn man seine Person trotzdem irgendwo erwähnte, dann wurden meistens aus dem Zusammenhang gerissene Sätze aus einem seiner Werke zitiert, unverstanden und mit falschem Pathos.

Eugène Rosbigalle war wohlinformiert über seinen heutigen Stellenwert in der Gesellschaft, wenngleich er sich davon nicht aus dem Gleichgewicht bringen ließ. Er nahm jeden Tag, den er wachen Geistes und mit funktionierenden Gliedmaßen erleben durfte, als ein Geschenk und verbrachte ihn bewußt mit aktivem Studieren und passivem Genießen in freier Natur. Die sonnigen Tage liebte er dabei über alles, denn nur bei warmen Temperaturen konnte er es sich mit seiner anfälligen Gesundheit leisten, in die Tuilerien zu gehen, um dort die Menschen zu beobachten.

Wenn es regnete, ärgerte er sich. So wie heute. Es goß zwar nicht sehr, so daß man patschnaß wurde, wenn man nur aus der Haustür trat, sondern nieselte fein und beinahe unmerklich. Er spürte die Feuchtigkeit erst deutlich, als er bereits einige hundert Meter gegangen war. Verdrossen kehrte er deshalb mit nassen Schultern und Ärmeln wieder nach Hause zurück.

Heute mußte er die Metallstühle der Tuilerien ausnahmsweise gegen den Ledersessel am Fenster eintauschen. Er nahm sich ersatzweise vor, eine große Kanne Kaffee zu kochen – den ihm sein Arzt glücklicherweise noch nicht verboten hatte –, die Zeitungen der vergangenen Woche zu lesen und hin und wieder hinunter auf die Straße zu sehen, ob die vorüberlaufenden Passanten endlich ihre Regenschirme zuklappten.

Seit beinahe fünfundvierzig Jahren wohnte er nun schon in der geräumigen Wohnung an der Place Vendôme. Niemand in dem Haus konnte auf eine auch nur annähernd so lange Zeit zurückblicken. Die Zimmer besaßen Stuckdecken und schimmernde Parkettböden, eben typisch für eine Wohnung in einem Haus aus der Jahrhundertwende. Alle seine Nachbarn waren im Laufe der Zeit gestorben, so daß er längst zwischen Anwaltskanzleien, Unternehmensberatern und Werbeagenturen eingeklemmt war. In dem gesamten Block gab es nur noch vier Privatwohnungen, und Rosbigalle machte sich keine Illusionen darüber, daß in einigen Jahren niemand mehr den hohen Wohnkomfort dieser zentralen Lage genießen würde. Wer etwas auf sich hielt, zog fort in die vornehmen Gegenden, etwa nach Saint-Germain, wo sich die Literaten wohl fühlten, oder nach Montparnasse, dem zu Tode sanierten ehemaligen Künstlerviertel. Glücklicherweise gehörte das Haus zu dem weitläufigen Immobilienbesitz der Stadt, und einer der Verantwortlichen hatte wohl während seines Studiums einmal von ihm gehört, so daß er es heute nicht übers Herz brachte, den alten Mann mit der ortsüblichen Mietforderung zu traktieren. Ein privater Hausbesitzer hätte Rosbigalle trotz der fünfzehntausend Franc Monatsmiete vermutlich längst gekündigt, denn als Anwaltskanzlei brachten diese Räume leicht den doppelten oder dreifachen Betrag.

Er war gerade dabei, sich eine Tasse Kaffee einzuschenken, als das Telefon klingelte. Er stellte die Kanne ab und starrte überrascht auf den altmodischen schwarzen Apparat, den er durch die offene Schiebetüre auf dem wuchtigen Schreibtisch seines Arbeitszimmers sah. Wenn es zwölfmal im Jahr klingelte, war das viel. Und selbst davon waren noch die Hälfte aller Anrufer falsch verbunden. Immerhin befanden sich die meisten seiner Freunde an einem Ort, wo es kein Telefon mehr gab. Rein nach wirtschaftlichen Erwägungen hätte er es längst abmelden müssen. Rosbigalle scheute jedoch die damit verbundene Bürokratie, und außerdem wollte er sich, für den Notfall, nicht die Verbindung zur Außenwelt abschneiden.

Aber jetzt klingelte es. Laut und vernehmlich. Geradezu drängend. Er schlurfte langsam in sein Arbeitszimmer hinüber und griff nach dem Hörer. »Hallo?«

»Ich bin es, Nicole. Guten Morgen, Professor.«

Das Gesicht des Alten hellte sich augenblicklich auf, und freudig erregt ließ er sich in seinen altmodischen, mit grünem Leder bezogenen Schreibtischsessel fallen. Er hatte an den letzten beiden Tagen häufig an sie gedacht. »Wie geht es Ihnen, meine Liebe?« erkundigte er sich. »Sind Sie gut in Monaco angekommen? Ich finde es ausgesprochen nett, daß Sie so schnell von sich hören lassen.«

Einige Augenblicke lang vernahm er nur die raschen Atemzüge der jungen Frau. Er konnte nicht wissen, wie unendlich gut ihr seine Stimme tat. Rosbigalle war der einzige Mensch, an den sie sich in ihrer Not wenden konnte, ein großväterlicher Freund, der sie anhören würde, ganz gleich, was geschah. Natürlich war es ihm schon aufgrund seines Alters völlig unmöglich, in irgendeiner Weise helfend einzugreifen, darüber machte sie sich keinerlei Illusionen, doch sie konnte endlich offen mit jemandem über ihre Sorgen sprechen.

Die Ereignisse seit ihrer Abreise aus Paris sprudelten deshalb nur so aus ihr hervor. Sie stand in einer Telefonzelle im Hauptpostamt von Nizza, unweit des Bahnhofs, und berichtete ausführlich, bis sie sich so erleichtert fühlte wie lange nicht mehr.

Rosbigalle unterbrach sie kein einziges Mal. Zwar erzählte Nicole nicht immer chronologisch korrekt und führte beinahe jeden zweiten Satz nicht zu Ende, aber er verstand auch so: Sie hatte fürchterliche Angst um ihr Leben und wußte nicht, wie sie sich weiter verhalten sollte. Auch wenn sie ihn nicht direkt um Hilfe bat, so fühlte sich der alte Mann doch für seine junge Bekannte verantwortlich, und er zerbrach sich den Kopf darüber, was er ihr raten sollte. Er wußte es nicht.

»Nicole, bitte, eine Frage«, hakte er nach, weil sie sich zu einem Punkt nur sehr unklar geäußert hatte. »Sie haben also bislang der Polizei nichts über die Dinge erzählt, die Sie von Eric erfahren haben?«

»Das konnte ich nicht«, gestand Nicole zögernd ein.

»Darf ich fragen, warum?«

»Weil mir ohnehin niemand glauben würde. Professor, ich bin Tänzerin am Moulin Rouge, vergessen Sie das nicht, und Eric ist der monegassische Staatsminister. Er würde mich als Lügnerin hinstellen, und ich hätte keine Möglichkeit, das Gegenteil zu beweisen. Mein Wort allein ist nicht genug, Professor.«

»Sie tun sich keinen Gefallen damit, wenn Sie weiterhin schweigen, Nicole«, widersprach Rosbigalle besorgt. »Für ihre Pläne werden die Freunde dieses Mannes alles tun. Sie werden Sie umbringen, Nicole. Nur die Polizei kann Sie davor schützen.«

»Mir kann niemand helfen!« kam die resignierte Antwort. »Ich muß selbst sehen, daß ich am Leben bleibe. Vielleicht gehe ich für einige Zeit ins Ausland. In ein paar Monaten erinnert sich hoffentlich niemand mehr an mich.«

»Wie ist das mit Ihrer Zimmergenossin? Haben Sie nicht vorhin erzählt, daß ihr ehemaliger Mann der Polizeichef von Monaco ist?«

»Das hat sie mir erzählt.«

»Wie wäre es, wenn diese Frau ein Treffen mit ihm arrangiert?« schlug er vor. »Wenn Sie ihm alles erzählen, was Sie über seinen Regierungschef wissen, kann er selbst entscheiden, was er mit diesen Informationen anfängt. Versuchen Sie sein Vertrauen zu gewinnen, Nicole, dieser Mann weiß mit Sicherheit, wie Sie sich gegen weitere Anschläge schützen können.«

Ein tiefes Seufzen kam durch die Leitung. »Danielle bemüht sich seit Tagen vergeblich, mit ihm Kontakt aufzunehmen. Sie fordert Unterhaltszahlungen, die er kategorisch ablehnt. Ich fürchte, ihre Fürsprache wird mir wohl nicht viel nützen.«

»Sie sollten es trotzdem versuchen!« beharrte Rosbigalle. »Allein werden Sie mit diesem Problem nie und nimmer fertig, Nicole. Sie brauchen dringend Hilfe.« Ein besserer Vorschlag fiel ihm im Augenblick nicht ein. Rosbigalle bedauerte einmal mehr, daß es für ihn zunehmend schwerer wurde, sich auf neue Situationen einzustellen. Auch sein Erinnerungsvermögen verschlechterte sich mit beängstigendem Tempo. »Es wäre einfacher, wenn es dort unten jemanden gäbe, dem Sie vertrauen können.«

Nicole dachte plötzlich an den jungen Küchenchef aus dem Zug. Sie kramte in ihrer Tasche nach seiner Visitenkarte. Bertrand Jolivet vom Hôtel de la Demie-Lune in Grasse. Während sie vorlas, schrieb Rosbigalle die Adresse vorsichtshalber mit. Vielleicht konnte der junge Mann ihr ja weiterhelfen, er riet Nicole jedenfalls, sich an ihn zu wenden. Es konnte nichts schaden.

Sie versprach ihm auch dies. Es tat gut, jemanden gefunden zu haben, der sich gemeinsam mit ihr den Kopf darüber zerbrach, wie sie die augenblickliche Situation meistern konnte. Der alte Mann stellte fest, daß sie am Ende des Gespräches wesentlich ruhiger klang. Hoffentlich war er ihr eine Hilfe gewesen. Rosbigalle konnte nachfühlen, wie ihr im Augenblick zumute sein mußte.

Nach dem Telefonat saß er etwa eine halbe Stunde lang regungslos auf seinem Sessel. Vor ihm lag nur ein Notizzettel mit der Adresse Bertrand Jolivets und dem Namen des Hotels, in dem Nicole abgestiegen war: MELODY. Was ihm dabei zuerst unkontrolliert durch den Kopf schoß und sich dann langsam zu einem konkreten Plan auswuchs, war möglicherweise die verrückteste Idee, die er während seines ganzen langen Lebens hatte, doch im Augenblick gab es dazu keine Alternative. Nicole war der einzige Mensch, der ihm noch etwas bedeutete, und sie besaß niemanden, der ihr in dieser lebensgefährlichen Situation helfen konnte. Es war keine altmodische Ritterlichkeit, die er in sich fühlte, sondern vielmehr eine Art Verantwortung. Sie war auf seinen Ratschlag hin losgefahren, folglich durfte er sich nicht einfach teilnahmslos zurücklehnen und auf eine glückliche Fügung des Himmels hoffen.

Rosbigalle besaß nicht die geringste Vorstellung davon, auf welche Weise ein alter, ziemlich weltfremder Wissenschaftler eine junge Frau vor den Killern der Mafia beschützen konnte. Es braucht nicht extra betont zu werden, daß er mit einer Waffe ebensowenig umgehen konnte wie mit einem Fahrzeug. Außerdem verfügte er über keinerlei Verbindungen zu Leuten bei der Polizei oder den Sicherheitsbehörden. Objektiv gesehen gab es also nichts, womit er Nicole helfen konnte.

Er griff in die oberste Schreibtischschublade und zog sein privates Telefonverzeichnis heraus. Es würde notwendig sein, eine alte Bekanntschaft wieder aufzufrischen. Er suchte nach einer bestimmten Nummer. Sie gehörte jemandem, mit dem er seit über dreißig Jahren nur noch brieflich verkehrte.

Nachdem Rosbigalle die Nummer gefunden hatte, griff er erneut zum Telefonhörer und wählte. Als sich nach einigen Klingelzeichen eine weibliche Stimme meldete, bat er darum, mit Alfred Gavard verbunden zu werden, seinem ehemaligen Assistenten.

Einige Sekunden vergingen. »Alfred?« Seine Stimme verriet die Aufregung. »Sind Sie es? Hier ist Ihr alter Professor. Rosbigalle am Apparat. Wie geht es Ihnen, junger Freund?« Er hielt einen kurzen Moment inne, um die überraschten Begrüßungsworte abzuwarten, und fuhr dann fort: »Alfred, den vielen Briefen, die Sie mir in den letzten Jahrzehnten zukommen ließen, habe ich mehr als einmal entnommen, daß Sie sich über einen Besuch von mir freuen würden.« Er zögerte. »Waren das nur nette Worte oder ...?« Aufgrund des sofortigen energischen Protestes brauchte er den Satz nicht zu beenden. Alfred freute sich tatsächlich, ihn möglichst bald in seinem Haus begrüßen zu dürfen. Nun gut, er sollte die Gelegenheit dazu bekommen.

Rosbigalle hatte ein schlechtes Gewissen, da er es eigentlich für unhöflich hielt, sich so Hals über Kopf irgendwo einzuladen. Aber da es um Nicoles Leben ging, mußten alle Fragen des Anstands zur Seite geschoben werden. Wenn er erst in zwei Wochen kam, konnte er gleich in Paris bleiben.

»Ich bin ein alter Mann, Alfred, und Sie wissen vielleicht, daß alte Menschen einmal gefaßte Entschlüsse möglichst sofort in die Tat umsetzen wollen.« Rosbigalle legte eine kurze Pause ein, die Alfred nicht zum Widerspruch nutzte. Also fuhr er befriedigt fort: »Wenn es Ihnen recht ist, junger Freund, lasse ich mir für morgen früh einen Platz in der ersten Maschine reservieren. Und ich wäre Ihnen sehr dankbar, wenn Sie mich vom Flughafen abholen könnten.«

Alfred zeigte sich überrascht angesichts der Eile, mit der Rosbigalle bei ihm einfallen wollte, doch seine Freude überwog jedes Erstaunen. Er versprach, die meisten seiner Termine abzusagen, um ausreichend Zeit für seinen Besuch zu haben.

Nach dem Telefonat mit dem Professor fühlte sich Nicole deutlich besser. Sie lief zum Hauptbahnhof hinüber, um die Fahrkarte zurückzugeben und sich das Geld dafür ausbezahlen zu lassen, und bummelte dann zur Avenue Jean Medecin, der Haupteinkaufsstraße Nizzas. Sie streifte dort durch die Boutiquen und Kaufhäuser und kaufte einige Klamotten. Anschließend ließ sie sich mit dem Taxi nach Cimiez in das Pasteur-Krankenhaus fahren, um Roger zu besuchen. Er erwartete sie bereits ungeduldig und ergriff nach dem Begrüßungskuß beinahe vertraut ihre Hand, um sie für den Rest des Nachmittags nicht mehr loszulassen. Er war selig, als sie sich am Abend mit dem Versprechen verabschiedete, vielleicht schon morgen wiederzukommen.

Als Nicole gegen elf nach einem Bummel durch die betriebsame Altstadt zurück in ihr Zimmer kam, war Danielle noch nicht zurück. Sie tauchte erst eine gute Stunde später auf und schlug mit sichtlich enttäuschtem Gesicht die Tür hinter sich zu. Jede Frage zum Verlauf ihres Tages erübrigte sich damit.

»Jeder in seiner Umgebung scheint zu wissen, daß ich für ihn so etwas wie eine Darmerkrankung bin – unangenehm und anhänglich.« Sie zog die Sandalen aus und warf sie achtlos zur Seite, um sich müde auf ihr Bett fallen zu lassen. »Dieses falsche Luder Eliane macht auf betont freundlich, denkt aber nicht daran, mich auch nur ein einziges Mal zu ihm durchzustellen.« Sie beschloß, sich heute nicht mehr auszuziehen. Dazu war sie einfach zu müde. »Und wie war dein Tag? Hoffentlich nicht so beschissen wie meiner?«

Nicole saß auf ihrem Bett, eingehüllt in das dünne Laken, und blickte gespannt zu Danielle hinüber. »Hör mal, würde es dir etwas ausmachen, wenn ich dich morgen nach Monaco begleite?« erkundigte sie sich vorsichtig.

Es dauerte einige Sekunden, ehe diese Worte im müden Hirn Danielles ankamen. Doch dann richtete sie sich ruckartig auf und stützte ihren Oberkörper auf den Ellbogen ab. »Du möchtest mitkommen?« Sie glaubte, falsch verstanden zu haben, und zog ein verwundertes Gesicht.

»Nur wenn du nichts dagegen hast.« Nicole erzählte ihr daraufhin ihre gesamte Geschichte, von der ersten Begegnung mit Eric im Moulin Rouge über seine Ernennung zum Staatsminister bis hin zu den beiden Mordanschlägen und dem Telefonat mit dem Professor. Sie ließ nichts aus.

Danielle hörte mit offenem Mund zu. Vor Aufregung vergaß sie sogar, zu schlucken oder Fragen zu stellen. Das hier erschien ihr spannender als alles, was sie je zuvor gesehen oder gehört hatte.

»Vielleicht ist es nicht die beste Idee, die der Professor je hatte«, zuckte Nicole zum Abschluß ihres Berichts mit den Schultern, »aber etwas Sinnvolleres fällt mir Moment leider auch nicht ein. Bitte, Danielle, hilf mir, Kontakt zu deinem Ex aufzunehmen.«

Ihre Zimmergenossin ließ sich rücklings auf die Matratze fallen, blies die Backen auf und verdrehte vor Entzücken die Augen. Ein Wunder war geschehen! Endlich verfügte sie über den Hebel, mit dessen Hilfe sie Alains Austernschale aufbrechen konnte. Natürlich würde er Nicole anhören, zu jeder Tages- und Nachtzeit, wenn es sein mußte. Sie sprang auf und rannte aus dem Zimmer. Der süße Claude bewahrte in dem kleinen Kühlschrank hinter dem Tresen seiner Rezeption alle möglichen Getränke auf. Vielleicht war auch eine kleine Flasche Champagner darunter. Ihr war plötzlich nach Feiern zumute.

14

Jacques Tourballe besaß insgesamt vier Wohnungen, gleichmäßig verteilt entlang der Küste, in denen er sich selten länger als jeweils eine Nacht aufhielt. Eine davon lag im Norden von Marseille, seiner Heimatstadt. Eigentlich zählte dieser Teil der Hafenmetropole nicht gerade zu den beliebtesten Wohngegenden, denn wie überall in Europa war der nördliche Randbezirk der Stadt ein soziales Ausnahmegebiet. Tourballe jedoch wohnte gern hier. Die Umgebung erinnerte ihn an alte Zeiten.

Für einen Jungen aus dem Araberviertel, der während seiner Kindheit das Bett mit zwei Brüdern teilen mußte und selten mehr als eine spärliche Mahlzeit am Tag bekam, waren drei Zimmer einschließlich Einbauküche und funktionierender Toilette trotz seines inzwischen beträchtlichen Wohlstands noch immer keine Selbstverständlichkeit. Auch wenn es sich bei diesem Unterschlupf um den allereinfachsten handelte.

Die Nacht hatte er wie üblich in einigen seiner bevorzugten Nachtclubs im Umkreis der Canebière am Alten Hafen verbracht und war erst lange nach Sonnenaufgang in seine Wohnung zurückgekehrt. Müde und verkatert. Dort hatte er sich ausgiebig geduscht, eine Kanne starken Kaffee getrunken, einige Zigaretten geraucht und dazu Edith Piaf gehört. Zum Schlafen fehlte ihm heute die Zeit, denn nach Marcellos gestriger Pleite stand ein wichtiger Besuch an.

Er brach gegen zehn auf, um mit seinem Wagen in die Stadt

zu fahren. François stand nie vor elf auf, er würde also pünktlich sein. Tourballe freute sich über die bevorstehende Begegnung mit dem Freund aus Kindertagen. Sie hatten sich eine Menge zu erzählen. Außerdem gab es Arbeit für ihn.

François Crichet war ein Auftragskiller, der ab hunderttausend Francs aufwärts Menschen umbrachte. In seiner Branche genoß er einen einzigartigen Ruf, was Präzision und Vertrauenswürdigkeit anging. Er befand sich seit über zehn Jahren im Geschäft und war während der gesamten Zeit kein einziges Mal in polizeiliche Ermittlungen verwickelt worden. Einen besseren Profi gab es in der ganzen Stadt nicht.

Obgleich kein Angehöriger der Mafia, hatte Crichet in der Vergangenheit bereits häufig in ihrem Auftrag gehandelt und dabei immer gute Arbeit geleistet. Nach dem Ausfall Marcellos war er die erste Wahl.

Für Tourballe selbst kam noch der positive Umstand hinzu, daß er, wenn etwas schiefging, bereits im Vorfeld jegliche Verantwortung auf einen Außenseiter übertragen hatte. Im schlimmsten Falle verlor er damit nur einen Freund, behielt aber sein Leben.

Er stellte seinen Wagen in sicherem Abstand von der kriminellen Gegend um den Bahnhof Saint-Charles ab und lief zu Fuß hinüber zu dem Gebäude. Wie ein herrschaftlicher Palast auf einem Hügel gelegen, bildete es den Beginn des Araberviertels, dem Beweis dafür, daß die, die zuletzt angekommenen sind, immer in Bahnhofsnähe bleiben. Über eine unendlich lange Treppe stieg er in die dunklen Gassen des Viertels hinab. Wäscheleinen führten über seinem Kopf von einer Fassade zur anderen, bestückt mit verwaschenen und vielfach geflickten einfachen Kleidern. Der Geruch orientalischer Gewürze lag in der Luft, dazwischen schnupperte er gebratenen Hammel. Der Todesschrei eines für das Mittagessen vorgesehenen Huhns drang an sein Ohr, untermalt von poppiger Raï-Musik aus verschiedenen Richtungen. Er hörte ›Aisha‹ von King Khaled heraus.

Tourballe ging zielstrebig die schmutzigen Straßen entlang, ohne jeden Blick in die überladenen Schaufenster rechts und links. Obgleich er hier groß geworden war und so ziemlich jeden Winkel kannte, gab es nur wenige Anwohner, die ihn grüßten. Die Fluktuation in den Wohnungen war groß, und nicht mehr viele aus der damaligen Zeit lebten noch hier.

Als er in die Rue de Chapeliers einbog, näherten sich einige streunende Hunde, um an seinen maßgeschneiderten Hosenbeinen zu schnüffeln. Zwei kräftige Tritte, und die Tiere zogen winselnd davon. Er haßte Hunde, vor allem dann, wenn sie im Begriff waren, ihm eine Zweitausendfrancs-Hose zu ruinieren.

Crichet wohnte in einem der schmalen, heruntergekommenen Häuser dieser Straße. Ende des vorigen Jahrhunderts war es von einem seiner Vorfahren als einigermaßen passables Mietshaus erbaut worden, um in den folgenden Jahrzehnten viele Mieter, aber nur wenige Handwerker zu sehen. In den Sechzigern zog eine Schneiderei in die Kellerräume ein; zehn Frauen unter der strengen Leitung von Mohamed Yacine, einem ehemaligen Unteroffizier aus Algier. Anfang der Siebziger kam dann im Erdgeschoß ein Import-Export-Unternehmen hinzu, das offiziell mit Unterhaltungselektronik handelte, inoffiziell aber hauptsächlich gestohlene Fahrzeuge nach Nordafrika überführte. Inhaber war Farid, der älteste Sohn von Mohamed.

Zehn Jahre nach ihm machte sich auch Fatima, die einzige Tochter Mohameds, selbständig und mietete den gesamten ersten Stock, um Modeschmuck nach traditionellen Vorlagen zu fertigen, wie aus dem verkratzten Schild neben der Tür in Französisch und Arabisch hervorging. Nicht wenige Besucher des Hauses kannten die kettenrauchende, ehemals ziemlich hübsche Frau mit den großen dunklen Augen noch von früher: aus der Zeit, als sie ihren Körper zum Entsetzen ihres Vaters in einer billigen Peep-Show am Boulevard d'Athènes gegen ein paar Francs zur Schau gestellt hatte. Im Anschluß daran war sie stets mit zahlenden Begleitern in einem der Hinterzimmer verschwunden. Irgendwann war ihr dabei die Einsicht gekommen, daß sich wesentlich mehr Geld verdienen ließ, wenn sie sich mit ihren Erfahrungen selbständig machte. Seither herrschte sie über ein gutes Dutzend hübscher junger Mädchen algerischer und marokkanischer Abstammung, die die spärlich möblierten Zimmer des ersten Stocks bewohnten und einen endlosen Strom von

Kunden zufriedenstellten. Ihre Dienstleistungen hatten sehr wohl etwas mit Tradition, allerdings weniger mit Modeschmuck zu tun.

Ein Stockwerk über ihr residierte Moufd, ein weiterer Sohn Mohameds. Über lange Jahre hinweg waren die Räume leergestanden, weil Moufd wegen einer Ungeschicklichkeit vorübergehend in Les Baumettes einziehen mußte, dem in ganz Frankreich berüchtigten Gefängnis von Marseille. Seit seiner Freilassung betrieb er den Rauschgifthandel ein wenig vorsichtiger, schlief grundsätzlich tagsüber und empfing seine Geschäftsfreunde ausschließlich abends. Moufd lebte in erster Linie von guten Beziehungen und kultivierte gleichzeitig seine geradezu krankhafte Angst vor einem erneuten Gefängnisaufenthalt. Er war der Liebling des Hauses.

Im dritten und vierten Stock des Hauses wohnten weitere Verwandte von Mohamed, drei Neffen und ein alter Onkel, der als menschliche Alarmanlage tagsüber unten vor dem Eingang saß und darauf achtete, daß sich niemand in der Tür irrte.

Crichet hauste im fünften Stock. Bei seiner Geburt wohnten in der Nachbarschaft noch überwiegend Franzosen, mittlerweile war er der einzige im weiten Umkreis. Er liebte dieses Haus trotz des penetranten Gestanks, der faulenden Balken und des bröckelnden Putzes zu sehr, als daß es ihm eingefallen wäre, irgendwann von hier fortzugehen. Er fühlte sich wohl unter seinen Freunden: bei Farid mit seinen unzähligen Verbindungen in alle Hafenstädte Nordafrikas, Moufd mit seinen Kontakten zur Dealer-Szene und Fatima, deren Mädchen ihn bei Bedarf stets kostenlos verwöhnten – sie alle bildeten eine große Familie, in der einer dem anderen half.

Tourballe blickte naserümpfend die altersgrauen Fassaden hinauf. Auch hier waren Dutzende von Wäscheleinen quer über die Straße gezogen, selbst zwischen den obersten Stockwerken. Es stank nach Müll, der sich chaotisch in den Einfahrten türmte, und zerzauste Hunde pinkelten gegen den Putz, während sie mit wachsamen Augen nach möglichen Feinden Ausschau hielten.

Mit dem Wagen würde er nicht hierherfahren, es gab zu viele junge Straßenbanden; Kinder, die vor nichts Respekt besaßen und, wie er meinte, durchgeprügelt und in ein Erziehungsheim gehörten. Die Untätigkeit der Behörden in dieser Frage ging ihm auf die Nerven.

Dem zahnlos in die Sonne lächelnden Onkel Mohameds vor der Eingangstür warf er etwas Kleingeld zu, was dieser mit einem erfreuten Blinzeln quittierte. Er fand, daß der Alte einer ägyptischen Mumie immer ähnlicher wurde. Wahrscheinlich würde man ihn nach seinem Tod weiter hier sitzen lassen, als stummen Aufpasser, eingehüllt in seinen weiten braunen Kaftan, mit der Filzmütze auf dem Kopf.

Jeweils zwei Stufen auf einmal, sprang Tourballe die steilen Treppen hoch. Der Gestank war im zweiten Stockwerk am schlimmsten, ab dem vierten Treppenabsatz hörte man das orgiastische Gestöhn aus Fatimas Etage nicht mehr. Die weißlackierte Holztür ging erst nach wiederholtem Klopfen auf, und François stand vor ihm, über das ganze Gesicht grinsend.

»Ich wußte, daß du es bist«, umarmte er seinen Besucher erfreut. »So zart schlägt niemand sonst gegen meine Tür.« Er zog ihn an der rechten Schulter in die Wohnung. »Nur herein mit dir. Ich bin eben erst aufgestanden.«

Er schloß rasch die Tür hinter ihm, um zu verhindern, daß der grauenhafte Gestank der Geruchspakete hereindrang, die Moufd zum Schutz seines kostbaren weißen Pulvers überall ausgelegt hatte, um bei einer etwaigen Hausdurchsuchung die empfindlichen Hundenasen irrezuführen. Crichet, der ebenso wie die übrigen Hausbewohner nicht wollte, daß Moufd erneut auf Jahre in Les Baumettes verschwand, hatte gelernt, mit dem Gestank so gut es ging zu leben.

Die Wohnung war groß und erstreckte sich über das gesamte Stockwerk; weiß gestrichene Wände und einige wenige, sorgsam ausgesuchte Möbelstücke erzeugten eine kühle, moderne Atmosphäre. Wie immer war alles sauber aufgeräumt, man sah kein einziges Staubkorn. Crichet kümmerte sich pedantisch um Dinge, die ihn täglich umgaben. Kein Mensch hätte im fünften Stock dieses beinahe abbruchreifen Hauses eine Wohnung mit Designermöbeln erwartet.

»Was kann ich dir anbieten, mein Freund?« wollte er wissen. »Kronenbourg, wie immer? Der Champagner ist mir leider ausgegangen.«

Er lief barfuß auf den Bodendielen. Der lange, schlanke Körper steckte in einer ausgewaschenen Jeans und einem schneeweißen T-Shirt. Zum Rasieren hatte er noch keine Zeit gefunden, und für die kurzen Kopfhaare brauchte er sowieso keinen Kamm. Er war nur zwei Monate jünger als Tourballe, durch seine dunkle Hautfarbe und vereinzelte graue Haare wirkte er allerdings deutlich älter.

»Irre ich mich, oder stinkt es aus Moufds Wohnung schlimmer als je zuvor?« wollte Tourballe angeekelt wissen. »Es ist ja kaum mehr auszuhalten.« Er warf sich auf einen der mit weißem Leder bespannten Stahlrohrsessel.

Crichet lachte und ging nach nebenan in die Küche, um das Bier zu holen. »Seit einigen Wochen verwendet er eine neue Mischung«, rief er, während die Kühlschranktür zuschlug. »Angeblich trainiert die Polizei ihre Köter seit kurzem mit einem ähnlichen Zeug wie dem, das er vorher benutzt hatte, und daher mußte er umsteigen.« Mit den Flaschen und einem Öffner erschien er wieder in der Wohnzimmertür.

»Damit hast du meine bislang hohe Meinung von Hundenasen relativiert«, brummte Tourballe und griff nach der geöffneten Flasche, die ihm hingehalten wurde. »Ein Tier, das sich daran so ohne weiteres gewöhnt, kann einfach kein besonders ausgeprägtes Geruchsorgan besitzen.«

»Wenn du länger als eine Woche in diesem Haus wohnst, redest du anders darüber.«

Sie lachten und stießen die Flaschen gegeneinander.

Nach einem langen Schluck setzten beide fast gleichzeitig ab. Während sich Crichet mit dem Handrücken über den Mund fuhr, kniff er das rechte Auge zu und sah seinen Freund mit schräggelegtem Kopf an. »Wolltest du einfach nur ein Bier mit mir trinken, oder bringst du Arbeit?« erkundigte er sich ohne Umschweife.

Tourballe setzte seine Flasche noch einmal an und nahm einen weiteren kräftigen Schluck. »Es gibt da ein kleines Problem«, nickte er, während er auf den kümmerlichen, noch in der Flasche verbliebenen Rest seines Bieres starrte. »Ich habe Gitan eine schnelle und zuverlässige Lösung versprochen.«

Auch Crichet spielte jetzt mit seiner Flasche. »Ich bin im Augenblick frei, und meine Gebührensätze kennst du. Also, wer ist es?«

»Es ist eine Sie, eine Stripperin aus Paris.«

»Eine Stripperin?« Crichet machte große Augen. »Was ist mit ihr? Hat sie Gitan die Brieftasche gestohlen, während sie mit seinen Eiern herumgeklimpert hat? Seid wann ist er so nachtragend? Er soll sich das Geld zurückholen, ihr den Hintern versohlen und fertig.«

Tourballe verzog nur das Gesicht. Er kannte die kleinen Tricks seines Freundes zu gut, um darauf hereinzufallen. Es gehörte zu den Geschäftsgrundsätzen der Mafia, einen Auftrag niemals zu begründen. Wer nichts wußte, konnte später nichts erzählen. Dahinter verbarg sich die ganze Weisheit vom Erfolg des organisierten Verbrechens.

»Hast du ein Foto von ihr?« Crichet zeigte sich nicht im geringsten beleidigt.

Tourballe griff in sein Jackett und zog eine Aufnahme heraus. Es war ein Abzug jenes Fotos aus dem Besitz Labordes, das bereits Boualem Kelkal und die Gebrüder Dib bekommen hatten. »Hier. Das ist sie.« Er reichte es ihm.

Crichet betrachtete es kurz und pfiff dabei durch die Zähne. »Ein Rasseweib. Wollt ihr wirklich, daß sie stirbt?«

»Nein, wenn du willst, kannst du mit ihr einen Nachtclub aufmachen!« antwortete Tourballe mit breitem Grinsen.

»Wieviel Zeit habe ich dafür?« Es waren immer dieselben Fragen, die er im Vorfeld klärte. Verschiedene Erfahrungen zu Beginn seiner Karriere hatten Crichet gelehrt, alle Konditionen vorher peinlich genau festzulegen.

»Keine speziellen Vorgaben«, brummte Tourballe. »Bring's sobald wie möglich hinter dich. Sie ist überfällig.«

Crichet nickte, obgleich ihm Eile grundsätzlich gegen den Strich ging. Ein perfekter Mord brauchte einiges an Vorbereitung und dauerte seine Zeit. Wenn der Auftraggeber Gitan hieß, ließ man allerdings besser von seinen Grundsätzen ab und erfüllte ihnen den Wunsch. »Und die Art der Arbeit? Ich meine, wie sauber muß ich vorgehen?«

»Bleibt dir überlassen.« Tourballe machte eine wegwerfende Handbewegung. »Wo und wie es sich eben ergibt. Es gibt keinerlei Verbindung zwischen uns und ihr, die die Polizei argwöhnisch machen würde. Gitan ist es deshalb ziemlich egal, wenn die Sache ein wenig naß wird.« Das war die vornehme Umschreibung dafür, daß Crichet nicht umständlich einen Unfall zu arrangieren brauchte. Zwei Schüsse auf offener Straße reichten ebenso aus. Er sollte nur sonst niemanden hineinziehen, der Tod von Nicole genügte.

Ihre Besprechung verschiedener Details dauerte eine Viertelstunde. Eine weitere Dreiviertelstunde tauschten sie alte Erinnerungen aus. Crichet mußte dreimal aufstehen, um frisches Bier aus dem Kühlschrank zu holen.

15

Babangui war ein ebenso freundlicher wie verständnisvoller Mensch. Freundlich deshalb, weil er am nächsten Morgen auf Danielles Bitte hin sofort sein Telefon zur Verfügung stellte, und verständnisvoll, weil er das leichte Zögern beim Eintippen der Nummern richtig interpretierte und für einige Minuten verschwand. Diesmal würde sie von Eliane nicht so ohne weiteres abgewimmelt werden. Ihr Wortwechsel begann wie immer laut und heftig, wurde dann aber langsam leiser und sachlich. Danielle verstand es dabei, Nicoles Anliegen derart gut zu verkaufen, daß Eliane, die sich an den Tagen zuvor nicht einmal durch wilde Selbstmorddrohungen erschüttern ließ, unsicher wurde. Diese Geschichte klang zu kompliziert, als daß sie allein der Phantasie Danielles entsprungen sein konnte. Sie entschied sich deshalb, ihren Chef über den Anruf zu informieren, damit er selbst entscheiden konnte, wie sie reagieren sollte.

Während sie auf eine zweite Leitung schaltete, warf Danielle einen siegessicheren Blick über den Tresen zu Nicole, die in der heutigen Ausgabe von *nice-matin* blätterte. Nach zwei nervenzermürbend langen Minuten knackte es in der Leitung, und Alain meldete sich: »Ich hoffe in deinem eigenen Interesse, Danielle, daß jedes noch so kleine Detail deiner Geschichte auf Wahrheit beruht. Sonst kannst du etwas erleben«, knurrte er sie ungehalten an.

Danielle, die den Hörer leicht schräg gehalten hatte, damit

Nicole mithören konnte, bekam einen knallroten Kopf. Sie fuhr sich nervös über die kurzen Haare. »Wenn auch nur ein Wort erfunden ist, kannst du mich ja verhaften lassen. Ihr steckt ganz schön in der Scheiße, würde ich sagen.«

»Würdest du bitte zur Sache kommen!« Alain hatte keine Lust, auch nur eine einzige Sekunde länger als unbedingt notwendig mit seiner ehemaligen Frau zu sprechen. Es war schwierig genug gewesen, die Trennung von ihr zu überwinden, und er wollte die alten Wunden nicht grundlos wieder aufreißen.

»Natürlich, du hast nicht viel Zeit! Du hast ja nie viel Zeit!« Danielle zeigte dem Telefonhörer ihren ausgestreckten linken Mittelfinger und schluckte ihren Ärger hinunter. Sie sah ihn vor sich, wie er in seinem Maßanzug hinter dem einfachen Schreibtisch saß und nervös mit dem Kugelschreiber auf die lederne Unterlage klopfte. Für dienstliche Angelegenheiten hatte er immer Zeit, für private nie.

»Es geht um eine Frau, die zwei Mordanschläge der Mafia überlebt hat«, begann sie dann mit bemüht ruhiger Stimme. »Ihr Name ist Nicole Aubert, sie arbeitet als Tänzerin in Paris, und bis vorgestern war sie die Geliebte von Eric Laborde, der dir zweifellos nicht ganz unbekannt ist. Von ihm hat sie eine Menge netter Dinge erfahren, die sie nun offensichtlich zu einer lästigen Mitwisserin machen.«

»Wo ist sie?« Die Stimme ihres Ex war noch emotionsloser als ihre eigene.

»Sie steht neben mir.«

»Gib sie mir, bitte!«

Danielle reichte den Hörer weiter, um nun ihrerseits an der schräggehaltenen Muschel zu lauschen.

Der erste Satz von Alain Jourdan war eine Frage: »Kennen Sie den vollständigen Namen unseres Staatsministers, Mademoiselle Aubert?« Von der richtigen Antwort darauf hing es ab, ob er sich auch nur einen Moment länger mit ihr beschäftigte.

»Eric Raymond Laborde de Chalier«, kam es wie aus der Pistole geschossen.

»Wann feiert er seinen Geburtstag?« Alain blieb weiter mißtrauisch, um einen möglichen Zufallstreffer auszuschließen.

»Am 28. September.« Nicole fühlte sich diesem Frage-und-Antwort-Spiel problemlos gewachsen, denn Eric hatte immer gern über sich gesprochen. Sie wußte, daß er an Katzenallergie litt und kein Geflügel mochte und daß er sich ausschließlich naß rasierte. Vermutlich wußte sie hundertmal mehr über ihn, als in Alains Akten stand.

Doch dieser schien bereits zufriedengestellt. »Würde es Ihnen etwas ausmachen, sich mit mir zu treffen, Mademoiselle?« schlug er nun bedeutend freundlicher vor. »Wo sind Sie im Augenblick?«

»In einem Hotel in Nizza.«

»Gut.« Er zögerte kurz. »Wenn Sie sofort losfahren, sind Sie in maximal einer Dreiviertelstunde in Monaco. Wir treffen uns vor dem Eingang des Wasserstadions. Danielle zeigt Ihnen den Weg.« Und ohne ihre Zustimmung abzuwarten, legte er den Hörer auf.

Die Finanzminister der Europäischen Union saßen in Brüssel zusammen und debattierten über den länderübergreifenden Geldverkehr. Unzählige Referentenrunden waren bereits vorausgegangen und hatten ihren Niederschlag in einem etwa zehn Zentimeter dicken Papierbündel gefunden, das heute vor jedem Minister lag.

Neben diesem gebundenen Werk befand sich jeweils ein zweites Buch, in dem die einzelnen Fachabteilungen der europäischen Finanzministerien ihrem jeweiligen Chef einen Leitfaden für den heutigen Tag an die Hand gaben.

Antoine Fortune, Mitglied der französischen Regierung und Dienstältester unter den anwesenden Ministern, sah mit Unbehagen auf das viele Papier. Seine eigenen Mitarbeiter hatten sich ziemlich zurückgehalten und ihn nur mit einem knapp fingerdicken Büchlein ausgerüstet, dessen wesentliche Passagen er mittlerweile auswendig kannte. Er wollte sich auf einige wenige klar umrissene Forderungen zurückziehen, die von einem Ausschuß unter der Leitung Marc Vandelins bereits vor Monaten zusammengestellt worden waren. Wie immer rechnete er damit, daß die französischen Positionen wegen ihrer gefälligen

Formulierungen auf allgemeine Zustimmung stießen und ohne große Diskussion angenommen wurden. Für Fortune stand außer Frage, daß ein Mann wie Vandelin, der aus dem Hintergrund heraus einen derartigen Einfluß auf diese Runde ausübte, für Frankreich nicht einmal mit Gold aufzuwiegen war.

Alain Jourdan war nicht anzusehen, welche Gefühle ihn beim Anblick seiner ehemaligen Frau bewegten. Es war eine böse Zeit gewesen, die ersten Monate nach der Trennung. Obgleich ihn Danielle, wie sie vor Gericht selbst sagte, während ihrer Ehe nach Strich und Faden betrogen hatte, suchte er lange Zeit die tiefere Ursache ihres Fehlverhaltens in seiner eigenen Person und machte sich deswegen heftige Selbstvorwürfe. Ein langer Kampf gegen wiederkehrende Depressionen und nächtliche Schweißausbrüche lag hinter ihm. Er hatte nach der Scheidung einige Pfunde abgenommen und sich seither noch tiefer in die Arbeit gestürzt, verwundet zwar, doch ungebeugt. Er hatte seinen Beruf, der ihn vollständig ausfüllte, und einen großen Bekanntenkreis, der ihm half, seine wenigen freien Stunden zu verbringen, mehr brauchte er im Augenblick nicht. Es gab auch keine neue Frau in seinem Leben. Wie er sich eingestand, lag dies wohl daran, daß er bei jeder neuen Bekanntschaft vergeblich die großen dunklen Augen Danielles mit den langen Wimpern und ihr quirliges, energiegeladenes Wesen suchte. Sie war eben in jeder Hinsicht einzigartig.

Alain sah sich als Gefangenen seiner Erinnerungen, als betrogenen Ehemann, der sich mit dem Verzicht notgedrungen abgefunden hatte. Und weil er fürchtete, daß sich bei einem Wiedersehen mit seiner großen Liebe die gewaltsam unterdrückten Gefühle wieder meldeten, hatte er jeden ihrer vielen Kontaktversuche entschieden zurückgewiesen. Bis heute, bis ihn seine Dienstpflichten dazu zwangen.

Ihre Begrüßung fiel förmlich aus, wenn auch nicht eisig. Sie schüttelten sich die Hände und deuteten zwei leichte Küsse auf die Wangen an. Wie gute Bekannte eben. Danach wandte er sich Nicole zu. Ein kritischer Blick in ihr Gesicht, und er war davon überzeugt, daß sich diese Frau nicht von Danielle benutzen ließ. Sie trat selbstbewußt auf und benahm sich wie jemand, der häufig vor großem Publikum stand. Ihre erkennbare Angst hatte sie im Griff. Er bereute nicht, hierhergekommen zu sein.

Sie hatten sich unmittelbar vor dem Eingang des Wasserstadions Rainier III. am Quai Albert 1er getroffen, an der Frontseite des Hafenbeckens. Hinter dem Stadion lagen große Luxusyachten, die träge in dem ruhigen Wasser vor sich hindümpelten; auf einigen von ihnen liefen ältere Männer in kurzen weißen Hosen und Kapitänsmützen herum. Philippinische Besatzungsmitglieder waren eifrig damit beschäftigt, angelaufene Messingteile zu polieren oder Taue auszutauschen.

Er sah sich um und deutete auf eine der Bänke bei dem Kinderkarussell, das unweit des Stadions aufgebaut war. »Ich schlage vor, wir setzen uns dort drüben hin. Im Freien spricht es sich besser als in meinem engen Büro.« Die geschäftigen Gänge des Hauptkommissariats, das stetige Klingeln der vielen Telefone und die stickige Luft waren nicht sonderlich geeignet, um vertrauliche Dinge offenzulegen, deshalb hatte er es sich zur Gewohnheit gemacht, so oft wie möglich in eine neutrale Umgebung auszuweichen. Von der Rue Suffren-Reymond Nummer 9, dem modernen Betongebäude der Zentrale, und seinem Büro, das auf die Rue Louis Notari hinabblickte, waren es nur wenige Schritte bis hierher.

Er setzte sich neben Nicole und zog seine Hosenbeine einige Zentimeter nach oben, um die messerscharfen Bügelfalten zu schonen. »Es wäre schön, wenn Sie mich als Freund betrachten könnten, Mademoiselle Aubert«, begann er dann. »Sie befinden sich in einer sehr ernsten Lage, und ich verfüge über alle Möglichkeiten, Ihnen in dieser Situation zu helfen. Seien Sie deshalb offen, und erzählen Sie mir alles, was Ihnen im Augenblick auf dem Herzen liegt. Erwähnen Sie aber bitte immer, wenn eine Ihrer Aussagen lediglich auf Schlußfolgerungen beruht. Wir sprechen hier über eine Person, die sehr einflußreich ist und uns unter Umständen eine Menge Schwierigkeiten bereiten kann.« Eine einzige falsche Aussage, so ergänzte er im stillen, ein winziger Fehler bei den Ermittlungen, und uns holt alle zusammen der Teufel. Trotz der ernsten Worte lächelte er ihr dabei aufmunternd zu.

Nicole spürte, daß Alain ehrlich interessiert an ihrer Geschichte war und beschloß endgültig, dem Ratschlag des Professors zu folgen und sich ihm anzuvertrauen. »Womit soll ich anfangen?« erkundigte sie sich deshalb.

»Wo Sie wollen.« Alain zog eine Schachtel Zigaretten aus der Tasche und bot sie beiden Frauen an. Nur Danielle bediente sich. »Wir befinden uns in keinem Verhör, und Sie allein bestimmen den Gesprächsverlauf, Mademoiselle Aubert.«

Also begann Nicole zu wiederholen, was sie bereits gestern dem Professor und Danielle erzählt hatte. Sie sprach leise und mit nicht allzu fester Stimme, teilweise ziemlich konfus, doch erstaunlich sachlich. Alain hörte ihr mit wachsender Aufmerksamkeit zu, und bereits nach wenigen Minuten wußte er, daß es tatsächlich eine gute Idee gewesen war, hierherzukommen. Nicole war imstande, ein Erdbeben auszulösen. Sein Mißtrauen gegen Laborde erwies sich damit als gerechtfertigt. Mit der Hilfe dieser jungen Frau konnte er sowohl seinen mächtigen Feind als auch Gitan in äußerste Bedrängnis bringen.

Dazu mußte er allerdings unkonventionell und entgegen jeglicher Vorschrift handeln. Um gegen Laborde zu ermitteln, bedurfte es nämlich des Einverständnisses des Fürsten, das mit Sicherheit nicht aufgrund der Aussage einer Nachtclubtänzerin zu erhalten war. Er würde hieb- und stichfeste Beweise verlangen, Fotos von Laborde und Gitan, weitere glaubwürdigere Aussagen. Alain sah sich in der paradoxen Situation, offiziell keine weitergehenden Ermittlungen anstellen zu dürfen, doch ohne die gelangte er wiederum nicht an die notwendigen Beweise, mit deren Hilfe er gegen Laborde vorgehen konnte. Die Katze biß sich also selbst in den Schwanz.

Er würde Paul und Fabrice, seine engsten Mitarbeiter, darauf ansetzen. Die beiden arbeiteten fleißig und effektiv und boten die sichere Gewähr dafür, daß niemand etwas erfuhr, bevor er den Fürsten zu einer legalen Untersuchung bewegen konnte. Bis dahin mußte Nicole auch auf einen offiziellen Schutz verzichten. Alain hielt es für sinnvoll, daß sie weiterhin das Zimmer in ihrem drittklassigen Hotel in Nizza behielt. Wenn sie das Negresco und seine Umgebung strikt mied, gab es nichts, was Gitans Killer auf ihre Spur bringen konnte.

Sie trennten sich kurz nach eins. Danielle schaffte es, zu ihrem tiefen Bedauern, bis dahin nicht, auch nur ein einziges Wort über ihr spezielles Anliegen vorzubringen.

Laborde wurde von Stunde zu Stunde nervöser. Er rief in immer kürzeren Abständen im Negresco an, um stets die gleiche negative Auskunft zu erhalten. Nur für den Fall, daß Nicole abgereist und wieder in ihre Pariser Wohnung zurückgekehrt sein sollte, versuchte er es auch dort regelmäßig vergeblich.

Von Gitan wußte er, daß seit dem mißglückten Mordversuch mit dem Wagen kein weiterer Anschlag auf das Mädchen unternommen worden war. Die Vorbereitungen für einen dritten Versuch liefen noch. Hatte Nicole Angst bekommen und war blindlings geflüchtet? Aber wohin sollte sie sich wenden? Sie besaß nur einige wenige Verwandte in Paris, die sie seit vielen Jahren nicht mehr gesehen hatte, und die Zahl ihrer Bekannten ließ sich an den Fingern einer Hand abzählen. Er fühlte sich immer unbehaglicher.

Hinzu kam, daß es Gitan mittlerweile egal war, auf welche Weise Nicole ums Leben kam. Laborde mußte also damit rechnen, daß demnächst irgendwo eine Mordkommission auf den Plan trat. Er hatte das Zimmer im Negresco zwar nicht auf seinen Namen reserviert, sich aber dort sehen lassen. Und Hotelangestellte hatten im allgemeinen ein erstaunlich gutes Personengedächtnis. Wenn Nicole weiterhin verschwunden blieb, nahm die Hotelleitung sicherlich in Kürze Kontakt mit der Polizei auf, um das spurlose Verschwinden einer jungen Frau zu melden, deren gesamtes Gepäck sich noch auf dem Zimmer befand. Daraufhin würde sowohl ihre als auch seine Personenbeschreibung festgehalten werden. Die Folge war, daß die Kriminalpolizei mit diesem Protokoll über alle notwendigen Hinweise verfügte, um die Identität der unbekannten Frauenleiche festzustellen, die zweifellos irgendwann einmal auftauchen würde. Und was dann geschah, konnte er sich lebhaft ausmalen.

Laborde war immer schon ein Mann der Tat gewesen, der nicht abwartete, bis sich die dunklen Wolken über seinem Kopf in einem Gewitter entluden. Gitan mußte in diesem Fall zusehen, er wollte selbst alle Spuren verwischen. Nicole durfte nicht länger Gast im Negresco bleiben. Wenn sie ganz offiziell an seiner Seite wieder abreiste, gab es keine Vermißtenanzeige und damit auch keinen Grund, eine unbekannte Leiche mit dem verschwundenen Gast des Nobelhotels in Verbindung zu bringen.

Er wollte in dieser heiklen Sache Claires Hilfe in Anspruch nehmen. Die geistigen Fähigkeiten dieser Frau waren dergestalt, daß sie irgendeine dürftige Geschichte als Erklärung akzeptieren und den Mund halten würde. Nur wenige Zentimeter kleiner als Nicole, hatte Claire etwa vier Pfund Lebendgewicht mehr auf den Rippen, doch ansonsten besaßen beide Frauen annähernd das gleiche Aussehen und die gleiche Frisur. Diese erstaunliche Ähnlichkeit war schließlich der einzige Grund, warum es Laborde riskiert hatte, sich mit einer Edelnutte zu treffen: Die ersten einsamen Tage im damals fremden Monaco hatten ihn vor einem Jahr in die Arme von ›Baccara‹ getrieben, der größten Escortagentur der ganzen Küste. Claire war ihm bei einer Party aufgefallen, und um sie zu buchen, mußte er sich an Madame Gisèlle wenden, die einen festen Platz in der gehobenen Gesellschaft von Cannes einnahm. Er gewöhnte sich schnell an Claire, sie war amüsant, unterhaltsam und in jeder Hinsicht erfahren. Mit ihrer Hilfe war er erfolgreich über den ersten Abschiedsschmerz hinweggekommen, auch wenn sie auf Dauer kein Ersatz für Nicole sein konnte. Schönheit ohne Klasse behagte ihm nicht.

Er entschloß sich, heute abend mit ihr ins Negresco zu gehen, um dort nach dem Abendessen im Chantecler einige Stunden auf Nicoles Zimmer zu verbringen und anschließend mit ihrem Gepäck zu verschwinden. Claire hatte Talent zur Schauspielerin, die Täuschung fiel sicher niemandem auf. Zehn Minuten später hatte er sie telefonisch überredet, daß er sie um acht Uhr in ihrer Wohnung in Cimiez abholte. Einem Mann wie ihm schlug man auch spontane Wünsche nicht ab.

Nachdem er eine Lösung für dieses Problem gefunden hatte, konnte er sich einem anderen, wesentlich komplizierteren zuwenden. Ein Gespräch mit dem Fürsten stand bevor, und er mußte sich darauf vorbereiten. Viel mußte er ihm heute nicht berichten, denn der Fürst würde nicht mehr lange genug leben, als daß es notwendig war, mit ihm über die vielen bevorstehenden Veränderungen zu reden. Nach seinem überraschenden Tod am Samstag würde man die Pläne als seinen Letzten Willen ausgeben und, angeblich in seinem Sinne, realisieren. Laborde wollte persönlich darüber wachen, daß die Neuerungen ›den Geist des Fürsten atmeten‹, wie Gitan es so treffend formulierte, auch wenn sie seinen tatsächlichen Wünschen völlig widersprachen.

Er mußte an seinem Konzept noch etwas feilen. Die Sorgen von vorhin waren verschwunden, Laborde widmete sich dieser Aufgabe so konzentriert wie immer.

Professor Rosbigalle betrachtete interessiert durch das Seitenfenster des nachtschwarzen Jaguar mit den cremefarbenen Ledersitzen die vorüberziehende Landschaft. Er hatte immer schon davon geträumt, Südfrankreich zu sehen. Den veilchenblauen Himmel sehen, die Krüppeleichen und Pinien, deren Wurzeln sich mit unglaublicher Kraft in den karstigen Boden krallten, die duftenden Lavendelfelder, deren igelförmige Buckel sich in langen Reihen bis zum Horizont zogen, den Geruch von Thymian und Oregano um alte verwitterte Häuser, Inspiration für so manchen berühmten Maler der Geschichte.

Trotzdem war er ein klein wenig enttäuscht, denn schon nach den ersten Blicken aus dem Flugzeugfenster erkannte er, daß sein Bild von Südfrankreich mindestens zwei Generationen alt war und mit der Realität nichts mehr gemeinsam hatte. Nizza kam ihm ebenso geschäftig und asphaltiert vor wie Paris, einzelne Palmen auf den Verkehrsinseln ausgenommen. Schmutz, abgerissene Straßenhändler und Häuser in allen Stadien des Verfalls fanden sich hier wie dort.

Auch der Verkehr schien ihm nicht viel anders. Nur die Cabrios, deren junge Fahrerinnen ihre Haare im Wind flattern ließen, belebten das Straßenbild zusätzlich. Ihm fielen die vielen italienischen Kleinwagen auf, die rasenden Kühlschränken ähnelten, und die vereinzelten Luxuskarossen, deren Lackierungen reflektierenden Spiegeln glichen.

Alfred war wie versprochen zum Flughafen gekommen, um ihn pünktlich vom *Air-Inter*-Morgenflug abzuholen. Fast hätte Rosbigalle seinen ehemaligen Assistenten nicht mehr wiedererkannt, denn aus dem stämmigen jungen Burschen von damals war ein kettenrauchender alter Mann geworden, der schwer atmete und sich nur sehr langsam bewegte. Das herzliche Lächeln auf seinem Gesicht überzeugte Rosbigalle jedoch, daß die wenigen Worte am Telefon tatsächlich keine Floskeln waren. Alfred freute sich außerordentlich darüber, ihn zu sehen, und er umarmte ihn mit ausgesprochener Herzlichkeit.

»Sie glauben gar nicht, Professor, wie glücklich Sie mich durch Ihren Besuch machen.« Er fingerte dabei ein Päckchen Zigaretten aus der Hemdtasche und schob sich eine davon zwischen die Lippen. Rosbigalle hatte bereits dankend abgelehnt. »Endlich kann ich meiner lieben Florence den Mann vorstellen, der mein ganzes Denken und Handeln geprägt hat. Ich hoffe nur, Professor, Sie bleiben lange genug, daß wir viel miteinander reden können. Ich habe zwar im Moment eine Menge zu tun, doch für Sie bringe ich alle Zeit der Welt auf.«

Während sie voneinander erzählten, gingen sie eingehakt zum Laufband, um den Koffer des Professors zu holen, und verließen dann das Ankunftsgebäude für Inlandsflüge. Sie steuerten auf den Jaguar zu, der im absoluten Halteverbot wartete, nur wenige Schritte entfernt. Während des Einsteigens grinste Alfred von einem Ohr zum anderen. »Ich habe mir übrigens erlaubt, einige Flaschen Château Margaux in meinem Weinkeller einzulagern, die in Ihrem Geburtsjahr abgefüllt wurden. Wir werden sie in den nächsten Tagen allesamt köpfen und mit viel Genuß trinken, Professor, das verspreche ich Ihnen.«

Noch im Flugzeug hatte Rosbigalle nach längerem Nachdenken seine spärlichen Erinnerungen an Alfred zusammengetragen. Ein nicht übermäßig begabter junger Mann, der seine unzureichende Intelligenz nur mühsam durch enormen Fleiß ausglich. Mehr war ihm nicht eingefallen. Wie schon so häufig, bedauerte der alte Mann sein immer schlechter werdendes Gedächtnis, das so vieles vernachlässigte, was nicht unmittelbar mit seiner augenblicklichen Arbeit zusammenhing. Bevor er sich auf einen Austausch ihrer Erinnerungen einließ, mußte er Alfred um einige Stichworte bitten.

Angesichts der herzlichen Begrüßung war es ihm beinahe peinlich, eigentlich nur gekommen zu sein, um einem jungen Mädchen zu helfen. Er hatte nicht geahnt, daß die regelmäßigen Einladungen seines früheren Assistenten so ernst gemeint waren. »Sie müssen meine Reiseunlust schon entschuldigen, Alfred«, bekannte er deshalb verlegen, während sie die Autoroute in westlicher Richtung entlangfuhren. Die charakteristischen segelförmigen Hochhäuser von Cagnes-sur-Mer zogen an ihnen vorüber. »Aber mein Schreibtisch übt eine derartige Faszination auf mich aus, daß ich nur sehr schwer von ihm wegkomme. Verstehen Sie, was ich meine?«

»Aber natürlich, Professor«, versuchte Alfred zu entkräften. »Wenn jemand so mit seiner Arbeit verbunden ist wie Sie, hat er für Müßiggang nicht viel übrig.«

»Trotzdem sollte man sich nicht zu wichtig nehmen«, entgegnete Rosbigalle. »Papst Johannes der Dreiundzwanzigste hat das einmal gesagt, ein wirklich gescheiter Mann. Wissen Sie, mein Junge, je älter ein Mensch wird, desto stärker wächst in ihm die dumme Überzeugung, daß es einzig und allein der eigene Geistesbeitrag ist, der die Welt am Drehen hält. Man will einfach noch nicht aufhören, nach den verborgenen Schaltern zu suchen, mit denen sich heraufziehende Katastrophen abwenden lassen, und arbeitet eher mehr als weniger. Nur sehr schwache oder sehr starke Menschen kommen zu der Einsicht, sich irgendwann einmal entspannt zurückzulehnen und damit mehr oder weniger erstaunt festzustellen, daß alles weiterläuft wie bisher. Wenn es mich nicht mehr gibt, wird die Welt der französischen Wissenschaft nicht untergehen, ja, sie wird meinen Abschied nicht einmal bemerken. Ich habe meinen Beitrag längst geleistet, auch wenn ich mir durch einige kleine Artikel auch heute noch das Gefühl gebe, weiterhin etwas Vernünftiges zu tun.« Dabei starrte er nachdenklich aus dem Fenster und dachte an Nicole. Er zweifelte plötzlich daran, ihr helfen zu können. Vielleicht wäre er doch besser in Paris geblieben.

Die Fahrt führte sie durch Antibes nach Cap d'Antibes, der vielleicht weltweit größten Ansammlung von Luxusresidenzen und Milliardärsvillen. Sie fuhren durch enge Straßen mit hohen Mauern, überragt von den Kronen uralter Platanen und Pinien, an elektronisch gesteuerten Toren vorbei. Kilometerlange Mauern, die riesige Besitztümer hermetisch von der Außenwelt abriegelten.

Ein gigantisches schmiedeeisernes Tor am Ende der engen Straße öffnete sich automatisch, als der Wagen noch fünfzig Meter entfernt war. Dahinter lag ein langer, leicht geschwungener Kiesweg, der neben knorrigen Kastanienbäumen und üppigen Bougainvillea-Kaskaden vorbei an romantischen Teichen und Brunnen in griechischem Stil einige hundert Meter durch den traumhaften Park führte.

Alfred hatte sämtliche Fenster per Knopfdruck heruntergefahren und rollte jetzt im Schrittempo. Blütenduft zog in den Wagen, vermischt mit der Luft des Meeres.

Rosbigalle kam aus dem Staunen kaum mehr heraus. Ehrfürchtig wie ein Kind betrachtete er die luxuriöse Pracht, die ihn umgab. Überall Bougainvillea, alarmrot aus dem grünen Dschungel leuchtend, dann wieder offene Lichtungen mit Beeten voll von Rosen und Orchideen. Ein Wasserfall plätscherte eine Felsengruppe herab, halb verdeckt von indischen Feigenbäumen mit riesigen Blättern. Daneben Schlüsselblumen, weiße Hyazinthen, abgelöst von rosa Camelienbüschen, roten Azaleen und Jasmin.

Der Kiesweg endete in einer Kurve vor einem Gebäude von mindestens einhundert Metern Länge, zusammengesetzt aus verschiedenen zwei- oder dreistöckigen Einzelbauten. Den Hauptbau schmückten hohe maurische Bogengänge, dazwischen florentinische Marmorsäulen und venezianische Halbarkaden. Der Stil des Gebäudes, Fachleute bezeichneten ihn als anglo-mauresque, war die bevorzugte Bauweise reicher Engländer um die Jahrhundertwende, die in den milden Wintern der Côte d'Azur vom Orient träumen wollten.

In der holzgetäfelten Empfangshalle kam ihnen Florence, Alfreds Frau, lächelnd entgegen und schüttelte dem Professor so vorsichtig die Hand, als ob sie fürchtete, ihm andernfalls den ganzen Arm abzubrechen. »Ich weiß gar nicht, was ich sagen soll«, sprudelte es aus ihr heraus. »Mit dem, was mir Alfred in den langen Jahren unserer Ehe über Sie erzählt hat, könnte man eine ganze Bibliothek füllen. Er wird nicht müde, aus Ihren Büchern zu zitieren und von Ihren Vorlesungen zu schwärmen.« Sie hob schalkhaft den Zeigefinger. »Er konnte sich sogar noch daran erinnern, daß Sie leidenschaftlich gerne Mousse au chocolat essen, und ich habe deshalb unsere Köchin angewiesen, sämtliche Varianten davon zuzubereiten, die sie kennt. Wenn es Ihnen recht ist, probieren Sie nach Tisch von jeder ein wenig, und die, die Ihnen am besten schmeckt, bekommen Sie dann jeden Tag, einverstanden?«

Rosbigalle wurde ganz verlegen angesichts soviel Freundlichkeit, und es dauerte einige Augenblicke, ehe er die passenden Worte fand: »Ich freue mich wirklich, wenn sich Alfred gern an unsere gemeinsame Zeit erinnert«, nickte er dankbar. »Aber mir ist es offen gestanden ein wenig peinlich, wenn ein derartiger Aufwand um mich getrieben wird. Ich bin ein alter Mann, Madame, und habe keine großen Ansprüche.« Er bewunderte die Wurzelholzintarsien des Parkettbodens, die teilweise durch ungewöhnlich farbige chinesische und persische Teppiche verdeckt wurden.

»Sie sollen sich bei uns wohl fühlen«, widersprach Florence und drehte sich ein wenig, damit ihr kaum einssechzig großer, doch mehr als zweihundert Pfund schwerer Körper nicht ganz so voluminös wirkte. Sie trug ein maßgeschneidertes blaues Kostüm, das ihrer Figur schmeichelte. Ihre Erscheinung war sehr gepflegt, kurzgelockte Haare, wenig Make-up. Als einzigen Schmuck trug sie eine schlichte, aber makellose Perlenkette und ihren Ehering. Rosbigalle fand sie auf Anhieb sympathisch.

Der untersetzte Diener in anthrazitfarbener Hose, passender Weste, weißem Hemd und Fliege, der vorhin den Koffer des Professors aus dem Wagen geholt hatte, trat jetzt leise näher. Florence wandte sich ihm zu. »Was gibt's, Sérgio?«

»Das Gepäck des Herrn Professor befindet sich auf seinem Zimmer.«

Sie sah Rosbigalle fragend an. »Ich kann verstehen, wenn Sie sich zuerst einige Minuten von den Strapazen der Reise erholen möchten, Professor, ehe Sie mit Alfred Erinnerungen austauschen. Wenn Ihnen von dem ungewohnten Sitzen im Flugzeug der Rücken weh tut, empfehle ich Ihnen Sérgio. Er ist gelernter Masseur und weiß genau, wie fest er zugreifen darf. Sie können sich ihm bedenkenlos anvertrauen.«

Rosbigalle wurde es nun beinahe schwindlig. Ein Masseur? Er hatte sich noch nie massieren lassen. »Uh – nein, danke!« stotterte er verblüfft. »Ein wenig frisch machen, ja, aber nicht massieren, das ist nicht nötig!«

Sérgio nickte verständnisvoll. »Aber natürlich, Professor Rosbigalle. Ganz wie Sie wünschen. Ich werde alles vorbereiten. Bitte gedulden Sie sich noch einen Moment.«

Während er sich umdrehte und steif davonschritt, trat ein junges hübsches Mädchen in einem aprikotfarbenen kurzen Kleid heran. Sie trug ein Silbertablett mit drei Champagnergläsern.

»Vielen Dank, Palmira.« Florence nahm zwei der Gläser und reichte eines davon Rosbigalle, Alfred nahm sich das dritte. »Wir lassen Sie selbstverständlich nicht auf Ihr Zimmer gehen, ehe wir nicht auf Ihren Besuch angestoßen haben.« Sie hielt dem Professor ihr Glas hin, und er stieß mit seinem leicht dagegen, dann gegen Alfreds.

Nachdem Rosbigalle ehrfürchtig an seinem Glas genippt hatte und den herben, prickelnden Geschmack des edlen Getränks auf seiner Zunge spürte, überwältigte ihn die Freude. Seine Augen begannen, feucht zu werden. »Ich danke Ihnen beiden sehr herzlich für den unglaublichen Empfang, den Sie mir altem Knaben bereitet haben«, flüsterte er, und seine Finger spielten verlegen am Stiel des Champagnerglases. »Eigentlich hatte ich angenommen, daß es auf der Welt nicht mehr allzuviel gibt, was mich aus der Fassung bringen kann, aber ich muß zugeben, mich getäuscht zu haben. Nietzsche hat also doch recht, wenn er schreibt, daß die wertvollsten Einsichten am spätesten gewonnen werden.«

Sie lachten und unterhielten sich noch einige Minuten, ehe Sérgio zurückkehrte und abwartend stehenblieb. Als Rosbigalle sein Glas geleert hatte, nahm es ihm Florence mit einem kleinen Lächeln ab. »Sérgio zeigt Ihnen jetzt Ihr Zimmer, Professor, und wir würden uns freuen, wenn wir Sie um eins zu einem leichten Mittagessen auf der großen Terrasse erwarten dürften. Für die Zeit Ihres Aufenthalts wird Ihnen rund um die Uhr ein Bediensteter zur Verfügung stehen, Sérgio macht für heute den Anfang.« Sie gab ihrem Gast noch einmal lächelnd die Hand. »Bitte, fühlen Sie sich bei uns ganz wie zu Hause.«

Rosbigalle bedankte sich und folgte Sérgio auf einer kunstvoll geschnitzten Treppe in das erste Stockwerk. Der Weg führte sie durch einen langen, vielfach gewundenen Gang, über dicke Teppiche und unter kostbaren Kristallüstern entlang. Einige der Bilder an den Wänden kamen dem alten Mann bekannt vor. Renoir hing hier neben Matisse, Dufy und Chagall. Und immer wieder venezianische Mosaikbilder und Porzellanfiguren aus der Quing-Dynastie.

Für seinen Aufenthalt war eine Zimmerflucht an der Südseite vorgesehen, vier prächtige Zimmer. Zuerst kam ein Aufenthaltsraum von wenigstens fünfzig Quadratmetern, eingerichtet mit Sesseln aus der Zeit Ludwigs XV. Dann ein holzgetäfelter Arbeitsraum mit einem kleinen Schreibtisch und Regalen voller Bücher. Anschließend ein Schlafzimmer, in dem ein Baldachinbett stand und ein Kronleuchter aus Murano-Glas hing. Der letzte Raum war das Badezimmer, das erst recht alles in den Schatten stellte, was der alte Mann jemals gesehen hatte. Handgearbeitete, hellbraune Terrakottafliesen verliehen dem riesigen Raum eine provençalische Atmosphäre. Bademöbel aus altem Pinienholz, eine Badewanne mit den Ausmaßen eines kleinen Schwimmbeckens – Rosbigalle kam aus dem Staunen nicht mehr heraus.

Sérgio erkundigte sich vorsichtig, ob der Professor vielleicht ein Bad zur Entspannung nehmen wollte. Rosbigalle zögerte zuerst, doch dann nickte er. Wenn es das Schicksal so gut mit ihm meinte, warum sich dagegen auflehnen?

Er verbrachte eine herrliche Viertelstunde im Wasser. Sérgio, der ihn dabei keine Sekunde lang aus den aufmerksamen Augen ließ, sorgte dafür, daß die Wassertemperatur stets konstant bei angenehmen 36 Grad blieb und anschließend ein riesiges weißes Frotteehandtuch bereitlag. Und obgleich Rosbigalle es vorhin noch so vehement abgelehnt hatte, ließ er sich anschließend doch von ihm zu einer kleinen Massage überreden. Er genoß es in vollen Zügen.

Dann legte er sich in das Baldachinbett, um einige Minuten auszuruhen. Wie viele alte Menschen schlief er normalerweise schlecht ein. Doch heute verschlief Rosbigalle das Mittagessen, und Alfred und Florence waren so rücksichtsvoll, ihn nicht wecken zu lassen.

16

Ebenso wie Tourballe, aber ohne daß dieser etwas davon wußte, war auch Bruno Calvet in Marseille unterwegs. Wie die meisten führenden Männer der Mafia besaß auch er eine Wohnung in der umtriebigen Hafenstadt, etwas außerhalb in Septemes-les-Vallons, nahe der Mülldeponie, doch er hielt sich hier nicht oft auf. Nur wenn es die Geschäfte erforderten. Wegen heftiger Machtkämpfe zwischen rivalisierenden alteingesessenen Familien kam dies in letzter Zeit zwar häufiger vor, doch Calvet zweifelte nicht daran, daß er die feindlichen Parteien in Kürze wieder miteinander versöhnen konnte. Als Schlichter akzeptierten ihn alle Seiten ebenso wie als Trinkgefährten für ausgelassene Abende. Calvet war beliebt in Marseille, und wenn es um Gitans Nachfolge gehen würde, brauchte er hier nicht viel für sich zu werben.

Auch in dieser Nacht hatte er wieder mit einflußreichen Freunden zusammengesessen und feuchtfröhliche Kontaktpflege bis in den Morgen hinein betrieben. Damit ihm die Männer hier weiterhin aus der Hand fraßen, verzichtete Calvet gern auf die ein oder andere Stunde Schlaf. Es würde die Zeit kommen, in der sich diese Mühe auszahlte.

Einigermaßen verkatert schlenderte er nun über den Boulevard d'Athènes zur Canebière, der schnurgraden Hauptachse der Stadt, die sich mit leichtem Gefälle einer breiten und regelmäßigen Prachtstraße gemäß zum Alten Hafen hinunterzog, um zum ›New York‹ zu kommen, seinem Lieblingscafé in der Stadt. Er kam immer hierher, wenn er nach einer langen Nacht noch nicht gleich in seine Wohnung zurückwollte, denn hier traf sich alles, was Rang und Namen hatte. Von einigen Nachbartischen wurde ihm freundlich zugenickt. Freunde, mit denen er hin und wieder gemeinsam auf den Rängen des Stade du Vélodrome stand und Olympique Marseille anfeuerte. Wenn er sich unterhalten wollte, brauchte er nur zu winken, und schon würden sich einige von ihnen an seinen Tisch setzen, um einige Runden Belote zu spielen. Doch heute hatte er keine Lust auf ihre Gesellschaft, er war zu müde.

Während er seinen heißen Kaffee schlürfte, musterte Calvet gelangweilt die vorüberschlendernden Passanten. Touristen, die neugierig waren, ob die Schauergeschichten über das Hafenviertel der Wahrheit entsprachen; Obdachlose auf der Suche nach jemandem, der ihnen die nächste warme Mahlzeit oder ein Glas Pastis spendierte; Matrosen, deren Schiffe wegen der hohen Gebühren kaum lang genug im Hafen lagen, daß sie sich einen ordentlichen Rausch antrinken konnten; Hafenarbeiter, die nachsehen wollten, ob Container und Portalkrane ihnen noch immer die Arbeit wegnahmen; Huren mit schwarzgefärbten Haaren und knappen Ledermiedern in Einheitsstöckelschuhen, deren messerscharfe Metallabsätze im Notfall zur Verteidigung dienten. Eine bunte Welt.

Er drehte den Kopf hinunter zum Hafen. Vorn an dem Quai des Belges standen die Fischweiber und verkauften ihre letzten Reste fangfrischen Meeresgetiers. Jede von ihnen schien kräftig genug, um ihre Tageseinnahmen notfalls allein gegen die Gruppen herumlungernder Junkies verteidigen zu können. Ihre lauten Stimmen waren noch in weiter Entfernung klar vernehmbar. Wer in dieser Stadt fluchen lernen wollte, brauchte sich nur einen Vormittag lang zu ihnen zu setzen. Die Luft roch nach Salz und Diesel, ein wenig Fisch mischte sich darunter, außerdem Frittierfett und Saharasand, der vom Mistral über das Mittelmeer geblasen wurde.

Als er gerade den letzten Schluck aus seiner Tasse getrunken hatte und gehen wollte, fiel sein Blick auf die junge Frau am

Tisch nebenan. Knapp über Dreißig, tadellose Figur, hübsches Gesicht, graue Augen. Die pechschwarzen Haare endeten in Höhe der Ohrläppchen, ihre nach vorn geschwungenen Haarspitzen pendelten wie nadelscharfe Dolche unmittelbar neben den Mundwinkeln. Sie trug lange Hosen mit hoher Taille und eine dünne knallenge Bluse, unter der sich ein schlanker Körper abzeichnete. Calvet war augenblicklich interessiert.

Er beobachtete sie einige Zeit, während sie, vertieft in einen Roman von Maupassant, von Zeit zu Zeit an einem Glas Mineralwasser ohne Kohlensäure nippte. Er stufte sie als Lehrerin ein, literaturbegeistert und Mitglied bei SOS Racisme. Er kannte diese Sorte Frauen. Wenn man sich intellektuell gab und es einigermaßen geschickt anstellte, gingen sie hauptsächlich deswegen mit einem ins Bett, weil sie herausfinden wollten, ob man tatsächlich die Monologe aus Corneilles Tragödien auswendig rezitieren konnte. Er befand, daß sie einen Versuch wert war. Auf einige Stunden kam es ihm heute nicht an.

»Wie kann man sich nur in eine erfundene Geschichte flüchten, wenn man sich in einer Stadt wie Marseille aufhält, wo die Zeitungen voll mit den absonderlichsten Berichten sind?« stichelte er in Richtung der Maupassant-Leserin und bemühte sich, seinen Blick dabei nicht allzu taxierend wirken zu lassen. Er mußte diese Frau bekommen.

Sie sah überrascht auf. »Gerade weil die Gegenwart so gewalttätig ist, macht es von Zeit zu Zeit Spaß, in eine andere Welt zu entfliehen«, erwiderte sie schließlich nach kurzer Überlegung, und bemühte sich dabei vergeblich, eine Haarsträhne hinter das rechte Ohr zu schieben.

»Sagen Sie bloß, in Ihren Büchern gibt es keine Verbrechen, keine Toten. Lesen Sie nur Liebesromane?« Milder Spott reizte meist zum Widerspruch, so lautete eine alte Erfahrung Calvets.

Doch sie wollte nicht streiten. »Auch, aber nicht nur«, antwortete sie deshalb ausweichend.

»Trotzdem sind es Traumwelten, in die Sie sich flüchten«, stellte er provozierend fest.

Sie lächelte. »Ich liebe die kluge Ordnung, nach der eine fiktive Handlungsabfolge aufgebaut ist. In der Realität geschieht beinahe alles eher zufällig, da herrscht für meinen Geschmack zuwenig Logik.«

Eine halbe Stunde und zwei Tassen Kaffee später hatten sie sich einander als ›Bruno‹ und ›Vivienne‹ vorgestellt, Geschäftsmann der eine, städtische Angestellte die andere, beide ungebunden und zu gemeinsamen Abenteuern bereit.

Sie nahm eine Zigarette und ließ sich Feuer geben. »Ich habe Sie für eine Lehrerin gehalten«, gestand Calvet. »Vormittags Latein und Griechisch, nachmittags Geschichte.«

Vivienne lachte auf. »Ein Kompliment ist das aber nicht gerade. Sie sollten sich in der Beurteilung von Frauen noch ein wenig üben.«

Nachdem sie ausgetrunken hatten, zahlte Calvet für beide, und sie verließen gemeinsam das New York.

In der Rue du Quatre Septembre im 2. Pariser Arrondissement, unweit der Kulturtempel des Palais Garnier und der Opéra Comique, trat um Punkt ein Uhr der Vorstand der traditionsreichen Banque de Parisienne zusammen.

Das drittgrößte französische Kreditinstitut war seit den militärischen Abenteuern Napoleons III. an allen wesentlichen staatlichen Vorhaben führend beteiligt. Stahl- und Tuchkaufleute hatten es einst gegründet, um ihre Einnahmen selbst zu verwalten. Das Unternehmen erwies sich rasch als erfolgreich, nicht zuletzt, weil sie von Anfang an nicht auf erstklassige Experten verzichteten, die für viel Geld von anderen Banken abgeworben wurden.

Die Zentrale der Bank residierte seit 1878 in dem wundervollen Geschäftsgebäude in der Rue du Quatre Septembre, das der berühmte Baron Haussmann erbaut hatte, von dem auch der Hauptsitz der Crédit Lyonnais an der Ecke zum Boulevard des Italiens stammte.

Da sich der Eigentümerkreis in den folgenden Jahrzehnten immer weiter ausdehnte, sahen sich die jeweils Herrschenden der verschiedenen Republiken nie vor das Problem einer zu einflußreich werdenden Familie gestellt, was die Bank deshalb vor den immer wieder auftretenden Privatisierungsgelüsten glücklich verschonte. Unter de Gaulle fanden zwar einige halbherzige Versuche statt, durch den staatlichen Erwerb eines namhaften Anteils am Aktienkapital einen gewissen Einfluß auf die Geschäftspolitik auszuüben, was allerdings durch einige geschickte Schachzüge des damals amtierenden Vorstands verhindert werden konnte.

Der Hintergrund dafür, warum man heute zusammenkam, war Insidern seit langem bekannt: Das Finanzministerium wollte mehr Kontrolle über den heimischen Finanzmarkt, um sich damit auf die europäische Währungsunion vorzubereiten, und suchte dazu nach willigen Helfern.

Als gute Demokraten teilten die Bankiers zwar die Ziele der Politiker, wenngleich sie als Verantwortliche für ein Institut mit Tradition und der Verpflichtung, Geld zu verdienen, insgeheim skeptisch waren.

Es gehörte zum Zeremoniell der traditionsreichen Großbank, daß sich der Vorstand im alten Salon der Gründerväter versammelte. Man saß dort noch auf den gleichen weichgepolsterten Mahagonistühlen im Stil der Directoire-Zeit und stützte die Arme an dem abgenützten Mahagonitisch auf, starrte wie eh und je auf die kostbaren Poussin-Gemälde von der Eroberung Jerusalems, und erhielt den Kaffee im gleichen Sèvres-Porzellan auf einem von Saunier gestempelten ovalen Serviertisch angerichtet, dessen Gegenstück bei einer Auktion im Hôtel Drouot erst wenige Monate zuvor für die stolze Summe von 200 000 Francs erworben werden konnte.

Im Gegensatz zu soviel Tradition steht die in den achtziger Jahren von Ricardo Bofill erbaute technische Zentrale der Bank im Viertel La Défense. Sie atmete den Geist der neuen Zeit und schmückte seither die Vorderseiten der in alle Welt verschickten Geschäftsberichte. Der moderne Glaspalast mit seinen neunzehn Stockwerken war ebenso wie die überwiegende Zahl der Geschäftsstellen von führenden Designern entworfen worden, um den Anspruch des Instituts zu unterstreichen, eine der herausragenden Banken Europas zu sein, modern und kundenfreundlich. Nichts versinnbildlichte dies besser als Chrom und Glas.

In dem alten Haus an der Rue du Quatre Septembre blieben lediglich der Vorstand und die Abteilungen für Unternehmensplanung und Strategie, insgesamt weniger als dreihundert Beschäftigte. Trotzdem lag hier das Herz der Banque de Parisienne, eines Unternehmens, das ungeachtet seiner modernen Geschäftsphilosophie Ehrfurcht vor seiner eigenen Geschichte demonstrierte.

Vor diesem Hintergrund lag es nahe, daß ein Nobelinstitut wie die 1863 beim Casinobau gegründete Crédit Meditérané de Monaco, in einer Phase der Schwäche kurz nach dem Krieg, ausgerechnet die Banque de Parisienne als starken Partner gewählt hatte. Hier arbeiteten zwei wesensverwandte Geldhäuser zusammen, die beide im Laufe ihrer Geschichte, trotz mancher Unterschiede in Auftreten und Kundenkreis, eine einheitliche Denkweise entwickelt hatten. Sie achteten auf Sachlichkeit und Diskretion, und darauf, daß die Vorsicht stets den Vorrang vor dem Wagemut besaß. Nach Meinung der Aktienanalysten machte sie das zu Perlen von besonderer Güte, die auf dem Pariser Börsenparkett einzigartig dastanden.

Entsprechend viel Aufmerksamkeit erregte daher die Ernennung eines neuen Direktors bei der Crédit Meditérané. Seine Neubesetzung war noch immer jeder Wirtschaftszeitung in Europa eine längere Erwähnung wert, und alles, was im Fürstentum Rang und Namen hatte, registrierte den neuen Namen und den mit ihm verbundenen Lebenslauf mit größter Aufmerksamkeit. Die Crédit Meditérané hielt sich für die Existenz des kleinen Fürstentums zu Recht für mindestens ebenso wichtig wie die Atemluft oder das Meer. Kein anderes Institut auf der ganzen Welt machte vergleichbar hohe Umsätze mit so wenigen Kunden. Es wurde daher in persönlicher wie auch in geschäftlicher Hinsicht ein betont konservativer Mann gesucht, unter keinen Umständen eine Frau, selbstverständlich ein Franzose, vielleicht mit grauen Schläfen. Und nach Möglichkeit aus einer Familie, die seit der fünften Generation im Bankgeschäft tätig war.

Obgleich Valentin Pasternak die letztgenannte Anforderung nicht erfüllte, ruhten die Augen sämtlicher Vorstandsmitglieder

der Banque de Parisienne mit Wohlwollen auf der Gestalt des schlanken Mannes, der mit einundvierzig Jahren verhältnismäßig jung für die ihm zugedachte Position war.

Der Großvater Pasternaks entstammte einer traditionsreichen russischen Familie des Großbürgertums, die über viele Jahrhunderte hinweg den Zarenhof mit repräsentativem Mobiliar belieferte und dafür ein ganzes Netz an Kontakten quer durch Europa unterhalten hatte. Nachdem er von St. Petersburg nach Frankreich geflohen war, entwickelte sich der junge Emigrant Pasternak innerhalb weniger Jahre zu einem der angesehensten Antiquitätenhändler Frankreichs. In der zweiten Generation begann die Familie damit, exklusive Möbeln nach historischen Vorbildern zu fertigen, um damit viele offizielle und repräsentative französische Gebäude auszustatten. Auch der Stammhalter der dritten Generation führte die Geschäfte mit geschickter Hand fort, allerdings nur unter der Bedingung, die Verantwortung mit seinem um viele Jahre jüngeren Stiefbruder niemals zu teilen. Viktor Pasternak war deshalb notgedrungen auf ein anderes Betätigungsfeld ausgewichen und hatte dort, mit dem familieneigenen Geschäftssinn, schnell eine glänzende Karriere aufgebaut.

Heute war sein großer Tag. Die Ernennung zum Präsidenten der Crédit Meditérané erfolgte ebenso unspektakulär wie die Aufnahme in den Vorstand der Banque de Parisienne. Lucien Galvois, Président Directeur Gènèrale und, in Personalunion, gleichzeitig Verwaltungsratsvorsitzender des Instituts, verlas die beiden Ernennungsurkunden und wartete, bis die übrigen Vorstandsmitglieder ihre Zustimmung durch freundliches Nicken kundgetan hatten. In diesem Gremium wurde Beifall verhalten ausgedrückt; selbst bei der Bekanntgabe des besten Geschäftsergebnisses der Geschichte vor neun Jahren hatte keiner begeistert geklatscht. Das Gremium hatte sich am Tag zuvor ohne Gegenstimme auf Pasternak geeinigt, nun lag es an ihm, das entgegegengebrachte Vertrauen zu rechtfertigen.

Das neue Vorstandsmitglied erwies sich als gründlich informiert über die Gepflogenheiten seiner neuen Kollegen und zeigte beinahe ebensoviel Gelassenheit wie diese. Er dankte in einer bescheidenen Rede für die Auszeichnung und versprach, die kontinuierliche Aufwärtsentwicklung der letzten Jahre fortzusetzen. Er leitete dann zum wachsenden Stellenwert des Finanzplatzes Monaco im geeinten Europa über und kündigte zahlreiche Initiativen an, mit deren Hilfe die Bank von dieser Entwicklung profitieren sollte.

Das wohlwollende Nicken seiner Kollegen an dieser Stelle seines freien Vortrags kam planmäßig, nach seinem persönlichen Drehbuch folgte nun der Zeitpunkt der Überraschung. »Wie Sie alle wissen, verfüge ich durch meine Familie über vielfältige Kontakte in die Politik«, deutete er mit einem feinen Lächeln an. »Insbesondere der Staatssekretär im Finanzministerium, Marc Vandelin, gehört zu meinem engsten Bekanntenkreis. Derartige Verbindungen werden unserem Institut künftig einen nicht zu verachtenden Wettbewerbsvorteil gegenüber den Mitbewerbern verschaffen.«

Der hagere Mann mit den streng gescheitelten Haaren, der randlosen Brille und dem glattrasierten Gesicht sah sich aufmerksam um. Er trug die übliche Uniform eines leitenden Bankers – Anzug von Burberry's, Krawatte von René Lezard und Schuhe des englischen Hoflieferanten John Lobb für zwölftausend Francs das Paar, und er sah gut darin aus. »Natürlich haben Sie alle die Gerüchte gehört, die im Umlauf sind, ich weiß allerdings von Vandelin persönlich, daß das Finanzministerium tatsächlich überlegt, ob es vorteilhaft für Frankreich wäre, dem Fürstentum zu ermöglichen, sich über den bisherigen Gesetzesrahmen hinaus wirtschaftlich zu entwickeln. Man könnte eine Art Singapur Europas schaffen und den neuen Finanzplatz mit weitreichenden Freiheiten ausstatten. Natürlich habe ich Vandelin um alle Informationen gebeten, die er mir anvertrauen darf, und möchte sie Ihnen hiermit gerne zur Verfügung stellen.« Er öffnete die vor ihm liegende Dokumentenmappe und reichte einen Stapel dünner Schnellhefter weiter.

Jedes Vorstandsmitglied nahm sich neugierig einen Hefter und blätterte mit angehaltenem Atem in den geheimen Papieren. Ein wirklich außergewöhnliches Entrée des neuen Kollegen, wie die meisten fanden.

Pasternak ließ ihnen einige Augenblicke Zeit zum Lesen. »Aus den Unterlagen geht auch hervor, daß das Fürstenhaus möglicherweise daran interessiert ist, seinen Anteil an der Société des Bains de Mer zu verkaufen und damit die Kontrolle über das Casino sowie die großen Luxushotels abzugeben. Ich denke, wir sollten uns aktiv darum bemühen, dem Fürsten in dieser Frage behilflich zu sein und ein Kaufangebot machen. Natürlich plane ich, das Erworbene anschließend weiterzuveräußern, doch nach unseren Konditionen und an den Bewerber unserer Wahl. Meine Herren, wir haben die einmalige Chance, die Zukunft Monacos maßgeblich mitzubestimmen, und ich meine, wir sollten sie nutzen.« Als er wieder Platz nahm, atmete er erleichtert auf. Seine Jungfernrede war geglückt.

In den folgenden anderthalb Stunden debattierten die Vorstandsmitglieder der Banque de Parisienne über alle Vorteile und Nachteile des Einstiegs bei der SBM und kamen schließlich zu dem einhelligen Ergebnis, daß die Bank an diesem Geschäft nur verdienen konnte. Und dies vermutlich nicht zu knapp. Pasternak erhielt also den Auftrag, nach seinem morgigen Amtsantritt umgehend mit den Sondierungsgesprächen zu beginnen. Die Banque de Parisienne würde ihrem Tochterinstitut das notwendige Geld selbstverständlich zur Verfügung stellen.

Calvet war mit sich und dem absehbaren Verlauf des Tages zufrieden. Vivienne verspürte allem Anschein nach das gleiche Bedürfnis wie er selbst, warum sonst ging sie auf die Einladung zu einem Abstecher in seine Wohnung ein? Hand in Hand liefen sie in Richtung Bahnhof, wo sein Wagen stand.

Ernste Zweifel an dem geplanten amourösen Nachmittag überfielen ihn allerdings schlagartig, als sie in eine kaum zwei Meter breite Verbindungsstraße im Quartier Le Panier einbogen und sich dort plötzlich von drei kräftigen jungen Männern umzingelt sahen. Als Calvet bäuchlings auf dem bröckelnden Asphalt lag und kalte Titanhandschellen um seine Gelenke fühlte, war ihm rasch klar, daß er wohl kaum das Opfer einer Bande von Kriminellen geworden war. Schließlich glaubte er längst nicht mehr an Zufälle und sonstige Märchen. Die drei durchtrainierten Männer, die so verächtlich auf ihn herabsahen, gehörten irgendeinem Sicherheitsdienst an, vermutlich sogar dem Pariser Zentralbüro zur Unterdrückung der Bandenkriminalität OCRB. Er befand sich in wirklich ernsthaften Schwierigkeiten.

Vivienne war nicht der Betthase für zwischendurch, für den er sie gehalten hatte, sondern vielmehr Kommissarin des OCRB. Das erfuhr er kurze Zeit später in einer Wohnung in Plan-de-Cuques, einem Vorort von Marseille. Die Begegnung mit ihm war akribisch geplant worden, und wenn er Vivienne nicht von sich aus angesprochen hätte, wäre der erste Schritt der Kontaktaufnahme von ihr ausgegangen. Das OCRB wollte etwas von ihm.

Calvet verweigerte jegliche Antwort und schloß ergeben die Augen. Er verlangte seinen Anwalt. Überraschenderweise wurde ihm dies jedoch verweigert.

»Was soll das?« starrte er Vievienne verblüfft an. Er kannte die Rechte, die einem Verhafteten in diesem Lande zustanden, sicherlich besser als die junge Frau, die ihm gegenübersaß. Vor seinem Wirtschaftsdiplom hatte er an der Sorbonne ein hervorragendes Juraexamen abgelegt. Er würde sie dafür um ihre Stellung bringen. »Sind Sie verrückt?«

Vivienne lächelte nur. Sie war noch immer hinreißend, doch mittlerweile knallhart. Man hatte sie nicht ohne Grund für diese Aufgabe ausgewählt. Sie mußte die harte Nuß Calvet knacken. Entgegen den üblichen Gepflogenheiten führte sie das Verhör deshalb allein. Auch eine Bandaufzeichnung wurde nicht angefertigt. Sie saßen auf wippenden Stahlrohrstühlen an einem einfachen Lacktisch. Nirgendwo lag ein Blatt Papier herum, keine Akten, einfach nichts.

»An Ihrer Stelle würde ich mir diese gefährliche Forderung noch einmal überlegen.« Sie zeigte sich über seinen Ärger amüsiert. »Was glauben Sie, wie Ihre Freunde reagieren, wenn sie erfahren, wie laut Gitans Liebling bei uns gesungen hat?«

»Sie sind tatsächlich verrückt.« Calvet verschränkte die Arme. »Oder glauben Sie wirklich, daß Sie mit diesem Quatsch durchkommen? Der heutige Tag wird massive Konsequenzen für Sie haben, Vivienne, das kann ich Ihnen versichern!«

Vivienne gab sich unbeeindruckt. »Sie sollten mit uns zusammenarbeiten, Bruno«, schlug sie vor. »Zu Ihrem eigenen Vorteil.«

Eine Sekunde der Stille trat ein, in der Calvet das eben Gehörte verarbeiten mußte. Sie erwarteten allen Ernstes, daß er zum Verräter an Gitan wurde? Er glaubte, nicht richtig gehört zu haben.

Vivienne nutzte diesen Augenblick, um ihre Forderung weiter zu konkretisieren: »Ich erwarte keine sofortige Antwort von Ihnen, Bruno, hören Sie mir bitte erst in Ruhe zu«, fuhr sie eindringlich fort. »Wir haben Sie über viele Monate hinweg nicht aus den Augen gelassen und während dieser Zeit ein – wie ich meine – recht gutes Persönlichkeitsprofil erstellt. Sie gehören zum obersten Führungskreis der russischen Mafia, Bruno, wenn ich die freundschaftliche Anrede beibehalten darf, und werden von interessierter Seite als Gitans möglicher Nachfolger gehandelt ...«

»Welche Anklage liegt gegen mich vor?« begehrte Calvet ärgerlich auf. »Ich bin nicht verpflichtet, mir derartigen Unsinn länger anzuhören.«

Vivienne musterte kritisch ihre Fingernägel. »Wir haben vor einiger Zeit automatische Infrarotkameras an den Klippen von Cap Canaille angebracht. Meiner Auffassung nach sind es zwar nicht gerade die Stützen der menschlichen Gesellschaft, die dort zu Tode kommen, doch der französische Staat hat etwas dagegen, wenn man ihm ungefragt die Arbeit abnimmt. Eigentlich war das ganze nur ein Versuch, von dem sich die meisten Kollegen nicht einmal viel versprochen haben, doch dank dieser Einrichtung verfügen wir seit der Nacht von Dienstag auf Mittwoch über einige ganz passable Aufnahmen von Ihnen und zwei weiteren Männern, wie Sie Ihren alten Freund Marcello dem Tode überantworten. Die Bilder sind gerichtsverwertbare Beweisstücke von erstaunlicher Qualität. Möchten Sie sie sehen, Bruno?«

In Calvets Gehirn arbeitete es fieberhaft. Marcellos Leiche war irgendwo angespült worden, natürlich. Möglicherweise hatte auch jemand erwähnt, daß er bei Gitan in Ungnade gefallen war, die Leute redeten manchmal zuviel. Und nun versuchte die Polizei eins und eins zusammenzuzählen und ihm die Verantwortung für seinen Tod in die Schuhe zu schieben. Er mußte alles abstreiten. In seinem Gesicht spiegelte sich daher Erstaunen und er schüttelte den Kopf. »Marcello ist tot? Davon wußte ich nichts!« Er würde den Teufel tun und seine Beteiligung an dem blutigen Geschehen auf dem Cap Canaille zugeben.

Vivienne zog eine Schublade aus dem Tisch und reichte ihm ein Foto. Calvet nahm es wortlos entgegen und betrachtete es aufmerksam. Er erkannte die Köpfe zweier Männer, die in der Dunkelheit miteinander redeten. Marcello, wie er mit todernster Miene seinem fürchterlichen Ende entgegenging, und er selbst, mit halboffenem Mund und nachdenklichem Blick. Das Foto war nicht sonderlich scharf, die Gesichtszüge jedoch unverkennbar.

»Sie werden ›lebenslänglich‹ dafür bekommen, Bruno, jede Wette!« verkündete Vivienne eindringlich.

Es kam selten vor, daß Calvet nicht wußte, wie er sich zu verhalten hatte. Worauf wollte diese Frau hinaus? Sie hatte ihm das Foto sicher nicht ohne Grund gezeigt. Es ging um ein Spiel mit hohem Einsatz, und das gesamte Risiko lag auf seiner Seite.

Vivienne konnte sich ungefähr vorstellen, welche Gedanken ihn im Augenblick bewegten. Sie hoffte inständig, genügend Druck ausgeübt zu haben, um ihn zur Kapitulation zu bringen, denn nur mit seiner Unterstützung hatten sie eine Chance, um gegen Gitan vorgehen zu können. Aus diesem Grunde hatten sich die Polizeipräfekten der verschiedenen Küstendépartements vor einem halben Jahr darauf geeinigt, ihn näher ins Visier zu nehmen. Der Plan wäre vermutlich, wie so häufig nach derlei Konferenzen, in weite Ferne verschoben worden, wenn sich nicht die Hoffnung ergeben hätte, daß die Konkurrenz zwischen Calvet, dem Kronprinzen, und Tourballe, dem Brigadier, eine unwiederbringliche Chance bot, die russische Mafia dauerhaft zu schwächen.

Am Cap Canaille standen tatsächlich versteckte Kameras,

und sie hatten tatsächlich inkriminierende Fotos aufgenommen. Allerdings konnten sie vor Gericht nicht verwendet werden, da es auf den Originalen nur mit Mühe gelungen war, die einzelnen Gesichter zu identifizieren. Computer- und Fotospezialisten der Kriminalpolizei von Marseille hatten daraufhin die Züge von Marcello und Calvet in mühevoller Arbeit in eines der Bilder eingearbeitet, um es wenigstens für den kleinen Handel verwenden zu können. Passende Vorlagen lagen genug in den umfangreichen Bildarchiven.

Wenn Calvet diesen Treffer verdaut hatte, würde sie ihn damit konfrontieren, daß die Polizei den lukrativen Zigarettenschmuggel aufgedeckt hatte, den er seit einiger Zeit zusammen mit einigen Freunden ohne Wissen Gitans betrieb. Calvet ließ nämlich über Mittelsmänner regelmäßig größere Mengen amerikanische Zigaretten nach Moskau liefern, angeblich für die Verkaufszone Rußland, leitete sie jedoch heimlich nach Westeuropa um, wo ein doppelt so hoher Preis galt, und er unzählige Millionen daran verdiente. Gitan würde fuchsteufelswild werden, wenn er davon erfuhr.

Nachdem ein halbes Dutzend Freunde Calvets beobachtet hatten, wie er zusammen mit einer hübschen jungen Frau abgezogen war, würde es niemanden überraschen, wenn er für die nächsten vierundzwanzig Stunden spurlos verschwunden blieb. Vivienne blieb damit der restliche Tag und die Nacht, um ihm die Vorteile einer Zusammenarbeit mit der Polizei schmackhaft zu machen.

17

Zu Abend aßen die beiden Frauen bei Fredy's, einer monegassischen Berühmtheit, der seine Abendgäste höchstpersönlich mit dicker Zigarre und viel Charme auf der Straße ansprach und in das enge Gebäude im Schatten der Kathedrale leitete.

Beim zweiten Glas Wein begann Danielle, von ihrer Zeit mit Alain zu erzählen, ihrer anfänglichen Liebe und dem wachsenden Haß auf seinen Beruf, der ihn so voll und ganz vereinnahmte. Sie hatte ihn aus reiner Langeweile betrogen, weil sie sich nach Geborgenheit sehnte, nach jemandem, der sie in den Arm nahm und Zeit für sie besaß. Sie hatte nicht geplant, daß sich Yann, der Fitneßtrainer, vom amüsanten Zeitvertreib so schnell zum Mittelpunkt ihres Lebens entwickelte. Er war völlig anders als Alain gewesen, stets Herr über jede Stunde seines Tages. Er lebte wie ein Blatt im Wind, heute hier, morgen da, völlig unbeschwert. Sie hatte sich von ihm blenden lassen und die Scheidung eingereicht, ohne zu überlegen. Das anschließende Erwachen war hart, schmerzhaft und tränenreich.

Danielle erzählte die Geschichte ihres jungen Lebens leidenschaftslos und ohne jeden Anflug von Selbstmitleid. Sie hatte Fehler gemacht, dazu stand sie, und sich unüberlegt treiben lassen. Durch die schlimmen Erfahrungen gereift, fühlte sie sich nun bereit für ein neues Leben. Dazu benötigte sie allerdings Geld. Nicht viel, aber regelmäßig. Geld, das sie sich von Alain erhoffte.

Nach ihr begann auch Nicole zu erzählen. Über ihre Kindheit, die Jahre in der Ballettschule von Hortense Marmoux, von ihrem Engagement im Moulin Rouge. Und sie erzählte von Professor Rosbigalle, ihrem einzigen echten Freund. Kurz vor zehn Uhr fuhren sie mit Danielles Wagen wieder zurück nach Nizza.

Nachdem es noch zu früh war, um schlafen zu gehen, parkten sie an der Promenade des Anglais und bummelten die nächtlich beleuchtete Prachtstraße entlang. In Sichtweite des Negresco stiegen sie zum steinigen Strand hinunter, wo ein leichter Abendwind für angenehme Kühlung sorgte. Sie zogen ihre Schuhe aus und liefen einige Zeit durch das knöcheltiefe Wasser entlang, bis sie auf einige blaue Stahlrohrstühle mit Holzsitzen stießen, die normalerweise oben, auf der Promenade standen. Besser konnten sie das nächtliche Rauschen des Meeres nirgendwo genießen.

Claire war hübscher als je zuvor. Sie empfing Laborde in einem dunkelblauen Hosenanzug aus Flanell, der ihr blondes Haar ausgezeichnet zur Geltung brachte. Der Haarreifen und die hohen Schuhe waren ebenfalls dunkelblau, die Bluse natürlich weiß. Eine Korallenkette und ihre passend geschminkten Lippen bildeten somit die einzigen Farbtupfer.

Natürlich logierte Claire nicht zum erstenmal im Negresco, sie liebte den legendären Jugendstilpalast heiß und innig und war deshalb von einem ausgedehnten Essen im Chantecler und den folgenden Stunden zwei Stockwerke höher mehr als angetan. Sie versprach Eric als Gegenleistung dafür einen wirklich unvergeßlichen Abend.

Rosbigalle wurde durch den leisen Klang eines Gongs geweckt.

Er schlug die Augen auf und sah sich schemenhaft von der ganzen Pracht seines hochherrschaftlichen Schlafzimmers umgeben. Er befand sich tatsächlich an der Côte d'Azur, im Haus seines ehemaligen Assistenten Alfred. Er erinnerte sich wieder an die herzliche Begrüßung.

Der alte Mann tastete nach seiner Brille und setzte gerade an, die Vitrinenschränke mit dem geflammtem Mahagonifurnier aus der Empire-Zeit zu bewundern, als ihn eine Stimme unterbrach:

»Entschuldigen Sie bitte die Störung, Professor Rosbigalle«, ertönte es von der Seite, »aber Madame ist der Ansicht, daß Sie möglicherweise ärgerlich sein würden, wenn ich Sie nicht wenigstens zum Abendessen wecke.«

»Zum Abendessen?« Rosbigalle fuhr hoch. »Himmel, habe ich tatsächlich den ganzen Tag verschlafen?«

Sérgio trat in sein Sichtfeld und lächelte. »Es ist kurz nach acht. Abends wird bei uns meist gegen neun serviert.« Er schlug helfend das Laken zurück, damit der alte Mann besser aufstehen konnte.

Rosbigalle war es, als hätte er hundert Jahre geschlafen, so ausgeruht und munter fühlte er sich. »Danke, daß Sie mich geweckt haben. Es ist mir wirklich peinlich.« Er machte Anstalten, aus dem Bett zu steigen, hielt aber inne. »Sérgio, ob Sie wohl meinen dunklen Anzug aus dem Koffer nehmen würden? Ich nehme an, hier wird in sehr formeller Kleidung gegessen.«

Der Bedienstete verzog keine Miene. »Ihre beiden Anzüge wurden selbstverständlich frisch aufgebügelt und hängen bereits im Schrank. Ebenso Ihre übrigen Kleidungsstücke. Ich denke aber, daß es heute abend nicht nötig sein wird, sich derart formell zu kleiden. Madame läßt, wie bei diesem Wetter üblich, auf der Terrasse decken. Und dort pflegt man legere Kleidung zu tragen.«

Da Rosbigalle keine ›legere‹ Kleidung im engeren Sinne besaß, riet ihm Sérgio, während er sich bereits anzog, zu einer hellen Hose und einem weißen Hemd samt Krawatte. Gegen die später am Abend einsetzende Kühle empfahl er eine bequeme Strickjacke.

Rosbigalle nahm die Ratschläge gerne an und folgte Sérgio kurz vor neun Uhr durch eine der geöffneten großen Glastüren, hinaus auf die oberste der vielen Terrassen, die das Haus umgaben. Hier bot sich ihm ein unvergleichlicher Blick über ein Meer bunter Blüten hinweg auf das Türkis der offenen See.

Der Tisch war an einer Stelle gedeckt worden, von der aus man sowohl das Meer als auch die Längsachse des Parks im

Blick hatte. Auf der schweren zartgelben Damastdecke stand ein prachtvolles Rosenbouquet, darum viel edles Kristall und kiloweise Silberbesteck.

Alfred und Florence saßen bereits. Als Rosbigalle aus dem Haus trat, erhoben sie sich jedoch und kamen ihm entgegen. »Ich hoffe, Sie haben die Strapazen der Reise einigermaßen überwunden, Professor?« erkundigte sich Alfred mit einem breiten Lächeln, seinen Zigarettenstummel achtlos zur Seite werfend.

Wie Sérgio vorausgesagt hatte, war Alfred tatsächlich leger gekleidet. Eine leichte Leinenhose, weißes Hemd, dazu einen dezenten Seidenschal im offenen Kragen. Auch Florence wirkte in ihrem knöchellangen weiten Kleid nicht mehr ganz so elegant wie am Nachmittag.

»Es ist mir schrecklich peinlich, daß ich so lange geschlafen habe«, entschuldigte sich Rosbigalle verlegen und drückte jeweils mit der Rechten und der Linken die Hände seiner Gastgeber. »Aber ich war in meinem ganzen Leben noch nie so müde wie nach diesem Flug.« Er lächelte verschmitzt. »Vielleicht lag es aber auch daran, daß ich vorher doch noch die Freuden einer kleinen Massage genossen habe.«

Die beiden lachten. »Ich habe Sérgio nicht umsonst gelobt«, nickte Florence zufrieden. »Es gibt niemanden, dem ich mich lieber anvertraue.«

»Zum Aperitif trinken wir vorzugsweise einen trockenen Sherry. Was halten Sie davon, Professor?« erkundigte sich Alfred. »Ich beziehe ihn seit vielen Jahren exklusiv von einem winzigen spanischen Hersteller.« Und nachdem er als Antwort ein zustimmendes Nicken erhalten hatte, gab er Palmira ein Zeichen, mit ihrem kleinen Silbertablett und drei gefüllten Sherry-Gläsern näher zu treten. Das Mädchen trug jetzt ein knöchellanges Abendkleid mit tiefem Ausschnitt und sah im Freien noch reizender aus als in der düsteren Halle. Rosbigalle bemerkte allerdings, daß sie jeden Blickkontakt vermied.

Es war ein wunderbarer Abend. Die sengende Sonne hatte sich längst verabschiedet und war dem milden, weichen Licht gewichen, das für das südliche Frankreich so typisch war. Hinzu kam die Stille. Keinerlei Verkehrslärm, keine Stimmen; lediglich einige Zikaden, die ihr eintöniges Lied spielten.

Sie unterhielten sich einige Minuten im Stehen und tranken Sherry, bis Florence zum Essen bat. Rosbigalle konnte von seinem Platz zur Rechten der Hausfrau direkt auf das Meer hinaussehen. Palmira servierte winzige warme Brötchen und Butter, die mit frischen Kräutern gewürzt war. Dazu einen zehnjährigen Hermitage La Chapelle. Um den silbernen Korb mit den Brötchen auf den Tisch zu stellen, mußte sie sich so weit vorbeugen, daß man ihr tief in den Ausschnitt schauen konnte. Rosbigalle sah einen Fischanhänger an einer dünnen Silberkette blinken, dahinter zarte Spitzen, die braune Rundungen umhüllten. Er warf einen Blick auf das Gesicht und die Hände des Mädchens. Sie hatte den Körper einer erwachsenen Frau, war aber höchstens vierzehn, und damit entschieden zu jung für diese Arbeit. Von dem Kleid gar nicht zu reden. Ihm fiel auf, wie sich sein positiver Eindruck von seinen Gastgebern zu trüben begann.

Das Menü bestand aus vier Gängen. Nachdem die Köchin beachtet hatte, daß der Gast üppiges Essen nicht gewohnt war, gab es Creme von grünen Erbsen mit marinierten Jakobsmuscheln, pochierten Kabeljau in Traubenjus, Perlhuhn in Salzkruste – gefüllt mit heimischen Kräutern –, und zuletzt Variationen von Waldfrüchten. Rosbigalle fühlte sich daher auch anderthalb Stunden später noch so wohl, daß er gerne ein halbes Dutzend winziger Schälchen Mousse au chocolat kostete. Eine weitere halbe Stunde später genossen sie schließlich den versprochenen, beinahe hundertjährigen Château Margaux. Sérgio hatte ihn vor einer Stunde dekantiert und in die schwere Glaskaraffe umgefüllt, die er jetzt in der optimalen Temperatur von neunzehn Grad an den Tisch brachte. Alfred hatte für diese Flasche 14 000 Francs bezahlt.

Er begutachtete zuerst die Farbe, dann den Geruch. Schließlich nickte er befriedigt und schenkte seinem alten Professor ein. Nachdem Florence bereits dankend abgelehnt hatte, schnüffelten und nippten die beiden Männer nun gemeinsam mit geschlossenen Augen.

Rosbigalle trank nur selten Wein, und er verstand entsprechend wenig davon. An kalten Winterabenden beging er hin und wieder sogar den Frevel und mischte ihn mit heißem Tee, was er vor Alfred jedoch niemals erwähnen würde. Trotzdem zeigte er sich beeindruckt. Tatsächlich, dieser Wein schmeckte. Er schnalzte nach dem ersten Schluck selig mit der Zunge – was er seit gut vierzig Jahren nicht mehr getan hatte.

Mitternacht war bereits vorüber, als die beiden Frauen ihren Platz am Meer verließen, um in ihr Hotel zurückzukehren. Sie liefen barfuß die Treppe zur Promenade hinauf, um sich oben wieder die Schuhe anzuziehen. Wie immer um diese Jahreszeit herrschte hier selbst zu dieser späten Stunde noch reges Leben. Gruppen kichernder Japanerinnen und angetrunkener Skandinavier zogen an ihnen vorbei, engumschlungene Liebespärchen, rasende Rollschuh-Kids.

Nicole starrte auf die blaue Leuchtreklame des Negresco, die aus dreihundert Schritt Entfernung herübergrüßte. »In einem der Zimmer dort drüben liegen meine Kleider«, bemerkte sie bitter.

Danielle folgte ihrem Blick. »Was hältst du davon, wenn *ich* hineingehe und einige von deinen Sachen raushole?« schlug sie spontan vor. »Von mir will niemand etwas, es ist also völlig ungefährlich.«

»Meinst du?« In Nicole keimte augenblicklich Hoffnung auf. Eigentlich hatte sie sich noch immer nicht mit dem Verlust ihrer Habseligkeiten abgefunden.

»Warum nicht? Ich für meinen Teil würde jedenfalls keinen ganzen Koffer voller Klamotten so ohne weiteres aufgeben.« Danielle wollte ihr einen Gefallen tun – sozusagen als Gegenleistung für das heutige Treffen mit Alain.

»Ich kann es mir eigentlich auch nicht leisten«, gestand Nicole. »Also gut«, nickte sie schließlich, »dann nimm bitte den Wäschesack, und stopf das dunkelblaue Kostüm hinein, die Jeans, ein paar Blusen und einen Pulli. Außerdem den Schmuck in der kleinen grünen Schatulle. Es ist zwar nur Modeklimbim, doch ich hänge daran.« Sie holte tief Luft. »Auf alles andere kann ich eigentlich verzichten.«

»Es wird höchstens eine Viertelstunde dauern«, versprach Danielle mit einem beruhigenden Lächeln. »Warte hier auf mich.« Und sie lief los.

Als Laborde auf seine Armbanduhr sah, war es kurz nach zwölf. Er gab Claire noch einen letzten Kuß und kletterte aus dem Bett, um im Bad zu verschwinden. Fünf Minuten später kam er, fertig angezogen, wieder heraus, und während nun Claire hineinmarschierte, hob er Nicoles herumliegende Sachen auf und warf sie in ihren Koffer. Um Claire nicht in die Details der ganzen Geschichte einzuweihen, hatte er ihr etwas von einer Bekannten erzählt, die nach einem kleinen Verkehrsunfall in der Klinik lag und in der nächsten Zeit wohl nicht zurück ins Negresco kam. Abgebrüht wie sie war, hatte sie nur gelächelt und nicht weiter nachgefragt.

Er telefonierte nach einem Kofferträger, und sie fuhren zusammen im Aufzug nach unten. Claire stand neben ihm, als er an der Kasse die Rechnung in bar beglich, und Laborde sah mit Befriedigung, daß der uniformierte junge Angestellte seine Augen kaum von ihr lösen konnte. Er würde sich wohl noch länger an die Abreise dieses speziellen Gastes erinnern.

Als sie nebeneinander durch die Halle spazierten, folgten ihnen zahlreiche Augenpaare. Laborde spürte förmlich den Neid der Männer. Frauen von einer derartigen Schönheit sollten Allgemeingut sein, so signalisierten ihre Blicke, und nicht dem alleinigen Verfügungsrecht einzelner Glücklicher unterstehen. Er atmete tief durch. Es hatte geklappt, gleich würden sie im Wagen sitzen.

Der Türsteher in seiner dunkelblauen Uniform deutete eine leichte Verbeugung an, als sie die drei weißen Marmorstufen hinunter in die kühle Nachtluft hinaustraten.

Eine Gruppe junger Männer kam über den Zebrastreifen der Promenade und bummelte weiter in die Rue de Rivoli, unmittelbar am Eingang des Negreso vorbei. Einer von ihnen hielt eine Rotweinflasche in der Hand und pfiff anerkennend, als er hinter Claire vorüberlief, seine rechte Hand streifte dabei ihren Po. Schallendes Gelächter seiner Kameraden belohnte ihn dafür, einige pfiffen ausgelassen.

Claire wollte sich gerade umdrehen und den dreisten Burschen zur Rede stellen, als sie sich plötzlich mit einem weiteren Unbekannten konfrontiert sah, der sich in diesem Augenblick erst zu der Gruppe gesellte. Sportlich, braungebrannt, mit kurzen Haaren und kantigen Gesichtszügen. Zu Jeans trug er ein rotes Sommerhemd, darüber ein cremefarbenes Sakko. François Crichet.

Von einer plötzlichen Angst erfüllt, klammerte sich die junge Frau instinktiv an Labordes Arm. Sie wollte weg, so schnell wie möglich weg von hier.

Auch dem Staatsminister war es alles andere als wohl. Wenn er hier in aller Öffentlichkeit überfallen und seiner Brieftasche beraubt wurde, ließ sich ein Skandal kaum vermeiden. Er wollte sich gerade mit einer schnellen Drehung an den Türsteher oder den Kofferjungen wenden und die beiden um Beistand bitten, als er die Waffe in der Hand des Unbekannten blitzen sah.

Und noch ehe er sich rühren konnte, ertönte das peitschende Geräusch von drei Schüssen. Crichet hielt den Revolver kaltblütig auf sein Opfer gerichtet und sah zu, wie es in die Knie ging.

Um Laborde brach Panik aus. Alles schrie und rannte durcheinander, und die Luft war von scharfem Pulvergeruch erfüllt.

Während der Attentäter die Waffe seelenruhig wieder einsteckte und in der Dunkelheit verschwand, fiel der fassungslose Blick Labordes auf die junge Frau zu seinen Füßen, die ihn mit erschrockenen, glasigen Augen anstarrte. Auf ihrer Stirn zeichneten sich zwei blutige kleine Löcher ab, der dritte Schuß war direkt ins Herz gegangen. Aus ihrem rechten Mundwinkel lief ein dünnes blutiges Rinnsal.

Er erfaßte die Situation innerhalb einer einzigen Sekunde. Gitans Leute hatten das falsche Mädchen ermordet und ihn dadurch in eine fatale Situation gebracht. Wenn er nicht sofort von hier verschwand, würde er sich in den nächsten Tagen auf allen Zeitungstitelseiten Frankreichs wiederfinden. Der monegassische Staatsminister durfte weder mit einem Mord noch mit einer Prostituierten in Verbindung gebracht werden. Es würde eine Reihe von Untersuchungen geben, außerdem eine Vielzahl von Gerüchten, und an einen weiteren Verbleib in seiner Funktion war dann natürlich nicht mehr zu denken.

Nachdem sich die entsetzten Augen der Neugierigen nicht von der Toten auf dem Asphalt lösen konnten, registrierte niemand, wie er sich mit kreidebleichem Gesicht und zitternden Knien langsam zwischen ihnen hindurchschob. Die Gelegenheit konnte günstiger nicht sein. Ehe er jemandem auffiel, war er bereits über alle Berge.

Sein BMW stand vor dem Eingang des Chantecler, nur wenige Meter um die Ecke. Laborde rannte jetzt gehetzt über den Gehsteig. Wenn er erst einmal im Wagen war, konnte ihn niemand mehr aufhalten. Er rempelte einige Passanten an, die eilig den Eingang des Negresco ansteuerten, um nach dem Grund für den riesigen Auflauf von Menschen zu sehen, ließ sich davon aber nicht beeindrucken. Als trainierter Läufer besaß er genügend Kraft und Ausdauer, um rasch vorwärts zu kommen.

Unter den so unfreundlich Angerempelten befand sich auch Danielle, die ihm kurzerhand nachsetzte, um ärgerlich nach seinem Sakkoärmel zu greifen. Als sich der Unbekannte zu ihr umdrehte und sie sein wutverzerrtes Gesicht sah, ließ sie den Stoff allerdings sofort wieder los. Sie blickte ihm kopfschüttelnd nach, wie er einige Meter weiter die Fahrertür eines BMW aufriß und hineinsprang, um einen Moment später mit aufheulendem Motor davonzubrausen.

Nun erst schaute sie auf ihre Finger, die sich seit der Begegnung seltsam klebrig anfühlten, und sie entdeckte zu ihrem Entsetzen Blut an ihnen.

18

Nicole sah sofort, daß etwas passiert sein mußte. Danielle kam mit leichenblassem Gesicht auf sie zugerannt, ohne Wäschesack, ohne Kleider. Sie war also nicht im Negresco gewesen.

Kurz vor ihr bremste sie keuchend ab und legte den Kopf in den Nacken, um auf diese Weise das Hämmern plötzlich aufgetretener Kopfschmerzen zu lindern. Gleichzeitig streckte sie Nicole ihre Rechte mit den Blutspuren entgegen. »Eine junge Frau ist umgebracht worden!« stammelte sie dabei. »Erschossen. Auf offener Straße.« Sie starrte nun auf ihre Hand.

»*Umgebracht?*« Nicoles Beine drohten zu versagen.

»Direkt vor dem Eingang des Negresco.« Sie biß sich auf die Lippen, um ein Aufstöhnen zu unterdrücken. »Das hier ist ihr Blut, ich bin vorhin mit ihrem Mörder zusammengestoßen.« Aufgewühlt warf sie abermals ihren Kopf in den Nacken und sah für einige Augenblicke mit zitternden Lippen zu den Sternen hinauf, um sich wenigstens einigermaßen zu beruhigen. »Sie war blond«, flüsterte sie dabei. »Und dir wie aus dem Gesicht geschnitten.«

Da Nicole vor lauter Entsetzen noch immer keine Regung zeigte, griff Danielle nach der rechten Hand ihrer Freundin, um sie entschlossen den Boulevard entlang zum Wagen zu zerren. Sie mußten die Stadt verlassen, so rasch wie möglich.

Rosbigalle hatte jeden Schluck des kostbaren Weins genußvoll im Mund hin- und hergerollt, damit die an der Unterseite der Zunge befindlichen Geschmacksnerven auch voll auf ihre Kosten kamen, und ihn dann langsam die Kehle hinunterlaufen lassen. Jetzt war er müde. Normalerweise ging er um zehn zu Bett, in Ausnahmefällen um elf. Es mußte ein gutes Jahrzehnt her sein, seitdem er zum letztenmal nach Mitternacht schlafen gegangen war. Überall auf der Terrasse brannten kleine Lampen, die eine zauberhafte Stimmung verbreiteten. Der Himmel war von einer Farbe, wie sie Rosbigalle noch nie gesehen hatte. Weder schwarz noch blau. Er fühlte sich an eine bestimmte Veilchensorte erinnert.

Der Abend war wundervoll gewesen. Rosbigalle hatte seit langem wieder einmal in den unteren Schubladen seiner Erinnerung stöbern und längst vergessene Histörchen auspacken dürfen. Alfred war ein ebenso glänzender Unterhalter wie guter Zuhörer, und Florence stand ihm in dieser Beziehung um nichts nach. Rosbigalle hatte sich an diesem Abend keine einzige Sekunde gelangweilt.

Doch da war immer noch die Sache mit Nicole, wegen der er die anstrengende Reise eigentlich unternommen hatte. Während er hier herumsaß und in alten Geschichten schwelgte, verging sie vermutlich vor Angst. Doch durfte er deswegen seine Pflichten gegenüber Alfred und Florence vernachlässigen? Als Gastgeber hatten sie das Anrecht auf den ersten Abend. Er nahm sich vor, spätestens morgen mit Alfred darüber zu reden. Schließlich brauchte er jemanden, der ihn mit dem Wagen nach Nizza brachte. Es würde ihr ja hoffentlich nicht gerade in dieser Nacht etwas passieren.

Danielle fuhr wie eine Verrückte durch die nächtlichen Straßen in Richtung Bahnhofsviertel. Nicole saß wie versteinert auf dem Beifahrersitz und starrte verstört durch die Windschutzscheibe, um nach möglichen Killern Ausschau zu halten. Danielle sah die Schweißtropfen auf der Stirn der Freundin, und sie konnte sich in etwa vorstellen, welche Gedanken ihr gerade durch den Kopf gingen. Wenn sie vorgestern nicht in böser Vorahnung ein neues Hotel gesucht hätte, wäre sie in dieser Nacht ihrem Mörder begegnet und vermutlich tot.

Claude saß zu dieser nächtlichen Stunde nicht mehr hinter seiner schäbigen Rezeption. Wie immer hatte er ein Haustelefon auf den zerkratzten Tresen gestellt und daneben ein zerknautschtes Pappschild. Es forderte Zimmersuchende in dicken, filzstiftgeschriebenen Buchstaben auf, eine bestimmte Nummer anzurufen und sich dann fünf Minuten zu gedulden.

Nachdem sie Nicole in ihrem derzeitigen Zustand nicht allein fortgehen lassen wollte, packte auch Danielle leise ihre Sachen zusammen. Eine kurze Notiz unter dem Telefon würde Claude am nächsten Morgen über ihr plötzliches Verschwinden informieren. Nachdem er das Geld für die Nacht bereits im voraus kassiert hatte, hielt sich sein Bedauern vermutlich in Grenzen.

Zwei Minuten später saßen sie erneut in Danielles altersschwachem Renault, um die nächtliche Rue d'Angleterre entlangzubrausen. Nicole reichte ihr stumm die Visitenkarte mit Bertrand Jolivets Adresse hinüber. Sie hoffte, daß der junge Küchenchef noch immer so freundlich und hilfsbereit war wie im Zug.

»Na, wunderbar«, antwortete Danielle grimmig und bog nach links ab, um über die Avenue Jean Medecin die Stadt in nördlicher Richtung zu verlassen. Sie wäre auch mit Moskau einverstanden gewesen.

Der Anruf kam während der Nacht, gegen vier, kurz nachdem Tourballe ins Bett gegangen war. Sein alter Freund war soeben aus Nizza zurückgekehrt und meldete einen ›erfolgreichen‹ Abschluß des Geschäftes. Nachdem er immer mit einem aufmerksamen Mithörer in der Leitung rechnen mußte, gebrauchte Crichet am Telefon stets unverfängliche Formulierungen. Sie verabredeten sich für fünf Uhr in der Rue de Chapeliers. Crichet versprach, für starken Kaffee zu sorgen.

Als Tourballe zur vereinbarten Zeit die steilen Stufen zur Wohnung seines Freundes hinaufstieg, empfingen ihn bereits die unverwechselbaren Geräusche von Fatimas Mädchen, die um diese Zeit zur Höchstform aufliefen. Auch in Moufds Stockwerk tummelten sich einige lichtscheue Gestalten, die den Besucher nur unfreundlich musterten, und Tourballe beeilte sich, an ihnen vorbeizukommen.

Crichet stand bereits mit einem breiten Grinsen an der Tür, als er die letzten Stufen hochsprang. Ihn umgab der Duft von Kaffee mit Kardamom und Vanille, ein spezielles Rezept Mohameds. »Ich nehme an, Champagner wäre dem Ereignis angemessener«, spottete er, legte seinen Arm um Tourballes Schultern und zog ihn herein. »Doch leider vertrage ich vor elf keinen Alkohol.« Sie warfen sich auf die Stahlrohrsessel und steckten sich Zigaretten an. Vor jedem stand ein großer Becher mit Mohameds berühmtem Gebräu, das sogar Tote aufwecken konnte.

»Mir ist ohnehin nicht nach Feiern zumute, immerhin hat dieses kleine Luder unseren Marcello auf dem Gewissen«, bekannte Tourballe brummend. Der Kleine war ihm zwar nicht sonderlich sympathisch gewesen, doch seine Arbeit hatte er stets geschätzt. Es würde eine Weile dauern, ehe Gitan einen vollwertigen Ersatz fand.

»Auch gut!« Crichet trank mit provozierender Ruhe seinen Kaffee, und beobachtete aus den Augenwinkeln heraus, wie Tourballe seine Ungeduld kaum mehr verbergen konnte. Das cremefarbene Sakko, das er während der Nacht getragen hatte, lag zusammen mit den Jeans und dem roten Hemd im Schacht eines Regenüberlaufbeckens kurz vor Cannes. Er hatte aus so geringer Distanz geschossen, daß es nicht ohne Blutspritzer abgegangen war. Die billigen Warenhausfetzen, die er sich für solche Aufträge besorgte, verschwanden stets auf die gleiche Art und Weise, die keinerlei Rückschlüsse auf ihn zuließ. In den nur selten kontrollierten Regenüberlaufschächten wurden die Kleidungsstücke bereits beim nächsten Gewitter vor die vergitterten Ablaufrohre gezogen, um dort wie ein Filter jeden Schmutz aufzunehmen. Spätestens dann konnte kein Labor der Welt aus ihnen noch irgendwelche verwertbaren Erkenntnisse ziehen.

Um seinen Freund nicht länger hinzuhalten, begann er jedoch endlich mit seinem kurzen Bericht über den Verlauf dieser Nacht.

»Und es gab wirklich keine andere Möglichkeit, als sie ausgerechnet auf offener Straße zu erschießen?« unterbrach ihn Tourballe kurz darauf zweifelnd. Für seinen Geschmack war die Geschichte doch etwas zu spektakulär. Gitans Freude darüber würde sich zweifellos ebenfalls sehr in Grenzen halten. Die Mafia liebte keine aufsehenerregenden Verbrechen, die Politiker und Polizei nur unter Druck setzten und zu besonderer Energie beflügelten. Man war von Marcello ein eher stilles, unauffälliges Vorgehen gewohnt.

»Nachdem du auf einer schnellen Ausführung bestanden hast, blieb mir kaum eine andere Wahl«, entgegnete Crichet und zog die linke Augenbraue hoch. Hörte er da einen leisen Anflug von Kritik? Er konnte es sich nicht leisten, den Freund zu verärgern. »Du hast mir freie Hand gegeben,« erinnerte er ihn deshalb an ihre Abmachung.

»Wie oft hast du geschossen?« Tourballe interessierten jetzt die näheren Details.

»Zwei Schüsse in die Stirn und einen weiteren zur Sicherheit mitten ins Herz. Normalerweise reicht eine einzige Kugel, doch in einem Fall wie diesem wollte ich auf Nummer Sicher gehen. Das Mädchen war bereits tot, als es zu Boden ging, jede Wette.«

»Niemand, der dich an den Schüssen hindern wollte?«

»Dafür ging alles zu schnell.«

»Und als sie am Boden lag?«

»War ich schon weg. Durch die Schüsse waren alle Umstehenden so schockiert, daß ich gefahrlos untertauchen konnte.«

Tourballe nickte halbwegs zufrieden. Es war beruhigend, wenn man sich auf seine Freunde verlassen konnte. Gitan würde zwar brummen, letztendlich aber erleichtert sein. Sie hatten Erics Fehler mit einem Riesenaufwand endlich aus der Welt geschafft, und der Bursche war ihnen nun etwas schuldig. Dann fiel ihm noch etwas ein. »Hast du übrigens herausbekommen, wo sie die vergangenen beiden Nächte geschlafen hat? Die Leute, die ich zur Überwachung des Negresco eingeteilt habe, schwören Stein und Bein, sie bis heute nacht nicht gesehen zu haben.«

»Vielleicht bei dem Kerl, der neben ihr stand, als ich geschossen habe.« Crichet sah es nicht als seine Aufgabe an, lückenlose Dossiers über die letzten Stunden seiner Opfer zu liefern. Er wurde für andere Dinge bezahlt.

»Es war noch jemand dabei?« fuhr Tourballe hoch. Er fühlte, wie ihm plötzlich übel wurde, und er trank rasch einen weiteren Schluck Kaffee, was an diesem Umstand jedoch nichts änderte.

Crichet verzog die Augen zu schmalen Schlitzen. »Etwa um die sechzig, Vollbart«, erinnerte er sich. »Auffällige Erscheinung, gut gekleidet. Scheint Geld zu haben.«

»Scheiße!« Tourballe warf seine Zigarette wütend in die halbvolle Kaffeetasse. »Du verdammter Idiot! Das war Laborde!« Er beugte sich mit einem heftigen Ruck nach vorn. »Konntest du Esel denn nicht warten, bis sie allein war? Mußtest du unbedingt noch jemanden in die ganze Sache verwickeln? Damit hast du mehr zerstört, als du es dir in deinem hirnlosen Kopf vorstellen kannst.« Am liebsten hätte er seinem Freund zur Strafe für diese Dummheit die Kehle zugedrückt.

Crichets Selbstgefälligkeit war schlagartig verschwunden. »Wer zum Teufel ist Laborde?« fragte er erstaunt und wippte nervös mit den Füßen. »Verdammt, Jacques, war das jemand von euch?« Er brauste auf. »Hast du denn die einfachsten Spielregeln vergessen? Du hättest mich vorher warnen müssen, daß ihr noch jemanden auf sie angesetzt habt! Das weißt du genau!«

Tourballe überlegte bereits die möglichen Konsequenzen dieses katastrophalen Fehlers, deswegen ging er auf die Vorwürfe nicht ein. Vielleicht war ja noch etwas zu retten. Der Mord war erst vor wenigen Stunden passiert; bis der Polizeiapparat richtig anlief, würde noch einige Zeit vergehen. Wenn Eric schnell gehandelt hatte und sie ihn nun unterstützten, bestand noch eine Chance. Doch dazu mußte er umgehend mit Gitan sprechen.

Sie brauchten vertrauenswürdige Leute, die als Augenzeugen auftraten und der Polizei eine irreführende Personenbeschreibung sowie eine falsche Wagennummer lieferten. Außerdem mußten sie in die Ermittlungen eingreifen und den beauftragten Kommissar sofort durch den unfähigsten Mann der Präfektur ersetzen. Kompetenzstreitigkeiten würden ihm zusätzlich das Leben schwermachen und die Untersuchungen behindern. Es gab genügend Polizisten, die auf Befehl Beweise verschwinden ließen, Zeugenaussagen verfälschten oder anderweitig Sand ins Getriebe streuten. Tourballe wußte sehr gut, daß sich jede Untersuchung bis in alle Ewigkeit verschleppen ließ, wenn man genug dafür bezahlte.

Darüber hinaus standen der Mafia eine ganze Reihe williger Helfer im Bereich der Medien zur Verfügung, die den Stuhl des mächtigsten Polizeipräfekten erschüttern konnten, wenn er sich allzu eigensinnig gab. Hinzu kamen der Bürgermeister von Nizza und verschiedene leitende Beamte des Départements: Gitan finanzierte schließlich nicht umsonst schon seit Jahren die Wahlkämpfe von beinahe allen politischen Kandidaten, von den Linken bis zu den Ultrarechten. Es war möglicherweise an der Zeit, die Dividende dafür einzufordern.

19

Nicole starrte neugierig durch die Windschutzscheibe auf die schmutzigen Häuser von Grasse, zwischen denen sie gerade hindurchfuhren. Sie waren über die Autoroute von Nizza nach Südwesten gefahren, um im Hinterland von Cannes auf die ausgebaute Nationalstraße 85 überzuwechseln. Im unübersichtlichen Straßengewirr der Altstadt hatten sie sich jedoch mehrfach verfahren, so daß es bereits halb fünf Uhr morgens war, als sie endlich die Route Napoleon in Richtung St. Vallier de Thiey ansteuern konnten. Nicole entdeckte das von Bertrand angekündigte Hinweisschild auf den Country Club von Grasse am nordwestlichen Stadtrand und dirigierte Danielle in die schmale Zufahrtsstraße.

Ihr Schock hatte sich während der nächtlichen Fahrt langsam gelöst. Mit jedem Kilometer mehr, der zwischen ihr und Nizza lag, sank auch ihre Angst. In Grasse würde sie sicher sein, hier vermutete sie niemand. Über die vielen aufmunternden Worte Danielles konnte sie jetzt sogar wieder verhalten lächeln.

Sie kamen an ein mächtiges Gebäude, das ein wenig von der Straße abgerückt hinter großen Ahornbäumen stand. Das Hotelschild des ›Demie-Lune‹ war beleuchtet, die vielen Fenster und der große Eingangsbereich lagen hingegen in Dunkelheit.

Danielle stellte den Renault auf einen der freien Parkplätze vor dem Haus und sah sich neugierig um. »Scheint ein verdammt nobler Schuppen zu sein«, verkündete sie nach einem Blick auf die zahlreichen Nobellimousinen, die etwas abseits, hinter einem hohen Sicherheitsgitter, geparkt waren.

Hinter dem Hotel erstreckte sich ein Park, in den ein eisernes Tor unmittelbar neben dem westlichen Gebäudeflügel hineinführte. Da es angelehnt war, konnten sie es aufdrücken und eintreten.

Sie kamen an mehreren Garagen vorbei und liefen über ein gepflegtes Rasenstück bis zu der weitläufigen Terrasse an der Rückfront des Hauses. In einiger Entfernung davon stand eine Reihe sorgfältig gestutzter Büsche, hinter denen das glasklare Wasser eines blaugekachelten Swimmingpools hervorblitzte. Eine unsichtbare Pumpe lief mit leisem Brummen, um das Wasser bis zum Tagesanbruch zu reinigen. Die ausgedehnte Liegewiese, die sich hinter dem Becken erstreckte, wurde auf der einen Seite durch eine weitere Reihe gestutzter Büsche und auf der anderen Seite durch ein kleines Waldstück begrenzt.

Sie liefen zum Pool, dessen Wasser im Sternenlicht silbern glänzte. Es würde nicht mehr allzulange dauern, dann brachen sich die ersten Sonnenstrahlen in den winzigen Wellen. Nicole schlüpfte aus den Sandalen und hielt ihren rechten Fuß ins Wasser. Es hatte genau die richtige Temperatur. Sollte sie es wagen? Nach den Ereignissen in Nizza und der langen Fahrt kam ihr eine kleine Abkühlung gerade recht. Sie warf Danielle einen fragenden Blick zu, und als diese nach kurzem Zögern nickte, zogen sich die beiden Frauen rasch aus. Das Wasser war kalt und erfrischend, so daß sich ihre ermüdeten Lebensgeister alsbald wieder zu regen begannen. Sie drehten etwa zwanzig Minuten lang leise eine Runde nach der anderen, ehe sie schließlich wieder herauskletterten und nach ihren Kleidern griffen.

»Darf ich fragen, was Sie hier tun?« Die beiden Schwimmerinnen hatten die Gestalt zwischen den Büschen nicht bemerkt, erst die barsche Frage ließ sie erschrocken zusammenzucken.

Bertrand Jolivet war es gewohnt, daß Jugendliche aus der Nachbarschaft hin und wieder zu einem nächtlichen Bad vorbeikamen, deshalb wollte er sie auch diesmal nur kurz ermahnen. Er mußte zusehen, daß er auf den Großmarkt von Nizza kam, um Fleisch und Gemüse für den heutigen Tag einzukaufen.

»Wir haben Ihren Pool benutzt«, antwortete Nicole überflüssigerweise. Es war ihr peinlich, von Bertrand ausgerechnet in diesem Augenblick entdeckt zu werden. Gleich darauf trat sie, fertig angekleidet, auf ihn zu. »Es tut mir leid, aber es war niemand zu sehen, den wir hätten fragen können.«

Nun war es Bertrand, der überrascht zusammenzuckte. Er kannte diese Stimme. Das Mädchen aus dem Zug. Sie hatte also tatsächlich seine Visitenkarte aufgehoben und kam nun mitten in der Nacht, um nackt in seinem Pool zu baden. »Nicole? Nicole Aubert?« erkundigte er sich zweifelnd.

Nicole lächelte. »Und das ist Danielle Jourdan, eine Freundin«, stellte sie ihre Begleiterin vor.

Bertrand gab den beiden die Hand. »Das ist aber eine nette Überraschung.« Aus seiner Stimme klang ehrliche Wiedersehensfreude. »Ich habe sehr gehofft, daß Sie meine Einladung annehmen, Mademoiselle, doch mit einem Besuch um diese Tageszeit habe ich offen gestanden nicht gerechnet.« Er strich sich einige widerspenstige Haare aus der Stirn. »Trotzdem herzlich willkommen im Demie-Lune!« Heute würde er zu spät zum Großmarkt kommen und nicht wie gewohnt nur vom Besten einkaufen können, doch das war ihm in diesem Augenblick egal. Er musterte Nicole von Kopf bis Fuß. »Wie geht es Ihnen? Ich habe oft an Sie und die Ereignisse im TGV denken müssen. Es stand in allen Zeitungen, haben Sie es gelesen?«

Nicole nickte. »Leider ist dieser Alptraum nicht vorüber. Zwischenzeitlich habe ich zwei weitere Anschläge überlebt. Vor wenigen Stunden erst ist eine junge Frau getötet worden, die man mit mir verwechselt hat.«

Auf Bertrands Stirn erschien eine steile Falte. »Zwei weitere Anschläge?« fuhr er hoch. »Sagen Sie mir bitte, Mademoiselle, welche Rolle spielt dabei dieser Kerl, bei dem ich Sie in Nizza entschuldigen mußte?«

»Er ist der Grund, warum man mich töten will«, antwortete Nicole bitter. »Bitte, können wir in Ruhe darüber reden? Ich brauche Ihre Hilfe!«

Bertrand nickte. »Natürlich.« Vom Haus klang jetzt klapperndes Geschirr herüber. In der Küche begann man damit, das

Frühstück herzurichten. Er drehte sich um und ging voraus, zu der offenen Tür im mittleren Gebäudetrakt, aus der er vorhin gekommen war. Ihr Weg verlief durch einen breiten Gang, von dem es rechts in die hallenartige Küche führte, in der ein halbes Dutzend Männer und Frauen in schwarzweiß karierten Hosen geschäftig werkelten. Es roch intensiv nach Kaffee und ofenwarmen Brioches. Zwei Eimer voll ausgedrückter Orangenschalen standen neben der Tür und warteten auf den Abtransport.

Bertrand brachte sie in sein Arbeitszimmer, einen kleinen Raum, der von zwei mächtigen Bücherregalen voller Kochliteratur in verschiedenen Sprachen und einem modischen Holzschreibtisch beherrscht wurde, der mit Katalogen, Lieferantenpreislisten und Computerausdrucken bedeckt war. Eine Vielzahl gerahmter Auszeichnungen, die von seinen nationalen und internationalen Erfolgen Zeugnis ablegten, schmückten eine ganze Wand.

Er räumte die Bücherstapel von zwei bequemen Ledersesseln neben dem kleinen Rauchtisch, und verschwand, um wenig später mit einem Tablett wiederzukommen. Seiner Ansicht nach waren eine Tasse Café Crème, frischgepreßter Orangensaft und ofenwarme Brioches mit Orangenkonfitüre der beste Start in den Tag. Und zweifellos hatten die beiden noch nichts gegessen.

Nun erst konnte Nicole erzählen, und Bertrand hörte mit fassungslosem Staunen zu. Wie erwartet, zweifelte er nicht eine Sekunde daran, daß jedes ihrer Worte auf Wahrheit beruhte, denn die dunklen Ringe unter ihren Augen und die eckigen und müden Bewegungen ihrer Hände waren unübersehbar. Natürlich würde er ihr helfen, das stand außer Frage. Er war zwar nur Küchenchef, und die einzigen Waffen, mit denen er umzugehen verstand, waren der Kochlöffel und das elektrische Fleischmesser, doch nötigenfalls würde er Nicole damit schon beschützen.

»Ihr könnt selbstverständlich gern hierbleiben«, bot er den beiden Frauen sofort an. »Leider haben wir im Augenblick nur ein einziges freies Zimmer, doch es ist ziemlich groß und verfügt über zwei einzelstehende Betten. Reicht das vorerst?«

»Hauptsache ein Bett, alles andere ist egal!« verdrehte Danielle die Augen und trank den letzten Schluck Orangensaft. »Ich könnte auf der Stelle einschlafen.«

Da sich Nicole diesem Wunsch anschloß, zeigte ihnen Bertrand das versprochene Zimmer. Weitere Fragen wurden auf später verschoben.

Wie erwartet, reagierte Gitan äußerst gereizt auf Tourballes Anruf. Der schnelle Tod der jungen Frau rechtfertigte in seinen Augen keinesfalls die aufsehenerregenden äußeren Umstände. Als er dann noch von Erics Anwesenheit bei dem Attentat erfuhr, explodierte er förmlich. Nun war ihr gesamter Plan tatsächlich in höchster Gefahr. Er ordnete deshalb an, daß alle verfügbaren Möglichkeiten genutzt wurden, um die Situation wieder in den Griff zu bekommen. Mit dem Unglücksknaben in Monaco wollte er selbst sprechen.

20

Fabien Somper war niemand, den man als einen gutaussehenden Mann mit angenehmen Umgangsformen bezeichnen konnte. Knapp einsneunzig lang und breitschultrig, jedoch gebeugt wie eine vom Küstenwind geprüfte Krüppeleiche, Hände groß wie Schaufeln und einem Gang, der aus einiger Entfernung an einen Gorilla erinnerte, fiel er überall auf. Somper hatte vor nicht ganz vier Monaten sein fünfzigstes Lebensjahr vollendet und zählte längst mehr graue als schwarze Haare auf seinem spärlich bewachsenen Schädel. Das Gesicht trug er glattrasiert, wie es sich seiner Meinung nach für einen Vertreter des französischen Gesetzes geziemte.

Somper war bei seinen Kollegen nicht sehr beliebt, weil er als Eigenbrötler galt, der Informationen nur an Leute weitergab, die ihn ihrerseits unterstützten. Da sich die Herren Kollegen zu seiner Verbitterung jedoch mehrheitlich für ihre Karriere und gegen die Kameradschaft entschieden hatten, wurde er von ihnen ebenso geschnitten, wie er sie seinerseits mit Nichtbeachtung strafte.

Eine von Sompers wenigen Eigenschaften, die allgemein Anerkennung fanden, war sein Durchhaltevermögen, dem er einige bescheidene Erfolge verdankte. Nachdem ihm aber noch nie ein aufsehenerregender Fall übertragen worden war, hatte er seine Fähigkeiten bislang nicht ins rechte Licht setzen können, so daß es nicht von ungefähr kam, wenn sein Name nun angeblich ganz oben auf der Liste der anstehenden Personalkürzungen stand. Einige Jahre ließ man ihm wohl noch bis zur Frühpensionierung, auf Dauer kam er aber gegen die flexibleren und forscher auftretenden jungen Kollegen innerhalb der Kriminalbrigade nicht an.

Um kurz vor sechs hatte ihn der Anruf des allmächtigen Polizeipräfekten Ugo Cimione geweckt, der ihn persönlich mit der Untersuchung des Mordes vor dem Negresco beauftragte. Cimione stand noch unter dem Eindruck eines längeren Telefonats mit dem Bürgermeister, der ihm diesen besonders pikanten Fall ans Herz gelegt hatte. Was Cimione gegenüber Somper natürlich nicht erwähnte, war die wenig schmeichelhafte Bitte des Bürgermeisters, mit der Ermittlung seinen unfähigsten Kommissar zu beauftragen.

Jean Jupin, ein aufstrebender Kriminalpolizist der jungen Garde, war bereits zwanzig Minuten nach den Schüssen am Tatort gewesen und hatte die halbe Nacht hindurch recherchiert. Cimione ließ ihn nun mit einer fadenscheinigen Begründung ablösen, um das Feld einzig und allein Somper zu überlassen. Nach einer Reihe wenig hilfreicher Warnungen des Präfekten, an das angeschlagene Image der Stadt zu denken, begab sich der alternde Kommissar zur Promenade des Anglais.

Als Somper am Tatort eintraf, lag der Mord bereits sechs Stunden zurück. Jupin war längst gefahren, voller Wut im Bauch und mit bösen Sprüchen über den ungeliebten Kollegen. Er kannte Somper gut genug, um zu wissen, daß dieser keinen Wert auf seine bisherigen Ermittlungsergebnisse legte, weil er ohnehin von vorn begann. Infolgedessen hatte er seine Arbeit der letzten Stunden einfach zerrissen und eingesteckt.

Die mit einem weißen Tuch abgedeckte Leiche lag noch immer auf dem Pflaster vor dem Hoteleingang, weiträumig abgesperrt durch die obligatorischen rotweißen Bänder. Auf vier Polizeifahrzeugen rotierten Blaulichter. Ein gutes Dutzend Einsatzkräfte in dunkelblauen Hosen und Schiffchen hielt die Zone vor dem Absperrband energisch von Neugierigen frei, damit die Kollegen unbehindert an den Schauplatz konnten.

Scheinwerfer beleuchteten bis zur Morgendämmerung die gesamte Vorderfront des Hotels. Kreidemarkierungen auf dem Gehsteig hielten die Szenerie zum Zeitpunkt des Mordes fest. Ein Fotograf packte eben seine Geräte in zwei große Aluminiumkisten.

Bevor Somper an die Leiche herantrat, sah er sich kurz um. Die meisten der anwesenden Polizisten kannte er seit langem, sie stammten von der nahen Polizeistation an der Ecke Gustave V./Rue Gabriel Faure gegenüber dem Meridien-Hotel. Allerdings unterhielt er mit keinem einzigen von ihnen ein herzliches Verhältnis. Er grüßte daher nur mit einem Nicken und kauerte sich nieder. Irgend jemand zog das Tuch weg.

Die junge Frau war schön, die beiden Löcher in ihrer Stirn hingegen weniger. Sie lagen keine anderthalb Zentimeter auseinander, Profiarbeit. Der dritte Schuß hatte nur noch die weiße Bluse ruiniert, Somper sah an den Markierungen, daß es sich um einen Sekundärschuß handelte.

Ihr Alter schätzte er auf etwas über Zwanzig, höchstens Sechsundzwanzig. Da der Mund halb offen stand, musterte Somper ihre Zähne. Kaum Plomben, keine Kronen, vielleicht war sie sogar jünger. Er musterte den Schnitt der Bluse, fühlte am Stoff des Blazers. Keine Designerstücke, doch auch kein Ramsch. Fühlte sich irgendwie teuer an. Sein Blick wanderte weiter zu der einfachen Korallenkette. Möglicherweise das Andenken an einen Karibikurlaub. Keine dreißig Francs wert. Zu vulgär für eine Angehörige der High-Society. Ebenso die Ringe an ihren Fingern, die zusammen zweifellos billiger waren als eine einzige Übernachtung in diesem Hotel.

Er blieb in der Hocke und hüpfte ungelenk zu ihren Füßen. Sie trug dunkelblaue Pumps, abgestimmt auf die übrige Bekleidung und sicher nicht billig, doch ziemlich abgetreten. Er bewegte sich zum Kopf der Toten. Ein Haarreif, wie er in einer der billigen Modeboutiquen an der Avenue Jean Medecin zu finden war. Er beugte sich zu ihrem Hals hinunter und schnupperte. Gutes Parfüm. Die Marken brachte er zwar immer wieder durcheinander, ein Irrtum in den Preisklassen unterlief ihm jedoch selten. Dieses hier war teuer.

Er seufzte und richtete sich wieder auf. Die Tote hatte es offenbar zu Lebzeiten trotz begrenzter Mittel verstanden, überall dort, wo es darauf ankam, die richtigen Akzente zu setzen. Mit Sicherheit trug sie horrend teure Dessous. Er würde das später überprüfen. Sie paßte nicht in das übliche Gästeschema des Negresco, daran bestand kein Zweifel. Eine Prostituierte. In Arbeitskleidung. Er hätte einen ganzen Jahreslohn darauf verwettet. Keine von den allerersten Edelnutten, aber auch keine von denen, die am Rande der Ausfallstraßen standen und sich von jedem mitnehmen ließen, der ihnen hundert Francs bot. Somper vermutete Stammgäste, eine eigene Wohnung und telefonische Terminabsprachen.

»Der Tod trat augenblicklich ein«, ertönte in diesem Moment eine leise Stimme hinter ihm. Somper drehte sich erschrocken um und erhob sich. Wenn er nachdachte, nahm er nichts mehr wahr.

Dr. Quilion stand vor ihm. Einer der ältesten und erfahrensten Ärzte, auf die die Polizei in Nizza zurückgreifen konnte. Somper schätzte ihn sehr und bedauerte sein bevorstehendes Ausscheiden zum Jahresende.

»Bei zwei Kugeln im Kopf wohl auch kein Wunder«, knurrte er grimmig.

»Sowohl der zweite Schuß in den Kopf als auch der dritte in die Brust trafen bereits eine Leiche!« Dr. Quilion deutete auf die Markierungen. »Für einen Profi völlig unüblich. Als ob er eine möglichst große Schweinerei veranstalten wollte. Ein spektakulärer Racheakt vielleicht, oder eine brutale Warnung. Die abstruse Logik dieser Leute mag verstehen wer will, ich kann es nicht.«

Somper beteiligte sich selten an Spekulationen. »Irgendwelche Besonderheiten an den Einschußlöchern?« erkundigte er sich.

Dr. Quilion schüttelte den Kopf. »Es muß sich um eine verbreitete Waffe handeln, vermutlich unsere altbewährte Browning-Automatic. Im vorliegenden Fall handelt es sich um Nahschüsse. Weitere Erkenntnisse folgen nach der gerichtsmedizinischen Untersuchung, wenn wir die Pulververbrennungsrückstände und die Zündersatzreste im Schmauchhof untersucht haben.«

Somper zupfte sich nachdenklich an der Nase. »Wann kann ich den Bericht haben?«

Dr. Quilion starrte auf seine Hände, die noch immer in dünnen Plastikhandschuhen steckten. »Morgen vielleicht. Möglicherweise aber auch erst übermorgen. Es ist viel zu tun im Augenblick.«

»Bitte ziehen Sie diese Sache vor«, bat ihn Somper mit leiser Stimme. »Mir sitzen da einige böse Geister im Genick, die so schnell wie möglich Erfolge für die Öffentlichkeit brauchen.«

Dr. Quilion verdrehte entnervt die Augen. »Und da soll noch einer behaupten, Zeit sei bei Toten kein wichtiger Faktor mehr. Alles soll am besten noch gestern über die Bühne gegangen sein. Was denkt Ihr Burschen euch eigentlich? Daß ich der Frau nur in ihre gebrochenen Augen schaue, um die Todesursache und den genauen Zeitpunkt des Herzstillstands festzustellen? Mein lieber Freund, ein Mensch ist kein Personenwagen und ein Gerichtsmediziner kein Automechaniker. Ich bin leider zu alt, um auf den Tag zu warten, an dem es Geräte gibt, die man nur an die Leiche anzuschließen braucht, um alles Wissenswerte auf einer Skala ablesen zu können. Noch bedeutet jede Autopsie langwierige und unappetitliche Handarbeit.« Er schnaufte ärgerlich als sei er es seit langem leid, täglich an toten Körpern herumschneiden zu müssen.

Somper antwortete ihm nicht. Er wußte ebenso wie der bärbeißige Mediziner, daß gründliche Arbeit ihre Zeit brauchte. Es gehörte aber zu seinen Prinzipien, seine Umgebung möglichst zur Eile anzutreiben, um die Ergebnisse wenigstens in einem halbwegs erträglichen Zeitrahmen zu erhalten. Er kannte Kollegen, die darauf verzichteten und manchmal bis zu zwei Wochen auf ihre Autopsieberichte warten mußten.

Nachdem er sich von Dr. Quilion verabschiedet hatte, ging Somper zu den beiden Kollegen von der Spurensicherung, die, an ihren unauffälligen Renault-Kastenwagen gelehnt, neben der Drehtür zur Hotelbar des Negresco auf ihn warteten.

»Und?« fragte er, nachdem er beiden die Hand geschüttelt hatte. »Was habt ihr herausbekommen?«

Martin Sourzat, der ältere von beiden, ein kleingewachsener Bretone mit einem winzigen Oberlippenbärtchen, wie es in den Zwanzigern beliebt war, räusperte sich. »Eine Browning-Automatic, Modell 10, Schußentfernung unter einem Meter. Auf diese Distanz trifft selbst ein Blinder. Wahrscheinlich jeder Schuß tödlich.«

Somper nickte. Die Browning war bei Polizisten eine ebenso beliebte Waffe wie bei Killern, kaum fünfhundert Gramm schwer, mit drei Sicherungsmöglichkeiten. »Sonstige Spuren?«

»Nicht von dem Mörder.«

Somper zog die Augenbrauen hoch. »Von wem dann?«

»Von der Ermordeten und ihrem Begleiter.« Sourzat deutete auf einen Lederkoffer, der in einer durchsichtigen Hülle im offenen Laderaum des Renault lag. »Ein Hotelangestellter hat ihn hinter den beiden hergetragen.«

»Haben Sie ihn geöffnet?«

»Auf den Schlössern befinden sich garantiert Fingerabdrücke. Die wollen wir zuerst abnehmen, ehe wir ihn öffnen.«

»Dann laßt das Schlafen heute ausfallen, ich brauche den Bericht so schnell wie möglich.« Auf seine Frage nach den Zeugen erfuhr Somper, daß die Direktion des Negresco einen Büroraum mit Telefon, Computer und Faxgerät zur Verfügung gestellt hatte, wo sie seit sechs Stunden auf ihre Befragung warteten.

Er betrat das Hotel und ließ sie sich einzeln vorstellen. Amély Pontier, eine Musikstudentin aus Bordeaux, schien ihm besonders müde, Somper beschloß deshalb, mit ihr zu beginnen.

Bis auf einen jungen Gendarmen am Computer schickte er alle in ein freies Nachbarbüro und nahm dann ihr gegenüber Platz. Die aufmerksame Direktion hatte eine Kanne frischgebrühten Kaffee zur Verfügung gestellt, aus der Somper zwei Tassen füllte. Eine schob er Amély hinüber, die sich artig bedankte. Durch die starke Brille und ihr nervöses Augenzwinkern wirkte sie auf den ersten Blick nicht sehr anziehend, immerhin hatte sie das kastanienfarbene Haar adrett hochgesteckt und trug ein hübsches langes Kleid. »Ich stand direkt neben ihm«, sprudelte es aus ihr heraus, kaum daß Somper die Kanne wieder abgestellt hatte. »Sogar etwas Blut habe ich abbekommen. Schauen Sie.« Mit einer nervösen Geste deutete sie auf verschiedene dunkelbraune Spritzer, die ihr Kleid verunzierten.

»Schön der Reihe nach!« wehrte Somper unwirsch ab. Er haßte das aufgeregte Getue, das von manchen Zeugen an den Tag gelegt wurde; es erschwerte ihm nur die Arbeit. Er deutete zu dem jungen Gendarmen am Computer. »Wir fertigen ein Protokoll über Ihre Aussage an, das Ihnen anschließend zur Unterschrift vorgelegt wird.« Er hob mahnend die Stimme. »Mademoiselle, ich bitte Sie deshalb, jede Art von Übertreibung zu unterlassen und nur über Dinge zu berichten, die Sie selbst gesehen haben, haben Sie mich verstanden?«

Amély Pontier nickte, deutlich ernüchtert. Nach Jupins einfühlsamer Art wirkte Sompers Ruppigkeit auf ihr empfindliches Gemüt wie eine kalte Dusche. Nervös strich sie die Falten an ihrem Kleid glatt. »Natürlich. Entschuldigen Sie bitte, aber ich bin so furchtbar aufgeregt. Ich war noch nie bei einem Verbrechen dabei, schon gar nicht bei einem Mord. Mir ist nur einmal die Geige geklaut worden. Im Bus, daheim in Bordeaux, voriges Jahr. Ich habe sie nur kurz aus den Augen gelassen …«

»Mademoiselle, kommen wir zur Sache«, unterbrach Somper ungnädig. »Ich weiß, daß Sie alles schon einmal erzählt haben, aber bitte, konzentrieren Sie sich noch eine letzte halbe Stunde, dann dürfen Sie schlafen gehen.«

»Schlafen?« Sie verschluckte sich beinahe. »Aber Monsieur le commissaire, Sie glauben doch nicht im Ernst, daß ich heute noch schlafen könnte, wo ich …«

»Mademoiselle! *Bitte!*«

Amély zuckte zusammen. »Ich kam also gerade vom Abendessen …«, begann sie jetzt gehorsam, stockte aber gleich darauf wieder. »Nein, falsch, das war vorher, ich kam vom Bummeln auf der Promenade, oder besser gesagt, vom Strand. Dort saß ich nämlich und …«

»Sie stehen nicht unter Verdacht, meine Liebe«, unterbrach Somper sie erneut. »Also bitte keine Details aus Ihrem Leben. Konzentrieren Sie sich auf den Zeitpunkt der Tat.«

Sie nickte schicksalsergeben und schlug die Augen nieder. »Ich war also am Strand und wollte zurück auf mein Zimmer. Es war kühl geworden, und ich hatte keine Jacke dabei. Als ich am Eingang des Negresco vorbeikam, traten die Frau und ihr Begleiter gerade Arm in Arm aus der Tür. Sie gerieten an eine Gruppe Betrunkener, ich glaube, einer von denen hat ihr in den Po gekniffen oder sie angefaßt.«

»Wie sah ihr Begleiter aus?« Somper beugte sich erwartungsvoll vor.

Nachdem ihn Amély bereits mehrfach beschrieben hatte, kam es jetzt wie aus der Pistole geschossen: »Etwa so groß wie die Frau, ziemlich elegant. Sehr schlank, so um die Sechzig. Er hatte einen Bart, einen Vollbart.«

»Welche Farbe?«

»Schwarz, mit grauen Haaren zwischendrin.«

»Kopfhaar?«

»Ebenfalls schwarz, an den Schläfen leicht grau.«

»Sonst etwas Auffälliges?«

Sie schüttelte den Kopf. »Er sah interessant aus. Und ich weiß noch, daß ich mir gedacht habe, daß die beiden mit Sicherheit nicht verheiratet sind.«

»Und worauf begründet sich diese Vermutung?«

Ein Achselzucken. »Viele Männer zeigen sich für ihr Selbstwertgefühl gerne mit hübschen Frauen, schauen Sie nur in die Klatschzeitschriften.«

Somper tat diese Lebensweisheit mit einer Handbewegung ab. »Sie werden gleich gemeinsam mit einem unserer Spezialisten eine Phantomzeichnung von ihm anfertigen«, versuchte er die Vernehmung abzukürzen. »Kommen wir also zu dem Augenblick, in dem die Schüsse fielen.«

»Wie gesagt, sie hatten eine kleine Auseinandersetzung mit ein paar Angetrunkenen, als plötzlich der Kerl mit der Waffe neben mir auftauchte.«

Somper musterte sie jetzt aufmerksam, denn von der Antwort auf seine nächste Frage hing einiges ab. »Was denken Sie, Mademoiselle: Kannte die Frau ihren Mörder? Zeigte sie irgendwie, daß sie sich vor dieser Begegnung gefürchtet hatte?«

Amély schüttelte energisch den Kopf. »Ich bin mir ziemlich sicher, daß sie ihn nicht kannte. Die beiden waren einfach starr vor Entsetzen.«

Er befragte sie noch etwa zwanzig Minuten, die restlichen Aussagen halfen Somper allerdings nicht weiter. Warum war lediglich die Frau erschossen worden, und warum war ihr Begleiter so überstürzt geflüchtet? Bestand zwischen den beiden Männern eine Verbindung? Handelte es sich um einen Denkzettel nach Mafia-Art? Oder kam hier die Angst vor Schlagzeilen ins Spiel? Nur die wenigsten Kunden von Prostituierten gaben ihre Besuche gern zu. Somper wollte allerdings nicht in den Kopf, daß ein Unschuldiger aus Angst vor der Öffentlichkeit eine niedergeschossene Frau kaltblütig fallenläßt und verschwindet. Er vermutete daher, daß dieser Mann eine Begegnung mit der Polizei nicht grundlos fürchtete.

Der nächste Zeuge war der uniformierte Türsteher des Negresco, Victor Palpin. Unter der blauen Uniform mit dem roten Besatz verbargen sich die mächtigen Oberarm- und Brustmuskeln eines Kraftsportlers. Obgleich Palpin nicht mehr der Jüngste war, verbrachte er immer noch einen Großteil seiner Freizeit in dem Fitneß-Center seiner Tochter in Cannes. Er war dafür bekannt, selbst tobende Riesen in den Schwitzkasten zu nehmen und innerhalb weniger Augenblicke zuverlässig zu beruhigen. Zwar standen Gewaltszenen im Negresco nicht gerade auf der Tagesordnung, doch Betrunkene, Straßenhändler oder leichte Mädchen, die dem Haus aus den unterschiedlichsten Motiven einen Besuch abstatten wollten, mußte Palpin beinahe jeden Abend – mehr oder minder höflich – am Betreten hindern. Sein kantiges, gutmütiges Gesicht zog sich bei dem Gedanken an diese wichtige Aufgabe zusammen und verstärkte noch den Eindruck seiner Bizeps.

Auf Somper wirkte Palpin ruhig und sachlich. Dieser Mann würde nicht stundenlang Nichtigkeiten von sich geben, sondern gleich zur Sache kommen; ein Zeuge, wie er ihn liebte.

»Nur die Frau wohnte bei uns«, korrigierte er auch sogleich die falsche Eingangsfrage des Kommissars. »Sie traf am Dienstagvormittag in seiner Begleitung ein, stieg aber allein bei uns ab. Ein derart hübsches Gesicht vergißt man nicht so schnell«, lächelte er schwach und wurde gleich darauf wieder ernst. »Ich stand einige Schritte entfernt, als es geschah, trotzdem ist ihr Blut bis zu mir gespritzt.« Er hob den linken Arm, um die braunen Flecken auf seiner Uniformjacke vorzuzeigen.

Somper sah nicht hin. »Wie oft sahen Sie die Frau seit ihrer Ankunft in das Hotel rein- oder rausgehen?«

Palpin atmete zischend ein. »Ich habe sie nur einmal hinausgehen sehen, kurz nach ihrer Ankunft. Sie trug dabei ein braunes Kleid, das ihr bis zu den Knöcheln reichte, wenn ich mich recht erinnere.« Palpin saß auf seinem Stuhl wie ein Student bei der mündlichen Abschlußprüfung. Kerzengerade, beide Hände auf den Oberschenkeln und sichtlich angespannt. »Dienstags werde ich um Punkt zwölf Uhr mittags abgelöst, wenn Sie also wissen wollen, wann sie wieder zurückgekehrt ist, müssen sie Marc, meinen Kollegen, fragen.«

Somper nickte nur geistesabwesend. Er fand es an der Zeit, endlich einen jener Kniffe aus dem Seminar für Vernehmungspsychologie anzuwenden. »Monsieur Palpin«, begann er nachdenklich. »Sie haben im Laufe Ihres Lebens zweifellos gelernt, Menschen nach ihrem Auftreten einzuschätzen. Wenn Sie mir verraten, was Ihnen am Dienstag durch den Kopf gegangen ist, als sie die beiden zum erstenmal gesehen haben, würde mich das möglicherweise ein gutes Stück weiterbringen.« Es war seine Erfahrung, daß Fragen nach dem persönlichen Eindruck, gestellt an Leute mit großer Menschenkenntnis, oft aufschlußreich waren. Somper begriff nicht, warum viele seiner Kollegen dieses Verfahren ablehnten.

Palpin kratzte sich verlegen am Hinterkopf. In diesem Hause hatte ihn noch nie jemand nach seiner persönlichen Meinung gefragt, deshalb bereitete ihm die Antwort leichte Schwierigkeiten. »Nun ja«, begann er zögernd, »... hm, ... es hat mich ein wenig gewundert, daß ihre Rollen vertauscht waren.«

»Die Rollen vertauscht ...?« Somper sah ihn verständnislos an.

Palpin wurde immer unsicherer. Er fand, daß es ihm eigentlich nicht zustand, die Gäste des Hotels zu beurteilen. Doch der Kommissar hatte ihn gefragt, also mußte er antworten. »Sehen Sie, Monsieur le commissaire, die Frau war eine Prostituierte, soviel steht für mich fest. Trotz ihrer Aufmachung. Ich erkenne diese Sorte auf zwanzig Meter Entfernung. Ich kann sie riechen. Normalerweise sind sie es, die den Herren einen Besuch auf dem Zimmer abstatten, aber in diesem Fall hat sie bei uns gewohnt, und er kam zu Besuch. Das meine ich mit den vertauschten Rollen.«

»Das könnte darauf hinweisen, daß die Frau aus einer anderen Gegend stammt, während er möglicherweise ein Einheimischer ist«, überlegte Somper laut. Was Palpin sagte, war schlüssig, und er bereute nicht, ihm diese Frage gestellt zu haben. Sie unterhielten sich noch zehn Minuten, ehe Somper als nächsten Zeugen den inzwischen ausgenüchterten jungen Mann hereinführen ließ, der der Frau kurz vor ihrem Tod an den Hintern gefaßt hatte. Bei seinem Anblick zweifelte er allerdings, ob von seiner Aussage viel zu erwarten war.

Als Sérgio den kleinen Gong betätigte, war Rosbigalle längst wach und hatte über den gestrigen Abend nachgedacht. Alfred und Florence waren unübertreffliche Gastgeber. Zuvorkommend und großzügig in jeder Beziehung. Er bereute sehr, den drängenden Einladungen seines ehemaligen Assistenten nicht schon viel früher gefolgt zu sein. Mittlerweile war es unwahrscheinlich, daß er diesen Besuch irgendwann wiederholen konnte.

Ärgerlich war ebenfalls, daß er sich kaum noch an die gemeinsame Zeit mit Alfred erinnerte. Wenn er den Grad der Wertschätzung, den dieser Mann ihm gegenüber an den Tag legte, als Maßstab für die Qualität ihrer damaligen Zusammenarbeit nahm, mußten es wahrhaft außergewöhnliche Jahre gewesen sein. Höchst bedauerlich, daß die Erinnerung daran, wie so vieles andere, nicht mehr auftauchen wollte.

Seine beiden Gastgeber saßen bereits am Tisch, als er auf die Terrasse trat und für einen kurzen Moment die herrliche Aussicht genoß. Sie begrüßten sich herzlich und setzten das Frühstück gemeinsam fort. Der Blick Rosbigalles schweifte dabei immer wieder in Richtung Meer, und er entschuldigte sich mehr als einmal für seine Wortkargheit.

Florence erhob sich Punkt zehn, sie hatte einen Friseurtermin und wollte anschließend einiges besorgen. Alfred und Rosbigalle blieben allein zurück.

»Darf ich Ihnen zunächst vielleicht den Garten und nachher das Haus zeigen, Professor?« erkundigte sich Alfred, nachdem Rosbigalle seinen Kaffee ausgetrunken hatte. »Die Zeit dafür ist günstig, ehe es noch heißer wird.«

Rosbigalle nickte zustimmend, und so begannen sie mit dem Rundgang durch die Parkanlage. Alfreds Erläuterungen zufolge beruhte jede Blickachse, jede gartenkünstlerisch gestaltete Ecke, auf seinen eigenen Entwürfen, und Rosbigalle bescheinigte ihm anerkennend ein Stilempfinden, das sich mit jenem der großen Gartenarchitekten vergangener Jahrhunderte messen konnte.

Auf der höchsten Stelle des Parks stand ein kleiner griechischer Tempel, von hier hatte man einen weiten Ausblick über die steil abfallenden Klippen auf das Meer. In seiner Mitte stand ein schneeweißer Marmortisch mit sechs Hockern. Rosbigalle nutzte die Gelegenheit, seine Krücke für einige Minuten beiseite zu legen und sich auszuruhen. »Ich weiß nicht, ob Sie sich noch daran erinnern, Alfred«, sinnierte er dann, ohne den anderen anzublicken. »Doch unmittelbar nach meiner Rückkehr aus den USA habe ich ein kleines Buch über Pierre Le Pesant Sieur de Boisguilbert veröffentlicht, einen heute fast vergessenen Juristen und Ökonomen aus der Normandie, der sich äußerst kritisch mit unserem großartigen Colbert auseinandergesetzt hat.«

Alfred nickte und warf seine Zigarette achtlos zu Boden, um sich die nächste anzustecken. Er kannte alle Bücher seines Mentors.

»Dieser Boisguilbert, der von den meisten seiner Zeitgenossen als jähzornig und unduldsam beschrieben wird«, fuhr Rosbigalle fort, »hat in seinem schier unlesbaren Hauptwerk hundert Jahre vor Adam Smith die erste vollkommen ausgearbeitete ökonomische Theorie in französischer Sprache hinterlassen.«

»Sie haben ihn deshalb als den ›Vater der Nationalökonomie‹ bezeichnet«, erinnerte sich Alfred.

»Sie kennen mein Buch wirklich gut«, nickte Rosbigalle erfreut. »Ja, ich mochte Boisguilbert in erster Linie wegen seiner radikalen Befürwortung des Freihandels, habe allerdings nie verstanden, wie er zu der Einschätzung kam, daß nur jene Leute etwas von Wirtschaft verstehen, die selbst aktiv Geschäfte betreiben. Diese These war damals in meinen Augen Verrat an der Wissenschaft.«

»Sie zeigt nur seine Sicht der Dinge«, widersprach Alfred höflich.

»Inzwischen bin auch ich geneigt, ihm zuzustimmen«, beharrte Rosbigalle. »Ich betrachte Boisguilbert als einen Geistesverwandten, der wie ich viele Jahre damit verbracht hat, Ideen auszuarbeiten, die den Menschen mehr Arbeit und Wohlstand bringen sollten. Außerdem teilen wir das bittere Schicksal, in Vergessenheit geraten zu sein.« Er spielte nachdenklich mit seiner Krücke.

»Sie haben der Welt viel gegeben, Professor!« widersprach ihm Alfred betroffen. »Ich denke nicht, daß sich Ihr Beitrag zur Wissenschaft mit Geld oder großen Ehrungen aufwiegen läßt, denn er ist Teil des Wirtschaftslebens geworden, unverzichtbar für uns alle.«

»Meinen Sie?« Rosbigalle blieb skeptisch. »Aber bin ich nicht das lebende Beispiel dafür, daß Boisguilbert recht hatte? Ich habe mich mein Leben lang ausschließlich mit Nationalökonomie und Philosophie befaßt und trotzdem nichts erreicht. Sie hingegen haben Theorie und Praxis geschickt miteinander kombiniert und sich dadurch ein Vermögen erworben. Vermutlich hätte ich damals mehr auf Sie hören sollen, mein Junge.« Er verzog die Lippen zu einem dünnen Lächeln.

»Alles was ich habe, verdanke ich in erster Linie Ihnen«, gab Alfred lächelnd zurück. Auch wenn er es nicht für gerechtfertigt hielt, ehrte ihn das außergewöhnliche Lob des alten Mannes. »Es war niemand anderes als Sie, Professor, der in meinem viel zu technokratischen Hirn das Verständnis für die Zusammenhänge der Dinge geweckt hat. Ohne Ihre Grundlagen wären meine waghalsigen Währungsspekulationen mit dem Vermögen meines Vaters mit Sicherheit gescheitert.« Er breitete die Arme aus. »Ich habe stets alles auf eine Karte gesetzt und dank dieses Wissens immer gewonnen. Dafür schulde ich Ihnen eine Menge, Professor.«

»Davon müssen Sie mir heute abend mehr erzählen«, seufzte Rosbigalle. »Es will mir einfach nicht in den Kopf, wie meine Gedanken, die immer den ganzen Wirtschaftsraum betrafen, einem einzelnen bei Spekulationen konkret nützen. Sie sehen mich wißbegierig, Alfred.«

»Jedes internationale Geldgeschäft ist nichts anderes als angewandte Nationalökonomie.« Alfred zündete sich die nächste Zigarette an. »Wer die Prinzipien des einen versteht, weiß sich auch im anderen Feld zu behaupten.«

»Ich bin wirklich beeindruckt.« Einige alte Erinnerungsfetzen erschienen dabei vor Rosbigalles innerem Auge. Der junge Alfred, arbeitsam und gierig nach allem, was Erfolg versprach. Nicht viele junge Menschen aus reichem Hause waren bereit, für die paar Francs Assistentengehalt bis zum Umfallen zu arbeiten.

Im weiteren Verlauf ihres Gespräches erzählte Rosbigalle schließlich von Nicole und dem eigentlichen Grund seines Besuchs. Alfred hörte ihm aufmerksam zu und bot spontan jede gewünschte Hilfe an. Der alte Mann nahm diesen Freundschaftsdienst gerne in Anspruch, und sie vereinbarten kurz entschlossen, die Besichtigung des Hauses auf den Spätnachmittag zu verschieben, um sofort nach Nizza fahren zu können und Nicole in ihrem Hotel aufzusuchen.

Laborde hatte an diesem Vormittag alle Termine abgesagt und saß allein in seinem riesigen Büro im Staatsministerium an der Place de la Visitation. Eine fürchterliche Nacht lag hinter ihm. Die glasigen Augen der toten Claire ließen ihm keine einzige Sekunde Schlaf. Sein Blut schien heute morgen zu kochen, und er war nervös wie nie zuvor. Ihm graute vor der nächsten Nacht.

Wenn ihn die Erinnerung an Claire abermals vom Schlafen abhielt, drohte ihm vermutlich ein Nervenzusammenbruch.

Natürlich hatte er Christine sofort nach seiner Rückkehr aus Nizza alles berichtet, und sie hatte sich großartig verhalten. Ohne den geringsten Vorwurf begann sie sofort eine Strategie zu entwickeln, bei der es im Kern darum ging, auf keinen Fall abzuwarten, bis Gitan anrief, sondern von sich aus den Kontakt zu ihm zu suchen, um ein wildes Lamento anzustimmen. Sie waren wegen der Dummheit dieses Killers nur um ein Haar an einer Katastrophe vorbeigeschrammt, Gitan mußte sich bei ihm in aller Form entschuldigen. Und dann war da noch die Polizei. Der Mord vor dem Negresco forderte eine großangelegte Ermittlungsaktion förmlich heraus. Mitten in der Urlaubssaison stand mehr auf dem Spiel als nur die Gerechtigkeit für eine tote Frau: Der gute Ruf der Stadt bei den Reichen und Schönen dieser Welt war in Gefahr, und die Polizei stand unter Handlungszwang. Die Ermittler würden sich wütend in die Einzelheiten dieses Mordes verbeißen und nicht eher lockerlassen, als bis sie einen Täter vorweisen konnten. Es war nicht auszuschließen, daß sie dabei auch auf die Spur stießen, die nach Monaco führte. Immerhin besaßen sie nun Nicoles Koffer und konnten so vielleicht ihre Identität feststellen. Laborde lief es bei diesem Gedanken eiskalt den Rücken hinunter, und er erhob sich, um an das Fenster zu treten.

Im Hafen tummelte sich das übliche vormittägliche Leben. Ein Kreuzfahrtschiff lief gerade ein und steuerte den Quai des Etats-Unis an. Das kleine Boot der Wasserschutzpolizei wartete ab, bis sich die aufgewühlten Wellen beruhigt hatten, ehe es hinterherfuhr. Winkende Menschen standen auf den Decks des schneeweißen Riesen, der eben noch in das winzige Hafenbecken paßte.

Laborde schloß die Augen. Es würde ihm schwerfallen, sein wohlorganisiertes Reich zu verlassen. Eine Verhaftung durfte es nicht geben, das stand für ihn fest. Wenn kein anderer Ausweg mehr blieb, würde er sich das Leben nehmen. Besser als die Schmach der Festnahme, monatelangen Prozessen und ein Lebensende hinter Gittern. Laborde hatte sich auf ein Spiel eingelassen, das höchste Einsätze verlangte, und er war nicht der Typ, der sich nach dem Verlieren vor dem Bezahlen drücken wollte.

Er ging wieder zu seinem Schreibtisch zurück und setzte sich in den Sessel. Es wurde Zeit, Gitan anzurufen.

Nachdem sich noch weitere Zeugen gemeldet hatten, um ihre Aussagen zu machen, war Somper mit den Vernehmungen bis in den späten Vormittag hinein beschäftigt.

Die mittelgroße, dünne Gestalt mit dem kleinen Wohlstandsbäuchlein und den langen gepflegten Fingern, die als Vorletzter an die Reihe kam, gab ihren Namen mit ›Gabriel Devin‹ an. Er führte einen kleinen Friseurladen in Vélizy bei Paris. Zweiundvierzig Jahre alt, verheiratet.

»Monsieur le commissaire«, begann er besorgt. »Ehe ich Ihnen erzähle, was ich gesehen habe, muß ich unbedingt darauf bestehen, daß meine Aussage und mein Name unter keinen Umständen in die Presse gelangen.« Als Somper ihn daraufhin erstaunt ansah, fuhr er mit beschwörendem Unterton fort: »Für meine Frau bin ich nämlich auf einem Weiterbildungsseminar für Friseure in Rennes, und wenn sie erfährt, daß ich mich statt dessen mit einer Kollegin hier in Nizza vergnüge, ist unsere Ehe endgültig beim Teufel.« Er zog ein betrübtes Gesicht und seine langen Finger zuckten noch nervöser. »Da ihr das Geschäft allein gehört, sitze ich anschließend ohne einen Franc auf der Straße, das ist so sicher, wie es Mittag wird.« Verständnisheischend blickte er Somper in die Augen.

Dieser machte eine unwillige Handbewegung. »Halten Sie mich für einen AFP-Korrespondenten? Von mir wird niemand etwas erfahren.« Er sah auf die Uhr. »Ich habe nicht mehr viel Zeit. Schießen Sie also los.«

Devin räusperte sich verlegen. »Während der Nacht bin ich mit Hortense am Negresco vorbeigelaufen, weil wir einen Blick in die Hotelhalle werfen wollten. Sehen Sie, wir sind beide nicht sehr vermögend und können uns nur eine einfache Absteige leisten, deshalb wollten wir wenigstens mit unseren Augen an dem Luxus dieser Welt teilhaben.«

»Es sei Ihnen gestattet«, brummte Somper großzügig. »Wegen mir auch mit den Ohren und den Füßen, aber kommen Sie endlich zur Sache.«

Der nervöse Friseur schneuzte sich. »Jedenfalls standen wir vor der Tür und versuchten, an dem kostümierten Burschen vorbei in die Halle zu sehen, als die beiden herauskamen.«

Jetzt war Somper interessiert. Die bisherigen Aussagen dieses Morgens waren zwar umfangreich, doch wenig ergiebig gewesen. »Weiter!« drängte er deshalb ungeduldig.

»Wir standen allerhöchstens drei Meter von der Frau entfernt, als es passierte. Hortense hatte sich gerade umgedreht, da tauchte dieser Kerl mit der Waffe auf. Es war fürchterlich, Monsieur, mir zittern jetzt noch die Knie. Aber was sollten wir tun? Warten, bis irgendwelche Journalisten angerannt kamen und Bilder von uns machten? Wahrscheinlich war es falsch, aber wir haben uns verdrückt, gleich nachdem das Durcheinander begann.« Er trommelte mit den Finger auf seinen Oberschenkeln herum. »Wir konnten natürlich nicht einschlafen und haben lange darüber diskutiert, ob wenigstens einer von uns zur Polizei gehen sollte. Na ja, und da bin ich nun. Bitte, Monsieur, sorgen Sie um Himmels willen dafür, daß meine Frau nichts davon erfährt.«

»*Was* haben Sie gesehen?« Somper verspürte allmählich das unbändige Verlangen, die Betrogene noch in der nächsten halben Stunde anzurufen, um ihr von den Eskapaden dieses ungetreuen Schwätzers zu erzählen.

»Den Mörder natürlich«, antwortete Devin kopfschüttelnd.

»Auch den Begleiter der Toten?«

Ein leichtes Zögern. »Ja, sicher.«

»Dann los, beschreiben Sie ihn.«

Devin legte seine Fingerspitzen zusammen und führte sie an die Nasenwurzel. Die beiden Daumen preßte er unter das Kinn. »Schlank, vielleicht drei oder vier Zentimeter kleiner als die Frau, graumelierte Haare, mit einem letzten Rest Braun, und von keinem besonders guten Friseur geschnitten.« Um Somper die Frage zu ersparen, fügte er rasch hinzu: »Rechts reichten die Haare bis ans Ohrläppchen, während links noch gut fünf Millimeter fehlten. Wirklich kein guter Schnitt.« Er schüttelte mißbilligend den Kopf über die schludrige Arbeit seines Kollegen. »Der Bart hat ungefähr dieselbe Farbe wie sein Haupthaar. Ebenso unsauber geschnitten.« Er deutete an seine Wangenknochen. »Ein gepflegter Vollbart verlangt nämlich Tag für Tag eine Menge Arbeit, besonders hier.« Seine Finger fuhren in einem leichten Bogen von den Koteletten zum Mundwinkel herab. »Er muß regelmäßig ausgeschnitten werden, sonst stehen überall einzelne Härchen ab.« Er machte eine Geste des Ekels. »Einfach unästhetisch.«

Devins übrige Beschreibung des Begleiters und des Täters entsprach den Beobachtungen der bereits befragten Zeugen. Ebenso seine Aussage über den Hergang des Verbrechens.

Somper vertraute der Aussage Gabriel Devins instinktiv mehr als der Beschreibung Amély Pontiers. Einerseits, weil ihm die junge Frau nicht gerade sympathisch war, andererseits aber auch, weil Monsieur Devin als Friseur einen geschärften Blick für die menschliche Haartracht besaß.

In der Suchmeldung, die er kurz danach an seinem Schreibtisch formulierte, ließ Somper folglich nach einem schlanken Mann um die Sechzig mit einem schlecht geschnittenen braungrauen Vollbart und ebenso schlecht geschnittenen angegrauten Kopfhaaren fahnden, auffallend gut gekleidet, sicher im Auftreten. Seine Ermittlungen bauten damit vollständig auf Gabriel Devins Aussage auf.

Guy de Malmondy, Chef des Europäischen Währungsinstituts, hatte in das Gebäude der Pariser Börse zu einem Empfang eingeladen, zu dem neben sämtlichen Präsidenten der europäischen Notenbanken auch die übrigen herausragenden Persönlichkeiten der Finanzwelt erschienen waren. In seiner Begrüßungsrede ging er zuerst auf die ewige Streitfrage der Fachleute ein, ob die Geldpolitik in erster Linie ein Preisziel oder ein Geldmengenziel ansteuern sollte, und leitete daraus einige neue Überlegungen ab, mit denen er die Diskussion in dieser entscheidenden Phase der europäischen Einigung zu beeinflussen hoffte.

Antoine Fortune, mit dem er später bei einem Glas Champagner zusammenstand, gratulierte ihm zu seiner Rede. »Es war keiner meiner schlechtesten Einfälle, Sie für den Posten des EWI-Präsidenten vorzuschlagen«, nickte der Minister befriedigt. »Sie vertreten unsere nationalen Interessen vorbildlich.«

»Kann ich etwas dafür, wenn die Vernunft und Frankreichs Interessen einander entsprechen?« lächelte Malmondy hintergründig. »Ich folge stets nur meinem Verstand.«

»Schön, daß wir uns in diesem Punkt einig sind.«

Ohne Hintergedanken warf Malmondy daraufhin ein: »Gerade deswegen verwundert es mich, daß Sie eine Entwicklung zulassen, die sowohl der Vernunft wie auch Frankreichs Interessen zuwiderläuft.« Die Nervosität seiner Rede war noch nicht abgeklungen, und er hatte nicht recht gewußt, wie er das Gespräch fortsetzen sollte, daher spielte er auf einen Bericht an, den er am gestrigen Nachmittag kurz überflogen hatte.

Für Fortune war die Bemerkung allerdings fast eine Ohrfeige. Er zuckte zusammen und starrte sein Gegenüber mit offenem Mund an. Was hatte er da gerade gesagt?

Malmondy lächelte noch breiter und hob abwehrend die linke Hand, um seine Ungeschicklichkeit zu überspielen. »Ich meine Vandelins Vorschlag, den französischen Finanzmarkt zu regionalisieren. Seine Bestrebungen laufen nämlich auf eine nachhaltige Schwächung von Paris hinaus, das ist Ihnen doch hoffentlich klar? Selbst wenn Frankreich dadurch insgesamt ein größeres Stück von dem europäischen Kuchen abbekommen sollte, wird es seine Position gegenüber den Partnerländern schwächen. Blicken Sie über die Grenze nach Deutschland: Dort geht man genau den umgekehrten Weg und reduziert die Bedeutung der Regionalbörsen, um Frankfurt zu stärken.«

»Sie meinen also, ich sollte mit Vandelin noch einmal in aller Ruhe darüber reden?« Wie immer sah sich Fortune außerstande, ein Thema ohne Vorbereitung zu diskutieren. Überdies hatte er Vandelins Vorschlag ohnehin nur als Denkansatz verstanden und weniger als konkreten Plan. Dementsprechend hatte er sich wenig damit befaßt.

Malmondy nickte heftig. »Ich halte es für dringend notwendig.«

»Sie können von der unumstößlichen Gewißheit ausgehen…«, wollte Fortune gerade zu einem umständlichen Schlußwort ansetzen, als der Präsident der österreichischen Bundesbank zielsicher auf ihn zugesteuert kam. Daher beendete er seinen Satz rasch mit einer Floskel: »Wir werden ganz sicher nichts unternehmen, was uns im Kreise der anderen Europäer schwächt, lieber Freund, das verspreche ich Ihnen.« Dabei klopfte er Malmondy freundschaftlich auf die rechte Schulter.

Das Kopfschütteln von Claude Babangui nahm Rosbigalle vorerst jede Hoffnung, Nicole rasch wiederzusehen. Der freundliche Schwarze hinter dem Tresen erzählte den beiden Männern bedauernd von ihrer überstürzten Abreise. Der Professor mußte also warten, bis sie sich wieder bei ihm meldete.

Damit sie die Fahrt nicht ganz umsonst angetreten hatten, schlug er Alfred im Wagen vor, noch im Negresco vorbeizufahren. Er wollte versuchen, wenigstens Nicoles Koffer zu retten, damit sie sich nicht lauter neue Sachen kaufen mußte.

Alfred fand die Idee ebenfalls gut, und so betraten sie wenig später die prachtvolle Eingangshalle. Vor dem Gebäude deutete nichts mehr darauf hin, daß hier vor wenigen Stunden ein Mord verübt worden war. Die Hoteldirektion legte verständlicherweise großen Wert darauf, daß möglichst schnell wieder Normalität in den Geschäftsbetrieb einkehrte. Die Gäste schätzten es üblicherweise nicht, am Schauplatz eines Verbrechens zu wohnen.

Rosbigalle steuerte zielstrebig den Concierge an.

»Guten Tag, Monsieur!« Der uniformierte Angestellte wandte sich ihm sofort zu. »Was kann ich für Sie tun?«

Rosbigalle fühlte sich plötzlich unbehaglich. Würde man ihm Nicoles Gepäck überhaupt aushändigen? Immerhin war er mit ihr nicht verwandt, und außer seinem Wort gab es nichts, was ihre Freundschaft bestätigte. Doch da er nun mal bereits hier war, mußte er es wenigstens versuchen. Er griff sich nervös an die Brille. »Eine junge Bekannte von mir bewohnt seit Dienstag eine Suite in Ihrem Haus.« Er suchte nach den passenden Worten. »Sie konnte leider nicht länger bleiben, deshalb möchte ich gern die Rechnung begleichen und ihr Gepäck mitnehmen.«

»Würden Sie mir bitte zuerst den Namen der jungen Dame nennen, Monsieur?« bat der Angestellte und drehte sich bereits zur Computertastatur seines Terminals um.

»Sie heißt Nicole Aubert und stammt aus Paris«, antwortete Rosbigalle.

Der Concierge wurde augenblicklich kreidebleich. Er brauchte nicht nachzusehen, denn dieser Name fiel seit den frühen Morgenstunden in so gut wie jedem Gespräch zwischen den Hotelangestellten.

»Was haben Sie?« entfuhr es Rosbigalle, dem die plötzliche Veränderung im Gesicht des Angestellten nicht entging.

»Mademoiselle Aubert ...« Der Concierge schluckte. Er hätte in diesem Moment viel dafür gegeben, nicht hinter seinem Tresen stehen zu müssen. »Ihre Bekannte ... wurde heute nacht vor unserem Haus erschossen.« So einfühlsam wie er konnte, fuhr er fort: »Es tut mir wirklich leid, Monsieur, daß ich es bin, der Ihnen diese traurige Mitteilung machen muß.«

Die letzten Worte hörte Rosbigalle bereits nicht mehr. Vor seinen Augen hatte sich alles zu drehen begonnen, und er fiel mit leisem Ächzen gegen den Tresen der Rezeption. Alfred konnte gerade noch verhindern, daß seine zerbrechliche Gestalt zu Boden rutschte.

21

Als Rosbigalle wieder zu sich kam, lag er auf einem der weichen Sofas in der Halle des Negresco. Gut zwei Dutzend Menschen starrten besorgt auf ihn herab, unter ihnen auch Alfred.

Der alte Mann schämte sich furchtbar. Er war in über neunzig Jahren kein einziges Mal ohnmächtig geworden und jetzt ausgerechnet inmitten einer belebten Hotelhalle. Er versuchte ein schwaches Lächeln, das allgemeine Erleichterung auslöste.

Alfred kniete schwer atmend neben ihm. »Wie geht es Ihnen, Professor?« wollte er wissen. »Sind Sie wieder in Ordnung?«

Rosbigalle nickte und richtete sich langsam auf. Er wußte vor Verlegenheit nicht, wohin er blicken sollte. Überall diese neugierigen fremden Leute. »Nur ein kleiner Schwächeanfall«, murmelte er betreten. »Es ist mir äußerst peinlich.« Dann kam die Erinnerung wieder hoch. Nicole war ermordet worden! Abermals tanzten schwarze Schatten vor seinen Augen, gegen die er mit der ganzen Kraft seines Willens ankämpfen mußte. Er sah die junge Frau vor sich, wie sie sich in den Tuilerien mit ihm unterhielt. Sie war so sehr zu einem Teil seines Lebens geworden, daß er die Todesnachricht kaum verkraftete.

Der besorgte Concierge hatte einen Krankenwagen gerufen, der in diesem Augenblick eintraf. Trotz Rosbigalles heftiger Proteste wurde er nach einer kurzen Untersuchung auf eine Liege gepackt und in eine von Alfred ausgesuchte Privatklinik in Cannes gebracht.

Somper saß an seinem Schreibtisch und starrte nachdenklich auf einen Wust von Notizzetteln, die in Stichworten seine bisherigen Erkenntnisse festhielten. Nachdem es sich bei der Toten mit ziemlicher Sicherheit um eine Prostituierte handelte, bestand immerhin die Möglichkeit, daß es zwischen ihr und ihrem Begleiter zu einem Austausch von Körperflüssigkeiten gekommen war. Wenn sie Glück hatten, konnte das Labor seinen DNS-Fingerabdruck anhand einer Blutgruppenbestimmung mit der DNA-Analyse herausfinden.

Der Koffer enthielt Kleidungsstücke und sonstige Gegenstände, die zum üblichen Reisegepäck einer jungen Frau gehörten. Auf der Kosmetiktasche befand sich ein Namensschild mit der Aufschritt N. *Aubert*, ebenso auf einer kleinen Samtschatulle, die billigen Modeschmuck enthielt. Außerdem fand man einen Briefumschlag mit verschiedenen Besetzungslisten vom Moulin Rouge, aus denen hervorging, daß eine Nicole Aubert ab Oktober wieder auf der Bühne stand. Auf diesen Namen war auch das Zimmer im Negresco gebucht worden.

Die Fingerabdrücke auf dem Kosmetikspiegel brachten ihn ebenfalls keinen Schritt weiter. Sie waren unerklärlicherweise nicht mit denen identisch, die sie der Toten mittels Leichenlöffel und Porelonkissen abgenommen hatten. Alle anderen Details stimmten überein: Kleidergröße, Körbchengröße des BH, Schuhgröße.

Ebenfalls nicht ins Bild paßten der Lippenstift und das Parfüm. Der persönliche Duft der Toten entstammte keinem der Flakons in ihrer Kosmetiktasche. Auch die naturblonden Haare, die sich in ihrer Bürste fanden, gehörten einer anderen Person; die ursprünglich brünette Haarpracht der Toten war gefärbt.

Ein weiteres Rätsel stellten ihre Beine dar. Laut Dr. Quilion ließen sie definitiv nicht auf eine Berufstänzerin schließen, ihnen fehlte die dazu notwendige Muskulatur.

Das Telefon klingelte. Somper hob ab und erfuhr von seinem Assistenten, daß die Direktion des Moulin Rouge das Beschäftigungsverhältnis mit einer Nicole Aubert bestätigte. Die junge Frau sei eine zuverlässige Angestellte und erstklassige Tänzerin, die wegen eines Kreuzbandabrisses noch bis Ende September krank geschrieben war. Da eine derartige Verletzung aus dem Bericht Dr. Quilions jedoch ebenfalls nicht hervorging, glaubte Somper endgültig, daß die Tote nicht die Besitzerin des Koffers sein konnte.

Antoine Fortune saß an seinem Schreibtisch und studierte das mächtige Aktenkonvolut mit Vandelins Vorschlägen zur Dezentralisierung des französischen Geldhandels. Malmondys Warnung hatte ihn hellhörig gemacht, so daß er auf dem schnellsten Wege in sein Büro zurückgekehrt war, um sich über die Ideen seines Staatssekretärs ins Bild zu setzen.

Er erkannte schnell die Vorteile von Vandelins Plan, die Frage war nur, ob die Nachteile und Unwägbarkeiten nicht überwogen.

Trotzdem konnte er Vandelin nicht im Stich lassen. In seinem Interesse wollte er daher den Ausweg wählen, den alle Politiker der Welt gingen, wenn sie einen Plan beerdigen mußten: Wenn nicht mehr darüber geredet werden durfte, wuchs innerhalb kürzester Zeit Gras über die Sache.

Der Fürst von Monaco sollte morgen, am Samstag, zu der alljährlichen Sitzung des Internationalen Olympischen Komitees in Lausanne aufbrechen, wo er sich mit seinem Sohn treffen wollte, der sich derzeit in den USA aufhielt. Alain bestand darauf, daß die Sicherheitsvorkehrungen bei dieser Reise so akribisch eingehalten wurden wie nie zuvor. Er spürte, daß etwas in der Luft lag, und wollte keinerlei Risiko eingehen.

Marc Vandelin saß im Pariser Büro des Chefredakteurs der Tageszeitung *Le Figaro*, um ein lange vorher verabredetes Hintergrundgespräch über die bevorstehenden Veränderungen im europäischen Währungssystem zu führen. Wie bei solchen Treffen üblich, lief kein Bandgerät mit, und der Staatssekretär hatte die Zusage erhalten, daß das Gespräch weder in einzelnen Passagen noch sinngemäß veröffentlicht wurde. Es sollte lediglich als Hintergrundinformation für Armand Thessier, den Nestor der französischen Journalisten und Chefredakteur des *Figaro*, sowie den beiden Leitern der Wirtschaftsredaktion Hubert Patris und Charles Bontemps dienen, damit diese den anstehenden Prozeß besser beurteilen konnten.

Regierungsmitglieder, denen ein besonders gut funktionierender Draht zur Presse nachgesagt wurde, verdankten diesen in der Regel informellen Kontakten, bei denen sie ausgesuchten Spitzenjournalisten einen Vorsprung vor der Konkurrenz verschafften. Im Gegenzug dafür revanchierten sich die jeweiligen Pressevertreter zu passenden Zeiten mit wohlmeinenden Artikeln oder hielten sich bei allgemeiner Schelte deutlich zurück. Dieses Geben und Nehmen, das dem beiderseitigen Vorteil diente, beeinflußte die öffentliche Meinung weit mehr als die offizielle Pressearbeit.

Vandelins prekäre Situation zwang ihn geradezu, sich mächtige Verbündete auf seiten der Presse zu sichern. Nur mit ihrer Unterstützung konnte er es riskieren, trotz der Erpressung, nicht den treuen Erfüllungsgehilfen Gitans zu spielen. Er hoffte auf den Sessel des Finanzministers, um von dort das Hôtel Matignon, den Sitz des Regierungschefs, anzupeilen. In der Vergangenheit häufig als Durchgangsstation für das Amt des Premierministers gebraucht und deshalb mit einem hohen Prestige behaftet, erschien ihm Antoines Stuhl geradezu als Inbegriff aller Wünsche.

Dazu mußte er aber auf der einen Seite Gitan weiter seine Loyalität beweisen, durfte auf der anderen Seite jedoch nicht zum Helfershelfer des Verbrechens werden. Wenn Gitans Pläne an Hindernissen scheiterten, auf die Vandelin keinen Einfluß hatte, konnte er ihm keine Vorwürfe dafür machen, und seine Karriere blieb ungefährdet. Mit Hilfe der Presse wollte er dazu eine Stimmung erzeugen, die den nötigen Druck auf den Präsidenten und den Premierminister ausübte, damit diese im letzten Moment eine Kurskorrektur vornahmen. Vandelin war bereit, für seine Karriere beinahe jedes Risiko einzugehen.

»Was uns Sorgen macht, sind die vielen Klein- und Kleinstbanken aus der ehemaligen Sowjetunion und Südamerika, die bereits in den Startlöchern stehen, um sich einen gewichtigen

Anteil aus dem Kuchen des französischen Finanzmarktes herauszuschneiden«, führte er im Laufe seines Gespräches aus und spielte damit auf die zunehmende Massierung von exotischen Bankenvertretern in Monaco an.

»Ich verstehe nicht ganz, Marc!« Thessier war mit dem Staatssekretär seit Jahren eng befreundet. »Sonst reißen sich die Finanzplätze doch um die Ansiedlung neuer Banken! Ich bin kein Volkswirt, doch mein einfacher Verstand sagt mir, daß eine ausländische Bank immer eine vermögende Botschafterin ihres Landes ist, die nach Investitionsmöglichkeiten sucht.«

»Ganz so einfach ist die Gleichung leider nicht«, schüttelte Vandelin nachsichtig den Kopf. »Vor allem dann nicht, wenn es sich um derart dubiose Institute handelt.«

»Sie vermuten also, daß diese Banken kriminelle Geldwäschegeschäfte bei uns tätigen wollen?« warf Charles Bontemps ein.

Vandelin nickte. »Ich fürchte, die sogenannte organisierte Kriminalität versucht, ihre Finanzgeschäfte zu institutionalisieren. Die Währungsspezialisten der Unterwelt haben sich offensichtlich den Franc als passende Leitwährung ausgesucht, um sich mit seiner Hilfe Eintritt in das Europäische Währungssystem zu verschaffen. Während wir hier reden, versuchen diese Leute bereits, wichtige Positionen zu besetzen, um das System in einigen Jahren fest im Griff zu haben.«

»Darf ich fragen, worauf sich Ihre Befürchtungen gründen?« fragte Charles. Er spielte nachdenklich mit einer Schachtel Streichhölzer. Die Männer saßen um einen runden Konferenztisch und rauchten kubanische Puros, eine Leidenschaft Thessiers.

Vandelin wiegte seinen Kopf unbestimmt hin und her. »Das läßt sich schwer in Worte fassen, zumal die Sicherheitsbehörden noch keinen Alarm schlagen. Beunruhigende Veränderungen in verschiedenen Rahmendaten und Geldströme aus ungewöhnlichen Richtungen lassen mich jedoch unruhig werden. Die vielen Milliarden Francs, die über Strohmänner derzeit in französischen Immobilien und Industriebetrieben investiert werden, festigen die dominierende Stellung der Mafia immer weiter. Alle Abwehrmaßnahmen, die wir für ein derartiges Szenario aufgebaut haben, greifen leider ins Leere, weil diese Leute praktisch in jedem Fall über ehrbare französische Verbindungsleute verfügen.«

»Dein Verdacht gründet also hauptsächlich in einer bloßen Ahnung und weniger auf gesicherten Erkenntnissen deines Hauses?« brachte es Thessier auf den Punkt und starrte dabei nachdenklich auf das glühende Ende seiner Zigarre.

»Ganz genau.« Vandelin hob beide Hände zu einer abwehrenden Geste. »Aber ich bitte dringend, das unter keinen Umständen zu schreiben. Diese Information soll euch nur dazu dienen, die Entwicklungen mißtrauisch verfolgen und kompetent beschreiben zu können.«

»Wir werden die Augen offenhalten, Marc.« Thessier griff zur Kaffeekanne. »Darf ich nachschenken?«

Nicole erwachte durch das leise Klappern von Geschirr. Sie schlug die Augen auf und sah auf eine helle Stofftapete, an der zwei herrliche Drucke in den bunten Farben Chagalls hingen. Sie wandte ihren Kopf zur Seite und erkannte in dem zweiten Bett, das nur durch einen schmalen Nachttisch von dem ihren getrennt war, das Profil der schlafenden Danielle.

Schwungvoll warf sie das Laken zur Seite, um auf die Füße zu springen und an das offene Fenster zu treten. Eine rotweiße Stoffmarkise verdeckte den größten Teil der Terrasse unter ihr. Neben den leisen Geräuschen von Besteck und Geschirr fanden kurze holländische und deutsche Sprachfetzen den Weg zu ihr herauf.

Während Nicole duschte, wachte Danielle auf und tastete schläfrig nach dem Telefonhörer. Sie mußte Alain anrufen und ihm von den Ereignissen der Nacht berichten. Zum erstenmal seit zwei Jahren unterhielten sie sich bei diesem Gespräch wieder länger als zehn Minuten wie erwachsene Menschen. Alain hörte ihr aufmerksam zu, und als er versprach, spätestens in einer Dreiviertelstunde in Grasse zu sein, spürte Danielle tatsächlich so etwas wie freudige Erregung. Sie schimpfte sich selbst eine dumme Gans und stolperte ins Badezimmer, um Nicole von dort zu vertreiben.

Martine, eine junge hübsche Angestellte des Demie-Lune, die die Gäste mit einem einladenden Lächeln an ihre Tische führte, war von Bertrand beauftragt worden, sofort zu melden, wenn die beiden neuen Gäste auftauchten. Als sie kurz nach zwei ihren Kopf durch die Küchentür steckte und ihm verschwörerisch zuzwinkerte, warf er seine Schürze zur Seite und eilte zu ihnen. »Ich hoffe, ihr konntet noch einige Stunden schlafen«, trat er lächelnd an ihren Tisch. »Das Personal ist den ganzen Vormittag über nur auf Zehenspitzen durch das Haus geschlichen.«

Während die beiden Frauen lachten, schlug ihnen Bertrand das Menü vor: gefüllte Perlhuhnbrust, Loup de mer mit Hummerkruste auf gratiniertem Kohlrabi und frische Erdbeeren auf Mandelsauce mit Schokoladenparfait. Er war ein Vertreter der unprätentiösen, aber im Detail exklusiven mediterranen Küche, der kaum Butter und keine Sahne verwandte. Von allem nur das Beste, exakt gegart, ein wenig Trüffel darübergehobelt, ein Faden Olivenöl, sparsam gewürzt. Fertig. Seine Gäste leckten vor Begeisterung fast die Teller aus. Hinzu kam das Drumherum. Achtzig Teile Silber, Porzellan und Glas pro Gast und Mahlzeit, ausschließlich schnörkellose Teller und sparsame Blumenbouquets, um weder Optik noch Geschmack zu beeinträchtigten. So tischten nur die Stars der Branche auf.

Alain kam an, als sie gerade bei den Erdbeeren waren. Er saß noch nicht, da erzählte er bereits von den Neuigkeiten, die er über den Mord vor dem Negresco in Erfahrung bringen konnte. Zwar war es ihm nicht gelungen, den ermittelnden Kommissar zu erreichen, doch eine Quelle in der Polizeipräfektur von Nizza hatte ihm die Identität der Toten verraten. Er nannte Nicoles Namen, und die beiden Frauen wurden kreidebleich.

Somper saß auch während des Nachmittags noch einigen Augenzeugen der Blutat gegenüber, um ihre Aussagen zu Protokoll zu nehmen. Sie waren aufgetaucht, nachdem alle Rundfunksender und regionalen Fernsehstationen ausführlich über die Ereignisse vor dem Negresco berichtet hatten.

Georges Vizy war gerne gekommen, wie er mehrfach versicherte; der 54jährige Steuerberater aus Metz war schließlich nach Nizza gereist, weil er etwas erleben wollte. Sichtlich zufrieden mit dem Verlauf der Nacht, erzählte er von dem Tumult vor dem Negresco und der seltsamen Flucht des Begleiters der Toten. Er war ihm aus Neugier gefolgt und hatte ihn daraufhin in einen schwarzen 7er BMW einsteigen und davonrasen sehen. Natürlich hatte er sich auch die Nummer gemerkt.

Somper ließ sofort den Zentralcomputer anlaufen und hielt bereits zehn Minuten später das Ergebnis in Händen: Als Inhaber des Wagens war der vierundzwanzigjährige Yves Lagarde eingetragen, wegen Zuhälterei, Rauschgiftbesitz und Drogenhandels mehrfach vorbestraft, wohnhaft in einem Vorort von Nizza. Was Sompers Freude über diese schnelle Erkenntnis trübte, war der Umstand, daß Lagarde bereits vor vierzehn Tagen bei einem Feuergefecht mit der Polizei in Marseille erschossen worden war.

»Ich habe Fotos von der Leiche angefordert. Wir müssen herausfinden, wer die Frau war und warum sie ausgerechnet heute nacht im Negresco aufgetaucht ist.« Alain hatte sich nach vorn gebeugt, damit das letzte verbliebene ältere Pärchen auf der Terrasse seine Worte nicht mithören konnte. Nicole und Danielle hatten ihm kurz über ihre Erlebnisse berichtet, und er mußte nun entscheiden, wie sie weiter vorgingen. Vor ihm lag noch immer seine Brieftasche mit dem Bild, das ihn mit dem Fürsten und dem monegassischen Staatsminister zeigte. Danielle hatte Laborde darauf eindeutig als den Flüchtenden erkannt, den sie am Ärmel gepackt hatte.

Jetzt galt es, von dem ermittelnden Beamten der Kriminalbrigade in Nizza nähere Details über die Ereignisse der Nacht zu erfahren. Die Frauen sollten unterdessen im Demie-Lune bleiben. Alain hielt diesen Ort für den sichersten.

22

Rosbigalle wurde in das ›Ambulances Midi‹ gebracht, eine der vornehmsten Privatkliniken Frankreichs. Die große weiße Villa in Cannes wirkte trotz ihres Namens eher wie ein luxuriöses Hotel. Es fehlte die übliche Krankenhausatmosphäre, ebenso die weißen Kittel und der Geruch nach Desinfektionsmitteln auf den Gängen.

Die Formalitäten wurden in den weichen Ledersitzen der holzverkleideten Empfangshalle von braungebrannten jungen Frauen in Designerkleidern geregelt. Zwei renommierte Ärzte mit vermutlich exorbitanten Stundensätzen diagnostizierten bei der gründlichen Untersuchung Rosbigalles anschließend einen leichten Schwächeanfall, ausgelöst durch übergroße Aufregung. Auch wenn kein Anlaß zu übertriebener Sorge bestand, rieten sie dazu, ihn wenigstens eine Nacht zur Beobachtung hierzubehalten.

Trotz der Proteste von Rosbigalle ging Alfred sofort auf den Vorschlag ein und kümmerte sich um ein komfortables Zimmer. Dort leistete er ihm über eine Stunde Gesellschaft, ehe er sich schließlich verabschiedete. Er mußte noch auf einen Sprung in sein Büro, wollte aber am späten Nachmittag zusammen mit Florence erneut vorbeisehen.

Rosbigalle blieb somit nichts weiter übrig, als bis dahin auf dem bequemen Ledersessel vor einem der großen Panoramafenster seines Zimmers Platz zu nehmen und in den parkähnlichen Garten hinauszusehen. Dabei trank er den Kaffee, den ihm eines der Mädchen gebracht hatte – der Gedanke an Krankenschwestern fiel ihm angesichts ihrer schicken Kleider schwer. Natürlich kreisten seine Gedanken dabei unentwegt um Nicole. Mit einem Male war die Welt für ihn kälter und einsamer geworden. Er kannte unzählige hilfreiche Worte von großen Denkern über den Tod und den ewigen Abschied, aber sie bedeuteten ihm heute keinen Trost. Im Laufe der Jahrzehnte hatte er um viele liebe Menschen getrauert, es war ihm jedoch kein Verlust derart nahegegangen wie der Tod Nicoles.

Wut stieg in ihm auf. Wut auf den Mörder des Mädchens, Wut auf die Ungerechtigkeit dieser Welt, Wut auf Alfred, der ihn hierhergebracht hatte. Wozu eigentlich? Er war schließlich nicht krank. Er hatte einen Schwächeanfall erlitten, keinen Herzinfarkt. Und während er hier herumsaß und Kaffee trank, lag Nicoles Körper in irgendeinem Eisfach und wartete auf die Einäscherung. Er hätte sie so gern noch einmal gesehen.

Entschlossen erhob er sich plötzlich und ging aus dem Zimmer, um den beiden Mädchen in der Halle mitzuteilen, daß er für einige Minuten an die frische Luft wollte. Niemand hinderte ihn daran, und bereits fünf Minuten später sah er sich auf der Straße nach einem Taxi um, das ihn nach Nizza ins Negresco bringen sollte.

Wissenschaftliche Arbeit hat etwas mit Suchen zu tun, sie dient dazu, Licht in bislang verborgene Zusammenhänge zu bringen. Viele Jahrzehnte lang war dies sein Ziel gewesen. Niemand durfte ihm vorschreiben, was Gegenstand seiner Neugier war, deshalb war er einst aus Frankreich fortgegangen und hatte Jahre des Exils auf sich genommen. Wenn er heute entschied, das Mädchen noch einmal zu sehen und den Rest seines Lebens der Aufklärung dieses Mordes zu widmen, dann sollte ihn abermals niemand daran hindern. Mehr als siebzig Jahre hatte er der Wissenschaft gewidmet; siebzig Jahre mit einer zwar interessanten, doch überaus trockenen Materie verbracht. Nun würde er sich einer aufregenderen Sache zuwenden und die Trauer mit dem Nützlichen verbinden. Ein Mörder mußte gefunden werden.

Gitan war alles andere als guter Laune. Er bemühte sich allerdings, dies nicht zu deutlich zu zeigen, um seinen Gast nicht unnötig zu verärgern. Jean-Philippe Sauvignet, monegassischer Staatsrat für Wirtschaft und Finanzen, galt als Choleriker, der pfleglich behandelt werden mußte. Ein falsches Wort, und man machte ihn sich zum Feind.

Sauvignet war das zweite politische Eisen, das für ihn im monegassischen Feuer glühte. Zusammen mit Laborde garantierte er, daß der geplante Umbau des Fürstentums nach den Vorstellungen der Mafia ablief. Laborde gab die politischen Leitlinien vor, Sauvignet setzte sie in praktische Politik um. Nur das koordinierte Handeln beider konnte den Erfolg bringen.

»Wie weit sind Ihre Bemühungen bei der Crédit Méditerrané inzwischen gediehen?« erkundigte sich Gitan und hoffte inständig auf eine positive Antwort, damit ihm dieser Tag nicht vollends verleidet wurde.

Sauvignet lächelte dünn. Er war ein kleiner Mann mit lichtem Haar, unauffälligem Gesicht und leiser Fistelstimme. »Die Sache läuft absolut nach Plan. Valentin Pasternak ist heute vormittag in Monaco eingetroffen, und wir sehen uns von nun an vermutlich täglich. Seine Vorstandskollegen haben ihm bereits grünes Licht gegeben.«

Letzteres wußte Gitan zwar längst, trotzdem entwich ihm ein Seufzer der Erleichterung. Wenn auch die kleinen Dinge nicht funktionierten, ließ ihn sein Glück wenigstens bei den großen nicht im Stich. Der Crédit Méditerrané kam in seinem Plan eine tragende Rolle zu, denn nur mit ihrer Hilfe konnte er die komplizierten Finanztransaktionen durchführen, die in den nächsten Wochen und Monaten anstanden. Monacos größte Geschäftsbank verwaltete bereits jetzt etwa die Hälfte des in Monaco angelegten Geldvermögens von rund achtzig Milliarden Francs, ohne Aktien und Obligationen natürlich. Hinzu kam die Verflechtung mit verschiedenen anderen Instituten. Die Entscheidungen der Geschäftsführung hatten dadurch einen bestimmenden Einfluß auf den Großteil der in Monaco verwalteten Gelder. Drittens verwaltete die Bank einen Teil des fürstlichen Vermögens, darunter auch die Anteile an der SBM, zu der wiederum die Spielbank und die großen Hotels der Stadt gehörten. Über die Crédit Méditerrané würde die Mafia das Fürstentum lenken.

Die Vorarbeiten, um Viktor Pasternak in seine augenblickliche Position zu bringen, waren nicht einfach gewesen. Sie waren jedoch exemplarisch dafür, wie eine Organisation mit unbegrenzten finanziellen Mitteln vorgehen mußte, um selbst im konservativen und mißtrauischen Bankgeschäft Fuß fassen zu können. Pasternak war von Gitan planmäßig in die Führungsebene der Banque de Parisienne eingeschleust worden, um dort einen Vertrauten für seine Pläne zu haben. Durch Gitans Protektion und den Umsatz, den er mit seiner Hilfe erwirtschaftete, fiel der junge Mann innerhalb kürzester Zeit förmlich die Karriereleiter hinauf. In einem ertragsorientierten Kreditinstitut kamen schließlich nur jene Mitarbeiter weiter, die überdurchschnittliche Kundengeschäfte ins Haus brachten. Woher die Gelder stammten, interessierte in der Regel niemanden.

Der plötzliche Tod des langjährigen Präsidenten der Crédit Méditerrané bei einem Speedbootrennen vor St. Tropez galt als tragischer Unfall, auch wenn er den engeren Kreis um Gitan und Laborde nicht überraschte. Das leise Verdachtsmoment der französischen Kriminalpolizei, daß am Motor des Bootes manipuliert worden war, fiel rasch in sich zusammen, so daß einem weiteren Karrieresprung Pasternaks nichts mehr im Wege stand.

Erfreut über die positiven Nachrichten, unterhielt sich Gitan einige Zeit entspannt mit dem Monegassen. Noch zwei Tage, dann gehörte das Fürstentum ihnen.

Der Concierge im Negresco hatte inzwischen gewechselt. Der junge Mann mit den mandelförmigen Augen und den kurzgeschnittenen blauschwarzen Haaren, der nun hinter dem Tresen stand, wußte nichts von Rosbigalles Besuch am Vormittag. Er hörte den Worten des alten Mannes zunächst mit höflich geneigtem Kopf zu, konnte zu seinem Bedauern aber nicht helfen. »Es tut mir furchtbar leid, Monsieur«, teilte er ihm mit einem entschuldigenden Lächeln mit, »aber die Direktion hat uns angewiesen, keinerlei weitere Auskünfte mehr über diese furchtbare Angelegenheit zu geben und alle Fragenden auf die Polizei zu verweisen. Man will nicht, daß im Haus über diese Sache geredet wird. Sie verstehen hoffentlich? Schließlich handelt es sich um keine besonders gute Werbung für uns.«

Rosbigalle bedankte sich und ging zur Tür, wo er sich noch einige Zeit mit dem uniformierten Türsteher unterhielt, der das strikte Redeverbot der Direktion nicht ganz so ernst nahm wie der Concierge. Von ihm ließ sich Rosbigalle auch ein Taxi herbeiwinken, das ihn wieder zu dem Hotel bringen sollte, in dem Nicole zuletzt gewohnt hatte.

Claude Babangui, der mit müden Augen und einer halbleeren Colaflasche über seiner Zeitung hing, zeigte sich nicht sonderlich erfreut über das abermalige Auftauchen des Alten. Er leitete ein viertklassiges Hotel, kein Kloster, daher konnte er für keinen seiner Gäste die Hand ins Feuer legen. Wenn die Polizei Fragen stellte, gab er bereitwillig Auskunft, allen anderen gegenüber blieb er jedoch zugeknöpft. Er wollte sich keinen Ärger einhandeln.

Als sich Rosbigalle erkundigte, wann genau Nicole in der Nacht verschwunden war, zuckte er nur ratlos mit den Achseln. Sie hatte den Zettel erst unter das Telefon gelegt, als er bereits im Bett lag, also weit nach Mitternacht.

Die winzige Hoffnung, die Rosbigalle zu diesem Besuch veranlaßt hatte, schien damit berechtigt. Er hielt sich am Tresen fest, um nicht zum zweitenmal an diesem Tag ohnmächtig zu werden. Wenn Nicole hier nach Mitternacht einen Zettel deponiert hatte, konnte sie nicht zuvor an der Promenade des Anglais ermordet worden sein. Eine Woge der Erleichterung schlug über ihm zusammen. Nicole war also noch am Leben.

Um auch den letzten Zweifel auszuschließen, bat er darum, die Notiz kurz sehen zu dürfen. Rosbigalle wollte sich überzeugen, daß es tatsächlich ihre Handschrift war. Babangui leerte daraufhin kurzerhand seinen Papierkorb auf dem Tresen aus, und vor dem alten Mann türmte sich ein Berg von Papierschnipseln, Zeitungsseiten, Kaugummipapieren und zerknüllten Zigarettenschachteln. Der Zettel befand sich irgendwo darunter.

Rosbigalle zupfte mit steifen Fingern im Müll herum und hielt nach der vertrauten geschwungenen Handschrift Ausschau. Babangui las unterdessen weiter, in regelmäßigen Abständen von seiner Cola schlürfend.

Die Zeit verging. Das Telefon klingelte ein paarmal, manchmal nahm Babangui ab, manchmal nicht. Seine Zimmer waren bis auf das letzte Bett belegt, und er hatte keine Lust, gegenüber Menschen höflich zu sein, die er ohnehin nie zu sehen bekam.

Der Zettel lag unter einer Milchtüte und war durch einen kleinen Rest ganz klebrig geworden. Die zierlichen Bögen ihrer Buchstaben ließen jedoch keinen Irrtum zu. Rosbigalle verglich sie befriedigt mit den Zeilen, die er seit seinem letzten Geburtstag in der Brieftasche bei sich trug. Daraufhin griff er nach einem Zwanzig-Franc-Schein und schob ihn Babangui trotz dessen Unfreundlichkeit hinüber.

Die Tote hieß Claire Besse. Sie war vor vier Jahren bei einer Großrazzia aufgefallen und wegen eines Rauschgiftvergehens verhaftet worden. Da bei der gleichen Aktion eine ganze Reihe von langgesuchten Dealern in die Zellen wanderte und die Ermittlungsbehörden genug zu tun hatten, um deren Anklageschriften zusammenzustellen, waren die kleinen Fische nach einer Nacht in der Untersuchungshaft wieder entlassen worden. Vierundzwanzig junge Leute kamen damals noch einmal mit einem blauen Auge davon, auch wenn sie ihre Fingerabdrücke im Polizeicomputer zurücklassen mußten. Diesem glücklichen Umstand verdankte Somper den ersten Erfolg des heutigen Tages.

Er studierte den Computerausdruck von Morpho Systèmes, Fontainbleau, einer ausgeklügelten Bildverarbeitungs-Software. Die Fingerabdrücke der Toten waren mit denen im Bestand verglichen worden, und das Resultat stand mit siebenundneunzig Prozent Wahrscheinlichkeit fest. In der Sprache der Fachleute, die sich für irgendwelche Unwägbarkeiten grundsätzlich ein Hintertürchen offenließen, hieß das, es gab keinerlei Zweifel an ihrer Identität.

Wie vermutetet, hatte Claire Besse als Prostituierte gearbeitet und dafür sogar Steuern bezahlt. Ihr Arbeitgeber, die Escortagentur ›Baccara‹, die in Polizeikreisen nicht den besten Ruf genoß, stellte in regelmäßigen Abständen Hochglanzkataloge zusammen, in denen auch ein umwerfendes Bild von ihr abgedruckt war.

Es würde notwendig werden, Madame Gisèlle einen Besuch abzustatten, um sie nach Claires letztem Kunden zu fragen. Von früher wußte Somper allerdings, daß die Kooperationsbereitschaft dieser Frau nicht allzu weit ging. Immerhin waren allein in den letzten fünf Jahren vierzehn Verfahren wegen Zuhälterei gegen sie geführt worden, von denen kein einziges mit einer Verurteilung geendet hatte. Madame Gisèlle würde alles lieber tun, als ausgerechnet der Mordkommission einen Gefallen zu erweisen. Trotzdem kam Somper um den Besuch bei ihr nicht herum.

»Es geht nicht. Beim besten Willen nicht.« Antoine Fortune gab sich nicht die geringste Mühe, seinen Ärger zu verbergen. Vandelin sollte spüren, daß er mit seinen Ideen falsch lag. Zwar hatte er gleichfalls nichts gegen mehr ausländische Akteure auf dem französischen Finanzmarkt, doch wenn dies nur um den Preis der Regionalisierung erreichbar war, mußten sie eben darauf verzichten. Es gab Schlimmeres.

Er hatte jedes Blatt des umfangreichen Konvoluts gelesen, das ihm sein Staatssekretär zusammengestellt hatte, und dabei überrascht festgestellt, daß bereits konkrete Vorschläge verschiedener Institute vorlagen. Davon war in den Gesprächen mit Vandelin bislang keine Rede gewesen. Es gab seit einiger Zeit sogar einen Arbeitskreis, der sich ausschließlich mit Fragen der Regionalisierung beschäftigte. Zum Vorsitzenden hatte Vandelin einen der führenden Finanzwissenschaftler der Nation berufen, Yves Botterreau, der seine Ideen offensichtlich voll und ganz unterstützte. Fortune, der die meisten Männer dieses neuen Gremiums sehr schätzte, hatte aber auch mit Interesse gelesen, daß sich einige von ihnen eher kritisch zu den vorliegenden Berechnungen und Prognosen geäußert hatten. Wenn die Regierung an diesen Plänen festhielt, so lautete ihre Empfehlung, müßte sie noch einige Arbeit in verläßliche Zahlen investieren. Fortune fand diesen Ratschlag hilfreich, damit konnte er sämtliche Papiere vom Tisch fegen.

»Es geht nicht«, wiederholte er noch einmal, und seine müden Augen sahen Vandelin dabei tadelnd an. »Jedenfalls nicht auf diese Art und Weise, Marc.«

Vandelin kannte seinen Minister und wußte daher, daß er Angst vor einem Rüffel des Präsidenten hatte. Fortune mußte irgendwelche politischen Bauchschmerzen haben, denn normalerweise war es ihm völlig egal, welche Konzepte in seinem Haus entwickelt wurden, solange er dafür ausreichend Anerkennung erntete.

Jetzt war der entscheidende Moment. Eine bessere Gelegenheit zur Verwirklichung von Gitans großem Plan würde es vermutlich nicht mehr geben. Er lehnte sich entspannt in Fortunes Besuchersessel zurück und lächelte breit. »Antoine, laß uns doch bitte in Ruhe darüber reden«, bat er.

Damit hatte er Fortune geschickt in eine Zwangslage gebracht, denn beide wußten, daß der Minister eigentlich längst unterwegs sein sollte, um zu der Besprechung mit seinem Kollegen aus dem Wirtschaftsressort nicht abermals zu spät zu kommen. Sie führten ihr Gespräch also unter Zeitdruck, was Vandelin nicht ungelegen kam. Die umfassende Regionalisierung würde Antoine ablehnen, das war klar, da sie aber ohnehin nicht ernsthaft zur Debatte stand, konnte er sich dem Gedanken eines Pilotprojektes nicht völlig verschließen. Und das war alles, was Gitan wollte.

Vandelin begann daher, die Arbeit im Sachverständigenausschuß kurz zu schildern. Er zählte die einzelnen Institute auf, die sich bisher zustimmend geäußert hatten, und wies noch einmal auf die Dimension seiner Idee hin. Als er Fortune zum drittenmal auf die Uhr schielen sah, war es endlich Zeit für sein Finale. Vandelin schlug einen Kompromiß vor, der weder die Stabilität der Pariser Börse gefährdete, so versicherte er, noch die europäischen Partner verärgerte. Alles, was sie dazu brauchten, war ein finanzpolitischer Mikrokosmos, in dem sich die Überlegungen beweisen ließen. Dann konnte man sich immer noch darüber unterhalten, wie man nun den europäischen Geldhandel in anderen französischen Städten besser etablierte.

Überrascht von der plötzlichen Wendung, antwortete Fortune nicht gleich, sondern überlegte noch, während Vandelin die Luft anhielt. Die Idee war tatsächlich nicht schlecht. Sie entkräftete Malmondys Befürchtungen und ebnete der französischen Wirtschaft auf mittelfristige Sicht den Weg zu den dringend benötigten neuen Impulsen. Falls das Experiment wider Erwarten fehlschlug, konnte er Vandelin aus einer komfortablen Abseitsposition heraus immer noch als den Alleinverantwortlichen opfern und damit die wütenden Kritiker besänftigen. Seine Redenschreiber hielten für derartige Augenblicke stets ein Repertoire an nichtssagenden, doch ausdrucksstarken Worten parat.

»Angenommen, wir setzen das Experiment tatsächlich in die Tat um«, antwortete Fortune schließlich nachdenklich, »an welchen Ort sollten wir deiner Meinung nach gehen? Hast du dir darüber auch schon Gedanken gemacht?« Wenn ihm Vandelin hierzu einen vernünftigen Vorschlag machen konnte, war er gerne bereit, seine Meinung zu überdenken.

»Ich schlage vor, wir gehen dorthin, wo wir ohnehin eine enorme Konzentration von Geldinstituten und Finanzdienstleistern vorfinden«, antwortete dieser ohne Zögern. »Wir brauchen eine Atmosphäre, die die internationalen Geld- und Währungsströme anzieht und trotz allem nicht allein vom Handel dominiert wird. Meiner Auffassung nach gibt es keinen passenderen Ort dazu als Monaco.«

Vandelin wußte, daß Fortune nicht anders genickt hätte, wenn seine Wahl auf Bordeaux, Nantes oder Colombey-des-Saintes-Eglises gefallen wäre. Dieser Mann begriff die Dimension des Ganzen nicht. Doch er würde sich nun nicht weiter dagegen wehren, da keine ernsten Gefahren für seine weitere Karriere abzusehen waren. Vandelin hatte damit formal den Weg für eine neue Rolle Monacos freigeräumt, es blieb nur noch die Frage offen, ob seine heimlich gelegten Fußangeln den größten Geldwäscheapparat der Weltgeschichte trotz allem verhindern konnten.

23

Während Danielle den Nachmittag auf einem der Liegestühle am Pool verbrachte, unternahmen Nicole und Bertrand einen ausgedehnten Stadtbummel.

Als Mitglied einer alteingesessenen Familie kannte Bertrand viele Geschichte über Grasse und seine Bewohner. Nicole hörte ihm gerne zu, obgleich sie manchmal Mühe hatte, seinen schnellen Sprüngen durch die südfranzösische Geschichte zu folgen.

Sie liefen an den prächtigen Kolonnadenhäusern der Altstadt vorüber, um durch die malerischen Gassen zur romanischen Kathedrale zu kommen. Von dort flanierten sie zu dem Denkmal des Malers Jean-Honoré Fragonard, dem berühmtesten Sohn der Stadt, und setzten sich schließlich auf eine der Bänke an der Cours Henri-Cresp und genossen den Ausblick auf die tiefer liegende Umgebung.

Sie waren beinahe zwei Stunden unterwegs gewesen und hatten sich prachtvoll unterhalten. Als Bertrand jetzt den Arm um Nicoles Schulter legte und sie sanft zu sich heranzog, störte sie das nicht. Im Gegenteil: Sie wäre enttäuscht gewesen, hätte er es nicht getan.

Die Lippen der Rothaarigen waren verführerisch geöffnet. In ihren grünen Katzenaugen lag etwas Magisches, ein Ausdruck, dem sich kein Mann lange widersetzen konnte. Diese Frau war lebendes Dynamit.

Als Madame Gisèlle den Besucher als Kommissar Somper erkannte, verzogen sich die Lippen jedoch zu einem schmalen Strich und ihre Augen verdunkelten sich. Sie haßte es, wenn Polizisten in ihrem Büro auftauchten, das vertrieb die Kunden.

Die Räume der Escortagentur »Baccara« befanden sich im zweiten Stock eines nagelneuen Gebäudes in Cannes, unmittelbar an der Croisette. Die beeindruckende Madame Gisèlle empfing ihre Kunden auf weißen Ledersesseln, das ledergebundene Buch mit den Hochglanzfotos ihrer noch beeindruckenderen Mädchen in Reichweite.

»Ist etwas mit einer meiner Angestellten?« erkundigte sie sich, ohne die Ablehnung in ihrem Blick zu verlieren. »Glauben Sie mir, Monsieur le commissaire, aber jede einzelne hat unterschrieben, daß sie von Drogen ihre Finger läßt. Wenn eine glaubt, daß sie sich nicht daran zu halten braucht, fliegt sie auf der Stelle. In dieser Frage bin ich absolut unbarmherzig!«

»Das ist höchst lobenswert, Madame«, brummte Somper, verlor jedoch kein Wort über sein Anliegen.

Madame Gisèlle wartete einige Augenblicke, dann hielt sie es nicht mehr aus. »Welches von den Mädchen ist es?« wollte sie wissen.

»Claire Besse.«

»Claire?« Sie schüttelte energisch den Kopf. »Für die lege ich meine Hand ins Feuer. Seit sie vor einigen Jahren kurzzeitig Bekanntschaft mit der Polizei gemacht hat, hält sie sich aus derartigen Geschichten heraus. Sie raucht vielleicht etwas zuviel, aber sie nimmt keine Drogen, das dürfen Sie mir glauben.«

»Mag sein. Trotzdem ist sie tot.« Somper versuchte einen Tonfall zu wählen, der irgendwo zwischen mitfühlender Anteilnahme und betonter Gleichgültigkeit lag. »Sie wurde heute nacht vor dem Negresco in Nizza erschossen.«

Das war alles andere als gut für das Geschäft. Trotz der Schminke erkannte Somper, wie die Gesichtsfarbe von Madame schlagartig ins Kalkweiße wechselte. Gleichzeitig begannen ihre grünen Katzenaugen heftig zu zwinkern, und ihre Hände fuhren unruhig hin und her. »Ermordet? Claire? Die Süße?

Das glaube ich nicht! Nein! Nicht Claire!« Ihr abgrundtiefes Entsetzen war echt.

Somper wartete einige Zeit, damit sie sich wieder faßte, ehe er fortfuhr: »Da ihr letzter Kunde unmittelbar nach den Schüssen spurlos verschwunden ist, vermuten wir, daß er mit dem Mord in Zusammenhang steht. Um ihn zu finden, brauche ich deshalb Ihre Hilfe, Madame.«

»Sie hatte gestern abend gar keinen Kunden«, schüttelte Claires ehemalige Chefin betroffen den Kopf. Ihre Stimme klang tonlos, da sich ihr Gehirn noch immer mit den möglichen Auswirkungen dieser unangenehmen Nachricht beschäftigte. »Sie rief mich am Nachmittag an und sagte, daß sie zu einem dringenden privaten Termin müsse. Ich habe deshalb ihre Abendverabredung auf eine Kollegin umgebucht.«

Sie log, und Somper war lange genug im Geschäft, um die verräterischen Anzeichen dafür zu erkennen: flatternde Augenlider, gesenkter Blick, hohe Stimmlage. Madame hatte soeben einen heftigen Schlag abbekommen und ihre sonst so provozierende Abgebrühtheit war erschüttert. Vielleicht bestand in dieser Situation die Chance, sie zu überrumpeln.

»Hat sie erwähnt, wohin sie gehen wollte?« hakte er deshalb nach. »Vielleicht eine Freundin besuchen oder ein Rendezvous?«

»Leider nein.« Madame war auf der Hut. »Normalerweise verschiebt sie ihre Termine nicht so kurzfristig. Verstehen Sie, ich muß meine Mädchen lange im voraus verplanen, damit sie annähernd gleichmäßige Einkünfte haben. Wenn eine so beliebt ist wie Claire, verfügt sie über einen Kundenstamm, der sie ständig mit Terminen eindeckt. Sie wissen ja, wie das bei einer Escortagentur so läuft: Begleitung zu gesellschaftlichen Ereignissen, Eröffnungen, geschäftlichen Veranstaltungen. Es gibt praktisch keinen Tag im Jahr, an dem unsere Mädchen nicht unterwegs sind.«

»Sie führen sicher so etwas wie ein Kundenverzeichnis, nehme ich an?« tastete sich Somper langsam vor.

Arktische Eiseskälte legte sich auf Madames Gesicht. »Die Namen der Klienten sind absolut vertraulich, Monsieur le commissaire. Sie werden verstehen, daß ich Ihnen unter keinen Umständen Zugang zu irgendwelchen Unterlagen geben kann.«

Somper ließ sich damit nicht abspeisen. »Sie vergessen, weswegen ich hier bin, Madame!« schlug er zurück. »Es geht um Mord. Verstehen Sie? Nicht um eine kleine Rauschgiftgeschichte. Ich führe eine Ermittlung durch, um Claires Mörder zu finden. Und Sie wissen, daß Sie nach dem Gesetz verpflichtet sind, mir in jeder Hinsicht Auskunft zu geben. Ansonsten sehe ich mich zu Schritten genötigt, die sehr unangenehme Auswirkungen auf Ihre Agentur mit sich brächten.«

»Ich werde Ihnen keine *Namen* nennen«, beharrte Madame hartnäckig, die Drohung ignorierend. »Sie können nach Claires Lebensgewohnheiten fragen, nach ihren Freunden, nach den Dingen, die sie mochte und denen, über die sie sich ärgerte. Ich werde Ihnen in jeder Beziehung Rede und Antwort stehen, aber Kundennamen bekommen Sie von mir nicht.«

Wenn er wollte, konnte Somper ziemlich dickköpfig sein. »Es bereitet mir keinerlei Schwierigkeiten, einen richterlichen Durchsuchungsbefehl zu bekommen«, drohte er ärgerlich, obgleich er wußte, daß daran wohl nicht zu denken war. Genggenommen durfte er nicht einmal hier sein, denn Cannes gehörte nicht zum Département Alpes-Maritimes, sondern zum angrenzenden Var, und unterstand damit einer anderen Polizeipräfektur.

Doch er hatte nichts zu verlieren. »Ich warne Sie, Madame, dann werden eine Menge Leute davon erfahren, daß wir in Ihrer Kartei herumwühlen. Ich kann mir nicht vorstellen, daß dies den Ruf Ihrer Agentur verbessert. Im Augenblick handelt es sich noch um ein Gespräch unter vier Augen, und wenn Sie mir Zugang zu der Kartei geben, wird niemand etwas davon erfahren. Sollten Sie die Zusammenarbeit jedoch verweigern, kann ich für nichts mehr garantieren.«

Madame griff sich in die roten Locken und lachte höhnisch auf. Hier sah sie sich wieder auf sicherem Terrain. »Monsieur le commissaire«, begann sie spöttisch. »Sie wissen offensichtlich nicht, wer alles zu meinen Kunden zählt. Versuchen Sie doch, einen Durchsuchungsbefehl zu bekommen. Bitte, nur zu! Davor habe ich keine Angst. Ich kenne genügend Leute, die mir in dieser Frage beistehen, verlassen Sie sich darauf!« Damit war das Gespräch beendet. Sie erhob sich und strich die Falten ihres Kleides glatt. »Ich nehme an, Sie brauchen jetzt einige Zeit, um sich über Ihre weiteren Schritte Gedanken zu machen. Wenn Sie mich in den nächsten Tagen noch einmal besuchen wollen, bin ich jederzeit für Sie da. Doch jetzt bitte ich Sie zu gehen. Ich muß auf den Ruf meiner Agentur achten.«

Rosbigalle ging langsam die Straße entlang. Als Herr der alten Schule trug er trotz des heißen Tages ein langärmliges Hemd mit Krawatte und einen dunklen Anzug. Während ihm der Schweiß den Rücken hinablief, erinnerte er sich an seine Jugendzeit und an die warmen Leinenhemden, die sommers wie winters üblich waren. Er sah sich darin über die staubigen Straßen des kleinen Städtchens in der Sologne laufen, in dem er geboren wurde. Bis zu seinem siebten Lebensjahr war er dort unbekümmert aufgewachsen, dann reichte der Ertrag der winzigen elterlichen Landwirtschaft nicht mehr aus und sein Vater mußte nach Paris, um dort in einer der neuen Maschinenfabriken im Norden der Stadt zu arbeiten. Ein knappes Jahr später kam die Mutter mit den neun Kindern nach. Rosbigalle erinnerte sich an dunkle Zimmer in engen Hinterhäusern, wo sich jeweils drei Geschwister ein Bett teilten.

Er zog ein Taschentuch heraus, um sich damit die Stirn zu wischen. Was war bloß los mit ihm? Seit Jahrzehnten hatte er nicht mehr an seine Jugendzeit gedacht. Wurde er langsam sentimental?

Die Bedienung des gegenüberliegenden kleinen Bistros wischte gerade einen der drei wackligen Tische ab, die auf dem Gehsteig standen. Sie trug einen gestreiften langärmligen Pullover und einen langen schwarzen Rock, geeignet für Ende Oktober, doch nicht für den Sommeranfang. Sie schwitzte mindestens ebensosehr wie der alte Mann.

Rosbigalle blieb an einem der Tische stehen. Die junge Frau war ihm sympathisch, außerdem fühlte er sich erschöpft und wollte etwas trinken. Also nahm er Platz und lehnte die Krücke neben sich.

»Was darf ich Ihnen bringen?« erkundigte sie sich.

»Ich habe Durst«, entgegnete Rosbigalle. Er bemerkte nicht, daß er damit eigentlich nicht auf ihre Frage antwortete. Sie sah seiner Mutter ähnlich. Dem Jungmädchenbild, das in der Glasvitrine seines Wohnzimmers stand. Es war das einzige Foto, das von ihr existierte.

Das Mädchen lachte. »Ob Sie mir glauben oder nicht, die meisten Leute setzen sich hierher, weil sie etwas trinken wollen. Geht es vielleicht etwas genauer?«

Rosbigalle bestellte ein Glas Perrier. Da während der nächsten halben Stunde kein weiterer Gast kam, konnte er sich ausführlich mit dem Mädchen unterhalten. Sie erzählte, daß ihre Eltern ebenfalls aus der Sologne stammten. Als er schließlich zahlen wollte und in seiner Tasche nach Scheinen für ein großzügiges Trinkgeld suchte, fiel ihm dabei der kleine Notizzettel in die Hände, auf dem er in seinem Arbeitszimmer in Paris den Namen jenes Hotels notiert hatte, das Nicoles Reisebekanntschaft gehörte. Das Demie-Lune in Grasse.

24

Der Fürst ordnete seine persönlichen Unterlagen. Vor der Sitzung des Internationalen Olympischen Komitees in Lausanne wollte er noch die Dinge erledigen, die er wochenlang mit schlechtem Gewissen vor sich hergeschoben hatte. Über seinen Schreibtisch wanderten dabei unzählige Unterschriftsmappen, und das Büropersonal des Palastes rannte hektisch zwischen Kopiergerät, Reißwolf und Poststelle hin und her.

Falls ihm auf einer seiner Reisen etwas Unvorhergesehenes zustoßen sollte, hatte der Fürst beizeiten vorgesorgt. Eine Armee von Anwälten würde sich um die Regelung der Thronfolge und der Nachlaßformalitäten kümmern und jeden Punkt seines telefonbuchdicken Testaments gewissenhaft umsetzen. Obgleich sich Erbstreitigkeiten nie ausschließen ließen, rechnete er nicht ernsthaft damit. Sein Sohn und Haupterbe war kein Mensch, der seinen Geschwistern vorenthielt, was sie als standesgemäßen Lebensunterhalt brauchten. Die Familie war nie besonders pfleglich miteinander umgegangen, das ließ sich kaum bestreiten, doch um Geld hatten sich die Auseinandersetzungen in den seltensten Fällen gedreht. Davon war genug da. Die Vermögensverhältnisse des Hauses konnten als wohlgeordnet gelten.

Wenn sich der Fürst Sorgen machen mußte, dann nicht um seine materielle Hinterlassenschaft, sondern um die monegassischen Traditionen, um die in langen Jahren gewachsene politische Stabilität, die ebenso auf harter Verhandlungstaktik wie auf uralten Verträgen basierte. Sein Sohn würde einige Zeit brauchen, um in seine künftige Aufgabe hineinzuwachsen. Er mußte lernen, den unzähligen Schlingen und Fallen auszuweichen, die überall im politischen Geschäft lauerten, und seinen eigenen Weg durch das Tagesgeschäft finden. Der Fürst zweifelte keine Sekunde daran, daß der Erbprinz ein fähiger Nachfolger sein würde, er war intelligent, besaß einen Blick fürs Wesentliche und erwarb zunehmend mehr Menschenkenntnis. Doch ihm fehlte seine Erfahrung.

Sein Schreibtisch war kein angenehmer Arbeitsplatz. Er erforderte das Engagement eines Topmanagers, Tonnen von Papierkram, eine Vielzahl langweiliger Repräsentationspflichten und den Zwang, sich auf ständige Veränderungen einzustellen. Die Welt war unruhiger geworden in den letzten Jahrzehnten, es gab keine Nischen mehr, in die man sich zurückziehen konnte. Die habgierigen Klauen seiner Feinde hatten Monaco bislang verschont, doch niemand konnte voraussagen, daß das Glück auf ewige Zeiten ein treuer Bundesgenosse blieb. Das Attentat hatte ihn gelehrt, jeden Tag so zu leben, als ob er der letzte sei. Er versuchte seither, sich weniger aufzuregen und die Dinge gleichmütiger zu sehen.

Obgleich er es gegenüber seinem Polizeichef stets vehement abstritt, brachte der Fürst seinem Staatsminister längst nicht mehr jenes Vertrauen entgegen, das ihm seiner Funktion nach zustand. Es bestand kein Zweifel, daß sich vieles ändern mußte in der Verwaltung des Fürstentums, um die drückenden Probleme zu bewältigen. Neue Perspektiven wurden gebraucht. Laborde war unbestreitbar der richtige Mann für diese Aufgabe, er entwickelte eine Vielzahl von guten Ideen und besaß die Kraft, sie kompromißlos in die Tat umzusetzen. Mehr konnte er von seinem Regierungschef nicht verlangen.

Für einen Großteil seiner Ängste machte der Fürst sein fortgeschrittenes Alter verantwortlich. Er tendierte mehr und mehr dazu, an Gewohntem festzuhalten und stand Neuem mißtrauisch gegenüber. Laborde besaß hochrangige Freunde in Paris, die ihn bei seiner Arbeit unterstützten, und der Präsident selbst hatte ihn im vergangenen Jahr als den herausragendsten Mitarbeiter des Außenministeriums bezeichnet. Es gab einfach keinen besseren Mann für diese Position.

Damit der Umbau des Fürstentums ein Erfolg wurde, brauchte Laborde jede Unterstützung, insbesondere die seines Regenten. Der Fürst hatte sich deshalb entschieden, trotz seiner wachsenden Besorgnis loyal zu ihm zu stehen und diese Position auch gegenüber dem Feuerkopf Jourdan beizubehalten. Der Junge war von Berufs wegen einfach zu mißtrauisch, als daß er einen Menschen objektiv beurteilen konnte.

Für alle Fälle wollte der Fürst jedoch während seines Sommerurlaubs ein längeres Memorandum über seine Sorgen verfassen und es zu den Unterlagen geben, die für den Ernstfall gedacht waren. Falls ihm etwas zustieß, sollte sein Sohn wissen, welche Gedanken seinen Vater zuletzt bewegt hatten.

Er beugte er sich seufzend über seine Papiere und fuhr fort, eine Unterschriftsmappe nach der anderen durchzuarbeiten.

Claude Babangui erhob sich gerade von seinem Stuhl, um eine neue Colaflasche aus dem Kühlschrank zu holen, als er Schritte auf der Treppe hörte. Er griff nach der Flasche, öffnete den Kronenkorken an der Kante der Kühlschranktür und schloß sie dann. In diesem Moment trat ein braungebrannter sportlicher Mann mit kantigen Gesichtszügen an den Tresen. François Crichet. Tourballe hatte ihm den Tip gegeben, doch einmal hier vorbeizusehen.

»Leider nichts mehr frei«, schüttelte Babangui bedauernd den Kopf, um jeder Frage zuvorzukommen. »Wenn die Zimmer Badewannen hätten, wären auch sie längst vermietet. Vielleicht sollte ich welche einbauen lassen, was meinst du, Bruder?« Er lachte und trank einen Schluck eiskalte Cola.

»Ich komme nicht wegen eines Zimmers«, klärte Crichet den Irrtum auf. »Es geht mir nur um eine kleine Auskunft.«

»Hey, hältst du mich für das Tourismusbüro der Stadt, oder was?« Er stellte die Flasche auf dem Tresen ab. »Das hier ist ein Hotel, Mann!«

Crichet gab sich unbeeindruckt. »Ich suche eine junge Frau.«

Er warf seinem Gegenüber einen durchdringenden Blick zu. »Sie heißt Nicole Aubert.«

Babangui spürte einen dicken Knoten in der Magengegend. Es war ein Fehler gewesen, die Blonde mitten in der Nacht hier aufzunehmen, das wurde ihm allmählich klar. Offensichtlich hatte sie etwas ausgefressen. Warum sonst sollten sich innerhalb eines einzigen Tages gleich zwei Männer nach ihr erkundigen? Es war zwar nicht viel, was er über sie wußte, doch möglicherweise gab sich der Unbekannte damit ja zufrieden und zog wieder ab.

Die Verantwortung für ein Hotel der untersten Klasse hatte Babangui gelehrt, ausschließlich von Dingen zu reden, nach denen er gefragt wurde, und auch diese Informationen nur scheibchenweise weiterzugeben. »Hier wohnen eine Menge junger Frauen«, antwortete er deshalb ausweichend. »Ich kann mir nicht jeden Namen merken.« Der andere sollte erst erklären, was er überhaupt wollte.

Crichet klopfte auf die Kladde, die unmittelbar vor ihm lag. »Dann schau gefälligst nach!« befahl er scharf.

Babangui entschied sich, das Spiel etwas abzukürzen. »Moment, ich glaube, ich erinnere mich. Nicole Aubert, sagst du? Ja, klar. Hat zwei Nächte hier gewohnt. Gehört die Braut zu dir, Bruder?«

Crichet verzog keine Miene. »Wohin ist sie abgereist?«

»Ich habe nicht die leiseste Ahnung, immerhin habe ich mehr zu tun, als meinen Gästen dumme Fragen zu stellen.« Aus irgendeinem Grund war Babangui plötzlich froh, daß ihm Nicole nichts über ihr Ziel erzählt hatte, so kam er wenigstens nicht in Verlegenheit, ihr diesen unangenehmen Kerl auf die Spur setzen zu müssen. Er kratzte sich unbehaglich am rechten Nasenflügel.

»Es ist wohl unnötig zu erwähnen, daß eine Auskunft sehr wichtig für mich ist.« Crichet sah sich kurz um und ging dann langsam um den Tresen. »Denk bitte noch einmal ganz scharf nach, mein Freund. Was hat sie gesagt, als sie abgereist ist? Wo wollte sie hin? War sie allein?«

Der Knoten in Babanguis Magengrube wuchs mit beängstigender Geschwindigkeit. »Sie ist abgereist, ohne sich zu verabschieden«, stotterte er. »Mitten in der Nacht.« Seine Selbstsicherheit sank gegen Null. Der Unbekannte stand unmittelbar vor ihm, das Gesicht keine dreißig Zentimeter von seinem entfernt.

Crichet grinste jetzt. Wie angeknipst stand plötzlich ein breites Lächeln auf seinem Gesicht. »Wo sind hier die Toiletten? Darf ich dich um die Freundlichkeit bitten, mir den Weg zu zeigen, Kumpel?«

Normalerweise ließ Babangui keinen auf seine Toiletten, der nicht mindestens für eine Nacht bezahlt hatte. Allerdings war er bislang auch von niemandem so nachdrücklich darum gebeten worden. Er überlegte kurz, ob es ratsam war, bei seiner bisherigen Praxis zu bleiben, oder ob er flexibel sein sollte. Er entschied sich für die Vernunft.

Sein Zeigefinger deutete den Gang hinab. »Die linke Tür an der Stirnseite.« Er ärgerte sich über das Krächzen in seiner Stimme.

»Begleite mich!« verlangte Crichet, ohne sich auch nur einen Fußbreit von der Stelle zu rühren. »Ich möchte mich ungern verlaufen.«

Babangui rührte sich nicht von der Stelle, sondern starrte Crichet nur verständnislos an. Wenige Augenblicke später fühlte er etwas Spitzes durch das Hemd in seine Haut eindringen, unmittelbar unter der letzten Rippe, auf der linken Seite.

»Was ...?« wollte er gerade aufbegehren, als Crichet seinen linken Zeigefinger auf den Mund legte. Eine Geste, die keinen Widerspruch zuließ, denn in seiner Rechten hielt er ein Springmesser mit einer zwölf Zentimeter langen Klinge. Warmes Blut lief Babangui gleich darauf über die Bauchwand, um vom Bund seiner Boxershorts aufgesaugt zu werden. Ein dünnes Rinnsal. Wenn diese fürchterliche Angst nicht gewesen wäre, hätte er vor Schmerzen aufgeheult.

»Kein Wort!« befahl Crichet mit leiser Stimme.

Babangui beschloß, keine Diskussion mit einem Mann anzufangen, der im Begriff war, ihm eine zwölf Zentimeter lange Klinge in den Leib zu rammen. Irgendwo hatte er einmal gelesen, daß Bauchverletzungen besonders weh taten. Er hielt die Luft an und versuchte, seine zitternden Hände unter Kontrolle zu bringen.

»Darf ich noch einmal auf meine Bitte zurückkommen?« wollte Crichet wissen und bohrte das Messer etwas tiefer. Babangui fühlte, wie aus dem kleinen Rinnsal ein Bächlein wurde, für das der Bund seiner Boxershorts längst kein Hindernis mehr bildete. Das Blut begann, an seinem linken Bein herunterzulaufen. »Ich möchte, daß du mir den Weg zu den Toiletten zeigst, Kumpel.«

Am liebsten wäre Babangui gerannt. In langen Sätzen den Gang entlang. Doch da war dieses Messer. Die Angst davor hielt ihn von jeder schnellen Bewegung ab. Wenn er tat, was dieser Mann von ihm wollte, bestand wohl keine Gefahr. Er durfte nur keine Dummheiten machen. Er ging deshalb gehorsam voran und lauschte, wie ihre Schritte laut durch den leeren Flur hallten. Wie konnten die Gäste in den Zimmern eigentlich schlafen, wenn nachts hier derart herumgetrampelt wurde?

Vor der Tür am Ende des Ganges hielten sie an. Babanguis unsichere Hand öffnete sie und knipste das Licht an. Dann drehte er sich zur Seite, um den anderen vorbeizulassen.

Crichet lachte nur. »Dachtest du etwa, ich hätte Durchfall, Sportsfreund? Nein, du Komiker, nach dir. Wir brauchen einen Ort, wo wir ungestört miteinander reden können.« Und er stieß ihn in den kleinen fensterlosen Raum, aus dem ein durchdringender Geruch nach scharfen Desinfektionsmitteln kam.

Nachdem Crichet die Tür hinter sich zugeworfen hatte, drehte er den Schlüssel um. »So, jetzt können wir uns hoffentlich in aller Ruhe über Nicole Aubert unterhalten.« Er wandte sich an Babangui und hob die Hand mit dem Messer. Die Klinge blinkte im Lichtschein auf.

Rosbigalle saß zusammen mit Alfred auf der Terrasse der Villa und sah auf das Meer hinaus. Florence hatte sich wegen Kopfschmerzen entschuldigt. Sie wollte die Wirkung einer Tablette abwarten, um zum Abendessen wieder fit zu sein. Seit der Rückkehr des Professors war dies die erste Gelegenheit, um mit seinem ehemaligen Assistenten vertraulich zu reden.

»Natürlich habe ich die Klinik nicht verlassen, um allein durch die Stadt zu streifen«, begann er unbehaglich und roch vorsichtig an seinem Sherry. Er liebte es, das Glas vor dem Trinken einige Minuten in der Hand zu halten und das Bouquet zu genießen.

»Wir haben uns ziemliche Sorgen gemacht«, kritisierte Alfred zurückhaltend. Er rauchte zuviel und sah schlecht aus. »Darf ich fragen, was Sie bei diesem Ausflug erreicht haben, Professor? Sie wirken nämlich ganz und gar nicht wie jemand, der sich in tiefster Trauer befindet, weil er vor wenigen Stunden einen nahestehenden Menschen verloren hat. Haben Sie am Ende herausgefunden, daß die junge Dame noch lebt?«

Rosbigalle bewunderte den Scharfblick seines Freundes. »Mitten ins Schwarze getroffen, Alfred. Ich kann es kaum fassen. Zuerst dieser Schock, dann die freudige Entdeckung, daß alles nur ein Irrtum war. Es ist fast zuviel für einen einzigen Tag.«

Ein Augenblick der Stille trat ein, lediglich durch das Zirpen der Zikaden unterbrochen, die im Park ihr abendliches Konzert gaben.

»Die Nachrichten haben vom Tod einer jungen Frau namens Nicole Aubert berichtet«, bezweifelte Alfred schließlich mit gedehnter Stimme die Worte des Professors.

»Eine junge Frau ist ermordet worden, das steht leider fest«, stellte Rosbigalle nachdrücklich klar. »Ich behaupte allerdings, daß es sich dabei nicht um Nicole handelt.« Er nahm einen kleinen Schluck von dem wundervollen Sherry und ließ ihn langsam die Kehle hinunterlaufen. Dann begann er mit einem Bericht seiner nochmaligen Besuche im Negresco und im Melody.

Sein Gastgeber starrte ihn voll Bewunderung an. Alfred hatte dem alten Mann viel zugetraut, doch nicht diesen Elan. Was für eine Frau war diese Nicole, daß Frankreichs ältester Wirtschaftswissenschaftler wegen ihr aus einer Klinik flüchtete und allein durch eine unbekannte Stadt strolchte, um Detektiv zu spielen? »Wie wollen Sie jetzt mit ihr in Kontakt treten?« erkundigte er sich neugierig. »Sie weiß schließlich nicht, daß Sie ihr an die Côte d'Azur gefolgt sind und wird vergeblich in Ihrer Wohnung in Paris anrufen.«

»Sie hat im Zug einen jungen Mann kennengelernt, bei dem sie sich vermutlich im Augenblick aufhält. Jedenfalls habe ich ihr bei unserem Telefonat dazu geraten.« Rosbigalle suchte den Zettel mit der Adresse des Demie-Lune aus der Tasche und reichte ihn Alfred.

Dieser überflog die kurze Notiz und gab sie ihm wieder zurück. »In diesem Fall müssen Sie sich natürlich sofort bei ihr melden, Professor. Und wenn Sie möchten, stelle ich Ihnen morgen selbstverständlich den Wagen samt Chauffeur zur Verfügung.«

»Das ist wirklich zu freundlich von Ihnen, Alfred«, nickte Rosbigalle dankbar. Dieses Angebot erleichterte ihm vieles. »Ich gehe gerne darauf ein.« Dann nippte er erneut an seinem Sherry.

»Auf die Knie!« Crichets Stimme ließ keinen Widerspruch zu.

Babanguis zitternde Beine knickten ein, und er sank vor der Toilette zusammen. Die Bodenfliesen waren hart und kalt. Er hatte genügend Fernsehkrimis gesehen, um zu wissen, was jetzt folgte. Doch er brachte nicht einmal ein Stöhnen zustande.

Crichet griff ihm mit einer schnellen Handbewegung in die festen, krausen Haare und riß seinen Kopf brutal nach unten. Babangui wimmerte auf, aber er war zu schwach, um sich aus dieser Position zur Wehr zu setzen. Sein Gesicht wurde in die Toilettenschüssel gedrückt, so daß ihm das Wasser in Mund und Nase drang und er einen Hustenanfall bekam. Obwohl er die Toiletten täglich reinigen ließ, erschien ihm der Gestank geradezu fürchterlich. Er würgte und keuchte gleichzeitig, dabei zappelte er wild mit Armen und Beinen.

Crichet hielt ihn erbarmungslos fest. Das Messer hatte er längst eingesteckt, er würde diesen Kerl auch ohne weiteres Blutvergießen zum Sprechen bringen. Er verwendete ungern Waffen, wenn sich die Gelegenheit zu subtileren Methoden bot. Falls man ihn wider Erwarten irgendwann vor Gericht stellen sollte, wußte der Staatsanwalt dieses Verhalten hoffentlich zu würdigen.

Er betätigte die Spülung mit der linken Hand. Babangui, dessen Gesicht er dabei noch härter gegen das Emaille drückte, gurgelte verzweifelt. Crichet wartete ab, bis beinahe alles Leben aus dem rasch nur noch schwach zuckenden Körper wich. Kurz zuvor nahm er die Hand von der Spülung und zog den fast Bewußtlosen wieder hoch.

Babangui taumelte wie ein Betrunkener, schnappte nach Luft, sank erneut in die Knie und erbrach sich auf dem Fußboden.

Crichet hielt ihn dabei unverändert an den Haaren fest, ein schmerzhafter Griff, wie er wußte. »Wenn ich jetzt nicht jede Einzelheit von dem erfahre, was sich heute nacht hier abgespielt hat, verdopple ich beim nächsten Mal die Spülzeit, haben wir uns verstanden, Kumpel?«

Babangui röchelte seine Zustimmung mit geschlossenen Augen.

»Also, wo ist sie hin?«

»Ich weiß nicht«, kam die heulende Antwort. Die Arme des Gequälten hingen leblos herab. Er wirkte wie in Trance und machte keinerlei Anstalten, sich zur Wehr zu setzen. »Sie sind einfach verschwunden. Ich war längst im Bett.«

Crichet verstärkte seinen Griff. »Sie war also nicht allein?«

Ein erneutes Wimmern. »Sie ist mit Danielle Jourdan fortgegangen. Die beiden haben im gleichen Zimmer gewohnt.«

»Danielle Jourdan?« Crichet konnte mit diesem Namen nichts anfangen, Tourballe hatte keine weitere Person erwähnt. »Wer ist sie? Erzähl mir mehr über sie!«

»Sie hat einige Nächte hier gewohnt. Sie sucht ihren geschiedenen Mann, um Geld aus ihm herauszuholen.« Babangui befand sich in einem Zustand, in dem er keinerlei Ausflüchte mehr machen konnte. Um möglichst schnell aus dieser Situation erlöst zu werden, hätte er seinem Peiniger auch das intimste Geheimnis verraten. Um wieviel mehr dann Kleinigkeiten wie diese.

Crichet unternahm noch einige Versuche, um aus Babangui gewaltsam weitere Details herauszuholen, mußte jedoch bald einsehen, daß er hier nur seine Zeit verschwendete. Er ging wohl besser, ehe jemand an der Türklinke rüttelte.

Vorher blieb allerdings noch eine Kleinigkeit zu erledigen. Er riß sein Opfer erneut nach unten, um seinen Kopf abermals in die Schüssel zu drücken. Diesmal betätigte er die Spülung noch etwas länger als vorhin.

Als sich Babangui nicht mehr regte, ließ er ihn auf die Fliesen fallen und räumte seine Taschen aus. Ein vorsichtiger Blick durch die Tür ergab, daß sich auf dem Gang noch immer niemand befand. Crichet zog den Schlüssel ab und sperrte von außen zu. In der Kasse hinter dem Tresen fand er genau achthundertvierzig Francs, nicht eben viel. Doch für Crichet spielte die Höhe des Betrages keine Rolle, denn er nahm das Geld schließlich nicht, um sich zu bereichern.

Rosbigalle rief Nicole noch an diesem Abend kurz vor sieben an. Sie zeigte sich im höchsten Maße überrascht, daß er ihretwegen derartige Mühen auf sich genommen hatte, und freute sich sehr auf seinen Besuch am morgigen Nachmittag. Ihre Unterhaltung dauerte eine knappe halbe Stunde, und Nicole brachte vor Aufregung anschließend kaum einen Bissen über die Lippen.

Auch wenn Bertrand seine Arbeit ausnahmsweise unter den übrigen Köchen aufgeteilt hatte, damit er sich voll und ganz seinen Gästen widmen konnte, ließ er ihnen wieder ein außerordentliches Erlebnis für Augen, Nase und Gaumen servieren. Während Danielle heißhungrig alles verschlang, was auf den Tellern lag, stocherte Nicole jedoch wie immer nur ein wenig mit der Gabel darin herum.

Gegen zehn zog sich Danielle zurück, um früh schlafen zu gehen. Kurz darauf bestellte Bertrand eine Flasche Champagner und zwei Gläser und schlug vor, damit in den Park zu gehen. Auf der Terrasse war es kühl geworden, im kleinen Pavillon am hinteren Ende der Anlage würde es wärmer und intimer sein.

Crichet fand das Hotel, dessen Adresse ihm Tourballe am frühen Abend am Telefon gegeben hatte, ohne Schwierigkeiten. Auf welche Weise sein alter Freund nun bereits zum zweitenmal herausgefunden hatte, wo sich das Mädchen aufhielt, entzog sich allerdings seiner Kenntnis. Möglicherweise ließ er sie ja über Satellit beobachten. Crichet hätte auch diese Erklärung nicht überrascht, denn der Mafia standen bekanntermaßen unendliche Möglichkeiten zur Verfügung.

Er stellte seinen Wagen auf einem der Parkplätze des Country Clubs ab und lief über die Straße zurück zum Hotel. Auch wenn die Dringlichkeit keine größeren Vorbereitungen erlaubte, würde es keinen weiteren Fehler geben, das hatte er Jacques hoch und heilig versprochen.

Crichet wollte sich zuvor noch einen Drink in der Bar des Demie-Lune gönnen. Seine Stunde schlug erst, wenn die Bewohner des Hotels schlafen gegangen waren.

Alain hatte drei seiner Leute beauftragt, sämtliche Filme der Überwachungskameras rund um das Staatsministerium an der Place de la Visitation und an Labordes nahe gelegener Privatwohnung zu sichten. Vorgegebener Zeitkorridor: zwischen Mitternacht und sechs Uhr früh. Zielperson: männlich, etwa Sechzig, gepflegte Erscheinung, dunkles Haar, Vollbart, keine weiteren Angaben. Die drei setzten sich jeweils vor einen Bildschirm im Überwachungsraum und begannen mit ihrer ermüdenden Arbeit.

Paul und Fabrice, die beiden Mitglieder seiner Sondergruppe für organisierte Kriminalität, waren nach Nizza gefahren, um mit Somper Kontakt aufzunehmen und um Näheres über dessen Ermittlungen zu erfahren. Alain wollte mit seinem französischen Kollegen so eng wie möglich kooperieren, dabei jedoch nicht preisgeben, daß er den unbekannten Begleiter der Ermordeten bereits identifiziert hatte.

Da sich Laborde und seine Frau noch etwa bis Mitternacht auf einer Veranstaltung in der Oper aufhielten, sollten sich Paul und Fabrice anschließend Eintritt in die Privatwohnung des Staatsministers verschaffen, um dort jene Kleidungsstücke zu suchen, die er während der vergangenen Nacht getragen hatte. Bis dahin waren hoffentlich auch die Videoaufnahmen durchgesehen, und sie wußten, nach was sie suchen mußten. Alains Plan sah eine technische Störung der Überwachungsanlagen für den Zeitpunkt ihres Einbruchs bei Laborde vor, da die Observierungskräfte nicht in die Operation eingeweiht werden konnten. Darüber hinaus hatte er seine beiden Mitarbeiter damit beauftragt, sich anschließend um die Sicherheit des Demie-Lune zu kümmern. Alain wollte jedes Risiko für die beiden Frauen ausschalten.

Kurz vor zehn erreichte ihn schließlich der erwartete Anruf aus dem Büro des Fürsten. Am Nachmittag hatte er um ein Gespräch im Palast nachgesucht, das ihm noch für diesen Abend zugesagt worden war.

Er ließ daraufhin alles stehen und liegen und fuhr in den Palast, um dort von einem sichtlich müden Regenten empfangen zu werden. Sie gaben sich stumm die Hand, und Alain nahm wie gewohnt auf dem bequemen Besuchersessel vor dem Schreibtisch Platz. Außer der ledernen Unterlage, einer passenden Federschale mit Stiften und der modernen Telefonanlage hatte sich der Platz vor dem Fürsten geleert.

Ein feines Lächeln lag auf den sonst so ernsten Zügen. »Was ist geschehen, Alain? Ein internationaler Roulette-Schwindlerring, der es auf unser Casino abgesehen hat? Ein weiterer italienischer Milliardär mit dem zehnten dubiosen Landgewinnungsprojekt? Wenn wir diese Burschen gewähren lassen, schütten sie noch das gesamte Mittelmeer zu und verschaffen uns damit eine Landgrenze zu Korsika. Was halten Sie von dieser Vorstellung, Alain?«

Dem war jedoch nicht nach Scherzen zumute. »Es geht wieder einmal um Laborde, Durchlaucht«, begann er vorsichtig, ohne auf die Vorrede des Fürsten einzugehen.

»Oh!« Ein Stirnrunzeln verriet, daß der Fürst dieses Thema nur ungern anschnitt. »Sie kennen meine Haltung dazu, Alain, sie hat sich nicht geändert. Laborde leistet gute Arbeit, und ich bin froh, ihn an meiner Seite zu haben. Bitte denken Sie daran, was auch immer Sie gegen ihn vorbringen.«

Alain hielt die Luft an. Dieses erneute Plädoyer für den Staatsminister machte sein Vorhaben nicht gerade leichter. Doch nachdem er das Thema zur Sprache gebracht hatte, konnte er nicht mehr zurück. »Es tut mir leid, in dieser Deutlichkeit sprechen zu müssen, Durchlaucht.« Er spürte, wie ihm der Schweiß ausbrach. Auch wenn ihm der Fürst die folgenden Worte vielleicht übelnahm, konnte er sich nicht länger zurückhalten. »Es gibt mittlerweile fundierte Hinweise, daß Laborde nicht allein Ihnen und dem Wohl Monacos verpflichtet ist ...«

»Sondern?« warf der Fürst scharf dazwischen.

»Er verfügt über Verbindungen zur Mafia.« Jetzt war es heraus. Alain wischte sich verstohlen den Schweiß von der Stirn.

Eine lähmende Stille erfüllte plötzlich das fürstliche Büro. Lediglich das Ticken der kostbaren Stutzuhr auf dem Kaminsims war zu hören. Das Gesicht des Fürsten war leichenblaß geworden und seine aufgeräumte Stimmung verflogen. Er griff sich mehrfach an den Kragen, um die mit einem Male zu eng gewordene Krawatte zu lockern.

»Ich hoffe, Sie sind sich der Tragweite Ihrer Anschuldigung bewußt, Alain?« setzte er schließlich stockend zur Antwort an. »Mit Sicherheit wurde nie ein ernsterer Vorwurf gegen einen führenden Vertreter unseres Landes ausgesprochen.«

»Das ist mir klar.« Alain gab sich nach außen unerschütterlich. »Die Hinweise dafür haben sich in den letzten Stunden allerdings derart verdichtet, daß es unverantwortlich wäre, Durchlaucht nicht davon in Kenntnis zu setzen.«

»Laborde?« Ein erneutes Kopfschütteln. »Ich habe selten einen anständigeren Menschen kennengelernt. Alain, es ist einfach absurd. Welche Beweise haben Sie?«

Mit dieser Frage hatte Alain gerechnet. Es gab keine Beweise, oder fast keine. Nur die Aussage einer jungen Frau, die ihren Lebensunterhalt als Stripperin verdiente. Er begann von ihr zu erzählen, von den beiden gescheiterten Mordanschlägen gegen sie und von ihrer Aussage.

Der Fürst hörte angespannt zu und unterbrach ihn mit keinem Wort. Allerdings kniff er von Zeit zu Zeit wie unter starken Schmerzen die Augen zu. Ob mit oder ohne Grund, Alain hatte eine Beschuldigung gegen seinen Regierungschef ausgesprochen, die auf jeden Fall Konsequenzen nach sich zog, in der einen oder anderen Weise.

»Ist es möglich, daß ich diese Frau selbst einmal spreche?« erkundigte er sich im Anschluß an Alains Ausführungen mit ruhiger Stimme.

»Das dürfte sich relativ rasch bewerkstelligen lassen«, nickte Alain.

»Gut, dann bitte ich darum, daß Sie ein derartiges Treffen gleich nach meiner Rückkehr arrangieren«, bat der Fürst. »Bis dahin jedoch unternehmen Sie nichts, was Laborde auf eine Stufe mit einem Kriminellen stellt«, befahl er ihm dann unmißverständlich. »Sie wissen selbst, daß ein Apparat von derartiger Größe nicht geräuschlos arbeitet. Vor allem dann nicht, wenn es um eine so prominente Persönlichkeit geht. Ich will nicht, daß er von diesen Anschuldigungen erfährt und denkt, daß ich dahinterstehe. Wenn ich aus Lausanne zurückkehre, bringen Sie mir zuerst diese Frau, damit ich mir ein eigenes Urteil über ihre Aussage bilden kann, und falls ich dann Ihre Meinung teile, werde ich mir Gedanken über die weitere Vorgehensweise machen. Vorher nicht. Haben wir uns verstanden?«

Alain lag ein Widerspruch auf der Zunge, doch er sah ein, daß es im Moment klüger war zu schweigen. Er hatte das Vertrauen des Fürsten in seinen Regierungschef erschüttert, das genügte für den Anfang.

Crichet hatte sich nach einigen Überlegungen einen groben Plan zurechtgelegt. Er wollte während der Nacht in das Hotel eindringen und seinem Opfer ein Kissen auf Mund und Nase drücken. Fünf Minuten, und die Sache war ausgestanden.

Er hatte sich unter die Gäste gemischt, die an der Bar des Hotels noch einige Drinks genossen. Nach zwei Besuchen auf der Toilette war er einigermaßen mit dem Grundriß des Hauses vertraut, so daß er sich später mühelos zurechtfinden würde. Bei einer dieser Gelegenheiten konnte er sogar die kurzzeitige Abwesenheit des Mädchens von der Rezeption ausnutzen und einen Blick auf die Zimmerübersicht werfen. Nicole Aubert lag in Zimmer 212 im zweiten Stock. Was Crichet dem Eintrag allerdings nicht entnehmen konnte, war die Anwesenheit Danielles in diesem Zimmer. Bertrand hatte sich beim Eintragen nämlich nicht mehr an ihren Namen erinnert und es daher bei ›Nicole Aubert‹ belassen.

Crichet wußte ebenfalls schon, wo er später in das Gebäude eindringen konnte. In der Küche fanden gerade die letzten Putzarbeiten statt, hier würde sich bis zum frühen Morgen niemand mehr aufhalten. Wenn er dort das Schloß der Außentür aufbrach, hörte ihn vorn an der Rezeption niemand.

Er konnte sein Opfer auch persönlich in Augenschein nehmen. Nicole saß mit einem jungen Mann an einem Tisch auf der Terrasse, und während Crichet an seinem Drink nippte, beobachtete er ihr Gespräch durch die offenstehenden Glastüren. Ihm entging nicht, daß eine Flasche Champagner und zwei Gläser an den Tisch der beiden gebracht wurden und sie damit gleich darauf über die Wiese liefen und zwischen den großen Bäumen in der Dunkelheit verschwanden.

Crichet spürte plötzlich ein leises Prickeln in den Fingerspitzen. Er griff nach seinem Glas und nahm den letzten Schluck. Möglicherweise war es sinnvoll, seinen Plan zu ändern. Vielleicht konnte er sich den riskanten Einbruch in das Hotel ersparen und direkt an sein Ziel gelangen. Auf alle Fälle schien es ihm sinnvoll, den beiden unauffällig nachzugehen.

Eine Viertelstunde später verlangte er die Rechnung, zahlte und erhob sich. Gleichzeitig mit ihm bummelte eine Gruppe älterer Engländer zum Swimmungpool, in dem noch zwei Frauen ihre Runden zogen.

Niemand achtete darauf, daß sich Crichet von der Gruppe löste und zwischen den Bäumen verschwand. Auf dem moosigen Boden waren seine Schritte kaum zu hören, und bereits nach wenigen Metern schützte ihn tiefste Dunkelheit. Das Stimmengewirr von der Terrasse drang nur noch sehr gedämpft herüber. Vorsichtig, um nirgendwo anzustoßen, tastete er sich zwischen den alten Ahornbäumen und Eichen hindurch.

Er gelangte schließlich an die glänzenden Stäbe eines Metallzaunes, der übermannshoch den hinteren Teil des Parks von dem Gelände des Country Club abtrennte. Crichet tastete sich daran entlang, bis er zu einem einstöckigen Pavillon mit großem Panoramafenster kam.

Das Licht der Kerze, die durch die große Scheibe flackerte, zauberte einen rötlichen Schimmer auf die nackte Haut der Liebenden. Crichet erkannte außerdem einen kleinen geschwungenen Holztisch vor dem Diwan, auf dem die Champagnerflasche und zwei halbvolle Gläser standen. Die beiden würden wohl nicht so rasch von hier verschwinden.

25

Hinter der großen Panoramascheibe sah man die Schatten dicker Baumstämme, die scheinbar in der Schwärze des Himmels verschwanden. Durch ein geöffnetes Fenster drang das Zirpen von Grillen herein, in weiter Entfernung bellte ein Hund.

Nicole griff fröstelnd nach ihren Kleidern. Während sie sich anzog, verteilte Bertrand den restlichen Champagner auf die beiden Gläser. Sie stießen an.

»Auf uns«, flüsterte Bertrand und lächelte.

»Auf die Zukunft«, flüsterte Nicole zurück.

Anschließend nahm Bertrand die leere Flasche und die Gläser. Dann zog er seine Taschenlampe heraus, damit sie zwischen den Bäumen nicht ins Stolpern gerieten.

Draußen wehte jetzt ein leichter Wind. In den Baumkronen über ihnen knackten einige Zweige. Mitternacht mußte eben erst vorüber sein. Das Demie-Lune lag bereits in tiefster Ruhe, denn die vielen älteren Gäste gingen früh schlafen. Auch die Terrasse lag im Dunkeln, und im Foyer und in den Gängen verbreitete nur noch die Notbeleuchtung ihr dämmriges Licht. Nur ein einziges Mädchen an der Rezeption tat noch seinen Dienst.

Bertrand schloß die Tür zur Küche auf, knipste das Licht im Gang an und begleitete Nicole über eine Nebentreppe auf ihr Zimmer. So vermied er, von seiner Angestellten gesehen zu werden und Gesprächsstoff für den morgendlichen Klatsch zu liefern. Sie verabschiedeten sich mit einem langen Kuß.

Danielle schlief längst. Zusammengerollt wie ein Embryo lag sie in dem Bett neben der Tür und atmete tief und regelmäßig. Nicole mußte also wohl oder übel bis zum Morgen warten, um ihr von dem wundervollen Abend zu berichten. Sie zog sich langsam aus, löschte das Licht und ging ins Bad. Um keinen Lärm zu machen, verzichtete sie auf eine Dusche und drehte statt dessen den Kaltwasserhahn über der Badewanne auf. Das Wasser würde ihren aufgeheizten Körper wieder auf eine annehmbare Temperatur bringen. Sie stieg in die Wanne und legte sich ein zusammengefaltetes Handtuch unter den Kopf. Dann schloß sie die Augen und dachte an die vergangenen Stunden zurück.

Crichet hatte sich entschieden, seine Pläne nicht zu ändern. Im Pavillon hätte er neben Nicole auch ihren Begleiter ermorden müssen, und dies hielt er aus mehreren Gründen nicht für günstig. Zum einen hatte ihn Jacques spüren lassen, daß es bereits vor dem Negresco ein Fehler gewesen war, einen Unbeteiligten mit in die Geschichte hineinzuziehen, und zum anderen sah er es als überaus gefährlich an, zwei Opfer gleichzeitig zu überwältigen. Auch wenn er noch so schnell handelte, zwischen dem Tod des einen und dem des anderen blieben stets einige Augenblicke für einen verräterischen Schrei.

Er brach daher sein voyeuristisches Tun ziemlich rasch ab und tastete sich ins Gebüsch bei dem Hotel zurück, um in dessen Schutz die Rückkehr der beiden zu erwarten.

Als er endlich ihre Silhouetten und den vorauseilenden Lichtkegel der Taschenlampe in einiger Entfernung sah, verharrte er noch eine weitere Viertelstunde, ehe er sich ebenfalls der Tür zur Küche näherte. Das Sicherheitsschloß war natürlich verriegelt, doch das sollte ihn nicht weiter stören. Er zog ein Gerät von der Größe eines kleinen Rasierapparates aus der Tasche und führte den am vorderen Ende angebrachten Metallstift in den Zylinder des Schlosses ein. Der batteriebetriebene ›Elektro-Pick‹ rüttelte an den Vorhaltungen im Inneren des Schlosses, so daß die Zylinderstifte aus ihrer Position gerissen wurden. Seine Anwendung erforderte einige Übung, da alle Zylinderstifte gleichzeitig entriegelt werden mußten und nicht wieder herunterfallen durften. Crichet, ausgesprochener Fachmann nicht nur auf dem Gebiet des Tötens, war durch lange Übung so flink, daß er zum Knacken eines Sicherheitsschlosses kaum mehr Zeit brauchte als der normale Sterbliche für das Aufsperren seiner Haustür. Zwanzig Sekunden später stand er im Küchengang.

Durch das Dämmerlicht der Nachtbeleuchtung in den Gängen konnte er sich schnell orientieren. Er stieg über die Nebentreppe in den zweiten Stock, und da er die Zimmernummer wußte, stand er kurz darauf vor der gesuchten Tür. Die Kleine hatte Zeit genug gehabt, um sich ausgiebig zu verabschieden, ins Bett zu steigen und einzuschlafen. Nach den Ereignissen im Pavillon war nicht davon auszugehen, daß die beiden auch noch den Rest der Nacht zusammen verbrachten.

Seine durch einen dünnen Lederhandschuh geschützte rechte Hand griff nach dem Glas der Notbeleuchtung an der gegenüberliegenden Wand, und das Licht erlosch mit einem leisen Knirschen. Nur von der anderen Seite des Ganges drang noch ein schwacher Schein herüber. Crichet wischte die Splitter zu Boden. Der dicke Teppich nahm sie unhörbar auf.

Er setzte seinen Elektro-Pick auch an diesem Schloß an, und mit Hilfe des fast unhörbaren Motors konnte er die Tür nur Augenblicke später öffnen. Im Zimmer war es dunkel, er lauschte und hielt dabei die Luft an. Leise, regelmäßige Atemzüge waren zu hören. Sie schlief und träumte von ihrem Liebling.

Crichet schlich nun in das Zimmer und schloß die Tür wieder hinter sich. Vorsichtig und mit katzenhafter Geschicklichkeit näherte er sich dem Bett, von dem die Geräusche ausgingen. Obwohl keine Vorhänge am offenen Fenster hingen, verdeckte der bewölkte Himmel jeden Stern.

Er stand jetzt unmittelbar vor dem Bett. Unter dem hellen Laken hoben sich die Konturen einer Gestalt ab. Sie lag auf der Seite, den Kopf von ihm abgewandt.

Crichet beugte sich langsam vor, um das Kopfkissen zu ergreifen. Er trug zwar ein Messer bei sich, doch bei dieser Dunkelheit wollte er es lieber nicht benutzen. Die markerschütternden Schreie eines nur verletzten Opfers würden das ganze Haus aufwecken. Ein Risiko, das er nicht eingehen wollte.

Er lauschte abermals. Die Atemgeräusche klangen noch immer tief und regelmäßig. Träume süß von deinem starken Helden, dachte er. Du wirst ihn niemals wiedersehen. Die heutige Nacht mit ihm war die letzte. Gleich ist alles vorbei.

Seine Arme schossen wie zwei angreifende Schlangen vor und drückten das Kissen auf den Kopf des Mädchens. Sie erwachte augenblicklich und wollte hochfahren, kam aber gegen ihn nicht an. Das Leder seiner Handschuhe war dünn genug, um durch das Kissen die Kanten ihres Schädels zu ertasten. Er fühlte ihre Todesangst, und ihm gefiel, was er tat. Crichet hatte nie zuvor einen Menschen auf diese Weise umgebracht. Das verzweifelte Aufbäumen ihres Körpers und ihre umherschlagenden Hände versuchte er unter Kontrolle zu bekommen, indem er sich mit dem ganzen Gewicht seines Körpers auf sie legte. Noch war sie weich und warm, wenn auch nicht mehr lange.

Leises, hilfloses Röcheln drang durch das Kissen, ihre Glieder zuckten in Todesangst, doch der Killer blieb unerbittlich. Er hielt das Kissen mit aller Gewalt auf ihrem Gesicht, den Druck seiner Finger noch verstärkend. Es konnte nicht mehr lange dauern.

Sein Opfer erwies sich allerdings als erstaunlich zäh. Obgleich Crichet schnell jeglichen Begriff für Zeit verlor, sehnte er sich nach einem raschen Ende. Für einen Augenblick spielte er noch mit dem Gedanken, ihr mit einem kurzen Ruck die Wirbelsäule zu brechen, doch dazu hätte er seine Hände lösen und anders zupacken müssen. Also blieb er bei seinem Griff in das Kissen und knirschte wütend mit den Zähnen.

Endlich spürte er, wie das krampfhafte Zucken ihres Körpers schwächer wurde, gleich ging es zu Ende. Seine Anspannung begann, langsam von ihm abzufallen. Er atmete auf. Jetzt erst empfand er Mitleid mit ihr. Eigentlich war sie viel zu hübsch, um auf diese Weise zu sterben. Doch Jacques würde zufrieden sein. Es zahlte sich eben aus, einen Fachmann zu beschäftigen. Auch wenn er einige Francs teurer war als die Gelegenheitskiller von der Straße.

Sein Opfer bäumte sich noch einmal auf. Zwei Sekunden noch, eine …

26

Alain bekam das Ergebnis der kriminaltechnischen Untersuchung in Rekordzeit auf den Schreibtisch. Auf dem Anzug Labordes, den Paul und Fabrice an sich bringen konnten, nachdem sie durch eines der Überwachungsvideos wußten, wonach sie suchen mußten, waren winzige Blutspuren. Die Blutgruppe war mit jener der Toten identisch. Zwar bewies diese Erkenntnis allein noch gar nichts, doch für Alain bildete sie einen weiteren Puzzlestein in seinen Ermittlungen. Ein blondes Haar, gefunden unter dem Revers, wurde noch analysiert. Wenn es identisch mit den Haaren der Toten sein sollte, verdichtete sich der Verdacht. Irgendwann würde die Beweislast gegen Laborde so erdrückend sein, daß der Fürst gar nicht anders konnte, als sich von ihm zu trennen.

Nach dem Einbruch in Labordes Privatwohnung waren Paul und Fabrice umgehend nach Grasse gefahren, wo sie Alain den Gefallen erwiesen, für den Rest der Nacht vor dem Demie-Lune die Augen offenzuhalten. Mit ihrer dienstlichen Tätigkeit hatte dieser Auftrag eigentlich nichts zu tun.

Als sie in einiger Entfernung von dem Hotelgebäude ihren Wagen abstellten, war Mitternacht längst vorüber. Mit Ausnahme der Parkplatzbeleuchtung lag das Haus in völliger Dunkelheit. Alain hatte sie gebeten, stündlich einmal um das Haus herumzugehen und ansonsten nach allen Verdächtigen in der näheren Umgebung Ausschau zu halten. Auch wenn er nicht mit ernsten Zwischenfällen rechnete.

Paul, ein etwas schwerfälliger Enddreißiger mit lichtem Haar, schnippte seinen Zigarettenstummel auf den Asphalt und öffnete vorsichtig das nicht abgesperrte Gittertor zum Park. Fabrice, drei Jahre jünger und fünfzehn Kilo leichter als sein Freund und Kollege, folgte ihm. Da sich die Vorderseite des Hotels im Schein der Parkplatzbeleuchtung befand, blieb einem Eindringling nur die Gartenfront. In völliger Dunkelheit liefen sie daher von Fenster zu Fenster und beleuchteten die gefährdeten Stellen jeweils kurz mit einem lichtstarken Punktstrahler. Als sie zu dem aufgebrochenen Sicherheitsschloß der Küchentür kamen, stieß Paul einen überraschten leisen Pfiff aus. Sie zogen ihre Dienstwaffen. Ganz egal, was in den nächsten Minuten geschah, Alain würde auf alle Fälle ein Problem bekommen.

Fabrice ging als der jüngere und beweglichere von beiden voraus, während Paul einen dünnen Lichtsstrahl über die Schulter seines Kollegen hinweg in den halbdunklen Gang warf. Es war niemand zu sehen. Da es hier hell genug war, knipste er die Lampe aus. Von Alain wußten sie, daß die beiden Frauen im zweiten Stock lagen, Zimmernummer 212.

Sie eilten hintereinander den Gang entlang, kamen an der Rezeption mit der im Sessel eingeschlafenen Angestellten vorüber und jagten, jeweils zwei Stufen auf einmal nehmend, die Treppe hinauf. Der dicke Teppich auf den Stufen verschluckte jedes Geräusch.

Im Gegensatz zu den anderen Teilen des Hauses lag der rechte Trakt des zweiten Stocks im Dunkeln, das deutete auf die Anwesenheit des Eindringlings hin. Paul knipste für Sekunden seine Lampe an, und im Lichtstrahl funkelten die Splitter der zerstörten Nachtbeleuchtung auf dem Teppich. Dann sah er das aufgebrochene Türschloß. Beide Männer holten daraufhin tief Luft. Hoffentlich kam ihre Hilfe nicht zu spät.

Paul lehnte sich unmittelbar neben der Tür mit dem Rücken gegen die Wand, die rechte Hand mit dem Revolver hielt er dabei leicht nach oben angewinkelt. Fabrice baute sich gegenüber der Tür auf, die rechte Schulter vorgereckt. Der Unterarm mit dem Revolver zielte wie bei seinem Kollegen schräg nach oben. Einmal im Zimmer, würden sie keine Zeit mehr haben, um die Waffen hochzureißen. Der Kerl, der ihnen dort gegenüberstand, war ein Profi, geübt im Töten. Er verzieh ihnen nicht den geringsten Fehler.

Trotz der bevorstehenden Gefahr blieben beide ruhig. Wie bei einem eingespielten Team üblich, wußte jeder ohne lange Abspache, wie er sich zu verhalten hatte.

»Und los!« zischte Fabrice fast unhörbar und machte zwei ausgreifende Sprünge, um sich mit dem vollen Gewicht seines Körpers gegen die Tür zu werfen. Sie flog krachend auf und schlug innen gegen die Wand. Der Leuchtstrahl von Pauls Lampe traf die Gestalt eines Mannes, der sich blitzschnell aufrichtete. In dem Bett unter ihm lag die regungslose Gestalt einer Frau.

Obwohl sie auf jede Art von Angriff gefaßt waren, konnten die beiden Polizisten den nun folgenden unglücklichen Zufall nicht voraussehen, der sie das vorteilhaften Überraschungsmoment kostete.

Im gleichen Moment nämlich, in dem sie in das Zimmer sprangen, ging die Badezimmertür auf, und die gerade der Wanne entstiegene Nicole stand in der Türöffnung, ein großes Handtuch um sich gewickelt. Sie starrte erschrocken auf die gespenstische Szene in ihrem Zimmer, die jetzt von der Lampe im Badezimmer erleuchtet wurde.

Dann ging plötzlich alles sehr schnell. Crichet sprang augenblicklich auf die nur zwei Schritte von ihm entfernte junge Frau zu und zog sie als Schutzschild hinter sich her in Richtung Fenster. Nachdem er dabei die Badezimmertür zugestoßen hatte, verblieb der dünne Punkstrahler als einzige Lichtquelle. Paul und Fabrice besaßen damit keine Chance, den Killer ins Visier zu nehmen, während Crichet die Frau neben sich nicht als sein eigentliches Opfer erkennen konnte.

Die breite Markise über der Terrasse zur Gartenfront bot Crichet eine ideale Möglichkeit zur Flucht. Um die beiden Angreifer für einige Augenblicke aufzuhalten, versetzte er seiner noch immer völlig perplexen Geisel einen gewaltigen Stoß in den Rücken, der sie nach vorne stürzen ließ, und sprang dann mit einem tollkühnen Satz über die Fensterbrüstung. Er landete relativ weich auf den Stoffbahnen fünf Meter unter ihm, deren metallene Aufhängung zwar bedenklich ächzte, jedoch nicht brach. Mit den Füßen voran rutschte er bis zur Aluminiumblende herab, von der er auf einen der Tische sprang. Sekunden später war er bereits zwischen den Büschen verschwunden.

Während sich Nicole um ihre Freundin kümmerte, telefonierte Paul nach einem Notarzt und gab Alain einen kurzen Bericht über den Vorfall. Fabrice war inzwischen hinuntergeeilt, um die relativ aussichtslose Verfolgung des Killers aufzunehmen.

In der nächsten Stunde wimmelte es nur so von Menschen in Zimmer 212. Vom Notarzt über den erschrockenen Bertrand, dessen Vater, verschiedenen Angestellten des Hotels bis zu den Gendarmen aus Grasse. Paul und Fabrice standen im Zentrum aller Fragen, doch getreu ihrem Versprechen gegenüber Alain schwiegen sie, bis ihr Chef persönlich eintraf.

Somper war gerade im Begriff, ins Bett zu gehen, als das Telefon klingelte. Alain unterrichtete ihn auf der Fahrt nach Grasse über die jüngsten Ereignisse.

Somper hatte nichts gegen Anrufe zu ungewöhnlichen Zeiten, wenn sie seine Ermittlungen nur voranbrachten. Er opferte seine Nachtruhe daher gern und versprach, sich sofort darum zu bemühen, auch in diesem Vorfall die Ermittlungen zu leiten. Die beiden Männer verabredeten sich in Grasse, wobei Somper dem Jüngeren riet, erst nach ihm einzutreffen, wenn er nicht mit den dortigen Beamten eine Diskussion über Zuständigkeitsfragen beginnen wollte.

Alain befolgte den Rat und erschien infolgedessen eine Viertelstunde nach Somper, der vom Polizeipräfekten tatsächlich mit der Aufklärung des Falles betraut worden war. Sein Kollege aus Nizza hatte nichts dagegen, daß Alain an der Besprechung mit den Beamten der Gendarmerie teilnahm und sich dabei über die bisherigen Erkenntnisse informierte. Auch die anschließenden Befragungen führten sie gemeinsam durch.

Beide Frauen konnten nur wenig zum Ablauf der Ereignisse sagen. Danielle war nach ihrer Befreiung außerstande gewesen, dem Verlauf der Dinge zu folgen, während Nicole durch die Überraschung und die Dunkelheit ebenfalls nicht viel wahrgenommen hatte. Trotzdem schien eine Fahndung möglich, da Paul und Fabrice das Erscheinungsbild des Täters recht gut beschreiben konnten.

Ein Dutzend Gendarmen schwärmte aus und klingelte im weiten Umkreis alle Bewohner aus ihren Betten. Einer der Angestellten des Country Clubs gab zu Protokoll, daß ihm während des Abends ein Wagen mit Marseiller Kennzeichen und einem Avis-Aufkleber an der Heckscheibe aufgefallen war. Da die meisten Clubmitglieder aus Grasse und Umgebung stammten, waren fremde Fahrzeuge hier derart ungewöhnlich, daß er sich sogar an die Nummer erinnerte. Somper löste daraufhin eine Fahndung aus, in die auch die angrenzenden Départements einbezogen wurden.

Die sofortige Kontaktaufnahme mit der Marseiller Avis-Vertretung ergab, daß der Mieter des Fahrzeugs einen gefälschten Ausweis und einen gefälschten Führerschein vorgelegt hatte. Ob sie damit auf eine heiße Spur gestoßen waren, würde sich erst noch erweisen. Trotzdem hellte sich Sompers Gemütslage deutlich auf.

Gitan wurde zur gleichen Zeit durch seine Informanten bei der Polizei über die weitere Panne informiert. Nicole Aubert lebte immer noch, und es drohte unverändert die Gefahr, daß Laborde enttarnt wurde. Er telefonierte lange und wütend mit Tourballe, der sich wiederum vornahm, jedes Wort davon an Crichet weiterzugeben. Sein alter Freund würde eine Menge Schwierigkeiten bekommen, wenn er ihn das nächste Mal traf.

Somper schlug vor, die beiden Frauen von dieser Nacht an offiziell unter Polizeischutz zu stellen, um weitere Anschläge zu verhindern. Alain, der Nicole nach der Rückkehr des Fürsten nach Monaco bringen mußte, stimmte zu. Jede Flucht an einen entlegenen Ort hätte dieses Vorhaben nur erschwert.

Bertrand, der nicht von der Seite der Frauen gewichen war, seitdem er aus dem Schlaf gerissen wurde, machte jedoch einen anderen Vorschlag. »Meine Schwester und ihr Mann besitzen ein kleines Sommerhaus in der Nähe von Bonnieux, im Herzen des Luberon. Es liegt ziemlich abgelegen und ist zur Zeit frei. Die beiden könnten dort bequem unterkommen und wären von Monaco aus in etwa drei Stunden zu erreichen.«

Die Idee war gut, auch die beiden Polizeibeamten fanden nichts dagegen einzuwenden. Beide wußten, daß selbst ein aufwendiger Personenschutz keine absolute Sicherheit bieten konnte und daß es stets die bessere Lösung war, Gefahren aus dem Wege zu gehen. Somper, der sich ständig mit dem akuten Personalmangel seiner Dienststelle herumschlagen mußte, schätzte den Vorschlag auch aus diesem Grund.

Etwas ließ allerdings weder Somper noch Alain in Ruhe. Wie um alles in der Welt hatte die Mafia so schnell herausgefunden, wo sich die beiden Frauen aufhielten? Somper vermutete eine Wanze in Danielles Renault und ordnete an, ihn gründlich durchsuchen zu lassen. Für die Fahrt in den Luberon mußten sie einen anderen Wagen nehmen. Er ließ sich von allen Anwesenden das unbedingte Versprechen geben, niemanden außerhalb dieses Kreises über ihren neuen Aufenthaltsort einzuweihen, ganz gleich was geschah. Die Mafia durfte keinerlei weitere Hinweise erhalten.

Das Gespräch war eigentlich schon zu Ende, als Bertrand plötzlich um die Erlaubnis bat, den beiden Frauen während der Zeit in Bonnieux zur Seite stehen zu dürfen. Alain hatte nichts dagegen, und nachdem Bertrand versichert hatte, seinen Köchen keine telefonischen Anweisungen aus dem Luberon zu erteilen, stimmte Somper ebenfalls zu. Es durfte absolut keinen Hinweis darauf geben, wo sie sich die nächsten Tage über aufhielten.

27

Charles Bontemps, dem leitenden Wirtschaftsredakteur des *Figaro*, gingen die Worte Vandelins nicht mehr aus dem Kopf. Er analysierte sie immer wieder und versuchte, zwischen den Zeilen zu lesen. Was steckte hinter dieser Information? Worauf wollte Vandelin die Vertreter der Presse neugierig machen?

Charles war lange genug Mitglied der schreibenden Zunft, als daß ihm entging, wenn ein Journalist von der Politik mißbraucht werden sollte. Für seine Begriffe fand gerade einer dieser Versuche statt, auch wenn Thessier dies angesichts seiner Freundschaft mit Vandelin nicht zugeben mochte. Doch Vandelin galt als alter Fuchs, der mehr Journalisten zum Frühstück fraß, als wieder nachwuchsen. Jemand wie er plauderte nicht zur Unterhaltung. Und der *Figaro* durfte sich trotz aller Sympathie für die derzeitige Regierung nicht zu deren Erfüllungsgehilfen machen.

Über seinen Computer zapfte er alle möglichen Datenbanken an, durch die er an entsprechendes Hintergrundmaterial kommen konnte. Außerdem führte er mehrere Telefongespräche mit Fachleuten für die Bekämpfung der organisierten Kriminalität. Als er nach über drei Stunden jedoch noch immer keinen Schritt weitergekommen war, griff er schließlich in seine Schreibtischschublade und zog ein kleines Büchlein heraus. Wenn alle Stricke rissen, gab es immer noch einen letzten Ausweg: die Kollegen.

Er suchte die Nummer eines Bekannten bei *Le Monde* heraus und griff zum Hörer.

Jean Deneuve, wandelndes Wirtschaftslexikon und seit über zwanzig Jahren Rückgrat seiner Redaktion, zeigte sich höchst erstaunt. Obgleich Charles nicht preisgab, woher seine Information stammte, hatte Deneuve eine Vermutung. Immerhin war allgemein bekannt, daß der *Figaro* über einen hervorragenden Draht zum Boulevard de Bercy verfügte, dem futuristischen Sitz des Finanzminsteriums hinter dem Gare de Lyon. Jede Nachfrage erübrigte sich damit. Deneuve schilderte ihm also die spärlichen französischen Regionalisierungsbemühungen der letzten beiden Jahrzehnte, die kaum jemals die Finanzpolitik betrafen. Paris als erster Finanzplatz des Landes galt als sakrosankt. Daher verblüffte Deneuve die angedeutete Entwicklung nicht wenig. Er rechnete mit vielem bei dem derzeitigen Präsidenten, damit jedoch nicht. Das paßte absolut nicht in sein Weltbild. Von der angeblichen Verschwörung der Mafia gegen das französische Finanzsystem wußte er, wie befürchtet, ebenfalls nichts zu berichten.

Sein zweiter Anruf galt Pat Ogylvie, einer im Aufstieg begriffenen Starfeder von *France Soir*. Auch er war über die beiden Themen, nach denen Charles ihn fragte, ziemlich erstaunt und wußte nicht viel darüber zu sagen.

Ricardo Mallentin vom *Nouvel Observateur*, nicht nur aufgrund seines hohen Alters der Doyen unter Frankreichs Wirtschaftsjournalisten, zeigte sich ebenso indigniert wie ungläubig. Wenn sich tatsächlich etwas derartiges anbahnte, so seine hoheitsvolle Aussage, dann wäre ihm das sicher nicht entgangen. In Frankreich wurde kein Scheck über mehr als zehn Millionen Francs ausgestellt, ohne daß er nicht eine Stunde später davon wußte, so der ständige Spruch seiner Kollegen. Mallentin war es seinem Ruf schuldig, jede weitere Erörterung über diese Themen als Gedankenspiele im luftleeren Raum abzulehnen.

Jeanne Humbert, seit einiger Zeit Mitarbeiterin für *nice-matin*, durch zehn Jahre gemeinsames Leben ehemals eng mit ihm verbunden, brachte den ersten Lichtstrahl in das geheimnisvolle Dunkel. »Ich glaube schon, daß ich dir weiterhelfen kann,

Charles«, tönte ihre energiegeladene Stimme durch die Leitung. »Wenn es in Frankreich einen Mann gibt, der ein derart ehrgeiziges Projekt wagen könnte, dann eigentlich nur Gitan.«

»Gitan?« Charles kannte den Namen. Dahinter verbargen sich Immobilienspekulationen im großen Stil, Drogengelder, märchenhafte Geldtransfers. Ein Mann, durch dessen Hände jährlich mehr Gelder gingen, als die meisten Staaten der Welt für ihren Haushalt veranschlagen durften. Wenn die Gerüchte über ihn auch nur teilweise auf Wahrheit beruhten, dann stand der Name Gitan für mindestens zwanzig Milliarden Francs. Nicht eingerechnet die Summen, die er im Auftrag von anderen verwaltete.

Charles wußte aber auch, daß Gitan die Verantwortung für mindestens drei Dutzend Morde zugeschrieben wurde und daß ihn die Polizei mit der Hälfte der Waldbrände an der Küste in Verbindung brachte. Tausende von Hektar wurden auf diese Weise jedes Jahr in teures Bauland verwandelt. Und genauso gewissenlos, wie er sich den Grund verschaffte, sorgte er für die Finanzierung seiner Bauten. An Geld für die Verwirklichung dieser Pläne mangelte es nie. Sah so ein Mann aus, der nach den Sternen griff? Gerade jemand wie Gitan mußte doch genügend Realitätssinn besitzen, um sich nicht frontal gegen sämtliche französischen Währungs- und Finanzgremien zu stellen. Dieser Kampf war nicht zu gewinnen.

»Er ist der ungekrönte König der Côte d'Azur«, bestätigte Jeanne. »Nur einem habgierigen Verrückten wie ihm ist es zuzutrauen, etwas derart Gewaltiges anzugehen. Er verfügt über ein riesiges Netz von bezahlten Knechten, die in allen möglichen Behörden und Verbänden sitzen und jeden seiner Wünsche bedingungslos erfüllen. Ganz gleich ob Parlamentsmitglieder, Bürgermeister, Präfekten, Wissenschaftler, Medienprofis, Manager und was weiß ich noch alles – sie alle bringen sich fast um, damit sie ihm einen Gefallen erweisen können. Er braucht nur mit dem Finger zu schnippen, schon hat er über Leben und Tod eines Menschen entschieden. Er ist ein Bursche, der rostige Nägel frißt und mit Maschinenöl nachspült, wie man bei uns sagt.«

»Aber warum riskiert er seine ganze Macht für eine Illusion?« rätselte Charles.

»Um eine Menge Geld zu verdienen, warum sonst?« antwortete Jeanne. »Deshalb dreht sich die Welt. Weißt du nicht, wieviel das organisierte Verbrechen jährlich in unserem Land umsetzt? Ob du es glaubst oder nicht, damit ließe sich bequem der Staatshaushalt sanieren. Ich habe vor einiger Zeit verschiedene Artikel über Gitan und seine Freunde geschrieben und mir eine Menge Ärger damit eingehandelt. Die Summen, mit denen diese Leute umgehen, sind einfach unfaßbar. Jeder, der auch nur mit einem Bruchteil dieses Geldes arbeiten könnte, würde den Markt beherschen. Die Mafia besitzt Banken, Versicherungen, riesige Unternehmen in Schlüsselmärkten, sogar Zeitungen, einfach alles. Und sie benutzt ihren Einfluß gezielt, um noch reicher zu werden.«

Charles kannte Jeannes Artikel über die Mafia, er hatte sie bislang allerdings eher für klassische Beispiele von unfeinem Boulevardstil gehalten. Auch jetzt konnte er nicht so recht an die Brisanz ihrer Recherchen glauben. »Wenn diese Leute so professionell organisiert sind, wie du sagst, ist es für sie doch sinnvoller, das Geld weiterhin in den etablierten Kanälen zu lassen. Ich meine, sie haben ein perfektes System entwickelt, um ihr Kapital auf den bereits existierenden Finanzmärkten zu waschen, warum sollten sie davon abgehen? Schwarzes Geld mit schwarzem zu reinigen macht nicht viel Sinn.«

»Du denkst zu kurz, Charles. Das organisierte Verbrechen verfügt über Finanzspezialisten, die zu den besten der Welt zählen. Dutzende davon arbeiten derzeit Tag und Nacht an einem hochbrisanten Wirtschaftsmodell, das sie über kurz oder lang mittels ihrer Helfershelfer in Politik und Gesellschaft einführen werden. Ich habe einige Details darüber in Erfahrung gebracht und werde sie in den nächsten Tagen veröffentlichen. Diese Leute unternehmen keinen Schritt, ohne sich über die Konsequenzen im klaren zu sein. Sie wollen ihr Geld sicher anlegen und zusätzlich noch auf legale Weise vermehren, nichts anderes. In diesem Geschäft ähneln sie konservativen Bankmanagern, die gleichfalls jedes unnötige Risiko scheuen. Der große Unterschied liegt darin, daß sie einer ungleich höheren Strafe entgegensehen, wenn sie versagen. Schließlich wird in ihrer Branche bekanntermaßen nicht mit Entlassungspapieren gearbeitet, sondern mit kurzläufigen Argumentsverstärkern verschiedener Kaliber, die jede weitere Arbeitssuche unnötig machen.«

»Du erstaunst mich, Jeanne.« Charles hustete in den Hörer. »Hat sich die frühere Wirtschaftsexpertin zu einer Art Polizeireporterin entwickelt? Sei ehrlich: Wo finde ich dich derzeit häufiger, im Gerichtsaal oder an der Börse?«

Jeanne lachte. »Wenn du in einer Stadt wie Nizza lebst und als Journalistin erfolgreich sein willst, bleibt dir kaum etwas anderes übrig, als dich mit dieser Thematik zu beschäftigen. Du lebst hier in einem Sumpf aus Korruption und Vetternwirtschaft, und wenn du irgendwo zu kratzen beginnst, stößt du immer wieder auf Fäden, die bei Gitan zusammentreffen. Unser Blatt ist so ziemlich die einzige Institution in der Stadt, die ihm noch Paroli bietet. Alle anderen hat er bereits in der Tasche, den Bürgermeister, den Präfekten, die Abgeordneten, einfach alle hier in der Gegend. Nur an *nice-matin* beißt er sich die Zähne aus.«

»Mir fällt gerade ein, daß mein schwarzer Anzug zu eng geworden ist. Sei also so nett und laß dich nicht von ihm in die Luft sprengen – oder welche Strafe in diesen Kreisen auch immer auf investigativen Journalismus stehen mag, ja?«

»Hauptsache, du kommst persönlich zur Beerdigung und schickst keinen Vertreter«, lachte Jeanne zurück. »Immerhin hast du mich noch kein einziges Mal hier unten besucht.«

Diesen Vorwurf hatte er erwartet. Charles zögerte einen Augenblick. Sollte er tatsächlich wieder an alte Zeiten anknüpfen? Die gemeinsamen zehn Jahre bildeten eine schöne Erinnerung. Sie hatten sich getrennt, weil beide neben ihrem Beruf keine Zeit mehr für andere Dinge fanden. Es war im gegenseitigen Einvernehmen passiert, ohne Streit, eben wie unter erwachsenen Menschen. Doch er liebte sie noch immer. Dann griff er zu dem Bild in der Schublade seines Schreibtisches: Jeanne zusammen mit ihm in der Dominikanischen Republik, an einem menschenleeren Strand, unter Palmen. Adam und Eva vor dem Selbstauslöser.

Es würde schön sein, für einige Tage wieder die alten Zeiten heraufzubeschwören. Ein Punkt mußte zuvor allerdings noch geklärt werden. »Ich habe gehört, du lebst wieder mit jemandem zusammen?« erkundigte er sich.

»Yvan hat sehr viel Verständnis«, kam es energisch zurück. »Er wäre der letzte, der mir Vorschriften darüber macht, mit wem ich mich zu treffen habe und mit wem nicht.«

»Du findest die Idee also wirklich gut?«

»Wenn du an einer erstklassigen Story interessiert bist und mehr über Gitan und seine Geschäfte erfahren willst, würde ich an deiner Stelle nicht bis zu meiner Beerdigung warten.«

Jeder Journalist würde wegen einer guten Story notfalls im Winter nach Alaska wandern, warum also nicht im Sommer nach Nizza fliegen? »Hast du Champagner im Kühlschrank?« fragte er frech.

»Reichen zwei Flaschen?«

»Für den ersten Abend ja.« Er lachte. »Was ist mit Yvan?«

»Er ist Vertriebsleiter einer kleinen Fabrik für Elektromotoren und häufig unterwegs.«

»Ist er im Augenblick da?«

»Nein.« Ihre Stimme vibrierte erwartungsvoll. Wenn er darauf nicht die richtige Antwort wußte, war er entweder kein Mann mehr oder tot.

»Ich nehme die nächste Maschine«, versprach er.

»Ich hole dich vom Flughafen ab.«

Der Luberon ist ein Gebirgszug zwischen den Alpen, der Haute Provence und dem Rhône-Tal. Steht man auf seinem Kamm, sind auf der einen Seite die Basses-Alpes und auf der anderen das Mittelmeer zu sehen. Der italienische Dichter Petrarca warb in dieser wildromantischen Landschaft einst um die schöne Laura, während Jahrhunderte später der berüchtigte Marquis de Sade seine ersten wirren Kindheitsträume durchlebte, und viele weitere Jahre später Picasso und Vasarely hier erfolgreich nach Motiven für ihre Bilder suchten.

Heute zählt der Luberon zu den Lieblingsplätzen der Reichen, entsprechend teuer sind die malerischen Landhäuser der Gegend, in denen Pariser Polit-Prominenz und Mitglieder des internationalen Jet-sets ihre Sommerwochen verbringen.

Es war kurz vor elf Uhr mittags, als Bertrands Mercedes in den Hof des Anwesens kurz hinter Bonnieux einbog.

»Christian, der Mann meiner Schwester, ist hier aufgewachsen«, erläuterte er, während er ausstieg und zusammen mit Nicole über die aus behauenen Felssteinen bestehende Hofpflasterung lief. Eine verwilderte Katze strich um die Hausecke, blieb wie angewurzelt stehen und verfolgte die Ankömmlinge mit mißtrauischen Blicken.

Danielle zog es vor, das im Schatten einer riesigen Pinie geparkte Auto vorläufig nicht zu verlassen. Den Aussagen des Arztes zufolge hatte sie den Anschlag zwar relativ gut überstanden. Über etwaige psychische Folgen konnte er allerdings zum jetzigen Zeitpunkt noch nichts sagen. Falls sie Angstzustände bekam, ließ sich der Gang zum Psychiater vermutlich nicht vermeiden. Vorläufig quälten sie jedoch nur fürchterliche Kopfschmerzen. Sie sehnte sich nach einem kühlen Bett und Ruhe und wollte nur so lange im Wagen warten, bis sämtliche Fenster und Türen des Hauses geöffnet wurden, damit frische Luft in die Räume kam.

»Als seine Eltern vor etwa drei Jahren kurz nacheinander starben, hatte Christian zunächst versucht, alles an einen Pariser Rechtsanwalt zu verkaufen, der sich während des Sommers hier niederlassen wollte. Der Kerl hat ihm ein geradezu märchenhaftes Angebot für einen regelrechten Trümmerhaufen gemacht.« Bertrand zuckte mit den Achseln. »Meine Schwester bestand jedoch darauf, daß Christian statt dessen ein Vermögen in Maurerarbeiten und Dachziegel investierte, und seither verbringen sie mit ihren Kindern viel Zeit hier.« Er suchte in seinen Taschen nach dem Schlüssel für die Haustür. »Leider liegt Marine, die älteste Tochter der beiden, im Augenblick mit einem entzündeten Blinddarm in der Klinik, sie werden uns hier also wahrscheinlich nicht überraschen.«

Nicole sah sich neugierig um. Die Substanz des alten provençalischen Landhauses war sicher einige hundert Jahre alt und sah auch so aus. Jede Generation hatte an ihm herumgebaut, ergänzt, abgerissen, repariert. Nichts war harmonisch aufeinander abgestimmt oder nach einem einheitlichen Bauplan ergänzt worden. Die Fenster wiesen die unterschiedlichsten Größen auf und lagen zudem auf einer unterschiedlichen Flucht. Verschiedene Anbauten wirkten wie Wunden an einem Körper, die nicht verheilen wollten. Trotzdem war nicht zu übersehen, daß sich alles in hervorragendem Zustand befand. Bertrands Schwager hatte die alte Bausubstanz soweit wie möglich erhalten und seine Zugeständnisse an den modernen Wohnkomfort sehr verhalten umgesetzt. Keine einzige Veränderung der vergangenen Jahrhunderte war rückgängig gemacht worden, kein Anbau abgerissen. Das Gebäude glich dem faltigen und runzligen Gesicht eines alten Menschen, voll von guten und bösen Geschichten. Ein Haus, in das sich Nicole auf der Stelle verliebte.

An den verwitterten Steinmauern sämtlicher Gebäude rankte uralter Wein empor, die obersten Ranken des stellenweise strohtrockenen Gesträuchs krochen bis auf die Dächer hinauf. Entlang der Einfahrt standen Platanen, die übermannshohe Mauer, die das ganze Anwesen umschloß, wurde von großen Steineichen gesäumt.

Das Erdgeschoß des Wohnhauses bestand zur Häfte aus einer großen rustikalen Küche und zur anderen Hälfte aus einem Eß- und Aufenthaltsraum. Im Obergeschoß lagen drei Schlafzimmer, zwei davon mit breiten Ehebetten, und zwei Bäder.

Während Nicole in der halbdunklen Küche stand, schloß sie die Augen und schnupperte. Das Haus war von einem unbeschreiblichen Duft erfüllt. Es roch nach altem Holz, nach kaltem Rauch, nach feuchten Steinen, nach Gewürzen, frischen Blumen, kurz: nach den unerfüllten Träumen eines jeden Parisers. Hier zu leben, tagtäglich in der gemütlichen Küche zu kochen und sich nachts in den riesigen Betten rekeln zu dürfen, mußte einfach paradiesisch sein. Sie träumte vor sich hin. Die Wirklichkeit lag so weit weg.

Eine auf halber Höhe geteilte Tür führte auf eine Terrasse aus handbehauenen Felsplatten, die von Zypressen, Rosmarinhecken, Flieder, Frauenmantel, Geißblatt und Jasmin umrahmt wurde. Einige blühende Magnolienbüsche bildeten zusammen mit zwei gigantischen Mandelbäumen einen komfortablen Sonnenschutz.

Unmittelbar neben einem der beiden Stämme stand ein steinerner Tisch, um ihn fünf schmiedeeiserne Gartenstühle. Wenige Schritte entfernt plätscherte das glasklare Wasser einer in Felssteinen gefaßten Quelle über verschiedene Steinstufen in ein kleines Becken. Das Blau eines Swimmingpools leuchtete zwischen den Magnolien hervor. Überall dazwischen wucherten Blumen und Gräser wild durcheinander. Blühende Lavendelbüsche, Rhododendron, Lupinien, schon fast verblühter Ginster. Es gab keine erkennbare Ordnung in der Anlage des Gartens, und doch wirkte alles harmonisch. Hinzu kam der umwerfende Blick in das Tal der Coulon.

»Gefällt es dir?« wollte Bertrand wissen und blickte sich nach der halbwilden Katze um, die ihnen gefolgt war.

»Es ist wunderschön«, bekannte Nicole und legte ihm die Arme um den Hals. »Wie im Paradies, man vergißt fast den Tod.«

»Das sollst du auch!« erwiderte Bertrand ernst. »Ich habe dich hierhergebracht, um dich vor diesen Leuten in Sicherheit zu bringen. Hier brauchst du keine Angst zu haben.« Er drückte ihr einen vorsichtigen Kuß auf die Lippen. »Kopf hoch, Liebling! Ich weiß zwar nicht, ob ein Koch viel ausrichten kann, doch ich werde wie ein Löwe kämpfen, das verspreche ich dir!«

Nicole legte ihren Kopf an seine Brust und schloß die Augen. Sie hatte sich verliebt! Es war verrückt, aber inmitten dieser irrsinnigen Flucht hatte sie einen Mann gefunden, der sich allein ihretwegen in Gefahr brachte. Ein Gefühl der Erleichterung stieg in ihr auf. Sie war nicht mehr allein. Sie würde niemals wieder allein sein.

Durfte sie sich derartige Sentimentalitäten im Augenblick überhaupt leisten? Nicole löste sich rasch von Bertrand und versuchte ein tapferes Lächeln. »Ich werde diese fürchterliche Angst vermutlich nie wieder verlieren, egal was geschieht. Aber du kannst dir nicht vorstellen, wie beruhigend es ist, wenn es jemanden gibt, auf den man sich verlassen kann. Ich bin dir ja so dankbar.« Sie lief einige Schritte in Richtung Haus. »Jetzt sollten wir Danielle aber endlich ihr Zimmer zeigen.«

Sie brachte die Freundin in einen der Räume im ersten Stock und füllte eiskaltes Wasser in die Wanne des dazugehörigen Badezimmers.

Da sich kaum Vorräte im Haus befanden, mußten sie einiges besorgen. Sie fuhren dazu nach Lourmarin, ein kleines Städtchen südlich des Gebirgszuges, mit dem Wagen keine zwanzig Minuten entfernt. Dort bummelten sie die Avenue Philippe de Girard entlang, auf der sich die Marktstände im Schatten alter Ahornbäume neben einem eingezäunten Sportgelände in zwei langen Reihen erstreckten. Wie überall in der Provence bei derartigen Märkten gab es beinahe alles: Antiquitäten, Kleider, frischen Fisch, Käse, handgemalte Bilder, Ledergürtel, Fleisch, Gemüse, Haushaltswaren, Obst und tausend andere Dinge.

Sie probierten mehrere Sorten Käse, ließen sich von einer freundlichen Weinverkäuferin zwei Plastikbecher Rotwein zum Verkosten einschenken und schnupperten sich durch eine reichhaltige Auswahl an Gewürzen. Bertrand wählte sorgfältig aus und erstand schließlich eine kleine Lammschulter mit Knochen, dazu Karotten, verschiedene Sorten Zwiebeln, Champignons, Spinat, Tomaten, Eier, Butter und zwei Liter Milch. Außerdem ein großes Stück luftgetrockneten Schinken aus der Alpes-de-Haute-Provence, frisches Olivenöl und etwas von dem landestypischen kernigen Brot. Wein benötigten sie nicht, da ihr Keller reichliche Vorräte aufwies.

Anschließend setzten sie sich in ein kleines Café in der Nähe, um für einige Minuten auszuruhen. Nicole musterte dabei die Männer an den übrigen Tischen. Sie trugen karierte Hemden, die bis auf den letzten Knopf geschlossenen waren, ausgebeulte Sakkos mit Flicken an den Ärmeln, weite Hosen und schwere Schuhe. Dazu rauchten sie filterlose Zigaretten und spielten lautstark Belote, die französische Variante des Skatspiels. Alles wirkte so geruhsam und friedlich. Nicole hoffte inständig, daß die Mafia-Killer sie hier nicht fanden.

Es fiel Laborde nicht leicht, dem Staatsrat gerade heute sein Konzept für die städtebauliche Weiterentwicklung des Fürstentums vorzustellen. Er hatte die Sitzung ursprünglich auf diesen Tag gelegt, weil heute auch der Fürst abreiste. Später konnte er das heutige Ergebnis dann zu einem Vermächtnis des tragisch Dahingeschiedenen hochstilisieren. Die fehlgeschlagenen Anschläge auf Nicole hatten ihn jedoch weit mehr aufgewühlt, als er es sich eingestand, und so fühlte er sich müde und abgespannt, was auch den meisten der Teilnehmer nicht entging.

Ihr endgültiges Votum brauchte der Staatsminister heute glücklicherweise noch nicht. Sie sollten vorerst nur zuhören und nachdenken, ihre einhellige Zustimmung würde er später immer noch bekommen.

Er sprach über die Erweiterung Monacos ins Meer hinaus. Nach Labordes Plänen würde man durch enorme Erdaufschüttungen dreimal mehr Festland gewinnen als bei allen bisherigen Landgewinnungsprojekten zusammen. Diese Fläche bot genügend Raum für die erwarteten Banken und Investmentfirmen sowie für das futuristische Gebäude der geplanten Börse. Da er sie aus taktischen Gründen im Augenblick noch nicht bei ihrem richtigen Namen benennen durfte, verwandte er den tarnenden Begriff ›Musikhalle‹. Der neugewonnene Stadtteil reichte außerdem für etwa viertausend Luxus-Wohnungen, eine Reihe von exklusiven Geschäften und zwei Nobelhotels.

Gegen die Architektur gab es keine Einwände; was die meisten der zwölf Staatsräte jedoch mit Unbehagen erfüllte, war der Gigantismus des Ganzen. Das war nicht mehr ihr Monaco, nicht mehr die Stadt, an der sie über Jahrzehnte hinweg gebaut hatten. Natürlich waren in der Vergangenheit Fehler gemacht worden, darin unterschieden sich die Planer des Fürstentums nicht von anderen Städtebauern dieser Erde. Durch den begrenzten Raum lernte man hier jedoch rascher aus seinen Fehlern als anderswo, deshalb war man gegenüber hochfliegenden Plänen skeptisch geworden.

Erst der Hinweis Labordes, daß die Crédit Méditerrané ein massives Interesse an der Umsetzung dieser Pläne besaß und sich auch in erheblichem Maße finanziell daran beteiligen wollte, führte schließlich zu einem Umschwung der Diskussion. Monacos größte Bank engagierte sich nur in sicheren Projekten mit erheblicher Gewinnspanne. Ihre Zusage war daher eine Art Gütesiegel. Man beschloß deshalb, den neuen Präsidenten einzuladen und sich mit dessen Sicht der Dinge vertraut zu machen.

Eine der ersten Handlungen Valentin Pasternaks in Monaco würde also der Auftritt vor dem Staatsrat sein, wo er Laborde deutlich den Rücken stärken sollte. Ein einziger gelungener Auftritt konnte bereits eine positive Entscheidung herbeiführen. Laborde wußte, daß der neue Chef der Crédit Méditerrané dieser Herausforderung gewachsen war, Gitan vertraute nur den Besten ihres Fachs.

28

Somper warf den Hörer fluchend auf die Gabel. Ein Durchsuchungsbefehl für die Räume von ›Baccara‹ war tatsächlich nicht zu bekommen. Obwohl er Gott und die Welt in Bewegung gesetzt hatte, stand er mit leeren Händen da. Vom Präfekten persönlich aufgefordert, die Finger von Madame Gisèlle und ihrer explosiven Kartei zu lassen, kam er auf offiziellem Wege nicht mehr weiter. Wenn er dieser Spur nachgehen wollte, blieb ihm kaum etwas anderes übrig, als einen Kollegen zu bitten, der ungleich mehr Möglichkeiten hatte als er. Somper dachte daran, den neuen Kontakt zum monegassischen Polizeichef zu nutzen.

Nicole wusch die Champignons und das übrige Gemüse, während Bertrand das Fleisch von überflüssigem Fett befreite. Es würde heute Lammragout mit glasierten Zwiebeln und Champignons geben, zubereitet von Meisterhand.

Der riesige Molteni-Herd in der Mitte der Küche, eines jener angblich sogar von Bocuse geschätzten Prunkstücke, wurde zum Altar der hohen Kochkunst, auf dem Bertrand die Zubereitung der einzelnen Gänge zelebrierte. Dabei erzählte er eine Anekdote aus der Hotelküche nach der anderen, und Nicole machte es riesigen Spaß, Seite an Seite mit ihm zu arbeiten. Tür und Fenster standen weit offen, und ein lauer Luftzug strich durch den Raum, trug ein wenig von dem unnachahmlichen Duft der Provence herein.

Nicole deckte den Tisch im Schatten des großen Mandelbaumes mit Steingutgeschirr und einfachen alten Gläsern. Als Tafelschmuck brach sie einige blühende Zweige ab, um sie in einen Tonkrug voll Wasser zu stellen. Zuletzt holte Bertrand die Flasche Bellet aus dem wohlbestückten Weinkeller. Sie hatte sich einen Rosé gewünscht. Es würde ein Essen zu zweit werden, da Danielle immer noch schlief.

Sie verbrachten den frühen Nachmittag im Schatten des Mandelbaumes, um zu essen, Wein zu trinken und zu erzählen. Angesichts des ungewohnten Essens und der anregenden Atmosphäre stocherte Nicole nicht wie sonst gelangweilt in ihrem Teller, sondern aß wie eine Verhungernde. Auch der Wein schmeckte köstlich, er war ebenso seidig wie kühl, und sie trank mehr davon, als sie eigentlich vertrug. Erst als ihr schwindlig wurde, schob sie das Glas zur Seite. »Ich glaube, es war vielleicht doch keine so gute Idee, mittags schon Wein zu trinken«, meinte sie betreten. »Durch die Hitze steigt er mir schneller zu Kopf.«

»Du solltest dich ein wenig ausruhen!« schlug Bertrand vor. »Ich kümmere mich inzwischen um den Abwasch.«

Durch das ausgezeichnete Essen müde, nahm Nicole sein Angebot dankbar an und gab ihm als Lohn für seine Mühen einen Kuß, um sich dann kichernd ins Haus zu begeben und über die breite Holztreppe zu den Schlafräumen hinaufzusteigen. Sie knöpfte gerade ihr Kleid auf, als ihr siedend heiß der alte Professor einfiel, der an diesem Nachmittag nach Grasse kommen wollte. Da niemand im Demie-Lune ihren momentanen Aufenthaltsort kannte, würde er den Weg umsonst zurücklegen und sich unnötig aufregen. Ihr Blick streifte das Telefon auf dem Nachtschränkchen, und sie warf sich kurzerhand auf das Bett, um die Nummer einzutippen, die Rosbigalle ihr gestern gegeben hatte. Ein Dienstbote verband sie mit Alfred, dem ehemaligen Assistenten und derzeitigen Gastgeber des Professors, der ihr bedauernd mitteilte, daß sich der alte Mann zu einem kleinen Mittagsschlaf zurückgezogen hatte. Nachdem ihn Nicole nicht wecken lassen wollte, erzählte sie dem erstaunten Alfred in kurzen Worten von der vergangenen Nacht und gab ihm ihre neue Adresse. Alfred versprach, Rosbigalle auch ihren Vorschlag auszurichten, den geplanten Besuch um einen Tag zu verschieben.

Ihr nächster Anruf galt Roger, der es vor Langeweile und Sehnsucht nach ihr kaum in seinem Bett aushielt, wie er sich vorwurfsvoll beklagte. Sein Genesungsprozeß machte gute Fortschritte, der Professor aus Paris und die Verantwortlichen des Nationalkaders waren sehr zufrieden. Nicole mußte ihm versprechen, bald wieder vorbeizusehen und seine Hand zu halten. Sie fand nicht den Mut, den hoffnungslos Verliebten aus seinem Traum zu wecken.

Nachdem ihm Sérgio mitgeteilt hatte, daß Rosbigalle erwacht war, setzte sich Alfred an die Bettkante des Professors, um ihn von dem Anruf Nicoles zu informieren. Obwohl er äußerst behutsam vorging, war die Betroffenheit im Gesicht des alten Mannes nicht zu übersehen. Er hatte abermals nicht verhindern können, daß sein Schützling im Visier der Mörder stand. Es dauerte eine Weile, ehe sich seine Gemütsverfassung wieder einigermaßen stabilisierte. Um ihn abzulenken, deutete Alfred auf ein schmales Bändchen, das auf dem Bett lag. »Ich sehe, Sie haben meinen Jean Paul entdeckt«, kommentierte er lächelnd. »Es ist lange her, daß ich ihn gelesen habe.«

»Das ist einfach unentschuldbar, Alfred!« fuhr Rosbigalle hoch. »Ihre Erstausgaben schreien förmlich danach, täglich verschlungen zu werden.« Er griff nach dem Büchlein. »Ich habe zur ›Clavis Fichtiana‹ gegriffen, seiner geistvollen Widerlegung der Fichteschen Solipsistik. Ich kann gar nicht sagen, wie sehr ich diesen Text liebe.«

»Der Philosoph ist der Schaber am Baum der Erkenntnis«, neckte Alfred. »Es würde mich ungeheuer freuen, Professor, wenn ich Ihnen einige dieser Erstausgaben nach Paris schicken dürfte. Meiner Ansicht nach sind diese Werke nirgendwo besser aufgehoben als bei Ihnen.«

Der Widerspruch Rosbigalles kam umgehend, wenn auch nicht sehr nachhaltig. Er lebte und starb für diese Werke.

»In der großen Bibliothek im ersten Stock finden Sie weitere

Erstausgaben, Professor.« Alfred erhob sich von der Bettkante. »Wenn Sie möchten, können Sie dort gerne einen Nachmittag mit alten Bekannten verbringen.«

Da hielt Rosbigalle nichts mehr im Bett. Angesichts dieser Verlockungen rückte sogar das Schicksal Nicoles in den Hintergrund.

Als Bertrand das Geschirr abwaschen wollte, stellte er fest, daß das Putzwasser vom Gemüse noch nicht aus dem steinernen Ausguß abgelaufen war. Die Leitung mußte verstopft sein. Er kannte zwar einige Handgriffe, die bei so einem Problem manchmal halfen, doch nachdem er das Rohr auch nach einigen Mühen nicht wieder freibekam, blieb ihm nichts anderes übrig, als sich auf die Suche nach einem Handwerker zu machen.

Er warf seine Schürze auf die Anrichte und ging aus dem Haus. Einen Augenblick lang war er versucht, den Wagen zu nehmen, doch die kurze Strecke nach Bonnieux konnte er auch laufen. Nach einigen hundert Metern querfeldein sah er bereits die ersten Häuser des Städtchens. Mit etwas Glück war er mit einem Klempner wieder zurück, ehe die beiden Frauen erwachten und ihn vermißten.

Als er sich bei einer alten Frau, die schläfrig über ihre Fensterbank lehnte, nach dem nächsten Handwerker erkundigte, schickte sie ihn an das andere Ende von Bonnieux, so daß aus seinem kleinen Verdauungsspaziergang nun doch ein ordentlicher Fußmarsch wurde.

Albin Rocard, ein gemütlicher kleiner Mann mit grauem Schnauzer und einzeln zählbaren Kopfhaaren, verkörperte trotz seines fleckigen Unterhemds und der schmutzigen Jeans die uralte und hochachtbare französische Handwerkertradition. Im vollen Bewußtsein seines einzigartigen Könnens hörte er sich das Problem seines Kunden an und schüttelte mehrfach bedenklich den Kopf. Einige unverständliche Zischlaute blieben sein einziger Kommentar zu dieser leidigen Geschichte. Ohne einen Fachmannn ging es tatsächlich nicht, darin stimmte er ihm ohne größere Überlegung zu. Allerdings, das würde dauern. Momentan war viel zu tun, außerdem fehlte ein Geselle.

Und es war Samstagnachmittag, Madame hatte andere Pläne. Monsieur Rocard zeigte sich untröstlich.

Das von Bertrand so eindringlich vorgebrachte Vertrauen in seine unbegrenzten Fähigkeiten und die Stimulation durch einige Scheine bewogen ihn allerdings nach einigem Zögern, den Ärger mit Madame in Kauf zu nehmen und sich den Notfall wenigstens anzusehen. Um keine falschen Vorstellungen über sein erdrückendes Arbeitspensum aufkommen zu lassen, lamentierte Monsieur Rocard noch einige Zeit über den unpassenden Zeitpunkt, wischte sich aber gleichzeitig umständlich die Hände an einem alten Lappen ab, nahm die schwere Werkzeugkiste aus Metall vom Regal und deutete auf seinen klapprigen Renault-Kombi. Außerdem bat er um eine Zigarette.

»Darf ich Ihnen vielleicht etwas zu trinken bringen?«

Palmira war auf den kleinen Balkon getreten, der an der gesamten Längsfront der Bibliothek entlangführte, ohne daß es Rosbigalle gemerkt hatte. Er saß unter dem schützenden Dach einer rot und weiß gestreiften Markise und widmete sich selig der Lektüre Victor Hugos, so daß ihm der Gedanke an Durst gar nicht gekommen war. »Wie?« Er blickte erstaunt auf. »Oh – ja, gern. Ein Glas Wasser vielleicht.« Er lächelte verschmitzt. »Wissen Sie eigentlich, Palmira, daß Sie in einer wahren Schatzkammer leben?« Er hob die Hand mit dem Buch. »Es gibt vermutlich auf der ganzen Welt keine größeren Reichtümer als diese vielen Bände angesammelten Wissens.«

Palmira sah ihn nur eine Sekunde lang verständnislos an, dann senkte sie ihre Augenlider. Als sie sich gerade umdrehen und gehen wollte, ergriff Rosbigalle ihre Hand. »Noch nicht gehen, Mademoiselle, bitte. Wenn Sie einige Minuten Zeit für mich erübrigen könnten, wäre ich Ihnen sehr verbunden.«

»Wie Sie wünschen.« Palmira blickte verlegen auf den Boden und trat von einem Fuß auf den anderen.

»Nehmen Sie doch Platz«, bat Rosbigalle und deutete auf den Stuhl, der unmittelbar neben dem seinen stand. Mit diesen Worten hatte er im Laufe seines langen Berufslebens Hunderte nervöser Prüflinge beruhigt. »Ein alter Mann wie ich hat gern etwas Abwechslung.«

Palmira folgte auch dieser Aufforderung gehorsam, verharrte allerdings an der vorderen Kante des Stuhls. Sie trug heute einen eleganten Blazer mit einem kurzen Rock, der zwei lange wohlgebräunte Beine in hochhackigen Schuhen freigab. Für Rosbigalles Geschmack war der Ausschnitt des Blazers entschieden zu tief, und wenn ihn sein Eindruck nicht täuschte, fühlte Palmira ähnlich. Sie war jedenfalls ängstlich darum bemüht, keine unerwünschten Einblicke zu gewähren.

»Wie lange sind Sie schon hier, Palmira?« erkundigte er sich einfühlsam auf portugiesisch, um dem Mädchen die Angst zu nehmen. Er hatte sich lange nicht mehr in dieser Sprache mit jemandem unterhalten.

»Seit einem halben Jahr«, gab sie zur Antwort und schnitt dabei ein Gesicht, als ob sie am liebsten davongelaufen wäre.

»Und Sérgio?«

»Mein Vater arbeitet seit mehr als zwölf Jahren hier.«

Rosbigalle stützte sein Kinn auf die rechte Faust, als er sich nachdenklich erkundigte: »Ich habe das unbestimmte Gefühl, daß Sie sich hier nicht sehr wohl fühlen, Palmira, habe ich recht?«

Wie erwartet nickte sie, gab jedoch keine weitere Antwort.

Der alte Mann verstand auch so. »Wollen Sie nicht mit jemandem darüber reden?« erkundigte er sich leise. »Sie dürfen davon ausgehen, daß ich Ihr Vertrauen nicht mißbrauche. Aber vielleicht kann ich Ihnen irgendwie helfen.«

Palmira zögerte. Es war ihr anzusehen, daß sie nachdachte, ob sie dem freundlichen Professor ihre Sorgen anvertrauen konnte. Immerhin war er ein alter Freund ihres Arbeitgebers. Es lag an dem Blick Rosbigalles, an seinen schüchternen Augen, die die Welt um ihn herum zu ergründen suchten, daß sie sich schließlich zu einer ehrlichen Antwort durchrang. »Am liebsten würde ich noch heute von hier fortgehen«, schluchzte sie.

»Das habe ich vermutet«, nickte er. »Sie sind doch ein freier Mensch, Palmira. Gehen Sie, wann immer Sie möchten. Oder was hält Sie hier?«

»Ich werde im November erst vierzehn, Monsieur«, widersprach sie schüchtern. »Ohne Erlaubnis meines Vaters darf ich gar nichts.«

Vierzehn? Rosbigalle atmete pfeifend ein. Er hatte etwas derartiges vermutet. Alfreds Blick, die feinen Spitzen und die Silberkette in ihrem Ausschnitt kamen ihm wieder in den Sinn. Sie war ein Kind, nur dem Körper nach erwachsen.

»Weiß Ihr Vater, was hier mit Ihnen passiert?« erkundigte sich Rosbigalle betroffen.

»Ja«, nickte sie.

»Und warum schickt er Sie nicht weg?«

»Was soll er machen!« Palmira zuckte mit den Schultern. »Meine Familie stammt aus Sétubal im Süden von Portugal. Wir waren dort sehr arm, und wenn mein Vater hier seine Stelle verliert, müssen meine Eltern und alle meine Geschwister vielleicht wieder dorthin zurück.«

Rosbigalle atmete schwer. Er hatte davon gehört, daß viele der Hausangestellten an der Küste aus Portugal stammten. Wenn bereits die Erwachsenen sich ausbeuten ließen, war es nicht zu erwarten, daß ein junges Mädchen die Existenz ihrer ganzen Familie aufs Spiel setzte, selbst wenn sie dafür einen hohen Preis bezahlen mußte.

Seine Gedanken gingen viele Jahrzehnte zurück, und das Gesicht Alfreds tauchte wieder vor ihm auf, dreißig Jahre jünger. Ein gutaussehender junger Mann mit vollen, pechschwarzen Haaren, ein Typ, auf den die Frauen flogen. Rosbigalle konnte sich plötzlich wieder erinnern. Neben Alfred trat nun auch das Gesicht einer jungen Frau immer klarer hervor. Eine schwarzhaarige Schönheit mit Mandelaugen. Adeline, eine seiner früheren Studentinnen. Ja, Adeline hatte sie geheißen, und sie war mit einem der jüngeren Professoren verlobt gewesen. Alfred war hin und wieder mit ihr ausgegangen und hatte unter den anderen Assistenten damit geprahlt. Es wurde bald über die beiden geklatscht.

Er versuchte verzweifelt, sich an das Gesicht des jungen Kollegen zu erinnern, der damals gehörnt worden war. Wie hieß er doch nur? Levy? Nein, Levin! Ernest Levin. Er sah das schmale bebrillte Gesicht vor sich. Weiße Haut, überirdisch durchscheinend. Levin war Experte für griechische Philosophie gewesen, ein Mann, der innerhalb von drei Jahren fünf Bücher zu den unterschiedlichsten Themen veröffentlicht hatte. Ein ungeheuer produktiver und zielstrebig arbeitender Mann. Jemand, der für die Philosophie und seine Bücher lebte.

Rosbigalle wußte nun auch, nach was er die vergangenen Tage so krampfhaft gesucht hatte. Es war diese dunkle Erinnerung gewesen, längst vergessen, doch durch Palmiras Rolle in Alfreds Leben wieder ans Tageslicht gezogen. Tief in seinem Unterbewußtsein hatte sie geruht, vergraben von dem bitteren Eingeständnis, eine teilweise Mitschuld an den damaligen tragischen Ereignissen zu tragen.

Die Sache mit Ernest Levin war der Schlüssel zu Alfreds widersprüchlichem Charakter. Rosbigalle hatte Levin gemocht und sich darum bemüht, ihn in Fachkreisen einzuführen. Für die ersten beiden Bücher hatte er ihm sogar die Verlagskontakte vermittelt. Ein hervorragender Mann, ein brillanter Philosoph, ein exzellenter Kenner des alten Hellas. Rosbigalle schüttelte den Kopf. Der nach außen hin so nüchtern und rationell wirkende junge Mann hatte sich die Untreue seiner Verlobten und das Gelächter der Kollegen und Studenten derart zu Herzen genommen, daß er sich umbrachte. Natürlich trug Alfred keine unmittelbare Schuld an diesem Tod, er hatte nur die auslösende Situation geschaffen. Er und Rosbigalle, der damals zu beschäftigt war, um rechtzeitig einzugreifen.

Die Augen des alten Mannes waren jetzt geschlossen. Alfred hatte sich während der letzten beiden Tage als echter Freund und wundervoller Gastgeber gezeigt. Kein Sohn konnte sich aufmerksamer um seinen Vater kümmern als dieser ehemalige Assistent um seinen alten Professor. Es war sicher nicht fair, ihm Fehler aus längstvergangenen Zeiten vorzuwerfen, an deren nähere Umstände sich kaum noch jemand erinnern konnte. Die Schatten der Vergangenheit durften nicht heraufbeschworen werden und ihre freundschaftliche Beziehung trüben. Rosbigalle war deshalb entschlossen, den toten Levin in Frieden ruhen zu lassen.

»Ich werde Ihnen jetzt besser Ihr Wasser bringen«, kündigte Palmira an, und im gleichen Augenblick war sie auch schon im Haus verschwunden. Sie ließ den Professor überaus nachdenklich zurück.

29

Die Arbeiten in dem entkernten Haus an der Avenue Saint Martin in Monaco kamen nur schleppend voran. Obgleich sich Henri Demoin, der verzweifelte Bauleiter, die Finger wund telefonierte, ging seit zwei Tagen endgültig alles drunter und drüber. Gestern wurden derartige Mengen von Stahlgittermatten zur Armierung der Böden angeliefert, daß man damit ohne weiteres auch einen größeren Supermarkt hochziehen konnte, heute früh war eine der rückwärtigen Wände eingestürzt, und durch die herabfallenden Brocken waren zwei Männer am Fuß verletzt worden, und nun traf ein Betonmischwagen nach dem anderen ein und vergrößerte das Chaos der in der engen Straße wartenden Fahrzeuge noch weiter. Dabei konnte aufgrund der schwierigen Gegebenheiten immer nur eine der schweren Baumaschinen ihre Fracht über eine schwenkbare Pumpe in die Baustelle einbringen, wo sie von den schwitzenden Arbeitern mit Eisenrechen und Rüttelstäben verteilt wurde. Die Zentrale hatte die festgelegten Fahrzeiten für Lastwagen über 3,5 Tonnen innerhalb des Fürstentums ausnutzen wollen und zwischen 11.30 Uhr und 12.30 Uhr alle verfügbaren Fahrzeuge in Bewegung gesetzt, damit sie während des letzten Zeitkorridors, der um 13.15 begann, das Fürstentum wieder verlassen konnten.

Demoin, der die logistischen Probleme auf monegassischen Baustellen zur Genüge kannte, nahm diesen Zustand einfach hin. Ihn ärgerte höchstens der viele Baustahl, der überall herumlag und wertvollen Platz wegnahm. Denjenigen, der für diese Fehllieferung verantwortlich war, würde er sich noch vornehmen. Er sah mißbilligend zu den wartenden Betonmischern hinüber und zog ein zerknautschtes Zigarrettenpäckchen aus der Tasche. Das zweite an diesem Tage, er entwickelte sich langsam zum Kettenraucher. Dann griff er wieder zum Telefon. Glücklicherweise war morgen Sonntag.

José Crochard sah, wie Demoin wütend vor den Wagen stand und rauchte. Da er seine Aufträge aus dem Mischwerk des Unternehmens in Cap d'Ail erhielt, trug er für das Chaos glücklicherweise keine Schuld, und konnte so ohne alle Gewissensbisse seine Zeitung lesen und dabei eine Zigarette nach der anderen rauchen.

Die beiden Seitenfenster seines schweren Fahrzeugs standen offen, wie immer, wenn es nicht regnete, und sein Radio dudelte laut auf die Straße. Selbstverständlich war es den Fahrern während der Arbeitszeit strikt verboten, Alkohol zu trinken. Das hinderte Crochard allerdings nicht daran, immer einige Flaschen Kronenbourg zwischen Fahrersitz und Rückwand in Reserve zu halten, um sich während der langweiligen Wartezeiten den Staub von den Lippen zu spülen. Dem breitschultrigen, zähen Mann fehlten noch vier Jahre bis zu seiner Pensionierung, doch er konnte noch immer mühelos das Ersatzrad seines Lasters samt Felge hochheben und zehnmal rund um sein Fahrzeug tragen. Von den jungen Fahrern machte ihm dieses Kunststück keiner nach. José Crochard war seit über vierzig Jahren nicht mehr krank gewesen, und er fühlte sich so fit wie eh und je, trotzdem sollte er diesen Tag nicht überleben.

Alain bestellte Paul und Fabrice in sein Büro, um sie über Sompers Anruf zu informieren. Sie hörten ihm ruhig zu. Trotz ihrer engen Freundschaft waren es beide gewohnt, Alain erst ausreden zu lassen, ehe sie ihre eigenen Kommentare abgaben.

»Das könnte eine verdammt kitzlige Sache werden«, kommentierte der bedächtige Paul schließlich und nahm seine Unterlippe zwischen Daumen und Zeigefinger, um besser nachdenken zu können.

»Auf legale Weise bekommen wir jedenfalls keinen Einblick in diese verdammte Kundenkartei«, stellte Alain fest. »Falls ihr aber durch Zufall ...?«

»Spar dir deine Worte«, unterbrach ihn Fabrice. Sie würden also wieder einen dieser Aufträge ohne Dienstmarke unternehmen. Ohne Alains Wissen selbstverständlich, damit er sich notfalls davon distanzieren konnte. »Hat Somper erwähnt, wie diese Madame Gisèlle eingerichtet ist?«

»Er sprach von hypermodern, was auch immer das bedeuten mag«, nickte Alain.

»Dann ist die Kundenkartei mit Sicherheit kein ledergebundenes dickes Adreßbuch, sondern eine Computerdatei. Wir müssen uns also Zugang zu ihrem Terminal verschaffen.«

»Sie wird ein Paßwort benutzen.«

Fabrice machte eine wegwerfende Handbewegung. »Wir haben Hochleistungsstreamer, mit denen sich selbst die umfangreichsten verschlüsselten Datenmengen in höchstens neunzig Sekunden kopieren lassen. Und mit unserem Großrechner knacken wir jedes Paßwort schneller als eine Maus furzen kann.«

Alain kommentierte die Überlegungen seiner Mitarbeiter nicht, sondern griff nur befriedigt zum Hörer, um mit Somper zu sprechen.

Zum Mittagessen ließ er sich von Eliane ein Stück lauwarme Pizza mitbringen, das er an seinem Schreibtisch zusammen mit einer Diätcola hinunterspülte. Seit vielen Jahren war dies die übliche Art und Weise, wie er sich während des Tages ernährte. Dabei dachte er an die bevorstehende Abreise des Fürsten. In wenigen Stunden würde sich die Wagenkolonne vom Palast aus in Bewegung setzen, um zum Héliport zu fahren. Wie immer brachte ein Hubschrauber den Fürsten von dort nach Nizza, wo bereits sein Privatjet wartete. Diese Prozedur war Routine, Alain konnte sich an keine Probleme erinnern.

Trotzdem fühlte er sich heute unwohl bei dem Gedanken, den

Fürsten auf Reisen gehen zu lassen. Er war die einzige Autorität des Landes, die sich dem zu erwartenden Chaos wirklich entgegenstellen konnte. Seine Person und Monacos Bild in der Öffentlichkeit waren eins, in offiziellen Angelegenheiten galt nur sein Wort. Eine einzige Unmutsäußerung von ihm, und Laborde würde von der Bildfläche gefegt werden.

Was aber geschah, wenn es den Landesvater nicht mehr gab? Über Alains Rücken zog ein eisiger Schauer. In diesen Gedanken mündeten all seine bisherigen Überlegungen. Ein Attentat auf ihn, und Laborde mitsamt seinen Hintermännern wäre durch keine Macht der Welt mehr aufzuhalten.

Alain verschluckte sich und hustete. Nein! Ein offenes Attentat konnte sich die Mafia nicht leisten. Ein Mord am Fürsten mußte Millionen von Menschen aufrütteln und Hunderte von Journalisten in das Fürstentum spülen. Monaco würde nach einem derartigen Ereignis wie unter einer gigantischen Lupe liegen; das konnte niemandem etwas nützen, am allerwenigsten Gitan.

Es blieb ihnen also nur ein Unfall. Oder besser gesagt: ein Anschlag, der wie ein Unfall inszeniert wurde. Alain wurde der Kragen zu eng, er öffnete den obersten Knopf seines Hemdes und lockerte die Krawatte. Er mußte unbedingt mit dem Fürsten reden. Sofort. Möglicherweise stand er in höchster Lebensgefahr. Er warf die restliche Pizza und die halbvolle Diätcola in den Papierkorb und sprang auf.

Als Nicole erwachte, war es totenstill im Haus. Die dicken Wände und das vorspringende Dach sorgten für angenehme Kühle, und durch die offenen Fenster kam ein kleiner Luftzug herein. Während sie noch auf ihrem Bett lag, lauschte sie dem Zwitschern unzähliger Vögel. Von den anderen war nichts zu hören. Danielle schlief vermutlich noch, und Bertrand saß mit einem Glas Wein unter dem großen Mandelbaum. Friedliches Landleben.

Da sie das Verlangen nach einem Sprung in den Pool und einem anschließenden Sonnenbad verspürte, schlüpfte sie in ihr Kleid und ging nach unten. Bertrand war weder in der Küche noch auf der Terrasse. Auf dem Steintisch standen lediglich zwei einsame Weingläser und die leere Flasche. Nicole vermutete, daß er in eines der Gästezimmer gegangen war, um dort ebenfalls etwas zu schlafen. Sie konnte ungestört ihre Runden ziehen. Das Kleid fiel zu Boden, und die Spitze ihres rechten Fußes erkundete vorsichtig die Wassertemperatur. Göttlich. Nicole sprang kopfüber hinein.

François Crichet war nach dem Fehlschlag der Nacht nach Marseille zurückgefahren, wo ihn Tourballes Anruf erreichte. Ihr Opfer befand sich nicht mehr in Grasse, sondern hatte zwischenzeitlich ein Versteck in der Nähe von Bonnieux bezogen, nur einen Katzensprung von Marseille entfernt. Bei diesem zweiten Anruf innerhalb von fünf Stunden klang die Stimme Tourballes kaum verbindlicher. Er machte unmißverständlich klar, daß Crichet keine weitere Chance mehr bekam. Die Mafia ließ nicht mit sich spaßen, sie brauchten den Erfolg. Woher sie den Aufenthaltsort des Mädchens kannten, ging ihn nichts an. Seine Aufgabe war es, sie zu töten.

Nachdem er die Bedingungen in Bonnieux nicht kannte, hatte Crichet keine Chance, sich während der Fahrt einen Plan zurechtzulegen. Natürlich hatte er seine Waffe dabei, doch wenn es eine andere Möglichkeit gab, die Frau zu beseitigen, zog er diese vor. Schließlich wollte er nicht unbedingt eine Verbindungslinie zwischen diesem Mord und der Toten vor dem Negresco ziehen.

Er parkte seinen Wagen in einiger Entfernung von dem einsamen Gehöft, dessen Adresse ihm Jacques angegeben hatte, und schlich sich vorsichtig an. Sein Opfer trat gerade in dem Augenblick auf die Terrasse, als er um die Hausecke biegen wollte, und Crichet zuckte zurück, um ihr im Schutz der Büsche zu folgen. Als sie sich auszog und ins Wasser sprang, kauerte er keine fünf Schritte von ihr entfernt.

Es sah so aus, als ob sein Auftrag diesmal gelingen würde. Wenn er ihren Kopf zu fassen bekam, war der tragische Unfall perfekt. Beim Schwimmen ertrunken. Jacques würde zufrieden sein. Und damit auch Gitan. Plötzlich schien alles so einfach.

30

Die Arbeiter kamen mit dem Einfüllen des vielen Zements kaum nach. Henri Demoin fluchte und tobte wie ein Geisteskranker, doch auch er konnte die Gesetzmäßigkeiten des extrem eng und winklig angelegten Gebäudes nicht aufheben. Der Großteil des Baumaterials konnte nicht mit dem Schlauch eingebracht werden, sondern mußte mühsam in Eimern nach hinten getragen werden.

José Crochard saß, ungerührt von der ganzen Hektik, im Führerhäuschen seines Betonmischers und beobachtete gelangweilt die fluchenden und unter ihren schweren Lasten keuchenden Männer. An Tagen wie diesen war er froh, daß man ihn nach Stunden bezahlte und nicht nach gefahrenen Kilometern. Er würde den größten Teil seines heutigen Lohnes durch Nichtstun verdienen. Er gähnte und kratzte sich zufrieden.

Der Touristenstrom nahm immer stärker zu, vor allem Japaner und Holländer marschierten kompanieweise in Richtung Meereskundemuseum. In diesem Teil der Avenue Saint Martin gab es wahrlich nichts Besonderes zu sehen, trotzdem blickte Crochard mindestens dreimal in die glänzende Linse einer Videokamera. Er hielt nicht viel davon, ungefragt ein Zeitdokument über den französischen Arbeiter im ausgehenden zwanzigsten Jahrhundert abzugeben, deshalb streckte er den Hobbyfilmern regelmäßig die Zunge heraus.

Aus der Baustelle kam ein müder Arbeiter getrottet. Crochard kannte ihn nicht. Er mußte neu hier sein. Sein magerer Oberkörper war über und über mit feinem weißen Zementstaub bedeckt, durch den der Schweiß breite Bahnen zog. Dem sonnenverbrannten Gesicht waren lange Jahre Arbeit unter sengender Sonne anzusehen.

Crochard erwiderte seine Begrüßung, indem er seine linke Hand, die aus dem Seitenfenster herausbaumelte, um ein paar Zentimeter mehr bewegte. »Seid ihr da drinnen jetzt aufgewacht und fangt endlich an zu arbeiten?« neckte er gutmütig.

»Sesselfurzer!« kam es knapp zurück. Die langen staubbedeckten Haare des anderen waren mit einem Gummiring am Hinterkopf zusammengebunden. Unter dem Schleier aus Zementstaub und Schweiß waren die Umrisse eines von Akne gezeichneten Gesichtes zu erkennen, dunkle, tiefliegende Augen, ein kantiges Kinn. »Pack doch selbst mit an, wenn es dir zu lange dauert.«

»Damit ihr euch einen faulen Tag machen könnt?« Crochard schüttelte nachdrücklich den Kopf. »Ich hab doch nichts an der Birne.«

»Dann warte ab, bis du an der Reihe bist.«

Der andere war vor der Fahrertür stehengeblieben und zog für einen kurzen Moment eine kleine Glasflasche aus seiner Hosentasche. »Hast du etwas dagegen, wenn ich ein paar Minuten zu dir heraufkomme, um Pause zu machen?« Er vergewisserte sich mit einem mißtrauischen Blick über die Schulter, daß er von Demoin nicht gesehen wurde.

Crochard war der blitzschnellen Bewegung mit scharfen Augen gefolgt. Er kannte die kleinen Glasflaschen, in denen manche Kollegen ihren Selbstgebrannten mit sich herumtrugen, es war nicht ungewöhnlich, daß jemand den Schutz seines Führerhauses suchte, um hier in aller Ruhe fünf oder sechs unbeaufsichtigte Schlucke zu tun. Sofern es sich auch für ihn auszahlte, hatte er selten etwas dagegen einzuwenden.

Eine auffordernde Handbewegung ließ den anderen zur Beifahrertür hereinklettern. »Ich heiße Marian«, brummte sein Besucher, als er sich aufatmend in den Sitz fallen ließ.

Als Marian ihm die entkorkte Flasche hinhielt, griff Crochard rasch danach. »Was ist das für ein Zeug?« erkundigte er sich mißtrauisch, ehe er das Fläschchen an die Lippen setzte.

»Probier es einfach«, beschied ihm Marian. »Nach zwei Schlucken davon kannst du nicht mehr stehen, geschweige denn diese Kutsche hier fahren.«

Crochard grinste. »Aufschneider!« Selbst wenn es sich um hundertprozentigen Alkohol handelte, würde er davon trinken, ohne auch nur ein einziges Mal zu husten. Nach vier Jahrzehnten auf dem Bau vertrug er einiges.

Der Schnaps war gut, ausgezeichnet sogar, doch nicht besonders stark. Als der erste Schluck davon seinen Magen erreicht hatte, starb Crochard dank der eingerührten letalen Dosis eines später nicht mehr nachzuweisenden Nervengifts. Wie von Marian angekündigt, konnte er seine Kutsche nicht mehr fahren.

Nicole tauchte auf und schüttelte ihre nassen Haare. Mit der rechten Hand hielt sie sich dabei an dem steinernen Rand des Beckens fest. Tauchen machte ihr Spaß, und sie hatte lange keine Gelegenheit mehr dazu gehabt.

Das war der ideale Zeitpunkt. Crichet duckte sich tiefer auf den Boden und näherte sich dem Becken. Er war gerade im Begriff, seine rechte Hand auszustrecken und Nicole bei den Haaren zu ergreifen, als er hörte, daß vor dem Haus ein Wagen ankam.

Da er unter diesen Umständen nicht mehr handeln konnte, zog er seinen Arm wieder ein und huschte rasch zurück, um im Schutz des dichten Gestrüpps auf eine bessere Gelegenheit zu warten.

Tourballe wußte nur zu gut, daß die monegassische Polizei beinahe jede Ecke des Fürstentums mit ihren Kameras im Blick hatte. Deshalb war es Teil seiner Vorbereitungen, sichere Positionen an der Place du Palais, an der Avenue Saint Martin und an der Avenue de la Porte Neuve zu finden und sie mit einem guten Dutzend seiner Leute zu besetzen, die jede Phase des geplanten Anschlags unter Kontrolle hielten. Er selbst befand sich an Bord der *Sainte-Marie*, einer in Jersey eingetragenen 46-Meter-Luxusyacht mit 400 Tonnen Gewicht, die eine Art mobilen Leitstand darstellte und etwa zehn Seemeilen entfernt vor Anker lag. Von hier aus konnte er einen abhörsicheren Funkkontakt mit seinen Leuten aufrechterhalten. Dazu verwendeten sie das für ihre Zwecke etwas modifizierte Have-quick-System der US-Marine, das das gesprochene Wort durch einen Code automatisch verschlüsselte. Die ultrakurzen, jeweils unter einer Sekunde betragenden Signale konnten nicht geortet werden, selbst wenn die monegassische Polizei den seltsamen Funkverkehr mitbekam.

Das Zeichen zum Beginn der Aktion würde Michel Vaujour geben, der in der typischen Pose eines Touristen am Uhrturm des Palastes stand und mit einer Kamera herumspielte, die vorgeblich eine Totale des Palastes einfangen sollte. Er trug Shorts, aus denen zwei stachelige Beine in weißen Nike-Turnschuhen hervorragten, dazu ein bedrucktes Leinenhemd, eine Baseballkappe der *Chicago Bulls* und eine riesige Fototasche. Die Stelle, auf der er stand, gehörte zu den wenigen Flecken des Platzes, die nicht von Kameras überwacht wurden.

Obgleich er sich um nichts anderes als seine Kamera zu kümmern schien, galt seine eigentliche Aufmerksamkeit dem Tor, das sich schräg hinter ihm befand. Er erwartete die Wagenkolonne jeden Augenblick.

Kurz nach fünfzehn Uhr öffneten sich die großen Flügel des Tores, und ein Offizier in der Uniform eines Oberst der Carabiniers trat heraus, um sich kurz mit den zwei Posten zu unterhalten. Beide schüttelten leicht den Kopf. Keine besonderen Vorkommnisse. Sechs weitere Angehörige der fürstlichen Schutztruppe in dunkelblauen Hosen, weißen Hemden und blauroten Schirmmützen traten nun aus dem Tor, um eine schmale Fahrspur zwischen den eilig herandrängenden Menschen freizuhalten. Aufgeregtes Stimmengewirr begann, Dutzende von Kameras wurden hochgereckt. Zwei weitere Uniformierte näherten sich. Die Fahrspur wurde von den Neugierigen binnen weniger Augenblicke so verengt, daß sie kaum ein Fahrradfahrer passieren konnte, geschweige denn zwei gepanzerte Limousinen.

Laute Kommandos ertönten, weitere Carabiniers erschienen, und Schritt für Schritt wich die Menge zurück. Michel Vaujour, der in das dichte Gewühl getaucht war, griff in seine Fototasche und zog ein Mobiltelefon heraus. Er flüsterte nur einen einzigen Satz in den Apparat, unverfänglich für jeden, der zufällig neben ihm stand und mithörte, doch ausreichend, um die Ereignisse ins Laufen zu bringen.

Marian Snegur, der Mann, der Crochard getötet hatte, erhielt den Anruf im Führerhäuschen des Betonmischers. Sein letzter Beitrag zu der Operation war, den Zündschlüssel herumzudrehen und den Wagen unauffällig zu verlassen. Eine Minute später schleppte er wieder schwere Zementeimer in die Baustelle.

Henry Domingo, Tourballes Elektronikspezialist, stand am Rande der Rampe Major, und hantierte ebenfalls mit einer Videokamera. Seine Aufmerksamkeit galt allerdings nicht ihrer komplizierten Elektronik, mit der er gleichzeitig filmen und Fahrzeuge, die einen entsprechenden Empfänger trugen, fernsteuern konnte, sondern den Worten, die aus dem kleinen, von wirr herabhängenden Haaren verdeckten Mikrophon an seinem rechten Ohr drangen. Von der Avenue Saint Martin bis zu ihm waren insgesamt fünf weitere Leute mit den gleichen umfunktionierten Kameras postiert. Jeder von ihnen konnte für einen bestimmten Streckenabschnitt das winzige Gerät im Motorraum des Betonmischers beeinflussen, das Domingo während der Nacht auf dem Fabrikgelände in Cap d'Ail eingebaut hatte. Es würde niemandem auffallen, daß ein Toter hinter dem Steuer des in wenigen Augenblicken anfahrenden Fahrzeugs saß.

Yves Cantini und Patrick Malin lachten gerade über eine der Ansagen von *Radio Monte Carlo*, als ihr 530-PS-Motor zu spucken anfing und eine Sekunde später abstarb. Die Zugmaschine mit den 30 000 Litern Schiffsdiesel im vierzehn Meter langen Aufleger rollte noch einige Meter aus und blieb dann stehen. Inmitten der belebten Place d'Armes, einem der zentralen Verkehrsknotenpunkte des Fürstentums. Die beiden sahen sich betroffen an und fluchten ungehalten. Was konnte das sein?

Der Wagen war so gut wie neu, kaum neuntausend Kilometer standen auf dem Tachometer.

Wildes Gehupe setzte ein. Auf dem Boulevard Charles III. und der Rue Garibaldi stauten sich schnell lange Autoschlangen. In wenigen Minuten würde ein völliger Verkehrsinfarkt eintreten.

»Verdammtes Pech!« fluchte Cantini, der Firma Scania die Pest an den Hals wünschend. »Am besten, du nimmst per Funk Verbindung mit der Zentrale auf und forderst Hilfe an. Ich sehe inzwischen nach, ob ich den Fehler allein finden kann.« Mit wilder Entschlossenheit riß er die Tür auf und sprang aus dem Fahrerhaus auf die Straße.

Seine Füße hatten kaum den Asphalt berührt, als schon einer der allgegegenwärtigen Verkehrspolizisten neben ihm stand. Hellblaues Hemd, dunkelblaue Hose, weiße Schirmmütze, Bugatti-Sonnenbrille, das Funkgerät am Gürtel. Der Beamte hatte die Panne aus seinem verglasten grünen Häuschen am westlichen Rand des Platzes mitverfolgt, und trotz des anwachsenden Hupkonzerts erkundigte er sich höflich nach dem Grund für den so unpassend gewählten Halt.

Cantini zuckte nur verlegen mit den Schultern und suchte an allen möglichen und unmöglichen Stellen seines Fahrzeugs nach der Ursache für die Störung, zwischendurch immer wieder wütend gegen einen der mächtigen Reifen tretend. Nur vierhundert Meter entfernt lag die BP-Tankstelle des Hafens, für die der geladene Sprit bestimmt war. In höchstens zwei Minuten wären sie am Ziel gewesen.

Der Polizist griff zum Funkgerät an seiner Brust und gab die Meldung an die Zentrale durch. Da die Kreuzung kameraüberwacht war, konnte es sich ohnehin nur noch um wenige Minuten handeln, bis ein Wagen mit zwei Kollegen in Zivil vorfuhr. In dererlei Dingen war man fix in Monaco.

Ein aufgeregtes Raunen hob an. Voran sauste ein ziviles Sicherheitsfahrzeug der Marke Lancia Thema mit zwei Leibwächtern, dahinter fuhr die gepanzerte Mercedes-Limousine des Fürsten. Die Fahrzeuge kamen mit aufgeblendeten Scheinwerfern aus dem dunklen Tor und rasten an einigen hundert

Touristen vorüber. Kameras surrten und klickten, das Stimmengewirr wurde zum Gebrüll. Den Carabiniers fiel es nicht leicht, die schmale Gasse für die Fahrzeuge gegen den wachsenden Druck der Menge zu verteidigen. Im Fond des Mercedes war die Gestalt eines älteren Mannes zu erkennen. Der Fürst auf seinem Weg zum Héliport.

Die beiden Wagen überquerten die Place du Palais in schneller Fahrt und bogen in die Bellando de Castro ein, die an der Kathedrale in die Avenue Saint Martin mündet. In diesem Augenblick informierte die Zentrale das Begleitfahrzeug über Funk von der Verkehrsstockung wegen des liegengebliebenen Tankfahrzeugs. Da sich erst fünf Minuten zuvor ein Unfall mit Rauchentwicklung im Tunnel an der Avenue du Port ereignet hatte, war auch die zweite Verbindungsmöglichkeit nach Fontvieille unpassierbar geworden. Trotzdem erfolgte kein Befehl zur Umkehr, denn der Einsatzleiter in der Zentrale ging aufgrund der vorliegenden Kamerabilder davon aus, daß der Konvoi an dem liegengebliebenen Lkw vorbeidirigiert werden konnte.

Die Fahrzeugkolonne mußte dann wegen einiger wartender schwerer Fahrzeuge vor einer Baustelle an der Avenue Saint Martin die Geschwindigkeit deutlich reduzieren, kam jedoch problemlos vorüber. Während die Wagen wieder schneller fuhrenn und am Meereskundemuseum vorüberrasten, setzte sich eines der eben passierten Mischfahrzeuge in Bewegung und folgte ihnen langsam.

Der Werkstattwagen war unterwegs und würde in wenigen Minuten eintreffen. Vorausgesetzt, er kam durch die heillos verstopften Straßen. Monaco befand sich durch die Unfälle urplötzlich im Würgegriff des Verkehrsinfarkts. Alle verfügbaren Kräfte der Verkehrspolizei waren auf ihren BMW-Motorrädern unterwegs, um die Autos auf den Boulevard Rainier und den Boulevard du Jardin Exotique umzulenken und die Situation dadurch ein wenig zu entzerren.

Cantini und Malin hatten das Führerhaus zwischenzeitlich nach vorn geklappt und besahen sich ratlos das riesige Dieseltriebwerk ihres Trucks. Trotz ihres gemeinschaftlichen Schimpfens fanden sie allerdings nicht den leisesten Anhaltspunkt für einen Defekt. Vermutlich saß der Fehler irgendwo in der Elektronik. Cantini gab entnervt auf. Seit dreißig Jahren fuhr er nun schon Tankwagen, unzählige Defekte hatte er selbst beseitigt und Kraftfahrzeugschlosser stets für entbehrlich gehalten, heute aber mußte er zum erstenmal in seinem Leben kapitulieren. Das traf ihn schwer. Möglicherweise wurde es langsam Zeit, in Pension zu gehen, denn diese neuen Motoren konnte kein Mensch mehr reparieren.

Hätte er gewußt, daß seit der vergangenen Nacht ein simpler kleiner Unterbrecher in seiner Fahrzeugelektronik saß, den ein codiertes Funksignal aktiviert hatte, wäre ihm das Verhalten seines Wagens wohl weniger seltsam vorgekommen. So aber blieb ihm nur das Fluchen und Warten auf rasche Hilfe.

Die Zahl der Polizisten auf der Kreuzung hatte sich inzwischen auf drei erhöht. Die beiden hinzugekommenen Zivilbeamten waren auf Weisung der Zentrale damit beschäftigt, eine schmale Durchfahrt vorbei an dem stehenden Gespann zu schaffen, damit die Wagenkolonne des Fürsten in wenigen Augenblicken ungehindert passieren konnte. Leider stand der Tanklaster so ungünstig, daß die schweren Limousinen auf der engen Kreuzung kaum den nötigen Platz zum Rangieren fanden. Die beiden waren deshalb nahe daran aufzugeben, als sie die Kolonne die Avenue de la Porte Neuve in langsamer Fahrt herabrollen sahen. Für eine Umkehr war es damit zu spät.

Das vorausfahrende Fahrzeug verringerte das Tempo und näherte sich langsam dem Hindernis. Der Mercedes wurde ebenfalls langsamer und vergrößerte den Abstand. Beide Fahrzeuge kamen schließlich zum Stehen. Der Funkverkehr zwischen ihnen und der Zentrale sowie der Zentrale und den beiden verzweifelten Zivilbeamten wurde hektisch. Es war nicht üblich, daß der Wagen des Fürsten auf freier Strecke hielt, die für seine Sicherheit Verantwortlichen gerieten in Panik.

Sollte der Konvoi wenden und umkehren? Die Avenue de la Porte Neuve war glücklicherweise bis auf die Kolonne selbst leer. Wenn sie in den Palast zurückkehrten, mußte allerdings der

Hubschrauberflug nach Nizza verschoben werden, was wiederum den Flug nach Lausanne und sein Eintreffen dort verzögert hätte. Eine Kette negativer Folgen, die man nach Möglichkeit vermeiden wollte.

Endlich erreichte sie die erlösende Mitteilung, daß eine schmale Gasse quer über den Platz in die Avenue Prince Pierre freigeräumt worden war. Der Fürst würde heute über einige Umwege zum Héliport gelangen.

Das Begleitfahrzeug des Fürsten fuhr im Schrittempo vor, um hinter dem Heck des Tankfahrzeugs vorbeizukommen und dem folgenden Mercedes einen Weg zu bahnen. Fahrer und Beifahrer lehnten sich dabei aus den Seitenfenstern, um zentimetergenau zu rangieren.

Niemand achtete in diesem Augenblick auf den Betonmischer, der mit steigender Geschwindigkeit die steil abfallende Avenue de la Porte Neuve hinunterraste, unaufhaltsam auf die Verkehrsstockung zu.

Es war reiner Zufall, daß der Fahrer des Fürsten einen Blick in seinen Rückspiegel warf. Im gleichen Augenblick stieß er einen markerschütternden Schrei aus. Das Bild des Baufahrzeugs nahm die ganze Fläche seines Spiegels ein. Kein Mensch konnte ein Fahrzeug dieses Gewichts auf so wenigen Metern anhalten, nicht bei einer derartigen Geschwindigkeit. Es würde in die Kolonne rasen und alles zermalmen, was ihm im Wege stand.

Da das Funkgerät eingeschaltet war, hörten auch die beiden Leibwächter im vorderen Wagen den Todesschrei hinter ihnen und stoppten abrupt ihr Fahrzeug, Zehntelsekunden vor ihrem eigenen Ende.

In diesem Augenblick prallte das tonnenschwere Baugefährt auf den Kofferraum der gepanzerten Limousine, schob sie innerhalb einer einzigen Sekunde in das Begleitfahrzeug und verwandelte beide in einen einzigen Haufen Blech. Einen Wimpernschlag später prallte alles zusammen gegen den Auflieger des Tankzuges, und 30 000 Liter Schiffsdiesel gingen wie eine Bombe in die Luft.

31

Sie begrüßten sich mit einem Kuß.

»Schön dich zu sehen«, lächelte Charles. »Frauen wie du werden offensichtlich niemals älter. Du hast dich überhaupt nicht verändert.«

»Ich hatte bisher angenommen, daß du für die seriöse Presse unseres Landes arbeitest«, stichelte Jeanne und kniff ihm dabei in den Oberarm. »Doch du lügst wie die Kollegen vom Boulevard.«

Er stellte fest, daß sie ihre mahagonifarbenen Haare jetzt streichholzkurz trug – was ihr sehr gut stand –, mit einem Pony, der exakt bis an die Augenbrauen reichte. Die ewig sonnengebräunte Haut und der Duft nach Givenchy waren jedoch gleichgeblieben, ebenso ihr Modegeschmack. Das dunkelrote Designer-Kostüm war ebenso hübsch wie teuer.

Jeanne hakte sich bei ihm unter und zog ihn zu einem der Ausgänge, die nur für das Flughafenpersonal zugelassen waren. Nachdem sie in Nizza und Umgebung so gut wie jeden von Rang näher kannte, gehörte das Privileg, auf einer für Piloten reservierten Stellfläche direkt am Flugfeld parken zu dürfen, zu den eher marginalen Errungenschaften ihres Lebens.

Sie kamen an einem grüßenden Wachtposten vorbei, der dafür zu sorgen hatte, daß keine Unbefugten das Gebäude durch diese Glastür verließen, und wandten sich nach rechts zu den eingezäunten Parkplätzen. Einige alte Follow-me-Fahrzeuge und

Kehrmaschinen fristeten hier ihr kümmerliches Dasein, Seite an Seite mit den geparkten Camping-Anhängern von Flughafenangestellten, die über gute Beziehungen zum Verwaltungschef verfügten.

Die grauen, breiten Asphaltbänder, auf denen normalerweise Flugzeuge abgestellt waren, reichten bis nahe an den Zaun heran. Mit Ausnahme eines einsamen Privatjets, einer schneeweißen Mystère 20, stand heute allerdings keine Maschine hier. Die großen Flieger der Liniengesellschaften warteten, säuberlich aufgereiht, vor der Ankunftshalle, einige hundert Meter entfernt.

Charles blieb neben der Beifahrertür von Jeannes offenem Sportcoupé stehen und griff nach seinen Zigaretten. Dabei sah er auf die Uhr. Es war kurz nach vier.

»Ich habe heute noch keinen einzigen Bissen gegessen«, klagte er. »Darf ich dich irgendwohin einladen? Wenn dabei einige Sätze über den Zweck meiner Reise fallen, kann ich das Ganze sogar unter Spesen verbuchen.«

»Warum nicht? Das läßt sich einrichten. Der *Figaro* hat bekanntlich mehr Geld als *nice-matin.*« Jeanne blieb ebenfalls abwartend neben ihrem Wagen stehen und sah zu dem Privatjet hinüber, hinter dessen blinkenden Cockpit-Fenstern die Köpfe der beiden Piloten bei ihren Flugvorbereitungen zu sehen waren. Neben der heruntergeklappten Treppe stand ein kräftiger junger Mann in blauen Hosen und weißem Hemd. Er spielte gelangweilt mit einem Schlüsselbund und wartete offensichtlich auf die Fluggäste. »Falls es dich interessiert, das ist der Privatjet des Fürsten von Monaco«, erläuterte sie und kniff dabei gegen die Sonne ein Auge zu. »Wenn ich mich recht erinnere, muß er heute noch nach Lausanne. Wenn das IOC einlädt, läßt sich der Fürst selten entschuldigen.«

Charles hatte gerade seine Zigarette zu Boden geworfen und ausgetreten, als ein dunkelblauer Mercedes über das Rollfeld fuhr. Der mittlere der drei aussteigenden Männer war, trotz seines hellen Sommerhuts und der dunklen Sonnenbrille, nicht zu verwechseln. Kaum ein Tag, an dem sein Bild nicht in irgend einer französischen oder internationalen Zeitschrift veröffentlicht wurde. Der Fürst von Monaco.

Die Umgebung der Place d'Armes war Schauplatz eines Infernos. Das zerfetzte und ausgebrannte Stahlskelett des BP-Tanklastzuges war durch die Wucht der Detonation hochgehoben und gute hundert Meter weit in die Rue Grimaldi hineingeschleudert worden. Dort lag es über parkenden Autos, die ebenfalls restlos ausgebrannt waren. Der Betonmischer lag zerstört auf der Seite, seine Trümmer waren durch das Höllenfeuer ebenso skurril verbogen wie die Überreste von einem Dutzend Autos in unmittelbarer Nähe. Die gepanzerte Luxuslimousine des Fürsten bestand nur noch aus einem wirren Knäuel von Blech und Stahl, durchsetzt mit den Resten des Begleitfahrzeuges. Ein beißender Geruch nach Diesel und verbranntem Gummi lag in der Luft, eine dicke, schwarze Rauchwolke sollte noch für Stunden über der Stadt schweben.

Der auslaufende Sprit war in die Abwasserkanäle gelangt, und in den tiefer gelegenen Straßen zum Hafen hin hatten sich durch das dabei entstandene Benzin-Luft-Gemisch wenige Augenblicke nach der Explosion hohe Flammensäulen aus den Kanalschächten erhoben. Die Gullydeckel flogen wie Champagnerkorken durch die Luft. Eine Vielzahl von Toten lag zwischen den Trümmern. Verletzte, denen die Haut in Fetzen herunterhing, riefen laut um Hilfe. Eingeklemmte heulten in ihren umgeworfenen Fahrzeugen, und durch die Druckwelle viele Meter weit gegen Mauern und Autos Geschleuderte erwachten nur langsam aus ihrer Bewußtlosigkeit. Zu den leichteren Verletzungen zählten Knochenbrüche, Hautabschürfungen und Gehirnerschütterungen; zu den schweren großflächige Verbrennungen, Mehrfachbrüche, Kopfverletzungen und tiefe Schnitte von den umherfliegenden Glassplittern. Diejenigen, die wie durch ein Wunder unverletzt geblieben waren, starrten fassungslos auf den Ort, der noch vor wenigen Augenblicken eine lebhafte Kreuzung in einer der berühmtesten Städte der Welt gewesen war.

Das einzig Positive waren die schnellen und umsichtigen Hilfsmaßnahmen der Rettungsdienste. Von den geschockten Kräften in der Einsatzleitung in Gang gesetzt, rollte ein bewundernswert effizient organisiertes Szenario der Notfallhilfe und Katastrophenbewältigung ab. Bereits zwei Minuten nach der Explosion gellten die ersten Signalhörner durch die Stadt. Ambulanzwagen des Princesse-Grace-Krankenhauses und Renault-Feuerwehrwagen der ›Sapieurs-Pompiers de Monaco‹ kamen herangerast, und die über eine Katastrophenleitung informierten Krankenhäuser der Umgebung begannen sich auf eine Vielzahl von schwerverletzten Patienten einzustellen.

In der Zentrale der monegassischen Polizei waren nur wenige Fenster unzerstört geblieben. Alain, der sich in der fensterlosen Einsatzzentrale aufgehalten hatte, delegierte die Koordination der Hilfskräfte an einen seiner Stellvertreter und rannte hinunter auf die Straße, um sich mit eigenen Augen ein Bild von dem nahen Schauplatz des Unfalls zu machen.

Die Stadt befand sich in einem Katastrophenzustand. Von allen Seiten ertönten Signalhörner. Einsatzfahrzeuge rasten durch die engen Straßen, und die riesige schwarze Rauchwolke über den Häusern wurde immer dichter. Er sah kein Haus ohne zerstörte Fenster, überall Glasscherben. Verbogene Metallfassaden und gläserne Reste ehemaliger Panoramafenster warfen die Blitze der rotierenden Blaulichter vielfach zurück. Nachdem der übrige Verkehr faktisch zum Erliegen gekommen war, standen die schockierten Fahrer am Straßenrand und beobachteten, wie sich die Einsatzfahrzeuge zwischen den teilweise stark beschädigten Wagen hindurchkämpften.

Eiskalte, ohnmächtige Wut stieg in Alain auf, während er zum Katastrophenort eilte. Über sein Funkgerät erfuhr er die in rascher Folge erteilten Kommandos der Zentrale. Seine Leute arbeiteten tadellos.

Mit jedem Meter Straße, den er sich dem Ort der Explosion näherte, wurde er zorniger. Er schwitzte und fror gleichzeitig und wünschte Laborde in die tiefste Hölle. Jetzt kam er an den ersten Verwundeten vorbei, Passanten mit blutenden Gesichtern und zerschnittenen Armen. Hilfeleistende knieten neben Schwerverletzten und banden mit ihren Gürteln Gliedmaßen ab. Angestellte und Geschäftsinhaber aus den angrenzenden Läden und Büros kamen mit Erste-Hilfe-Kästen herbeigeeilt, um bis zum Eintreffen der Sanitäter ersten Beistand zu leisten. Die

Zahl der auf der Straße liegenden Opfer stieg, je näher Alain der Place d'Armes kam. Feuerwehrleute mit Schutzanzügen und Druckluftflaschen auf dem Rücken trugen zusammen mit Polizisten zugedeckte Bahren davon. Notärzte versorgten Verletzte mit Sauerstoffduschen, Infusionen und Herzmassagen. Es stank überall nach verbranntem Fleisch und Diesel. Hinzu kamen die Unverletzten unter Schock, die mit starrem Blick umherirrten. Bilder wie aus einer Stadt im Bürgerkrieg.

Ein junger Polizist, der zum Zeitpunkt der Explosion gerade das nahe gelegene Kommissariat an der Rampe Major verließ und einige Meter durch die Luft geschleudert wurde, informierte Alain über den Ablauf der Ereignisse. Tiefe Schnittwunden zogen sich über das schneeweiße Gesicht des jungen Mannes, und an seinem Hinterkopf erhob sich eine hühnereigroße Beule, die er in regelmäßigen Abständen vorsichtig betastete. Seine Schirmmütze hatte er verloren.

Alain glaubte nicht den Bruchteil einer Sekunde an eine tragische Verkettung von Zufällen. Die Katastrophe war sorgfältig geplant. Bis ins Detail. Von Gitan. Unter Mitwisserschaft von Laborde. Er war imstande, beide Männer persönlich umzubringen. Mit bloßen Händen.

Guy Mace, Chef der Verkehrspolizei und einer von Alains Stellvertretern, war der nächste, dem er begegnete. Dem drahtigen kleinen Mann mit den groben Gesichtszügen standen die Tränen im Gesicht. Alain konnte allerdings nicht ausmachen, ob der beißende Rauch oder das menschliche Elend ringsherum sie hervorrief.

»Siebzehn Tote!« zischte Mace zwischen zusammengepreßten Zähnen hervor. »Siebzehn Tote, Alain! Und bei einem weiteren halben Dutzend stellt sich noch raus, ob sie den heutigen Tag überleben. Von dem Fürsten und seinen Leuten gar nicht zu reden. Alle bis zur Unkenntlichkeit verbrannt.« Er schluckte schwer. »Mir fehlen ganz einfach die Worte. Das ist die schwerste Stunde meiner dreißigjährigen Dienstzeit. Eine Tragödie von apokalyptischem Ausmaß.«

Alain legte ihm stumm den Arm um die Schultern, und die beiden Männer liefen zu dem Explosionskrater hinüber.

Es war zweifellos ein Fehler, doch angesichts soviel menschlichen Leids konnte Alain nicht anders. Im Anschluß an den Besuch des Unglücksorts fuhr er zur Place de la Visitation, um Laborde in seinem Amtssitz aufzusuchen.

Der brach gerade an den Katastrophenort auf. Es war dies guter Brauch aller Regierenden bei tragischen Ereignissen und eminent publizitätsträchtig. Inzwischen waren sicherlich die ersten Pressevertreter anwesend und konnten über seine mitfühlende menschliche Geste gebührend berichten. Sein gramzerfurchtes Gesicht würde sicherlich die weltweite Berichterstattung über das tragische Ereignis bestimmen. Laborde hätte, trotz allen Mitgefühls für die Opfer, seinen rechten Arm für diesen Tag gegeben.

Die beiden Männer begrüßten sich mit ernster Miene. Laborde bot ihm einen Platz in der bequemen Sitzgarnitur seines Büros an. »Ich bin Ihnen sehr dankbar, Alain, daß Sie die Zeit gefunden haben, mir derart früh bereits persönlich von den Ereignissen zu berichten.« Seinem Gesicht war dabei nicht anzusehen, was sich hinter diesen Worten verbarg.

Alain fühlte sich unwohl in diesem Raum. Laborde hatte die prunkvollen historischen Möbel seiner Vorgänger bereits kurze Zeit nach seinem Amtsantritt gegen moderne Stücke austauschen lassen. Der nüchterne, funktionelle Stil der jungen Pariser Designer paßte nach Meinung des neuen Regierungschefs wesentlich besser zu ihm.

Eigentlich war Alain nicht hergekommen, um den Staatsminister über die Einzelheiten des Unglücks zu informieren, sondern um seine Wut und Verachtung loszuwerden. Auge in Auge mit dem verhaßten Mann wich sein Ärger jedoch rasch der Vernunft. Welchen Sinn hatte es, ihm unüberlegt sämtliche Vorwürfe ins Gesicht zu schleudern? Die Polizei besaß im Augenblick noch keine brauchbaren Beweise, und ein vorzeitiges Aufdecken seiner Karten würde die Gegenseite nur warnen. Die Klugheit erforderte, daß er seinen Zorn noch einige Zeit zügelte. Es fiel Alain schwer, unerträglich schwer, doch es würde sich auszahlen.

»Ich werde selbstverständlich die traurige Pflicht auf mich

nehmen und die Mitglieder der Familie verständigen«, fuhr Laborde mit belegter Stimme fort. »Wenn ich recht informiert bin, befindet sich der Erbprinz bereits in Lausanne, während sich der Rest der Verwandschaft in verschiedenen Sommerhäusern entlang der Küste aufhält. Bei Gott, damit hatte ich wirklich nicht gerechnet, als ich im vorigen Jahr hier anfing.« Er schüttelte in gespielter Fassungslosigkeit seinen Kopf.

Alain mußte sich zusammenreißen, um seine Hand nicht in das heuchlerische Gesicht zu klatschen, das ihm nur zwei Schritte entfernt gegenübersaß. Er versuchte sich vorzustellen, wie dieser Mann mit seinem schwarzem Anzug und der aufgesetzten Trauermiene am Schauplatz des Schreckens wirken würde. Vermutlich kam er bei den Zuschauern auch noch großartig an.

»Ich habe von fünfzehn Toten gehört, stimmt die Zahl?« erkundigte sich der Staatsminister mit jener Anteilnahme in der Stimme, die seine Frage aus der Ebene reiner Neugier auf die allerhöchster Anteilnahme erhob.

»Siebzehn«, korrigierte Alain. »Und sechs weitere werden möglicherweise den heutigen Tag nicht überleben.«

»Wie viele Verletzte sind es insgesamt?«

»Das ist im Moment schwer zu sagen, da die Ambulanzen noch immer unterwegs sind. Stationär aufgenommen wurden bislang über achtzig Personen, wir werden jedoch mit Sicherheit auf weit über hundert Opfer kommen. Da sie auf sieben verschiedene Kliniken verteilt werden mußten, ist ein Team meiner Leute im Augenblick dabei, eine detaillierte Namensliste zusammenzustellen, damit wir wenigstens die drängenden Anfragen der Verwandten beantworten können.«

»Ich beneide Sie nicht um diese Aufgabe.« Laborde schüttelte betroffen den Kopf. »Übrigens, ich habe veranlaßt, daß während der kommenden drei Tage Staatstrauer herrscht. Das ist das mindeste, was wir tun können. Monaco hüllt sich in stilles Leid und bittet um das Mitgefühl und die Gebete aller denkenden und fühlenden Menschen dieser Welt.«

Alains Aggression nahm zu, deshalb faltete er die Hände ineinander, um sich nicht zu einer unkontrollierten Handlung verleiten zu lassen.

»Falls sich weitere Todesfälle ereignen sollten, informieren Sie mich bitte«, fuhr Laborde fort. »Sie dürfen mich dazu jederzeit anrufen, Alain, ganz gleich zu welcher Tages- und Nachtzeit.«

Alain nickte, und das Gespräch verlor sich weitere fünf Minuten in Details über den Unfallhergang. Dann erhob sich Laborde. Er wollte nicht zu spät am Katastrophenort erscheinen, die Nachrichtenleute waren in diesem Punkt sehr empfindlich. Jede Form von offizieller Trauer erforderte minutiöse Planung.

Alain fuhr in die Einsatzzentrale zurück. Inzwischen untersuchten alle verfügbaren monegassischen Kriminaltechniker jeden kleinen Metallsplitter nach Auffälligkeiten und verpackten ihn in Plastiktüten. Bei dem Ausmaß der Katastrophe stand es außer Frage, daß die Ursachen ausführlich erforscht werden mußten, Alain brauchte somit keine Ausflüchte, um die aufwendige Arbeit dieser dreißig Leute zu rechtfertigen. Außerdem hatte er eine Gruppe französischer Kollegen zur Unterstützung angefordert, die noch im Laufe des Abends eintreffen sollten.

Zur umständlichen Identifizierung der Opfer war eine weitere Kommission aus Kriminalisten, Zahnmedizinern, einem Gerichtsmediziner und mehreren Obduktionsassistenten gebildet worden. Sämtliche Toten mußten fotografiert werden, ebenso ihre Kleider, Schmuckstücke und sonstigen Habseligkeiten. Da die meisten Opfer starke Verbrennungen aufwiesen und viele Gesichter kaum mehr als eine verkohlte Masse bildeten, kam es außerdem auf die exakte Aufnahme etwaiger körperlicher Merkmale an wie Narben, Muttermale, Fingerabdrücke oder das Gebiß. Alain hoffte, die Opfer auf diese Weise innerhalb der nächsten vierundzwanzig Stunden identifizieren zu können, damit die Telefonzentrale nicht unter den besorgten Fragen Tausender Anrufer zusammenbrach.

Ein Vertreter des Bauunternehmens, dem der Betonmischer gehörte, war aufgetrieben worden, ebenso der Bauleiter des Gebäudes in der Avenue Saint Martin. José Crochard, der Fahrer des Unglückswagens, wurde als erfahrener, manchmal vielleicht etwas hitzköpfiger Mann beschrieben, der nach einer längeren

Wartezeit offensichtlich die Geduld verloren hatte. Es wurde auch zu Protokoll gegeben, daß Crochard hin und wieder trank. Familienprobleme gab es nicht, Hinweise auf Selbstmordgründe ebenfalls nicht.

Auch die Spedition, der der Tanklastzug gehörte, konnte keine Anhaltspunkte beisteuern. Das Fahrzeug war relativ neu gewesen und am Vortag erst von der betriebseigenen Werkstatt durchgesehen worden. Die Firma besaß siebenundzwanzig weitere Fahrzeuge derselben Marke, bei keinem war je ein ähnliches Problem aufgetreten. Das Herstellerwerk wollte auf dem schnellsten Weg einen Spezialisten vorbeischicken.

Alain plante, eine weitere Arbeitsgruppe einzusetzen, die sich auf die Drahtzieher im Hintergrund konzentrierte. Wenn diese Katastrophe tatsächlich auf Vorsatz basierte, wovon er fest ausging, war mindestens ein halbes Dutzend Spezialisten dafür verantwortlich. Mit etwas Glück hatte man diese Leute gesehen oder sogar fotografiert.

32

Jean-Philippe Sauvignet, monegassischer Staatsrat der Finanzen, und Valentin Pasternak, neuer Präsident der Crédit Méditerrané, tagten bereits seit dem frühen Nachmittag in dem abgeschirmten Konferenzzimmer des Bankinstituts am Boulevard Princesse Charlotte, und sie bekamen daher von den schrecklichen Szenen am anderen Ende des Fürstentums nicht das geringste mit. Beide wußten sie nicht, daß der Massenmord von Anfang an Teil von Gitans Plänen gewesen war, und wenn sie es erfuhren, würde es für eine Umkehr ohnehin zu spät sein.

So verhandelten sie, unbeeindruckt von dem Schicksal der vielen Menschen, die in diesem Augenblick in Aluminiumsärgen oder auf Krankenbahren von der Place d'Armes weggeschafft wurden, über die weitere Entwicklung des Fürstentums: eine leuchtende Zukunft mit viel Geld, Glitzer, Macht und glücklichen Menschen.

Thema dieser Sitzung waren in erster Linie die Modalitäten, mit denen die Bank sämtliche bisher vom Fürstentum gehaltenen Anteile an der Société des Bains de Mer, kurz SBM, und damit die Kontrolle über Casino, Luxushotels, Restaurants, das Kongreßzentrum und den Sporting Club erwerben konnte. Außerdem ging es um die Übernahme der Aktienmehrheit an der Monegasque des Téléphones, der Telefongesellschaft Monacos mit der eigenen Landesvorwahl 377, die ebenfalls der fürstlichen Familie gehörte.

Die beiden Männer wußten, daß sie keine Zeit damit verschwenden mußten, um sich gegenseitig auszuhorchen, ihre Namen befanden sich auf der gleichen geheimen Soldliste. Deshalb ging es bei dem Gespräch nur darum, wie schnell und wie unauffällig die geplanten Transaktionen durchgeführt werden konnten. Beide vertrauten darauf, daß Laborde die Zustimmung des Fürsten bekam, ganz gleich auf welche Weise. Der Preis, den die Crédit Méditerrané für die beiden Aktienpakete bot, war angemessen, immerhin stand die Banque de Parisienne im Hintergrund.

Wenn beide Geschäfte problemlos über die Bühne gingen, war ein großer Schritt in den ehrgeizigen Plänen Gitans getan, ein Schritt, auf dem sich alles andere aufbauen sollte.

Fabrice parkte im absoluten Halteverbot. Auf der Croisette gehörte das angesichts der knappen Parkflächen trotz saftiger Verwarnungen und rigoroser Abschleppaktionen der Polizei zum guten Ton. Auf die Escortagentur »Baccara« wies ein kleines, überaus seriös wirkendes Schild an der Marmorfassade eines ziemlich neuen Gebäudes hin. Sein Weg führte ihn durch ein großes Foyer zu einem Fahrstuhl, der ausreichend war, um ein ganzes Auto nach oben zu transportieren.

»Guten Tag, Monsieur.« Als Fabrice eintrat, stöckelte ihm Madame Gisèlle bereits mit einem gewinnenden Lächeln auf zwölf Zentimeter hohen Absätzen entgegen. »Wir kennen uns noch nicht, denke ich. Mein Name ist Gisèlle Viannet.« Sie reichte ihm die Hand und wies einladend auf die Sitzecke. Dabei warf sie den Kopf zurück und schüttelte mit der Linken ihre Locken aus. »Es freut mich, daß Sie den Weg zu uns gefunden haben.«

Als sich Fabrice gehorsam in die Polster fallen ließ, nahm Madame unmittelbar gegenüber Platz und schlug die Beine übereinander. »Haben Sie unsere Adresse von Freunden?« erkundigte sie sich neugierig und musterte ihren Besucher kritisch. Nicht übel, befand sie schließlich. Eigentlich keiner von denen, die für weibliche Begleitung Geld ausgeben mußten. Jung, muskulös, ein wenig unbeholfen, Frauen flogen auf solche Männer.

Sein Anzug wirkte ordentlich, wenn auch nicht sonderlich teuer. Keine Markensachen. Die Schuhe waren aus dem Kaufhaus. Das Rasierwasser ebenfalls. Wenn er die Preise der Mädchen erfuhr, würde er es sich vielleicht noch einmal überlegen. Sie mußte nachsichtig sein.

Fabrice spielte verlegen mit seinen Daumen. »Ich stamme aus Paris und arbeite dort als Versicherungsvertreter«, begann er unbeholfen. »Wir haben voriges Jahr ziemlich gute Umsätze gemacht. Lebensversicherungen, wissen Sie? Gehen im Augenblick wirklich ausgezeichnet. Jeder hat Angst davor, im Alter arm zu werden. Jedenfalls will die Firma den Abschluß des letzten Jahres noch einmal deutlich übertreffen und hat deshalb die alljährliche Zusammenkunft der fünfzig besten Vertreter in Monaco ausgerichtet.« Um ihren Augen auszuweichen starrte er an die Decke. »Gestern abend war ich zusammen mit zwei Kollegen im Casino, und wir haben dort ein wenig gespielt.« Er brach ab und grinste breit.

Madame wußte Bescheid. Das war die Erklärung. Fortuna hatte sich jemandem gewogen gezeigt, der das Geld schleunigst für die Zärtlichkeit einer Frau ausgeben wollte, ehe es ihm anders abhanden kam. Solche Kunden gab es häufiger. »Meine Gratulation«, strahlte sie ihn an. »Möchten Sie vielleicht eine Zigarette?« Sie griff zu dem Etui auf dem Tisch, klappte es auf und reichte es ihm.

Fabrice griff dankend zu und ließ sich auch noch Feuer geben.

»Wenn ich Sie also recht verstehe, möchten Sie Ihre Glückssträhne noch ein wenig verlängern und die Bekanntschaft eines meiner Mädchen machen?«

Fabrice beschränkte sich auf ein Nicken. Große Worte waren hier nicht angebracht.

Madame griff nach dem ledergebundenen Buch, das vor ihr auf dem Tischchen lag, und schlug es auf. Das großformatige Bild einer wildgelockten Platinblonden in einem Tigerbody sprang ihnen entgegen. »Dann ist es wohl am besten, ich zeige Ihnen mein Familienalbum. Blättern Sie es durch, und sehen Sie sich die Mädchen in aller Ruhe an. Wenn Sie sich entschieden haben, teilen Sie mir Ihre Wahl mit, und ich mache einen Termin für Sie aus, einverstanden?«

Fabrice nickte und blätterte langsam Seite für Seite um. Bei einer derartigen Ansammlung von leichtbekleideten Schönen traf kein Mann eine schnelle Entscheidung. Endlich hatte er sich zu einer durchgerungen. Er deutete auf eine milchkaffeefarbene Rassefrau in der Badewanne. Die Schaumberge ließen gerade genügend Platz, um einen ungefähren Eindruck ihres anmutigen Körpers gewinnen zu können.

Madame gab sich beeindruckt. »Das ist Eva. Sie haben Geschmack, Monsieur, meine Anerkennung. Eva ist die Tochter eines äthiopischen Prinzen und einer Bankierstochter aus Grenoble, gerade erst neunzehn geworden. Sie ist jung, verfügt aber bereits über eine Menge Erfahrung. Einer unserer Stars, wenn ich so sagen darf.«

»Ich möchte einen Termin mit ihr.«

»Selbstverständlich.« Sie stand auf und ging zu ihrem Schreibtisch hinüber, wo sie einige Zeit auf den Tasten des Computers herumklapperte. »Wann wäre es Ihnen denn angenehm?«

»Noch in dieser Woche.« Fabrice lächelte dümmlich. »Ich muß am Freitag wieder nach Paris zurück.«

»Das läßt uns nicht viel Zeit.« Ihre Finger flogen weiter über die Tastatur. »Die kommenden Abende sind bei Eva leider bereits belegt. Wäre Ihnen morgen nachmittag recht?«

»Wenn es nicht anders geht.« Fabrice verzog sein Gesicht zu einem schiefen Grinsen. »Dafür muß sie aber auch zu mir ins Hotel kommen.«

»Kein Problem.« Madame sah nur kurz auf. »Sagen Sie mir bitte den Namen Ihres Hotels und die Zimmernummer. Außerdem brauche ich den Namen, unter dem Eva Sie dort finden wird.«

»Mein Name ist Fabrice Mourville, und ich wohne im Hôtel de Paris in Monaco.« Er räusperte sich erwartungsvoll. »Was meinen Sie, hat Eva etwas dagegen, wenn ich sie zusammen mit meinen beiden Kollegen erwarte? Ich meine, schließlich haben wir das Geld gemeinsam gewonnen.«

Madames Gesicht blieb unbewegt. Sie war ausgefallene Bitten weiß Gott gewohnt. Erst vorige Woche hatte sie für die Liebesnacht eines saudischen Prinzen mit einem ihrer Mädchen einen zahmen Geparden aufgetrieben. »Zu viert?« Sie zuckte mit den Schultern. »Ich kann mir nicht vorstellen, daß Eva dabei mitmacht. Das Mädchen ist noch sehr jung.«

»Fragen Sie sie, bitte«, drängelte Fabrice und warf den Ordner mit den Bildern auf den Tisch zurück. »Sie wird es bestimmt nicht bereuen.«

Madame blickte auf ihre Armbanduhr und klopfte noch einmal auf der Tastatur herum. »Also gut, Monsieur, aber zuerst muß ich nachsehen, ob sie im Moment frei ist.« Sie zögerte und nickte schließlich. »Gut, ich werde sie anrufen, aber versprechen Sie sich bitte nicht zuviel davon. Bei einem anderen Mädchen vielleicht, aber nicht bei Eva.« Sie griff zum Telefon.

Beim Drücken der Tasten stieß sie einen ärgerlichen Laut aus. »Was ist denn das?« Sie klopfte ungeduldig auf den Apparat. »Warum funktioniert das Ding denn nicht?« Sie legte den Hörer auf und versuchte es erneut, doch die Leitung blieb tot.

»Es tut mir leid, aber das Gerät scheint irgendwie defekt zu sein«, entschuldigte sie sich. »Ich versuche es von einem Zweitapparat aus, bitte gedulden Sie sich noch ein paar Minuten, ja?« Sie stöckelte schnellen Schrittes zu einer der rückwärtigen Türen.

Nun mußte alles blitzschnell gehen. Fabrice sprang auf und zog dabei den Hochleistungsstreamer aus der Tasche, den er an der Schnittstelle mit dem Computer verband. Das Gerät brauchte neunzig Sekunden, so hatten ihm die Techniker versichert, um den kompletten Inhalt einer handelsüblichen Festplatte zu kopieren, ob verschlüsselt oder nicht. Neunzig lange Sekunden, in denen Madame nicht zurückkehren durfte.

Er sah auf die Uhr und zählte die Sekunden, während sich sein Magen zusammenkrampfte. Zur gleichen Zeit saß sein Kollege an dem Sicherungskasten von France Télécom im Keller des Gebäudes und sorgte dafür, daß Madame von ihrem Zweitapparat aus ohne Probleme telefonieren konnte. Allerdings war auch durch ihn nicht zu beeinflussen, wie lange die neunzehnjährige Tochter eines äthiopischen Prinzen brauchte, um über die Teilnahme an einer Orgie zu entscheiden.

Fünfzig Sekunden, sechzig – neunzig.

Er saß längst wieder in seinem Sessel und blätterte zwischen den halbnackten Mädchen, als Madame zurückkehrte und ihn anlächelte. Das Problem war gelöst.

Jeanne erhielt den Anruf ihrer Redaktion während des Essens. Der Fürst von Monaco war einem fürchterlichen Unglück zum Opfer gefallen. Bis zu diesem Augenblick hatte es siebzehn Tote gegeben, und die Stadt sah aus wie nach einem Tieffliegerangriff. Zeitpunkt des Unglücks: etwa vier Uhr.

Die beiden starrten sich verblüfft an. Sie hatten den Fürsten zur gleichen Zeit in Nizza in seine Maschine einsteigen sehen. Quicklebendig.

An der Sache war offensichtlich einiges faul. Sie schoben ihre kaum angerührten Teller zur Seite und rannten zum Wagen. Jeanne brauchte für die Strecke von Nizza nach Monaco knappe zwanzig Minuten, ehe sie in einem Stau auf dem Boulevard du Jardin Exotique steckenblieb.

Monaco stand unter dem Schock der Ereignisse. Auf den Gehsteigen bummelten Unmengen von Schaulustigen, die sich näher an den abgesperrten Unglücksort herankämpfen wollten, neben Straßenkehrern, die alle Reste der vielen zerbrochenen Fensterscheiben zusammenfegten. Die Glaser der Region würden wochenlang mit den vielen Aufträgen zu tun haben. An allen Ecken und Enden kreischten die Elektrosägen der Handwerker, die die dunklen Löcher in den Fassaden vorläufig mit großen Spanplatten schlossen.

Je näher Jeanne ihren Wagen an den Unglücksort steuerte, desto unübersehbarer wurden die Hinweise auf eine kürzlich stattgefundene Explosion von größeren Ausmaßen. Hier hatten nicht nur die Schaufenster gelitten, ganze Fassaden waren heruntergestürzt und lagen als riesige Schuttberge vor Eingängen und auf parkenden Autos. Vor vielen der zertrümmerten Fassaden standen kräftige Wachleute, die so lange ausharren mußten, bis die Läden entweder ausgeräumt oder kurzfristig gesichert werden konnten.

An den Straßenrändern standen Dutzende von Fahrzeugen mit aufgeschlitzten Reifen, Opfer der überall herumliegenden Glassplitter. Trotz der vielen blauweißen Straßenkehrmaschinen, die mittlerweile im Einsatz waren, suchte Jeanne vorsichtshalber nach einem sicheren Parkplatz.

Die Katastrophe lag nun knappe drei Stunden zurück, doch der aufgewirbelte Staub und der Gestank hingen noch immer in der Luft. Sie kamen an eine massive Absperrung aus Betonteilen mit roten Warnmarkierungen, davor standen zwei uniformierte Polizisten, die Neugierige bestimmt zurückwiesen.

Jeanne zückte, ebenso wie Charles, ihren Presseausweis, und beide wurden anstandslos durchgelassen. Die Glassplitter unter ihren Sohlen knirschten. Jeanne, die leichte Pumps mit dünnen Sohlen trug, mußte auf jeden ihrer Schritte achten. Sie liefen die Rue Grimaldi hinunter, unmittelbar auf die Place d'Armes zu. Der Geruch nach kaltem Rauch wurde stärker, außerdem stank es nach Resten chemischer Löschmittel.

Überall standen weiße Polizeifahrzeuge mit der roten Aufschrift und dem Wappen des Fürstentums. Dazwischen warteten die roten Feuerwehrfahrzeuge, die von der Wache an der Ecke zum Boulevard Albert 1er nur wenige Meter zu fahren hatten und zu den ersten am Unfallort gehörten.

»Das ist Guy Mace, Chef der Verkehrspolizei«, flüsterte Jeanne, als sie den kleinen, uniformierten Mann mit den weißen Haaren inmitten einer Gruppe von Zivilisten stehen sah. Die Männer hatten ernste Gesichter und diskutierten leise miteinander. »Vielleicht ist er bereit, ein paar Worte mit uns zu reden.« Sie steuerte auf ihn zu, und da er ihr den Rücken zuwandte, klopfte sie ihm leicht auf die Schulter.

Mace drehte sich ärgerlich um. Als er Jeanne erkannte, hellten sich seine Züge jedoch für einen Augenblick auf. Er streckte ihr seine Hand entgegen. »Jeanne, meine Liebe, natürlich, bei einem Ereignis dieser Ausmaße bist du nicht weit.« Er zog eine Grimasse. »Einige deiner Kollegen wollten sich wieder einmal mit uns anlegen.« Er holte tief Luft, ließ ihre Hand aber nicht los. »Manche von ihnen scheinen Unglücksfälle dieser Art geradezu als ein Geschenk der Vorsehung zu betrachten, an dem sie Exklusivrechte besitzen. Zweien von ihnen werde ich ein Verfahren wegen Behinderung der Ermittlungsorgane anhängen, denn es muß auch für diese Leute Grenzen geben, die sie zu respektieren haben.«

Jeanne löste ihre Hand aus seinem Griff und deutete auf ihren Begleiter. »Das ist Charles Bontemps vom *Figaro*, mein Ehemaliger.«

Mace gab auch ihm die Hand und murmelte etwas zur Begrüßung. »Was kann ich für euch tun?« wandte er sich wieder an Jeanne.

»Ein paar Worte zu dem sagen, was heute hier passiert ist.«

»Sieh dich um, das sagt mehr als Worte.« Mace preßte die Lippen zusammen und ließ seinen Blick über die Umgebung wandern. »Schlimmer kann es in Beirut oder Sarajewo auch nicht ausgesehen haben.«

»Guy, du weißt, daß ich keine Sensationsjournalistin bin, die ihre Leser mit herzzerreißenden Schilderungen versorgt. Ich will wissen, was passiert ist, um einen nüchternen Artikel darüber schreiben zu können.« Jeanne hatte ihr journalistisches Selbstverständnis in einem einzigen Satz zusammengefaßt.

»Vielleicht ist das auch der Grund, warum ich es nicht fertigbringe, dich kommentarlos wegzuschicken.« Mace entschuldigte sich bei den übrigen Herren, die ihre Diskussion unterdessen ohne ihn fortgesetzt hatten, und ging einige Schritte die Avenue du Port hinunter. Jeanne und Charles folgten ihm. Sie passierten dabei den unter Wasser stehenden, durch Absperrbänder der Polizei eingezäunten Krater.

Mace drehte sich neben einem total zertrümmerten Volvo um. Weiße Kreidestriche auf der Straße wiesen darauf hin, daß hier zwei Menschen gestorben waren. »Also, los.«

»Im Rundfunk war vorhin die Rede davon, daß sich unter den Toten auch der Fürst befindet ...«, begann Jeanne und brach ab.

Der kleine Polizeioffizier sah sie eine Sekunde lang schweigend an und zuckte dann mit den Schultern. »Es gibt noch keine offizielle Verlautbarung, deshalb kann ich dir nur sagen, daß in dem völlig zertrümmerten und verbrannten Wagen des Fürsten zwei Menschen ums Leben gekommen sind. Die Untersuchungen dazu dauern noch an. Wann der Bericht vorliegen wird, kann ich im Moment leider nicht absehen.« Er verzog unwillig den Mund. »Die Spekulationen deiner Kollegen möchte ich jedenfalls nicht kommentieren.«

Jeanne war Journalistin durch und durch und daher hartnäckig. »Wenn der Fürst nicht in dem Wagen gewesen wäre, hätte er doch zweifellos sofort nach Bekanntwerden des Unglücks hier vorbeigesehen, um sich über die Lage zu informieren, oder irre ich mich?« Sie fuhr sich aufgeregt durch die kurzen Haare. »Wir wissen beide, Guy, daß in Monaco nicht einmal eine Bankfiliale ohne seine Anwesenheit eröffnet wird, er würde es sich nie und nimmer nehmen lassen, in einem derartigen Augenblick hierherzukommen.«

Um die Augen von Mace tauchten noch einige zusätzliche Falten auf, und als er antwortete, waren seine Lippen dünn wie Striche: »Ich wäre dir dankbar, Jeanne, wenn du mir eine Antwort darauf im Moment ersparen könntest.«

»Ganz unter uns: Du glaubst also, daß er sich unter den Opfern befindet?« Das war typisch Jeanne, einfühlsam und doch knallhart.

Mace seufzte und gab auf. »Aber wirklich ganz unter uns – ja!«

Jeanne und Charles sahen sich beziehungsvoll an. Der Fürst lebte, daran war nicht zu zweifeln. Sie hatten ihn gesehen. Welches Spiel wurde also hier gespielt?

Mace stand die Betroffenheit ins Gesicht geschrieben, so sah kein Mann aus, der log. Und trotzdem war es undenkbar, daß das offizielle Monaco nichts von dem Flug heute nachmittag wußte. Der Fürst wurde auf Schritt und Tritt von seinen Leibwächtern begleitet. Es gab Einsatzpläne und Verantwortliche, die jede Sekunde seines Tagesablaufs kannten. Warum redete keiner von ihnen?

Der vierundachtzigste Film brachte die Erkenntnis. Alains Leute hatten den monegassischen Fotogeschäften zu einem unerwarteten Umsatzanstieg verholfen. Unmengen von Touristen waren angesprochen worden, ob sie zufällig im Laufe des Nachmittags in der Avenue Saint Martin oder in der Avenue de la Porte Neuve fotografiert hatten und falls ja, ob sie etwas gegen eine kostenlose Entwicklung ihres Films einzuwenden hatten. Im Labor des Zentralkommissariats und in den Dunkelkammern der Fotogeschäfte standen während dieser Stunden Fahndungsspezialisten der monegassischen und der französischen Polizei Seite an Seite mit den Fotolaboranten und prüften Bild für Bild. Es war die sprichwörtliche Nadel im Heuhaufen, nach der sie suchten, eine Handvoll Gesichter unter Hunderttausenden.

Georges Bidault, bei der Kriminalbrigarde in Nizza für die technischen Dienste verantwortlich und nebenbei mit der Erstellung der Fahndungsbilder betraut, besaß ein geradezu fotografisches Gedächtnis für die menschliche Physiognomie. Wen er in Erinnerung behalten wollte, den vergaß er sein ganzes Leben lang nicht. Als er kurz vor acht zum Hörer griff und Alain persönlich anrief, waren die Hintermänner des Anschlags enttarnt.

»Ich halte gerade ein hübsches Bildchen in der Hand, das Henry Domingo zeigt, einen alten Bekannten. Welch Zufall, finden Sie nicht auch?« Keine Anzeichen von Triumph klangen bei diesen Worten mit. Der zähe kleine Mann mit der übergroßen Brille, dem schütteren Haarkranz und den schmalen Lippen zeigte selten Gefühle.

Alains Hand krampfte sich bei dieser Nachricht um den Hörer. Domingo, der Bombenbastler der Mafia, war also heute nachmittag in Monaco gewesen. Eher waren Berge von Packeis vor der Küste zu erwarten als Henry Domingo in Urlaubsstimmung. Wo immer dieser Mann auftauchte, blieben Tote zurück. Als Beweis für die Verstrickung der Mafia in das heutige Ereignis diente das Foto zwar noch nicht, doch es bildete einen ersten Anhaltspunkt.

Es gab ein geheimes Dossier der französischen Kriminalpolizei, das Domingo bescheinigte, daß er es außerhalb des kriminellen Umfeldes zweifellos zum Entwicklungsleiter eines renommierten Elektronikunternehmens oder gar Professor gebracht hätte. Seine Arbeiten galten als gründlich vorbereitet und höchst präzise ausgeführt. Alain kannte den Bericht und wußte, daß es schwierig sein würde, diesem Mann etwas nachzuweisen.

»Was macht er gerade? Eis essen?« erkundigte er sich.

»Er kämpft mit etwas, das wie eine Videokamera aussieht«, antwortete Bidault. »Könnte aber auch eine Fernsteuerung oder etwas in der Art sein. Es ist an der Rampe Major aufgenommen worden, wie der Kollege neben mir hier gerade erzählt. Netter Logenplatz, finden Sie nicht auch?«

»Ich will das Bild sehen«, bat Alain. »Bringen Sie es bitte sofort zu mir hoch.«

»Geht in Ordnung«, brummte Bidault und legte auf.

Alain tippte eine Nummer in Paris ein. Wenn es um den Kampf gegen die Mafia ging, war das OCRB immer eine gute Adresse. Es gab dort jemanden, den er bereits seit Jahren kannte und der ihm möglicherweise einen guten Rat geben konnte.

Nach über zehn Minuten legte er den Hörer wieder auf. Es war tatsächlich eine höchst aufschlußreiche Unterredung gewesen. Zwei Minuten Nachdenken reichten aus, dann griff er erneut zum Telefon und tippte die Nummer ein, die er gerade erhalten hatte. Er mußte mit Vivienne Margot reden.

33

Laborde gab sich als blendender Repräsentant seines Landes und absolvierte alle Auftritte, bei denen auch nur ein einziger Journalist anwesend war, so betroffen und trauernd, als sei seine eigene Familie bei dem Unglück umgekommen. An seiner Seite stets Christine in kleidsamem Schwarz. Es gab derzeit niemanden, dem er Rechenschaft schuldete, und so ging er bei den meisten Gesprächen, bei denen keine Presse zugegen war, wesentlich weiter als bisher.

Die Mitglieder des Staatsrates standen noch viel zu stark unter dem Schock der Ereignisse, als daß sie die weitreichenden Auswirkungen seiner Vorschläge erkannten. So billigten sie einstimmig den Verkauf der Mehrheit der Anteile an der SBM sowie an der Telefongesellschaft, ein Vorhaben, das Laborde fälschlich als bereits durch den Fürsten genehmigt bezeichnete. Die Crédit Méditerrané als neuer Eigentümer würde dafür sorgen, daß die monegassischen Belange weiterhin berücksichtigt wurden und gleichzeitig über ihr Mutterunternehmen, die Banque de Parisienne, erhebliche Kapitalspritzen zuführen, mittels derer die Infrastruktur im Fürstentum weiter ausgebaut werden konnte.

Im Anschluß daran segneten auch die anwesenden Mitglieder des Kronrates die Pläne einstimmig ab. Der Tag war günstig.

Der nächste Schritt waren personelle Veränderungen. Um auf dem einmal beschrittenen Weg schneller voranzukommen, mußten vor allem Leute wie Jourdan gehen. Deswegen traf er den Polizeichef an diesem Tag ein zweites Mal, ebenfalls in seinem Büro.

»Ich werde morgen vormittag die offizielle Verlautbarung über den Tod des Fürsten herausgeben«, teilte ihm Laborde dabei mit. Die Distanz zwischen den beiden Männern war fast mit Händen zu greifen.

»Warum wollen Sie damit nicht warten, bis eine zweifelsfreie Identifizierung vorliegt?« hielt ihm Alain entgegen. »Wir sind noch mitten in den Untersuchungen.«

»Weil wir geradezu überschwemmt werden von Beileidsbekundungen aus aller Welt«, antwortete Laborde, ärgerlich über den Widerspruch. »Warum sollen wir seine Familie und seine Freunde länger im unklaren lassen? Die Lage ist eindeutig, und es steht uns nicht zu, sie aus Rücksicht auf die Bürokratie tagelang hinzuhalten. Kronrat, Staatsrat und Familie haben mich gebeten, die lähmende Ungewißheit so bald wie möglich zu beenden.«

»Ich halte es für einen großen Fehler, wenn wir dem Obduktionsbericht vorgreifen und eine politisch motivierte Erklärung abgeben«, beharrte Alain eigensinnig.

»Dann sorgen Sie endlich dafür, daß dieser Bericht auf meinen Tisch kommt«, gab Laborde ungehalten zurück und sah dabei auf die Uhr. »Es ist jetzt kurz vor Mitternacht, das Unglück liegt also beinahe acht Stunden zurück. Es handelt sich um den Wagen des Fürsten, Zeugen haben ihn Minuten zuvor einsteigen sehen. Ihrer eigenen Aussage zufolge sind zwei Tote in dem ausgebrannten Fahrzeug gefunden worden, wo liegt also das Problem?«

»Das Gesetz schreibt vor, daß wir einen Toten zweifelsfrei identifizieren müssen, ehe eine offizielle Bescheinigung ausgefüllt werden darf.« Alain unterdrückte noch immer jede Gefühlsregung. »Selbst bei einer Brandleiche, deren Gliedmaßen weitgehend abgeschmort oder verbrannt sind, ist es nicht ausgeschlossen, daß innere Organe verschont wurden, die zur näheren Bestimmung herangezogen werden können.« Er griff sich mit Daumen und Zeigefinger an die Nasenwurzel, um seine

Müdigkeit zu unterdrücken. »Im übrigen glaube ich kaum, daß es der Familie egal ist, ob in der Gruft der Kathedrale nun die Überreste des Fürsten oder die seines Fahrers zur letzten Ruhe getragen werden.«

Laborde gab sich geschlagen. »Dann sagen Sie mir bitte, wie lange wir voraussichtlich noch auf ein endgültiges Ergebnis warten müssen?« erkundigte er sich gereizt.

»Das läßt sich im Moment nur schwer voraussagen. Der Pariser Zahnarzt des Fürsten ist eingetroffen und hat die Arbeit aufgenommen. Leider befinden sich die Körper dei beiden Toten in einem fürchterlichen Zustand. Es fehlen Zähne und Brücken, außerdem sind sämtliche Plomben geschmolzen und die Kieferknochen total zertrümmert. Doktor Aydin arbeitet mit zwei Gehilfen fieberhaft an der Rekonstruktion des Gebisses, doch im Augenblick weigert er sich, auch nur an eine Erklärung zu denken. Er braucht vermutlich noch einige Stunden.«

»Darauf kann ich nicht warten.« Laborde wischte sämtliche Bedenken mit einer einzigen Handbewegung zur Seite. »Ich muß andere Dinge berücksichtigen als gerichtsmedizinische Verfahrensfragen und unsinnige Etikette. Wir wissen leider definitiv, daß sich der Fürst unter den Toten befindet und damit genug. Ich erwarte morgen den Erbprinzen aus Lausanne zurück, und in Übereinkunft mit ihm werde ich anschließend die erforderlichen Schritte für die Trauerfeierlichkeiten einleiten.«

Alain war klug genug, ihm darauf keine Antwort zu geben.

Der nächste Punkt betraf die Person des ungeliebten Polizeichefs selbst, Laborde sah Alain mit unverhohlen feindseligem Blick an. »Es gibt noch etwas zu besprechen, Alain.«

»Und das wäre?«

»Die Schuldfrage.« Die Worte schnitten wie scharfer Stahl durch die Luft. Verletzend, jeden Widerspruch ausschließend.

Alain holte tief Luft. Damit hatte er gerechnet. »Die Untersuchungen laufen noch«, antwortete er bedächtig. »Bis ein Ergebnis vorliegt, verbietet sich jede Bewertung von selbst.«

Laborde ging darauf natürlich nicht ein. »Irre ich mich, Alain, oder war es nicht Ihre Aufgabe, für die Sicherheit des Fürsten zu sorgen?«

»Worauf wollen Sie hinaus?«

»Wie konnte es passieren, daß drei von diesen riesigen Betonmischern gleichzeitig in den engen Boulevard Saint Martin hinaufgelassen wurden? Warum hat die Zentrale den liegengebliebenen Tankwagen nicht über Funk an den Begleitwagen des Konvois gemeldet? Warum wurde der Konvoi nicht aufgehalten und notfalls wieder zurückgeschickt? Warum ließ man die Fahrzeuge bis zur verstopften Place d'Armes fahren? Fragen über Fragen. Ich behaupte, Alain, das heutige Unglück wäre vermeidbar gewesen, wenn Sie und Ihre Leute nicht in mehreren Punkten versagt hätten.«

»Falls es sich tatsächlich um ein Unglück handelt, was ebenfalls noch geklärt werden muß.« Alain konnte das spitze Florett treffender Worte so geschickt führen wie sein Gegner.

Laborde zuckte sichtbar zusammen und sein Gesicht verfärbte sich. »Wollen Sie damit andeuten, daß es sich um Vorsatz handelt?«

»Vorläufig müssen wir alle Möglichkeiten in Betracht ziehen«, entzog sich Alain jeder konkreten Beschuldigung. Mehr konnte und wollte er im Augenblick nicht dazu sagen.

Für Laborde reichte diese Andeutung jedoch aus, um sofort die Notbremse zu ziehen. »Sie sind noch sehr jung, Alain, zu jung, wie ich meine, denn es war einzig und allein Ihre fehlende Erfahrung, die uns in diese Katastrophe geführt hat.« Er räusperte sich und verschränkte die Arme vor seiner Brust. »Ich werde Sie morgen im Laufe des Vormittags offiziell von Ihrer Position ablösen. Sie können bereits jetzt nach Hause gehen. Es tut mir leid, Alain, aber ich habe einfach keine andere Wahl.«

Alain, der damit gerechnet hatte, erhob sich stumm. Niemand konnte ihn jetzt noch zwingen, weiter mit diesem Mann zu reden. Außerdem war bis zum Morgen noch eine Menge zu erledigen.

Nach einem leichten Abendessen im Schatten der großen Mandelbäume hatten sie den Abend in Gesellschaft von zwei eisgekühlten Flaschen Rosé verbracht und über Gott und die Welt geredet. Als sie sich schließlich erhoben und damit begannen abzuräumen, war Mitternacht längst vorüber. Nach dem Abspülen des Geschirrs gingen die beiden Frauen nach oben, während Bertrand noch einmal alle Türen und Fensterläden kontrollieren und mit der Taschenlampe eine letzte Runde drehen wollte.

Das Licht des Mondes spiegelte sich in der Windschutzscheibe seines Wagens. Über dem Hof und den angrenzenden Feldern herrschte Totenstille, Bonnieux und der Luberon schliefen. Bertrand schlenderte langsam um das Haus und leuchtete mal hierhin und mal dorthin. Die großen Büsche, die die Terrasse umgaben, wirkten in der Dunkelheit wie eine schwarze Wand.

Was war das? Er leuchtete noch einmal zurück und erblickte Fußabdrücke unweit des steinernen Tisches. Jemand war auf die Platten gestiegen, über die das Quellwasser in das Becken lief, und dann mit nassen Sohlen weitergelaufen. Die Spur führte quer über die Terrasse um die hintere Hausecke.

Panik stieg in Bertrand auf. Ein Unbekannter war hier gewesen. Ihm rasten zu viele Gedanken durch den Kopf, als daß ihm einer davon vernünftig erschien. Irgendwo, im Schutz der Dunkelheit, verbarg sich jemand, der jede seiner Bewegungen beobachtete und darauf wartete, daß das Licht im Haus ausging. Bertrand war weit davon entfernt, den Helden spielen zu wollen, dazu war er viel zu nüchtern und zu zurückhaltend. Es ging ihm einzig darum, Nicole zu schützen, die Frau, die er liebte. Für sie war er bereit, jede Gefahr auf sich zu nehmen.

Er drehte sich um und schlenderte ohne Eile wieder zurück. Im Haus angekommen, warf er die Tür hinter sich zu und versperrte das Schloß, schob den Riegel aber nicht vor. Nachdem er im Erdgeschoß das Licht gelöscht hatte, stieg er die Treppe hoch und trat ins Schlafzimmer, wo Nicole bereits auf ihn wartete. Er hatte keine andere Wahl und mußte ihr von der erneuten Gefahr erzählen. Bertrand nahm sie in die Arme und schilderte seine Entdeckung. Im gleichen Atemzug sprach er von Heirat, von Kindern und einem gemeinsamen Leben im Demie-Lune. Später, nachdem sie die Auseinandersetzung mit der Mafia hinter sich gebracht hatten. Nicole durfte jetzt nicht den Mut verlieren und aufgeben. Nur wenn sie alle zusammen sofort flohen, hatte ihr Glück eine Chance. Nicole schluckte schwer und nickte schließlich.

Während sie sich anzog, packte Bertrand einige Sachen zusammen. Sie weckten Danielle und erklärten auch ihr, warum sie Bonnieux umgehend verlassen mußten. Ohne im ersten Stock das Licht zu löschen und es im Erdgeschoß anzuschalten, schlichen sie dann die Treppe hinunter. Bertrand öffnete leise die Tür und sah prüfend in die mondhelle Nacht hinaus. Der Mercedes stand keine fünf Schritte von der Haustür entfernt.

Sie sprinteten los, gleich darauf sprang der Motor an, und das Licht der Scheinwerfer flammte auf. Bertrand mußte zunächst wenden, ehe sie auf die Straße kamen. Es verstrichen einige wertvolle Sekunden, in denen die beiden Frauen keinen Blick von der Hausecke ließen.

Endlich schoß der Wagen mit einem mächtigen Satz aus dem Hoftor und bog in die holprige Zufahrt ein. Erst als sie die Umzäunung hinter sich gelassen hatten und die hohen Steineichen immer kleiner wurden, atmeten die Frauen auf. Nicole rutschte vor Aufregung auf dem Beifahrersitz hin und her und weinte fast, während Danielle ununterbrochen von Dingen erzählte, die eigentlich niemanden interessierten. Nur Bertrand fehlte die Zeit, um erleichtert zu sein, er mußte sich auf die Straße konzentrieren. Sein Fuß trat mechanisch auf die Kupplung, ebenso mechanisch legte die Hand die Gänge ein. Die Bremse schien etwas viel Spiel zu haben, doch da er sie in den nächsten Minuten vermutlich nicht allzu häufig brauchen würde, machte er sich darüber keine Gedanken. Der Wagen raste mit der höchstmöglichen Geschwindigkeit, die die enge Straße zuließ, durch die Kurven. Weg von hier, nur weg.

Wohin sollte die Flucht gehen? Zurück nach Grasse konnten sie nicht, Nizza kam ebenfalls kaum in Frage. Welche Alternative hatten sie also?

Bertrand dachte an ein anonymes Campanile-Hotel irgendwo in einem noch anonymeren Industrieviertel von Avignon oder Marseille. Da fiel ihm Gaston ein. Gaston Gudon. Ein ehemaliger Marinekoch, zweieinhalb Zentner schwer und ein Kerl, mit dem man Pferde stehlen konnte. Von der Marine nach einem Saufgelage und anschließender Prügelei mit mehreren Vorgesetzten unehrenhaft entlassen, hatte er sich einige Monate mühsam durchs Leben geschlagen, ehe er in die Küche des Demie-Lune kam und dort in wenigen Monaten zum Küchenchef aufstieg. Bertrands Familie hatte ihn vor sechs Jahren nur ungern nach St. Tropez ziehen lassen, wo er seither ein geerbtes kleines Hotel mit mehrfach ausgezeichneter Küche führte. Gaston schätzte die Jolivets sehr und würde sich für einen Träger dieses Namens das rechte Bein ausreißen. Bertrand beschloß daher, nach Süden zu fahren, um nach Lourmarin und von dort über Cadenet und Pertuis nach Aix-en-Provence zu fahren, das waren etwa 40 Kilometer. Von dort ging es weiter über die Autoroute und einige Nebenstraßen nach St. Tropez. Er rechnete mit zwei Stunden Fahrzeit.

Im Rückspiegel blieb alles dunkel, der Luberon schlief tief und fest. Sie erreichten die geteerte D 943, und er drückte das Gaspedal noch weiter durch. Wenn in den nächsten Minuten keine Lichtkegel auftauchten, war ihre Flucht geglückt.

Um vom hochgelegenen Bonnieux aus nach Lourmarin zu kommen, mußten sie durch die Combe de Lourmarin, eine enge, kurvenreiche Schlucht, in der es fast ausschließlich bergab ging. Diese natürliche Grenze zwischen dem westlichen Petite Luberon und dem östlichen Grand Luberon war einsam, ihr Boden karstig und von Buschwerk und mittelgroßen Bäumen bedeckt. Hier gab es weder Höfe noch Dörfer. Nur Füchse und Hasen. Eine Gegend, durch die man nachts nur ungern fuhr.

Die Scheinwerfer seines Wagens strichen über den steilen Abgrund, der sich rechts von ihnen auftat, und endeten im Nichts. Die wackligen Leitpfosten aus Kunststoff, die in regelmäßigen Abständen die Fahrbahn begrenzten, schützten nicht einmal ansatzweise vor einem Absturz. Bertrand nahm den Fuß vom Gas und trat auf die Bremse. Er drückte das Pedal bis zum Bodenblech, ohne daß sich irgendeine Auswirkung zeigte. Sein unbehagliches Gefühl wenige Minuten zuvor war also berechtigt gewesen: Jemand hatte die Bremsleitungen manipuliert. Auch die Feststellbremse funktionierte nicht.

Er stöhnte auf und begann augenblicklich zu schwitzen. Der

Wagen wurde auf der abschüssigen Straße immer schneller, er schien den Asphalt förmlich zu fressen. Bertrand lenkte hochkonzentriert und ruckartig. »Wir haben ein Problem mit den Bremsen«, entfuhr es ihm mit einer Spur Panik in der Stimme. »Dieser Bursche muß an dem Wagen rumgefummelt haben, das Pedal greift nicht.«

Die beiden Frauen sahen ihn nur mit großen Augen an und unterdrückten jeden Aufschrei. Sie vertrauten ihm, irgendwie würde er den Wagen schon anhalten.

Doch die Straße wurde immer steiler und kurviger. Die Lichtkegel ihrer Scheinwerfer leuchteten häufiger in den Abgrund oder gegen die Felswand als auf den Asphalt. Bertrand mußte nun in Bruchteilen von Sekunden reagieren. Immer abrupter riß er das Lenkrad hin und her. Ihre Reifen quietschten erbärmlich, und die Fahrzeuginsassen wurden wild herumgeschleudert.

Da die Combe de Lourmarin nicht unbedingt zu den Gegenden mit viel Verkehr zählte, gehörte ihnen die Straße vorläufig allein. Für Bertrand der einzige Lichtblick. Wieder strichen seine Scheinwerfer über den Abgrund. Dreißig, vierzig Meter ging es steil hinab, man sah nur dunkle Baumwipfel. Wenn der Wagen dort hinunterstürzte, blieb nicht mehr viel von ihnen übrig. Er versuchte, einen Muskelkrampf in der rechten Wade durch ein Zusammenbeißen der Zähne zu unterdrücken. Er mußte ganz einfach durchhalten, irgendwann war auch die verfluchteste Kurvenpiste zu Ende. Die Frage war nur, wann?

Wieder lag eine steile Kurve vor ihnen. Der Wagen schlingerte, als Bertrand das Lenkrad hektisch herumriß und die Räder einige Gramm Gummi auf dem Asphalt hinterließen. Seine Hände kurbelten wie verrückt, eine weitere Kurve. Er keuchte und schwitzte. Das rechte Vorderrad stieß an den Bordstein, ein heftiger Schlag war die rasche Antwort und der Wagen wurde polternd in die Fahrbahnmitte zurückgeworfen. Die Insassen bekamen dabei einige zusätzliche blaue Flecke.

Bertrand kam dadurch auf die Idee, das Auto durch die seitliche Reibung an den Rädern ein wenig abzubremsen. Er lenkte den Wagen wieder an den Bordstein, diesmal allerdings so heftig, daß sie beinahe gegen die Steilwand geworfen wurden.

Er versuchte es zum drittenmal, doch dann begann eine kurze Gerade, und der Bordstein war zu Ende.

In diesem Augenblick sahen sie einen Lichtschein und wenige Sekunden später die beiden voraustastenden Lichtkegel eines entgegenkommenden Fahrzeuges. Der einzige Wagen, der in dieser Nacht in nördlicher Richtung fuhr, würde gleich mit ihnen kollidieren. Bertrand hupte verzweifelt, um den Fahrer zu warnen. Gleichzeitig versuchte er mit zitternden Armen den Wagen äußerst rechts zu halten.

»Warum fährt der Idiot denn so weit in der Mitte?« brüllte er hektisch. »Er hört mich doch.«

Der Wagen kam ihnen tatsächlich in der Mitte der Fahrspur entgegen. Der Fahrer hatte seine Geschwindigkeit verringert, war aber offensichtlich ratlos, wie er reagieren sollte. Als er dem rasenden Fahrzeug schließlich mit einer ruckartigen Seitwärtsbewegung auswich, waren sie nur mehr einen Herzschlag voneinander entfernt. Trotzdem schrammten die beiden Fahrzeuge kreischend aneinander, ohne sich allerdings aus der Bahn zu werfen.

Als die roten Rücklichter des anderen in seinem Rückspiegel immer kleiner wurden, atmete Bertrand für einen Augenblick auf, und er lockerte die Finger seiner rechten Hand. Ihre Geschwindigkeit hatte sich verringert, ein wenig nur, aber immerhin. Der linke Außenspiegel fehlte, und die Motorhaube sah verzogen aus, doch der Wagen schien leider noch immer fahrtüchtig.

Bertrand war die Straße erst vor wenigen Stunden gefahren, doch er konnte sich nicht mehr daran erinnern, wann diese verdammten Kurven endlich zu Ende gingen und einer längeren Geraden Platz machten, auf der er den Wagen auslaufen lassen konnte. Wie lange waren sie schon unterwegs? Wieder eine Kurve. Er riß das Steuer einen Augenblick zu spät herum und rasierte einen der Begrenzungspfosten ab.

Die ruckartige Gegenlenkbewegung brachte sie auf die andere Fahrbahn, wo der Wagen mit einem häßlichen metallischen Knirschen an der Felsmauer entlangschrammte. Während zwei Seitenfenster zersplitterten, blieb die Windschutzscheibe wie durch ein Wunder ganz. Immerhin waren sie dabei etwas langsamer geworden. Bertrand behielt deshalb die eingeschlagene Lenkrichtung trotz des wilden Geschüttels und des markerschütternden Blechkreischens wild entschlossen bei.

Die Mauer endete nach etwa zweihundert Metern und die Kurve ging in eine lange Gerade über. Bertrand wollte gerade aufatmen und seine Hände nacheinander ausschütteln, als eine scharfe Linkskurve vor ihnen auftauchte. Eine Drehung um die eigene Achse bei einer Geschwindigkeit von über hundertzehn Stundenkilometern konnte nicht funktionieren. Nicht auf einer engen Bergstraße.

34

Die Dunkelheit ist stets auf seiten des Verbrechens, deshalb wollte auch Crichet ihren Schutz nutzen. Wie immer ging er planmäßig vor. Zuerst ein paar Handgriffe an den Bremsleitungen des Wagens. Das Anwesen lag auf einer der höchsten Stellen weit und breit, wenn sie mit dem Auto fliehen wollten, würden sich seine Opfer auf einer der steilen engen Straßen todsicher den Hals brechen. Den Rest des Nachmittags brachte er im nahe gelegenen Apt mit der Besorgung verschiedener Utensilien für seinen Auftrag zu.

Ab dem Anbruch der Dämmerung versteckte er sich in dem Gebüsch unweit der Terrasse und wartete ab, daß die beiden Frauen und ihr Begleiter schlafen gingen. Erst als sie die Terrassentür hinter sich geschlossen hatten, stand er auf und sondierte vorsichtig die Lage – wobei er mit einem Fuß dummerweise in die Quelle trat. An ein Eindringen ohne lautstarke Gewaltanwendung war nicht zu denken, doch das hatte er ohnehin nicht vor. Eines der Fenster im Untergeschoß stand einen Spaltbreit offen. Angesichts des schweren Fenstergitters hatte es Bertrand nicht geschlossen, damit der noch immer muffige Geruch aus dem Haus entweichen konnte.

Crichet reichte der schmale Spalt völlig aus. Er schlich sich zurück in die Büsche, wo er die in Apt gekaufte Flasche Propangas und einen weichen Gummischlauch zusammen mit einem Röhrchen voll Säure und einer Kupfermembran, den Bestandteilen seines primitiven Zeitzünders, verstaut hatte. Er wollte das Gas über den Schlauch in das Gebäude leiten und es durch Knallquecksilber zur Explosion bringen. Die Säure fraß sich in genau fünf Minuten durch die Kupfermembran, Zeit genug also, um sich weit genug zu entfernen. Sichtbare Spuren ließ er dadurch nicht zurück, eine geradezu perfekte Arbeit.

Für die Polizei würde dies nur ein weiterer tragischer Unfall sein, der durch Leichtsinn verursacht wurde. Mit Gas kochten die meisten Häuser in dieser Gegend, und einer Frau, die mehrere Mordanschläge kurz hintereinander überlebt hatte, war etwas Unachtsamkeit durchaus zuzutrauen.

Den Hahn an der Gasflasche hatte er bereits aufgedreht, und der tödliche Inhalt strömte durch den dünnen Gummischlauch unhörbar ins Haus, als auf dem Hof der Wagen aufheulte. Gleich darauf sah Crichet die Lichterkegel durch das Tor jagen. Mit einem Fluch drehte er den Hahn wieder zu und rannte los.

Gitan war nur deswegen zu märchenhaftem Reichtum und grenzenloser Macht gekommen, weil er verschiedene Dinge früher erfuhr als andere und daraus die richtigen Schlüsse zog. Tourballe verteilte nicht umsonst im ganzen Land Unsummen an Informanten in den verschiedensten Behörden und Organisationen. Die einzige Gegenleistung, die er für das Geld wollte, waren Informationen. Keine geheimen Dossiers aus Regierungsstuben, nichts, was in Stahlschränken aufbewahrt wurde oder erst aufwendig entschlüsselt werden mußte; dafür verfügte er über andere Quellen. Es ging ihm um Kulissengeflüster, um die Ansichten führender Leute zu bestimmten Fragen, um den Stand offizieller und inoffizieller Ermittlungen und um wichtige Beschlüsse. Über dieses Frühwarnsystem ermöglichte er es Gitan, vor jedem Konkurrenten zu reagieren und folglich mehr Geld zu verdienen als irgendjemand. Es ermöglichte ihm aber auch, rechtzeitig zu handeln, sobald etwas schieflief. Wie in dieser Nacht.

Tourballe zog es vor, die Hiobsbotschaft persönlich zu überbringen. Wie erwartet, traf er Gitan auf der Terrasse seiner Villa an. Allein, nur mit einer Schachtel Zigaretten und einem Glas Sherry. Dieser Mann kannte keinen Schlaf.

»Deinem Gesicht nach zu urteilen ist etwas Unangenehmes passiert.« Gitan hatte ihn zuerst aufmerksam gemustert, ehe er auf den Sessel neben sich deutete. »Ich hoffe, es hat nichts mit den Ereignissen in Monaco zu tun? Hat die Polizei Spuren gefunden?«

»Die Polizei tappt noch immer im dunkeln, und Jourdan wird, wie geplant, im Laufe des Vormittags abgelöst.« Tourballe strich sich nervös über die gepflegten grauen Haare, öffnete den Knopf seines Sakkos und nahm vorsichtig Platz. Mit einer unbewußten Handbewegung zog er die Beine seiner Hose etwas herauf, um die Bügelfalte zu schonen. »Von dieser Seite aus brauchen wir uns keine Sorgen zu machen.«

»Von welcher dann?« Gitan dauerte diese Zeremonie entschieden zu lange.

»Der Palast hat aus unerfindlichen Gründen Lunte gerochen. Sie haben den Fürsten unmittelbar vor Antritt der Fahrt gegen seinen Privatsekretär ausgetauscht.« Tourballe verzog sein Gesicht wie ein Chirurg, der seinem Patienten mitteilt, aus Versehen das falsche Bein amputiert zu haben. »Der *Figaro* und *nice-matin* haben den Nachrichtenagenturen entsprechende Vorabinformationen zukommen lassen, ausführliche Berichte folgen Montag früh auf den Titelseiten.«

»Ein Fehlschlag?« Gitans Lider begannen zu flattern. Ihm wurde schlecht. »Wie konnte das passieren?« Er stand unmittelbar vor dem nächsten Herzinfarkt.

»Ich weiß es nicht«, gestand Tourballe. Er machte keinerlei Anstalten, den Fehlschlag zu verschleiern. Wenn er eines in all den Jahren bei Gitan gelernt hatte, dann rückhaltlose Ehrlichkeit ihm gegenüber. »Jedenfalls lebt der Fürst noch.«

»Und was jetzt?« Mit einem Mißlingen des Attentats hatten sie nicht gerechnet, das gefährdete all ihr Pläne. Gitan sah sich vor einem riesigen schwarzen Loch ohne Boden.

»In der Meldung steht, daß der Fürst gegen vier Uhr nachmittags auf dem Flughafen in Nizza gesehen wurde, als er gerade in seine Maschine stieg. Ich habe zwischenzeitlich erfahren, daß er mit Kurs auf Paris gestartet ist, unterwegs jedoch eine Richtungsänderung nach Brüssel angeordnet hat.«

Gitan griff sich mit der Linken an die Brust, er verspürte plötzlich wieder jenes Herzstechen, das in den vergangenen Jahren so häufig Vorbote größeren gesundheitlichen Übels gewesen war. »Eric muß schleunigst umdisponieren«, krächzte er atemlos, während seine Zigarette zu Boden fiel. »Wenn er jetzt irgend etwas riskiert, ist alles verloren.« Unmittelbar nach den letzten Worten fiel der Kopf des schwerkranken Mannes zur Seite, und aus seinem offenen Mund drang nur noch ein ersticktes Keuchen.

Tourballe war schon einmal Augenzeuge eines dieser Anfälle gewesen und wußte daher sofort, was zu tun war. Er alarmierte über sein Mobiltelefon den Notarzt und klingelte gleichzeitig nach dem Personal, ehe er sich um den Kranken kümmerte. Es kam jetzt auf jede Sekunde an. Gitan durfte nicht sterben. Die Zeit war dafür noch nicht reif.

Für den Augenblick kam Tourballe der Zusammenbruch allerdings durchaus gelegen. Er wußte nur zu gut, daß es für Gitan keine Rolle spielte, ob organisatorische Fehler in den Planungen für den unglücklichen Ausgang des Attentats verantwortlich waren oder einfaches Pech. Seine Rolle als Brigadier der Mafia war nur so lange sicher, wie er mit Erfolgen aufwarten konnte. Fehler waren nicht vorgesehen, denn Fehler brachten einen ins Gefängnis oder in den Sarg. Und Tourballe betrachtete keine der beiden Varianten als Option für seine Zukunft.

Also mobilisierte er noch in dieser Nacht auf eigene Faust die gesamte Organisation, um den Aufenthaltsort des Fürsten herauszufinden. Wenn sie ihren Plan noch retten wollten, mußte sofort ein zweites Attentat stattfinden.

»Gitan ist ein Mann, dem alles zuzutrauen ist.« Jeanne griff nach einem weiteren Stück von der aufgeschnittenen Honigmelone und biß hinein. »Er gilt als der ungekrönte König der Küste und hat so gut wie jeden Politiker von Rang auf seiner Soldliste. Ein Foto gemeinsam mit ihm in der Zeitung bedeutet den Menschen hier in etwa soviel wie einem Engländer der Ritterschlag.« Sie lag auf dem Sofa, die Füße auf den Oberschenkeln von Charles, der mit ihren Zehen spielte. Die Artikel von beiden waren längst in den jeweiligen Redaktionen, und nun warteten sie darauf, daß die Nachrichtenagenturen die Bombe platzen ließen. *Le Figaro* und *nice-matin* waren der Konkurrenz wieder einmal um ein Nasenlänge voraus. Ein Hoch dem investigativen Journalismus. Nur schade, daß heute Sonntag war und der ausführliche Bericht erst morgen gedruckt werden konnte.

Auf dem Couchtisch standen Reste von einem schnellen Mitternachtshappen aus Jeannes Kühlschrank und die zweite, bereits bedenklich geleerte Champagnerflasche. Jeanne, die nicht viel vertrug, hatte längst einen Schwips.

»Wie kommt es, daß dieser legendäre Mann in Paris kaum bekannt ist?« wollte Charles wissen. »Ich meine, herausragende Figuren aus der Wirtschaft sind mein Job, und trotzdem kenne ich gerade mal seinen Namen. Er wird in den einschlägigen Nachschlagewerken nur kurz erwähnt, sitzt in keinem wichtigen Gremium und läßt sich außerhalb der Küstendépartements nirgendwo sehen.« Seine Finger glitten über den Spann ihres rechten Fußes und weiter am Schienbein hoch. »Was steckt dahinter? Warum diese Zurückhaltung? Warum beschränkt er seine Sucht nach Öffentlichkeit ausschließlich auf diesen Teil des Landes?«

»Weil hier fast jeder für ihn arbeitet«, entgegnete Jeanne und schaute amüsiert auf die Hand, die sich an ihrem Bein nach oben tastete. Sie unternahm keinerlei Anstalten, die Bemühungen von Charles zu unterbinden. »Nur hier kann er jedem vorschreiben, was er sagen, denken oder schreiben soll. Dafür bezahlt er schließlich. An der Côte d'Azur gilt er als der Kunstmäzen und Schöngeist schlechthin. Er sponsert jedes zweite Festival, ermöglicht Sportveranstaltungen für wohltätige Zwecke, läßt Diners und Empfänge für junge Künstler arrangieren und vieles mehr. Er beschäftigt sogar einen eigenen Journalisten, der nichts anderes macht, als die Presselandschaft von Menton bis Marseille zu pflegen. Wir bekommen jede Woche ein Dutzend sorgfältig formulierter Artikel von ihm, beiliegend ein nettes Bildchen, auf dem sein Chef Hände schüttelt oder den Startschuß für das dreitausendundelfte Sportspektakel gibt.«

»Ihr bringt diesen Unsinn doch hoffentlich nicht?«

»Im allgemeinen nicht, doch wenn nicht viel los ist, bleibt uns manchmal kaum etwas anderes übrig. Da ist die Redaktion um jeden Beitrag froh. Andere Zeitungen sind übrigens nicht so wählerisch. Ich könnte dir ein paar nennen, die jede Zeile seiner Selbstbeweihräucherungen veröffentlichen, unzensiert, versteht sich.«

Charles trank den restlichen Champagner direkt aus der Flasche und beschloß, ein halbes Dutzend alter Schwüre zu vergessen und, wenn möglich, wieder mit Jeanne zu schlafen. »Also ein echter Profi in Sachen Öffentlichkeitsarbeit, wie?«

»Vollprofi. Außerdem ist Armand Poule einer seiner engsten Freunde und Berater.«

»Poule? Einer der Poules aus der Zeitungsdynastie?«

Jeanne nickte. »Miteigentümer verschiedener Privatsender, Radiostationen, Verlage und von was weiß ich nicht allem. Verstehst du nun, warum Gitan so gefährlich ist?«

»Wenn du mir jetzt noch erzählst, daß ein ehemaliger Generalstabschef seine Pläne entwirft und der Präsident von Air France persönlich seinen Privatjet fliegt, ziehe ich meinen Hut vor diesem Kerl«, lästerte Charles. Seine Hand hatte inzwischen den Rocksaum erreicht. Langsam schoben sich seine Finger zwischen das kühle Seidenfutter und ihre warme Haut.

»Die Sache ist zu ernst, um Scherze darüber zu machen«, wies ihn Jeanne zurecht. »Sein Finanzberater ist übrigens Yves Botterreau, ehrenwertes Mitglied des Rates für Geldpolitik der Banque de France und finanzpolitischer Vordenker des Präsidenten.«

»Und immer wieder als Kandidat für den Gouverneur der Banque de France im Gespräch,« ergänzte Charles. Männer dieses Kalibers kannte er besser als den Inhalt seines Wäscheschranks. »Beim letzten Amtswechsel hat ihn der Präsident ziemlich übel ausgebootet, kein Wunder, daß seither die Chemie zwischen ihm und dem Elysée-Palast nicht mehr stimmt.«

»Vermutlich eine der wenigen Entscheidungen dieses Präsidenten, zu der man ihm gratulieren sollte.« Jeanne schüttelte mißbilligend den Kopf und griff nach einem neuen Stück Honigmelone. Noch vor dem ersten Bissen bekam sie jedoch einen Schluckauf. »Oh, verdammt!« Einige Tropfen aus dem saftigen Fruchtfleisch landeten auf ihrer teuren Bluse, und sie warf das Melonenstück kurzerhand auf den Tisch zurück.

»Ich muß die Flecken gleich auswaschen«, murmelte sie ärgerlich und stand auf, um die Bluse über den Kopf zu ziehen und in Richtung Badezimmer zu torkeln.

»Vielleicht kann ich dir dabei helfen«, bot Charles lächelnd an und folgte ihr. Es war wirklich eine gute Idee gewesen, an die Côte d'Azur zu fliegen.

Nicole und Danielle hatten die Hände vor ihre Gesichter geschlagen und schrien wie am Spieß. Bertrands Arme waren plötzlich wie versteinert, es gelang ihm nicht, das Lenkrad auch nur um einen Zentimeter zu bewegen. Sein Körper verweigerte sich einfach. Der Wagen raste derweilen ungebremst in die Kurve.

In früheren Jahrhunderten hatten sich die Straßenbaumeister noch nicht an die heute für allgemeinverbindlich erklärte Erfahrung gehalten, daß Zeit gleichzeitig auch Geld bedeutete, und ihre Straßen deshalb so angelegt, wie sie es von ihren Vorvätern her kannten – den natürlichen Gegebenheiten angepaßt. Erst die aufkommende Motorisierung und die traditionell hohen Bestechungssummen der Baukonzerne für die Planungsverantwortlichen Südfrankreichs hatten mit dieser Überlieferung gebrochen und eine moderne Straßenbautradition geschaffen. Nach dem einfachen Prinzip, daß die kürzeste Verbindung zwischen zwei Punkten aus einer Geraden besteht, werden seither gigantische Mengen Erde bewegt, Brücken gebaut, Tunnel in den Fels geschlagen und ganze Berge abgetragen, nur um möglichst schnell das Land durchqueren zu können und einige Minuten Zeit zu sparen.

Wenn sich in Ausnahmefällen die Erkenntnis durchsetzt, daß der Verlauf der alten, umständlichen Straßen gar nicht so ungünstig war, bindet man vorhandene brauchbare Abschnitte mitunter durchaus in die moderne Straßenführung ein, während die unbrauchbaren Teilstücke in beschaulicher Ruhe dahindämmern und fortan allerhöchstens noch klapprigen Traktoren dazu dienen, auf die Felder zu gelangen. Wie an der D 943 von Bonnieux nach Lourmarin. Die abfallende Stelle, die der Wagen Bertrands in diesem Augenblick hinunterraste, war ursprünglich weniger steil geradeaus weitergegangen, um dann in einem großen Bogen zwanzig Meter tiefer wieder an derselben Stelle vorbeizuführen. Vor Jahrzehnten hatte man die Strecke durch eine in den Felsen geschlagene Hundertachtzig-Grad-Kurve allerdings um mehrere Kilometer verkürzt, so daß die alte Straße an dieser Kurve nur noch als unbefestigter Feldweg abzweigte. Da Bertrand das Steuer nicht nach links riß, raste er geradeaus weiter und damit der Rettung entgegen.

Die Räder schwerer Forstfahrzeuge hatten sich im Laufe der Jahre immer tiefer in die weiche Erde des Weges eingegraben, so daß ein bewachsener Mittelstreifen weit über die beiden Fahrspuren herausragte. Den hohen Achsen landwirtschaftlicher Maschinen machte dies nichts aus, ein Personenwagen hingegen saß über kurz oder lang fest. Bertrand wurde das Lenkrad fast aus den Händen gerissen, ehe der Wagen nach einigen wilden Bocksprüngen schließlich mit abgewürgtem Motor stehenblieb.

Tiefe Stille umgab sie jetzt. Durch die zerbrochenen Seitenfenster wehte der laue Nachtwind herein. Es roch nach Harz, nach taufeuchtem Gras und nach wiedergeschenktem Leben. Bertrand lag erschöpft über seinem Lenkrad, während die weinende Nicole ihre Hände nicht vom Gesicht nehmen wollte. Danielle hingegen schloß die Augen und seufzte erleichtert auf. Sie hatten es geschafft! Sie hatten es tatsächlich geschafft!

Im Augenblick dachte keiner von ihnen daran, den Wagen zu verlassen. Die Rückkehr ins Leben brauchte ihre Zeit. Und so verstrichen einige Minuten, bis aus einiger Entfernung plötzlich das Geräusch eines Wagens zu hören war, der mit gedrosselter Geschwindigkeit die Steigungen herabfuhr. Es kam jemand, der ihnen helfen konnte.

Bertrand drehte sich um. Zwei Lichtkegel tanzten die Biegungen hinter ihnen entlang. Nachdem sein Mercedes knappe zweihundert Meter von der Kurve entfernt festsaß, mußte Bertrand zurücklaufen, wenn er auf sich aufmerksam machen wollte.

Crichet nahm die Zigarette aus dem Mund, um sie kurz aus dem Fenster zu halten, daß die Asche wegwehte. Er hielt an der Stelle, wo die Zufahrt des Anwesens auf die D 943 mündete. Der Mercedes hatte hier bei seiner rasanten Flucht deutliche Spuren hinterlassen. Sie hatten sich nach Süden gewandt, nach Lourmarin. Crichet war zufrieden, ohne funktionierende Bremsen hatten die drei in der Schlucht nicht die geringste Chance.

Er schlug die gleiche Richtung ein.

Das Haus in einer der guten Gegenden von Cannes gehörte einem reichen Pariser Zahnarzt, der sich hier regelmäßig von seiner anstrengenden Arbeit an schadhaften menschlichen Gebissen erholte. Das OCRB hatte für den Rest des Jahres einen Mietvertrag mit ihm geschlossen, um hier Besprechungen oder Verhöre abzuhalten. Vivienne Margot und ihre Leute kamen meistens nachts und bis zu Calvets Mitarbeit selten häufiger als zwei- oder dreimal monatlich. In nächster Zeit würden sie allerdings vermutlich jeden Tag hier sein.

Durch Alains Anruf hatte sie nun Kontakt zur monegassischen Polizei, und Vivienne stellten sich eine Vielzahl von zusätzlichen Fragen, mit denen sie Calvet konfrontieren wollte. Sie traf ihn an diesem frühen Sonntagmorgen kurz nach eins, das zweite Mal seit der kurzzeitigen Festnahme am vergangenen Donnerstag.

Auch heute erwartete ihn Vivienne allein. In einiger Entfernung von der Villa parkte ein Wagen mit zwei Kollegen, die über versteckte Mikrophone jedes Wort mithören konnten. Sie waren angewiesen, nur im äußersten Notfall einzugreifen. Vivienne war es gewohnt, ihre Haut allein zu verteidigen.

Sie hatte Calvet durch Erpressung so weit gebracht, daß er seine eigenen Freunde verriet. Allerdings war ihr auch klar, daß ein Mann wie er selbst diese Situation noch in seinem Sinne auszunutzen verstand. In ihrem Bericht über den vergangenen Donnerstag stand, daß er ihrer Meinung nach alles unternahm, um Jacques Tourballe, seinen Rivalen in der Mafiaführung, zu diskreditieren und auszuschalten.

Man hatte Vivienne daraufhin signalisiert, daß sie das Risiko für dieses gefährliche Spiel allein tragen mußte. Wenn auch nur Bruchstücke ihrer Gespräche bekannt wurden, kam es zwangsläufig zu einem Skandal, und sie konnte ihren Dienstausweis abgeben. Sollte ihr Plan hingegen funktionieren und Tourballe angeklagt werden, feierte man sie als Frankreichs Mafia-Jägerin Nummer eins. Die junge Kommissarin war schlau, und außerdem entschlossen, ihre Chance zu nutzen.

Calvet leugnete nicht, daß die Mafia hinter dem furchtbaren Zwischenfall in Monaco steckte, schwor allerdings, an den Vorbereitungen nicht teilgenommen zu haben und erst nach der Explosion eingeweiht worden zu sein. Vivienne schluckte diese offenkundige Lüge, ohne mit der Wimper zu zucken, da sie so erfuhr, daß Tourballe hinter allem stand. Jourdan wollte die ausführende Hand bei dem Attentat, Calvet gab ihr daher bereitwillig die Adresse von Henry Domingo, Tourballes Elektronikspezialisten. In der versteckten Werkstatt seines Hauses würden sich genügend Beweise für seine Beteiligung finden lassen.

Das Treffen endete kurz nach zwei. Da sie sich in einigen Stunden ohnehin wiedersehen würden, verschwanden Vivienne und Calvet ohne Abschied in unterschiedliche Richtungen.

35

Bertrand winkte heftig, und der Wagen reduzierte seine Geschwindigkeit, um langsam heranzurollen. Während er dem Schicksal noch dafür dankte, daß ausgerechnet um diese Zeit jemand hier vorbeikam, fielen ihm die Fußspuren auf der Terrasse wieder ein. Irgendwer hatte sich in der Umgebung des Hauses herumgetrieben und die Bremsen seines Wagens manipuliert. Konnte er annehmen, daß sich der Killer gleich danach aus dem Staub gemacht hatte?

Ohne zu Ende zu denken, drehte sich Bertrand um und rannte zurück. »Raus aus dem Wagen!« brüllte er dabei, laut genug, um den halben Luberon aufzuwecken. »Rennt um euer Leben!«

Nicole und Danielle sprangen erschrocken aus dem Wagen und zögerten einige Augenblicke, ehe sie sich schließlich umwandten und in entgegengesetzter Richtung davonliefen. Seine Stimme klang so drängend, daß sie die Gründe für die plötzliche Eile vorläufig lieber nicht wissen wollten.

Angesichts der vielen herumliegenden Steine und des taufeuchten Grases kamen sie in ihren dünnen Schuhen nicht besonders rasch voran, und sie mußten achtgeben, in der Dunkelheit nicht zu stürzen. Zur Flucht blieb ihnen nur der holprige Feldweg, da das hüfthohe Unterholz an beiden Seiten zu dicht war. Der Weg neigte sich bald wieder stärker, rechts begann eine Bruchsteinmauer, links endete das Unterholz und ging in eine steil abfallende Geröllhalde über.

Bertrand holte die beiden Frauen rasch ein. Ein Blick zurück zeigte ihm, daß sich der Abstand zu ihrem Verfolger deutlich verringert hatte.

Der Weg führte sie in einem scharfen Bogen um eine vorspringende Felsnase herum. Durch eine Felslawine waren hier eine Vielzahl kleiner scharfkantiger Brocken heruntergefallen und Danielle, die die Hindernisse zu spät sah, geriet ins Straucheln und fiel hin. Während sie anhielten und der Erschöpften wieder auf die Beine halfen, hörten sie, wie die Schritte ihres Verfolgers immer näher kamen. Er mußte jeden Augenblick um den Felsvorsprung biegen.

Als sie gerade jede Hoffnung aufgeben wollte, entdeckte Nicole keine drei Schritte von sich entfernt ein gähnendes schwarzes Loch von etwa einem Meter Durchmesser in der Mauer. Ohne zu überlegen, was sie dort erwartete, kroch sie augenblicklich hinein. Schlangen, Skorpione oder glitschige Eidechsen flößten ihr nicht halb soviel Angst ein wie der unheimliche Verfolger. Dorniges Gestrüpp verfing sich in ihrem Kleid, zerriß es an mehreren Stellen und ritzte ihr die Schulter auf. Trotzdem kroch Nicole tapfer weiter. Danielle folgte nur eine Armeslänge entfernt, während Bertrand im vorderen Bereich des Rohres abwarten wollte, bis ihr Verfolger vorübergerannt war.

Er ließ sich wohl nicht für längere Zeit täuschen, so daß er damit rechnen mußte, ihn in wenigen Minuten wieder auf den Fersen zu haben. Sie mußten zusehen, daß sie sich rasch durch diese muffige und feuchte alte Abwasserleitung in Sicherheit brachten. Trotz der einsamen Gegend stießen sie ja vielleicht auf eine menschliche Behausung, in der sie Schutz finden und sich vor ihrem Verfolger verstecken konnten.

Es hatte keinen Sinn, auf sie zu schießen, solange er nicht nahe genug herangekommen war. Auch wollte Crichet nicht mehr Lärm als unbedingt notwendig verursachen. Lieber nahm er einige weitere Minuten Verfolgung in Kauf. Er war durchtrainiert und würde sie schnell einholen.

Zu Beginn sah er ihre dunklen Silhouetten noch deutlich vor sich, ein Mann, der zwei stolpernde Frauen antrieb. Sie waren wesentlich langsamer als er. Als das undurchdringliche Unterholz schließlich in ein Geröllfeld überging und der Weg etwas abfiel, erkannte er ihre Gestalten vor der dunklen Böschungsmauer so klar wie bei Tageslicht. Sobald sie hinter der Felsnase verschwanden, umspannte seine Rechte vorsichtshalber den Griff der Waffe. Auch wenn er nicht ernsthaft damit rechnete, daß sie ihm auflauerten, wollte er nicht das geringste Risiko eingehen.

Wenige Meter weiter hielt er überrascht die Luft an. In der Dunkelheit war unter einer längeren Strecke hoher Laubbäume nicht das geringste Anzeichen von den Flüchtenden mehr zu sehen. Ihre Körper verschwanden offenbar vollkommen im Hintergrund. Er beschleunigte daher seine Schritte.

Nach der letzten Eiche, etwa vierhundert Meter weiter, führte der Weg erneut durch hüfthohes Unterholz, und Crichet stand überrascht allein auf weiter Flur. Er blieb stehen und lauschte, doch außer den Ästen, die sich leise im Wind wiegten, blieb alles still. Keine raschen Schritte, kein erschöpftes Keuchen. Er hatte sie verloren.

Crichet drehte sich um und hastete zurück. Sie mußten irgendwo abgebogen sein. Alle fünfzehn Schritte blieb er stehen und horchte. Auch in unmittelbarer Nähe der Abwasserröhre, wo er entfernte scharrende Geräusche vernahm.

Er ging in die Knie, um mißtrauisch in das dunkle Loch zu blicken. Abgerissene Zweige, zusammengedrücktes Gestrüpp und Kriechspuren beseitigten auch den letzten Zweifel an ihrem Verbleib, und so schob er kurz entschlossen seine Waffe in den Hosenbund, um ihnen zu folgen.

Bald erweiterte sich die Röhre zu einem breiten, oben offenen Spalt, der zwischen den Felsen bergauf führte, zwar steil, doch zu bewältigen. Berge von Schutt und Geröll erschwerten ihm den Aufstieg, und Crichet mußte zudem aufpassen, daß er keine Steine lostrat und sich dadurch verriet. Es kam jetzt auf jeden Schritt an. Trittsicher klomm er den Fels hinauf.

Es mochten dreißig oder sogar vierzig Jahre her sein, daß der letzte Eigentümer des kleinen Hofes verstarb und seine Nachkommen mit den beweglichen Habseligkeiten in Lourmarin oder einer anderen weniger einsamen Gegend eine neue Heimat fanden. Seit dieser Zeit war an den einstmals stabilen Gebäuden aus zugehauenen Felsen nichts mehr verändert worden, und Wind und Wetter hatten ihr übles Spiel mit ihnen getrieben. Das Dach des Wohnhauses hatte als erstes nachgegeben und war während einer Sturmnacht mit einem leisen Ächzen in sich zusammengesunken. Die Dächer der Nebengebäude waren Jahre später gefolgt. Unzerbrochene Fensterscheiben gab es keine mehr, wo die Mauern noch standen, gähnten düstere Höhlen.

Die Überreste des Wohnhauses erhoben sich unmittelbar neben dem Spalt, mit zerfallener Vorderfront, eingewachsen von hüfthohem Unkraut. In besseren Zeiten hatte es weiter oben eine kleine Quelle gegeben, deren Wasser über eine Rinne quer durch die Küche in ein steinernes Becken geleitet worden war. Als Ausguß diente eine weitere Rinne, die in die enge Röhre mündete, durch die sich die Flüchtenden und ihr Verfolger in diesen Augenblicken zwängten.

Als Crichet den Sternenhimmel wieder über sich sah, befand er sich knapp unterhalb der bröckelnden Mauern. Er hörte leises Stimmengemurmel. Seine Hand fuhr in den Hosenbund, und er zog die Waffe heraus. Der Ort war ideal, hier oben konnten die Leichen einige Jahre bis zur Unkenntlichkeit vor sich hinfaulen, ohne daß sie jemand fand. Leise kroch er weiter.

Die letzten Meter erforderten höchste Aufmerksamkeit, denn sie führten ihn über einen losen Geröllhang hinauf, vorbei an behauenen Steinbrocken und über knochentrockene, zersplitterte Balken hinweg. Er war lautlos fast bis an den Rand der Schlucht gelangt und sah schon die dichten Grasbüschel in Griffweite vor sich, die zu der unkrautüberwachsenen Fläche um die Gebäude herum gehörten, als sein rechter Fuß plötzlich abrutschte und einen kleinen Felssturz verursachte. In der nächtlichen Stille erschien ihm der Aufschlag der Steine beinahe so laut wie eine Sprengung. Er unterdrückte einen Fluch. Sich weiter anzuschleichen war jetzt überflüssig. Mit einem kräftigen Ruck schob er seinen Oberkörper auf die Ebene hinauf, die bewaffnete Hand erhoben.

Als er die Schatten einiger Gestalten vor der dunklen Stallwand sah, zielte er auf sie. »Bleibt am besten da, wo ihr seid!« befahl er mit lauter Stimme. Ihm waren die Anstrengungen der letzten Minuten nicht anzumerken. Sein Atem ging so ruhig, als sei er gerade aus dem Auto gestiegen. »Euer Spaziergang ist hier zu Ende.«

Als Antwort erhielt er nur einen mühsam unterdrückten Schrei aus einer weiblichen Kehle.

Crichet war eben im Begriff, sich vollständig hinaufzuziehen, als ihm sein unverzeihlicher Fehler bewußt wurde. Ein Fehler, der ihn das Leben kosten sollte.

Der Anruf aus dem kriminaltechnischen Labor kam gegen drei Uhr früh. Alain, der in einer Nacht wie dieser an alles andere als an sein Bett dachte, verließ fluchtartig seinen Schreibtisch und eilte zusammen mit Paul und Fabrice los, um sich persönlich über die ersten Ergebnisse zu informieren.

»Nachdem wir von Ihnen wußten, wonach wir suchen sollten, war es eigentlich gar nicht so schwer«, versuchte Dr. Albin Sourcouf seinen Erfolg herunterzuspielen. Die rotgeränderten Augen hinter seiner dicken Hornbrille konnte er vor Müdigkeit kaum mehr offenhalten. Er hatte immerhin beinahe zehn Stunden ohne Unterbrechung durch die Linsen aller möglicher Mikroskope und sonstiger Bestimmungsgeräte geblickt. »Wir verfügen damit über einen eindeutigen Beweis, daß es sich gestern nachmittag um einen minutiös geplanten Anschlag gehandelt hat und nicht um einen Unfall.«

Alains Erleichterung war ihm nicht anzusehen. Er sah sich interessiert in dem großen Raum im Untergeschoß des Zentralkommissariats um, wo selbst zu dieser Stunde noch hektisches Treiben herrschte. Bis zu den endgültigen Untersuchungsberichten würde hier keine Ruhe einkehren. »Nähere Details bitte, Doktor!« drängte er dann. Es blieben ihm nur noch wenige Stunden in seinem Amt. Falls er bis heute vormittag seine Behauptungen nicht durch hieb- und stichfeste Ermittlungsergebnisse untermauern konnte, würde ihm Laborde die Entlassungsurkunde aushändigen.

Dr. Sourcouf ging zu einer weißen Resopalarbeitsplatte, die sich an der gesamten Rückwand seines Labors entlangzog und mit unzähligen, in Plastiktüten verpackten Kabelstücken, Metallteilen, Splittern und sonstigen Überresten des Unfalls bedeckt war. An jeder Tüte klebten kleine Etiketten mit fünfstelligen Nummern. Anhand eines Computerausdrucks ließ sich durch sie exakt feststellen, von welchem Ort ein Teil stammte und welche Untersuchungen damit bereits durchgeführt worden waren.

Während dieser Teil des Tisches relativ ungeordnet aussah, lagen im vorderen Bereich der Arbeitsplatte einige mehrfarbige, kaum fingerlange Kabelstücke neben daumennagelgroßen, bizarr geformten Splittern. »Dies hier sind die Überreste von Bauteilen eines winzigen elektronischen Gerätes, das man üblicherweise nicht in einem Fahrzeugs findet.« Dr. Sourcouf nahm eine Kunststoffpinzette, deren Zangen durch winzige Filzstücke gepolstert waren, um keine Kratzer zu verursachen, und hob eines der Kabelteile hoch. »Keine einzige dieser Elektronikkomponenten hier besteht aus einem Material, das in der Automobilindustrie gebräuchlich ist.«

»Was bedeutet das?« hakte Alain neugierig nach.

Dr. Sourcouf rückte seine Brille zurecht und starrte nachdenklich auf das Kabelstück. »Ein Fahrzeug ausschließlich aus derartig hochwertigen Materialien gebaut, müßte in etwa den Preis eines kleineren Flugzeugs erzielen, um kostendeckend verkauft zu werden. Sämtliche Bauteile sind das Beste, was derzeit auf dem Markt zu haben ist, Garanten für absolute Zuverlässigkeit. Nach allem, was bislang gefunden wurde, handelt es sich um eine Art komplexe Empfängerstation für eine Fernsteuerung. Das Gerät wurde in die Elektronik des Betonmischers eingebaut, um alle seine Funktionen beeinflussen zu können.«

»Der Mischer wurde also von einer externen Person ferngesteuert?« Alain dachte an das Bild, das Henry Domingo mit der Videokamera zeigte.

»Von jemandem, der sich höchstens fünfhundert Meter entfernt befand«, nickte Dr. Sourcouf. »Die Kommunikation erfolgte durch Radiowellen, und die sind bei größerer Distanz unwirksam. Ich würde sogar einen noch geringeren Radius annehmen.«

»Sie haben für Ihre Untersuchungen einen Sprengstoffexperten angefordert. War mit dem Gerät auch eine Bombe gekoppelt?«

»Ein Sprengsatz, ja.« Dr. Sourcouf legte den Kabelrest wieder weg. »Eine Bombe, nein.« Er räusperte sich und deutete auf die Elektroniktrümmer. »Die Zerstörung, die Sie hier sehen, resultiert nicht aus dem Zusammenprall der Fahrzeuge und dem darauf folgenden Brand. Ein Gerät mit einer Kantenlänge von nicht einmal acht Zentimetern kann durch so einfache Gewalteinwirkung nicht derart atomisiert werden. Selbst wenn Sie es aus zehntausend Metern Höhe auf die Erde fallen lassen und anschließend zehn Minuten lang in offenes Feuer legen, bleibt ein deformierter kohlrabenschwarzer Klumpen übrig und nicht lauter so weit verteilte Kleinstteile. Nach meinen Feststellungen befand sich in dem Gerät eine winzige Zusatzvorrichtung, die, vermutlich kurz vor dem Zusammenprall, einen winzigen Sprengsatz gezündet hat. Höchstwahrscheinlich per Fernzündung und mit doppeltem Sicherheitscode, um Interferenzen mit anderen Magnetfeldern zu vermeiden. Es sollten alle Hinweise auf eine Fernsteuerung und damit auf eine äußere Einwirkung vollständig vernichtet werden.« Er nahm mit seiner Pinzette einen weiteren Splitter auf. »Sehen Sie, der Druck kam aus dem Behältnis selbst, die Zelle aus verstärktem Kunststoff weist dafür alle charakteristischen Merkmale auf. Wir haben bis jetzt leider nicht einmal zehn Prozent der Überreste dieses höchst interessanten Geräts gefunden, es wird also noch Tage oder möglicherweise sogar Wochen dauern, bis ich Ihnen mehr über die Bauart und die verwendeten Teile sagen kann.«

»Was ist mit dem Sprengstoff?« Wie jeder Kriminalist wußte Alain, daß sich über die Bestimmung seiner Herkunft vielfach Rückschlüsse auf die Benutzer ergaben.

Bei dieser Frage lächelte Dr. Sourcouf. »Gut, daß Sie danach fragen. In diesem Punkt sind wir bereits ziemlich weit gekommen.« Er ging einige Tische weiter und blieb vor einem riesigen Elektronenmikroskop stehen. »Wir konnten uns mit Hilfe der

Infrarotspektroskopie ein erstes Bild über die Struktur der Sprengstoffpartikel machen und unsere Erkenntnisse dann durch eine weitergehende Untersuchung mit diesem Ding hier verfeinern.« Er tätschelte sein Mikroskop liebevoll. »Außerdem haben wir einige Partikel in einer Probenkammer auf etwa 500 Grad erhitzt und sie damit zur Zündung gebracht. Die dabei entstandene Lichterscheinung ist als optische Signatur gemessen und durch eine Computeranalyse mit unserer Datenbank verglichen worden.« Er tippte auf einige Tasten auf der danebenstehenden Tastatur, und auf dem Bildschirm flimmerten plötzlich lange Spalten, deren Kopfzeile eine Vielzahl von physikalischen und chemischen Bezeichnungen aufwies. Der Stolz des Wissenschaftlers zeigte sich auf seinem Gesicht, während er seine Methode näher erläuterte: »Sie wissen zweifellos, daß keine zwei Produzenten von Sprengstoff ein völlig identisches Produkt herstellen. Jeder fertigt nach einer anderen Rezeptur, nach einem oft nur um Nuancen abweichenden Mischungsverhältnis. Wenn sich auch die Unterschiede manchmal nur sehr umständlich bestimmen lassen, sprechen wir doch von einem unverwechselbaren Fingerabdruck, der uns beinahe zweifelsfrei den Namen des Herstellers verrät.«

»Wollen Sie uns auf die Folter spannen, Doktor?« erkundigte sich Alain ungeduldig.

»Immer langsam.« Dr. Sourcoufs Hand fuhr nervös zur Brille, um sie zurechtzurücken. »Bei einer ersten flüchtigen Untersuchung sprachen alle Anzeichen dafür, daß es sich um den berühmt-berüchtigten Plastiksprengstoff Semtex der tschechischen Firma Synthesia aus der Zeit der Kommunisten handelt. Ein paar Unklarheiten haben uns jedoch veranlaßt, einen Sprengstoffspezialisten der französischen Kriminalpolizei heranzuziehen, durch den wir einen Blick in das Archiv der Kollegen werfen konnten. Wir mußten unser Ergebnis daraufhin revidieren. Sie wissen vermutlich, daß Prag bis Ende der achtziger Jahre mehr als tausend Tonnen Semtex nach Libyen verkauft hat, um den internationalen Terrorismus zu unterstützen. Ein Teil davon ging nach Algerien, wo es einige Untergrundlabors kopierten und in Umlauf brachten. Dieses mit Semtex auf den ersten Blick leicht zu verwechselnde Zeug wird seit etwa zehn Jahren bei den meisten Anschlägen in Algerien verwendet und auch schon in Frankreich eingesetzt.«

»Sprengstoff aus Algerien?« Alain kratzte sich verwundert hinter dem rechten Ohr. Diese Nachricht paßte nicht zu seinen bisherigen Ermittlungen. »Welches Interesse sollten algerische Extremisten an einem Anschlag in Monaco haben?«

Dr. Sourcoufs Augen blinzelten kurzsichtig hinter seiner dicken Brille. »Vielleicht hilft es Ihnen weiter, wenn ich darauf hinweise, daß die Mafia über ausgezeichnete Verbindungen nach Algier verfügt. Im vergangenen Jahr wurden in Marseille und in Toulon jeweils ein ähnlicher Anschlag mit genau demselben Zeug verübt, und in beiden Fällen vermutet man als Verantwortlichen die Mafia.«

Mehr brauchte Alain nicht zu wissen. Die Schlinge um Gitan wurde immer enger.

36

Sie hörten an dem leisen Rascheln von trockenem Laub aus dem Vorjahr, wie jemand durch den engen Abfluß kroch. Während die beiden Frauen in panischer Angst eilig hinaufkletterten und sich dabei die Hände blutig rissen, folgte ihnen Bertrand etwas langsamer, um ihren Verfolger notfalls so lange aufzuhalten, bis sie in Sicherheit waren. Wie er dies bewerkstelligen wollte, war ihm allerdings noch nicht ganz klar.

Über ihnen tauchten die Reste eines verfallenen alten Hauses aus der Dunkelheit auf. Es stand exakt an der Kante der Spalte und war völlig von Unkraut und Kletterpflanzen eingewachsen. Lange, breite Risse durchzogen die Außenmauer von oben nach unten. Über kurz oder lang würde ein Teil des morschen Gebäudes wohl in den Spalt hinunterstürzen. Der Plan in Bertrands Kopf nahm allmählich Gestalt an.

Als er die mondbeschienene Ebene erreichte, standen Nicole und Danielle neben dem Gebäude und blickten sich ängstlich nach ihm um. Er machte ihnen ein Zeichen, dort auf ihn zu warten, und stieg über die Trümmer der eingefallenen Vorderfront in das Innere des Hauses.

Ein wildes Durcheinander von zerborstenen Wänden, gebrochenen Holzbalken und Unkraut empfing ihn hier und verhinderte, daß er schnell vorwärts kam. Zweifellos hatte während der letzten Jahrzehnte kein menschliches Wesen seinen Fuß mehr in diese Ruine gesetzt. Als er die hoch aufragende morsche Mauer endlich erreichte, brannten seine Hände und Arme von unzähligen Berührungen mit Brennesseln. Die Steine rochen modrig und durch die breiten Risse sah er die Sterne. Nun zählte einzig und allein seine Kraft.

Bertrand lehnte sich mit dem Rücken an die Wand und trat mit den Füßen gegen die gemauerte Spüle, um mit dem gesamten Gewicht seines Körpers drücken zu können. Trotzdem rührte sich nichts.

Er holte tief Luft und spannte noch einmal alle Muskeln an. Herr im Himmel, hilf einem schwachen Koch! Der Schweiß fiel ihm in dicken Tropfen von der Stirn. Es knirschte ein wenig, doch die Wand bewegte sich noch immer um keinen Millimeter.

Bertrand rückte ein wenig nach rechts, direkt an einen der breiten Risse. Er wollte einige der schweren Felsbrocken lockern, mit etwas Glück brachen sie ihrem Verfolger vielleicht ein Bein. Leider war die Wand stabiler, als sie aussah. Einst für die Ewigkeit errichtet, überstand sie vermutlich noch viele Winter, ehe sie ächzend in sich zusammenfiel.

Nachdem einige Zeit nichts von dem Killer zu hören gewesen war, verrieten kollernde Steine, daß er sich jetzt in unmittelbarer Nähe befand. Bertrand vermutete ihn knapp unterhalb der Wand. Wenige Meter noch, und er stand vor den Frauen. Als er gleich darauf die fremde befehlende Stimme hörte, sammelte Bertrand verzweifelt noch einmal alle seine Kräfte und preßte seinen Rücken gegen die Wand.

Ein weiteres Knirschen. Zuerst leise, dann immer lauter. Einige bröckelnde Steine kündeten es an, dann brach schließlich die gesamte Mauer auf einmal nach außen weg. In einer ungeheuren Staubwolke donnerten die Steine den engen Spalt hinunter.

Bertrand stand staubbedeckt am Rande des Abgrunds und blickte in den sich nur langsam lichtenden Gesteinsstaub. Er hatte nichts Böses getan. Nur drei Leben gerettet. Er fühlte sich erschöpft und erleichtert.

Sie hielten sich noch bis zum Morgengrauen in der Ruine des alten Hauses versteckt, und horchten ständig auf das Scharren herannahender Füße. Glücklicherweise blieb alles ruhig. Im ersten Morgengrauen stieg Bertrand vorsichtig in den Spalt und fand dort die Beine eines Mannes, dessen zerschmetterter Körper unter zentnerschweren Trümmern eingeklemmt war. Ihr Verfolger war tot.

Nach einer gründlichen Untersuchung erfuhr Gitan zu seiner Erleichterung, daß er in dieser Nacht keinen weiteren Herzinfarkt erlitten hatte, sondern nur einen Schwächeanfall, hervorgerufen durch übergroße Aufregung. Der Mediziner war wie immer unzufrieden mit dem Allgemeinzustand seines Patienten, konnte ihn aber nicht überreden, sich für einige Tage unter seine Obhut zu begeben. So nahm er ihm lediglich das halbherzig gegebene Versprechen ab, sich in den nächsten Tagen zu schonen und jede Aufregung zu vermeiden, und ging wieder. Die Verschreibung zusätzlicher Medikamente erübrigte sich, Gitan bekam ohnehin schon alles verabreicht, was teuer war und irgendwelchen Nutzen versprach. Wirklich helfen würde nur eine drastische Einschränkung seines Zigarettenkonsums. Darauf zu drängen, hatte er jedoch längst aufgegeben. Trotzdem konnte er es sich nicht verkneifen, bei seinem Abschied die Schachtel Marlboro mitzunehmen, die in Gitans Reichweite lag. Es würde nicht viel nutzen, doch es beruhigte sein Gewissen.

Gitan nahm gegen sieben Uhr früh wieder seinen Platz auf der Terrasse ein, um das unterbrochene Gespräch mit Tourballe fortzusetzen. Wie üblich hielt er dabei eine Zigarette zwischen den Fingern. »Ich brenne darauf, mehr über die Ereignisse in Monaco zu erfahren, Jacques. Was ist in den letzten Stunden passiert?«

»Die Polizei kehrt das Innerste nach außen.« Tourballe zeigte sich so emotionslos wie zuvor. Der Ärger über den Fehlschlag war ihm nicht anzusehen. »Jourdan hat praktisch den Notstand ausgerufen, und seine Leute sammeln den Schrott mit Pinzetten von der Straße. Er hat Paris um Unterstützung gebeten, und jetzt wimmelt es dort nur so von Kriminaltechnikern aus Nizza, Cannes und Toulon. Sie treten sich gegenseitig auf die Füße.«

»Was macht Eric?« erkundigte sich Gitan grimmig. »Warum klopft er ihm nicht auf die Finger? Immerhin ist er der Regierungschef, und Jourdan nur ein Beamter.«

»Leider gibt es umfassende Abkommen zwischen den beiden Ländern, die die Fragen gegenseitiger Unterstützung detailliert festlegen. Es ist ein Automatismus. Der Staatsminister muß dazu vorher nicht konsultiert werden. Wenn Eric Probleme vermeiden will, kann er die Hilfe von außen gar nicht ablehnen. Alle Welt ist von dem tragischen Ereignis schockiert und möchte helfen. Das einzige, was er machen kann, ist heimlich Sand ins Getriebe zu streuen.«

»Wie hat er die Nachricht aufgenommen, daß der Fürst noch lebt?«

»Er war schockiert und hat ziemlich geflucht.« Tourballe verzog die Lippen zu einem gequälten Lächeln. »Er will unseren Fahrplan bis auf weiteres aussetzen und sich statt dessen bemühen, daß er die Situation innerhalb der Polizei in den Griff bekommt.«

Gitan zündete sich eine neue Zigarette an. »Er soll diesen verdammten Jourdan endlich in die Wüste schicken. Mace ist einer von unseren Leuten. Wenn er Jourdans Nachfolge antritt, werden die Untersuchungen im Sande verlaufen. Sag ihm das.«

»Das weiß er selbst. Jourdan wird in wenigen Stunden entlassen, das ist so sicher wie das Amen in der Kirche.«

Gitan starrte ihn durch eine blaue Dunstwolke nachdenklich an. »Was ist eigentlich mit der Schuldfrage, Jacques? Wir sind vorhin ganz davon abgekommen«, bemerkte er plötzlich mit gefährlich leiser Stimme.

Tourballe verkrampfte sich augenblicklich. Jetzt ging es um sein Leben. Die Antwort auf diese Frage entschied, ob er eine Zukunft hatte. »Die gesamte Aktion ist von mir vorbereitet worden und stand während der ganzen Zeit unter meiner Leitung«, erklärte er ohne jede Ausflucht. »Ich trage deshalb auch die volle Verantwortung für ihr Scheitern.«

Gitan zog die Augenbrauen hoch. Es imponierte ihm immer, wenn jemand widerspruchslos die Schuld für seine Fehler auf sich nahm und nicht wehleidig herumdiskutierte. Er hatte von seinem Brigadier keine andere Reaktion erwartet. »Natürlich bekommst auch du deine zweite Chance, Jacques«, beruhigte er ihn dann. »Vergiß aber bitte nicht, es ist deine letzte. Auch für dich gibt es keine Sonderbehandlung. Wir sind auf den Erfolg angewiesen.«

Als sich Tourballe verabschiedete, entging es Gitan nicht, daß die Sorgenfalten im Gesicht seines Freundes deutlich tiefer waren. Er würde alles unternehmen, um seine Haut zu retten, daran zweifelte Gitan nicht eine Sekunde. Nur aus diesem Grund sah er trotz des gestrigen Fehlschlags noch einigermaßen hoffnungsvoll in die Zukunft.

Nachdem der *Figaro* und *nice-matin* übereinstimmend gemeldet hatten, daß der Fürst von Monaco noch am Leben war, bombardierten unzählige neugierige Anfragen alle Behörden und Einrichtungen des Fürstentums. Vertreter des Elysée-Palastes, vom Quai d'Orsay, aus den Büros von beinahe sämtlichen europäischen Staats- und Regierungschefs und unzählige Journalisten verlangten eine umgehende Klärung. Die von dieser Entwicklung völlig überrollten Angestellten zogen sich eilig auf eine sichere Verteidigungsstellung zurück und verwiesen auf die offizielle Verlautbarung des Staatsministers, die für den heutigen Vormittag angekündigt war.

Laborde hatte die letzten vier Stunden in seiner Privatwohnung verbracht, um mit Christine jeden einzelnen Punkt seiner Erklärung durchzusprechen. Er brauchte die Ruhe und die Besonnenheit dieser Frau, die sich in den letzten Tagen zu seiner stärksten Stütze entwickelt hatte und ihm half, die schweren Prüfungen leichter zu ertragen. Sie waren immer schon ein gutes Team gewesen, und Laborde wußte nur zu gut, daß er seinen fulminanten Aufstieg nicht zuletzt ihrer Klugheit und Umsicht verdankte. Wo er selbst zauderte, war sie zäh und unnachgiebig, und wo er zu distanziert auftrat, war sie forsch und offensiv. Keine Frage, daß sie unter der derzeitigen Situation mindestens ebenso litt wie er selbst.

Als er sich kurz vor acht in sein Büro bringen ließ, stand ihm der Ernst der Lage ins Gesicht geschrieben. Der Dienstrover hatte kaum die schwarzen Gittertore passiert und auf dem roten Asphalt gebremst, als Laborde schon die Tür aufstieß und heraussprang. Der hilfsbereit herbeieilende Posten wurde zur Seite gestoßen, die Morgengrüße seiner Sekretärinnen und Mitarbeiter nur kurz erwidert. Er brauchte noch einige Minuten absoluter Ruhe, um jedes Wort seiner Rede auswendig lernen zu können.

Als er bei dieser Tätigkeit kaum zehn Minuten später aus seinem Vorzimmer wegen eines wichtigen Anrufs des Polizeichefs gestört wurde, konnte er seinen Ärger nur mit Mühe unterdrücken. Mit seinem Erzfeind wollte er eigentlich unmittelbar nach der Rede abrechnen, doch wenn dieser Kerl darauf bestand, konnte er das auch vorziehen. Er war dafür in der richtigen Stimmung.

Als er gerade damit begann, Alain telefonisch abzukanzeln, schnitt ihm dieser kurzerhand das Wort ab und erzählte von einem Gespräch mit dem Fürsten. Seine Durchlaucht war noch in der Leitung und wünschte ihn zu sprechen.

Laborde dankte mit zusammengebissenen Zähnen für die Übermittlung und lauschte auf die Stimme, die gleich darauf durch die Leitung klang. Es war tatsächlich der Fürst, damit war jeder Zweifel an seinem Schicksal beseitigt. Er hätte Tourballe erwürgen können.

»Eric, hoffentlich denken Sie nicht, daß ich von den Toten auferstanden bin, aber ich bin zu diesem kleinen Täuschungsmanöver förmlich gezwungen worden.« Die Stimme des alten Mannes zitterte für einige Augenblicke merklich. »Ich hätte nie im Leben geglaubt, daß die Feinde unseres Landes zu derartigen Taten fähig wären, leider mußte ich mich eines Besseren belehren lassen.«

»Auch wenn ich mich außerordentlich freue, Ihre Stimme wieder zu hören, bin ich doch ein wenig befremdet, Durchlaucht«, begrüßte ihn Laborde. Er klang souverän, wie ein Mann, der die Interessen des Landes vertreten mußte, gleichzeitig aber um das Schicksal des Fürsten besorgt war. »Warum zeigen Sie sich den Menschen nicht? Ich habe viel Verständnis für Ihre momentane Gemütsverfassung, doch wissen Sie überhaupt, wie schockiert die Welt auf die Nachricht Ihres Todes reagiert hat?«

»Ich weiß es, Eric. Durch Alain werde ich über die Ereignisse in Monaco auf dem laufenden gehalten. Außerdem gibt es ja noch das Fernsehen.« Wieder zitterte seine Stimme. »Es ist schrecklich, sich diese traurigen Bilder ansehen zu müssen. Ich habe überlebt, Eric, doch mir ist gestern das Schlimmste passiert, was einem Menschen widerfahren kann. Andere sind an meiner Stelle gestorben. Einundzwanzig Menschen zerrissen, verstümmelt, verbrannt. Ich habe mir heute nacht eine Nachrichtensendung nach der anderen angesehen und konnte keine Minute schlafen. Es ist ein unfaßliches Verbrechen, das diese Mörder in unserem Land verübt haben, und wir dürfen nicht ruhen, bis die dafür Verantwortlichen hinter Gittern sitzen.« Seine tief bewegte Stimme brach ab, und Laborde hörte schwere Atemzüge.

»Mir liegen keinerlei Hinweise vor, daß es sich um etwas anderes als um einen tragischen Unfall gehandelt haben könnte«, widersprach Laborde vorsichtig. Der Fürst hatte eben mit Jourdan telefoniert, er war also vermutlich besser informiert als er selbst. »Wie kommen Sie zu diesem fürchterlichen Verdacht?«

»Ich habe im Augenblick keine Zeit, Ihnen dies näher zu erläutern. Sprechen Sie mit Alain, er war die ganze Nacht auf den Beinen.« Die Stimme des Fürsten klang distanziert, weniger vertraut als sonst. Sie signalisierte verborgene Gefahr.

Laborde faßte insbesondere den letzten Satz als Beleidigung auf. Er hatte sich ebenfalls nicht gerade faul im Bett gerekelt. Außerdem schien es ihm an der Zeit, seinen Ärger über die Heimlichkeiten deutlich zu zeigen. Es gab keinerlei Beweise für seine Mitverantwortung an dem Attentat. »Warum halten Sie sich weiterhin von Monaco fern, Durchlaucht?« beschwerte er sich. »Die Menschen hier brauchen Sie. Im Grunde genommen ist es unverantwortlich von Ihnen, das Land in seiner schwersten Stunde zu verlassen. Kommen Sie zurück, bitte!«

»Es tut mir leid, daß ich gestern aus meiner Routine ausgebrochen bin und einen anderen Wagen genommen habe«, antwortete der Fürst sarkastisch. »Wenn ich Ihnen mit diesem Entschluß Unannehmlichkeiten bereitet haben sollte, bitte ich dies nachdrücklich zu entschuldigen. Es soll nicht wieder vorkommen.« Dieser Schlag traf.

Laborde sackte tatsächlich in sich zusammen. »Ich bitte tausendmal um Entschuldigung, Durchlaucht, aber ich habe im Augenblick nicht den leisesten Sinn dafür, meine Worte auf die Goldwaage zu legen. Die Lage könnte ernster nicht sein, und Sie werden hier wirklich dringend benötigt. Kommen Sie nach Monaco zurück, ich bitte Sie noch einmal.«

Der Fürst ließ sich jedoch nicht erweichen und lehnte abermals ab. Er war auch nicht bereit, nähere Auskünfte über seinen augenblicklichen Verbleib zu geben.

»Haben Sie denn nicht einmal mehr zu Ihrem eigenen Regierungschef Vertrauen?« erkundigte sich Laborde daraufhin mit hörbarem Ärger in der Stimme. »Wie soll ich denn mit Ihnen Kontakt aufnehmen, wenn Sie sich derart abschotten?« Für ein zweites Attentat brauchten sie unbedingt seinen Aufenthaltsort, Laborde stand deshalb am Rande der Verzweiflung.

»Es ist keine Frage mangelnden Vertrauens, Eric, aber ich werde über diesen Punkt definitiv niemandem etwas sagen. Mir geht es dabei nicht unbedingt um mein eigenes Leben. Ich will nur verhindern, daß wieder Unschuldige sterben, nur weil sie sich zufällig in meiner Nähe aufgehalten haben.«

Laborde blieb nichts anderes übrig, als diesen Entschluß zähneknirschend zu akzeptieren. Das Gespräch endete betont kühl. Im Anschluß daran zerriß er den bisherigen Text seiner Verlautbarung und begann, einen neuen zu schreiben.

Als Bertrand den Mietwagen unweit des kleinen Hotels in St. Tropez parkte, war es kurz nach zehn. Eine Hebamme, die nach einer erfolgreichen Geburt nach Lourmarin unterwegs war, hatte sie unterwegs aufgelesen, ein Touristenpärchen in einem klapprigen VW-Bus von dort weiter nach Aix mitgenommen. Hier hatten sie einen Autoverleiher gefunden, der auch an einem verkaterten Sonntagmorgen seinen Geschäftssinn nicht verloren hatte, und einen Renault Clio gemietet.

Gaston zeigte sich überrascht, doch höchst erfreut über den unerwarteten Besuch. Da er keine neugierigen Fragen stellte, mußte ihm Bertrand auch nicht ihre schmutzigen und zerrissenen Kleider erklären. Er lud sie sofort zu einem ausgiebigen Frühstück auf der kleinen Terrasse hinten im Hof ein, um in aller Ruhe über vergangene Zeiten zu plaudern.

Sein Restaurant genoß im Umkreis von dreihundert Kilometern einen fabelhaften Ruf, das Hotel allerdings weniger. Die Zimmer waren abgewohnt und warteten seit Jahrzehnten auf eine Renovierung. Er besaß zuwenig Personal, und die Qualität war dementsprechend. Deshalb bestand der Großteil seiner Gäste aus jungen Briten, Holländern und Deutschen, die es genossen, bereits zum Frühstück im bunten Bikerdreß erscheinen zu können. Die Atmosphäre war locker und freundlich, und die Zimmer waren während der Saison fast immer ausgebucht.

Während sich Gaston mit Bertrand über das Geschäft unterhielt, telefonierte Danielle mit Alain.

Als Marc Vandelin die AFP-Meldung auf den Tisch bekam, zogen schwarze Schleier vor seinen Augen auf und begannen einen skurrilen Tanz. Die ganze Geschichte würde anders ausgehen, als Gitan es vorausgesagt hatte, sie standen vor einem Fiasko. Er sah bereits die Schlagzeilen: FINANZSTAATSSEKRETÄR IM DIENST DER UNTERWELT – VANDELIN VERHAFTET. Sein Magen begann sich zusammenzuziehen. ENGER VERTRAUTER DES PRÄSIDENTEN ZU MEHRJÄHRIGER HAFT VERURTEILT. AUFSTIEG UND FALL EINES POLITIKERS. Er rannte in die benachbarte Toilette, um sich zu übergeben. Anschließend putzte er seine Zähne und kehrte wieder an den Schreibtisch zurück, wo er sich zwei Pfefferminzbonbons in den Mund schob. Die Meldung lag noch immer da. Vandelin würgte erneut.

Er brauchte Hilfe. Armand Thessier vom *Figaro* kam ihm in den Sinn. Während er zum Hörer griff und sich mit der Rue du Louvre verbinden ließ, las er noch einmal die dürren Worte der

Meldung. Er mußte die weitere Berichterstattung der Presse in seinem Sinne beeinflussen. Wieder einmal.

Tourballes Leute waren überall, und der Flughafen von Nizza glich einer heimlich belagerten Festung. Die betont unauffälligen Männer sprachen selbstverständlich niemanden an und verlangten auch keine Ausweise, sie waren aber überall dort präsent, wo Menschen das Gelände verließen: An den offiziellen Ein- und Ausgängen, an den Türen in die Verwaltung und in die Betriebsräume, und an den Schleusen, die normalerweise nur hochrangigen Gästen zur Verfügung standen.

Er wollte nicht glauben, daß es der Fürst schaffte, sein Land in diesen Stunden im Stich zu lassen. Er würde zweifellos zurückkommen. Und genau darauf waren sie vorbereitet.

So aufmerksam Tourballes Männer auch Ausschau hielten, keiner von ihnen beachtete den mit einer Sabena-Maschine aus Brüssel eingeflogenen, bis zur Unkenntlichkeit bandagierten Schwerstkranken, der unter Aufsicht seines Arztes und zweier Pfleger auf einer Liege vorbeigeschoben wurde.

Die kleine Gruppe verließ den Flughafen durch eine Seitentür. Ein Ambulanzwagen des Princesse-Grace-Krankenhauses wartete bereits seit einigen Minuten. Am Steuer saßen Paul und Fabrice in weißen Sanitätsjacken.

Der Fürst brachte es tatsächlich nicht über sich, sein Land in diesen Stunden im Stich zu lassen. Deshalb hatte Alain seine unauffällige Rückkehr organisiert.

37

Der Ambulanzwagen fuhr zur Notaufnahme des Princesse-Grace-Krankenhauses in Monaco, wo der angebliche Patient ausgeladen wurde und zusammen mit seinen Begleitern in dem Gewirr unzähliger Gänge verschwand.

Eine Viertelstunde später verließen ein weißer Renault Vento und ein dunkelblauer Citroën, jeweils mit monegassischen Nummernschildern, die Tiefgarage und bogen in den Boulevard du Jardin Exotique ein. Ihr Ziel war eine der vier Villen, die zum Besitz des Fürsten gehörten. Das ›Le Rocher‹ diente gewöhnlich als Gästedomizil und hatte bereits den Prinzen von Wales beherbergt. Im Gegensatz zu dem riesigen Palast hatte das überschaubare Gebäude den unschätzbaren Vorteil, daß es nur wenig Personal erforderte und hervorragend abriegelbar war. Im betriebsamen Monaco, wo kein Mitglied des Fürstenhauses einen Schritt tun konnte, ohne von einigen Dutzend Passanten erkannt zu werden, ein ideales Versteck. Kein Mensch würde den Fürsten in seinem eigenen Gästehaus vermuten.

Alain erhielt den erlösenden Anruf kurz nach neun. Der erste Teil seines Planes hatte perfekt funktioniert. Nun kam es auf den zweiten Teil an. Nicht weniger als siebzehn Leibwächter hatten den Auftrag, das Gebäude Tag und Nacht unauffällig abzusichern und es im Ernstfall gegen jede Art von Angriff zu schützen. Alain hatte zu diesem Zweck auf seine eigenen Leute zurückgegriffen, da er nur ihnen bedingungslos vertraute. Die

68 Mann starke Truppe der Carabiniers nahm er von jeglichem Dienst aus, denn zweifellos waren Beobachter auf sie angesetzt, die aus jeder Veränderung im Wachbetrieb verräterische Schlüsse ziehen würden.

Rosbigalle lag in seinem Bett und dachte nach. Zuerst über Alfred, dann über Nicole. Er machte sich Vorwürfe. Natürlich war es völliger Unsinn gewesen, Paris zu verlassen und hierher zu fahren. Ein Mann seines Alters konnte dem Mädchen bei seinen Problemen ohnehin nicht helfen. Er saß hier nur nutzlos herum und machte Alfred und Florence eine Menge Umstände. Die beiden hatten andere Dinge zu tun, als sich um einen alten Mann zu kümmern.

Sonnenlicht schien durch die Lamellen der geschlossenen Fensterläden. Die Morgensonne Südfrankreichs. Seine Welt waren die Bibliotheken gewesen, die Vorlesungssäle, kleine Debattierzirkel, sein Schreibtisch, eine Welt der Gedanken, der Worte, der verräucherten Luft. Seine Besuche in den Tuilerien einmal ausgenommen, hatte er sich vor seiner Bekanntschaft mit Nicole kaum für etwas anderes interessiert als für seine Arbeit. Rückwirkend und aus verändertem Blickwinkel, erschien ihm diese Auffassung als ziemlich einseitig. Er hätte Möglichkeiten gehabt, vielversprechende Möglichkeiten. Sie waren ungenutzt verstrichen. Sein Leben für die Wissenschaft hatte unter einem grauen Schleier stattgefunden. Hier, in der farbigen Welt Südfrankreichs, wurde ihm dies erstmals bewußt.

Winzige Staubpartikel in der Luft tanzten durch die einfallenden Strahlenbündel. Die Fensterflügel waren nur angelehnt, die Luft roch frisch nach Blumen und nach harzigem Pinienholz. Er hörte Vogelstimmen. Vor seinem inneren Auge zog der große Park vorüber, die blumengeschmückte Pracht der Villa, der spektakuläre Blick auf das Meer. Das alles gehörte Alfred, jenem jungen Mann, der vor vielen Jahrzehnten in seinem Auftrag Vorlesungen gehalten hatte und in Hunderten von Büchern Material für seinen Chef sammeln mußte. Wie er selbst lebte und starb Alfred für die Nationalökonomie, betete Ludwig von Mises an, kannte jedes Wort von Walter Eucken und träumte von einer imaginären Begegnung mit Karl Popper, dem britischen Sozialphilosophen. Rosbigalle war nie zuvor einem Mann begegnet, der sich über die Jahrzehnte hinweg so intensiv mit einem Thema beschäftigte wie Alfred. Auch in dieser Hinsicht glichen sie einander.

Alfred hatte mit dem Wissen Erfolg, das er einst bei ihm erworben hatte. Gleiches konnte er leider nicht von allen seiner ehemaligen Studenten sagen. Schon gar nicht in diesem Maße. Er hatte allen etwas auf ihren Weg mitgegeben, doch die Art und Weise, wie sie es nutzten, jedem selbst überlassen. Was Rosbigalle allerdings weniger gefiel, war Alfreds eigenwillige Verknüpfung von Nationalökonomie und Philosophie. Viele seiner Aussagen mündeten nämlich darin, daß es der höchste Zweck des in die Praxis umgesetzten Wissens sei, möglichst viel Geld einzubringen. Menschen waren bei ihm nur Hilfsmittel, austauschbar und ohne inneren Wert.

Blinkende silberne Fischchen auf brauner Haut. Palmira. Der alte Mann schüttelte mißbilligend den Kopf. Ein Kind in den Kleidern einer Frau. Sie stand Alfred zu Diensten, wann immer er wollte. Trotz seiner Freundlichkeit hatte dieser Mann einen zweifelhaften Charakter. Rosbigalle wünschte sich, nie hierhergekommen zu sein.

Das Büro des Präsidenten der Crédit Méditerrané war so groß wie eine Turnhalle. Die Marmorsäulen, die Stuckdecke und das Eichenholzparkett mit den kunstvollen Einlegearbeiten stammten noch aus dem vorigen Jahrhundert, der gläserne Schreibtisch, die schwarze Sitzgarnitur und die übrigen Möbel von modernen Pariser Designern. Die von der Bank beauftragten Innenarchitekten hatten schnell gearbeitet, Valentin Pasternak fühlte sich wohl in seiner neuen Umgebung.

Mit verhaltenem Stolz berichtete er Lucien Galvois, dem mächtigen Patron der Banque de Parisienne, von dem für die Bank erfolgreichen gestrigen Nachmittag. Er saß in seinem funkelnagelneuen Lederdrehsessel, die Füße während des Telefonats hochgelegt. Sie standen auf gleicher Ebene, formal wenigstens, und Pasternak war der Ansicht, daß man dies seiner

Stimme durchaus anhören sollte. Nach dem glänzenden Einstand gab es nicht mehr viel, was hier schieflaufen konnte. Vielleicht saß er im nächsten Jahr bereits in dem Sessel seines Gesprächspartners in Paris. Gitan machte vieles möglich.

»Wir haben uns in allen Punkten geeinigt, und sobald die Verträge ausgefertigt vorliegen, können sie unterzeichnet werden«, erläuterte er und überflog noch einmal den handschriftlichen Vertragstext, der auf seinem übergeschlagenen rechten Oberschenkel lag.

»Und wie sieht es mit der Zustimmung des Staatsrates aus?« Galvois war ein nüchterner Mann, den nichts so schnell in Begeisterung versetzte. Ehe er die unterzeichneten Verträge nicht mit eigenen Augen sah, kam kein Lob über seine Lippen. Trotzdem konnte er sein Erstaunen über die rasche Einigung nicht verhehlen. Ein halbes Dutzend ausgefuchster Bankmanager bissen sich seit Jahren vergeblich die Zähne an diesem Geschäft aus, nur um von diesem jungen Mann unmittelbar nach dessen Eintreffen erbarmunglos deklassiert zu werden. Es würden in diesem Zusammenhang wohl noch einige Köpfe rollen, Galvois war für seine harte Hand im Umgang mit dem Personal bekannt.

»Liegt ebenfalls vor. Laborde und Sauvignet haben gute Vorarbeit geleistet. Angeblich hat der Fürst gestern noch kurz vor dem fürchterlichen Unglück zugestimmt. Bei dem augenblicklichen Durcheinander im Palast möchte ich allerdings noch etwas warten, ehe ich um die Papiere bitte, das könnte uns sonst nur falsch ausgelegt werden.«

»Natürlich.« Galvois' Stimme sank um eine Oktave. »Ich habe die Bilder von dem Unglück heute früh im Fernsehen gesehen.« In diesem Augenblick kam ihm eine – wie er fand – zündende Idee, und seine Stimmlage hob sich wieder. »Übrigens: Was halten Sie davon, ein Spendenkonto für die Opfer einzurichten? Wenn Sie meinem Büro die Nummer mitteilen, wird die erste Million von uns kommen. Angesichts unserer zukünftigen Rolle in Monaco ein durchaus angemessener Schritt, finden Sie nicht auch? Das verschafft uns eine Menge positiver Publizität.«

Dies klang nicht nach einem Vorschlag, sondern eher nach

einer zweifelsfreien Anweisung, Pasternak verhielt sich also entsprechend. »Eine wundervolle Idee, Lucien«, kommentierte er, ärgerlich, nicht selbst darauf gekommen zu sein. »Ich werde mich noch heute darum kümmern.« Natürlich war auch er hauptsächlich Bankier und weniger Menschenfreund, doch gute Werke wie dieses beeindruckten die Öffentlichkeit und sorgten für das Image eines edlen Wohltäters, etwas anderes zählte nicht. Außerdem kosteten sie nicht viel und ließen sich überdies von der Steuer absetzen.

Galvois verabschiedete sich von Pasternak mit der Einladung, ihn doch zur nächsten Verwaltungsratssitzung zu begleiten, um den dort versammelten Herren die wundervollen Neuigkeiten aus erster Hand mitzuteilen. Dieser ging nur allzugern auf das ehrenvolle Angebot ein, sah er damit doch den Chefsessel der Banque de Parisienne ein weiteres Stückchen näher rücken.

Der Norden von Marseille gehört nicht zu den Gegenden, die für ihre morgendliche Betriebsamkeit bekannt waren. So gab es demzufolge auch nur wenige Augenzeugen, die sich wundern konnten, als eine ganze Schar von Fahrzeugen das kleine Werkstattgebäude im Hinterhof einer längst stillgelegten Batteriefabrik anfuhr und abriegelte. Zwölf Mitglieder der Antiterroreinheit GIGN und zweiunddreißig Angehörige einer Spezialeinheit der Gendarmerie Nationale stürmten das von Henry Domingo gemietete Haus und nahmen Gitans völlig überraschten Terrorspezialisten ohne jeglichen Schußwechsel fest.

Das Touristenfoto, das Domingo mit dem handelsüblichen Modell einer japanischen Videokamera bei seinem Besuch in Monaco zeigte, war während der Nacht Millimeter für Millimeter untersucht worden. Dabei war der hauchdünne Draht entdeckt worden, der vom Griff der Kamera in Domingos Jackett führte und von dort wahrscheinlich zu einer auf Brust oder Rücken montierten Antenne. Auf dieses Gerät konzentrierte sich nun die Aufmerksamkeit der Kriminaltechniker.

Domingo hatte gerade in seinem ausgewaschenen Jogginganzug bei einem Teller Cornflakes in der Küche gesessen und das Frühstücksfernsehen über sich ergehen lassen, als die Tür aufsprang und er in die Mündungen von vier entsicherten Maschinenpistolen blickte. Dazu aufgefordert, langsam aufzustehen und sich mit dem Gesicht voran an die gekachelte Küchenwand zu stellen, blieb ihm angesichts der durchgeladenen Waffen keine andere Wahl. Obwohl aus seinem geheimen Dossier hervorging, daß er nicht gerade zu den mutigsten Männern dieser Welt zählte, hatte niemand mit diesem schnellen Sieg gerechnet.

Wie von Vivienne befohlen, zog er gleich darauf Jogging-Jacke und Unterhemd aus. Ihrer nächsten Anweisung kam er allerdings nur zähneknirschend nach, wußte er doch, daß sie illegal war. Trotzdem wagte er nicht zu widersprechen. So fielen auch Jogging-Hose und Unterhose, um an seinen Füßen hängenzubleiben. Ein beliebter Trick der Polizei, um eine überraschende Flucht zu verhindern.

Die Mündungen der Maschinenpistolen richteten sich weiterhin auf ihn, während Vivienne einen Teil der Sachen mit einem Tritt ihrer festen Lederstiefel zur Seite beförderte. »Die Handflächen der ausgestreckten Arme an die Wand«, befahl sie barsch. »Außerdem die Beine breit.«

Domingo befolgte alles, soweit sich die Textilien an seinen Füßen dehnen ließen.

Alle Anwesenden wußten von dem furchtbaren Verdacht, der auf diesem zitternden armseligen Burschen lag. So verzogen die meisten nur schadenfroh ihre Gesichter, als sie den Mörder von einundzwanzig Männern, Frauen und Kindern mit seinem nackten weißen Hinterteil und den schwabbeligen Ringen oberhalb der Hüften an den Fliesen lehnen sahen. Trotzdem beging keiner den Fehler, ihn zu unterschätzen. Ein winziger Augenblick der Unachtsamkeit konnte Leben kosten.

Mit einigen schnellen Griffen durchsuchte ein Gendarm in grauer Kampfuniform die heruntergelassenen Hosen. Er fischte nur einen Schlüsselbund aus der Tasche, den er Vivienne überreichte.

Während der nächsten Stunde wurden daraufhin Haus und die angrenzende Werkstatt, eine eingetragene elektrotechnische Fabrik mit nur einem einzigen Beschäftigten, bis in die letzte

Schublade durchsucht. Allerdings wurde weder in der Wohnung noch in der Werkstatt belastendes Material gefunden. Erst als Vivienne die Wände mit einem Metalldetektor untersuchen ließ, entdeckten sie die perfekt getarnte Tür, die in einen kleinen, mit hochmoderner Elektronik und allen für technische Basteleien notwendigen Gerätschaften ausgestatteten Raum führte. In einem besonders gesicherten Versteck fand sie hier anderthalb Kilogramm Plastiksprengstoff, der zur sofortigen Analyse ins Labor geschickt wurden. Da man auch die zu einer Fernsteuerung umgebaute Videokamera sicherstellen konnte, reichte die Beweislage für eine Anklageerhebung definitiv aus.

Für Domingo hielt dieser Tag noch eine weitere schmerzhafte Überraschung bereit. Als er nach Viviennes Aufforderung, sich von der Wand wegzudrehen, leichtsinnigerweise versuchte, seine Hosen hochzuziehen, trat die junge Kommissarin kurzerhand zu. Sein Aufschrei, als er auf die Fliesen stürzte, war im ganzen Haus zu hören.

Die Identifizierung der Toten bereitete erhebliche Schwierigkeiten, da die meisten von ihnen nicht aus Monaco stammten. Alain war auf die Hilfe der französischen Kollegen angewiesen, die über die aufgefundenen Autokennzeichen die entsprechenden Fahrzeughalter ermitteln konnten und damit einen Ansatzpunkt für weitere Nachforschungen lieferten. Eine spezielle Identifizierungsgruppe ermittelte daraufhin die Adressen von Verwandten oder Bekannten der Toten oder nicht ansprechbaren Schwerbrandverletzten. Ein ebenso mühevolles wie deprimierendes Unterfangen, für das ausschließlich psychologisch geschulte Spezialisten eingesetzt wurden.

Für die Ausstellung eines Totenscheins mußte die tatsächliche Identität zweifelsfrei festgestellt werden. Dazu wurden von allen namentlich ermittelten Opfern zahnärztliche Unterlagen oder alte Krankenhausberichte über genagelte Schienbeine und ähnliches angefordert und ausgewertet. Die Ermittlungsgruppe telefonierte mit Hunderten von Ärzten und Krankenhäusern in ganz Frankreich. Ein gigantisches Puzzlespiel, das über zwei Dutzend Leute rund um die Uhr auf Trab hielt.

Zu den bereits Identifizierten gehörten Charles d'Alba, der Privatsekretär des Fürsten, sein Fahrer und die beiden Leibwächter. Ebenso José Crochard, der Fahrer des Betonmischers, und die beiden Fahrer des Tankwagens. Gegen neun Uhr, siebzehn Stunden nach der Explosion, fehlten noch die Namen von zwölf Toten.

Obgleich Alain, trotz der bereits erfolgten Intervention des Fürsten, jeden Moment damit rechnen mußte, von seinem Posten abgelöst zu werden, arbeitete er weiter, als sei nichts gewesen. Eliane und seine leitenden Mitarbeiter ließen keine Sekunde lang den Eindruck entstehen, als hielte er nicht alle Fäden in der Hand. Guy Mace war im Haus zwar durchaus beliebt, doch lange nicht so sehr wie der ungestüme Alain. Er galt als guter Stellvertreter, aber nicht als Mann für die Spitze.

Die Pressekonferenz des Staatsministers war auf elf Uhr verschoben worden, bis zu diesem Zeitpunkt mußte ihm ein detaillierter Bericht über die bisherigen Ermittlungen der Polizei vorliegen. Alain hatte eigens vier Mitarbeiter beauftragt, sich darum zu kümmern. Vier Leute, die an anderer Stelle fehlten.

Die Gesichtsfarbe Alains hatte zwischenzeitlich einen ungesunden Grauton angenommen, und um seine Augen lagen dunkle Kreise der Müdigkeit. An Schlaf durfte er jedoch gar nicht denken. Es hatte Zeiten gegeben, da war er eine ganze Woche lang mit drei kurzen Nickerchen am Schreibtisch ausgekommen, und damals war es um weit weniger gegangen. Als Eliane in sein Büro trat, sah er nicht einmal auf.

»Zwei Journalisten möchten Sie sprechen«, kündigte sie an. Nach achtundvierzig Stunden im Büro wirkte auch sie ziemlich zerknittert für eine Frau, die monatlich fünfhundert Francs für Gesichtscreme und Make-up ausgab.

»Vertrösten Sie sie auf Labordes Pressekonferenz um elf«, gab er ungnädig zurück. Journalisten fehlten ihm gerade noch.

Eliane zuckte mit den Schultern und drehte sich um. »Es ist Jeanne von *nice-matin* und jemand vom *Figaro*.«

Auch wenn Alain an diesem Vormittag nicht die geringste Lust verspürte, sich den drängenden Fragen unverschämter Journalisten zu stellen, mußte er bei Jeanne eine Ausnahme machen. Dieser Frau schlug niemand etwas ab. Sie hatte sich oft genug als wertvolle Hilfe erwiesen, und angesichts der bevorstehenden Auseinandersetzung mit Laborde brauchte er mehr Unterstützung als je zuvor. »Lassen Sie die beiden herein«, wies er Eliane also an und sah auf die Uhr. Es war kurz nach zehn.

Jeanne und Charles trafen auf einen übermüdeten jungen Mann in zerknittertem Hemd und ohne Krawatte. Unter der Decke hingen noch die Rauchschwaden der nächtlichen Besprechungen, und Eliane war noch nicht dazu gekommen, die überquellenden Aschenbecher auszuleeren.

Alain und Jeanne begrüßten sich herzlich mit einem angedeuteten Kuß auf die Wange. Sie stellte Charles vor, und die beiden Männer schüttelten sich die Hände. Daraufhin unterhielten sie sich kurz über die Meldungen der Nachrichtenagenturen, bis Eliane mit einer Kanne Kaffee hereinkam.

Als sich die Tür hinter ihr wieder geschlossen hatte, konnte Jeanne ihre Neugierde nicht länger zurückhalten. »Stimmen die Gerüchte, die überall herumgeistern? Will Ihnen Laborde tatsächlich die gesamte Verantwortung in die Schuhe schieben?«

Alain atmete tief durch. Das war er von Jeanne gewohnt, keine unnötigen Vorreden. Er schenkte drei Tassen Kaffee ein und schob zwei davon in Richtung der beiden Journalisten. So verschaffte er sich Zeit zum Nachdenken. »Er ist der Meinung, es läge im Interesse der Hinterbliebenen, so schnell wie möglich einen Schuldigen für die gestrige Katastrophe zu benennen«, antwortete er schließlich. »Ich für meinen Teil würde es vorziehen, vor einer Schuldzuweisung die Beweisaufnahme abzuschließen. Es ist eine Frage der Reihenfolge, verstehen Sie?«

»Es soll bereits Festnahmen gegeben haben.« Auch dieses Gerücht war Jeanne zu Ohren gekommen. »Heute früh in Marseille.«

»Eine«, nickte Alain. »Henry Domingo, ein Mafia-Spezialist für Elektronik und Sprengstoff.« Er hob die Hand. »Schreiben Sie darüber im Augenblick aber bitte nichts, wir sind nämlich mit unserer Arbeit noch nicht ganz fertig.«

Jeanne nickte. Eine Übereinkunft, wie es alle Tage vorkam. Dann stand es eben übermorgen in der Zeitung. Oder am Tag darauf. Wichtig war nur, daß sie es als erste schrieb. Information gegen Vertrauen. »Wird er reden?«

Alain schüttelte den Kopf. »Keine Chance. Niemand, der in der Mafia eine gewisse Ebene erreicht hat, würde je mit uns kooperieren. Wir kennen die Verantwortlichen für diese Bluttat, können ihnen aber leider nichts beweisen. Höchst deprimierend, angesichts der vielen Toten.«

»Es handelt sich demnach also um keinen Unfall?« Während Jeanne ihren Kaffee trank, ließ sie kein Auge von Alain.

Dieser zögerte nicht eine Sekunde. »Ganz recht«, nickte er. »Sie haben verdammt gut recherchiert, meine Liebe, alle Hochachtung!«

Für Lob war Jeanne immer empfänglich. »Und wer steckt dahinter?« Gespannt stellte sie ihre Tasse ab. »Natürlich Gitan.«

Alain beugte sich über seinen Schreibtisch. »Jeanne, Sie wissen ebensogut wie ich, wer hier an der Küste die Fäden zieht. Glauben Sie, daß ein Anschlag von dieser Dimension ohne sein Wissen geschehen konnte?«

»Offen gestanden, nein!«

»Ich auch nicht.« Er lehnte sich wieder in seinen Stuhl zurück.

»Warum wurde das Versteckspiel mit dem Fürsten inszeniert?« Charles besaß nicht Jeannes Charme, seine direkte Art wirkte eine Spur zu aufdringlich. »Und wo befindet er sich im Augenblick? In Paris?«

Alain zeigte sich augenblicklich von seiner unzugänglichen Seite. »Das Leben seiner Durchlaucht wurde durch ein routinemäßiges Täuschungsmanöver gerettet«, wich er aus. »Ein glücklicher Zufall. Haben Sie bitte Verständnis, wenn ich aus Sicherheitsgründen momentan nichts darüber sagen kann. Auch sein derzeitiger Aufenthaltsort muß geheim bleiben.«

»In dem Wagen saß also ein Double?«

»Nicht direkt ein Double, sein Privatsekretär. Ein Angestellter, der seiner Durchlaucht aus einer gewissen Distanz und hinter getönten Autoscheiben zum Verwechseln ähnlich sah.«

»Gab es einen konkreten Anlaß zur Sorge um das Leben des Fürsten?«

»Wir müssen ständig vorsichtig sein.«

Jetzt griff Jeanne wieder ein. »Aber warum stieg der Fürst unmittelbar nach dem Anschlag in ein Flugzeug mit unbekanntem Ziel? Wäre es in seiner Position nicht angebracht, im Land zu bleiben, um den Verletzten und Hinterbliebenen Trost zu spenden? Vermutlich bringen sehr viele Menschen für diese Haltung nicht unbedingt Verständnis auf. Er ist immerhin der Landesvater und ansonsten bei jeder Kleinigkeit präsent.«

Glücklicherweise klingelte in diesem Augenblick das Telefon, und Alain blieb eine Antwort auf diese unangenehme Frage erspart. Dr. Sourcouf war es gelungen, Madame Gisèlles Datei zu öffnen. Alain mußte das Gespräch mit den beiden Journalisten abbrechen.

38

Dem simplen Computer auf dem Schreibtisch von Dr. Sourcouf war von außen nicht anzusehen, daß er in Sekunden auf die leistungsfähigsten Rechnersysteme dieser Welt zugreifen konnte. Die monegassische Polizei war zwar nicht besonders zahlreich, besaß aber ausgezeichnete Verbindungen zu den Behörden in den USA, Großbritannien und der Schweiz. Außerdem zu den verschiedenen französischen Sicherheitsdiensten.

Dr. Sourcouf klickte mit der Maus verschiedene Felder an und arbeitete sich durch sein Programm, um an die gewünschte Liste zu gelangen. »Unser Problem bestand darin, daß wir nicht wußten, ob alle Zeichen beim Kopieren der Daten korrekt überspielt wurden«, erläuterte er. »Es besteht nämlich die Möglichkeit, ein Programm so zu konfigurieren, daß es sich bei einem nichtautorisierten Zugriff selbst zerstört und nur Zahlenmüll kopiert wird. Falls es keine Kopie dieser Datei gibt, ist sie dadurch unwiderbringlich verloren.« Er zeigte seine gelben Zähne. »Da ich diese Möglichkeit durch einige Tests glücklicherweise ausschließen konnte, konzentrierten wir uns auf die Entschlüsselung des Codes. Geholfen haben uns dabei einige Kollegen aus der Cryptographic Equipment Division des amerikanischen Aufklärungsdienstes NSA und unsere Freunde vom DGSE in Noisy-le Sec. Dort sind sämtliche Dechiffrierungsprogramme abgespeichert, die je in diesem Land aufgetaucht sind und entziffert wurden.« Auf dem Bildschirm erschien eine Maske aus ineinander verschlungenen violetten Symbolen, die sich um das Wort ›Baccara‹ gruppierten.

»Die technischen Details überspringe ich am besten, deshalb nur soviel: Normalerweise werden chiffrierte Programme zum Entziffern in kleinere Abschnitte unterteilt, bevor ein simples Programm feststellt, wie oft welche Zeichen verwendet worden sind. Durch statistische Mittelwerte, wie oft die einzelnen Buchstaben des Alphabets ungefähr vorkommen, genügt anschließend ein entsprechender Vergleich.«

»Wenn Sie so beginnen, war es sicher kein Programm der einfachen Art«, drängte Alain. Er war gespannt, ob er tatsächlich auf Labordes Namen stoßen würde und damit auf den Beweis für seinen Kontakt zu der ermordeten Claire Besse.

Dr. Sourcouf nickte. »Es war tatsächlich nicht ganz so unproblematisch. Chiffrierverfahren sind so alt wie die Mathematik selbst, und durch die modernen Rechner haben sich die Möglichkeiten drastisch vermehrt. Praktisch jeder, der ein wenig Ahnung davon hat, kann heute mit einem normalen Personalcomputer ein Programm erstellen, für dessen Entschlüsselung das Zigtausendfache an Rechnerkapazität notwendig ist.«

»Und wie geht das vor sich?«

»Dafür gibt es mehrere Möglichkeiten. Die meisten basieren auf der Multiplizierung zweier Primzahlen von über hundert Stellen. Nach einigen weiteren Tricks erhält man daraus Zahlen, deren Ausgangswerte nur sehr aufwendig rekonstruiert werden können. Nun braucht der zu verschlüsselnde Text nur noch in Pakete zu jeweils zehn Zeichen unterteilt und einer nach diesem Muster ermittelten Nummer zugeordnet werden. Der unautorisierte Leser steht dann vor einem Wust von bloßen Zahlen.«

»Ich kann mir kaum vorstellen, daß sich die Leiterin einer Escortagentur täglich einer derart aufwendigen Prozedur unterzieht, nur um die Namen ihrer Kunden zu schützen«, zweifelte Alain.

Dr. Sourcouf schüttelte den Kopf. »Diese Art von Verschlüsselung klingt zwar sehr umständlich, sie ist es aber nicht. Der Code befindet sich auf einer separaten Diskette und läuft einfach über den zu verschlüsselnden Text. Alle nicht verschlüsselten Zeichen werden anschließend vom Datenträger gelöscht und mit Datenmüll überschrieben, damit sie später nicht durch elektronische Suchprogramme wieder reaktiviert werden können.« Er blätterte die Datei Seite für Seite durch, die Namen und Daten waren in Klarschrift angezeigt. »Jedenfalls haben uns die Kollegen in Noisy-le Sec und Fort Meade sehr geholfen. Für diese Datei, die mit der 64-bit-Technik und einem Falltüralgorithmus verschlüsselt wurde, hätten wir mit unseren Rechnern theoretisch rund sechstausend Jahre gebraucht, während der Cray-Supercomputer in Fort Meade bereits nach zehn Minuten fertig war.«

Er stand auf, und Alain setzte sich, um weiter in der Liste zu blättern. Sie war alphabetisch angelegt. Neben unzähligen Lokalgrößen wie dem Bürgermeister von Nizza und dem Polizeipräfekten des Départements Var fand er auch den Namen des monegassischen Staatsministers. In der Spalte daneben stand der Name von Claire Besse, ganz rechts außen waren vierunddreißig wahrgenommene Termine vermerkt. Damit hatte er ihn endlich.

Der Vormittag dieses Sonntags stand ganz im Zeichen der Festveranstaltung, die das hundertjährige Bestehen der Banque de Picardie gebührend feiern sollte. Das großzügige Glasfoyer, das in die Pariser Zentrale des Geldhauses führte, war mit langen Reihen schwarzer Stühle ausgestattet worden, auf denen die gesamte französische Wirtschafts- und Finanzelite saß. Die Begrüßung durch den Präsidenten der Bank eröffnete das Programm, es folgte ein kurzer Überblick zur Geschichte des Instituts, vorgetragen von einem renommierten Professor der Sorbonne, anschließend kam eine Kammermusik, gespielt von einem Streichorchester in historischen Kostümen. Der Höhepunkt der Veranstaltung bestand schließlich im Festvortrag des Finanzministers, gefolgt von einem üppigen Buffet.

Vandelin nutzte Gelegenheiten wie diese mit Vorliebe zur Kontaktpflege und ließ sich deshalb nur sehr selten entschuldigen. Auch heute schlenderte er wieder in demonstrativer Gelassenheit durch die Reihen, schüttelte einige hundert Hände, lächelte in Kameras und gab launige Kommentare von sich, ganz eingehüllt in seine selbstgeschaffene Aura staatsmännischen Auftretens. Er machte einen guten Eindruck, der Staatssekretär für Finanzen, auch wenn er vor Nervosität kaum noch sitzen konnte.

Die beunruhigenden Nachrichten aus Monaco zehrten heftig an seinen Nerven. Und da er im allgemeinen ein sehr gut ausgeprägtes Gespür für nahende Katastrophen besaß, ahnte er, daß ihm nicht mehr viel Zeit blieb, um seine Karriere zu retten. Die heutige Veranstaltung kam ihm daher gerade recht, um einige harmlose Erklärungen unter die Leute zu streuen und Verantwortung abzuschieben. Er suchte die Nähe zu Vertretern der Presse und gab jedem Journalisten, den er persönlich kannte, die Hand. Die Burschen liebten ihn, schließlich gab sich keiner aus der Schar der Spitzenpolitiker so leutselig wie er. Sie würden lange zögern, ehe sie ihn abschossen, davon war Vandelin überzeugt.

Im Vergleich zu seinem Staatssekretär wirkte Antoine Fortune deutlich blasser. Ihm fehlten dessen Schlagfertigkeit und sein Witz, außerdem verstand er es nicht, mit den Vertretern der Medien zu spielen, sie zu benutzen. Vandelin hatte daher wenig Skrupel, seinen Minister als Schutzschild zu mißbrauchen und ihn gleichsam vor sich durchs Feuer zu treiben. Überleben konnte nur einer von ihnen, und Vandelin war sich ziemlich sicher, daß Fortune nicht derjenige sein würde.

Die beiden Politiker standen unweit des Buffets und warteten, bis sich der heftigste Ansturm ein wenig gelegt hatte. Es hinterließ keinen guten Eindruck, zu den ersten zu gehören, die sich halbverhungert die Bäuche vollschlugen. Armand Thessier schlenderte heran, mit einem Champagnerglas in der Rechten.

Vandelin setzte ein breites Lächeln auf. »Läßt sich der Chefredakteur des *Figaro* jetzt schon dazu herab, Festakte zu besuchen? Und dann noch in der Nähe des Buffets? Wo bleibt da die journalistische Unabhängigkeit?« scherzte er.

Sie schüttelten sich die Hände, und Thessier machte einige anzügliche Bemerkungen über Politiker im allgemeinen und über die anwesenden hungrigen Mäuler im besonderen. Ein freundlicher Schlagabtausch, bei dem niemand dem anderen weh tun wollte.

»Mich würde wirklich interessieren, über welches Thema Sie sich gerade unterhalten haben?« erkundigte sich Thessier und nippte an seinem Champagner. Gleichzeitig vermied er, einen seiner beiden Gesprächspartner direkt anzusehen. Er gehörte nicht zu jener Sorte Journalisten, die sich, mangels ausreichender Bezahlung, hauptsächlich von derartigen Einladungen ernährten. Meistens begnügte er sich mit ein, zwei Gläsern Wein oder Champagner und beschränkte sich ansonsten auf das Beobachten. »Sie haben so angeregt miteinander diskutiert, daß ich es zunächst gar nicht wagte, näher zu treten.«

»Sie kommen mir vor wie ein hungriges Raubtier, das auf seine tägliche Ration Fleisch wartet«, lästerte Fortune scherzhaft. »Ganz gleich was es gibt, Hauptsache frisch und in ausreichender Menge, habe ich recht?« Die Männer lachten.

»Große Gebisse wollen in regelmäßigen Abständen etwas zu kauen haben«, nickte Thessier ernsthaft.

»Bemühen wir uns denn nicht ausreichend, den gefräßigen Pressetiger anständig zu füttern?« erkundigte sich Vandelin betont mitfühlend.

»Haben Sie sich auch nur ein einziges Mal in das Fell eines dieser Raubtiere versetzt, wenn es nach einem wütenden Anruf des Ministers beim Herausgeber antreten mußte, um sich seine Zähne herausbrechen zu lassen? Sie glauben gar nicht, wie wenig raubtierhaft man sich in diesen Momenten fühlt.« Thessier nahm einem vorbeieilenden livrierten Kellner zwei Champagnerkelche ab und reichte sie seinen Gesprächspartnern. »Die wahren Raubtiere befinden sich nach meiner Auffassung eher in der Politik, meine Herren, denn dort zerfetzen sie einander, ohne sich von dem gerissenen Fleisch ernähren zu müssen. Eine völlige Vergeudung von Ressourcen, wie ich finde. Wir Journalisten jagen nur, wenn wir hungrig sind und unsere Geldgeber befriedigen müssen. Dabei weiden wir allerdings jedes Opfer so gründlich aus, daß kaum Haut und Knochen übrigbleiben, wenn wir mit ihm fertig sind. In meinen Augen ist das viel ökonomischer.«

Die Männer lachten wieder und nippten an ihren Gläsern.

Da Vandelin heute wenig daran interessiert war, sich lediglich in Gemeinplätzen zu ergehen und Champagner zu trinken, lenkte er das Gespräch vorsichtig in ernsthafte Bahnen zurück und erwähnte seinen letzten Redaktionsbesuch. Dabei betonte er noch einmal, daß er eine unheilvolle Entwicklung auf dem Finanzmarkt erwartete, eine Entwicklung, gegen die sie im Augenblick nicht gewappnet waren. Mit einem winzigen kalkulierten Lächeln schrieb er bei dieser Gelegenheit die verdienstvolle frühzeitige Entdeckung dieses Phänomens dem überraschten Fortune zu.

Vandelin kannte seinen Minister gut genug, um zu wissen, daß dieser niemals widersprach, wenn ihm jemand etwas Positives nachsagte. Seine Eitelkeit erlaubte es einfach nicht, in derartigen Momenten kritisch zu bleiben. Schmeichelte man ihm wegen einer großartigen, lang zurückliegenden Aussage, so zögerte er nur selten, mit einem bescheidenen Lächeln dafür zu danken. Für Vandelins Absichten ein geradezu idealer Charakterzug.

Obgleich der Minister nicht die geringste Ahnung hatte, worauf sein Staatssekretär anspielte, reagierte er wie gewünscht und winkte geschmeichelt ab.

Thessier zeigte sich von dieser Neuigkeit naturgemäß äußerst überrascht und begann, eine Vielzahl von Fragen zu stellen.

Fortune starrte dabei nachdenklich auf sein Glas und übte sich in der Kunst des Ausweichens. Gleichzeitig ärgerte er sich über Vandelin. War es denn unbedingt notwendig gewesen, das Gespräch in eine derartige Richtung zu lenken? Warum ließ er ihn hier Erklärungen zu Themen abgeben, von denen er nicht die geringste Ahnung besaß? Er verstrickte sich prompt in einem Netz von widersprüchlichen Aussagen, so daß Vandelin ihn schleunigst befreien mußte. So kamen sie wie von selbst auf die geplante Erweiterung des Geldhandels und des von Paris geförderten Finanzplatzes Monaco zu sprechen. Und genau darauf wollte Vandelin hinaus.

»Ich bin dafür, daß wir unserer Wirtschaft neue Impulse geben, damit sich das Marktgeschehen nachhaltig stärkt«, dozierte Fortune, jetzt deutlich erleichtert. Da ihm niemand sagte, auf welch heißem Boden er sich bewegte, wirkte er ehrlich und überzeugend. »Im Augenblick diskutieren wir verschiedene Optionen mit diesem Ziel, ohne allerdings eine besonders zu bevorzugen. So halte ich es beispielsweise durchaus für interessant, die Unabhängigkeit Monacos zu nutzen. Doch wie gesagt, das ist nur eine der vielen Ideen, die augenblicklich in meinem Hause diskutiert werden.«

Vandelin nickte befriedigt. Damit hatte Fortune dieses heikle Thema unwiderruflich an sich gezogen. Falls sich die Ereignisse in Monaco zuspitzten, mußte er die unangenehmen Folgen tragen. Vandelin war dies egal. Wichtig war nur, daß man ihm seit heute nichts mehr vorwerfen konnte.

Laborde fühlte sich nicht besonders wohl in seiner Haut. Im Vertrauen auf die Präzision und das Geschick von Tourballes Leuten hatte er dem Ablauf bereits ein wenig vorgegriffen und verschiedene Entscheidungen getroffen, mit denen er besser gewartet hätte, bis die verbrannte Leiche des Fürsten in der Gruft der Kathedrale verschwunden war. Daß sich auch Sauvignet und Pasternak geeinigt hatten und überdies die Einwilligung von Staats- und Thronrat zu den anstehenden Veräußerungen vorlag, besorgte ihn mehr, als daß es ihn zufriedenstellte. Er hatte die wirtschaftlichen Kronjuwelen des Landes ohne das Wissen des Fürsten versetzt, und wenn dieser nun davon erfuhr, kam es unweigerlich zur Katastrophe.

Die Zimmer waren einfach, aber sauber und die Betten weich und groß. Drei Einzelzimmer, jeweils mit einer kleinen Duschkabine.

Nach dem Frühstück ging Nicole zuerst unter die Dusche und versuchte anschließend, einige Stunden Schlaf nachzuholen. Es wollte ihr jedoch nicht gelingen, denn obwohl sie todmüde war, wurde sie die Bilder des ungebremst die steile Bergstrecke dahinrasenden Wagens nicht los. Das helle Kreischen von Blech hallte fast noch lauter in ihren Ohren als vor Stunden in der Realität, und auch die Erschütterungen des schleudernden Wagens spürte sie scheinbar noch stärker.

Als sie nach etwa einer halben Stunde wieder aufstand, war sie schweißgebadet. Das alte Gebäude hatte keine Klimaanlage, daher heizten sich die Zimmer trotz der geschlossenen hölzernen Fensterläden schnell auf, und es herrschte tagsüber eine drückende Schwüle in ihnen. Nicole hatte das Gefühl, ersticken zu müssen. Sie mußte hinaus an die frische Luft. Gern schlüpfte sie nicht wieder in ihr schmutziges und zerissenes Kleid, doch da sich ihr Gepäck zu einem Teil in Nizza und zu einem weiteren Teil in Bonnieux befand, blieb ihr kaum etwas anderes übrig.

Das Hotel lag in einer schmalen Straße im nördlichen Teil von St. Tropez, in der aufgrund der vielen abgestellten Autos, Motorroller und aufgeschichteten Obstkisten kaum noch ein Durchkommen war. Nicole sprang über beängstigend große Löcher im Asphalt und irrte durch ein unübersichtliches Gassenlabyrinth, ehe sie in eine Gegend kam, in der weniger Abfall auf den Gehsteigen lag. Dafür wurde das Gedränge immer dichter. Sie kämpfte sich vor bis zum Quai Suffren, wo Maler und Bilderverkäufer ihre Kunstwerke unter bunten Sonnenschirmen ausstellten und zum Kauf anboten. Gegenüber, in den weltberühmten Cafés, tranken bronzefarbene junge Frauen mit reichlich Silikon unter den knappen Tops eiskalte Cocktails und genossen die bewundernden Blicke der Passanten.

Nicole ließ sich an ihnen vorbeitreiben, eingekeilt zwischen Touristen aus aller Herren Länder. Ein dunkelhäutiger alter Maler, der auf einem kalten Pfeifenstiel herumkaute, faßte ihre Hand und versuchte, sie auf seinen Stuhl zu ziehen. Eine unmißverständliche Aufforderung, der sie sich unwillig entzog. Im Augenblick haßte sie jeden Zwang, der auf sie ausgeübt wurde.

Als sie an einer Telefonzelle vorbeikam, fiel ihr der Professor ein. Wenn sie ihn nicht anrief und von der erneuten Flucht berichtete, würde er sich am Nachmittag auf den Weg nach Bonnieux machen. Sie trat also kurz entschlossen in die Zelle und zog eine Telefonkarte aus ihrer Handtasche, die neben dem Kleid und den Schuhen mittlerweile ihr einziger verbliebener Besitz war, und tippte Alfreds Nummer ein. Als sich eine weibliche Hausangestellte meldete, fragte Nicole nach Rosbigalle, eine Minute später hatte sie ihn am Apparat. Hörbar erfreut.

Seine gute Laune verschwand allerdings schnell, als er von den Ereignissen der Nacht erfuhr. »Es ist ja wie ein böser Traum«, krächzte er erschüttert. »Überall lauern Menschen, die Sie umbringen wollen. Was steckt nur dahinter? Warum dieser Haß, mit dem man Sie verfolgt?«

»Weil ich weiß, daß Eric mit diesen Leuten zusammenarbeitet«, antwortete Nicole, nun endgültig mit ihren Nerven am Ende. Es tat gut, mit jemandem reden zu können, der so fassungslos vor den Ereignissen stand wie sie selbst. »Was ich aber nicht begreife ist, wie mir diese Leute ständig auf den Fersen bleiben können! Sie wissen einfach alles und kennen jeden Schritt, den ich mache. Beinahe, als ob sie meine Gedanken lesen würden.« Sie lachte bitter auf. »Vermutlich macht es nicht viel Sinn, ihnen ständig davonzulaufen, irgendwann erwischen sie mich ja doch.«

»Nicole, bitte, Sie dürfen jetzt nicht verzweifeln!« Rosbigalles Stimme klang plötzlich fest und sicher. Die jahrzehntelangen Auseinandersetzungen mit aufsässigen Studenten waren nicht spurlos an ihm vorübergegangen. Er wußte, wie man mit Menschen umging, die sich in Schwierigkeiten befanden, und konnte sich einigermaßen in sie hineinversetzen. Nicole durfte nicht resignieren und sich ihrem Selbstmitleid hingeben, sie mußte wieder Selbstvertrauen und Lebensmut fassen. »Ich gebe gern zu, daß es Situationen im Leben gibt, vor denen man kapitulieren möchte, weil sie unlösbar erscheinen«, fuhr er eindringlich fort. »Es ist eine bequeme Flucht, doch sie kann Sie das Leben kosten, Nicole, vergessen Sie diese Konsequenz bitte nicht.«

Er erhielt nur ein heftiges Atmen als Antwort.

»Sie müssen Ihren Lebensmut bewahren, Nicole!« beschwor er sie mit eindringlicher Stimme. »Wenn Sie jetzt resignieren, handeln Sie genau so, wie es Ihre Gegner erwarten. Sie haben Freunde, die alles tun, um Ihnen zu helfen. Geben Sie ihnen eine Chance. Sie müssen sich auf sie verlassen und dürfen ihre bisherigen Bemühungen nicht sinnlos machen.« Er hielt abermals inne und wartete auf ihre Reaktion.

»Bertrand und Danielle sind durch mich in diese Geschichte

hineingezogen worden«, widersprach Nicole düster. »Jeder Augenblick, den ich in ihrer Nähe verbringe, kann sie das Leben kosten. Woher nehme ich eigentlich das Recht, sie noch länger zu gefährden?« Ihre Stimme brach nach dem letzten Wort ab.

Rosbigalle redete lange auf sie ein. Er kritisierte, machte Mut, lobte sie. Zuletzt erkundigte er sich nach dem Namen und der Adresse ihres Hotels und versprach, sie noch heute dort zu besuchen. Er wollte immer da sein, wenn sie ihn brauchte.

Als Nicole den Hörer auflegte, war sie längst nicht mehr so deprimiert wie zuvor. Wenn sie jetzt ins Hotel zurückging, konnte sie möglicherweise einige Stunden schlafen.

39

Laborde reichte Alain nicht einmal mehr die Hand. Mit eisigem Gesicht deutete er stumm auf den Sessel, der seinem Schreibtisch gegenüberstand. Es würde nicht allein um die Übergabe des Untersuchungsberichtes gehen, sondern um seine Entlassung.

Als Laborde die letzte Seite überflogen hatte, räusperte er sich. »Äußerst unbefriedigend, Alain, es tut mir wirklich leid.« Er warf die Blätter auf den Schreibtisch und schob den Unterkiefer angriffslustig nach vorn. »Eigentlich ging ich davon aus, daß wir uns bei unserem letzten Gespräch darauf verständigt hatten, dieses furchtbare Unglück aufzuklären, anstatt wirre Anschuldigungen gegen die Mafia und angebliche Hintermänner aufzustellen. Das sind infantile Spielereien, Alain, die wir uns im Augenblick nicht leisten können. Ein Mann, der seine Aufgabe so wahrnimmt wie Sie derzeit, steht am falschen Platz.« Er schüttelte voll gespielter Enttäuschung den Kopf. »So leid es mir tut, Alain, aber Sie sind mit sofortiger Wirkung von Ihren Pflichten entbunden. Sie kehren umgehend in Ihr Büro zurück und räumen Ihren Schreibtisch, Guy Mace wird Ihre Aufgaben übernehmen.« Ein zuckender Muskel auf der rechten Wange verriet seine innere Anspannung.

»Dagegen protestiere ich ganz entschieden!« antwortete Alain, seinen aufsteigenden Ärger nur mühsam unterdrückend.

Laborde verengte seine Augen zu schmalen Schlitzen. »Ich verbitte mir jede Kritik an meinen Entscheidungen«, zischte er ihn haßerfüllt an. »Nach meiner Einschätzung tragen Sie die Verantwortung für das gestrige Geschehen und den Tod von einundzwanzig Menschen. Ich will nicht, daß Sie Zeit und Gelegenheit bekommen, die Spuren Ihrer Fehler zu vertuschen. Sehen Sie also zu, daß Sie mir nie wieder unter die Augen treten. Ich will nicht ständig daran erinnert werden, daß ich mit meiner übermäßigen Nachsicht Ihnen gegenüber nun sogar eine Mitverantwortung für den gestrigen Tag tragen muß.«

Alain blieb angesichts dieser Frechheit für einen Moment die Luft weg. Zu welchen Ungeheuerlichkeiten war dieser Mann eigentlich fähig? Er ballte seine Hände zu Fäusten. Mit diesen Worten hatte er sich endgültig demaskiert. Alain sprang auf und beugte sich weit über den Schreibtisch, um dem Staatsminister seine ganze Verachtung entgegenzuschleudern. »Sie werden Ihrem Schicksal nicht entgehen, Laborde, das schwöre ich Ihnen. Ich habe Ihr verdammtes Spiel durchschaut. Sie stehen auf Gitans Soldliste, Sie verfluchter Verräter. Aber verlassen Sie sich darauf, ich kriege Sie. Ihr Kopf gehört ganz allein mir. Es kann Stunden dauern, Tage oder gar Jahre, aber irgendwann habe ich Sie. Dann ist Zahltag, Laborde.« Er richtete sich schwer atmend auf und ging zur Tür. Dort drehte er sich noch einmal kurz um. »Übrigens, sagt Ihnen der Name Claire Besse etwas? Ah, Sie erschrecken. Eine Nutte und der Staatsminister, das paßt zusammen, nicht wahr? Bleiben Sie sitzen, Laborde, ich weiß mehr über Sie, als Sie denken, und ich werde dafür sorgen, daß es alle Welt erfährt.« Gleich darauf warf er die Tür mit einem lauten Knall hinter sich zu.

Laborde brauchte einige Minuten, um seinen irrsinnigen Haß auf Alain wieder in den Griff zu bekommen. Diese letzte Frechheit ging zu weit. Wenn Alain von seiner Beziehung zu Claire wußte, kannte er auch die näheren Umstände der Episode vor dem Negresco. Er mußte Gitan darüber informieren.

Doch zuerst wartete die Pressekonferenz auf ihn, und Laborde erhob sich, um pünktlich in den großen Konferenzsaal zu kommen, in dem ihn bereits ein wildes Durcheinander erwartete. Der große Tisch mit den bequemen Ledersesseln, das

Herzstück dieses historisch eingerichteten Raumes, war im Laufe des Vormittags gegen lange Reihen unbequemer Aluminiumstühle ausgetauscht worden. Einige der wuchtigen Sessel standen jetzt hinter einem kleineren Tisch an der Stirnseite des Raumes, den zwei Dutzend Mikrophone bedeckten.

Aus Platzmangel waren lediglich einhundert Journalisten zugelassen worden, die vierfache Menge hoffte draußen auf der Place de la Visitation, daß ihnen die Kollegen anschließend einige Informationsbrocken zukommen ließen. Die Anwesenden waren von der Informationsbehörde des Fürstentums sorgfältig ausgewählt worden. Es befanden sich darunter die Vertreter internationaler Presseagenturen, großer Fernsehsender und landesweit erscheinender Blätter. Für Journalisten aus dem Ausland stand ein Kontingent von fünfundzwanzig Sitzen zur Verfügung, in erster Linie den großen Fernsehgesellschaften zugeteilt.

Trotz des strikten Rauchverbots lag dichter Qualm über den Köpfen der Anwesenden. Nach einer mehr als einstündigen Wartezeit befand sich die Spannung längst auf einem Siedepunkt, der Staatsminister würde keinen leichten Stand haben.

Während er zu seinem Platz ging, prasselte ein Blitzlichtgewitter auf ihn herab, die Objektive der Fernsehkameras begannen zu surren, und das halblaute Murmeln aus einhundert Kehlen schwoll zu einem infernalischen Getöse an. Laborde nahm Platz, scheinbar unbeeindruckt von dem Geschehen, und legte seine rote Ledermappe mit dem vorbereiteten Statement vor sich ab. Im Sessel rechts neben ihm saß Patrice Vauban, Leiter der staatlichen Informationsbehörde des Fürstentums, im linken Guy Mace, der neue Polizeichef.

Patrice Vauban eröffnete die Pressekonferenz mit einigen kurzen Begrüßungsworten, wies noch einmal auf das Rauchverbot hin und übergab dann das Wort an Laborde.

Dieser blätterte zunächst einige Augenblicke demonstrativ in seinen Unterlagen, ehe er den Blick hob und über die Mikrophone hinweg in die versammelte Runde der Journalisten sah. Er sah blendend aus in seinem schwarzen Dreiteiler, dem maßgeschneiderten Hemd und der schwarzen Krawatte. Seine Haare waren sorgfältig frisiert, der Bart perfekt gestylt. Hinzu kamen seine gemessenen Bewegungen, der prüfende Blick über den oberen Rand seiner Halbbrille hinweg, der angenehme Tonfall seiner kultivierten Stimme. Niemand in diesem Raum wäre auch nur im entferntesten auf den Gedanken gekommen, sich diesen Mann in Handschellen vorzustellen, vor den Schranken eines Gerichtshofes.

Er begann seine Ausführungen mit einer nüchternen Schilderung der gestrigen Ereignisse. Nichts Neues für die anwesenden Journalisten, die in der Nacht kaum untätig gewesen waren und mehr als genug darüber wußten. Trotzdem ließen die meisten ihre Bandgeräte laufen oder schrieben in Stichpunkten mit, vielleicht ergab sich ja das ein oder andere neue Detail. Da keine Zwischenfragen zugelassen waren, blieb der Runde ohnehin nichts übrig, als zuzuhören und abzuwarten, bis Laborde zum interessanten Teil der heutigen Veranstaltung kam.

»Bis zu diesem Augenblick sind der Katastrophe einundzwanzig Menschen zum Opfer gefallen, davon kamen drei während der Nacht hinzu. Die Zahl der Verletzten steht noch immer nicht genau fest, wird aber dreistellig sein, einige davon noch in kritischem Zustand. Ich muß wohl nicht betonen, daß der gestrige Tag das furchtbarste Datum in der langen Geschichte des Fürstentums darstellt. Die angeordnete Staatstrauer ist deshalb nicht nur ein protokollarischer Akt, sondern ein Symbol der Fassungslosigkeit und tiefen Trauer des gesamten monegassischen Volkes und aller, die in diesem Land wohnen. In unserer Mitte sind Menschen auf tragische Weise umgekommen, Männer, Frauen und Kinder, die für uns gearbeitet haben oder hier einige schöne Urlaubstage verbringen wollten. Wir werden ihrer gedenken und gegenüber ihren Angehörigen unser Mitgefühl ausdrücken.« Er legte eine weihevolle Pause ein, um das Gewicht seiner Worte noch weiter zu verstärken. Er sprach wirklich gut, auf den Bildschirmen würde diese Szene beeindruckend wirken.

Einer von den in unzähligen Bürgerkriegen und Massakern abgebrühten Journalisten vor ihm war jedoch dreist genug, den großartigen Augenblick für einen Zwischenruf zu nutzen. »Was ist mit dem Fürsten?« rief er laut. »Trauern wir auch um ihn?«

Sogleich kam lautes Gemurmel auf. Empörung, mehrheitlich jedoch die Wiederholung der eben gehörten Frage.

»Ja, was ist mit dem Fürsten?«

»Warum sagen Sie nichts über sein Schicksal?«

»Wo habt ihr ihn versteckt?«

Laborde gab sich irritiert und schwieg, bis das Gemurmel leiser wurde. »Unter den Toten befinden sich nach derzeitigen Erkenntnissen zwei Briten, vierzehn Franzosen und fünf Monegassen«, fuhr er schließlich ungerührt fort. »Seine Durchlaucht befand sich in keinem der beteiligten Fahrzeuge und zählt daher auch glücklicherweise nicht zu den Opfern.«

Das Gemurmel schwoll erneut an, verschiedene Zwischenfragen wurden laut. Laborde hielt abermals inne und schüttelte nur den Kopf. Es war sein Fahrplan, nach dem diese Veranstaltung hier ablief, und er hatte nicht die Absicht, sich die Zügel aus der Hand nehmen zu lassen. Mit der Presse mußte man spielen, ihr Wort für Wort vorgeben, was sie schreiben sollte. Wer sich auch nur eine einzige Sekunde nach ihrem Willen richtete, hatte bereits verloren.

Vauban beugte sich vor und versuchte, die Kollegen durch sein Mikrophon um Ruhe zu bitten.

Als sich die Aufregung wieder etwas gelegt hatte, fuhr Laborde fort: »Wir haben es einer routinemäßigen Sicherheitsmaßnahme zu verdanken, daß seine Durchlaucht nicht in einem der Fahrzeuge des Konvois saß, sondern gerade in seine Maschine stieg, als es hier zur Explosion kam.« Sein Gesicht blieb bei diesen Worten völlig ausdruckslos. Der perfekte Anwalt seiner Sache. »Zu den Toten zählen allerdings der Privatsekretär seiner Durchlaucht, sein Fahrer und zwei Sicherheitskräfte.« Sein Kopf senkte sich ruckartig, und die Augen blickten auf die verschränkten Hände. Die Trauer schien ihn plötzlich zu überwältigen. Die Leute sahen so etwas gern. Hin und wieder ein wenig demonstrative Menschlichkeit, das brachte tausendfache Sympathien. Hier war kein Technokrat gefragt, sondern ein Mensch mit Gefühlen.

Dutzende von Fragen schallten ihm jetzt entgegen.

»Wo hält sich der Fürst im Augenblick auf?«

»Wenn er noch lebt, warum ist er dann nicht in Monaco?«

»Was wollt ihr vertuschen?«

Laborde wartete auch diesen Sturm ab. »Wie ich Ihnen bereits versichert habe, lebt seine Durchlaucht und ist bei guter Gesundheit. Wenn wir ihn trotzdem nachdrücklich darum gebeten haben, sich im Augenblick nicht öffentlich zu zeigen, geschieht dies ausschließlich zu seinem Schutz.« Und um das aufgebrachte Gemurmel zu unterdrücken, fuhr er rasch fort: »Wie einige von Ihnen sicher bereits erfahren haben, gibt es Hinweise, daß wir es nicht mit einem tragischen Unfall, sondern mit einem von langer Hand geplanten Anschlag auf das Leben seiner Durchlaucht zu tun haben. Wir sind ...« Nun kam seine Stimme trotz der Lautsprecher nicht mehr gegen das Wortgewitter der erregten Menge an, so daß er entnervt innehielt und abwartend in die Runde sah.

Vauban bemühte sich zwischenzeitlich, die Ordnung wenigstens einigermaßen wiederherzustellen. Es gelang ihm nicht. Erst als er mit dem vorzeitigen Abbruch der Konferenz drohte und sich demonstrativ erhob, senkte sich der Geräuschpegel merklich, wenn sich auch die anfängliche Disziplin nicht mehr einstellen wollte.

Laborde blieb weiterhin gelassen, jede Gefühlsregung sicher beherrschend. »Sollte sich dieser Anfangsverdacht erhärten«, beendete er seine Ausführungen, »besteht für das Leben seiner Durchlaucht weiterhin höchste Gefahr. In diesem Fall muß davon ausgegangen werden, daß es nicht bei diesem aus der Sicht der Täter fehlgeschlagenen Versuch bleibt.«

An dieser Stelle wurden die Fragen so dringlich, daß sich Laborde entschied, einige davon zu beantworten. Er verhielt sich in seinen Äußerungen allerdings wenig konkret und beschränkte sich hauptsächlich auf Punkte aus Alains Bericht. Er wollte vermeiden, daß ihm jemand anmerkte, nicht die leiseste Ahnung vom gegenwärtigen Aufenthaltsort des Fürsten zu haben.

Als Vauban die Pressekonferenz beendete, war Mace kein einziges Mal zu Wort gekommen, auch hatte ihn Laborde nicht als den neuen Chef der Polizei vorgestellt. Das ärgerte Mace, und er verabschiedete sich mit einem gequälten Lächeln.

Als Nicole wieder ins Hotel zurückkehrte, fand sie Bertrand und Danielle an einem etwas abseits stehenden Tisch im Hof. Ihnen gegenüber saß Kommissar Somper. Sein Gesicht wirkte noch mürrischer und faltenreicher als gestern, da er auch diese Nacht kaum geschlafen hatte. Er trug noch den Anzug vom Vortag.

Als er Nicole sah, hellten sich seine Züge deutlich auf, und er erhob sich, um sie zu begrüßen. »Es tut mir wirklich leid, Mademoiselle, daß wir Sie nicht besser schützen konnten. Es ist ja ein regelrechter Alptraum, den Sie und Ihre Freunde zur Zeit durchleben.« Nachdem sich Nicole gesetzt hatte, nahm auch er wieder Platz. »Allerdings rate ich Ihnen dringend, künftig eine Nachricht zu hinterlassen, wenn Sie auf eigene Faust losziehen. Es geht nicht, daß niemand weiß, wo Sie sich gerade befinden.«

Nicole gab sich schuldbewußt. »Es tut mir leid, aber ich mußte einfach hinaus unter Menschen. Ich wollte auf andere Gedanken kommen, damit ich nicht vollends durchdrehe.« Sie lächelte Bertrand, der besorgt nach ihrer Hand griff, dankbar zu.

Somper nahm einen großen Schluck aus der Kaffeetasse, die vor ihm stand, und fuhr sich mit dem rechten Handrücken über die Lippen. »Der Tote heißt übrigens François Crichet und stammt aus Marseille. Die dortigen Kollegen haben seit langem ein Auge auf ihn geworfen. Sie halten ihn für einen professionellen Killer, der auf eigene Rechnung arbeitet.«

»Auf eigene Rechnung?« wiederholte Nicole verblüfft. »Nicht für die Mafia?«

»Er gehörte nicht zu den uns bekannten Killern der Mafia«, gab Somper zu. »Doch er kann genausogut in ihrem Auftrag gearbeitet haben, möglich ist alles.« Er schob den Stuhl ein wenig zurück, um seine Beine übereinander zu schlagen. Dadurch rückte er seine Hosen ins Blickfeld, die bis über die Knie staubig waren, ebenso seine Schuhe. Mit einem ärgerlichen Seufzer zog er ein Taschentuch heraus, um sich wenigstens notdürftig zu säubern. »Wie bereits gestern stellt sich für mich auch heute wieder die Frage, woher um alles in der Welt diese Leute den Hinweis auf Ihren Aufenthaltsort bekamen?« Er steckte das Taschentuch wieder ein. »Woher wußte Crichet, daß Sie sich in

Bonnieux befanden? Außer uns vieren war nur Jourdan über diesen Punkt informiert.« Seine Aufmerksamkeit wandte sich Bertrand zu. »Sie haben nicht zufällig im Demie-Lune angerufen und sich erkundigt, wie der Laden in Ihrer Abwesenheit läuft?« Er erhob besänftigend die Hände, als er Bertrands Entrüstung sah. »Ich hätte durchaus Verständnis dafür, wenn ich es auch nicht billigen könnte. Einige Worte mit dem Empfangschef, eine unüberlegte Bemerkung zu Ihrem Vater, der sein Herz wiederum einem der Köche ausschüttet – niemand weiß, auf wen in dieser Situation Verlaß ist. Gitan verfügt über ein gigantisches Informationsbeschaffungssytem und ist uns bislang stets einen Schritt voraus gewesen.«

»Ich habe mit niemandem telefoniert!« widersprach Bertrand nachdrücklich. Der Verdacht ärgerte ihn.

Daraufhin wandte sich Somper an Danielle. »Und Sie, Mademoiselle?«

»Ich habe nur mit Alain telefoniert. Mit niemandem sonst.«

»Und Sie?« ging die Frage an Nicole weiter.

Diese wollte ebenso strikt verneinen wie die beiden anderen, als ihr plötzlich der Professor einfiel. Sie erzählte Somper von ihrer Bekanntschaft mit Rosbigalle und seinem plötzlichen Auftauchen in Cap d'Antibes.

Somper hörte ihr aufmerksam zu und notierte sich Namen und Telefonnummer des alten Mannes, um ihn anschließend überprüfen zu lassen. Beim Abschied riet er ihnen noch einmal dringend, keinerlei weitere Telefonate zu führen, wenn sie ihr Leben nicht riskieren wollten. Da er ihnen noch immer keinen Polizeischutz gewähren konnte, waren sie weiterhin auf sich selbst angewiesen.

Bertrands Wagen wurde im Laufe des Tages abgeschleppt und kriminaltechnisch untersucht. Somper vermutete einen Sender oder eine ähnliche technische Einrichtung irgendwo am Bodenblech. Leider lag er damit ebenso daneben wie gestern bei Danielles Wagen, denn mit Ausnahme der sabotierten Bremsleitungen fanden die Kriminaltechniker keine Hinweise auf weitere Manipulationen.

Zu den herausragendsten Eigenschaften Tourballes gehörten, neben Mut und völliger Gewissenlosigkeit, eine unglaubliche Weitsicht und eine in jeder Hinsicht spendable Hand. Ganz gleich wie unwichtig eine Information auf den ersten Blick auch aussah, er bezahlte stets ansehnliche Summen dafür. Diese Angewohnheit war zwar nicht billig, sicherte ihm aber ein lückenloses Netz an Vertrauensleuten, die rund um die Uhr ihre Ohren und Augen für ihn offenhielten. Kaum eine der Informationen war ihr Geld wert. Doch Ausnahmen bestätigten die Regel.

Die riesigen Gartenanlagen des Fürstenpalastes werden das ganze Jahr über von einhundertundzwölf Gärtnern in Ordnung gehalten. Sie gehören zum Schloßpersonal und werden aus den Privatmitteln des Fürsten entlohnt. Traditionell befinden sich unter ihnen überwiegend gebürtige Monegassen, die hier einer gut bezahlten und nicht allzu schweren Tätigkeit nachgehen können. Bei den hohen Lebenshaltungskosten reicht den meisten dieses Gehalt allerdings nicht aus, um über die Runden zu kommen, so daß sie im Regelfall noch ein oder zwei einträgliche Nebentätigkeiten ausüben.

Gideon Montalban arbeitete seit vier Jahren hier. Sein Großvater hatte es in den fünfziger Jahren bis zum Verwalter der fürstlichen Gärten gebracht, und auch Gideons Vater war nach achtundreißig Dienstjahren mit einem handschriftlichen Dankschreiben seiner Durchlaucht ausgeschieden. Mit einem schiefen Rücken und Rheuma in den Fingern. Beide waren einfache Leute mit vielen Kindern gewesen, denen der Lohn aus dem Palast genügte, um ihre Familien zu ernähren. Gideon Montalban war unverheiratet, besaß eine hübsche Wohnung und fuhr einen neuen Alfa Romeo. Es war verständlich, daß ihm sein Einkommen eindeutig nicht reichte. Zweimal pro Woche arbeitete er deshalb zusätzlich in einer Wäscherei, an drei weiteren Tagen spielte er Nachtportier in einem kleinen Hotel in Beaulieu, trotzdem war er praktisch ständig pleite.

Da er weitere Nebenverdienste nicht mehr annehmen wollte, um nicht auch noch den letzten Rest seiner kümmerlichen Freizeit zu opfern, hatte er dem Angebot eines Unbekannten vor zwei Jahren nicht widerstehen können. Seither erhielt er pünktlich jeden Ersten fünfhundert Francs, nur weil er ein wenig die Augen offenhielt. Sein Auftraggeber interessierte sich für alles, was in den Gärten vorfiel, und Montalban meldete unter einer bestimmten Telefonnummer fleißig alle Namen von Besuchern, die zusammen mit dem Fürsten die Wege entlangschlenderten, zufällig aufgeschnappte Gesprächsfetzen oder den Inhalt zerknüllter und weggeworfener Notizzettel. Viel Geld für nur wenig Arbeit.

Eine seiner Aufgaben war es, zweimal wöchentlich die Blumen in der Villa Rocher auszutauschen. Zu diesem Zweck besaß er einen Generalschlüssel für alle Teile des Gebäudes, in denen Blumenarrangements standen. Viele der Gäste kamen spontan, so daß es die Verwaltung seit langem aufgegeben hatte, die Villa nur bei Bedarf zu schmücken. Die Räume sahen grundsätzlich so aus, als treffe der nächste Gast bereits am Nachmittag ein. Wenn tatsächlich Gäste anwesend waren, änderte sich Montalbans Tätigkeit dahingehend, daß er die Räume nur in Begleitung eines Hausbediensteten betreten durfte, während er ansonsten unbeaufsichtigt ein- und ausspazierte. Gewöhnlich kam er gegen zehn Uhr vormittags mit einem weißen Renault Jumper voller Blumen vorgefahren und war fünfzig Minuten später wieder verschwunden. Daß er heute eine gute Stunde zu spät dran war, lag an einem kleinen Blechschaden, den er beim Ausparken in der Gärtnerei selbst verursacht hatte.

Er nahm einen der Körbe mit Blumenarrangements aus dem Wagen und ging in Richtung Tor, als plötzlich zwei Männer neben ihm standen. Beide trugen dunkle Anzüge und Sonnenbrillen. Sie waren um die Dreißig, mit glatten Gesichtern und durchtrainiert. Man mußte kein Monegasse sein, um in ihnen sofort zwei Zivilpolizisten zu vermuten.

»Wohin des Weges, mein Freund?« wollte der größere von beiden wissen. Durch diese Tür würden sie niemanden hineinlassen, das war offensichtlich.

Montalban mochte diese Typen nicht. »Die Blumen austauschen«, fauchte er angriffslustig und wedelte mit seinem Schlüsselbund. »Schert euch weg.«

»Immer sachte!« kam die scharfe Antwort. »In der Villa finden gerade Umbauarbeiten statt. Da kann niemand deine Blumen gebrauchen. Iß sie auf, oder wirf sie weg, das ist mir egal, aber sieh zu, daß du von hier verschwindest.«

»Ihr habt mir gar nichts zu sagen!« begehrte Montalban auf. Er wußte nichts von Umbauarbeiten, und die Blumen zurückzubringen kostete ihn nur unnötig Zeit. Notfalls würde er sie eben auf einige Zementsäcke stellen. Auftrag war Auftrag.

»Wenn du dir keine Prügel einhandeln willst, machst du am besten, was man dir sagt, Bürschchen!« drohte jetzt auch der andere und baute sich breitbeinig vor ihm auf.

Montalban dachte nicht daran, dem Rat nachzukommen, die beiden würden es nicht wagen, ihn anzugreifen. Als er entschlossen weiterging, packte ihn jedoch eine kräftige Hand an der Schulter und riß ihn mit einem gewaltigen Ruck nach hinten. Da er auf den Angriff nicht gefaßt war, fiel Montalban rücklings zu Boden, wo er nach Luft schnappte und zu husten begann. Seine Rippen schmerzten, und an den Unterarmen brannten Schürfwunden. Neben ihm lagen die Überreste von zwei weißen Lilienarrangements mit abgeknickten Blüten.

Der kleinere der beiden Polizisten beugte sich über ihn. »Sieh zu, daß du so schnell wie möglich von hier verschwindest!« zischte er ihn an und zeigte dabei eine Reihe brauner Zähne. »Sonst bekommst du ein paar hinter die Ohren!«

Montalban rappelte sich wütend auf. Wenn es denn sein sollte, hatte er nichts gegen eine ordentliche Rauferei einzuwenden, gemeine Tricks waren auch ihm nicht unbekannt. Dann sah er plötzlich die Waffe in der Hand des Größeren. Die Chancen waren damit ungleich verteilt. Montalban beschloß, den Rückzug anzutreten, und sammelte brummend seine Blumen auf.

Auf der Rückfahrt in die Gärtnerei hielt er an einer Telefonzelle. Die bewußte Nummer kannte er auswendig. Als er der monotonen Männerstimme, die sich am anderen Ende der Leitung meldete, von seinem merkwürdigen Erlebnis vor der Villa erzählte, fühlte er sich gleich etwas besser.

Die Stimme war wiederum nur eine von Tourballes unzähligen Zwischenstationen, die Nachrichten kommentarlos annahmen und weiterleiteten, ohne sich Gedanken über den Inhalt zu machen. Das Netz war so organisiert, daß alles, was irgendwie von Wichtigkeit sein konnte, innerhalb kürzester Zeit durch verschiedene Instanzen nach oben kam. Deshalb wußte Tourballe bereits zwanzig Minuten nach Montalbans Anruf von dem Vorfall. Er mußte nicht lange darüber nachdenken, welches Geheimnis die Gästevilla des monegassischen Fürsten derzeit verbarg. Es lag schließlich auf der Hand.

40

»Ich wäre Ihnen äußerst dankbar, Alfred, wenn Sie veranlassen könnten, daß mich Ihr Chauffeur im Laufe des Nachmittags nach St. Tropez bringt«, bat Rosbigalle. Er war der Mittagshitze auf der Terrasse entflohen und genoß die Kühle der weichen Sofakissen des Foyers. Da er in seinem Alter glücklicherweise nicht mehr sonderlich darauf achten mußte, ob er seiner Gesundheit durch zu viel Alkohol schadete, hatte er sich von Sérgio einen Sherry bringen lassen. Rosbigalle wollte damit seine Aufregung bekämpfen, und seine Sorgen.

»Keine Frage«, schnaufte sein Gastgeber bejahend. Er war gerade erst zurückgekehrt und setzte sich schwer atmend dem alten Mann gegenüber. »Alles was Sie wollen, Professor.«

Rosbigalle fiel auf, daß sich Alfreds ohnehin ungesunde Gesichtsfarbe in ein schmutziges Grau verwandelt hatte. Er wirkte müde und krank. Hinzu kam, daß seine Hände zitterten und seine Bewegungen seltsam fahrig wirkten.

»Geschäftliche Probleme?« erkundigte er sich deshalb mitfühlend und legte eine Hand freundschaftlich auf den rechten Unterarm seines ehemaligen Assistenten.

Als Antwort kam ein Aufseufzen. »Das Geschäftsklima wird immer rauher und meine Gesundheit von Tag zu Tag schlechter. Nichts klappt mehr so wie geplant, und ich bin zu schwach geworden, um mich gegen meine Konkurrenten in gewohnter Weise durchsetzen zu können. Ach, Professor, vielleicht sollte ich mich zurückziehen und mich nur noch dem Park, meinen Büchern und dem Weinkeller widmen. Ich will weiß Gott noch nicht sterben, aber wenn ich mich für den Rest meiner Tage so fühle wie heute, dann ist der Tod wirklich eine Erlösung.«

Über das faltige Gesicht Rosbigalles zog der Schimmer eines Lächelns. »Sie werden es nicht glauben, Alfred, aber in den letzten Tagen habe ich mir mehr als einmal gewünscht, mit Ihnen tauschen zu dürfen. Mein Leben hat sich in erster Linie an Schreibtischen und in Hörsälen abgespielt. Eine lange Aneinanderreihung von Tagen in dunklen, künstlich beleuchteten Räumen. Sie wohnen hier im Paradies und besitzen alles, was man auf dieser Erde für Geld kaufen kann, Sie sollten sich also nicht über ein paar dunkle Tagen beklagen. Es ist Ihnen bislang bessergegangen als den meisten Menschen auf dieser Welt, Alfred.«

»Ich will entweder alles oder gar nichts, das ist das Motto meines Lebens, Professor«, antwortete Alfred mit schleppender Stimme und suchte nach seinen Zigaretten.

»Man darf nicht übertreiben, Alfred«, widersprach ihm Rosbigalle. »Ein jäher Sturz von ganz oben ist grausamer als alles, was Sie sich vorstellen können.« Er hielt inne und überlegte kurz. Sollte er dieses Thema ansprechen? Er hatte es dem Mädchen versprochen. »Als Ihr alter Professor gebe ich Ihnen einen letzten guten Ratschlag, mein Junge«, begann er schließlich in freundschaftlichem Tonfall. »Schicken Sie Palmira fort, und bedrängen Sie das Mädchen nicht weiter.« So, mehr konnte er für sie nicht tun. Er mußte auf Alfreds Einsicht hoffen.

Dieser erstarrte und sah Rosbigalle zunächst ganz entgeistert an, ehe ihm schließlich die passenden Worte dazu einfielen: »Sie wissen, daß ich Ihnen nie etwas abschlagen würde, Professor«, nickte er dann zustimmend. »Wenn Ihnen soviel daran liegt, kann sie meintwegen noch heute ihre Sachen packen.«

»Danke, mein Junge«, freute sich Rosbigalle. »Das werde ich Ihnen nie vergessen.«

»Wie geht es eigentlich Ihrer jungen Bekannten?« wechselte Alfred rasch das Thema. »Gefällt ihr das einfache Leben auf dem Land?« Er zwang sich zu einem Lachen. »Mich könnten keine zehn Pferde länger als vierundzwanzig Stunden in einem kleinen Bauernhaus im Luberon festhalten.«

»Sie ist nicht mehr dort«, schüttelte Rosbigalle sorgenvoll den Kopf. »Heute nacht ist wieder ein Anschlag auf sie verübt worden. Diesmal ist der Attentäter allerdings selbst ums Leben gekommen.«

»Und was ist mit dem Mädchen?« Alfred zeigte echte Anteilnahme.

»Ihr geht es glücklicherweise gut. Sie ist jetzt, zusammen mit ihren beiden Bekannten, in einem kleinen Hotel in St. Tropez und wartet dort auf meinen Besuch. Wenn es irgendwie möglich wäre, Alfred, möchte ich noch heute zu ihr.«

»Natürlich. Ich verstehe Ihre Sorge vollkommen.« Alfred überlegte einen Augenblick. »Am liebsten würde ich Sie selbst nach St. Tropez fahren, Professor, doch ich muß mich unbedingt um meine Geschäfte kümmern. Selbst der Sonntag ist in meiner Branche nie ein Ruhetag. Ich hoffe, Sie verstehen?«

Rosbigalle nickte. Er war dem Freund für sein Mitgefühl dankbar, hielt es aber ohnehin für besser, Nicole nicht ausgerechnet heute mit einem völlig Unbekannten zu konfrontieren. Sie brauchte jemanden, dem sie vertraute, an den sie sich anlehnen konnte, der sich ihre Geschichte anhörte und sie tröstete. Ihr Alfred vorzustellen, dafür war in ein paar Tagen immer noch Zeit. »Sie brauchen sich nicht zu entschuldigen, mein Junge. Ich rechne es Ihnen ohnehin schon hoch an, daß Sie mir jede freie Minute schenken. Die Geschäfte wollen auch zu ihrem Recht kommen.«

»Das wollen sie tatsächlich«, ächzte Alfred und stand auf. »Als reicher Mann lebt es sich weiß Gott nicht einfach.« Er drückte seine Zigarette in dem Aschenbecher vor sich aus und griff sofort nach der nächsten. »Ich werde dafür sorgen, daß der Wagen für Sie bereitgestellt wird.«

»Herzlichen Dank, Alfred.«

»Richten Sie der jungen Dame bitte herzliche Grüße von mir aus, und sagen Sie ihr, daß ich einfach nicht begreifen kann, warum Menschen so etwas tun. Es müssen Wahnsinnige sein. Sadistische Wahnsinnige.«

»Sie wird sich über Ihre Grüße sicher freuen«, antwortete Rosbigalle und nahm den letzten Schluck Sherry. »Ich glaube, sie kann im Augenblick wirklich jeden Freund gebrauchen.«

Die Villa lag in den Bergen oberhalb von Cannes. Sie gehörte einer Immobiliengesellschaft mit Sitz in Aix, die sich wiederum im Besitz Tourballes befand. Das Haus hatte fast sechshundert Quadratmeter Wohnfläche, vier Schlafzimmer und vier Bäder. Das Kellergewölbe beherbergte viertausend Flaschen Wein, darunter dreihundert Flaschen Chateau d'Yquem. Ein flüssiges Vermögen. Außerdem war die gesamte Anlage abhörsicher. Die Polizei, die seit zwei Jahren ein vierhundert Meter entferntes Haus angemietet hatte, war nahe daran aufzugeben.

Tourballe fühlte sich nicht wohl, er hatte Kopfweh, und die ersten Anzeichen einer Erkältung plagten ihn. Trotzdem durfte er sich nicht schonen. Nicht jetzt, später vielleicht. Er saß allein auf seiner Terrasse unter einer rotweiß gestreiften Markise und beugte sich über einen Wust von handschriftlichen Aufzeichnungen und Plänen. Im Groben standen seine nächsten Schritte längst fest, er feilte noch an den Details. Der Fürst versteckte sich in seiner eigenen Gästevilla, einem idealen Unterschlupf, vor dem Tourballes Leute derzeit Stellung bezogen. Er mußte zunächst Details über die Art und zahlenmäßige Stärke der Bewachung herausfinden, auch wenn er einen Angriff auf die Villa nicht für sehr aussichtsreich hielt. Ihre modernen Sicherheitseinrichtungen waren mit denen des Palastes weitgehend identisch und genauso schwer zu überlisten. Eine Chance bestand nur, wenn der Fürst seine Festung verließ.

Sorgen machte ihm der Faktor Zeit. Gitan forderte verständlicherweise eine sofortige Eliminierung des Fürsten, was jede gründliche Vorbereitung ausschloß. Dadurch mußte Tourballe auf bereits vorhandene Planungen und Einsatzmittel zurückgreifen, was seinen Handlungsspielraum deutlich eingrenzte. Sie standen mit dem Rücken zur Wand.

Er griff nach der bereitstehenden Flasche Jack Daniels und schenkte zwei Fingerbreit davon in sein Glas, kein Eis, und trank es in einem Zug aus. In diesem Augenblick knatterte in einiger

Entfernung ein Hubschrauber über die Stadt. Tourballe konnte ein Lächeln nicht unterdrücken. Dieses Geräusch würde vermutlich das letzte sein, das der Fürst in diesem Leben hörte.

Antoine Fortune war ein Mann, der seinen Weg weniger durch Intelligenz als vielmehr durch Instinkt gemacht hatte. An allen Untiefen des politischen Lebens schlitterte er vorbei, über tückische glatte Stellen hinweg, ständigen Stürmen ausgesetzt. Er besaß eine hervorragende Menschenkenntnis und war zudem mißtrauisch genug, um bei Freunden wachsamer zu sein als gegenüber Feinden. Diesen drei Eigenschaften verdankte er seinen Aufstieg. Er war zufrieden mit dem, was er erreicht hatte, und ärgerte sich nicht über die Aussicht, seinen knochigen Hintern niemals in den präsidialen Sessel drücken zu dürfen. Er war am Zenit seiner beruflichen Möglichkeiten angelangt, und sein einziges Streben bestand nun darin, sich auf dieser Position so lange wie möglich zu halten, um eines fernen Tages seinen Abschied glanzvoll zu begehen. Ein Skandal oder ein vorzeitiger Rücktritt waren daher das letzte, wonach er sich sehnte.

Das Gespräch mit Vandelin und Thessier beschäftigte ihn während der gesamten Fahrt von der Banque de Picardie bis zum Finanzministerium. Er hatte einen Fehler gemacht, das wurde ihm nachträglich klar. Vandelin war viel zu klug, als daß er sich derart plump bei ihm einschmeicheln würde. Sein Manöver mußte also andere Ursachen haben. Sollte er am Ende als Schutzschild herhalten?

Falls ihm Vandelin diese Geschichte mit Monaco tatsächlich wie eine heiße Kartoffel zugeworfen hatte, weil er Unheil voraussah, mußte er sie schleunigst wieder loswerden. Er kannte Armand Thessier ebenfalls recht gut, und der *Figaro* war dem Finanzminister sicherlich mehr gewogen als dem Staatssekretär. Oder sollte er sich lieber gleich an den Präsidenten wenden? Kurz bevor sein Wagen in die Tiefgarage des Ministeriums rollte, ordnete Fortune eine Richtungsänderung an.

Im Elysée-Palast wurde er in eines der prachtvollen Konferenzzimmer im ersten Stock geführt, wo sich der Präsident mit dem Gouverneur der Banque de France und den Vertretern der zwei größten Privatbanken unterhielt. Sie warteten auf den britischen Schatzkanzler und einige Bankenvertreter der Insel, um die Zukunft der französisch-britischen Afrika-Investitionen zu diskutieren. Die Thematik war unerfreulich, da kostenträchtig, brachte aber Prestige.

Nachdem die Briten gegangen waren, zog er den Präsidenten zur Seite. »Ich brauche dich fünf Minuten, Léon.«

»Aber keine Sekunde länger«, kam die knurrige Antwort. »Gleich kommt Michel Arjol, der Großkanzler der Ehrenlegion. Der Bursche hat beinahe alles in seinem langen Leben gelernt, bis auf die Kunst zu warten. Wenn ich ihn nicht pünktlich empfange, bringt er es fertig und geht wieder nach Hause. Die dann unweigerlich folgenden Telefongespräche mit allen möglichen Journalisten über mein Verhältnis zu den wahrhaft Mutigen und Intelligenten in diesem Lande möchte ich mir gerne ersparen. Seit den letzten Kürzungen im Verteidigungshaushalt bläst mir von dieser Seite ohnehin ein kalter Wind ins Gesicht.«

»Es geht um Monaco. Du weißt schon, Vandelins Idee mit dem Finanzplatz.«

Die Stirn des Präsidenten legte sich augenblicklich in Falten, offenkundig erinnerte er sich nur noch sehr schwach. »Habe ich mich bei unserem letzten Gespräch darüber nicht klar genug ausgedrückt? Ich meine, gesagt zu haben, daß ich nicht viel von seiner Idee halte, und das ist noch sehr freundlich formuliert. Vandelin mag ja in der Öffentlichkeit einen gewissen Ruf als unkonventioneller Denker genießen, mir persönlich imponiert er damit jedoch ganz und gar nicht. Welches Interesse sollte Frankreich daran haben, Monaco zu einer Sonderwirtschaftszone zu erklären? Ich kann nur zwei Auswirkungen erkennen, die beide negativ sind: Erstens würden unsere besten Einkommenssteuerzahler rudelweise ihren Wohnsitz in das Fürstentum verlegen, und zweitens lassen sich die Burschen dort unten dann auch noch ihre Verkehrsschilder aus purem Gold anfertigen, weil sie ihren Reichtum ansonsten gar nicht mehr anders losbrächten. Antoine, du bist Realist genug, um selbst einzusehen, wie abwegig dieser Vorschlag ist, ich wundere mich, daß du ihn derart unterstützt.« Er zog sein Taschentuch hervor und putzte sich geräuschvoll die Nase.

Ein winziges Lächeln glitt über Fortunes Züge. »Ich unterstütze seinen Vorschlag ja gar nicht«, widersprach er dann unwillig. »Ich habe ihn dir nur vorgetragen, weil er mich darum gebeten hatte. Offensichtlich stehen einige einflußreiche Leute aus der Finanzwelt hinter ihm.«

»Ich verstehe«, nickte der Präsident und sah nervös auf die Uhr. »Entschuldige bitte, Antoine, wenn ich dir mit meinen Vorwürfen Unrecht getan habe, aber Vandelin darf nicht vergessen, daß er dir zuarbeiten muß und niemand anderem. Vielleicht ist es an der Zeit, ihn wieder einmal daran zu erinnern. Ich habe in jüngster Zeit einige hochsensible Dinge im *Figaro* gelesen, die Thessier nur von ihm erfahren haben kann. Eine böse Sache, wie ich meine. Wenn es dir recht ist, rede ich einmal mit ihm.«

»Das kann ich durchaus selbst«, beharrte Fortune. Er ließ sich nur ungern ins eigene Haus hineinregieren.

Der Präsident kratzte sich nachdenklich an der Stirn. »Aber vielleicht sollten wir ihn noch einige Zeit über diesem Thema brüten lassen«, änderte er plötzlich seine Meinung. »Die Briten, die Deutschen und die Belgier werden bei kontroversen Ideen recht schnell nervös und sind dann eher bereit, Zugeständnisse zu machen. Wir sollten uns überlegen, welchen Preis wir ihnen für die Beerdigung von Vandelins Idee abverlangen, was meinst du?« Er lachte hellauf über diesen erneuten Beweis seiner Gerissenheit und klopfte Fortune generös auf die Schulter. »Vandelin soll Thessier und seine Kollegen ruhig noch ein wenig auf der Sache herumreiten lassen. Ganz gleich, wie die Diskussion um diese Idee weitergeht, sie wird zu nichts führen und bringt uns am Ende noch einen kleinen Handel ein.«

Die steile Falte auf der Stirn Fortunes deutete an, daß ihm noch etwas unklar war. »Aber zerschlägt Vandelin damit unter Umständen nicht zuviel Geschirr? Ich würde mich nur ungern von seiner Person trennen.« Der Nachhall in den letzten Worten verriet, wie gespannt er auf eine Antwort wartete.

»Ich denke nicht, daß diese Gefahr besteht.« Der Blick des

Präsidenten fiel erneut auf die Uhr. »Du kennst doch die öffentliche Meinung, Antoine, jedes gedruckte Wort, das keine Beleidigung ist, haben die Leute in ein paar Tagen wieder vergessen. Die Halbwertzeit eines politischen Vorschlags liegt heute im Durchschnitt unter einer Woche.« Er schüttelte seinem alten Freund die Hand. »Entschuldige mich jetzt bitte, aber ich muß wirklich weiter, sonst hält mir der alte Arjol wieder eine halbe Stunde lang vor, wie sehr ich mich doch von de Gaulle unterscheide.«

Alain konnte Monaco im Augenblick nicht verlassen. Nachdem er den Fürsten nun auf seiner Seite wußte, ging es um den entscheidenden Schlag gegen Laborde. Dazu brauchten sie Nicole. Er kündigte ihr daher telefonisch an, daß sie ein Wagen mit zwei Leuten abholen würde.

Als Nicole von dem bevorstehenden Ortswechsel erfuhr, dachte sie sofort an den Professor. Rosbigalle würde umsonst nach St. Tropez fahren, wenn sie ihn nicht anrief. Sie dachte an das strikte Verbot Sompers und geriet in einen tiefen Gewissenskonflikt. Wenn der alte Mann nicht wußte, daß sie sich in Sicherheit befand, würde er sich unnötig Sorgen machen. Irgendwelche Gefahren waren von seiner Seite aus schließlich nicht zu befürchten. Der alte Mann hatte mit der Mafia ebensowenig am Hut wie sie mit der Philosophie.

Sie ging deshalb zu dem Kartentelefon, das auf dem Weg zur Toilette hing, und sprach abermals mit dem Professor.

41

Der Wagen kam um kurz nach zwei. Ein dunkelblauer Renault Safrane mit Kunstledersitzen, gefahren von zwei breitschultrigen Männern mit ernsten und kantigen Gesichtern. Der Beifahrer, ein kurzgeschorener Rothaariger mit Ohrring, stellte sich als Lucas vor und bot höflich an, etwaiges Gepäck einzuladen. Der wortkarge Fahrer, dessen pechschwarze Haare im Nacken bis zum Hemdkragen reichten, hieß Lionel.

Gaston verabschiedete sich gefühlvoll von seinen drei so überraschend aufgetauchten Besuchern. Sein Haus würde für Bertrand und seine Begleitung immer ein Zimmer bereithalten, versprach er eifrig, selbst wenn andere Gäste dafür gehen mußten.

Sie stiegen in den Renault, dessen Türen Lucas und Lionel zuvorkommend aufhielten. Die beiden vermittelten Nicole ein beruhigendes Gefühl der Sicherheit, und sie hoffte insgeheim, daß Alain sie nicht nur für diese Fahrt, sondern auch als Schutz für die nächsten Tage abgeordnet hatte. Endlich war dieser Alptraum vorüber.

Der Fond des Wagens ließ den drei Personen nicht allzuviel Platz, so daß sie eng zusammenrücken mußten. Als Lionel einstieg, verschob sich sein Sakko, und Nicole, die die Mitte der Rückbank einnahm, sah für den Bruchteil einer Sekunde ein braunes Lederholster mit dem schwarzen Griff einer Waffe. Auch unter der linken Achsel von Lucas war die verräterische

Ausbuchtung zu erkennen. Ihre Beruhigung wuchs ins Unermeßliche.

Auch Danielle war die Waffe nicht entgangen. Aus ihrer Ehe mit Alain war sie vertraut mit diesen Schulterhalftern, die auf Dauer selbst das widerstandsfähigste Jackett ruinierten. Oft hatte sie es zuletzt nicht mehr gesehen, wie sich Alain auszog und seine Sachen in eine Ecke warf, um zu ihr unter das Laken zu kriechen. Es war meist spät in der Nacht gewesen, weit nach zwölf, wenn er nach Hause kam. Normalerweise hatte sie da bereits zwei oder drei Stunden geschlafen und war viel zu müde, um noch auf seine Annäherungsversuche zu reagieren. Leider waren auch diese, aufgrund von Alains Erschöpfung, selten besonders nachdrücklich gewesen, vielleicht hätte sie es sich ansonsten hin und wieder anders überlegt, und ihre Ehe wäre nicht gescheitert.

So trug jede dieser unbefriedigenden Nächte zu ihrer schleichenden Entfremdung bei. Danielles Liebe war kühler Gleichgültigkeit gewichen, während sich Alain meist in gekränkte Eitelkeit geflüchtet hatte. Daß sie mit Yann, dieser Ausgeburt an Männlichkeit mit dem Hirn eines Dreijährigen, durchgebrannt war, bedeutete schließlich das Ende. Doch anstatt einer erfüllten Beziehung erwarteten sie hier nur Schulden und eine geradezu animalische Behandlung. Das böse Ende auch dieser Beziehung hatte daher nicht lange auf sich warten lassen und sie stand nun vor den Trümmern ihrer einst so ausgreifenden Zukunftspläne, ohne Geld und Wohnung.

Danielle fühlte, daß sie sich verändert hatte seit ihrer Trennung von Alain. Verschwunden war der Ärger über die verpfuschten sechs Ehejahre, in denen sie stets nur die zweitwichtigste Rolle in Alains Leben gespielt hatte. Seine sachliche Art und sein Verzicht auf berechtigte Vorwürfe berührten sie tief. Das war nicht der Alain, den sie verlassen hatte, den nur auf seinen Beruf fixierten Egozentriker, den Zerstörer ihrer Jugendträume und Verantwortlichen für das Scheitern ihrer Ehe. Er war zu jemandem gereift, der offensichtlich unter den Fehlern seiner Vergangenheit litt, seine Pflichten aber immer noch ernster nahm als alles andere in der Welt.

War es vorstellbar, mit einem gewandelten Alain und der Erfahrung der vergangenen beiden Jahre einen zweiten Anlauf zu unternehmen? Danielle war sich nicht ganz sicher. Es würde noch vieles zu klären geben, zu diesem Resultat gelangte sie schließlich, doch unmöglich erschien es ihr nicht. Sie faßte eine Entschuldigung ins Auge. Selbst wenn er und sie nicht wieder dort anfangen würden, wo sie vor zwei Jahren aufgehört hatten, konnten sie vielleicht gute Freunde sein. Ihr lag plötzlich viel daran, mit diesem Mann wieder zusammenzukommen.

»Wo bringen Sie uns hin?« erkundigte sich Nicole inzwischen neugierig bei Lucas.

Ihr Begleiter auf dem Beifahrersitz drehte sich um und schüttelte den Kopf. »Es tut mir leid, Mademoiselle, doch ich darf Ihnen bis zu Ihrer Ankunft keine Auskunft geben. Ich weiß nicht, warum Alain darauf besteht, doch was soll ich machen?« Er verdrehte die Augen. »Er ist der Boss.«

Lionel startete den Wagen und fuhr die enge Straße stadtauswärts.

»Eine eigenartige Geheimniskrämerei, finden Sie nicht auch?« seufzte Nicole und versuchte, ihre Füße zwischen den beiden Vordersitzen zu plazieren, um ein wenig mehr Beinfreiheit zu gewinnen. Sie spürte mit einem Male, wie durch die Erschütterung des fahrenden Wagens ihre Unruhe, die beim Einsteigen fast völlig verschwunden war, wieder stieg. Obwohl sich die beiden Polizisten noch immer in ihrer unmittelbaren Nähe aufhielten, ebenso Bertrand und Danielle. Lag es daran, weil sie erneut auf der Flucht waren? Wie lange noch sollte sie Angst vor jeder Autofahrt haben? Vor dem Verlassen eines Hotels, in die dunkle Nacht hinaus? Vor einsamen Häusern? Vor einem Abendspaziergang im Arm eines Mannes? Sie mußte ihre Hände zu Fäusten ballen, um ein Zittern der Finger zu verhindern.

Lucas starrte angetan auf ihre schlanken Fesseln, die unter dem Saum des langen Kleides hervorlugten. »In unserem Beruf lernt man, Befehle nicht zu hinterfragen. Alain weiß, was er tut. Es dient alles Ihrer Sicherheit, glauben Sie mir.« Und er erzählte von den Ereignissen, die sich gestern nachmittag in Monaco abgespielt hatten.

Die drei Passagiere im Fond des Wagens hörten ihm entsetzt zu. Alle drei ahnten, daß die Katastrophe in irgendeinem Zusammenhang mit Laborde und Gitan stand. Doch was bezweckte die Mafia damit? Was nützte ihr eine zerstörte Stadt?

Lionel fuhr ziemlich schnell, überschritt aber nie die Geschwindigkeitsbeschränkungen. Zunächst fuhren sie über die N 98 nach Fréjus, bogen dort auf die N 7 in Richtung Le Muy ab und erreichten schließlich die Autoroute, der sie in westlicher Richtung folgten. In Cannes fuhr Lionel herunter und nahm die D 35, um an der Küste entlang nach Nizza zu fahren, wo er wieder auf die Autoroute einbog. Das Verändern der Fahrtrichtungen erfolgte bei ihm nach einem ganz bestimmten System: Er fuhr die Abzweigungen grundsätzlich im höchstmöglichen Tempo an und bog blitzartig ab, ohne vorher auch nur den geringsten Hinweis auf sein beabsichtigtes Verhalten gegeben zu haben. Falls ihnen vom Hotel aus jemand gefolgt sein sollte, hatten sie ihn spätestens bei der zweiten dieser trickreichen Eskapaden abgehängt.

Nicole beteiligte sich nicht lange an der Unterhaltung. Sie war viel zu nervös und lehnte sich lieber zurück, um, an Bertrand vorbei, teilnahmslos aus dem Fenster starren zu können.

An ihrer Stelle unterhielt sich Bertrand mit Lucas, und Danielle hörte mit halbem Ohr zu. Nach einer Weile versank sie erneut in der Vergangenheit. Alain am Tage ihres Kennenlernens. Der Star des monegassischen Rudervereins Société Nautique de Monaco, die größte olympische Hoffnung des Landes. Sie hatte an jener Siegerehrung nur teilgenommen, um ihrem damals noch lebenden Vater einen Gefallen zu erweisen. Er war Jahre zuvor Leiter der Nachwuchsförderung gewesen und trotz seiner schweren Krebserkrankung stets ein treuer Fan geblieben. Er hatte ihr Alain vorgestellt. Ein ernster junger Mann mit einer vorstechenden Nase und dunkelbraunen Augen. Sie waren noch am gleichen Abend zusammen ausgegangen, ebenso am Wochenende darauf. Nach dem Tode ihres Vaters, der ihre Mutter nur um fünf Jahre überlebt hatte, war ihr die Einsamkeit schnell auf die Nerven gefallen und so hatte sie auf eine baldige Hochzeit gedrängt, kaum drei Monate, nachdem sie sich kennengelernt hatten. Sie war zu jung, Alain zu unerfahren. Eine Ehe, die bereits im Ansatz zum Scheitern verurteilt war.

Der Wagen fuhr eben unter dem pyramidenförmigen blauen Mauthäuschen von Nizza hindurch, um von der N 202 auf die Autoroute zu kommen, als Danielle einschlief. Auf der Magnan-Brücke fielen Nicoles Augen zu, bald darauf die von Bertrand. In spätestens zehn Minuten würden sie in Monaco sein.

Als Calvet am frühen Nachmittag bei Gitan erschien, stellte er eine menschliche Abhöranlage dar. Ein halbes Dutzend Elektroniker der OCRB hatte ihn mit winzigen Mikrophonen und vier Meter dünnem Antennenkabel präpariert, um Wissenswertes aus der mit allen Finessen gesicherten Zentrale der Mafia zu erfahren. Calvets Angaben über Tourballes elektronischen Ringwall waren zwar dürftig gewesen, hatten jedoch ausgereicht, um sich über die Auswahl der entsprechenden Geräte zu einigen.

Calvet drängte sich für diese Aufgabe nicht auf, er sah andererseits aber auch keine Möglichkeit, ihr zu entgehen. Seit er sich dem OCRB mit Haut und Haaren verschrieben hatte, blieb ihm kaum eine andere Wahl, als den unmißverständlichen Anordnungen der ebenso reizvollen wie unerbittlichen Vivienne zu folgen.

Er war zum höchsten inoffiziellen Mitarbeiter der französischen Sicherheitsbehörden im organisierten Verbrechen avanciert. An ihm hing die Arbeit von Hunderten, die jahrelang auf diesen Erfolg gewartet hatten. Vivienne wußte, wie wichtig ihre Aufgabe war, und sie wollte nicht das geringste Risiko eingehen. In ihrem täglichen Bericht an den Innenminister mußte sie Calvets Namen zwar nennen, sie verschwieg jedoch den wahren Umfang ihrer Zusammenarbeit, um möglichst wenige Mitwisser zu haben. Tourballe besaß seine Spitzel überall, sie konnten niemandem vertrauen. Selbst in Paris nicht.

Ein zwölfköpfiges Team, verteilt auf vier mit einigen Zentnern Elektronik bestückten Lieferwagen, wartete in gebührender Entfernung, um Calvets Gespräch mit Gitan mitzuverfolgen. In Marseille saß ein weiteres Team, das die Plausibilität des

Gesprächsablaufs überprüfen sollte. Denn Vivienne fürchtete nichts mehr, als von dem gerissenen Calvet durch eine geschickte Inszenierung hereingelegt zu werden. Sie war zwar überzeugt, daß er rückhaltlos mit den Behörden zusammenarbeitete – etwas anderes blieb ihm schließlich kaum übrig –, doch sie zweifelte ebensowenig daran, daß er seinen eigenen Vorteil dabei niemals aus den Augen ließ. Sie mußte deshalb darauf achten, daß weiterhin sie die Richtung vorgab und nicht Calvet.

»Hast du ausgeschlafen?«, begrüßte ihn Gitan vorwurfsvoll und wies mit der linken Hand auf den ihm gegenüberstehenden Sessel. »Du weißt, daß ich es nicht schätze, wenn mich meine engsten Mitarbeiter in Krisenzeiten im Stich lassen. Ich kann jeden Augenblick den nächsten Schwächeanfall bekommen, und dann geht mehr vor die Hunde, als du es dir in deinem primitiven Schädel je ausmalen könntest.«

Calvet lachte gezwungen. Der Ärger der letzten Tage hatte Gitan mürbe gemacht, deshalb nahm er ihm seine Worte nicht übel. Der Gesundheitszustand dieses Mannes verfiel rapide, die Regelung seiner Nachfolge würde vermutlich nicht mehr lange auf sich warten lassen. »In all den Jahren unserer Freundschaft hat es keine einzige Stunde gegeben, in der ich dich im Stich gelassen habe«, widersprach er mit einem Ausdruck gespielter Betroffenheit. »Und das weißt du, Gitan.«

»Rede nicht!« befahl Gitan, der noch immer gut unterscheiden konnte, ob jemand die Wahrheit sagte. Er spürte instinktiv, daß sich sein Liebling verändert hatte. Das war nicht mehr der Junge, der ihm sämtliche Wünsche von den Augen ablas. »Wo kommst du her?« Er griff sich dabei an die rechte Brustseite. Das Stechen wurde wieder schlimmer. Hoffentlich keine Vorboten des letzten, tödlichen Infarkts.

»Ich habe einige unserer Quellen bei der Polizei angezapft. Somper hat herausgefunden, daß das Messer, das er bei Crichet gefunden hat, einige Stunden vorher in Nizza verwendet wurde. Der Concierge des Hotel Melody ist damit gekitzelt worden, ehe man ihn in der Toilette ertränkt hat.«

»Verdammter Anfänger«, schnaufte Gitan ärgerlich. »Warum hat er es nicht sofort weggeworfen? Was kostet so ein Messer? Hundert Francs? Ein Glück, daß dieser verdammte Kerl tot ist, ich hätte ihn sonst mit meinen eigenen Händen erwürgt.«

»Offensichtlich ist das bislang alles, was Somper in Erfahrung bringen konnte. In seinem vorläufigen Bericht an den Polizeipräfekten steht, daß er einen erbitterten Racheakt vermutet. Ein Bewunderer der Kleinen aus Paris, der zu ungewöhnlichen Mitteln greift, um es seiner früheren Geliebten heimzuzahlen.«

»Somper ist nun mal ein Dummkopf«, wehrte Gitan ab, noch immer wütend. »Deshalb ist er ja für diesen Fall ausgewählt worden. Aber sprechen wir von etwas anderem: von der traurigen Entwicklung unserer kleinen Aktion in Monaco.« Er ächzte. »Jacques hat hervorragende Arbeit geleistet, trotzdem war uns das Glück nicht geneigt. Hinzu kam, daß die Polizei intelligenter vorging, als anzunehmen war, und innerhalb weniger Stunden beinahe alle Details rekonstruiert hat. Für Jourdan gibt es nun keinerlei Zweifel mehr, daß es ein vorsätzlich herbeigeführter Anschlag war. Laborde hat ihn deswegen heute vormittag entlassen.«

»Wie will er denn die Explosion mit dir in Verbindung bringen?« warf Calvet fragend ein. Das mit Heftpflastern auf die blanke Haut geklebte Mikro unter seinem Hemd übertrug jede Silbe in höchster Klarheit. Dutzende von Sicherheitsfachleuten und Analytikern hörten mit gespannten Gesichtern zu und warteten auf das entscheidende Eingeständnis Gitans.

Er ging tatsächlich auf Calvets provozierende Frage ein, was ihm später das Genick brechen sollte. »Domingo ist heute früh festgenommen worden. Die Polizei hat sein Haus durchsucht und in der Werkstatt Reste des verwendeten Sprengstoffs entdeckt.«

»Henry kennt die Spielregeln«, erinnerte ihn Calvet. »Er wird den Mund halten und seine zwanzig Jahre absitzen. Es geht schließlich um seine Altersversorgung.«

»Du kennst die Tricks unserer Gegner nicht«, widersprach Gitan müde. »Natürlich wird Henry erst einmal dichthalten. Bis sie ihn schließlich durch die Mangel drehen, zwölf, vierzehn, sechzehn Stunden am Tag. Schlafentzug, unregelmäßiges Essen, sogar Belästigungen auf dem Lokus. Sie werden ihm einige tausend Mal vorsagen, was sie von ihm hören wollen, jeden einzelnen verdammten Satz. Außerdem versprechen sie ihm die Freiheit, ein Leben ohne Gitter und Knastfraß, nur für eine Aussage gegen seine alten Freunde. Ein Geschäft, dem sich unter diesen Umständen kaum jemand entziehen kann, selbst ein Mann wie Henry nicht.«

»Was willst du jetzt tun?« erkundigte sich Calvet.

Gitan griff in seine Hemdtasche, um eine angebrochene Schachtel Zigaretten hervorzuziehen. Calvet bediente sich mit einem dankenden Kopfnicken und zückte sein Feuerzeug. »Beenden, was ich angefangen habe!« kam die knurrende Antwort. Und während er gierig den Rauch inhalierte, begann Gitan, die weiteren Pläne Tourballes zu erläutern.

Guy Mace, der neue Polizeichef von Monaco, erhielt einen Anruf, über den er sich unter anderen Umständen sicher gefreut hätte. Nicht jedoch heute, knappe vierundzwanzig Stunden nach der verheerenden Explosion und angesichts der vielen Arbeit, die vor ihm lag. Der Fürst selbst war am Apparat, kurz angebunden, doch mit gewohnter Höflichkeit. Mace solle sofort zu ihm nach Paris kommen, so seine dringende Bitte. Jemand würde ihn am Flughafen Orly abholen und direkt zu ihm bringen. Aus nachvollziehbaren Gründen wollte er im Augenblick nicht mehr dazu sagen, alles weitere persönlich. Mace schluckte mehrfach, dachte an Laborde und an die vielen ungelösten Probleme, und sagte schließlich zu.

Der Privatjet des Fürsten wartete am Flughafen in Nizza, eine Rückkehr kam voraussichtlich erst im Laufe der Nacht in Frage.

Tourballe war wieder an Bord der *Sainte-Marie*, der 46-Meter-Luxusyacht im Hafen von Cap d'Ail, seinem schwimmenden Befehlsstand. Von hier aus sorgte er dafür, daß sämtliche Leute auf ihre Posten gingen. Der nächste Schlag war nur noch eine Frage von Stunden, es mußte ein Szenario geschaffen werden, in dem der Fürst fluchtartig das Land verließ.

Die Verständigung zwischen seinen Leuten und der Yacht erfolgte wie immer mittels elektronisch verschlüsselter Funksprüche. Handelsübliche Mobiltelefone, angemeldet auf die Namen unbescholtener Bürger, wurden nur für kurze, unbedeutende Botschaften verwandt.

Es gab allerdings Momente, in denen die Aufmerksamkeit der Polizei durchaus gelegen kam. Insbesondere dann, wenn die übermittelte Information falsch war und die Gegenseite aus der Deckung herauslocken sollte. Wichtig war dabei nur, daß die einzelnen Fakten jeweils richtig waren und einer Nachprüfung standhielten, kombiniert jedoch zu einer falschen Schlußfolgerung verleiteten. Nach Tourballes Erfahrung konnte bei entsprechender Vorarbeit das behördliche Mißtrauen noch so hoch sein, die Reaktionen erfolgten zuverlässig nach dem üblichen Schema.

Zu diesem Zweck hatte er zwei Mobiltelefone aus Marseille beschafft, deren Nummern den Behörden bekannt waren. Ihre Besitzer standen im Verdacht, Zuträgerdienste für die Mafia zu erledigen, was seit einiger Zeit natürlich nicht mehr der Fall war. Jedesmal, wenn eines dieser Geräte in Betrieb gesetzt wurde und seine digitalen Daten über Richtfunk an den Empfänger gingen, sorgte ein Erkennungsprogramm, daß die kleinen unauffälligen Antennen an den größeren Vermittlungsstellen sämtliche Daten gleichzeitig an die Groupe de Controle Radioélectrique weiterleiteten, eine Einrichtung, die dem Geheimdienst DGSE untersteht. Tourballe wußte, daß diese Gespräche sowohl in deren Zentrale in dem aufgelassenen Festungswerk von Noisy-le Sec mitgeschnitten wurden, als auch bei der geheimen Einrichtung zur Überwachung der Datenkommunikation in den gesicherten Kellerräumen der Délégation Interministérielle à la Sécurité des Systèmes d'Information DISSI in einem Vorort von Paris. An beiden Orten wurde der Text mittels sogenannter ›Hit-Wörterbücher‹ automatisch auf Signalbegriffe abgetastet. Die meisten, wie beispielsweise ›Heroin‹, ›Kalaschnikow‹ oder ›Gitan‹ waren Tourballes Leuten natürlich bekannt und deshalb seit langem nicht mehr Teil ihres Wortschatzes. Auf seine ausdrückliche Anweisung würden sich heute jedoch zwei Mitarbeiter nicht an diese Regel halten und hektische Aktivität sowohl bei den französischen wie auch bei den monegassischen Sicherheitsbehörden auslösen.

»Weißt du eigentlich, daß Onkel Hervé zu Besuch gekommen ist«, erkundigte sich Michel Vaujour in freundlichem Plauderton. Die Touristenkluft, die er gestern vor dem Palast getragen hatte, war abgeschabten schwarzen Hosen, einem weißen, kragenlosen Hemd und einer dunkel gestreiften Weste gewichen. Dazu trug er einen Spitzbart und eine runde Intellektuellenbrille, er sah aus wie der typische Student älteren Semesters. Die schmale Uhr an seinem Handgelenk zeigte kurz vor drei. Vor exakt einhundertneunzig Minuten hatte Tourballe die Nachricht vom Aufenthaltsort des Fürsten erhalten.

Die Stimmen ausländischer Touristen drangen an sein Ohr. Die reißerische Berichterstattung der Medien hatte so viele Menschen wie nie zuvor in die Stadt gelockt, so daß sich die meisten Geschäftsleute trotz der zerbrochenen Fensterscheiben die Hände rieben.

Michel Vaujour stand in unmittelbarer Nähe der fürstlichen Villa. »Er scheint eine Menge Besuch zu haben, alle zwei Minuten kommen neue Gästepaare«, teilte er seinem Gesprächspartner mit und beobachtete die Polizisten in Zivil, die in regelmäßigen Abständen zu zweit die Umgebung inspizierten.

»Dann ist die Familie sicher bald versammelt«, antwortete Marian Snegur interessiert. »Hast du einen Überblick, wer noch fehlt?«

»Ich habe sechs Pärchen gezählt«, erhielt er zur Antwort. »Aber ich nehme an, es sitzen einige bereits im Wohnzimmer und reden über alte Zeiten. Stoff gibt es ja reichlich.«

Der Gebrauch des Wörtchens ›Stoff‹, in gewissen Kreisen ein häufiges Synonym für Rauschgift, löste im Computer der DISSI einen Impuls aus, der das ständig besetzte Bedienungspult alarmierte. Das Telefongespräch wurde von diesem Augenblick an live mitverfolgt und das Band anschließend durch Spezialisten wiederholt auf geheime Botschaften abgehört. Michel Vaujour hatte durch die geschickte Verwendung eines der verbotenen Wörter die höchstmögliche Aufmerksamkeit der Behörden geweckt.

Der erste Schachzug war getan, jetzt kam es darauf an, ob sich die Gegenseite den Erwartungen entsprechend verhielt.

Die Arbeit in dem fensterlosen und klimaanlagengekühlten Raum gefiel Victor Maloun von Tag zu Tag weniger. Als er vor sieben Jahren hier anfing, war alles noch interessant gewesen. Damals saßen rund um die Uhr vier Kollegen hier unten, die aus der Fülle der mitgeschnittenen Gespräche unendlich viele Informationen nach oben geben konnten. Die Geschwindigkeit, mit der sich die Telekommunikation in Frankreich verbesserte, war jedoch auch an der DISSI nicht spurlos vorübergegangen, und so wurde die Arbeit heute allein durch modernste Elektronik, ohne menschliches Zutun, erledigt. Maloun war als einziger von der alten Besetzung übriggeblieben und teilte sich nun den Schichtarbeitsplatz zusammen mit zwei jüngeren Kollegen. Er hatte lediglich dafür zu sorgen, daß das System ungestört arbeiten konnte, viel Abwechslung erhielt er dadurch nicht.

Das Aufleuchten der winzigen Dioden auf seinem Schaltpult ließ seinen Blutdruck kaum noch ansteigen, ging es doch in den Gesprächen, die er durch seine unförmigen Mickymaus-Kopfhörer verfolgte, hauptsächlich um die tristen Schiebereien kleiner Gelegenheitsgauner. Nur selten war einer leichtsinnig genug, um im Freundeskreis mit dem letzten Raubzug anzugeben und nach der Adresse eines vertrauenswürdigen Hehlers zu fragen. Das Band, das in diesen Fällen von der Unterredung angefertigt wurde, ging stets an die zuständigen Polizeipräfekturen, auf daß sich ein überlasteter Ermittler um das Weitere kümmerte. Die Verwendung der Bänder vor Gericht war noch immer problematisch, deswegen dienten sie hauptsächlich dazu, intern die Hintergründe von Verbrechen aufzuhellen.

Als sich Maloun aus seiner hellgrünen Thermoskanne extra starken Kaffee in die Tasse goß, blinkte wieder eines der Lichter auf. Es war nicht rot wie üblich, sondern gelb; ein Hinweis darauf, daß mindestens einer der beiden Gesprächsteilnehmer dem organisierten Verbrechen zugerechnet wurde. Ein Prozent der im Computer gespeicherten Nummern hatte eine zusätzliche Kennung, die erhöhte Wichtigkeit signalisierte.

Er stellte seine Thermosflasche derart heftig auf der kunststoffbeschichteten Schreibtischplatte ab, daß der Kaffee in hohem Bogen herausschwappte und ihm die Finger der rechten Hand verbrühte. Während er sie mit einem Schmerzenslaut anpustete, bearbeitete er mit der Linken seine Tastatur.

Auf dem Bildschirm flimmerten zwei Telefonnummern und die dazugehörigen Namen auf. Beide gehörten in den Bereich der organisierten Kriminalität. Kleine Fische zwar, doch möglicherweise Zuträger für höhere Chargen. Über Kopfhörer steuerte Maloun nun den Beginn der Bandaufzeichnung, das gelbe Licht verriet ihm, daß die Unterhaltung noch andauerte.

In seiner Tätigkeit hatte Maloun einen sechsten Sinn dafür entwickelt, versteckte Botschaften aus einem unverfänglichen Gespräch herauszuhören, deshalb hörte er mit höchster Konzentration zu, um den Stellenwert klassifizieren zu können. Die verbrühte Hand war vergessen, der vorhin so dringend benötigte Kaffee ebenso.

»Es geht um den bald eintretenden Erbfall, schätze ich«, kicherte Michel Vaujour in seinen Apparat.

Snegur lachte ebenfalls. Er stand auf der Terrasse hinter dem Spielcasino und starrte über den Hafen auf den Schloßfelsen. »Soviel ich weiß, beschert ihm eine glückliche Fügung des Schicksals noch heute Nacht ein Ende. Es wird auch Zeit, finde ich.« Beide wußten, daß ihr Standort mittlerweile genau bestimmt worden war. Das Gespräch würde jedoch nicht lange genug dauern, daß die Polizei zugreifen konnte.

»Weißt du Näheres?« Vaujour klang so unschuldig, wie ein Mensch in dieser Situation nur klingen konnte. Bei verlangsamter Bandgeschwindigkeit würden die Analytiker später feststellen, daß in seiner Stimme ein gewisses Streßmoment lag.

»Nicht mehr, als daß die Familie morgen trauern wird, aber das reicht doch schon, oder?«

Als das Gespräch endete und das Lämpchen auf Malouns Bedienungspult erlosch, erschien eine Uhr auf dem Bildschirm, die viereinhalb Minuten anzeigte.

In den Räumen der DISSI begann nun eine Phase der hektischen Aktivität. Maloun überspielte das Band an das technische Labor, wo Spezialisten jedes einzelne Wort auswerteten. Verschiedene Methoden reduzierten die störenden Nebengeräusche auf ein zu vernachlässigendes Minimum und ließen die Stimmen der beiden Gesprächspartner so klar aus den Lautsprechern klingen, als unterhielten sie sich leibhaftig im gleichen Raum.

Anschließend wurde das präparierte Band an die Polizeipräfektur in Marseille und an das monegassische Hauptkommissariat überspielt, um von den dortigen Fachleuten beurteilt zu werden.

In Abwesenheit von Mace saß Alain wieder im Chefsessel des monegassischen Hauptkommissariats. Der Fürst hatte die Stellvertreter seines Lieblings telefonisch um ihre Unterstützung in dieser personalen Regelung gebeten. Laborde hingegen war über die Veränderung nicht informiert worden.

Das eingegangene Band wurde Alain umgehend vorgespielt. Er hörte es sich zweimal, dreimal an und ließ sich daraufhin mit Vivienne Margot verbinden. Ihr Gespräch dauerte siebenundzwanzig Minuten und bestimmte die Planungen des restlichen Tages. Endlich waren sie Gitan einen Schritt voraus, in den nächsten Stunden würde sich sein Schicksal besiegeln.

42

Von weitem sah das Zementwerk von Contes wie ein Kraftwerk aus. Ein neunzig Meter hoher Vorwärmeofen erhob sich über die Baumwipfel, angestrahlt vom warmen Licht der Nachmittagssonne. Neben ihm standen, sauber aufgereiht, sechs zylinderförmige Schachtöfen von unterschiedlicher Größe, der kleinste immerhin noch sechzig Meter hoch. Ein Stück abseits lagen die riesigen Silos für Kohle, Kalkstein, Kreide und Ton. Das zentrale Betriebsgebäude wirkte dagegen beinahe winzig. Vor vier Jahren als Europas modernste und umweltfreundlichste Zementfabrik mit einem Jahresausstoß von zwei Millionen Tonnen errichtet, standen die Anlagen infolge eines Beschlusses der Geschäftsführung der La Farlede S.A. still. Angesichts der Überkapazitäten auf dem europäischen Zementmarkt dachte auch niemand daran, die 1450 Grad Celsius heißen Öfen in absehbarer Zeit wieder anzufahren. Siebenhundert Millionen Francs europäische Fördergelder, sinnlos in die Landschaft gesetzt.

Um die gesamte Anlage führte ein übermannshoher, mit scharfem S-Draht gesicherter Zaun, und am Eingangsbereich stand ein Tag und Nacht besetztes Sicherheitsgebäude. Der Posten winkte ihnen zu, als der Renault langsam vorüberfuhr und die asphaltierte Straße zum Betriebsgebäude einschlug.

Die drei auf dem Rücksitz waren erst vor kurzem aufgewacht, folglich wußte keiner von ihnen, wo sie sich hier befanden. Wie zu erwarten, gaben auch ihre beiden Begleiter weiterhin keinerlei Auskunft. Der Wagen hielt vor dem Eingangstor des würfelförmigen Gebäudes, dessen oberster Stock als rundum verglaster Leitstand ausgeführt war. Vereinzelte Reste abgekratzter Buchstaben wiesen auf einen ehemaligen Firmennamen hin: La Farlede S.A.. Lucas zog einen Schlüssel heraus und sperrte auf. Mit einem dünnen Lächeln forderte er sie zum Eintreten auf.

Sie kamen in ein kühles großes Foyer aus Beton mit einem verwaisten Empfangspult und einigen Kunststoffpflanzen. Wie draußen, wirkte auch hier alles sauber, wenngleich verlassen. Lucas ging voran zur Aufzugtür. Er drückte den Knopf und klopfte beim Warten nervös mit den Fingerspitzen seiner rechten Hand gegen die Wand.

Nicoles Zustand näherte sich der Panik. Am liebsten hätte sie sich umgedreht und wäre wieder hinaus ins Freie gelaufen. Die dicken Mauern und die düstere Atmosphäre bedrückten sie. Hoffentlich kamen sie in einen Raum mit großen Fenstern, die sich öffnen ließen. Zum erstenmal in ihrem Leben überfiel sie Platzangst.

Bertrand erkundigte sich nach Einzelheiten über die aufgegebene Fabrik, erhielt aber nur ausweichende Antworten. Es schien, als wüßten die beiden selbst nicht allzuviel über diesen Ort. Sie fuhren bis in den obersten Stock. Dort traten sie in einen dunklen Gang. Es herrschte eisige Kälte, und die beiden Frauen in ihren dünnen Kleidern schauderten. Lucas schaltete die Deckenbeleuchtung an, und ein Dutzend Leuchtstoffröhren flackerten auf, um sich in den glatten Bodenfliesen zu spiegeln. Die Betonwände waren völlig schmucklos, einen farblichen Kontrast bildeten lediglich die roten Türrahmen.

Nicole griff nach Bertrands Hand. Warum brachte sie Alain in eine stillgelegte Zementfabrik? War er tatsächlich der Ansicht, daß sie sich hier einige Tage aufhalten sollten? Sie konnte es nicht glauben und sah an Danielle, daß auch die Freundin zu zweifeln begann.

Lucas ging den Gang entlang, während Lionel ihnen folgte. Sie kamen an einer graulackierten Eisentür mit dem Schild: BETRIEBSRAUM – EINTRITT VERBOTEN! vorbei, und hielten an der nächsten Tür an. Lucas sperrte sie auf.

Ein großer Konferenzraum lag vor ihnen. Um den viereckigen Holztisch standen an jeder Seite zehn Aluminiumsessel mit Kunststoffsitzen. Die gegenüberliegende Außenwand bestand komplett aus Glas und war in regelmäßigen Abständen durch kompakte Stahlträger unterbrochen. An der rechten Wand befand sich eine halbgeöffnete Schiebetür, hinter der eine kleine Kaffeeküche lag. Auf den Möbeln war kein Staub zu sehen, der Air-France-Kalender an der Wand stammte allerdings noch vom vergangenen Jahr.

»Wenn Sie hier bitte kurz warten«, deutete Lucas auf die eher zweckmäßigen als bequemen Sessel. »Alain trifft bald ein und bespricht alles weitere mit Ihnen. Ich weiß, der Raum wirkt nicht sonderlich einladend, aber angesichts der Umstände ...« Er zuckte mit den Schultern.

Es blieb ihnen wohl kaum etwas anderes übrig, als auf den Vorschlag einzugehen. Die drei sahen sich an, sagten jedoch kein Wort.

»Haben Sie bitte keine Angst, hier sind Sie absolut sicher«, unternahm Lucas einen letzten Versuch, um sie zu beruhigen. Er stand schon in der Tür. »Niemand weiß von Ihrer Anwesenheit, und überdies ist das Gebäude so angelegt, daß kein Unberufener eindringen kann. Es wird nicht lange dauern.«

Bertrand nickte und ging mit langen Schritten durch den Raum. Durch die großen Fenster war es ziemlich warm, frieren würden sie also nicht. Er sah durch die Scheiben über die Anlage hinweg in südwestlicher Richtung. Dichte Wolken hatten sich über die Sonne geschoben, in wenigen Minuten würde ein Gewitter ausbrechen.

In diesem Augenblick sprang Nicole plötzlich vor. »Bitte, lassen Sie uns nicht allein! Kann nicht wenigstens einer von Ihnen hierbleiben?« bettelte sie.

Die beiden Männer erstarrten zuerst und schüttelten dann übereinstimmend die Köpfe. Gleich darauf flog die Tür zu und das Herumdrehen eines Schlüssels war zu vernehmen.

Sie waren hereingelegt worden, Lucas und Lionel gehörten weder zur monegassischen Polizei, noch hatte sie Alain gesandt. Sie arbeiteten für niemand anderen als Gitan.

Nach dem Gespräch mit dem Präsidenten fuhr Fortune zurück in sein Büro und traf einige folgenreiche Entscheidungen. Die erste betraf den beratenden Ausschuß des Ministeriums unter dem Vorsitz von Yves Botterreau. In einer zur Veröffentlichung bestimmten Stellungnahme kritisierte er die ausschließlich auf das Großkapital ausgerichtete Haltung des bislang gehätschelten Finanzexperten. In einem Land mit so einflußreichen Gewerkschaften wie Frankreich bedeutete dies den Auftakt zur öffentlichen Steinigung. Mit dem endgültigen Sturz Botterreaus wollte sich der Finanzminister freilich nicht die Hände schmutzig machen, das sollten andere für ihn besorgen, am besten die Gewerkschaften selbst. Er wollte lediglich den Startschuß dazu geben.

Mit seiner zweiten Erklärung reagierte er auf den Vorwurf, daß er zuwenig gegen die internationale Geldwäsche in diesem Land unternahm. Ohne zu erwähnen, daß er diese Gefahr noch vor kurzem vehement bestritten hatte, kündigte er ein Programm an, das den europaweiten Kampf gegen diese Machenschaften besser koordinieren sollte.

Sein drittes Memorandum war ausschließlich an Vandelin gerichtet und enthielt massive Kritik an seinen Eigenmächtigkeiten. Fortune hielt noch einmal fest, daß die französische Finanzpolitik einzig und allein durch den dafür zuständigen Minister in Absprache mit dem Premierminister und dem Präsidenten formuliert wurde, von niemandem sonst.

Er konnte nicht wissen, daß sich Vandelin zur gleichen Zeit ebenfalls fieberhaft bemühte, seinen Hals zu retten. Der Staatssekretär distanzierte sich von seiner bisherigen Position und versuchte eine Flucht nach vorn. Er wolle die Rolle des beratenden Ausschusses in der jetzigen Form überdenken, so kündigte er an, und möglicherweise durch eine größere Runde zu ersetzen. Für den Abend plante er ein weiteres Treffen in dem von dicken Zigarren verqualmten Büro seines alten Freundes Armand Thessier, um über die Seiten des *Figaro* Imagewerbung zu betreiben.

Nachdem Fortune mit seiner heutigen Rede die Abendnachrichten anführte, gab es für Vandelin in den nächsten Tagen keine adäquate Möglichkeit mehr, ebenfalls in aller Munde zu sein, dazu kannte er den derzeitigen Stellenwert der Finanzpolitik nur zu gut. Ein ausführliches Gespräch in den Räumen des *Figaro* mitsamt dem entsprechenden Medienecho brachte ihn jedoch mit seinem Minister in Gleichstand. Auch wenn sich Augenblicke der Niederlage nicht immer vermeiden ließen, dank seiner Gerissenheit war Vandelin bislang stets mit einem blauen Auge davongekommen.

Botterreau, der von den drohend zusammengezogenen Wolken durch eine Quelle in der Pressestelle des Ministeriums erfuhr, entfaltete ebenfalls hektische Aktivitäten. Zuerst telefonierte er mit Gitan, um ihn über Vandelins Eigenmächtigkeiten zu informieren, bevor er sich die Unterstützung von Vertretern der wichtigsten französischen Finanz- und Wirtschaftsorganisationen sicherte. Fast alle stimmten ihm zu, daß das unberechenbare Duo Fortune und Vandelin für die Nation auf Dauer nicht mehr tragbar sei. Man wollte dem Präsidenten in den nächsten Tagen deutlich zu verstehen geben, daß er wenigstens einen Kopf auswechseln mußte, wenn er weiterhin auf Rückenwind seitens der Verbände rechnete. Botterreau ging nicht davon aus, daß der alte Taktiker im Elysée unter diesen Umständen sonderlich an den beiden Kritisierten hing.

Neben dem Schreiben gehört die Recherche zu den vielfach ungeliebten Aufgaben eines Journalisten. Charles gehörte ebensowenig wie Jeanne zu den Kollegen, die Archivarbeit und zeitraubende Telefonate sonderlich mochten, doch nachdem sie Redaktionen vertraten, die hohe Ansprüche an die gelieferten Artikel stellten, bildete die gründliche Überprüfung aller Fakten einen untrennbaren Bestandteil ihres Jobs. Ihr jüngster Knüller war ihnen sozusagen in den Schoß gefallen, für die Fortsetzung dieser Geschichte würden sie jedoch hart arbeiten und mit einer Vielzahl von Menschen reden müssen.

Es begann wie immer mit einigen Telefongesprächen. Die Baufirma, der der verunglückte Zementmischer gehörte, firmierte zwar als monegassisches Unternehmen, saß aber aus Platzgründen in der Avenue Général de Gaulle in Cap d'Ail.

Jeanne fand heraus, daß Guy und Albin Peyroux, die beiden Geschäftsführer der Christophe Peyroux S.A., nur noch mit einigen wenigen Prozent an dem Unternehmen beteiligt waren. Sie hatten die überwiegende Mehrheit der Anteile bereits vor Jahren an den Zementgiganten La Farlede S.A. verkauft, von dem Jeanne aus früheren Recherchen wußte, daß er zum Firmenkonglomerat von Gitan gehörte, und bildeten heute nur noch das seriöse Aushängeschild ihres alten Familienunternehmens.

Jeanne gelang es, mit Albin Peyroux einen der beiden Brüder und technischen Leiter des Unternehmens, ans Telefon zu bekommen. Er sei grundsätzlich an guten Beziehungen zur Presse interessiert, so versicherte er ihr herzlich, schon aus Marketinggründen, bat aber gleichzeitig um Verständnis, wenn er zu den laufenden Ermittlungen keine Auskunft geben konnte. Die Anwälte hätten dringend dazu geraten.

Jeanne zeigte Verständnis und erkundigte sich listig, ob sie Fragen zur Person des getöten Fahrers stellen durfte.

Nach kurzem Überlegen stimmte Albin Peyroux zu. »Ich denke, dagegen kann unser Anwalt nichts haben. Schießen Sie los.«

»Seit wann arbeitete José Crochard in Ihrem Unternehmen?«

Ein kurzes Räuspern kam durch die Leitung. »Bestimmt schon vierzig Jahre.«

»Gab es in letzter Zeit irgendwelche Klagen über ihn? Trank er, oder hatte er andere auffällige Angewohnheiten?«

»Meiner Kenntnis nach nicht. José war ein umgänglicher, allerdings ziemlich derber Bursche, der nicht viel Spaß verstand, wenn man auf seine Kosten Witze machte. Seine Kollegen hatten Respekt vor ihm. Größere Probleme gab es meines Wissens mit ihm nicht. Ich habe mich aber offengestanden nicht sonderlich dafür interessiert, denn er war schließlich nur ein Fahrer unter dreiundneunzig anderen.«

»Sie können also nicht ausschließen, daß er trank?«

Wieder ein Räuspern. »Sie werden verstehen, Madame, wenn ich darauf lieber keine Antwort gebe.«

»War er vorher schon einmal an einem größeren Unfall beteiligt?«

»Nein.« Die Antwort kam rasch. »Einige kleinere Blechschäden, wie sie jedem einmal passieren, doch nichts, was aus dem Rahmen fällt. – Hören Sie, Madame …« Jemand schien in sein Büro zu kommen, und er wollte das Gespräch nun rasch beenden. »Ich mache Ihnen einen Vorschlag.«

»Und der wäre?«

»Ein alter Freund von José, Pablo Mantano, kann Ihnen mit Sicherheit mehr über ihn erzählen als ich. Die beiden haben fast gleichzeitig bei uns angefangen und waren auch privat eng miteinander befreundet.«

»Wo kann ich Pablo Mantano erreichen? Ist er gerade unterwegs?«

»Er hat ein Augenproblem und darf seit vorigem Herbst nicht mehr an das Steuer eines Lasters. Seither vertreibt er Gammler und neugierige Kinder aus dem stillgelegten Zementwerk von Contes, das zu unserem Konzern gehört. Besorgen Sie sich seine Telefonnummer am besten über die Personalabteilung oder besuchen Sie ihn in Contes. Seine Baracke steht direkt hinter dem Haupttor.« Er hustete nervös. »Ich hoffe, Ihnen damit gedient zu haben, Madame. Berichten Sie bitte positiv über uns, wir können es im Augenblick wirklich gebrauchen.«

Jeanne versprach es und bedankte sich. Vermutlich war es sinnvoller, diesen Pablo persönlich aufzusuchen. Jemand, der vierzig Jahre lang hinter dem Steuer eines Zementlasters gesessen war und nun eine leerstehende Fabrik beaufsichtigte, gehörte unter Umständen nicht zu den gesprächigsten Zeitgenossen.

Die *Sainte-Marie* verließ ihren Liegeplatz und lief in südlicher Richtung aus. Tourballe entschied sich für eine Entfernung von zwanzig Seemeilen. Jede weitere Meile würde das Abhören des monegassischen Polizeifunks erheblich erschweren.

Von außen war dem elegant das Wasser durchpflügenden Schiff nicht anzusehen, was sich hinter den schneeweißen Wänden verbarg. Die komplizierte Elektronik unter Deck ließ kaum Platz für die fünfzehn Mitglieder der Besatzung, die neben dem obligatorischen Schrubben der Decks und dem Austauschen schadhafter Taue noch eine weitere, anspruchsvollere Tätigkeit ausübte. Sie alle waren versierte Elektronikspezialisten, deren

Kenntnisse sich in der Bedienung von GPS, Radar oder Video- und Digitalecholot längst nicht erschöpften.

Beim Auslaufen zeigte sich lediglich einer aus der Mannschaft an Deck, in kurzer blauer Hose und weißem T-Shirt. Ein zweiter saß im Steuerstand, seine schmale Gestalt wirkte winzig hinter der riesigen Panoramascheibe. Alle anderen saßen unter Deck an ihren Geräten mit unförmigen Kopfhörern über den Ohren.

Der Funkverkehr zwischen den Sicherheitskräften im Fürstentum nahm von Minute zu Minute zu, es war offensichtlich, daß sich die Gegenseite in einer Phase höchster Anspannung befand. Der Fürst würde die Stadt auf dem Luftwege verlassen, soviel ging aus den Gesprächen hervor, doch leider nicht der genaue Zeitpunkt. Den hektischen Aktivitäten nach zu urteilen, vermutlich ziemlich bald.

Auf einem der sechs Landeplätze des Héliports im Süden des Stadtteils Fontvieille ging ein Hubschrauber von Héli Air Monaco nieder. Er brachte drei Models, die sich während der nächsten Tage in knappen Bikinis und exklusiven Abendkleidern vor den Springbrunnen des Casinos tummeln sollten. Für die Werbefilmer spielte es keine Rolle, ob die Einwohner des Fürstentums nach den jüngsten Ereignissen an derartigen Bildern vielleicht Anstoß nahmen. Sie hatten einen Vertrag und bestanden darauf, daß er eingehalten wurde. Den Mädchen waren die Umstände ebenfalls egal, als Profis konnten sie es sich nicht erlauben, Pietät zu zeigen.

Der Pilot ließ den Rotor auslaufen und verabschiedete sich von seinen reizvollen Passagieren, auf die bereits eine Luxuslimousine wartete. Anschließend setzte er sich wieder in seine Maschine. Auf ihn wartete heute noch eine weitere wichtige Aufgabe.

Sie waren Gitans Leuten einfach in die Arme gelaufen, ohne jede Gewalt. Nicole fühlte sich so grenzenlos gutgläubig und dumm, daß sie sich am liebsten selbst geohrfeigt hätte. Was würde nun mit ihnen geschehen? Nach den Erfahrungen der letzten Tage konnten sie sich ihr Schicksal in etwa ausmalen. Sie fing zu weinen an. Nicht genug, daß sie es nicht geschafft hatte, ihren Feinden zu entkommen, sie riß nun auch noch Bertrand und Danielle mit in den Tod.

Bertrand nahm sie tröstend in die Arme. Sie sollte sich in Ruhe ausweinen, er hätte es am liebsten ebenfalls getan. War damit tatsächlich alles zu Ende? Ihr Traum von einer gemeinsamen Zukunft? Er in der Küche, Nicole am Empfang des Demie-Lune? Die schweren Gewitterwolken, die vor den großen Scheiben aufgezogen waren, paßten zu ihrer Stimmung. Blitze zuckten, und binnen Minuten ging heftiger Regen nieder.

Als sich Nicole einigermaßen beruhigt hatte und von Danielle in einen der Sessel plaziert worden war, untersuchte Bertrand den gesamten Raum gründlich nach Fluchtmöglichkeiten. Er fand keine. Die Eisentür erwies sich als massiv und gründlich verriegelt, die Fenster zu hoch, um herauszuspringen. Telefon gab es keines. Deprimiert warf er sich ebenfalls in einen Sessel.

Nach einer Weile düsteren Brütens sprang er erneut auf und ging ans Fenster. Der Regen prasselte so heftig gegen die Scheiben, daß er die kaum zwanzig Zentimeter breite Betonleiste, die sich wie ein schmales Bord an der Außenwand entlangzog, nur schemenhaft erkannte. Sie stützte die massiven Stahlträger, die die Scheiben unterteilten und die Decke trugen. Ob es möglich war, eines der Fenster zu zerschlagen und über dieses Sims in das nächste Zimmer zu klettern? Er erinnerte sich an das Schild des Betriebsraums. Dort gab es sicherlich ein funktionierendes Telefon, immerhin sah das stillgelegte Werk gut unterhalten aus. Sie mußten Alain oder Somper anrufen.

Ohne sich weitere Gedanken über die damit verbundenen Gefahren zu machen, griff er nach dem nächsten Sessel, hob ihn hoch und schlug auf eines der Fenster ein. Nicole und Danielle sprangen erschrocken auf und starrten ihn entgeistert an. War er verrückt geworden?

Die Risse, die sich jetzt über die Scheibe zogen, sahen wie eine Spinne mit tausend Füßen aus. Bertrand drosch erneut dagegen. Einige weitere Spinnenbeine tauchten auf, das Glas splitterte jedoch nicht. Er versuchte es an der nächsten Scheibe, auch hier das gleiche Resultat. Mit der Kraft der Verzweiflung rammte er schließlich die Aluminiumfüße des Sessels gegen die dritte Scheibe. Das Glas splitterte mit einem dumpfen Knall, und ein großer Teil des Fensters stürzte nach außen. Sofort prasselte der Regen herein.

Bertrand schlug die Scheibe vollständig aus dem Rahmen und warf den Sessel einfach hinterher. Dann erklärte er den beiden Frauen seinen Plan. Es würde gefährlich sein, gab er zu, allerdings weniger gefährlich, als weiterhin hier zu sitzen und tatenlos auf die Rückkehr der beiden zu warten. Er wollte nur an ein Telefon und Hilfe herbeirufen. Dann würde er wieder zurückkommen. Die beiden Frauen starrten nur kopfschüttelnd aus dem zerbrochenen Fenster auf die schmale Betonleiste, sagten aber nichts. Vermutlich war dies wirklich ihre einzige Chance.

Durch den hereinschlagenden Regen bildeten sich große Lachen auf dem Fußboden. Bertrand griff nach einem weiteren Sessel und trat erneut an das eingeschlagene Fenster, wo ihm das Wasser peitschend ins Gesicht schlug und in kleinen Rinnsalen am Hals herunterlief, um unter dem Kragen seines Hemdes zu verschwinden. Der Betonsims und die Fensterprofile waren durch die Nässe ziemlich glitschig, sein Weg würde nicht gerade ein Spaziergang werden.

Nicole setzte zu einem schwachen Versuch an, ihn von seinem Vorhaben abzubringen, doch Bertrand brachte sie mit einem Kuß zum Schweigen. Im gleichen Moment blitzte es, und wenig später ertönte heftiges Donnergrollen.

Bertrand setzte einen Fuß auf den Sims und tastete sich mit den Fingern der linken Hand an dem waagrechten Fensterprofil in Kopfhöhe entlang. Der zweite Fuß folgte, und er hing nun zwanzig Meter über dem Abgrund, mit der Brust zur Wand, den sperrigen Sessel in der Rechten. Vorsichtig schob er sich Zentimeter für Zentimeter voran, der Küchenchef der oberen Zehntausend, den Blick verzweifelt nach oben gerichtet. Solange er zurückdenken konnte, hatte er unter Höhenangst gelitten, jedes Flugzeug deswegen gemieden und ab dem ersten Stock nicht mehr aus dem Fenster gesehen. Er konnte es kaum fassen, diese Angst heute besiegt zu haben.

Er tastete sich um die metallverkleidete Betonsäule herum, die die Trennwand zwischen den beiden Räumen bildete, und gelangte zu den Fenstern des Betriebsraumes. Dort hielt er kurz an, um zu verschnaufen. Der zwar federleichte, doch ungemein behindernde Sessel wechselte nun in einer halsbrecherischen Aktion von der rechten in die linke Hand. Mit ihr holte er nun so weit wie möglich aus und schlug den Sessel wuchtig gegen das Glas. Gleichzeitiges Donnergrollen verschluckte das Klirren. Doch die Scheibe splitterte nicht. Bertrand schob sich vorsichtig zwei Meter weiter und versuchte es an der nächsten.

Dabei wäre er beinahe vom Sims gestürzt. Er ließ den Sessel fallen und klammerte sich im letzten Augenblick an einem der Fensterprofile fest. Sein Atem ging jetzt stoßweise, und die Knie zitterten. Um Haaresbreite!

Immerhin war sein letzter Schlag erfolgreich gewesen, der größte Teil der Scheibe lag im Gebäude. Bertrand stieg zwischen den scharfkantigen Resten ein, um gleich darauf vor Erschöpfung zu Boden zu stürzen. Er spürte die Kälte der Fliesen, roch den scharfen Bodenreiniger und dankte Gott für sein neugeschenktes Leben.

Er verharrte einige Augenblicke, um wieder Kraft zu schöpfen. Dann taumelte er zurück ans Fenster, um den beiden Frauen einige beruhigende Worte zuzurufen.

Der Betriebsraum war die Steuerzentrale des Zementwerks. Zwei Wände voller Schalttafeln und zwei riesige Bedienungspulte wiesen unzählige Displayfenster, Meßanzeigen, Knöpfe, Schalter und Regler auf. Auf einem der Pulte stand auch ein Telefon.

Mit klopfendem Herzen griff er nach dem Hörer und hielt ihn ans Ohr. Die Leitung war tot. Fluchend warf er den Apparat zu Boden und sah mit grimmiger Befriedigung, wie er auf den Fliesen zerbrach. Alles umsonst.

Das Knirschen von Glas ließ ihn herumwirbeln. Nicole sprang zum Fenster herein, mit schneeweißem Gesicht und tropfendem Kleid.

»Warum bist du mir nachgestiegen?« fuhr er vorwurfsvoll hoch und sprang auf sie zu, um sie an sich zu ziehen.

»Ich hatte weniger Angst vor der Kletterei als davor, daß die beiden zurückkehren, während du hier telefonierst«, antwortete sie schwach, und zitterte dabei.

»Was ist mit Danielle? Kommt sie etwa auch?« Er riß sich von ihr los und eilte zum Fenster. Dort konnte er ihr gerade noch hereinhelfen.

Was sollte er sagen? Für Kritik fehlte ihm die Kraft. Sie alle hatten ihr Leben umsonst riskiert. Das Telefon funktionierte nicht. Sie starrten stumm auf den zerbrochenen Apparat.

Es dauerte einige Zeit, bis sie sich soweit wieder gefaßt hatten, um nach anderen Möglichkeiten zu suchen, die ihnen weiterhelfen konnten. Bertrand rüttelte an der verschlossenen Eisentür, während die beiden Frauen die Aufschriften unter den Bedienungshebeln lasen. Sie suchten nach einem Alarmknopf, der bei einem Betriebsunfall raschen Kontakt zu Polizei und Feuerwehr ermöglichte. Falls es einen gab, war er nicht speziell markiert, denn sie fanden ihn nicht. Statt dessen stieß Danielle auf etwas anderes. »Hier ist ein Schalter für eine ›Reinigungsgondel‹«, verkündete sie mit lauter Stimme. »Was ist das?«

Bertrand tat näher. »Eine Art Metallkorb, mit dem man von außen die Fenster eines Hochhauses erreicht.« Er ging weiter zum Fenster. »Meistens hängt so ein Ding an einem speziellen Kran, der auf Schienen an der Dachkante entlangfährt.« Er blickte hinaus, verdrehte den Kopf und sah durch den Regen nach oben. Tatsächlich, direkt über ihm pendelte eine Gondel.

Er kehrte zurück zum Bedienungspult und studierte das Schildchen unter dem Hebel. »Falls das Netz unter Strom steht, müßte die Anlage eigentlich funktionieren«, meinte er nach einer Weile. »Sieht nicht sehr kompliziert aus.«

»Das Licht hat vorhin jedenfalls funktioniert, der Fahrstuhl auch«, erinnerte ihn Danielle.

Bertrand griff nach dem Hebel, der die Form eines Joysticks hatte, am rechten Rand des Bedienungsfeldes, und legte mit der anderen Hand den Kippschalter um, der die Inbetriebnahme des Systems regelte. Als die Signallampe aufleuchtete, zog er den Hebel langsam nach unten.

Ein Summen ertönte, und trotz des Gewitters hörten sie außen ein scharrendes Geräusch. Wenige Augenblicke später sahen sie den graulackierten Rumpf der Gondel herunterschweben. Die Kabine bot Platz für höchstens zwei Personen, sie würden sich eng zusammenpressen müssen, wenn sie darin flüchten wollten.

Bertrand ließ den Hebel los. Das Geräusch verstummte, und die Gondel blieb schaukelnd hängen. Allerdings viel zu hoch, um einsteigen zu können. Bertrand bewegte sie deshalb weiter nach unten. Da er den Hebel zu spät losließ, hing sie jetzt etwas zu tief, um bequem einsteigen zu können.

Als er versuchte, die Gondel wieder ein wenig nach oben zu fahren, reagierte sie allerdings nicht. Den Grund dafür kannte er nicht. Vielleicht hatte sich etwas verklemmt. Nachdem ihr Weg in die Freiheit abwärts führte und nicht nach oben, bildete dies jedoch kein wirkliches Problem.

Nachdem in der Gondel selbst keinerlei Steuerungsmöglichkeit zu erkennen war, blieb Bertrand nichts anderes übrig, als Nicole und Danielle vorsichtig in den schwankenden Metallkorb voraussteigen zu lassen, den Hebel mit dem demolierten Telefon festzuklemmen und in die rasch nach unten fahrende Gondel nachzuspringen.

Als er am Fenster stand, befanden sich die Köpfe der beiden Frauen bereits einige Meter unter ihm, und der Abstand wuchs von Sekunde zu Sekunde. Zwei angsterfüllte Augenpaare blickten zu ihm auf. »Spring schon!« rief Nicole voller Angst. »Los! Worauf wartest du noch?«

Bertrand zögerte noch. Ihm fiel seine Höhenangst ein. Warum bitte sollte er so verrückt sein und in eine winzige schwankende Gondel springen, die bereits überfüllt war? Und noch dazu aus dieser Höhe. Er würde sich dabei das Genick brechen.

»Bertrand!« Nicoles Stimme gellte schrill durch den Regen. »Spring endlich!«

Da schluckte er seine Angst hinunter und ließ sich fallen.

43

Während Jeanne fuhr, notierte Charles in kurzen Stichworten die Fragen, die sie Pablo Mantano stellen wollten. Beide waren felsenfest davon überzeugt, daß seinem verunglückten Freund eine Schlüsselrolle in der monegassischen Tragödie zukam. Wie aber konnte jemand sein eigenes Leben an die Mafia verkaufen? Dies herauszufinden war ihre heutige Aufgabe. Charles tippte auf Drogen, Jeanne war unsicher.

»Ich fürchte, wir bekommen bis Redaktionsschluß keinen Zehnzeiler fertig, geschweige denn eine vernünftige Geschichte«, prophezeite sie düster und umklammerte das Lenkrad fester. Die dunkel heraufziehenden Wolken in ihrem Rückspiegel gefielen ihr gar nicht.

»Alles nur eine Frage der Formulierung«, widersprach Charles und klopfte sich mit dem Kugelschreiber gegen den rechten Nasenflügel. »Ganz egal, wie wichtig oder unwichtig die Details sind, die uns Mantano über seinen Freund erzählen kann, im Augenblick interessiert die Leute einfach alles, was die Katastrophe in Monaco betrifft. Wir werden keine Namen nennen, aber so formulieren, daß jeder den Namen Gitan zwischen den Zeilen lesen wird.«

»Du weißt aber hoffentlich auch, was du damit riskierst?« Jeanne wandte ihren Blick nicht von der Straße. »Nicht, daß ich Angst davor hätte, die Wahrheit rückhaltlos an die Öffentlichkeit zu bringen, aber ich muß dich warnen: Es gibt genügend Kollegen, die wegen ähnlicher Artikel mit einem nächtlichen Genickschuß aufgefunden wurden.«

»Machst du Witze?« Charles lachte auf. »Wenn ich in der Redaktion erzähle, daß mir ausgerechnet Jeanne Humbert Angst einjagen wollte, die Frau, die wie keine andere in diesem Land über die dunklen Praktiken der organisierten Kriminalität und ihrer Helfershelfer berichtet hat, löst das Lachsalven aus.« Er beugte sich zu ihr hinüber und gab ihr einen Kuß auf den Hals. »Die Zahl der Menschen, die dir offene Tuberkulose oder die Beulenpest an den Hals wünschen, meine Liebe, dürfte längst vierstellig sein. Ich kann also nur vermuten, daß du mit deinen Bedenken verhindern willst, daß ich auch ein wenig von deinem Ruhm abbekomme.«

»Dummkopf!« lächelte sie. »Ich habe die Rede nur darauf gebracht, weil ich mich in gewisser Hinsicht verantwortlich für diesen großen Jungen fühle, der so völlig unbeleckt aus dem friedlichen Paris gekommen ist und meint, hier sei das Paradies. Ich will keine Blumen auf deinen Sarg werfen, Charles, das ist meine einzige Angst.«

»Da wir gerade dabei sind«, grinste er zurück. »Du weißt ja, der große Junge aus Paris liebt weiße Lilien und Orchideen.«

»Ich werde dich in einer Gärtnerei begraben lassen«, kam die spöttische Antwort. Im gleichen Augenblick fiel der erste Regentropfen, und Jeanne fuhr fluchend rechts heran, damit sie das Verdeck schließen konnten. Sie befanden sich kurz hinter Cantaron, unweit von Contes. Als sie die Fahrt drei Minuten später fortsetzten, waren sie so naß, daß sich kleine Pfützen auf den Fußmatten bildeten.

»Auch wenn du mich zum Gespött deiner Kollegen machen willst«, setzte Jeanne ihre Unterhaltung fort, »aber ich habe wirklich ein ungutes Gefühl bei deiner Taktik.«

»Das mußt du mir näher erläutern.« Charles war schlagartig ernst geworden. Jeanne besaß in diesen Dingen mehr Erfahrung als er, und deshalb wollte er ihre Einwände keineswegs einfach beiseite wischen.

»Nun, normalerweise bereite ich den Boden für jede öffentliche Bloßstellung gründlich vor. Jeder soll wissen, daß ich mich mit dem Betroffenen beschäftige, daß ich mit seinen Freunden rede, seinen Angestellten, den Kellnern in seinen Lieblingslokalen, seinen Nutten. Auf diese Weise stelle ich sicher, daß er sich nicht an mir vergreift. Niemand, selbst der brutalste Mafia-Boss nicht, würde es riskieren, eine Journalistin ermorden zu lassen, von der alle Welt weiß, daß sie gerade einige schwarze Flecken auf seiner Weste ausleuchtet. Er wird mich verfluchen, Gerüchte in die Welt setzen, mir den Ruf als übelstes Luder der ganzen Küste anhängen, doch er wird den Teufel tun und sich an mir vergreifen.« Sie bog in die Abfahrt nach Contes ein. »Was wir heute machen, grenzt an Selbstmord. Wir wissen beide, daß Gitan hinter der gestrigen Katastrophe steht, der machtgierigste und skrupellosteste Mensch, der mir je begegnet ist. Wenn er herausfindet, daß wir ihm heimlich hinterherschnüffeln, wird er uns umbringen lassen, ehe wir auch nur unseren Computer einschalten können.«

»Es ist doch illusorisch, einen Mann wie Gitan erst einige Tage lang über die Titelseiten weich zu kochen, ehe wir mit Nachforschungen über ihn beginnen«, widersprach Charles. »Wenn er wirklich derart einflußreich ist, wie du sagst, dann beschäftigen seine Rechtsvertreter unsere Hausjuristen für die nächsten zwanzig Jahre. Nicht davon zu reden, daß er gewarnt ist und jeden Hinweis auf seine Beteiligung umgehend beseitigt. Wir könnten auf diese Weise niemals beweisen, daß er hinter dem Anschlag steht.«

»Wir riskieren damit aber unser Leben!« Jeanne schaltete den Scheibenwischer auf die höchste Stufe und sah trotzdem kaum noch etwas von der Straße. Ein fürchterliches Gewitter ging über ihnen nieder. »Ich will dir keine Angst einjagen, Charles, aber das ist nun einmal die Konsequenz.«

»Ich werde für uns beten.«

»Daran tust du gut«, nickte Jeanne sarkastisch. »Ich habe das Beten in diesem Beruf leider längst verlernt.« Sie reduzierte die Geschwindigkeit noch weiter, so daß der Wagen mit kaum dreißig Stundenkilometern die D 15 in Richtung Contes entlangschlich. »Doch wenn ich noch länger mit dir zusammenarbeiten muß, lerne ich es vielleicht wieder.«

Von Contes führte eine kleine Nebenstraße sieben Kilometer in nordöstlicher Richtung durch unbebautes, mit Büschen und kleineren Bäumen überwachsenes Gelände. Die Straße war neu, ebenso durch Gelder des Strukturfonds der Europäischen Union gebaut wie das Zementwerk. Sie erfüllte keinen weiteren Nutzen, als daß sie die Zufahrt zu der Anlage ermöglichte, an deren riesigem Gittertor sie endete. Weitere Anlieger gab es nicht. Während der Fahrt auf der breiten, für schwere Baufahrzeuge angelegten Straße sahen sie die massigen Schachtöfen und die dahinterliegenden Silos vor sich, helle Silhouetten vor dem wolkenverhangenen Himmel.

Die beiden Journalisten stiegen aus. Der Regen hatte inzwischen nachgelassen, und aus den Kronen der umstehenden Bäume ertönte Vogelgezwitscher, ansonsten war alles ruhig. Auf der linken Seite der Fahrstraße, knappe zwanzig Meter hinter dem Tor, lag ein kleines Flachdachgebäude, vor dem sich, inmitten einer großen Betonfläche, die Ritzen einer LKW-Waage abzeichneteten. Ein weißer alter Peugeot stand an der östlichen, fensterlosen Hauswand.

Charles näherte sich dem Tor. Eine moderne Stahlrohrkonstruktion, grau lackiert, elektrisch betrieben. Auf einer großen Metallplatte in der Mitte stand ›La Farlede S.A.‹, der Eigentümer dieser gigantischen Investitionsruine. Eine Klingel oder eine sonstige Möglichkeit, sich bemerkbar zu machen, fand er allerdings nicht.

Erst nach mehrmaligem Rufen ging die Tür des kleinen Hauses auf, und ein älterer Mann in blauen Drillichhosen und weißem Trägerunterhemd kam heraus. Er wirkte verschlafen und strich sich mit beiden Händen die spärlichen Haare nach hinten, während er gemächlich auf das Tor zugeschlurft kam.

»Monsieur Mantano?« fragte Charles, als sich der Alte von innen gegen das Gitter lehnte und Jeanne neugierig musterte.

»Kein anderer«, kam die spöttische Antwort, und er schenkte auch Charles eine Sekunde seiner Aufmerksamkeit, um sogleich wieder zu Jeanne zurückzukehren. »Was verschlägt Sie denn in diese Einsamkeit, wenn ich fragen darf?«

Pablo Mantano war mittelgroß, ein kompakt gebauter Mann

mit sonnenverbrannter Haut. Seine Augen hatten sich in den vielen Jahrzehnten hinter dem Steuer zu schmalen Schlitzen verengt und wurden durch das beinahe fingerdicke Glas einer Brille geschützt. Seinem äußeren Eindruck nach war er ein umgänglicher Mensch, der jede Ablenkung zu schätzen wußte.

Er grinste breit. »Wenn Sie versprechen, mir keine Versicherungen anzudrehen, lade ich Sie gern zu einer Tasse Kaffee ein.« Als Jeanne zustimmend nickte, deutete er mit dem abgespreizten Daumen seiner rechten Hand in Richtung Flachbau. »Ich kann das Tor nur von drinnen öffnen«, erklärte er und drehte sich um. »Fahren Sie den Wagen einfach an die Seite und kommen Sie herein.« Er schlurfte zurück in das Gebäude, und wenige Augenblicke später setzte sich das schwere Tor surrend in Gang. Jeanne stellte ihren Wagen auf eine der dafür vorgesehenen Flächen neben den Peugeot. Mantano ließ das Tor offen, zweifellos nahm er an, daß sein Besuch nicht allzulang bleiben würde.

Im Flur des Gebäudes empfing sie ein abgetretener Linoleumbelag, dazu der Geruch von frischgebrühtem Kaffee und Schuhcreme. Mantano winkte sie in sein großes, unordentliches Büro. Eine Glastür zum Hof und das elektronische Schaltpult wiesen darauf hin, daß von hier aus die LKW-Waage bedient wurde.

Auf dem Schreibtisch lag eine ausgebreitete Ausgabe des *nice-matin,* darauf zwei getragene braune Lederschuhe. Eine Dose Schuhcreme, mehrere Bürsten und ein altes Unterhemd, zum Lumpen umfunktioniert, komplettierten das Stilleben.

Mantano bat seine Gäste, an einem kleinen runden Tisch unmittelbar neben dem Ventilator Platz zu nehmen, und besorgte Kaffee.

Während Charles ein Zuckerstück in der schwarzen, dampfenden Flüssigkeit versenkte und vorsichtig umrührte, erkundigte er sich: »Dürfen wir Ihnen einige Fragen stellen, Monsieur Mantano?«

»Keine Versicherungen«, antwortete der Alte mit erhobenem Zeigefinger. »Sie haben es versprochen.«

»Kein Gedanke.« Charles und Jeanne sahen sich an und hätten am liebsten laut aufgelacht. »Es geht um Ihren ehemaligen Kollegen José Crochard.«

»Um José?« Die freundlichen Gesichtszüge Mantanos sackten von einer Sekunde auf die andere nach unten. »Er ist tot. Wußten Sie das nicht?«

»Gerade deswegen sind wir hier.«

»Sie kommen also von der Polizei?«

»Wir sind Journalisten.«

»Noch schlimmer.« Mantano kratzte sich unbehaglich am Kopf. »Und was wollen Sie ausgerechnet von mir?«

»Mit Ihnen über José reden.«

»Wozu?« Er stand auf und lief nervös hin und her. »Alles, was ich über den Unfall weiß, habe ich im Radio gehört. José ist mit seinem Wagen in eine Kolonne wartender Fahrzeuge gerast und hat sie gegen einen defekten Tankwagen geschoben. Boum. Mitten in Monaco. Einundzwanzig Tote und ein paar hübsche Schlagzeilen. Das war es doch, oder?« Die Hände tief in den Hosentaschen vergraben, stand er vor ihnen und blickte sie trotzig an.

»So ziemlich«, nickte Jeanne und ergriff nun das Wort. »Hören Sie, Monsieur Mantano, wir kommen als Freunde. Die Polizei vermutet, daß es sich nicht um einen Unfall, sondern ein Attentat gehandelt hat. Wir wollen herausfinden, ob diese Annahme auf Tatsachen beruht und José einem Verbrechen zum Opfer fiel.«

Mantano überlegte kurz. »Ich rede nur mit Ihnen, wenn Sie versprechen, sich um seine Frau zu kümmern«, verlangte er. »Ich habe gestern abend noch mit ihr telefoniert, gleich nachdem es in den Nachrichten gebracht wurde, daher weiß ich, daß sie in diesen Tagen wirklich jede Hilfe brauchen kann.« Er schluckte schwer. »Die beiden waren über fünfunddreißig Jahre miteinander verheiratet.«

Charles nickte. »Wir werden einen Anwalt beauftragen, der sich um alle Formalitäten kümmert, die in nächster Zeit auf sie zukommen. Auf Kosten des *Figaro*.«

Mantano hielt ihm die rechte Hand hin. »Versprochen?«

Charles schlug ein. »Versprochen!«

Daraufhin kehrte der Alte wieder zurück zu seinem Stuhl. »Damit ist Ihr Einsatz mehr wert als meiner, denn das, was ich über José erzählen kann, wird Ihnen nicht viel nützen.« Er grinste schlitzohrig. »Aber Sie haben eingewilligt, vergessen Sie das nicht.«

»Lassen Sie das mein Problem sein.« Charles wedelte unbestimmt mit der Hand. »Können wir anfangen?«

»Nur zu.«

Charles räusperte sich. »Wie lange kannten Sie José?«

Sein Zeigefinger kratzte an der rechten Schläfe. »Im Herbst wären es vierzig Jahre geworden. Wir haben beide am gleichen Tag bei Peyroux angefangen, die Firma befand sich zu der Zeit noch in Monaco, und wir waren mit Abstand die jüngsten. Das verbindet.«

»Wie gut kannten Sie sich?«

»So gut, daß er mich zu seinem Trauzeugen gemacht hat und ich ihn zu meinem. Außerdem ist er der Pate meiner drei Kinder.«

»Wenn ich Sie nach seiner Zuverlässigkeit frage, was fällt Ihnen dazu ein?« Charles wußte selbst, daß es fast unmöglich war, auf eine derartige Frage von einem engen Freund eine ehrliche Antwort zu bekommen. Trotzdem kam es auf einen Versuch an.

»Zuverlässig?« Mantano zögerte. »Wenn José etwas versprochen hatte, dann hielt er es auch, darauf konnte man seinen letzten Centime verpfänden.« Er schob Daumen und Zeigefinger der rechten Hand unter die Brille, um sich die Augen zu wischen. Es wollte ihm einfach nicht gelingen, äußerlich ungerührt in seinen Erinnerungen zu kramen.

»Wie war sein Verhältnis zu Geld? Hatte er Schulden?«

Auch hier antwortete Mantano nicht sofort. Er war sich nicht ganz sicher, ob er einen Vertrauensbruch beging, wenn er gegenüber fremden Leuten von diesen Dingen sprach. »Es ging ihm und seiner Frau ganz gut, Schulden sind meines Wissens keine da«, antwortete er schließlich langsam.

Charles wollte ihn in diesem Punkt nicht weiter quälen. »Trank er regelmäßig?« ging er deshalb zur nächsten Frage über.

Ein Lächeln huschte jetzt über das Gesicht des Alten. »Er brauchte jeden Tag einige Flaschen Bier, Wein mochte er keinen. – Aber niemals hinter dem Steuer, darauf können Sie Gift nehmen.«

Charles und Jeanne glaubten den ersten Teil seiner Aussage, der zweite kam zu hastig, um ebenfalls ehrlich zu klingen.

War es vorstellbar, daß ihm ein Unbekannter etwas zu trinken angeboten hatte und daß er den Wagen von diesem Zeitpunkt an in einer Art Rausch steuerte? Charles besaß nicht die geringste Vorstellung davon, ob es Stoffe gab, die einen Menschen so in Trance versetzen konnten, daß er Befehle von außen blind befolgte. Es stellte sich allerdings die Frage, auf welche Art und Weise José in diesem Fall seine Befehle bekommen hatte. Gab es ein Funkgerät im Wagen?

»Natürlich!« nickte Mantano. »Zeit ist Geld, und langes Herumstehen auf den Baustellen gehört schon lange der Vergangenheit an. Heute werden die Fahrzeuge per Funk so gesteuert, daß sie exakt dann eintreffen, wenn der Vorgänger leer ist. Für die Fahrer ist das natürlich weniger angenehm, weil sie kaum noch Zeit für ein paar Worte mit den Leuten auf der Baustelle haben oder in Ruhe eine Zigarette rauchen können.« Er zuckte mit den Schultern. »Aber so ist das eben heute. Ich bin froh, daß ich jetzt hier eine ruhige Kugel schieben darf, es würde mir keinen Spaß mehr machen, mich täglich durch diesen verrückten Verkehr quälen zu müssen.« Er stellte fest, daß alle ihren Kaffee ausgetrunken hatten und sorgte für neuen.

Die Gondel tanzte wild an ihren Drahtseilen und schlug bedenklich nach allen Seiten aus, als Bertrands Körper zwischen die beiden Frauen fiel, setzte die Fahrt jedoch fort. Er rieb sich das angeschlagene Knie und sah mißtrauisch nach oben. Hielt die Aufhängung? Bis zum Erdboden waren es noch weit über zehn Meter. Zuviel, um einen Sturz unverletzt zu überstehen.

Der Asphalt näherte sich jedoch rasch, und sie konnten sich gerade noch festhalten, als die Gondel unsanft aufsetzte.

Während sie in Richtung Haupttor unterwegs waren, hörte der Regen langsam auf, und einige Sonnenstrahlen kamen hervor, um ihre nassen Kleider zu trocknen. Bertrands Armbanduhr zufolge war es gerade sechs Uhr, als sie das große offene

Tor vor sich liegen sahen. Neben dem flachen Eingangsgebäude standen ein weißer Peugeot und ein roter japanischer Sportwagen.

Um nicht gesehen zu werden, rannten sie nun zum Zaun hinüber und näherten sich von dort dem rettenden Tor. Dabei kamen sie an dem Sportwagen vorüber, und Danielle fiel der Schlüssel im Zündschloß auf, den wohl jemand leichtsinnigerweise vergessen hatte.

Den Wagen zu starten dauerte keine Sekunde. Bertrand legte den Rückwärtsgang ein und zog mit quietschenden Reifen eine enge Kurve. Dann legte er den ersten Gang ein und trat das Gaspedal voll durch. Sie flogen förmlich die Straße entlang.

44

Den Männern im Innern der *Sainte-Marie* schmerzten bereits die Ohren. Seit Stunden verfolgten sie über Kopfhörer aufmerksam den gesamten Funkverkehr Monacos und tranken dabei literweise Kaffee und Mineralwasser. Die Nachfragen Tourballes, auf die sie jeweils nur mit einem wortlosen Kopfschütteln reagierten, wurden immer ungeduldiger. Um sechs Uhr nachmittags näherte sich ihre Anspannung schließlich dem Höhepunkt, die verbleibenden Stunden des Tages waren gezählt, lange konnte es nicht mehr dauern. Die Yacht befand sich längst in der vorgesehenen Position.

Tourballes Trick mit dem fingierten Telefonat schien zu funktionieren. Während des gesamten Nachmittags drehten sich die meisten empfangenen Gespräche um die Sicherheitslage an der Villa und um das derzeitige Befinden des Fürsten, der kurz vor der Abreise stand. Es herrschte eine derartige Panik, daß andere Auswege aus der bedrohlichen Lage nicht einmal diskutiert wurden. Der einzige Umstand, der Tourballe trotz der günstigen Gesamtsituation ärgerte, war die unabgesprochene Reise von Guy Mace nach Paris, von der er erst am späten Abend zurückerwartet wurde. Tourballe konnte darauf schwören, daß Alain hinter diesem Manöver steckte, doch leider ließ sich dagegen nun nichts mehr unternehmen.

Die Straßen des Fürstentums waren nach dem Abzug des schweren Gewitters voll von Menschen. Durch die schrecklichen Bilder der Explosion eher noch zu einem Besuch ermuntert als davon abgehalten, drängelten sich mehr Touristen als je zuvor auf den wenigen Quadratmetern Monacos zusammen und bestaunten mit leisem Grauen die gewaltigen Schäden. Horrortourismus, der vor nichts zurückschreckte.

Exakt um Viertel nach sechs nahm der Funkverkehr um die Villa herum noch einmal drastisch zu, als Alain eine Neugruppierung der verschiedenen Kräfte vornehmen ließ. Die Carabiniers zogen auf, und sämtliche regulären Polizeikräfte verteilten sich, um die Sicherung der vorgesehenen Fahrtroute zu übernehmen.

Eine Kolonne von vier gepanzerten Fahrzeugen mit Mercedes-Stern rollte heran, begleitet von einem Dutzend Motorrad-Polizisten. Eine weitere Viertelstunde später hielt sich in einem Radius von zweihundert Metern um die Villa niemand mehr auf, den Alain nicht persönlich ausgesucht hatte.

Zur gleichen Zeit wurden sämtliche Einfallstraßen in das Fürstentum abgeriegelt. Während der Verkehr nach draußen ungehindert weiterfließen durfte, brach im angrenzenden französischen Gebiet innerhalb von wenigen Minuten das Chaos aus. Die kilometerlangen Staus sollten noch bis in die späte Nacht andauern. Neugierigen Anfragen begegneten die Vertreter der Polizei höflich wie immer. Allerdings wußten sie nicht eben viel zu sagen, denn die Hintergründe dieser Aktion kannte nur der kleine Führungsstab in der Rue Suffren-Reymond. Und dort verhielt man sich sogar gegenüber den drängenden Anrufen aus dem Büro des Staatsministers schweigsam.

Aus nordwestlicher Richtung knatterten drei, normalerweise auf dem Militärflughafen von Istres-le Tubé bei Marseille stationierte, französische Panzerabwehrhubschrauber der Marke Tigre zusammen mit einem gepanzerten Verbindungshubschrauber heran. Letzterer brachte sonst den französischen Präsidenten zu seinem sommerlichen Feriensitz Fort Brégançon, und war von den französischen Streitkräften speziell für diesen Tag zur Verfügung gestellt worden. Sie verharrten in der Luft wie riesige Hornissen, in einiger Entfernung von den Landesgrenzen, zum blitzartigen Zustoßen bereit.

Alain war anfänglich nicht allzu begeistert von dem französischen Vorschlag gewesen, eine derart dramatische Note in die ohnehin schon komplizierte Operation zu bringen. Doch nachdem man ihm zugesichert hatte, daß jemand von seinen Leuten in einer der Maschinen mitfliegen sollte, um die Aktion von oben aus koordinieren zu können, war sein Widerstand schnell erloschen. Tatsächlich sollte sich dieser Beobachter noch als unschätzbare Hilfe erweisen.

Sieben Uhr. Hinter dem undurchdringlichen Kordon Dutzender Leibwächter und Polizisten öffnete sich die Eingangstür der Villa, und der Fürst erschien. Blaß und sichtbar angegriffen, doch aufrecht und ohne jede Hektik. Im gleichen Augenblick wurden sämtliche Waffen in Anschlag gebracht. Eine Phase höchster Nervenanspannung, in der jeder damit rechnete, Gewehrsalven aus dem Hinterhalt erwidern zu müssen. Über ihren Köpfen knatterte jetzt der Rotor eines der Kampfhubschrauber. Noch immer blieb es in der Umgebung ruhig, der Beobachter in der Luft entdeckte über sein am Mast montiertes Visier, das mit einer Fernsehkamera, einem Wärmebilderzeuger und einem Laser-Entfernungsmesser ausgerüstet war, keinerlei verdächtige Aktivität. Der Funkverkehr steigerte sich zu einem Stakkato der Worte.

Der Fürst konnte wegen des Gedrängels seiner Leibwächter kaum die wenigen Meter zum Wagen zurücklegen. Kurze, scharfe Befehle ertönten, der menschliche Schutzwall rückte Meter für Meter näher an die Fahrzeuge heran. Durch den Hubschrauberlärm war kaum ein Wort zu verstehen, sein Schall fing sich an der Fassade der Villa und kam wieder zurück, um die infernalische Atmosphäre noch zu verstärken.

Die Fahrzeugtüren schlugen zu. Auch wenn die gepanzerten Wagen nur bedingt Sicherheit gewährten, wie die Ereignisse des Vortages bewiesen, waren sie doch wenigstens gegen jede Art von Schüssen resistent.

Der Beobachter, der das Geschehen aus einhundert Metern Höhe mitverfolgte, gab schließlich den erfolgreichen Abschluß der ersten Teiloperation an die Einsatzzentrale weiter. Von dort wurden nun kurzzeitig verschiedene Plätze und Straßen des Fürstentums gesperrt, damit der Konvoi in Höchstgeschwindigkeit durchfahren konnte. Die Folge davon war der völlige Verkehrsinfarkt. Zwar spürten viele der Einheimischen, daß dies kein Tag wie jeder andere war – wann hatten sich seit dem Ende des letzten Krieges über Monaco schon französische Maschinen gezeigt? Trotzdem konnten sich die meisten keinen Reim auf die Vorgänge machen. Das vorherrschende Gefühl war Angst, das von dem Knattern der Rotoren verursacht wurde. Einige der älteren Monegassen sprachen von einem Krieg, in dem sich das Fürstentum befand. Die meisten schüttelten allerdings die Köpfe. Krieg? Gegen wen denn?

»Ich habe mich in den letzten Stunden oft gefragt, ob ich denn Angst vor dem Sterben habe«, murmelte der Fürst, während er aus den getönten Seitenfenstern auf die Rücken seiner Leibwächter und Polizisten starrte.

Alain saß neben ihm, nur äußerlich entspannt, und unternahm den Versuch eines kleinen Lächelns. »Und zu welchem Ergebnis sind Sie dabei gekommen, Durchlaucht?« Ihm bereitete nicht allein der offene Ausgang des heutigen Tages Kopfzerbrechen, sondern mehr noch das unerklärliche Verschwinden Danielles und ihrer beiden Begleiter aus dem Hotel in St. Tropez. Paul und Fabrice hatten im Laufe des Nachmittags gemeldet, daß das Trio kurz vor ihrem Eintreffen von zwei Männern abgeholt worden war, die sich als monegassische Sicherheitsbeamte ausgegeben hatten. Die Anspannungen des Augenblicks verhinderten allerdings, daß er sich über das Schicksal der drei weitergehende Gedanken machte, dazu war später immer noch Zeit.

Der Fürst drehte seinen Kopf und sah Alain nachdenklich in die Augen. »Daß ich keine Angst habe.« Er wirkte müde und hatte wesentlich mehr Falten als sonst. Zum Schlafen war er während dieser Nacht nicht gekommen. »Ich weiß, daß danach ein weiteres Leben kommt, das ewige Leben.«

»Dann sind Sie mutiger als ich«, bekannte Alain offen. »Ich habe ziemliche Angst vor dem Sterben, weil ich an ein Leben nach dem Tod nicht glauben kann.«

Der Fürst lachte. Ein kurzes, herzliches Lachen. »Als ich in Ihrem Alter war, Alain, habe ich auch alle ausgelacht, die mir mit dieser alten Geschichte kamen. Heute jedoch bin ich zutiefst davon überzeugt, daß das Sterben nicht das Ende aller Dinge ist und daß diese Einsicht jedem Menschen genügend Kraft gibt, um auch härteste Prüfungen durchzustehen. Alain, ich mache Ihnen wegen Ihrer Haltung keinen Vorwurf, Sie haben nicht meine Lebenserfahrung und können noch viel dazulernen. Sie sind ein intelligenter Mensch, jemand mit Herz und Verstand. Ich mag keine Polizisten mit dem Seelenleben eines Computers, ich will Menschen um mich herum, die denken und fühlen, die sich freuen können und, wenn nötig, auch Angst haben. Allein schon deshalb werde ich Mace nicht als Ihren Nachfolger bestätigen, Sie bleiben selbstverständlich im Amt.«

Alain hatte über das, was er nun sagte, vorher nicht nachgedacht, es resultierte aus einem soeben gefaßten Entschluß. Ihm schien, als sei dieser Augenblick der vertraulichen Aussprache geeignet, um einen endgültigen Schlußstrich zu ziehen. »Ich bitte, widersprechen zu dürfen, Durchlaucht«, warf er mit ruhiger Stimme ein. »Falls ich diese fürchterliche Geschichte hier erfolgreich bewältige, was ich inständig hoffe, bitte ich darum, meinen Abschied einreichen zu dürfen.« Jetzt war es heraus! Die quälende Gewissenserforschung der letzten Tage hatte ein logisches Ende gefunden.

Der Fürst antwortete nicht gleich. Sichtlich betroffen musterte er die Gesichtszüge des jungen Mannes neben sich. Alains Ernennung war ein wahrer Glücksgriff gewesen, auch wenn es nach Barots Tod nicht unbedingt nahegelegen hatte, ausgerechnet jenen seiner Stellvertreter zum Nachfolger zu machen, der als Leiter der Rechtsabteilung kaum etwas vom polizeilichen Alltag verstand. Alain hatte seine skeptischen Gegner durch enormen Fleiß und sein unglaubliches Gespür für die Sicherheitsbelange des Fürstentums allerdings rasch überzeugt und galt längst als der ideale Mann auf diesem Posten. Und nun wollte er um seinen Abschied bitten. Diese Worte taten dem Fürsten beinahe körperlich weh. Welche Gründe standen wohl hinter diesem Schritt? Er erkundigte sich.

Alain bemühte sich, seine Worte sorgfältig zu wählen. »Ich will ganz bestimmt nicht vor der Verantwortung weglaufen, das habe ich hoffentlich während meiner vier Jahre in dieser Position bewiesen. Aber ich kann und will nicht mehr täglich sechzehn bis zwanzig Stunden im Dienst sein und damit auf jedes Privatleben verzichten.« Der Wagen fuhr jetzt in beschleunigtem Tempo, und Alain sah die Rückenpartien vieler Männer an den Scheiben vorüberhuschen. »Ich habe mich in den letzten Tagen zweimal mit Danielle getroffen, und ich glaube, sie ist wesentlich ruhiger und vernünftiger geworden.« Er lächelte schwach. »Die Chance auf einen echten Neubeginn haben wir jedoch nur, wenn ich ihr wenigstens etwas Zeit einräumen kann.«

Der Fürst hatte aufmerksam zugehört. Er schätzte Alain und verlor ihn nur sehr ungern, doch er stand tief in seiner Schuld. »Alain, Sie kennen unser Verhältnis und wissen selbst, wie meine Antwort lauten wird. Welche weiteren Pläne haben Sie?«

Alain zuckte mit den Schultern. »Darüber bin ich mir im Augenblick noch nicht völlig im klaren, aber da ich mein Juraexamen mit Auszeichnung abgelegt habe, gehe ich vielleicht in die Rechtsabteilung eines größeren Unternehmens oder einer Bank. Möglicherweise werde ich auch Anwalt und eröffne in Paris eine eigene Kanzlei.«

»Muß es unbedingt Paris sein?« Auf dem Gesicht des Fürsten erschien ein winziges Lächeln. »Monsieur Durant, unser langjähriger Familienanwalt, überlegt seit einiger Zeit, die Verantwortung für die juristischen Angelegenheiten des Hauses abzugeben. Ich würde mich als halbwegs getröstet betrachten, wenn Sie mir nach Ihrer Demission als Polizeichef wenigstens als Anwalt weiterhin zur Seite stehen würden.« Er streckte ihm die Hand entgegen. »Zwar werden Sie auch in diesem Job nicht jeden Nachmittag um vier zu Hause sein, doch Sie können sicherlich mehr Zeit für Danielle aufbringen als zuvor, mein Wort darauf.«

Eine klare Antwort, ein unvergleichliches Angebot, Alain schlug ein. Welcher Anwalt konnte sich rühmen, bereits vor der Eröffnung seiner Kanzlei einen derartigen Klienten gewonnen zu haben? Er würde nicht verhungern, denn das Fürstenhaus war für seine Prozeßfreudigkeit bekannt.

Die Wagenkolonne erreichte in diesem Moment den unzerstörten Teil der Avenue du Port und bog in die Avenue du Prince Héréditaire Albert ein, die unter dem Schloßberg hindurch nach Fontvieille führte. Die Fahrt zum Héliport würde nur noch wenige Minuten dauern. Weiße Einsatzfahrzeuge mit Blaulichtern sorgten für ein ungehindertes Durchkommen.

Um eine Verfolgung zu verhindern, versperrte ein Linienbus die Tunnelöffnung unmittelbar nach dem Passieren der Fahrzeugkolonne. Dadurch konnte von außen niemand sehen, wie nur einen Augenblick später sämtliche Fahrzeuge mit einer Vollbremsung zum Stillstand kamen. Vor der Metalltür, die sich auf halber Höhe des Tunnels befand, und über einen Wartungsschacht in die Belüftungszentrale führte, warteten bereits Paul und Fabrice, um die Hintertür der fürstlichen Limousine aufzureißen. Neben ihnen standen vier uniformierte Polizisten mit entsicherten Maschinenpistolen im Anschlag.

Trotz seines vorgerückten Alters sprang ihnen der Fürst fast entgegen, und im gleichen Augenblick nahm Fabrice seinen Platz in den weichen Polstern ein. Die Fahrzeugkolonne fuhr an, um den Tunnel mit Vollgas wieder zu verlassen, als Alain gerade die Tür geschlossen hatte.

Paul informierte den Fürsten darüber, daß bislang alles nach Plan verlief, und führte ihn in den Wartungsschacht. Die Männer mit den Maschinenpistolen übernahmen die rückwärtige Sicherung.

Ihr Weg führte sie über eine enge Treppe in den nur unzureichend beleuchteten künstlichen Hohlraum im Felsen, der die Belüftungszentrale aufnahm. Da diese kurz vorher geräumt worden war, gelangten sie ungesehen über eine weitere Treppe hinauf in den Palast. Die Treppe endete in einem Keller im östlichen Bereich des Geländes, unterhalb verschiedener Diensträume der Carabiniers. Fünf Minuten später saß der Fürst bereits in einem weißen Lieferwagen mit der Aufschrift einer bekannten monegassischen Wäscherei, und befand sich auf dem

Weg nach Roquebrune, wo ihn der Hubschrauber bereits erwartete.

Alain lehnte sich aufatmend zurück und musterte schmunzelnd Fabrice in seiner Verkleidung als Fürst von Monaco. Wer nicht allzu nahe an ihn herankam, wurde von dem Kunstwerk eines Maskenbildners der Oper mit Sicherheit getäuscht. Hinzu kam, daß die minimale Unterbrechung ihrer Fahrt der Gegenseite kaum aufgefallen sein konnte.

Die Wagenkolonne raste am Stadion Louis II. entlang und bog in die Avenue des Castellans, von der kurz darauf die Avenue des Guelfes und schließlich die Avenue des Ligures abzweigte. Vor ihnen lag der Héliport mit dem wartenden Hubschrauber. Sein hochmoderner lagerloser Hauptrotor schlug im unteren Drehzahlbereich und war fast geräuschlos.

Die Gefahren, denen sich Fabrice im Hubschrauber aussetzte, waren vielfältig, trotzdem gab es keine Alternative. Um Tourballe und seine Leute endgültig ausschalten zu können, mußte man sie erst gewähren lassen. Jede Streitmacht wurde im Augenblick des Zuschlagens verletzlich, hierin machte selbst die Mafia keine Ausnahme. Dies war der Zeitpunkt, an dem man ihr Wunden zufügen konnte, von denen sie sich nie wieder erholen würde. Alain hoffte, alle notwendigen Vorkehrungen getroffen zu haben, um das Leben seiner Leute nicht aufs Spiel zu setzen. Trotzdem mußte er auch auf unangenehme Überraschungen gefaßt sein. Tourballes Möglichkeiten waren einfach zu groß, um sie alle voraussehen zu können.

Für einen kurzen Augenblick kam ihm der tote Privatsekretär des Fürsten in den Sinn, Charles d'Alba. Der große, ernste Mann hatte sich durch die Gefahr nicht schrecken lassen und in seiner Loyalität keine Sekunde gezögert, sich in die Schußlinie zu begeben. Alain hoffte für Fabrice, daß dieser in seiner Rolle als Fürst glücklicher davonkam.

Der Wagen bremste scharf, keine zehn Schritte von dem Hubschrauber entfernt. Zwei Offiziere in französischen Heeresfliegeroveralls warteten schon an der offenen Bordtür, um beim Einstieg zu helfen.

Im gleichen Augenblick füllte sich der Platz zwischen Wagen und Hubschrauber mit schwerbewaffneten Polizisten und zivilen Sicherheitskräften. Dichtgedrängt und mit kugelsicheren Westen ausgerüstet, bildeten sie eine doppelte unüberwindliche Menschenmauer, zwischen der lediglich ein schmaler Durchlaß freiblieb.

Jetzt kam es darauf an. Alain stieß die Tür auf und sprang hinaus. Nicola Calvin, einer der persönlichen Leibwächter des Fürsten, außerdem Ausbilder für fernöstliche Kampftechniken, grinste ihn an. »Alles soweit in Ordnung«, meldete er ruhig. Seinem Verhalten nach stand ihnen nichts Aufregenderes bevor als ein geruhsamer Sonntagausflug mit der Familie.

Alain bewunderte ihn für seine Ruhe. »Dann sollten wir keine Zeit mehr verlieren«, nickte er kurz und half dem verkleideten Fabrice beim Aussteigen.

Sofort schoben sich die Männer in ihren schußsicheren Westen näher heran. Mit einiger Mühe drängten sich Alain und Fabrice zwischen ihren Rücken hindurch. Zwischen Tourballes Beobachtern, die zweifellos in einem der umliegenden Apartmenthäuser postiert waren, und ihrer Zentrale kam es jetzt sicherlich zu regem Funkverkehr. Von ihrem Standort aus konnten sie die Täuschung nicht bemerken.

Der falsche Fürst und Alain verschwanden in der Maschine, die Tür wurde zugeworfen, und die Männer schwärmten sternförmig um den Hubschrauber herum aus. Sie mußten zurückweichen, um den Start nicht zu gefährden, der sich durch eine weithin hörbare Erhöhung der Rotordrehzahl ankündigte.

In einem Punkt irrten Alain und seine Leute allerdings. Der rege Funkverkehr zwischen Tourballes Beobachter, der die Szenerie durch seinen Feldstecher vom Fenster eines angemieteten Apartments im benachbarten Quartier de la Mer verfolgte, beschränkte sich auf die Übermittlung einer kurzen Nachricht. Die Männer auf der *Sainte-Marie* wußten über den Polizeifunk ohnehin beinahe ebensogut Bescheid über den Ablauf der Dinge wie Alain selbst. Der Beobachter diente nur dazu, etwaige Täuschungsmanöver aufzudecken.

Die heiße Phase ihres Planes war gekommen. Tourballe ließ das Waffensystem der *Sainte-Marie* aktivieren, der Hubschrauber mit dem Fürsten sollte Monaco nicht verlassen.

Der Pilot signalisierte mit erhobenem rechten Daumen, daß er abheben wollte. Die Polizisten zogen sich noch einige Meter weiter zurück, und die Maschine erhob sich mit einem kurzen Ruck, um einige Zeit knapp über den Markierungen auf dem Beton zu verharren. Ein letzter Blickkontakt mit dem Bodenpersonal, und der Pilot drehte die Kanzel in Richtung Meer und gewann rasch an Höhe. Er wollte einen großen Bogen schlagen und dann in südwestlicher Richtung nach Nizza fliegen. In sieben Minuten würden sie den Flughafen erreichen.

Zur gleichen Zeit stand Tourballe vor einem Display und verfolgte, wie sich die gelben Markierungen der Zieleinrichtung entsprechend den Bewegungen veränderten, die der Mann neben ihm an der Steuereinheit des Waffensystems vollzog. Der schwarze, sich langsam bewegende Punkt war der Hubschrauber mit dem Fürsten. Ihn ins Fadenkreuz zu bekommen, darin bestand das Ziel des heutigen Tages.

Der rechte Daumen des Mannes, der bei ihm saß und das Waffensystem steuerte, lag ruhig neben dem roten Auslöser. Bis vor kurzem hatte er Systeme dieser Art bei den französischen Streitkräften bedient. Tourballe war durch Zufall auf ihn aufmerksam geworden, und gemeinsam hatten sie die *Sainte-Marie* zu einem waffenstarrenden Kriegsschiff umgewandelt. Vincent Degrelle galt als perfekt und unerschütterlich, ebenso wie Tourballe selbst. Er sollte Tourballes Rolle übernehmen, wenn dieser Gitans Nachfolge antrat.

Die Koordinaten stimmten, der schwarze Punkt befand sich exakt inmitten der kleinen gelben Zielmarkierung. Degrelles Daumen legte sich langsam auf den Auslöser, und nach einem unmerklichen Zögern drückte er ab. Eine Boden-Luft-Rakete schoß fauchend aus der freigelegten Abschußbatterie an Deck der *Sainte-Marie* und nahm Kurs auf das anvisierte Ziel.

In den drei Kampfhubschraubern flammten augenblicklich Alarmleuchten auf, und die Waffensystemoffiziere verfolgten auf ihrem Display den Anflug der Flugabwehrrakete. Eine der Maschinen war in weiser Voraussicht mit einer hochmodernen Anti-Raketen-Anlage ausgerüstet worden, aus der sich, nur Bruchteile von Sekunden nach der Alarmierung, ein Geschoß löste.

Die Distanz war äußerst kurz, niemand konnte vorhersagen, ob ein Abfangen der feindlichen Flugabwehrrakete gelang. Der Pilot des Verbindungshubschraubers zog deshalb verzweifelt eine Schleife und drückte seine Maschine nach unten. Die Insassen wurden heftig in ihre Sitze gedrückt, enorme Kräfte zerrten an den Gurten. Er steuerte das Stadion an, die nächste große freie Fläche, wo sie durch die hohen Tribünen Schutz finden konnten.

Wie der Untersuchungsbericht später festhielt, gehörte der Pilot mit über siebentausend Flugstunden zu den erfahrensten des französischen Heeres. Trotzdem beging er einen verhängnisvollen Fehler und überzog bei diesem Ausweichmanöver seine Maschine geringfügig, so daß sie ins Trudeln geriet und nicht mehr abgefangen werden konnte. Während die anfliegende Rakete noch über dem Wasser, ohne jegliche Gefahr für die Einwohner des Fürstentums, in ihre Einzelteile zerrissen wurde, zerschellte der Hubschrauber auf dem Rasen des Stadions Louis II. und ging in einer enormen Stichflamme auf.

Sekunden später steuerten zwei Anti-Schiffs-Flugkörper, abgeschossen von den beiden anderen Tigre-Kampfhubschraubern, die ahnungslose *Sainte-Marie* an und erzeugten ein Inferno aus explodierender Munition, brennendem Dieseltreibstoff und verbogenem Metall. Es gab keinen einzigen Überlebenden, das Schiff sank innerhalb von Sekunden.

45

Alain starrte mit einem seltsamen Gefühl in der Magengrube auf die Wellen des Mittelmeeres, die sich etwa siebzig Meter unter ihm befanden. Gab es eine realistische Möglichkeit, lebend aus der engen Hubschrauberkabine herauszukommen, wenn sie von einer Rakete getroffen wurden? Instinktiv griff seine Hand an die Türverriegelung. Ein einziger Griff, und er wäre draußen. Er zog die Hand wieder zurück und zwang sich zur Ruhe. Immerhin schützten sie drei schwerbewaffnete Kampfhubschrauber. Während er sich über das Bordfunknetz mit dem Piloten unterhielt, nahm Fabrice die Perücke ab, die unter dem schweren Helm fürchterlich zu jucken begann. Wann würde Tourballe zuschlagen?

Nur Sekunden nachdem Alain an seine Gegner gedacht hatte, erschien auf dem Display der sich schnell bewegende Lichtpunkt einer anfliegenden Rakete. Sie waren in höchster Gefahr. Der Pilot legte die Maschine augenblicklich in Seitenlage und zog eine Schleife. Nachdem sich das Geschoß vom Meer her näherte, mußten sie wieder zurück. Zu diesem Zweck ging es wie im Fahrstuhl zuerst steil nach oben und dann wieder abrupt hinunter. Alain hing hilflos in seinen Gurten und beobachtete mit zusammengebissenen Zähnen die hektischen Bewegungen vor sich im Cockpit.

Die Ziegeldächer der Stadiontribünen erschienen vor ihnen, davon eingerahmt die gepflegte dunkelgrüne Fläche des Rasens.

Die einzige halbwegs akzeptable Fluchtmöglichkeit, die sich in der Kürze der Zeit finden ließ. Der Pilot informierte seine Insassen über Bordfunk, daß er das Stadiondach als Hindernis für die anfliegende Rakete verwenden wollte. Aus Sicherheitsgründen, falls die Abfangraketen versagten.

Die Maschine verlor jetzt schnell an Höhe und wurde heftig herumgerissen. In Alains Magen bildete sich ein schmerzhafter Knoten. Irgend etwas lief schief. Den konfusen Bewegungen des Piloten vor sich entnahm er, daß dies keines der üblichen Flugmanöver war. Sie waren nicht getroffen, doch trotzdem führungslos. Der Rasen näherte sich ihnen in rasender Geschwindigkeit. Alain hatte gerade instinktiv seine Gurte geöffnet, als die Maschine Bodenkontakt bekam und er mit einer derartigen Wucht gegen die Tür geschleudert wurde, daß sie aufsprang und er in einem weiten Bogen auf das Gras stürzte.

Nur einen Augenblick später explodierte das Kerosin in den Tanks, und die Maschine verschwand in einem mächtigen Feuerball. Alain, der sich am äußersten Rand des Infernos befand, wurde selbst knapp verschont, nur seine Kleidung fing Feuer. Er löschte es, indem er seinen Körper reaktionsschnell im Gras hin- und herwälzte, ehe er sich von dem Unglücksort wegschleppte. Erst die Glutwelle einer zweiten Explosion machte ihn schließlich bewußtlos, so daß ihm die fürchterlichen Schreie der sterbenden Männer in dem brennenden Wrack erspart blieben.

Sie hatten das Verdeck geöffnet, damit ihre Kleidung während der Fahrt in dem gestohlenen Sportwagen leichter trocknete. Sie mußten nach Monaco zu Alain, dem einzigen Menschen, der ihnen Sicherheit und Schutz gewähren konnte. Gitan hatte schon zuviel in die Jagd auf Nicole investiert, als daß er sie einfach abbrechen würde. Die Gefahr für die junge Frau war nie größer.

Während der Fahrt durchwühlte Nicole das Handschuhfach des Wagens, um Näheres über den Besitzer herauszufinden. Wer war er und in welcher Beziehung stand er zu Gitan? Sie fand den Presseausweis einer Jeanne Humbert von *nice-matin*, außerdem ein Notizbuch mit handschriftlichen Eintragungen, aus denen sie den anderen vorlas. Jeanne Humbert wollte einen Artikel über Gitan schreiben, seine Beteiligung an dem Attentat auf den Fürsten beweisen und seine weitreichenden Kontakte aufdecken. Sie hatte offenbar ungeheuren persönlichen Mut, die finanziellen Möglichkeiten einer großen Zeitung und das unerschütterliche Vertrauen eines standhaften Chefredakteurs.

Nicole zitierte die Erkenntnisse der Journalistin mit wachsender Begeisterung. Aus ihren Notizen sprach der ehrliche Willen, jede Art von Korruption anzuprangern, ungeachtet der beteiligten Personen und ohne Kompromisse. Soweit es die drei beurteilen konnten, waren die meisten ihrer Beobachtungen und Schlußfolgerungen zutreffend, ihr fehlten nur die Beweise.

Sie beratschlagten kurz und stimmten schließlich überein, ihre Pläne zu ändern. Niemand entging Gitans Killern auf Dauer. Ganz egal, wohin Nicole floh und wer auch immer sie schützte, sie würde nie wieder ruhig schlafen können und trotzdem eines Tages in den Lauf einer Waffe blicken. Ihre einzige Chance bestand darin, an die Öffentlichkeit zu gehen. Die Presse mußte tagelang über jede Einzelheit unter balkendicken Überschriften berichten. Erst wenn jedes Kind in Frankreich von Nicole und ihrem zeitweiligen Verhältnis mit dem verräterischen Laborde wußte, war sie keine Gefahr mehr für Gitan. Ihr Leben wurde nur deswegen bedroht, weil sie über geheime Informationen aus dem Mund des monegassischen Staatsministers verfügte und diese auch jederzeit vor Gericht beschwören konnte. Wenn sie sich mit diesem Wissen an eine Journalistin und damit an die Öffentlichkeit wandte, bot dies mehr Sicherheit als eine ganze Hundertschaft von schwerbewaffneten Polizisten.

Das Notizbuch wies Jeanne Humbert als gründlich recherchierende und mutige Journalistin aus, eine bessere Referenz gab es nicht. Ihre Adresse in Cimiez stand auf dem Presseausweis.

Pablo Mantano war so freundlich gewesen, sie mit seinem alten Peugeot in Contes abzusetzen, wo sie den Diebstahl zur Anzeige brachten und ein Taxi nach Cimiez nahmen. Es war nicht der erste Wagen, der Jeanne gestohlen wurde, trotzdem schimpfte sie während der gesamten Fahrt und versprach wutschnaubend, gleich morgen mit den Recherchen für eine Artikelserie über Autodiebe und ihre Hintermänner zu beginnen.

Charles hingegen machte sich Sorgen über die Artikel, die noch im Laufe des Abends von ihren jeweiligen Redaktionen erwartet wurden. Es fehlte jede Spur einer packenden Story, ganz zu schweigen von der notwendigen inneren Ruhe. Auch wenn ihm selbst noch einige verwertbare Zeilen gelingen sollten, für Jeannes Chefredakteur sah er schwarz.

Daß diese Befürchtung nicht eintrat, lag an dem roten Sportwagen, der vor ihrem Apartment stand, und seinen drei Insassen, die in schmutziger und zerknitterter Kleidung mit gemischten Gefühlen auf ihre Ankunft gewartet hatten. An ihre kurze, aber heftige Auseinandersetzung auf der Straße schloß sich bald ein aufschlußreiches Gespräch in Jeannes Wohnzimmer an, das schließlich drei Cassetten ihres Bandgerätes füllte und Stoff für mindestens zwanzig Artikel liefern sollte. Sowohl der *Figaro* als auch *nice-matin* waren einige Tage lang mit exklusiven Schlagzeilen versorgt.

Armand Thessier, der Chefredakteur des *Figaro*, stand ebenso wie sein Kollege von *nice-matin* in dieser Nacht vor einer schweren Entscheidung. Beiden blieb keine Zeit, die sensationelle Geschichte sorgfältig nachzuprüfen, wie es eigentlich ihre Aufgabe war. Entweder sie ging in zwei Stunden in Druck, oder die Konkurrenz würde sie anderntags bringen, die Spielregeln dieser Nicole Aubert waren eindeutig. Er ließ deshalb die gesamte Redaktion auf Hochtouren laufen, und die Telefonrechnung für diesen Monat explodierte. Eine einzige wacklige Passage, ein winziger Fehler, und er würde die ganze Geschichte kippen.

Minuten vor Drucklegung mußte er jedoch zugeben, daß Charles für eine echte Sensation gesorgt hatte, jedes Detail schien sich zu bestätigen. Um ganz sicher zu gehen, telefonierte er mit seinem Freund Vandelin und fragte ganz offen nach dessen privater Meinung zu der Geschichte. Vandelin zeigte sich erschüttert und schockiert, lehnte bezeichnenderweise aber jeden Kommentar ab. Damit war die Titelgeschichte perfekt.

MAFIA STELLT MONEGASSISCHEN STAATSMINISTER, würde die morgige Schlagzeile aus Paris lauten, MONACO IN DER HAND DER MAFIA, jene aus Nizza. Darunter folgten jeweils unglaubliche Berichte über die Karriere eines hohen Beamten aus dem französischen Außenministerium. Durch ihn regierte nun die Mafia in Monaco. Die ungeheure Fülle von Details, die Hinweise auf Labordes verschiedene Schwächen und Vorlieben, seine ehrgeizigen Pläne, all dies deutete darauf hin, daß ein ungewöhnlich gut informierter Insider geredet hatte. In dieser Nacht wurden Papier zu Dynamit und Druckerpressen zu Höllenmaschinen.

Die Nachrichtenagenturen, die direkt nach Drucklegung informiert wurden, trommelten Heerscharen von Reportern aus ihren Betten und bescherten France Télécom Rekordumsätze. Für alle anderen Zeitungen des Landes war es jedoch längst zu spät, um reagieren zu können. *Le Figaro* und *nice-matin* würden die Bombe allein hochgehen lassen.

Natürlich erfuhr auch Gitan sofort von der Katastrophe. Tourballes Zuträger waren auch ohne ihren Chef äußerst flink und ihr Geld wert. Leider nützte ihm dieses Wissen diesmal nichts, denn es gab keinen Weg, die beiden Zeitungen aufzuhalten. Das Mädchen hatte wider Erwarten überlebt und die Lawine ins Rollen gebracht. Er führte ein ernstes Gespräch mit Laborde und verbrachte den Rest der Nacht brütend auf seiner Terrasse, wo er einen neuen Rekord im Zigarettenkonsum aufstellte.

Eric Laborde schaltete kurz vor Mitternacht den Fernseher seiner Privatwohnung aus. Auf allen Kanälen liefen Berichte über die Ereignisse, die das Fürstentum innerhalb von achtundzwanzig Stunden zum zweitenmal heftig erschüttert hatten. Der Operettenstaat befand sich im Krieg gegen einen unsichtbaren Feind. Die abgeschossene Flugabwehr-Rakete wurde erwähnt, die versenkte Yacht seltsamerweise nicht. Niemand sprach von der Mafia, von Gitan wußte er jedoch, daß Nicole geredet hatte und ihnen damit nur noch wenige Stunden blieben. Das Spiel war verloren.

Laborde fühlte weder Reue noch Selbstmitleid. Sein Leben war immer ein Spiel mit hohen Einsätzen gewesen, und es war von Anfang an klar, daß er dabei auch verlieren konnte. Niemand hatte ihm in dieser Frage etwas vorgemacht. Am allerwenigsten Gitan.

Christine und er hatten ein glanzvolles Diplomatenleben geführt. Rauschende Feste, Geld, Macht und schöne Frauen, darum hatte sich alles gedreht. Nun, da es an der Zeit war, die Rechnungen zu bezahlen, gingen sie besser. Keiner von beiden wollte sich den Lebensabend durch einen langjährigen Gefängnisaufenthalt verderben lassen. Eric bewunderte die Frau an seiner Seite, die ihm auch in dieser schweren Stunde den Rücken stärkte. Er würde den letzten Weg nicht allein antreten.

Sie standen nebeneinander am Fenster und starrten auf die Lichter des Hafens. Riesige Yachten lagen dort ordentlich aufgereiht an den Betonpiers und glänzten unter ihren Bordscheinwerfern. Auf der anderen Seite, beinahe auf gleicher Höhe, funkelte das hellerleuchtete Casino. Für ein knappes Jahr war dies ihre kleine, glitzernde Welt gewesen. Christine streckte ihre rechte Hand aus, und Eric ergriff sie. Ein stummer Abschied.

Anschließend zogen sie sich um. Laborde wählte einen Smoking, seine Frau eine neue Chanel-Robe. Als sie die Wohnung verließen, war Mitternacht längst vorbei.

Sie nahmen die Nationalstraße 98, die Corniche Inférieure, die von Monaco über Beaulieu und Villefranche nach Nizza führte und an manchen Stellen in den blanken Fels geschlagen war. Kurz nach Villefranche, dort, wo die Straße langsam ansteigt, ehe sie plötzlich rechts abbiegt, trat Laborde das Gaspedal durch.

Christine verlor zuerst das Bewußtsein, als der schwere BMW über die Begrenzung schoß und die Klippen hinunterstürzte. Sie hielt Erics rechte Hand bis zum letzten Augenblick gegen ihre Brust gedrückt.

46

Es gehörte zur Tradition des *Figaro*, aufsehenerregende Enthüllungen vorab im Elysée und im Hôtel Matignon bekannt zu geben. Thessier, der diese Anrufe selbst übernahm, ließ dazu die Kabinettschefs des Präsidenten und des Premierministers aus ihren nächtlichen Besprechungen rufen. Seine Worte erzeugten in beiden Zentren der Macht eine derartige Panik, daß davon in Windeseile auch in die übrigen Ministerien und die Parteizentrale angesteckt wurden. Der Präsident rief augenblicklich seinen engsten Stab zusammen und verbrachte die restliche Nacht damit, über eine Strategie der Schadensbegrenzung zu diskutieren. Zwischendurch führte er lautstarke Telefongespräche mit Kabinettsmitgliedern, die wiederum ihre Staatssekretäre und leitenden Beamten zusammenbrüllten, deren Unmut sich schließlich an ganzen Heerscharen von Referenten und Sekretärinnen ausließ. In unzähligen Ministerialbüros gingen in dieser Nacht die Lichter nicht mehr aus, Telefone klingelten ohne Unterlaß, und sämtliche Aktenvernichter liefen, bis die Sicherungen durchbrannten.

Der erste, der sich vor dem Präsidenten rechtfertigen mußte, war Regis Boudin, der Außenminister und Labordes ehemaliger Vorgesetzter. Ungeachtet der Tatsache, daß er ihn eigentlich nur mit halbem Herzen vorgeschlagen hatte, ging ein fürchterliches Donnerwetter auf ihn nieder.

Boudin konnte den Vorwürfen nicht viel entgegnen. Hätte er Labordes Doppelleben geahnt, wäre seine Abneigung gegen ihn fraglos wesentlich heftiger gewesen. So aber hatte er ihn als durchaus geeignet bezeichnet, sicher keine Idealbesetzung und auch nicht mit seiner sonderlichen Sympathie gesegnet, doch den bevorstehenden Aufgaben zweifellos gewachsen. Nach dem unerwarteten Tod der beiden Favoriten die einzige Alternative. Auch die übliche Überprüfung hatte keine Beanstandung ergeben, in sämtlichen Beurteilungen seiner langen Karriere standen nur lobende Formulierungen. Ein Adeliger vom alten Schlag, stromlinienförmig und äußerst ambitioniert zwar, doch verläßlich und bis ins Rückenmark loyal. Boudin zeigte sich betroffen, sah sich gleichzeitig aber außerstande, die Verantwortung für diesen Fehlgriff zu übernehmen.

Der nächste Besucher im Arbeitszimmer des Präsidenten war der Finanzminister. Fortune erschien mit bleichem Gesicht, zitternden Händen und schlampig gebundener Krawatte. Ihm warf der Präsident mit scharfen Worten vor, während der letzten zwölf Monate offenbar geschlafen zu haben und damit die Verantwortung dafür zu tragen, daß Laborde das Fürstentum zu einer Geldwaschanlage für die Mafia ausbauen konnte.

Fortune war als langjähriges Kabinettsmitglied klug genug, sich nicht gegen die teilweise ungerechtfertigten Angriffe zur Wehr zu setzen. Die Wutanfälle des Präsidenten waren legendär, jede Unterbrechung verstärkte sie höchstens. Die politische Karriere des Finanzministers war in dieser Nacht beendet, soviel war sicher, trotz aller eiligen Gegenmaßnahmen. Er trug die Verantwortung für Frankreichs Finanzen, persönliche Schuld spielte in einer solchen Position keine Rolle. Seine Aufgabe wäre es gewesen, die Probleme zu beseitigen, noch ehe sie Schaden anrichten konnten, doch darin hatte er versagt. Mindestens ein Kopf mußte rollen, das verlangten die Spielregeln, und seiner bot sich an. Außerdem gehörte er allein schon aufgrund seines Alters zu den entbehrlichen Figuren im Kabinett. Dem seit dieser Nacht angeschlagenen Präsidenten blieb keine andere Wahl, er mußte zur Sicherung seiner politischen Existenz das ein oder andere Opfer bringen. Fortune wußte von dieser Notwendigkeit, deshalb verteidigte er seine Position auch nicht unnötig, sondern konzentrierte sich nüchtern auf die Sicherung seiner Zukunft.

Es brachte ihm nicht den geringsten Vorteil, auf die Mitschuld Vandelins hinzuweisen. Sämtliche Verantwortung lag nun einmal beim Minister. Der Präsident würde ihn nur hohnlächelnd an diese Tatsache erinnern und trotzdem seine Konsequenzen ziehen. Es brachte mehr ein, wenn Vandelin aus allem herausgehalten werden konnte. Zwar haßte er diesen Mann im Augenblick grimmiger als jeden anderen Menschen auf der Welt, doch er war vernünftig genug, sich durch seine Gefühle nicht beeinflussen zu lassen. Vandelin gehörte zu den ersten Anwärtern auf das Amt des Finanzministers, der Präsident mochte ihn, und in der Partei besaß er mächtige Fürsprecher. Damit war er nach der gängigen Praxis auch derjenige im Kabinett, der sämtliche Kandidaten für hochrangige Positionen in den staatseigenen Unternehmen, Banken und Versicherungen vorschlug. Fortune hatte nicht vor, sich schon jetzt zur Ruhe zu setzen, dafür fehlte ihm das Geld. Er träumte von einem gut dotierten Posten als Präsident einer Großbank. In den wenigen Minuten, die er im Arbeitszimmer des Präsidenten verbrachte und sich unter der Wucht der anklagenden Worte bückte, entwickelte er diese vage Idee zu einem fertigen Konzept.

Vorerst mußte er seinen schimpflichen Abgang klaglos hinnehmen und mit ansehen, wie Vandelin strahlend an ihm vorbeizog. Das war eben Politik, hier kam es nicht darauf an, wer die Fehler beging, sondern wer dafür bezahlen mußte.

Gegen Ende der Unterredung bot er daher dem Präsidenten an, noch im Laufe des Tages seinen Rücktritt einzureichen. Der Hausherr des Elysée nickte halbwegs zufrieden und erklärte, nichts anderes von ihm erwartet zu haben. Sie trennten sich mit einem Händeschütteln wie alte Freunde nach einem reinigenden Streit.

Vom Elysée-Palast fuhr Fortune sofort ins Ministerium. Dort gab er Anweisung, Vandelin umgehend in sein Büro zu schicken. Mittlerweile war es kurz nach ein Uhr morgens.

Anschließend diktierte er sein Rücktrittsschreiben und telefonierte mit einigen befreundeten Journalisten. Er wollte die Berichte über die Gründe seiner Demission bereits im Vorfeld entschärfen und verhindern, daß sämtliche Schuld auf ihn allein abgewälzt wurde. Sein Ruf durfte nur angekratzt, nicht aber vernichtet werden.

Als Vandelin in sein Büro trat, erhob er sich von seinem Schreibtisch und ging ihm mit einem gezwungenen Lächeln entgegen. »Marc, schön, daß du so schnell kommen konntest. Uns steht heute ein ereignisreicher Tag bevor, und wir müssen wohl oder übel auf unsere Nachtruhe verzichten.« Er legte den Arm um die Schulter seines überraschten Staatssekretärs und zog ihn zu der ledernen Sitzgruppe, in der er üblicherweise seine Gäste empfing.

»Tatsächlich?« Durch den Anruf Thessiers war Vandelin längst über das Unheil informiert. Von den weitreichenden Überlegungen seines Ministers hatte er jedoch keine Ahnung.

Fortune saß in Hemdsärmeln neben ihm, mit offenem Kragen, die Krawatte gelockert. Er wirkte entspannt, wie ein Mann, der eben eine langwierige Aufgabe erfolgreich zum Abschluß gebracht hatte und sich nun auf die Zukunft freute. So hatte Vandelin seinen Minister noch nie erlebt, eine Veränderung lag in der Luft.

Fortune erzählte offen von seinem Gespräch mit dem Präsidenten und den an ihn gerichteten Anschuldigungen. »Ich habe mich meiner Verantwortung gestellt, Marc«, erklärte er ernst und sah dem Jüngeren dabei fest in die Augen, »und dir damit den Rücken freigehalten. Du kennst deinen Teil der Schuld selbst, und ich hoffe daher, daß du meinen Opfermut schätzt.«

Vandelin schluckte schwer und wußte zunächst nicht, wie er auf diese Eröffnung reagieren sollte. Er war lange genug in diesem Geschäft um zu wissen, daß es Gefälligkeiten niemals umsonst gab. Wenn man bereits für jedes lobende Wort eines Kollegen im eigenen Wahlkreis bezahlen mußte, was kostete dann erst der Kopf eines Ministers? Wollte Fortune heiliggesprochen werden? Vandelin war auf den Preis, den er verlangen würde, äußerst gespannt.

Um seine augenblickliche Ratlosigkeit zu verdecken, beugte er sich vor und legte Fortune betroffen die rechte Hand auf den Unterarm. »Es wird nicht leicht sein, Antoine, die durch deinen Rücktritt entstandene Lücke auszufüllen.«

»Unsinn, mein Freund!« Seine Stimme war schneidend, die Handbewegung eindeutig. »Ich hinterlasse heute ebensowenig eine Lücke wie du, wenn du in einigen Jahren gehen wirst. Als intelligente Menschen sollten wir uns beide darüber im klaren sein. Wir sind alle ersetzbar, einer wie der andere. Zwei Tage nach dem Ausscheiden erinnert man sich kaum noch an unsere Namen, geschweige denn an unser Programm. Jeder Nachfolger schlägt seinen Schnabel zwangsläufig zuerst in die politische Leiche des Vorgängers und holt sich dort ausreichend Fleischvorrat, um die ersten Tage im Amt überstehen zu können, das ist eine bekannte Tatsache. Das wirst du nicht anders machen, als ich es auch gemacht habe, Marc. Du kannst hier sowieso nichts bewegen, nimm diese Erkenntnis mit auf den Weg, und denke darüber nach. Vergiß alle riskanten Modelle zur Haushaltsfinanzierung, die dir höchstens den Kopf kosten können, und nutze lieber alle gebotenen Möglichkeiten, um den Kabinettskollegen aus angeblicher Sparsamkeit die Dienstwagen madig zu machen und mit sämtlichen hübschen Assistentinnen des Hauses zu schlafen.«

Er holte tief Luft und zwang sich erneut zu einem Lächeln. »Ich sage es dir ganz offen, Marc, es ist nicht leicht, Minister dieser Republik zu sein. Ganz gleich, bei welcher Partei, ob fleißig oder eher faul, ob alt oder jung, an diesem Schreibtisch zählen andere Qualitäten.« Er deutete mit dem rechten Daumen hinter sich, wo ein einsamer schwarzer Lederdrehstuhl an dem modernen Chrom-Schreibtisch stand. »Unter anderem gehört auch der Mut dazu, im Ernstfall alle Verantwortung auf sich zu nehmen und zurückzutreten. Mehr wird nicht erwartet. Tut man das, kann ein anderer unbelastet beginnen. Nach Möglichkeit natürlich jemand, der genügend Dankbarkeit besitzt, um sich bei seinem Vorgänger erkenntlich zu zeigen.«

An dieser Stelle zog Vandelin die Augenbrauen hoch. »Ich verstehe. Jeder Rücktritt hat also seinen Preis.«

Fortune nickte entschieden. »Ich habe dir den Weg in diesen Sessel geebnet, Marc. Denkst du nicht, daß du mir dafür etwas schuldig bist?«

»Ein gut dotierter Posten in der Industrie? Vielleicht Präsident einer Bank?« Vandelin hatte begriffen. Er blinzelte ihm verschwörerisch zu.

Ein befriedigtes Lächeln war die Antwort. »Du wirst es noch einmal weit bringen, Marc. Vielleicht erleben wir dich tatsächlich als den nächsten Präsidenten.«

Vandelin lächelte geschmeichelt. »Schwebt dir bereits etwas Bestimmtes vor, Antoine?« erkundigte er sich.

Fortune nickte wieder. »Ich habe mich glücklicherweise bislang nicht entschlossen, mit wem wir den Präsidentenposten der Caisse des Dépots et Consognations besetzen.« Er räusperte sich. »Ein Institut, das im Auftrag des Staates eine knappe Billion Spareinlagen verwaltet, für die Altersversorgung von fünf Millionen Franzosen verantwortlich ist und uns darüber hinaus hilft, in Schwierigkeiten geratene Privatbanken aufzufangen. Es wird traditionell von einem hohen Mitglied der Verwaltung geleitet, aber das weißt du vermutlich alles längst.«

»Ich werde deine Ernennung noch im Laufe der nächsten Woche bekanntgeben, Antoine«, versicherte ihm Vandelin.

»Ein nicht zu hoher Preis für mein überaus faires Verhalten.«

Vandelin zögerte für einen Augenblick. »Eine einzige Bedingung stelle ich allerdings.«

Auf Fortunes Gesicht erschien der Ausdruck von Überraschung. Mit Bedingungen hatte er nicht gerechnet. »Und die wäre?«

»Falls es in nächster Zeit zu einer Sanierung der Banque de Parisienne kommen sollte, verlange ich ständige persönliche Absprache und äußerstes Fingerspitzengefühl. Falls mein Name auftaucht, bleibt das unter uns, haben wir uns verstanden?«

»Natürlich!« nickte Fortune. Er brauchte nicht neugierig nachzufragen, was Vandelin zu dieser ungewöhnlichen Bitte bewegte, in seiner neuen Funktion würde er alle Details darüber ohnehin früher oder später erfahren. Durch das Eingeständnis Vandelins war es nun absolut sicher, daß er die gewünschte Stelle bekam und daß ihm der neue Minister auch in Zukunft seine Unterstützung nicht entzog. Allein auf Dankbarkeit konnte er schließlich nicht bauen, sie verflog in der Politik schneller als Parfüm.

Die für den frühen Vormittag dieses Montags einberufene Sondersitzung des Kabinetts begann mit einem längeren Monolog des Präsidenten. Er vermied das Wort ›Krise‹, zeigte allerdings tiefe Sorge um verschiedene Sicherheitsaspekte der Wirtschafts- und Finanzpolitik in Monaco. Offensichtlich hatte die Mafia dort Fuß gefaßt, und er forderte sämtliche zuständigen Ministerien und Dienststellen auf, mit aller Härte dagegen vorzugehen.

Glücklicherweise war die größte Wut des Präsidenten noch in der Nacht verraucht, so daß er kein weiteres Verlangen danach zeigte, rotes, arterielles Blut im Kabinettssaal zu verspritzen. Es wurden daher ressortübergreifend Vorschläge zusammengetragen, wie man dem organisierten Verbrechen in Frankreich den schwersten Schlag seiner bisherigen Geschichte versetzen sollte. Im Zuge dieser Beratungen mußte der Innenminister allerdings sein bislang streng gehütetes Wissen um den hochrangigsten Mitarbeiter der Behörden im engsten Kreis der Mafia bekanntgeben. Die Mitglieder des Kabinetts, insbesondere Vandelin, hörten aufmerksam zu. Der Name ›Bruno Calvet‹ fiel auf dieser Ebene zum erstenmal.

Der zweite Tagesordnungspunkt, der den Präsidenten beinahe noch mehr ärgerte als die Entwicklung in Monaco, bestand in der angekündigten Erhöhung des Leitzinses durch die Deutsche Bundesbank. Pulverdampf lag in der Luft. Diesmal würde Bonn den deutschen Konjunkturmotor nicht ungestraft auf Kosten der Nachbarländer anwerfen. Es traf sich gut, daß die nächste Runde der deutsch-französischen Gespräche unmittelbar bevorstand, er besaß dort ein Forum, auf dem alle Welt mitbekommen mußte, wenn er mit der Faust auf den Tisch schlug. Um sich dabei nicht zu blamieren, mußten vorher allerdings noch eine Menge Hausaufgaben erledigt werden. Der ausgefuchste Taktiker Vandelin sollte daher noch heute Fortunes Schreibtisch einnehmen und sich vorrangig um dieses Thema kümmern.

Das politische Leben in Paris würde sich die nächsten Tage über mit Dingen beschäftigen, die die Nation als Ganzes betrafen. Der Präsident malte ein furchterregendes Bild der nationalen Bedrohung an die Wand, neben der alles andere zur unbedeutenden Nebensache geriet.

Unmittelbar nach der Kabinettssitzung ließ sich Vandelin in seinem Büro mit Gitan verbinden. Um den Preis der eigenen Freiheit war er bereit, ihm einen Namen zu nennen.

Sein ehemaliger Freund klang ungeheuer deprimiert und schien offenkundig kein Interesse an einem Gespräch zu haben. Er wurde erst hellhörig, als Vandelin den hochrangigen Polizeispitzel in seinem Umfeld erwähnte. Um den Namen zu erfahren, war Gitan bereit, den ehemaligen Freund aus seinem Versprechen zu entlassen und alles, was die dunklen Quellen seiner Parteispenden betraf, endgültig zu vergessen. Der große Plan war gescheitert, er besaß ohnehin keine weitere Verwendung mehr für ihn.

Gitan hörte sich den Namen ohne jeden Kommentar an. Bruno, sein Liebling und engster Mitarbeiter, den er wie einen Sohn behandelt hatte, war also zum Verräter geworden! Er legte den Hörer auf, ohne sich von Vandelin zu verabschieden.

Rosbigalle saß in einem Ledersessel in Alfreds Bibliothek und las in seinem ersten, vor über sechzig Jahren veröffentlichten Buch. An dem alten Mann waren die Geschehnisse in Monaco völlig vorübergegangen. Nachdem seine wiederholten Versuche, Nicole aufzusuchen, gescheitert waren und auch Alfred sich aus Gesundheitsgründen zurückgezogen hatte, konzentrierte er sich nun auf das, was ihm das Dasein lebenswert machte: Bücher.

Alfreds Bibliothek war für ihn eine unerschöpfliche Fundgrube, und er vergrub sich Stunde um Stunde in dem abgelegenen Raum, um in unzähligen dicken Folianten zu lesen. Er begegnete dabei vielen alten, langvermißten Freunden. Die gesammelten Klassiker der Nationalökonomie standen hier aufgereiht. Erstausgaben der Werke von Adam Smith bis John Maynard Keynes. Ein großer Teil davon war viele tausend

Francs wert, und in dieser Vollständigkeit einzigartig. Auch seine eigenen Bücher waren alle versammelt, jedes einzelne mit Widmung, außerdem die verschiedensten nach Jahrgängen gebundenen Fachzeitschriften für Internationales Finanzmanagement und die Entwicklung globaler Unternehmensstrategien. Seine Beiträge kündigte stets ein kleiner Hinweis in Alfreds Handschrift auf dem Einband an.

Für Rosbigalle bedeutete insbesondere das Lesen seiner eigenen Bücher und Artikel höchsten Genuß. Er unternahm dabei eine Reise in die Vergangenheit, denn vieles von dem Geschriebenen hatte er nicht aufgehoben, anderes längst vergessen. Hier war alles gesammelt und geordnet, sein ganzes Leben und Wirken über einige Regale verteilt.

Eine Menge Dinge fielen ihm beim Lesen seiner alten Gedanken auf, unzählige Fäden, die es wert gewesen wären, daß man sie wieder aufnahm. Doch es hätte eines weiteren Lebens von ähnlicher Schaffenskraft bedurft, um die von ihm aufgeworfenen Fragen auch nur annähernd zu beantworten. Hinzu kam, daß der Zeitablauf die praktischen Auswirkungen seiner Theorien so verändert hatte, daß die Wirtschaftswissenschaftler der Gegenwart damit kaum noch etwas anzufangen wußten.

Rosbigalle war so gepackt von dem, was er hier vorfand, daß er Nicole vorübergehend vergaß. Nach ihrem Anruf vom vergangenen Nachmittag machte er sich keine Sorgen mehr um sie, immerhin wurde sie nun von der monegassischen Polizei beschützt. Alfred, dem er von ihrem Anruf erzählt hatte, hatte ihm den Wagen samt Fahrer zur Verfügung gestellt, damit er die junge Frau aufsuchen konnte, sobald sie sich wieder meldete. Bis dahin wollte der alte Mann die Bibliothek nur zum Schlafen und Essen verlassen.

Er stellte sein Buch wieder ins Regal zurück und griff nach einem schmalen Bändchen, das unmittelbar daneben stand. *Die russische Mafia – das erfolgreichste internationale Unternehmen der Welt* von Jean-Luc Bastide. Er konnte nur annehmen, daß es durch einen Zufall in diese Sammlung gekommen war. Aufgrund des reißerischen Titels und des Covers in grellen Farben, das drei Vermummte mit Aktenkoffern zeigte, die soeben die Pariser Börse verließen, rechnete er es nicht zu Alfreds bevorzugtem Lesestoff.

Er wollte es gerade wieder ins Regal zurückstellen, als es ihm aus der Hand rutschte und zu Boden fiel. Noch während er sich ärgerlich danach bückte, bemerkte er die vielen Anmerkungen am Rande des Textes, eindeutig Alfreds charakteristische Handschrift. Warum beschäftigte sich sein ehemaliger Assistent mit den Geschäften der Mafia?

Rosbigalle hob das Buch auf und blätterte nun interessiert darin. Bereits nach wenigen Absätzen war seine Aufmerksamkeit gefangen. Irgend etwas kam ihm bekannt vor. Er las weiter. Es ging um die Gründung von Betrieben in Hochsteuerländern und die konzerninterne Verlagerung der dort erzielten Gewinne in Niedrigsteuerländer. Er blätterte weiter. Die Mafia hatte ihre Geldwäsche offensichtlich nach einem hochkomplexen, ihm allerdings nicht unbekannten System aufgebaut. Eine international operierende Holding, zu der Anteile an Banken, Investmentbüros und Versicherungen gehörten, die untereinander entweder durch Überkreuzbeteiligungen oder durch Abhängigkeitsverträge verbunden waren, stand im Mittelpunkt. Neben realen Geschäften wurden Scheingeschäfte in horrenden Höhen quer durch alle Branchen der Wirtschaft abgeschlossen und untereinander so vermischt, daß schwarze Gelder in mehrstelliger Milliardenhöhe gewaschen und wieder in den Wirtschaftskreislauf eingeschleust werden konnten. Die dadurch entstandenen Gewinne flossen mit Hilfe komplizierter Finanzmanipulationen größtenteils in exotische Steuerparadiese, wo sie sich zu gigantischen Bankkonten anhäuften, von denen wiederum der Erwerb legaler Firmen finanziert wurde.

Je länger Rosbigalle in diesem Buch las, desto häufiger mußte er innehalten und aufsteigende Schwindelgefühle unterdrücken. Sein Kreislauf rebellierte. Das internationale Finanzgeschäft der Mafia war auf den Grundlagen seiner Theorie errichtet worden.

Das war doch nicht möglich! Die vielen Jahre, die er zuerst in Paris und dann in Chicago damit verbracht hatte, sein Gedankengebäude zu entwickeln, die anschließende Enttäuschung, daß sich trotz der Anerkennung von seiten der Kollegen niemand ernsthaft damit auseinandersetzen wollte, die Jahrzehnte mit desinteressierten Studenten, dies alles sollte nur die Vorarbeit für den internationalen Ausbau der Mafiaaktivitäten gewesen sein? Er glaubte zu träumen. Alle, die etwas davon verstanden, selbst Nobelpreisträger, hatten doch erklärt, daß er sich in einer Sackgasse befand, daß es sinnlos war, in dieser Richtung überhaupt weiterzuarbeiten. Hatten sich alle geirrt? Es waren hauptsächlich die Amerikaner gewesen, die seit Kriegsende die Denkrichtung in diesem speziellen Zweig der Wirtschaftswissenschaften vorgaben. Eine einzige Stimme aus Frankreich war viel zu schwach, um neben den reichen Kollegen auf der anderen Seite des Atlantiks Gehör zu finden. Allein deswegen hatte er letztendlich resigniert und sich voll und ganz der Philosophie zugewandt.

Und nun mußte er durch einen Zufall erfahren, daß er der geistige Vater des organisierten Verbrechens war. Seine Theorien, mit denen er eine stärkere Vernetzung der einzelnen Länder erreichen wollte, weltweite Stabilität und damit dauerhaften Frieden, dienten seit Jahren dazu, Morde, Rauschgiftschmuggel, Prostitution, Erpressung und Waffenhandel zu einem noch lukrativeren Geschäft zu machen. Das war mehr, als ein Mensch ertragen konnte.

Die bebilderten Seiten übersprang er, ihn interessierte nur der Text. Bis er ein Schwarzweißfoto von fünf Männern mit Champagnergläsern sah. Der mittlere war aufgrund seiner Physiognomie und der Zigarette in der rechten Hand unverkennbar: Alfred.

Rosbigalle las darunter: *Die Sicherheitsbehörden sehen in Alfred Gavard, genannt ›Gitan‹, den europäischen Kopf der russischen Mafia und den Finanzchef der weltweit operierenden Mafia-Organisationen.*

Ihm blieb fast das Herz stehen.

47

Viviennes urprünglicher Plan ließ sich nun nicht mehr verwirklichen, denn in Paris war man zu der Erkenntnis gelangt, daß es nicht viel Sinn hatte, monatelang mühsam Beweise zusammenzutragen, während Boden-Luft-Raketen flogen. Nach den zwei spektakulären Anschlägen in Monaco bestanden der Innenminister und damit auch der Präsident auf Erfolgen, sie waren deshalb übereingekommen, daß diesem Zweck alles bisher Erreichte geopfert werden sollte.

Nach der großen Einsatzbesprechung in Marseille, die bis zum frühen Nachmittag dauerte und vom eilig angereisten Innenminister selbst geleitet wurde, telefonierte Vivienne mit Calvet und informierte ihn über die neueste Entwicklung. Ihr Verbündeter auf der anderen Seite des Gesetzes war ebenso stark an Gitans schnellem Ende interessiert wie Paris, denn seit dem Tod Tourballes hatte er keinen Konkurrenten mehr in der Nachfolge des angeschlagenen Patron.

Als sich kurz nach fünf insgesamt vierundzwanzig Fahrzeuge der feudalen Villa in Cap d'Antibes näherten, um Angehörige des OCRB, dem für Terrorabwehr zuständigen Inlandsgeheimdienst DST und einer Anti-Terror-Spezialeinheit der Gendarmerie zu ihrem Einsatzort zu bringen, war der Innenminister längst wieder auf dem Rückflug nach Paris. Zur gleichen Zeit nahmen die sieben Zodiac-Schlauchboote zweier Minenleger

Kurs auf die nahen Felsklippen, über denen sich Gitans Villa erhob. Insgesamt nahmen an der Aktion zweihundertvierunddreißig Männer teil, ausgerüstet mit allem, was die moderne Waffentechnik derzeit bot, um die gestrige Kriegserklärung der Mafia zu entgegnen.

Durch die genaue Beobachtung des Anwesens kannten sie die zahlenmäßige Stärke des Feindes: zwölf Hausangestellte und vierzehn Leibwächter, hinzu kamen Gitan und seine Frau, außerdem ein älterer Besucher.

Um das riesige, mit einer hohen Mauer eingefaßte Gelände wimmelte es von Uniformen und Waffen, laufende Fahrzeugmotoren verbreiteten blaue Dieselwolken, Funkgeräte quäkten dazwischen. Schußsichere Westen waren obligatorisch, bei den Angehörigen der Spezialeinheiten auch geschwärzte Gesichter. CRS-Bereitschaftspolizisten mit schußbereiten Maschinenpistolen hatten sämtliche Zufahrtsstraßen zu dem Nobelviertel abgeriegelt. Überall gellten Befehle, Dutzende fester Stiefel knallten auf den Asphalt. Die Vorbereitungen zu einer Schlacht waren im vollen Gange.

Vivienne Margot, als einzige Frau in dieser Männerwelt, leitete den Einsatz. Auf ihren schmalen Schultern lag damit die Verantwortung für alles, was in den nächsten Minuten geschehen sollte. Sie trug als einzige keine Uniform, sondern einen Hosenanzug und eine weiße Bluse. Auf die schußsichere Weste durfte allerdings auch sie nicht verzichten, gleichfalls nicht auf ein Funkgerät.

Viertel nach fünf meldeten die Zodiac-Boote über Funk ihre Bereitschaft. Die Klippen waren abgeriegelt und eine Flucht zur See hin damit unmöglich. Vivienne wartete noch, bis sie die beiden Hubschrauber hörte, die das Gelände von oben her beobachten sollten, bevor sie ihr Funkgerät an die Lippen hob. Um sie herum standen jetzt die Leiter der beteiligten Einheiten, allesamt Männer in den mittleren Jahren, mit wettergegerbten Gesichtern, tiefliegenden Augen und Nerven aus Stahldraht. Sie kannten einander seit langem, so daß Vivienne in dieser Runde keinerlei Akzeptanzprobleme hatte.

Endlich waren die Hubschrauber in Stellung. Die beiden

Beobachter meldeten sich, und Vivienne gab den Einsatzbefehl.

Zwei uniformierte Gendarmen der Dienststelle in Antibes klingelten am Tor und wurden gleich darauf eingelassen. Die Hubschrauber meldeten keinerlei verdächtige Aktivitäten auf dem Gelände.

Vivienne stieg in einen blauen Auverland-Jeep der Gendarmerie und fuhr an der Spitze von drei weiteren Fahrzeugen voll von schwerbewaffneten Elitepolizisten im Kampfanzug in den Park. Die übrigen Sicherheitskräfte schwärmten aus, um sich im Schutz der Büsche und Bäume langsam zum Haus vorzuarbeiten. Das war die Stunde der Hunde, die bislang aufgeregt hechelnd in ihren engen Käfigen gewartet hatten. Bellend zogen sie ihre Hundeführer ungestüm hinter sich her. Zehn Minuten nachdem sie den Park betreten hatten, war die gesamte Anlage ohne einen einzigen Schuß eingenommen. Ein dichter Riegel von Sicherheitskräften sperrte das Gebäude zu den Parkseiten hin ab.

Vivienne lief mit fünf Gendarmen die geschwungene Freitreppe zur offenstehenden Haustür hinauf, wo Sérgio bereits wartete. Sein Blick ruhte spöttisch auf der Frau mit der schwerbewaffneten Begleitung. »Wir brauchen uns nicht zu wundern, warum dem Steuerzahler immer tiefer in die Tasche gegriffen wird«, bemerkte er kopfschüttelnd. »Es hätte gereicht, wenn Sie mit zwei oder drei Kollegen gekommen wären. Wen haben Sie erwartet? Die irakische Armee?«

»Bringen Sie uns bitte augenblicklich zu Monsieur Gavard!« tönte ihm Viviennes scharfe Stimme entgegen.

»Wenn Sie es wünschen, bitte!« nickte Sérgio widerspruchslos. »Ich darf Sie vorher aber noch daran erinnern, Madame, daß Monsieur Gavard schwer herzkrank ist. Ich bitte deshalb um äußerste Rücksichtnahme.«

»Das ist mir bekannt. Gehen wir.« Sie schritt an ihm vorbei in das riesige Foyer der Villa.

»Auf Ihre Verantwortung.« Sérgio drehte sich um und folgte ihr langsam, auf jeder Seite von einem Gendarmen begleitet. Ihr Weg führte sie durch die Halle in Richtung Terrasse. Lärmende Fußtritte hinter ihnen signalisierten, daß die Sicherheitskräfte sämtliche Stockwerke und Zimmer des Hauses besetzten.

Gitan empfing seine ungebetenen Besucher sitzend, bereit für das Unvermeidliche. Der Fehlschlag des gestrigen Tages und die Enttäuschung über Calvets Verrat hatten einen erschreckenden Verfall seiner Kräfte ausgelöst. Seine ohnehin schon ungesunde Gesichtsfarbe wirkte jetzt dunkelgrau, und seine Hände zitterten wie die eines Greises. Die Gendarmen, die gekommen waren, um ein menschliches Ungeheuer festzunehmen, staunten nicht schlecht über das gebrochene Wrack.

Gitan fühlte sich um die Früchte seiner Arbeit betrogen, schlimmer noch: um sein Lebenswerk gebracht. Er wußte, daß es für ihn keine Zukunft mehr gab. Tourballe war nicht mehr am Leben, Calvet hatte sich gegen ihn gestellt, und durch das Desaster in Monaco war seine Reputation bei den Mafia-Familien auf Null gesunken.

Der Mann der Stunde war Calvet. Er war jünger, agiler und – das wichtigste – kein Verlierer. Er würde sämtliche Pläne, die mit dem Fürstentum zusammenhingen, schleunigst aufgeben und sich verstärkt dem herkömmlichen Geschäft widmen. Keine Extravaganzen mehr, die Welt des organisierten Verbrechens gab sich nüchterner.

Gitan war ausgemustert worden, deshalb hatten seine Leibwächter beim Eindringen der Feinde auch kein Feuerwerk veranstaltet. Man erwartete von ihm, daß er sich in sein Schicksal fügte und schwieg. Die Geschäfte liefen weiter, nun allerdings ohne ihn.

Er hob die Augen erst vom Boden, als die Uniformierten in einem Halbkreis um ihn standen. »Ich habe Sie erwartet«, grüßte er tonlos, und seine rechte Hand vollführte eine schwache Geste, die offenbar einladend wirken sollte.

Vivienne und ihre Begleiter überlegten, ob es angebracht war, ihm Handschellen anzulegen. Sie befürchteten, sich lächerlich zu machen.

»Sollten wir nicht lieber einen Arzt rufen, ehe wir ihn anrühren?« schlug einer der Gendarmen vor. »Wenn er uns unter den Händen wegstirbt, ist der Teufel los.«

Vivienne schüttelte den Kopf. Sie hatte die Bilder der zerfetzten und verbrannten Toten in Monaco gesehen und fühlte keinen Funken Mitleid gegenüber diesem Mann.

Ungerührt zog sie den vorbereiteten Haftbefehl aus ihrer Tasche und las ihn vor: »Alfred Gavard, Sie werden beschuldigt, Hauptverantwortlicher für die beiden terroristischen Anschläge in Monaco zu sein, bei denen insgesamt siebenundzwanzig Menschen getötet und weit über hundert zum Teil schwer verletzt wurden. Ferner werden Ihnen zahlreiche Finanz- und Steuervergehen zur Last gelegt.« Sie holte tief Luft. »Sie haben das Recht, die Aussage zu verweigern und einen Anwalt anzurufen.«

Gitan schüttelte jedoch nur müde den Kopf. »Ich brauche keinen Anwalt mehr.« In einer schlappen Geste hob er die Hände und hielt die Gelenke nebeneinander. »Legen Sie mir endlich Handschellen an, damit wir gehen können.«

Sie tat ihm den Gefallen, und der psychisch und physisch zerstörte Mann wurde abgeführt.

Bei der Durchsuchung des Gebäudes wurde nicht der geringste Widerstand geleistet. Selbst Florence Gavard protestierte nicht, als ein halbes Dutzend Männer in ihr Schlafzimmer eindrangen, wohin sie sich zurückgezogen hatte.

In der Bibliothek stießen die Gendarmen auf einen alten Mann, der einen verwirren Eindruck machte und behauptete, eine Art Planungschef der Mafia zu sein. Sie nahmen ihn und alle anderen Bewohner des Hauses zur weiteren Befragung mit nach Marseille.

Um Viertel nach sechs war die gesamte Operation beendet und Vivienne die Heldin des Tages.

Der Zusammenbruch aller Mafia-Aktivitäten, die mit Monaco in Zusammenhang standen, brachte auch die Crédit Méditerrané und mit ihr die ehrwürdige Banque de Parisienne in Bedrängnis. Nachdem der Fürst den Verkauf der SBM und der Telefongesellschaft unverzüglich rückgängig gemacht und gründliche Untersuchungen eingeleitet hatte, schlugen die Zweifel an der Seriosität der beiden Banken schnell in blankes Entsetzen um. Valentin Pasternak, Chef der monegassischen Tochter und Vorstandsmitglied der Banque de Parisienne, kam wegen Mißbrauchs von Gesellschaftsvermögen in Haft, so die in diesen Fällen übliche Anklage. Ebenso Jean-Philippe Sauvignet, der Staatsrat für Wirtschaft und Finanzen.

Das monegassische Finanzsystem geriet durch den daraufhin einsetzenden Abzug der Mafia-Gelder in ernste Schwierigkeiten, und der Fürst mußte seine vielfältigen internationalen Kontakte spielen lassen, um halbwegs den vollständigen Zusammenbruch zu vermeiden. Finanzminister Vandelin bekam eine ganze Reihe von positiven Schlagzeilen, als er die drohende Zahlungsunfähigkeit der beiden Banken und die damit verbundene Schädigung von Millionen von Sparern in letzter Minute verhinderte. Durch die von ihm verfügte Übernahme der Institute durch die öffentliche Caisse des Dépots et Consognations konnte Fortune beweisen, daß er über genügend Sachverstand verfügte, um beide Geldhäuser auf Kosten der Steuerzahler zu retten. Vorläufige Schätzungen ergaben, daß die durch Mafia-Aktivitäten entstandene Finanzlücke mit einer Geldspritze von wenigstens neun Milliarden Francs ausgeglichen werden mußte. Wenigstens finanziell hatte sich dieses Abenteuer für Gitan also gelohnt.

48

Alains linker Arm steckte bis zu den Fingerspitzen in einer weißen Kunststoffschale, und aus dem offenen Kragen seines leichten Leinenhemdes sah der weiße Verband hervor, der sich um seinen Brustkorb herumzog. An seiner Stirn klebte ein dickes Mullpflaster, an dessen Rändern noch die Reste des orangefarbenen Desinfektionsmittels hervorsahen. Ein winziger Metallsplitter des explodierenden Hubschraubers hatte ihn dort getroffen und einige Zentimeter Haut und Fleisch weggerissen. Im Vergleich zu Fabrice, der wohl nie wieder seinen Dienst aufnehmen konnte und den Rest seines Lebens im Rollstuhl verbringen mußte, war Alain damit relativ glimpflich davongekommen. In spätestens sechs Wochen, wenn sämtliche Wunden verheilt waren, konnte er sich voll und ganz auf die eher positiven Erinnerungen konzentrieren, die mit dem dreitägigen Aufenthalt im Princesse-Grace-Krankenhaus verbunden waren. Dort war ihm Danielle nämlich während der ganzen Zeit nicht von der Seite gewichen, so daß sie ausreichend Zeit gefunden hatten, sich über ihre Fehler in der Vergangenheit auszusprechen. Sie wollten noch einmal ganz von vorn anfangen. Ob es diesmal funktionieren würde, konnte keiner voraussagen, doch wenn sie sich beide deutlich mehr Mühe gaben als bei ihrem ersten Versuch, standen die Chancen sicherlich nicht schlecht. Als äußeres Zeichen des Neubeginns rasierte sich Alain seither wieder regelmäßig.

Auch Nicole hatte eine weitreichende Entscheidung getroffen und das großzügige Angebot des Fürsten, in das Monte Carlo Ballett einzutreten und Paris damit endgültig hinter sich lassen, dankend verzichtet. Der von Natur aus eher zurückhaltende, in außergewöhnlichen Situationen jedoch erwiesenermaßen höchst tatkräftige Bertrand hatte ihr nämlich auf der Rückfahrt von dem Gespräch mit den beiden Journalisten einen Heiratsantrag gemacht. Als Hochzeitstermin war Ende September vorgesehen, die Tradition der britischen Hoteliersgattinen im Demie-Lune ging damit in der fünften Generation zu Ende.

Roger hatte die Nachricht mit Fassung aufgenommen, denn er war seit zwei Tagen rettungslos in eine der jungen Assistenzärztinnen verliebt und überlegte schon, wie er seinen Klinikaufenthalt durch verschiedene Tricks verlängern konnte. Zu Nicoles Erleichterung würde zu seinen Verletzungen jedenfalls nicht auch noch ein gebrochenes Herzen kommen.

Es war Sonntag nachmittag, sechs Tage nach Gitans Verhaftung, wenige Stunden vor dem Rückflug des Professors nach Paris. Bertrand und Nicole hatten den alten Mann, außerdem Alain, Danielle und natürlich auch Kommissar Somper zu einem Abschiedsessen ins Demie-Lune eingeladen und anschließend zwei Flaschen Dom Pérignon geöffnet. Sie tranken darauf, daß sie noch am Leben waren und daß sie indirekt dazu beigetragen hatten, einen der gefährlichsten Männer Europas auszuschalten.

Rosbigalle war der einzige, der nicht recht wußte, ob ihm nach Feiern zumute war. Sicher, auf der einen Seite hatte Nicole alle Mordanschläge überlebt und möglicherweise auch ihr Glück gefunden, auf der anderen Seite aber mußte er von nun an mit dem Wissen leben, sein wissenschaftliches Leben für die internationale Mafia hingegeben zu haben. Er fühlte sich in gewisser Weise mitschuldig an den fürchterlichen Ereignissen im Fürstentum und dem Leid der Verletzten und Angehörigen der Toten. Diese Gewissensbisse konnten ihm auch die vielen, gutgemeinten Worte, die während der letzten Tage von allen Seiten gekommen waren, nicht nehmen.

Während des Essens berichtete Somper, daß der Mord an Claire Besse vor dem Negresco restlos aufgeklärt war. Durch eine Überprüfung der Zeugen war herausgekommen, daß einige von ihnen falsche Adressen angegeben hatten und ihre Aussagen somit nicht weiter herangezogen werden konnten. Die Beschreibung der verbliebenen Augenzeugen stimmte nun haargenau mit der Erscheinung Labordes überein. Den gleichen Augenzeugen war bei der zweiten Befragung außerdem eine Reihe von zehn Fotos vorgelegt worden, unter denen sie alle ohne Zögern das Bild von Crichet wiedererkannt hatten. Er war der Mörder der jungen Frau.

Die Beteiligung Labordes an der Tat wurde als gesichert angesehen, denn die winzigen Blutspuren auf seinem Anzug gehörten zu Claires eher seltener Blut- und Serumgruppe A2B. Hinzu kam der positive Befund der DNA-Analyse. Ugo Cimione, der Polizeipräfekt, hatte Somper wegen der raschen Lösung dieses Falles notgedrungen seine Anerkennung aussprechen müssen. Er blieb also vermutlich noch eine Weile Kommissar und mußte alle Pläne für die Zeit nach seiner Pensionierung etwas hinausschieben.

Es war vorgesehen, daß sie sich spätestens um fünf verabschiedeten, damit Bertrand und Nicole den Professor pünktlich zu seiner Maschine nach Nizza bringen konnten. Zehn vor fünf erhielt Alain auf seinem Mobiltelefon einen dringenden Anruf von Eliane aus dem Büro.

Gitan, der seit dem vergangenen Dienstag in Zelle 3/211 der Pariser Haftanstalt Santé einsaß, einem düsteren Bau aus der Zeit Napoleons III. im 13. Arrondissement, war nach einem schweren Herzanfall am frühen Nachmittag in das Pariser Militärkrankenhaus Val-de-Grace eingeliefert worden und dort unter dem Skalpell des Chirurgen gestorben.

»Würde es dir etwas ausmachen, wenn wir einen Abstecher über die Corniche Inférieure nach Monaco machen?« erkundigte sich Nicole, nachdem sie sich von Rosbigalle herzlich verabschiedet hatten. Er saß nun sicher in seinem Flugzeug, während sie durch die Abflughalle des Inlandterminals zum Auto liefen.

»Natürlich nicht«, antwortete Bertrand überrascht. »Aber über die Autoroute sind wir wesentlich schneller dort.«

»Mir geht es nicht darum, wie schnell wir ankommen«, stellte sie klar. »Ich möchte einfach nur an der Küste entlangfahren.«

Bertrand tat ihr den Gefallen und steuerte den Mercedes, mit dem normalerweise die Gäste des Demie-Lune befördert wurden, über die langgezogene Promenade des Anglais durch die Stadt in Richtung Villefranche. Nicole sprach während der ganzen Zeit kein Wort, sondern sah nur nachdenklich durch ihr Seitenfenster auf das Meer hinaus. Erst kurz vor Villefranche, dort, wo die Straße scharf abbog und ein breites Loch im Drahtzaun auf den kürzlichen Absturz eines Wagens hinwies, legte sie ihm die linke Hand auf den Unterarm.

»Bitte halte hier irgendwo an, Liebling«, bat sie ihn. »Es ist wichtig.«

Bertrand warf ihr nur einen erstaunten Blick zu und setzte dann den Blinker, um seitlich in den schmalen Grasstreifen hineinzurollen. Er wußte, daß Laborde und seine Frau an dieser Stelle Selbstmord begangen hatten, aber warum wollte Nicole ausgerechnet heute hierherkommen? Da er ihrem ernsten und nachdenklichen Gesicht ansah, daß es im Augenblick vermutlich sinnvoller war, diese Frage für sich zu behalten, schwieg er jedoch und stellte den Motor ab.

Nicole öffnete ihre Tür und stieg aus. Langsam, ganz langsam ging sie auf das Loch im Zaun zu, stieg über einige Metallgitterfetzen hinweg und trat auf die Kante des steilen Abhangs zu. Einige hundert Meter weiter unten sah sie einen großen schwarzen Fleck zwischen den Felsen und dem Gesträuch, der einzige Hinweis darauf, daß hier zwei Menschen den Tod gefunden hatten.

Es war weiß Gott keine Sentimentalität, die Nicole an diesem Abend hierhertrieb. Sie hatten nachmittags den Beginn einer neuen Zeit gefeiert, damit verbunden war jedoch immer ein Abschied. Die Champagnerperlen, von denen Eric geschwärmt hatte, waren zerplatzt. Sie öffnete den Verschluß der Uhr, die sie an ihrem linken Handgelenk trug. Van Cleef & Arpels, mindestens dreißigtausend Francs wert. Erics Geschenk während einer ausgelassenen Nacht im Ritz.

Während sie das kostbare Schmuckstück einige Augenblicke lang betrachtete, rasten die Ereignisse der vergangenen vierzehn Tage an ihr vorbei. Es war tatsächlich erst zwei Wochen her, seitdem sie im Pariser Gare de Lyon in den TGV eingestiegen war, und genau sechs Tage nach Erics Selbstmord. Ihr kam es jedoch vor, als lägen Jahre zwischen diesen beiden Ereignissen. Sie hatte es dem Zufall zu verdanken, daß sie noch am Leben war, außerdem ihrem Glück und der Hilfe guter Freunde. Dafür war sie dankbar. Etwas anderes zählte nicht.

Sie holte aus und warf die Uhr in hohem Bogen von sich, Eric hinterher. Damit hatte sie sich endgültig von ihm gelöst. Jetzt war sie frei für einen anderen.

Als sie sich umdrehte und zum Wagen zurückkehren wollte, stand Bertrand hinter ihr. »Weißt du eigentlich, daß dein Haar im Licht der Abendsonne einfach wunderbar aussieht?« meinte er lächelnd und schlang seine Arme um ihre Taille.

»Es tut mir leid, daß du warten mußtest!« Nicole strich sich einige zerzauste Haare aus der Stirn und brachte ein befreites, offenes Lächeln zustande. »Ich weiß nicht, ob du mich verstehst, aber ich mußte heute ganz einfach hierher!«

»Natürlich verstehe ich dich!« nickte Bertrand. »Aber in Zukunft werde ich jedesmal das Gaspedal durchdrücken, wenn wir diese Kurve hinter uns haben, einverstanden?«

»Einverstanden!« stimmte Nicole zu. »Was machen wir jetzt?«

»Wir fahren zurück nach Grasse«, schlug Bertrand vor und zog sie nahe zu sich heran.

»Und dann?« Das Vibrieren ihrer Stimmbänder verriet, daß sie seine weiteren Pläne ahnte. Ihre Augen waren jetzt keine zwanzig Zentimeter mehr voneinander entfernt.

»Dann werden wir uns umziehen, eine Flasche Champagner und zwei Gläser aus der Küche holen und heimlich im Park verschwinden«, führte Bertrand weiter aus.

»Bis dahin ist es stockdunkel«, erinnerte ihn Nicole. Zwischen ihren Lippen lagen nur noch wenige Zentimeter.

m so besser!« flüsterte Bertrand. »Dann kommt wenig-
s niemand auf die dumme Idee, in der Nähe des Pavillons
rumzustolpern.«

»Du willst in den Pavillon?«

»Weißt du einen Ort, wo wir besser aufgehoben sind?« Im gleichen Augenblick lagen ihre Lippen aufeinander. Der Pavillon war ihr geheimer Schlupfwinkel, in ihm waren sie sicherer als an jedem anderen Ort der Welt.

Das vorliegende Buch ist ein Roman, dessen handelnde Personen sämtlich der Phantasie des Autors entsprungen sind. Falls also lebende Persönlichkeiten irrtümlich mit Personen der Handlung identifiziert werden sollten, ist diese Ähnlichkeit rein zufällig und nicht beabsichtigt.